근대의 노래와 아리랑

근대의 노래와 아리랑

근대의 노래와 아리랑

초판 인쇄 2009년 5월 25일 **초판 발행** 2009년 5월 30일
지은이 김시업 외 **펴낸이** 박성모 **펴낸곳** 소명출판 **출판등록** 제13-522호
주소 서울시 서초구 서초동 1621-18 란빌딩 1층
전화 02-585-7840 **팩스** 02-585-7848 **전자우편** somyong@korea.com

값 28,000원

ⓒ 2009, 김시업 외

ISBN 978-89-5626-387-8 93810

근대의 노래와 아리랑

김시업 외

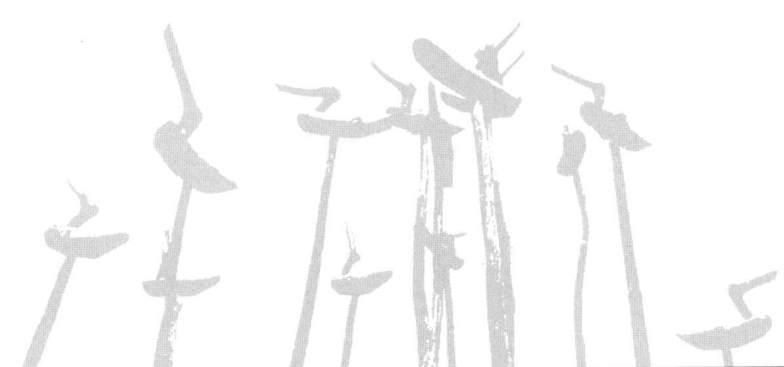

소명출판

　　근대의 노래는 다양하고 다층적인 요소와 계기들이 혼성적으로 작동하는 가운데 형성·전개되었다. 특히 대중음악은 순수한 음악 언어의 문법과 그 독자적 자발성에 의해 진화했다기보다는 매체와 대중, 자본 등 근대의 제도와 기제에 의해 생성 변동해 온 측면이 강하다. 그러다 보니 대중음악에 접근하는 데는 다양한 경로와 코드를 복합적으로 활용해야 할 것이다.

　　한국에서 근대 대중가요에 대한 학적 연구는 분산적이고 지엽적으로 진행되어 왔다고 할 수 있다. 근대 대중가요의 역사적 기원을 해명하는 연구가 주를 이루었는데, 대중가요가 민요와 같은 전통가요의 내재적 발전에 의해 형성되었는가, 아니면 외래적 요인의 이식에 의해 형성되었는가를 밝히는데 논의가 집중되었다. 민요학자·음악학자·국문학자 등이 제각각 이런 범주에서 연구를 수행했지만 상호소통하는 장을 공유하지는 못한 것이 실정이다. 이 책은 근대 노래에 관한 그간의 논의를 한 자리에 모아서 그 성과와 한계를 검토하고, 제한된 범위 내에서나마 소통의 장을 마련하고자 기획되었다.

　　이 책은 19세기 후반부터 1930년대까지의 전통가요와 근대적 대중가요를 대상으로 하고 있다. 전통가요의 존재방식과 근대적 변동, 근대적 노래의 장의 형성과 장르들을 다루었다. 그리고 이 시기 전 과정의 전 (全) 장르를 망라해 온 대표적인 노래, 아리랑을 특별히 주목하였다.

이 책에는 논지를 상호 보완하며 완결성을 지향하는 글들도 있지만, 한편에서는 차이를 뚜렷하게 드러내는 논쟁적인 입장의 글이 마주 보고 있기도 하다. 이런 배치가 이 책의 생성적 의의를 확보할 수 있기를 기대한다. 이 책을 기획하는 과정에 논문 집필자들끼리 어떤 합의를 도출하려는 시도는 하지 않았다. 다만 '근대·노래·아리랑'이라는 키워드를 상상하며 글을 쓰거나 기존의 글을 보완하여 배치한 것이다. 책은 필자 개개인의 입장에 충실한 개성적이며 자율적인 글쓰기의 결과물이다.

연구 영역이 서로 다른 필자들이 '근대·노래·아리랑'에 접속하여 소통하는 장을 마련했다는 데 이 책의 의의와 자부가 있다. 필진들의 주전공 분야는 민요학·한국음악학·고전시가학·한문학·근대문학·대중문화학·일본문학·현대시학 등 매우 다양하다. 이런 다양한 전공자들이 '근대·노래·아리랑'이라는 혼성적 주제를 생각하며 한 자리에 결집한 것은 처음 있는 일로 생각된다. 특히 이보형, 송방송 선생의 참여는 이 담론의 장을 풍성하게 활성화하였을 뿐 아니라 격조와 비중을 더해 주셨다. 기꺼이 이 기획에 동참해준 필자들께 감사한다. 기획은 주로 강등학 교수와 정우택·한기형 교수가 주선했다.

이 책이 마련한 소통의 장이 새로운 연구의 지평을 심화 확장하고 앞으로 근대 노래에 대한 새로운 개념과 모형, 담론을 생성할 수 있다면 더 큰 보람이 되겠다.

김시업

차례

근대 노래의 장과 아리랑

김시업

아리랑은 남과 북, 재외동포 등 '한민족'의 정체성을 표상하는 '민족의 노래'로 자리 잡았다. 이전에 필자는 아리랑의 근대민요적 성격 형성에 관한 글을 발표한 바 있다. 아리랑은 근대적 민중예술로서의 성격을 발전시켜 왔다는 생각을 정리한 것이다. 아리랑의 성격 변화와 대대적인 유행은 근대적 노래의 장의 변화, 담당 주체 및 매체 환경과 긴밀하게 연관되어 있다. 특히 자유로운 전문 가수의 탄생과 극장·음반·방송·영화·연극 등의 미디어, 그리고 음악제도, 자본―교환방식 등의 변화가 근대적인 노래의 장을 형성했던 것이다. 아리랑은 이러한 근대적 노래의 장의 역동성을 가장 도드라지게 반영하고 있다고 할 수 있다.

아리랑은 전통시대에 특정한 지역에서 '민속문화 행위로' 고정되어 불리던 향토민요였다. 이것이 서울의 소리꾼들에게 선택되어 신흥하는 도시의 새로운 감성과 흥취를 드러내는 노래로 재창작되어 주로 유흥의 장에서 주목받았다. 이는 다시 근대적 노래의 장에서 분화하며 근대적 대중예술로 진화해 간 것이다. 아리랑은 근대적 노래 환경을 반영하기도 하고 또 그 변화를 선도하기도 했다. 근대 노래의 장과 아리랑을 겹쳐서 읽어 보는 작업이 이 글의 서술방식이다.

1. 잡가의 형성과 아리랑

한국 노래의 장에 근대적인 지각변동이 일어난 것은 19세기 중반 이후이며 그 실체는 잡가의 출현이다. 잡가의 출현은 19세기 중엽 정도로 추정할 수 있지만, 그 영향력이 확대되기 시작한 것은 19세기 후반에 이르러서야 가능했다.

잡가가 경복궁 건설 과정 혹은 그 즈음에 출현해서 번창하고 유행했다는 사실을 잡가 〈경복궁타령〉을 통해서도 짐작할 수 있다.

> 에………에에에에헤에헤에헤루방애로구나. 에………을축 삼월 초삼일 날 경복궁 새 대궐 짓는데 회방애 짓는 소리이다.
>
> ─〈경복궁타령〉

잡가 〈경복궁타령〉은 1865년 을축년 경복궁 중수 건설 현장에서 회(灰) 방아를 찧는 노래가 만들어지는 정황을 가사화하고 있다. 이는 경복궁 건설과 관련하여 노동요로서 민요가 잡가로 전환하는 사정을 짐작하게 한다.

강원도의 향토민요 아리랑이 경복궁 중수 공사 과정에 서울로 진출하여 잡가화해서 크게 불렸다는 증언도 여러 군데서 확인할 수 있다. 『매천야록』에서는 1894년 고종이 창덕궁으로 거처를 옮긴 뒤 동궁(東宮)을 수선하는 궁궐 토목공사를 하면서 작업을 독려하는 차원에서 밤마

다 전등(電燈)을 밝히고 광대들을 불러 '신성염곡(新聲艶曲)'을 연주하였
는데, 이를 일러 아리랑타령이라 한다고 했다. 황현이 지칭한 '신성염
곡'이란 잡가를 말할테고, 이 잡가의 총칭을 '아리랑타령'이라고 했다.
궁궐 보수공사에서 불린 대표적인 잡가의 총칭으로 '아리랑타령'을 거
명했다는 것은 시사적이다. 이후 최남선(崔南善)·최영년(崔永年)·김지
연(金志淵)·김재철(金在喆)·김태준(金台俊) 등은 아리랑이 경복궁 중수공
사 과정에서 형성되었다는 설을 재생산하여 그 설명이 정설이 되었다.
　잡가란 가사·판소리·사설시조·민요 등 전통적인 제 양식을 흡수
하여 자신의 독특한 세계 안에 통합한 양식이다. 마찬가지로 강원도의
향토민요 아라리를 부르는 뗏목꾼이나 부역꾼이 경복궁 공사판에 동원
되어 아라리를 전파시켰고, 재차 이것을 서울의 소리꾼들이 경기도의
소리조로 세련되게 다듬어서 잡가의 레파토리로 만들었다는 것이다. 이
것이 경기긴아리랑과 경기자진아리랑이며, 1910년대 잡가집에 실린 아
리랑타령이 바로 경기자진아리랑이다.
　실제로 정선아라리는 그 지역성이 경복궁 중수공사에 동원되는 정황
을 노래로 가사화했다. "강원도 금강산 제일가는 소나무 / 경복궁 대들
보루 다 나간다"(정선아라리). 한편 정선아라리는 서울로 가서 새로운 정
체성을 획득한 양식의 노래를 스스로와 구별하였다. "아리랑 본고장은
원산 절골인데 / 신구잡가 본고장은 경성 신마찌라"(정선아라리). 즉 노래
의 질적 기원이 서로 다르다는 것이다.
　잡가 아리랑은 다음과 같이 고정되어 주로 도시의 시정이나 유흥가
에서 번창하였다.

　　① 아르랑 고기다 졍거졍(停車場)을 짓고 젼긔츠ᄂ 오기를 기다린다
　　　　아르랑 아르랑 아라리오 아르랑 씌여라 노다ㄱ셰 (후렴)
　　② 용안(龍眼)여지당디초(唐大棗)는 졍(情)든 님(任) 공경(恭敬)으로 다 나간
　　　　다 (후렴)

③ 느는 됴아 느는 죠아 졍든 친구ㄱ 느는 조아 (후렴)

④ 젼긔츠는 ㄱ자고 원고동을 트는디 졍든님 잡고셔 락루(落淚)혼다 (후렴)

⑤ 졍거수 여보 졍거 좀 희쥬 우리집 셔방님 돈 ㄱ질너 갓소 (후렴)

⑥ 남산 밋희 쟝츙단을 짓고 군악디(軍樂隊) 쟝단(長短)에 밧드러 총만 혼
　다 (후렴)

⑦ 아이고 지고 통곡을 마라라 죽엇든 랑군이 스라올까 (후렴)

⑧ 느는 ㄱ네 느는 ㄱ네 덜쩌리고 느는 ㄱ네 (후렴)

⑨ 인졔 ㄱ면 언제 오느 오만 혼이느 일너쥬오 (후렴)

⑩ 만경창파(萬頃蒼波) 거긔 둥둥 쩌ㄱ는 비야 거긔 좀 닷 쥬어라 말 무러
　보자 (후렴)

⑪ 셰월도 더 업도다 도라간 봄이 다시 온다
　아르랑 아르랑 아라리오 아르랑 얼시고 어러리야

⑫ 인싱 혼 몸 도라ㄱ면 움이 느느 싹시 느느
　아르랑 아르랑 아라리오 아르랑 쯰여라 노다ㄱ세

⑬ 친구ㄱ 남이엇만 어이 그리 무졍(無情)혼ㄱ
　아리랑 쯰여라 노다ㄱ세

　세태와 풍속의 만화경을 그려내었다고 할 수 있다. 잡가 아리랑은 전기차·정거장·고동소리·'정거'·장춘단·군악대·'받들어 총' 등 요란하고 새로운 근대의 소리와 세태를 포착하고 있다. 1894년 갑오개혁으로 천민 음악가가 면천하면서 음악생산체계가 크게 동요하고 소리꾼의 위상도 달라지고 그간의 레퍼토리 고정성도 해체되기 시작했다. 20세기 이후 전차, 신작로 등 교통, 협률사와 광무대 등 극장과 잡가집·축음기·음반 등 미디어와 잡가 명창의 출현과 발달을 통해 잡가는 대중들의 음악적 감수성을 통합하고 균질화하며 전국적으로 영향력을 확장해 갔다.

　위의 "남산 밋희 쟝츙단을 짓고 군악디(軍樂隊) 쟝단(長短)에 밧드러 총만 혼다"는 잡가 〈병정타령〉을 압축 축약한 듯하고, "만경창파(萬頃蒼波) 거긔 둥둥 쩌ㄱ는 비야 거긔 좀 닷 쥬어라 말 무러보자"는 〈배따라기〉

를 압축한 단형 버전이라 하겠다. 잡가 아리랑은 잡가 중의 잡가였다고 할 수 있겠다. 즉 잡가들은 상호교섭을 통해 복층적으로 형성 존재하며 순발력과 탄력성을 강화했다고 할 수 있는데, 바로 아리랑이 대표적이라고 할 수 있다. 이 점이 아리랑이 계속 자기 변신을 하며 오늘날까지 지속된 저력이라고 하겠다.

아리랑은 정감을 거침없이 분출하는 잡가의 특성을 그대로 드러내고 있다. 정감의 핵심 내용은 에로틱한 욕망, 이별의 고통과 삶의 무상감이다. "인제 가면 언제 오나 / 오만 한이나 일러주오" "나는 좋아 나는 좋아 / 정든 친구가 나는 좋아" "전기차는 가자고 원고동을 트는데 / 정든 님 잡고서 낙루(落淚)한다" "친구가 남이언만 어이 그리 무정(無情)한가" "인생 한 몸 돌아가면 움이 나나 싹이 나나" 등이 바로 그것인데, 이런 욕망과 이별의 아픔, 그리고 인생무상은 유흥의 공간에서 기생과 소리꾼이 흥을 고조시키는데 적실한 레퍼토리라고 할 수 있다. 다시 만날 기약이 없는 '님'을 술판 머리 앞에 놓고 만남을 긴절하게 하기 위해서는 미래의 이별을 현재에 가져다가 환기시키는 것보다 더 확실한 것은 없다. 이런 정감과 상황 속에서 출현한 노랫말이 바로 "나를 버리고 가시는 님은 십리도 못 가서 발병난다"라는 레퍼토리이다.

2. 외래적 매체 · 음악과의 접속, 그리고 본조아리랑

잡가가 전성기를 구가하던 1910년대에 조선의 노래 장에는 외래적 음악이 새로운 교육 제도와 매체를 통해 대중들에게 접근하고 있었다. 대중들은 학교나 교회 등에서 창가를 배우며 서양음악에 접속하기 시작했는데, 이 창가는 서양음악을 일본식으로 번역한 음악 양식이라고 할 수 있다. 또 학교 밖에서는 유행창가가 대중들의 감수성과 기호를 변화시키고 있었다.

이런 음악 환경 속에서 전통적인 잡가와 외래적인 창가가 뒤섞이는 음악 현상이 나타났다. 20세기 초반 최고의 대중가수들은 삼패기생 출신의 명창들이었는데, 이들은 잡가를 부르는 한편, 〈시들은 방초〉〈장한몽〉〈희망가〉 등의 번안창가를 음반화 했다. 또 당시의 잡가집에는 잡가와 함께 〈카튜사의 노래〉〈청년경계가〉〈반도청산가〉 등의 창가도 나란히 실려 있었다. 잡가는 잡가 명창들에 의해 일본화한 서구음악과 상호 교류하며 새로운 음과 기호를 산출하고 있었다. 잡가집의 명칭도 '잡가집'에서 '유행창가집'이라는 이름을 달고 나오기도 했다.

1920년대 중후반을 거치면서 한국의 대중음악은 과거와는 전혀 다른 방식의 음악 환경이 조성되어 팽창과 분화를 거듭했다. 신파극과 함께 생겨난 유행창가 혹은 일본유행가의 번안 노래들이 대중과 기생들의 감각을 변화시켰다. 대중의 음악이 음반과 영화 등 대중문화시스템에 포획되고 자본화하는 양상이 벌어졌다. 전통적인 민요나 잡가가 주종을 이루는 가운데, 서양을 일본으로 번역한 음악 언어와 양식이 그 담당자들을 매혹하고 있었으며, 이런 것들이 서로 섞이는 현상이 출현했다.

이런 음악환경을 배경으로 하여 만들어지고, 공전의 히트를 하고 음악사의 한 장을 새로 펼친 것이 바로 본조아리랑이다. 이 본조아리랑은 나운규의 영화 〈아리랑〉 주제가로 만들어진 것이다. 바로 영화라는 근대 매체를 매개로 전국적으로 전파되었던 것이다.

나운규는 영화 〈아리랑〉(1926.10)을 만들기 전에 일본영화를 번안한 〈장한몽(長恨夢)〉(1926.3)과 〈농중조(籠中鳥)〉(1926.6)에 출연하여 크게 인기를 얻었다. 이 두 영화는 주제가의 히트를 바탕으로 기획되고 흥행했다는 특징이 있다. 이 두 영화의 주제가는 일본의 번안창가로서 레코드로 취입되어 영화보다도 더 인기를 끌며 영화의 흥행을 주도했다. 나운규는 영화 〈아리랑〉과 주제가를 만들 때 이 경험을 각별히 참고했을 것이다. 나

운규는 영화 주제가를 만들 때, 한국의 '전통민요'에 주목했으며, 이렇게
만들어진 것이 오늘날 '한민족'이 공유하는 아리랑, 본조아리랑이다.

① 나를 버리고 가는 님은 십리도 못 가서 발병 나네
② 청천 하늘엔 별도 많고 우리네 살림사린 말도 많다
③ 풍년이 온다네 풍년이 온다네 이 강산 삼천리에 풍년이 온다네
④ 산천초목은 젊어만 가고 인간에 청춘은 늙어 가네
　　(후렴) 아리랑 아리랑 아라리요 아리랑 고개로 넘어간다

노랫말도 새롭게 정착되었다.

후렴 "아리랑 고개로 넘어간다"도 이때 만들어진 것으로 보인다. 지
금 여기에서의 유흥을 압축하여 폭발시키는 구실을 하던 "아리랑 띄어
라 노다가세"라는 잡가 아리랑 후렴이, 미래의 시간을 끌어들여 현재를
극복하는 의지적 후렴 "아리랑 고개로 넘어간다"로 바뀐 것은 아리랑의
미학적·정서적 차원이 확연하게 달라진 것을 의미한다.

본조아리랑은 기존의 잡가 경기자진아리랑을 서양악곡과 서양악기인
바이올린에 입각하여 편곡한 것이다. 본조아리랑은 잡가와 유행창가,
서양음악과 악기 등이 혼종적으로 결합되어 조성한 문화적 감수성을
바탕으로 크게 반향을 일으켰다. 영화 〈아리랑〉과 본조아리랑은 장안의
화제가 되고 세대적·지역적 경계를 넘어 유행하였다. 1928년 4월 『별
건곤』은 아리랑의 유행이 "新流行! 怪流行!"이라며 하나의 사건으로 기
록하고 있다. 실제로 이때부터 '아리랑'은 영화 제재의 현실성과 사회
성, 민족성과 결부되어 새로운 정체성을 얻게 되었다. 삼천리 강산의 공
동체를 표상하는 노래로 퍼져나갔다. 음악적 일대 사건이었던 '아리랑'
의 재창조는 문화적 충격으로 받아들여져 새로운 음악 양식과 버전을
생성하는 계기가 되었다.

3. 신민요의 형성과 아리랑

본조아리랑의 성공은 전통민요를 기본으로 하여 서양악보와 서양악기에 맞춰 작사 작곡한 노래가 새로운 음악 모형이 되는 결정적 계기가 되었다. 그것이 바로 신민요였다. '신민요'라는 곡종 표기를 달고 처음 등장한 것이 1931년 발매된 〈방아찧는 색시의 노래〉이다.

> 팔월이라 열사흘 밤 달도 밝구나
> 우리 낭군 안 계셔도 방아를 찧네
> 아리랑 아리랑 아라리오 햅쌀은 찧어서 무엇하나

로 시작하는 〈방아찧는 색시의 노래〉는 당대 최고 히트곡인 아리랑을 의식하고 김수경이 작사하고 홍난파가 작곡한 신민요이다. 본조아리랑의 급격하고 대대적인 유행은 마침내 신민요라는 새로운 음악 양식을 창출했고 이어 다양한 아리랑 버전이 만들어졌다.

신민요는 전통가요의 양악화라고 할 수 있겠다. 즉 서양악기로 반주하거나 전통악기와 서양악기의 이중주에 맞춰 신민요를 부르기도 했다. 전통가요의 익숙함을 바탕으로 외래적 새로움을 결합시킨 양식인 신민요는, 대중의 기호에 무리 없이 다가갈 수 있었다.

신민요는 전통가요를 기반으로 하면서도 특정한 작사가나 작곡가가 대중매체를 통해 대중에게 보급할 의도로 만든 대중가요의 하나라고 정의할 수 있겠다. 신민요는 음반을 통해 유통되는데, 음반 한 면에 담을 수 있는 시간의 분량이 3분이기 때문에, 3분이라는 시간적 제약 내에서 민요를 압축·분절하게 되었다. 바로 잡가와 같은 통속민요의 자유분방함이 이 근대적 매체의 속성에 맞춰 다듬어지고 표준화되어 신민요로 정착하게 된 것이다. 신민요는 한때 트로트보다 더 큰 인기를

끌기도 하였다. 신민요는 전통민요와 1930년대 유행가의 중간 매개 역
할을 했다고 할 수 있다.

4. 대중문화, 유행가 그리고 아리랑들

　1930년대의 대중음악은 이전 시기와는 질적으로 다른 새로운 언어와
원리에 의해 재구성된 음악체계 혹은 그 단계라고 보아야 할 것이다.
특히 음반·방송·영화 등의 미디어와 그 미디어자본이 본격적으로 투
입되어 체계적인 분업과 관리, 기획 시스템을 통해 전개된 음악은 그
국면이 이전과는 사뭇 다른 것이었다. '대중음악'이란 바로 자본의 적극
적 관여에 의해 규정되고, 상품으로서 교환되는 성질을 그 속성으로 한
다. 1930년대 들어 전기 녹음 방식이 도입되어 좋은 음질의 음반이 나
오게 되고, 유성기의 보급도 확산되었다. 유성기 음반 시대는 1930년대
가 되어서야 본격적으로 시작되었다고 할 수 있다. 1930년대 이후에 콜
럼비아·빅타·폴리돌·시에론·태평·오케 등의 6대 대형 음반사와
여러 군소 음반사가 설립되어 운영되었다. 이때 유성기 보급 대수가 30
만 대를 넘었고, 음반 판매량도 일년에 1백만 장에 이르렀다고 한다. 경
성방송국 개국 당시인 1927년 라디오 숫자는 1,400여 대에 불과했고
1932년엔 2만대, 30년대 말에는 22만대로 늘었다.
　이러한 미디어의 보급과 일반화, 상품의 대량 복제와 기획 등에 따라
사람들의 감각은 대중문화시스템에 균질적으로 통합되어 갔다. 1930년
대 대중가요의 중요한 장르는 신민요와 유행가라고 할 수 있다. 1930년
대 유행가는 작사가, 작곡가와 가수가 있는 노래를 음반이나 방송을 통
해 실현하는 방식이 특징적이었다. 신민요의 가수가 주로 전통민요를

부르던 권번 출신이나 전통소리꾼들이 많았다면, 유행가의 가수들은 비권번 출신이거나 지식인 출신들이 많아지는 경향을 보였다.

확인되는 『유성기음반목록』에서 '아리랑'을 제목에 사용하고 있는 노래는 42곡이나 찾을 수 있는데, '신민요'라고 분류한 아리랑노래는 11곡이고 '유행가'라고 한 아리랑노래는 13곡에 달한다. 여전히 통속민요 아리랑도 계속 유행했으며, 재즈, 댄스곡으로 변주된 아리랑도 만들어져 유행했다. 이를 통해 아리랑이 1930년대 대중가요의 전개에서도 중요한 동력이었다는 것을 확인할 수 있다.

그러나 1930년대 대중가요와 아리랑은 민요적 전통 속에서 확장했다기보다 새로운 국면의 유행가적 성격으로 자기변신을 했다는 점을 강조할 필요가 있다. 즉 트로트나 째즈, 댄스곡 등을 장르로 하는 아리랑이 새로운 활로를 개척했던 것이다. 〈신아리랑〉, 〈제3아리랑〉, 〈땐스곡 아리랑〉, 〈아리랑 부르스〉 등 다양한 버전의 아리랑이 만들어졌다.

아리랑은 1930년대 이후 모든 문화 현상에 결부되어 확산되었으며 여타의 예술 장르와 결합하기도 했다. 아리랑 영화는 후속편이 제작되었으며, 아리랑은 연극·춤·가극 등으로도 만들어졌다. 아리랑은 1930년대의 문화적 현상이 되었으며, 중국과 일본에까지 전파되어 불리게 되었다. 아리랑이 시대의 문화적 아이콘으로 떠오르고 대중이 열광하자, 아리랑을 통제하거나 선점하려는 정치적 시도도 활발했다. 아리랑을 둘러싼 논쟁도 벌어졌으며, 아리랑은 제국—식민지 체제 속에서 작동하기도 했다. 민족적 저항을 고취하는 '민족의 노래'로 재창조되기도 했으며, 식민권력은 이를 검열·삭제하거나 금지시키기도 했다. 한편에선 제국이 대중을 동원하려는 의도에서 아리랑을 계몽가요로 활용하기도 했다.

이 글은 근대형성기에 전통적인 노래가 변화하는 양상과 근대적 대중가요의 역사적 연원과 현상, 그리고 실체를 아리랑의 변모 양상과 겹쳐서 개괄적으로 요약해 보았다. 특히 1930년대까지의 대중가요의 형성과 그 전개과정을 살펴본 것이다. 향토민요·통속민요·신민요·유행가 등 대중가요는 지금도 동시적으로 존재하기도 한다. 현재 아리랑은 락과 힙합, 퓨전음악까지 영역을 넓혀가고 있다.

이상의 검토를 통해 대중가요를 근대예술사적 구도 속에서 읽고 이론적으로 체계화 하는 작업이 필요함을 새삼 확인한다. 이 글과 이 책이 이러한 문제를 연구자들 간에 공유하는 계기가 되기를 기대한다.

1부
전통가요의 근대적 혁신

근대음악사회의 형성
권도희

19세기 이후 대중가요의 동향과 외래양식의 이입문제
강등학

20세기 초 대중문화의 위상과 시가
박애경

20세기 초 잡가의 양식적 특질과 시대적 의미
고미숙

근대 음악사회의 형성

권도희

이 글은 현재 한국음악의 원형적 모습을 갖추게 한 한국 근대음악사의 상황을 추적하는 것이다. 한국음악사에서 근대라는 말은 해석의 가능성이 무한히 열려있는 것이기 때문에 이 글의 서술의 맥락 안에서 의미를 한정할 것이고, 이를 바탕으로 한국음악사의 지형도를 바꾼 두 번에 걸친 지각 변동에 대해 서술하도록 할 것이다.

1. 한국음악사에서 근대와 전 근대

근대적 분과학의 하나인 음악학이 한국음악사 연구에 기여한 이상 한국 근대음악사에 대해 서술할 때에는 음악학의 미덕이었던 음악의 구조적 문제에 대해서도 설명해야 한다. 또 특정한 음악이 근대시기에 선택되었던 제반 조건들에 대해서도 서술해야 하며, 근대라는 시기에 음악사적 지향이 무엇이었는지에 대해서도 말해야 한다. 그러나 현재 한국근대음악에 관한 충분한 연구 성과가 쌓여 있지 않기 때문에 이러한 모든 것을 염두에 둔 촘촘한 서술은 불가능하다. 근대의 시작과 끝을 적시하고 조감도를 펼친 후 근대음악사의 지향과 실제를 깔끔하게 서술할 수는 없다. 그러나 한국 근대음악사를 문명사적 변화의 단계 속에 배치시키고 이에 따른 결과를 기술하는 것은 가능하다. 왜냐하면 문명사적 전환 단계의 변화는 큰 규모의 변화이기 때문에 현재 제시된 연구 성과와 사료들만으로도 그 상황이 충분히 포착가능하며, 여러 사건들 간의 관계에 대한 설명 역시 가능하다. 또한 부분적으로 음악의 구조적 문제도 역사적 입장을 고수하는 한 거론할 수 있다. 나아가 최근 문예계에 등장하는 탈근대의 경향들을 근거로 근대의 음악의 지향을 점검할 수도 있을 것이다. 이에 다음에서는 문명사적 전환기라는 시각에서 한국 근대음악사의 형성에 대해 거론하게 될 것이다.

한국음악사에서 근대라는 시기에 문명사적 전환이 이루어졌다는 점은 설명이 필요하다. 근대라는 개념은 원천적으로 서양문명사의 변화를 근거로 만들어진 것이기 때문이다. 한국음악사의 전개를 서양의 근대라는 개념으로 설명했을 때 이를 통해 해결되기 어려운 국면들이 발견된다. 이 점에서 한국음악사에서 근대라는 말은 그 이전 시기의 대안이라는 뜻과 세계보편사로의 통합이라는 의미를 동시에 갖고 있다. 대안으로의 근대라는 말은 한국음악사에서 근대가 전 시기와의 일방적 단절을 통해서만 형성된 것이 아니라는 점을 분명히 하는데 유용하다. 단절은 지속의 국면과 병치시켰을 때 그 의미가 선명해지는데, 한국 근대음악사에 관련된 사료는 역사적 인과 관계를 갖는 사건들의 지속과 단절 국면을 다층위에서 보여주고 있다. 그간 한국음악사는 물론이고 문학사, 미술사 등에서 근대는 단절의 국면이 절대화되었던 사건들을 중심으로 기술되곤 했다. 이러한 원인은 근대 시기의 사료가 부분적으로 이용되었던 점, 특정 사료에 대한 자의적 해석을 성급하게 일반화했던 점, 나아가 사료의 부분적 검토를 은폐한 채 학계의 권력을 통해 논의를 확대 재생산했던 점과 무관하지 않다. 그러나 최근 문헌·도상·음향·동영상 등 20세기 전반기 사료가 전면적으로 발굴되고 있고, 근대예술사의 연구의 과제를 기계론적 창작론과 작품론에 한정하지 않고 예술의 소통과 수용 문제까지 확대하는 중에 기왕의 근대예술사 기술은 의심되기 시작했다. 이 과정에서 단절 국면만 부각된 근대 예술사 기술은 보완의 여지를 갖게 되었다.[1] 이 글 역시 이러한 연구사적 동향과 궤를 같이 하고 있다.

한국음악사에서 근대란 자본주의 체제의 수용과 이를 가능하게 했던 합리주의, 과학과 기술혁신, 자각한 개인을 중심에 둔 이성·인문주의가 복합적으로 관련되어 있다. 예를 들면 1903년 이후 극장에서의 잡가 흥행, 대중매체를 통한 대중음악 시장의 형성, 이에 적합한 음악구조의 탄생은 자본주의 체제 속에서 음악 시장을 구축하는 것과 무관하지 않으며, 시장의 장악을 위해 기술혁신 합리적 사고를 활용하는 것 역시 필수적이었다. 과학 혹은 과학적 사고는 음악의 기능과 명분이 아니라 음악의 제작법을 문제 삼는데 기여했을 뿐만 아니라 음악의 흥행술에서도 활용되었다. 또한 자각한 개인은 음악의 작곡, 연주, 감상에 이르기까지 생산과 수용을 주도하는 주체로 등장하였고 그 결과 창조성을 개인의 부담으로 떠안게 되었다. 창조성의 실현과 음악계의 합리적 운영의 성공 여부에 따라 음악계에서 권력을 갖게 되는 것은 상례가 되었다. 이러한 양상은 서양의 근대와 같은 모습이다. 이 점에서 한국음악사의 근대는 세계보편사의 흐름으로도 설명된다. 그러나 한국 근대음악사 전개의 현실에서는 우리말의 강세와 분절방식으로 표현되는 노래와 이에 준하는

---

1) 권도희,『한국 근대음악사회사』, 민속원, 2004; 박애경,『한국 고전시가의 근대적 변전과정 연구』, 소명출판, 2008.

기악음악이 여전히 등장하고 있고, 심지어 이러한 음악의 일정 부분에서는 전 근대 가창 문화와의 의도적 지속이 관철되고 있다.[2] 또한 현재까지 향유되고 있는 음악 중에도 창조적 개인의 등장 이전부터 인정되는 창조성을 풍부하게 드러내고 있는 것도 있다. 이러한 양상은 서양의 근대와 공존할 수 있는 것이지만, 곧바로 서양 근대의 모습으로 환원되지 않으며 나아가 서양으로부터 기인한 탈근대의 징후와는 태생적으로 무관한 것들이다. 이 점에서 이상의 것들을 전 근대에 배치시키거나 탈근대의 담론으로 해석해 봐야 큰 득이 없다. 한국음악사에 편입된 서양음악의 경우 그 음악의 원천이 된 역사와 문화로부터 이미 근대성을 획득한 후 우리의 음악사에 관여했다고 할 수도 있겠지만, 앞서 거론한 사례들의 경우 한국음악사의 근대 및 근대성과 어떤 관련을 맺고 있는지에 대해 여전히 의문으로 남는다. 이 글은 이에 대한 해명의 하나이다.

한국음악사의 전개에서 근대는 전략적 차원에서 전 근대와의 차이를 드러내는 방법을 통해 드러낼 수 있다. 근대를 문명사적 전환 단계에서 파악하는 한 근대의 전 단계는 중세라고 해야 하겠지만 굳이 전 근대라고 한 이유는 중세성 혹은 동아시아의 중세적 보편주의를 설명해야 하는 부담을 덜기 위해서이다. 이 글에서는 전 근대와 근대의 확연한 차이를 중심으로 양자를 분리함으로써 근대적 음악사회의 도래에 대해 서술하게 되겠지만, 미시적인 차원에서 특정 사건의 역사적 인과 관계에서 발견되는 지속과 단절 국면도 주목하게 될 것이다.

근대사적 국면 전환과 개별 사건들 간의 관계는 음악의 생산과 수용 양상에 천착함으로써 서술할 수 있다. 이하에서는 전 근대와 근대의 음악과 음악의 생산 및 수용 양상을 살펴봄으로써 한국 근대음악사의 형성과정을 서술해 보도록 할 것이다. 이를 위해 한국 근대음악사의 상황과 가장 유사하지만 문명사적 단계를 달리하는 19세기 이후로부터 서술

---

2) 이보형, 「이팔청춘가(홀과수타령)에 대한 연구」, 『한국음반학』 6집, 한국고음반연구회, 1996; 장유정, 『오빠는 풍각쟁이야―대중 가요로 본 근대의 풍경』, 민음in, 2006.

하기 시작하여 근대적 구도가 형성되고 안착하여 현재와 같은 음악사회
의 원형적 모습이 완성되는 1930년대 후반까지만 기술하도록 할 것이다.

2. 전 근대 음악계의 구도

　19세기 음악 사회는 그 이전과 이후 시기와 비교하여 매우 흥미롭다.
20세기 초와 비교하여 음악계의 균형감과 안정감이 확인되지만, 동시에
그 이전 시기와 비교하여 변화의 역동성도 발견된다. 이러한 양상은 어
떤 특정한 국면에서 발견되는 것이 아니라 음악가의 활동상, 레퍼토리,
음악의 갈래 그리고 음악의 수용 양상 등 음악사의 전면에서 확인된다.
이러한 상황은 음악사의 전개와 관련하여 중세적 상황과 근세적 양상
의 공존으로 설명될 수 있다. 이하에서는 음악가, 음악활동,[3] 음악수용
에 있어서 중세적 한계와 근세적 변화가 19세기 음악사회와 어떻게 관
련되어 있는지를 서술할 것이다. 먼저 어떤 음악가들이 어떤 레퍼토리
를 제공했는지에 대한 음악 생산 환경을 서술하고 다음으로 당대 사회
에서 음악이 유통되는 방식과 수용되는 양상을 기술하게 될 것이다.

1) 중세적 음악생산

　19세기 음악가들은 학습방식, 레퍼토리 설정, 음악 활동의 장이라는
측면에서 구분된다. 19세기 음악가들의 활동상은 그들의 사회적 신분과

---

3) '귀명창'이라는 말이 있듯이 가창이나 연주뿐만 아니라 음악 감상 행위 역시 음악활
　동으로 간주된다.

밀접하게 관련되어 있다. 19세기 사회적 신분은 양반·중인·양민·천민으로 나누어지는데, 음악가의 활동상 역시 이상의 구분에 준하여 나누어진다.

양반 음악가들은 음악지성(音樂知性)으로서 음악의 직접적 연주와 담론 주도가 모두 가능했다. 단, 이 부류의 음악가들의 경우 실제 연주에서의 성취가 높아서 현 시점으로 충분히 전문적인 음악가로 인정된다 하더라도 당시 사회에서는 그들이 음악가로 공인될 수 없었다. 이들의 음악활동의 목표는 현실적 명리와 무관했기 때문이고 또, 중세적 질서 속에서 양반은 전문음악가가 될 수 없었기 때문이었다. 예컨대 이승무(李升懋, 1777~1844)가 『삼죽금보』에서 음악의 목표를 인격적 완성과 일치시키고 있었던 점, 양반 출신으로 광대의 길에 들어선 권삼득의 경우 파문을 당했던 점은 중세적 계급구도 속에서 양반의 음악활동에 대한 사회적 수용방식을 보여준다. 따라서 이들의 실기와 이론을 겸비한다 하더라도 음악가로서 음악계의 전면에 나서지 못했다.

음악계에서 양반 음악가와 유사한 문화적 배경을 갖지만 전문적인 음악가로 활동할 수 있었던 경우가 중인 음악가였다. 중인 음악가들은 사회적으로 한산자(閑散者)로 분류되는 부류로 양반 음악가와 거의 같은 레퍼토리를 담당했고, 음악적 기예와 담론을 동시에 전개하는 음악가였다. 노래 전문은 가객, 기악은 율객으로 구분되리만치 기예의 종목이 세분되어 있었다. 19세기에 개인가집 『금옥총부』의 저자이자 『가곡원류』의 공동 편집자 안민영(安玟英, 1816~?)은 자신이 가객으로서 노래를 불렀지만, 흥선대원군과 그의 아들 이재면의 전폭적 지지를 얻으며 다른 생업 없이 음악계를 주도했다. 중인 음악가들은 여타 전문 음악가와 비교하여 계급적으로 우월한 입장에서 음악계를 주도했고, 음악과 관련한 노골적인 흥정으로부터 거리를 두는 대신 후원 체제를 기반으로 활동하였다. 중인 음악가의 우월적 지위는 사회적 위계 질서 속에서 보장받기도 했지만, 음악 실제를 넘어서 음악적 명분을 제시할 수 있었던 것과 관련되어 있었다. 『가곡원류』의 발문에는 정음(正音)이라는 용어가 등장하는데, 이때의 정음은 이승무의 경우와 같이 음악적 완성과 인격적 완성의 경지를 동일시하는 것이기도 하고[4] 동시에 우조·계면조를 구분하고, 구절 떼기, 장단 구조의 숙지 등과 같은 음악 문법에 대한 이론적 이해를 의미하는 것이기도 하다. 중인 음악가의 이러한 태도는 양인 음악가와 구별된다.

양인 음악가의 대표적인 사례가 세악수와 사계축이다. 음악사에서 세악수의 공헌이 두드러진 것은 왜란과 호란 이후였다. 전쟁 이후 군영의 체제가 변화하는 과정에서 군악대가 대두되었다. 이때 군영 소속 음악가를 세악수라고 했다.[5] 군영악대는 군영뿐만 아니라 전례에의 참여를 통해 조선 후기에 궁중의 악대와 필적할 만큼 성장했던 한편, 민간에서도 활발히 활동했다.[6] 19세기에 궁중과 민간에서 활약했던 정악대는 장안 최고 음악가이자 군영악사였다는 점은 주목할 만하다. 이처럼 군영악대는 국가의 전례음악과 민간음악을 안정적으로 매개하는 기능을 수행했다. 안민영의 『금옥총부』에 현령(賢伶)이라 불린 이들은 『취고수군안』에 의해 세악수였음을 확인할 수 있다. 세악수의 신분은 대체로 양인이었고[7] 대금·해금·피리 등 삼현육각 부문을 맡았다. 현령(賢伶)이라는 멋진 이름은 신분을 초월한 최고의 세악수에 붙는 존칭이었다. 『금옥총부』의 기록을 통해 현령은 제도적으로 장악원 악사와 함께 궁중 잔치에서 공연을 벌임은 물론이고 군영에서 음악을 담당하도록 하는 과정에서 전문성과 직업적 안정성을 보장받았다. 그러나 이들은 부

---

4) 권도희, 「성 안팎 문화의 교차, 극장흥행 그리고 경기잡가」, 『경기잡가』(경기전통예술 연구시리즈 2), 용인 : 경기도국악당, 2006.
5) 이숙희, 『조선 후기 군영악대』(태학총서 21), 태학사, 2007.
6) 유득공, 「유우춘전」, 『조선 후기문집의 음악사료』(전통예술원), 민속원, 2002, 104~112면.
7) 『吹鼓手軍案』(장서각 2-608, 9면 4행~15면 4행)에 別細樂軍, 兼內吹, 細樂手兼內吹의 명단이 기록되어 있는데, 이에 의하면 별세악수 20명 중 13명이 良人이며 7명이 兼司僕이고, 겸내취 26명 중 14명이 良人이고 12명이 兼司僕이며, 세악겸내취 18명 중 6명이 良人이고 12명이 兼內吹이다.

족한 생계의 문제를 자율적으로 민간에서의 활동을 통해 보충했다. 한편, 19세기에 전업음악가로 충분히 인정되지만 전적으로 음악으로만 생업을 해결할 수 없었던 부류의 양인 음악가로 '사계축'[8] 혹은 '사계집'으로 불리던 이들이 있었다. 사계축은 청파동·만리동·아현동 일대에 살았던 특정 음악가를 말한다. 음악가 집단명이 특정 지역명으로 정착된 것은 전 근대의 음악 수용의 관행과 관련되어 있다. 19세기 음악 문화는 지역 공동체 속에서 향유되었기 때문이다. 사계축 지역의 음악가는 사대문 밖의 가창 전문 음악가였지만, 음악 외에도 생업으로 수공업이나 채소농업 등을 했다. 이들은 늦어도 19세기 중반에 등장하여[9] 빠르면 19세기 말에는 성 내의 정통가객인 이른바 '우대' 가객과 대치하여 '아랫대' 가객으로 불릴 만큼 성장했다. 이들은 19세기 성내의 정통 레퍼토리 외에 '잡가'의 전문가로, 중인가객과 달리 '팔려' 다니던 음악가로 인식되었다. 사계축의 레퍼토리는 현행 가사로부터 현행 경기 잡가까지 불렀던 한편, 성내의 정통 레퍼토리인 가곡도 포괄했다. 예도를 숭상하는 성내 가객과 달리 사계축은 노골적으로 흥정하며 시정의 음악계에서 적극적으로 대응했다.

19세기에는 다양한 부류의 천민 음악가들이 민간에서 다채로운 음악적 환경을 만드는데 기여했다. 19세기 천민 음악가들은 기녀·창우·삼패·사당패와 같은 주류집단과 이를 모방한 아류집단으로 나누어진다.

기녀는 개인적 차원에서 궁중전례에의 참여와 민간 예술계에의 투신을 조절할 수 있었던 여성 예술가를 말한다. 이들은 장악원에서 습악하며 궁중과 지방에서 벌어지는 전례에서 여악(女樂)으로서 정재를 담당하는 한편, 민간에는 풍류방을 전제로 기녀로서 자유롭게 가무를 했다.[10]

---

8) 조선시대 행정구역으로 용산방의 그 하위 단위로 청파계가 있었는데 청파계는 1, 2, 3, 4계로 나누어져 있었다 한다. 사계축이라는 이름은 이에 근거한 것이라고 한다(손태도, 「경기명창 박춘재론」, 『한국음반학』 제7호, 1997, 137면).

9) 권도희, 앞의 글.

10) 궁중의 진연에 참가하지 않았다 하더라도 민간에서 그에 준하는 활동을 전개하는 경우

정현석의 『교방가요』를 통해 이들이 담당했던 레퍼토리는 가곡과 가사 그리고 정재임을 알 수 있다. 기녀는 비록 천민이었지만 활동반경 및 레퍼토리의 설정에서 중인 음악가와 함께 함으로써 음악계 권력의 위계 구도 속에서 상위를 차지했다.

창우는 대표적인 남성 천민음악집단으로 공연예술 전 분야를 담당했다. 창우집단은 무속집단과 혈연으로 연계되어 있으나 기능적으로 구분되어 있는 남성 공연예술집단이다. 이들은 전문 분야 별로 가창인 경우는 광대, 곡예의 경우는 재인, 춤의 경우는 무동, 삼현육각 반주는 고인[工人] 등 세부 명칭을 달리했다. 창우집단의 기예 가운데 19세기 전 시기를 거쳐 가장 두드러진 발전이 있었던 부문이 판소리였다. 현행 판소리의 기초를 완성한 판소리 8명창의 등장은 천재의 탄생이 아니라 창우집단이라는 모집단을 배경으로 하고 있었다. 창우집단의 존재 방식과 레퍼토리는 지역마다 차이가 있었다.

삼패는 서울 사대문 밖에 거처하면서 잡가를 불렀던 여성 음악가이다. 이들은 늦어도 19세기 후반에는 활동을 했고 기녀나 사당패와 선명하게 구별되는 부류였다. 19세기까지 삼패는 춤은 추지 않고 가창만을 전문으로 했던 여성 예술가로서 민간 여성음악계의 위계질서 속에서 기녀의 하위에 위치하고 있었다. 이 외에도 사당패라는 집단이 있다. 18세기 후반 이후로 완성되었다고 추정되는 〈중거리〉 사설에서 "거사 ᄉ당년이 (……) 쇼고 장단에 롤낭춤비화 오―강 칠포대로 판노름 가세"[11]라 하였고, 『교방가요』(1872)가 만들어진 시기에 사당패는 남창여화(男唱女和)라 하였으니[12] 늦어도 19세기 사당패는 남녀의 혼성집단임을 알 수 있다. 신재효(1812~1884)의 〈박흥보가〉와 〈변강쇠가〉[13] 〈중거리〉 사

___

기녀에 해당한다고 할 수 있다. 권도희, "19세기 여성음악계의 구도", 「동양음악」 24권, 2002.

11) 韓仁錫, 『訂正增補新舊雜歌』, 132~133면(『韓國雜歌全集』(영인) 권1, 132~133면).

12) 정현석, 『교방가요』, 보고사 영인, 2002, 84면.

13) 申在孝 撰著 · 姜漢永 解題, 『申在孝판소리全集』, 연세대학교, 1969, 홍 40~41면.

설을 통해 사당패의 레퍼토리는 잡가나 산타령류의 노래들이었음을 알수 있다. 이 집단은 도회지의 장시를 배경으로 활동했고, 이른바 '본산'이라 불리는 사찰을 거점14)으로 전국에 확산되었다. 〈게우사〉(19세기)에서는 공연예술자에 대한 보상을 상징적으로 보여주는데, 이때 사당패의 공연비용이 창우의 1/7에 해당했던 점을 보면15) 이들이 시정 음악계의 차지하는 위치는 창우 아래 단계였다고 할 수 있다. 또한 사당패는 여성들이 적극 참여하고 있기 때문에 여성음악계의 구도 속에서도 그 위치를 파악할 수 있는데, 이들은 도시의 실내 공간을 활동 장으로 삼는 삼패보다 우위에 있을 수 없었다. 이상에서 거론된 기녀·창우·삼패·사당패는 비록 음악계의 위계 질서 속에 차등적 위치에 놓여 있었지만, 개별적인 학습과정과 활동 장을 갖고 있었고, 후원체계, 집단조직과 운영 등에서 선명하게 구분되는 문화적 기반과 레퍼토리를 갖고 있었다. 따라서 문화적 변동이 없는 한 이들의 존재기반은 공고했다.

그런데 이상에서 거론된 음악집단만으로는 음악에 대한 절대수요를 충족시킬 수 없었던 것으로 보인다. 조선 후기 각종 도상과 기록에 등장하는 여러 공연집단은 이에 대한 방증이다. 실제로 위에 거론한 음악집단 외에 그들을 모방한 아류집단이 있었다. 예컨대 신재효의 〈박흥보가〉와 정현석의 『교방가요』에는 풍각쟁이·초라니패·각설이패·취승이 등장하며 무속음악인 역시 여기에 추가할 만하다. 풍각쟁이는 레퍼토리와 공연방식에 있어서 창우집단 중 고인의 아류이며, 각설이패는 사당패의 아류이다. 취승은 그 뚜렷한 정체는 모르나 도첩은 갖고 있되 범패승이 아니고 세속화된 동냥승 부류로 추정된다. 무속음악가들은 혈연적으로 창우집단과 연계되어 있을 만큼 그들의 음악가적 잠재력은

---

14) 사당패의 본산은 경기도 安山의 靑龍寺·황해도 九月山의 貝葉寺·경상도 河東의 雙溪寺·전라도는 咸悅의 成佛菴·昌平의 다주암(고살메)·咸平 月仰山·井邑 동막·潭陽 옥천 등.

15) 金鍾澈 註釋, 「게우사」, 『韓國學報』 제65집, 231~232면.

충분했다고 할 수 있다. 그러나 이들은 취승과 마찬가지로 종교라는 배경을 전제로 활동했기 때문에 본질적으로 세속에서의 음악 경쟁에 가담하여 자웅을 가리는 일은 하지 않았다. 따라서 아류집단들은 주류집단의 레퍼토리를 모방하거나 주류집단의 빈자리를 채우며 당대 음악과 공연에 대한 수요에 대응했다.

2) 근세적 음악 수용 양상

19세기 음악가들이 활동한 음악 문화적 공간은 음악 향유의 양상에 따라 궁중과 민간으로 구분된다. 민간의 공간은 음악적 지향과 음악가의 신분, 레퍼토리의 차이에 의해 예도적 음악계와 시정 음악계로 나누어진다. 그런데 비록 음악을 위한 공간으로만 한정되지는 않지만 음악 행위가 발생하는 계기를 제공한다는 점에서 민간풍속이라는 공간이 여기에 추가될 수 있다.

궁중의 음악 공간은 유가의 예악이념을 개인의 수양의 문제가 아니라 사회 윤리로 실현하는 곳이다. 궁중음악은 조선의 집단적 예악실현의 의지를 정례화는 것으로,『경국대전』이나 각종 전례집 같은 성문화된 규범에 의거하여 음악을 실현했다. 그래서 궁중음악은 민간음악과 비교할 수 없을 만큼 큰 규모의 악대편성을 유지했다. 19세기 궁중음악 역시 조선 전기부터 이어지는 전통을 계승하였지만 부분적으로 달라지기도 했다.16) 예를 들면 민간 가객이 궁중 진연에 참여하는 점, 효명세자(1809~1830)가 정재를 창작하고 주도한 점 등은 궁중음악의 폐쇄성을 국부적으로 해소하는 것으로 해석할 수 있다. 그러나 궁중음악의 폐쇄성은 본질적으로 궁중 전례에의 구속으로부터 나온 것이기 때문에 궁

---

16) 송지원, 「조선 후기 음악의 문화담론 탐색―19세기 궁중음악과 관련하여」, 『무용예술학연구』 제17집 봄호, 한국무용예술학회, 101~120면.

중 전례의 재편이 없는 한 일부 궁중음악이 바뀐다 하더라도 그 원형질이 바뀔 수는 없었다. 이 때문에 궁중음악의 폐쇄성은 19세기 말까지 여전히 지속되었다. 특별한 경우가 아닐 때 궁중음악의 향유자가 종친 문무백관과 공연자 자신들이었던 점은 궁중음악 향유의 폐쇄성을 상징적으로 보여준다.

민간의 음악 공간은 궁중음악과 달리 처음부터 성문화된 규범없이 음악이 향유되는 곳이었다. 민간에서 자발적인 음악행위가 벌어지는 공간은 풍류방이었다. 풍류방은 구성원의 음악활동의 지향에 따라 그 성격이 달라졌다. 음악과 인격적 완성을 동시에 이루고자 하는 경우는 예도적 풍류계를 형성하였고, 음악적 쾌락과 경제적 보상을 맞바꾸는 경우는 시정풍류계를 구성했다. 예도적 풍류방에서는 음악적 이상향과 그 실현 사이의 간극을 담론으로 채우려 했다. 안민영의 풍류방은 이러한 정황을 반영한다. 시정풍류의 경우 향유자의 경제적 능력에 따라 음악 향유의 구체적 상황이 달라졌다. 돈 많은 부호들의 부상층(富商層) 풍류, 소박한 규모로 자영 농민 및 수공업자 등과 같은 소시민들이 예술을 향수하는 서민풍류로 나누어진다. 부상층의 풍류는 소위 오입장이라 불리는 포도 군장, 형조 서리, 대전 별감 등과 같은 중서층(中胥層) 인사들의 관여로 지속성을 담보할 수 있었다. 장교(長橋)·관철동(寬澈洞)·수표동(水表洞)·관수동(寬水洞)·청계천 광통교(廣通橋)는 시정 풍류의 중심지였다.[17] 서민풍류는 농업과 수공업을 생업으로 하는 사대문 밖 서민들이 마을의 움이나 공청(公廳) 등과 같은 곳에서 음악을 향유한 경우이다. 움은 땅을 파서 만든 것으로 천장에 반자를 하고 병풍을 두르며 바닥에 보료를 깔아 놓은 것이었다 하며, 공청은 지붕을 덮고 서까래를 깔고 마루를 놓고 멍석이나 자리를 깔아 만들어 놓은 것인데 허술한 겉과 달리 내부는 상당히 호화로웠다 한다.[18] 서민풍류의 공간에서는 좌창 형

---

17) 심경호, 「조선 후기 시사와 동호인 집단의 문화 활동」, 『민족문화연구』 제31집, 高麗大 民族文化研究所, 131면.

식의 음악을 즐겼는데 비록 관현반주를 정연하게 갖추지는 못했지만 관악기로 노래의 변화를 따라가는 수성(隨聲)가락 반주로 가사(歌詞)를, 무릎 장단으로 시조를, 그리고 각종 잡가를 향유했다.

그런데, 민간에서는 절대다수가 위와 다른 계기로 음악을 향유했다. 대체로 음악은 민간 풍속 속에서 실현되었다. 풍속 속의 음악은 민간의 특정한 계층을 대상으로 하지 않고, 자력으로 음악을 향수할 수 없는 빈민층에게도 제공되는 것이었다. 예컨대 답교놀이 같은 세시풍속 중에 수반되는 음악, 장원급제 후 유가의 행렬 중에 실현되는 음악, 군례 중 행진 간에 베풀어지는 고취악 등은 비록 빈번한 일은 아니었지만, 실내 공간에서 벌어지는 풍류의 맥락을 벗어나 음악 향수의 기회를 제공했다. 풍속 속의 음악은 수용자 개인적으로 감당해야 하는 비용에 있어서 풍류방의 좌창보다 비용이 적게 들고, 특정한 공간이나 여유 있는 시간이 없어도 음악향수가 가능했다. 이에 적합한 공연 방식은 입창이었다.

이상과 같이 19세기 음악 생산과 수용 양상은 대체로 시정음악이 발달했다는 점에서 현행과 비슷하지만, 각 음악은 계급과 지역에 따라 서로 다른 문화를 배경으로 한다는 점에서 다르다. 생산공동체적 감수성의 한계 속에서 음악생산과 향유가 이루어졌고, 음악가의 신분에 따라 레퍼토리가 결정되었다. 따라서 음악가와 그 음악의 수용자간의 의사소통은 전면적이지 못했다. 예컨대 양반 음악가들은 아무리 경제적 보상이 크다 하더라도 시정풍류에 나서지 않았으며, 천민 음악가들은 그의 음악적 지향과 무관하게 신분이 높은 좌상객이 마련한 공연에 나서지 않을 수 없었다. 또한 음악가들의 레퍼토리는 음악문화적 배경 속에서 한정되었다. 예를 들어 양반 음악가는 판소리를 할 수 없었고, 중인 음악가는 천민

---

18) 成慶麟, 「서울의 俗歌」, 『鄕土서울』 제2집, 서울특별시사편찬위원회, 53면; 李昌培, 『韓國歌唱大系』, 홍인문화사, 1976, 162~169면. 그런데 19세기에 움 속에서의 노래를 하는 관행은 잡가에 한정된 것이 아니다. 천민이었던 판소리 광대들 역시 움 속에서 소리 수련을 했다(『每日新報』, 1937.4.29).

광대나 사당패의 소리를 하지 않았으며, 민간의 음악가들은 장악원의 레퍼토리를 공연할 수 없었다. 또, 사대문 안에서 서도소리나 남도소리를 쉽게 들을 수도 없었다. 이처럼 음악의 내재적 원칙의 통찰과 음악 실현에 있어서의 성취와 관계없이 신분과 지역 상의 한계로 음악가와 음악 갈래가 짝지어지는 점은 음악 생산과 향유에 있어서 중세적 장치가 작동하고 있음을 보여준다.

한편, 음악 수용의 측면에서는 전 근대의 구속으로부터 상당히 벗어나 있다. 비록 부분적이기는 하지만 민간의 음악 역량에 대해 탄력적으로 반응하고 있는 궁중음악의 양상, 대엽계 가곡을 중심에 두었던 풍류방에서 계통적으로 다른 음악─가사·잡가·입창 등을 수용했던 점, 천민 음악가가 풍류방의 음악가에 필적하는 음악적 성취를 이루고 이를 바탕으로 면천하는 사례 등은 음악 수용의 측면에서 생산과 관련한 계통 간의 폐쇄성이 부분적으로 해소되고 있음을 보여준다. 비록 음악 계통 간의 폐쇄성이 완전히 해소되지는 않았지만 해소의 방향과 동력은 주목할 만하다. 다만, 민간 풍류의 경우 시정풍류가 발달했음에도 불구하고 예도적 풍류가 기울지 않았던 점은 민간음악계의 상황을 탈중세로 보기 어렵게 한다. 그런데 시정음악의 발달, 음악적 소통에 있어서 계통간의 폐쇄성이 기능적으로 해소된 점, 새로운 가능성과 기존의 현실과의 조화 등은 중세적 현실이라는 기저 위에서 실현되고는 있다. 그러나 이러한 현상은 근대적 경향과 무관하지도 않기 때문에 근세적이라고 할 수 있다. 다만, 19세기 음악 수용의 양상이 전 근대와 다른 방향의 진로를 설정했다는 점은 주목할 만하다.

3. 대안적 근대 음악계

1) 전 근대 음악계의 붕괴와 근대적 음악계의 기반

근대음악사의 성립은 중세적 음악구도가 붕괴하는 동시에 이에 대한 대안적 음악계가 건설되는 과정이라고 할 수 있다. 중세적 음악구도의 붕괴는 음악가에 대한 신분적 제한이 없어지는 것을 시발로 하여 신분적 한계에 따른 중세적 음악계의 위계구도 해체를 통해 마무리되었다. 1894년 갑오개혁 이후 천민 음악가가 면천하면서 이들을 기반으로 했던 음악 생산체계가 크게 동요했다. 천민 음악가는 신분이 상승하면서 신분 집단으로부터 이탈하여 개인의 기예 혹은 근대적 음악집단을 토대로 독립하였다. 이 과정에서 신분을 전제로 구성된 전 근대의 음악집단 예컨대 창우·기녀·사당패 등과 같은 천민기능집단은 아에 없어졌다. 또한 양반 음악가와 중인 음악가 그리고 체제의 후원을 받았던 양민음악가와 기녀는 이들을 지지했던 민간 구체제의 붕괴와 함께 자연스럽게 도태되었다. 이 과정에서 민간 음악계 내에서 예도적 풍류와 시정 풍류 간의 균형이 깨졌다. 나아가 조선의 중세적 체제와 운명을 같이 하였던 궁중음악은 장악원의 해체와 함께 몰락했다. 그 결과 20세기 벽두에 19세기까지 공고했던 "궁중음악과 민간음악"이라는 양대 구도는 무너졌고, 세부적으로는 음악가의 법적·사회적 지위가 달라지면서 이들의 활동을 제약했던 "신분-레퍼토리"의 결합 관례도 바뀌었다. 20세기 이후는 음악가의 레퍼토리가 신분에 의한 관례에 의해서가 아니라 학습과 경쟁 상황에 따라 결정되었다.

전 근대의 붕괴를 목도하고도 살아남은 음악가들의 활동상은 확연히 달라졌다. 그런데 음악가의 활동상은 비음악적 계기에 의해 달라지게 되었다. 그 결과 음악가 조직은 일정 기간 동안 남녀별로 구분되었으며, 남녀 구분의 하위에서는 학습 배경에 따라 활동상에서 차이를 갖게 되었다. 여성 음악가들의 경우 상호 간의 계급적 차별이 없어졌고 평등한 관계를 전제로 기생조합 체계로 조직화되었다. 남성 음악가들의 경우 과거 권력을 독점했던 풍류계 음악가들이 음악교육계로 후퇴하였고 면천 창부와 이에 준하는 평인계 창부들이 음악계의 실력자로 부상하면서 과거의 차별적 위계 구도가 극복되었다. 다만, 남녀 모두가 법적으로는 동등한 신분이었지만, 당시 여성 인권의 발달 수준이 낮았기 때문에 남녀 간의 차별이 있었다. 중견 이상의 남성 음악가들은 기생보다 연상이었고, 경험이 풍부했고, 처음부터 음악계 내에서 조직의 운영 그리고 학습을 담당하는 등 지도적 위치를 차지했다. 그러나 20세기 벽두부터 음악가의 신분이 모두 법적으로 평등해진 점은 대안적 근대 음악계의 기초가 되었다.

음악가들은 법적으로 평등했지만 레퍼토리와 관련해서 관례적 구분은 일부 지속되었다. 일부 중인 출신 남성 음악가의 후예들은 예도적 풍류계 음악을 계승함과 동시에 근대 사회의 엘리트 교육을 목표로 조선정악전습소(조양구락부, 1909)를 설립하였고, 천민 창우집단의 후예들은 남녀 혼합집단인 경성구파배우조합(1915)을 설립했다. 양민 세악수와 사계축은 기능집단을 형성하지 못한 채 음악가 개인이 독립적으로 활동하다가 다른 음악집단으로 이동하거나 도태되었다. 여성의 경우 1908년 이후 기생조합이 설립되면서 19세기까지 지속되었던 '기녀-삼패-사당패'의 위계 구도가 무너졌고, 여성 음악가들은 기생이라는 단일화된 표상 하에 통합되어 새로운 기능집단을 구성함으로써 근대음악사회에 재배치되었다. 남도 출신 기생인 경우 남성 음악가와 공생하기도 했지만 대부분의 기생들은 독자적으로 무대에서의 삶을 개척했다. 또 이들은 전 근대의 시정풍류가 자본의 체계적인 관여 속에 대중적 풍류로 전환되는 과정에도 참여했다. 이처럼 음악집단들이 법적으로 음악계 내에서 동등한 위치를 점하며 활동할 수 있었다는 점도 대안적 근대음악사회의 기반이 되었다.

음악 향유 공간의 성격도 달라졌다. 전 근대까지 궁중음악은 민간음악계에서 현실적인 역량을 드러내지는 않았지만 권력이 보장하는 최고의 음악이라는 상징성을 갖고 있었다. 그런데 1908년 이후 장악원 체제가 무너지면서 대략 한 세대 동안[19] 그 후예들은 몰락의 세를 회복하지 못했다. 민간음악계의 경우 19세기까지 풍류방의 명분과 실제는 풍류 현장에서 균형을 이루고 있었다. 20세기 벽두에 조선정악전습소의 경우처럼 기능적 풍류방으로의 전환을 시도했지만, 근대적 전문음악가라는 문제에 대해 대안을 내놓지 못하고 지연하는 과정에서 실제 음악계에서 침몰하였다. 20세기 풍류방은 주도자의 개성과 중인 오입장의 조정 역할이 점차로 사라지게 되었다. 그 대신 풍류와 관여하는 모든 역량이 분자화되었고, 분자화된 개별 분야가 자본주의적 시장논리에 의해 체계적으로 조직화됨으로써 풍류의 내용과 성격은 변화되었다. 특히 본질적으로 풍류방에 자본이 대량으로 투입되면서 소수의 풍류가 대중적 풍류로 변화되었다. 또한 민간풍속에서 행해지는 전 근대의 의례와 행사가 사라지면서 여기에 수반되었던 음악 행위 역시 없어졌다. 예컨대 과거의 폐지, 각종 통과의례의 축소, 세시풍속놀이의 점차적 소멸은 음악 실현의 계기를 차단해 버렸다. 이 과정에서 기예나 춤을 동반하는 절대수의 기악음악이 없어져 버렸다.

이상과 같은 기존 음악계의 구도의 붕괴와 별도로 전 근대와 연이 없는 일을 계기로 근대적 음악사회가 열리기도 했다. 1902년 희대의 설립 이후 극장에서의 음악 향유가 본격적으로 시작되면서 음악수용의 양상이 바뀌었다. 극장은 음악향수자의 자격을 제한하지 않고 공적이고 상설화된 음악체험을 가능하게 하는 공간으로 기능하였고, 한편 일정 기간 동안 음악가와 레퍼토리를 분배하고 조정하는 기능을 수행했다. 예

---

19) 권도희, 「20세기 초 음악집단의 재편」, 『동양음악』 20집, 서울대 동양음악연구소, 1988, 283면; 「장서각 소장 「朝鮮雅樂」의 해제와 근대 음악사료적 가치에 대한 고찰」, 『동양음악』 26집, 서울대 동양음악연구소, 2004, 80~84면.

컨대 관립극장의 독주 시절에는 서울소리와 광대소리가 중심이 되었지만, 1907년 전후로 여러 개의 사설극장이 설립되고 극장 간에 본격적인 흥행 경쟁이 시작되면서 전국 규모의 음악가와 레퍼토리가 발굴되고 향유되었다. 이 결과 공공의 장에서 유통되는 레퍼토리는 19세기보다 확장될 수밖에 없었다. 1910년대 극장과 수많은 잡가집의 레퍼토리를 통해 당시의 음악적 다양성이 확보되는 과정을 확인할 수 있다. 특히 사설극장은 레퍼토리와 음악가를 발굴하고 분배하는 기능을 수행하면서 한동안 음악계의 변화에 긴밀하게 관계하였다. 그러나 사설극장이 문을 닫고 경쟁의 열이 식으면서 극장의 음악계에의 직접적 기여는 줄어들었다. 그리고 20세기 전후로 조선에 등장한 음반은 극장보다 세밀하게 레퍼토리를 발굴·수용할 수 있었다. 1907년 이후 조선에 상업용 음반 발매가 시작되면서 지속적으로 음반이 발매되었지만, 일반인의 유성기 보유 상황과 관련 분야의 산업 발달, 그리고 자본의 규모에 있어서 한계가 있었다. 그러나 1920년대 이후 중반, 상업용 음반의 제작 시 전통 레퍼토리 분배에 있어서 경·서도 및 남도 음반을 같은 비중으로 발매하는 관례가 생겨났다. 이는 당시 서울에서 활동하던 다양한 출신의 음악가들의 역할을 조정할 만한 것이었기에 음반사는 음악계와 긴밀한 관계를 갖는다 할 것이다. 1920년 후반부터 음반의 음악계에서의 역량은 점차로 커지기 시작했다. 극장과 음반은 공공의 음악유통 방식을 정착시킴으로써 음악 향유의 방식을 바꾸게 했지만, 본질적으로 불특정 다수의 취향을 반영한다는 점에서 대중을 지향할 수밖에 없었다. 그런데 당시 극장의 건축 음향 및 미디어 기술에 있어서 섬세한 음들을 수용할 수 없었던 점은 풍류계 음악을 제외하는 결과를 초래했다. 또한 20세기 초 극장과 음반에서 수용하고 있는 레퍼토리의 대부분이 가창 부문이었으므로 기악 담당자의 역할도 줄어들게 되었다. 그 결과 전 근대의 레퍼토리 중 일부가 근대에 남게 되었고, 그나마 대중적 취향에 맞는 음악이 중심이 되었다.

　제국의 힘과 함께 서양음악 혹은 서양식 음악이 들어오면서 과거에 경험하지 못한 음악 어법이 조선에 소개되었다. 20세기 벽두에 조선인들에게 향유되었던 서양음악의 갈래는 찬송가와 창가였다. 음악 구조적으로 찬송가와 창가는 서로 변별되지 않는 경우도 있지만, 찬송가가 창가는 각각 별도의 문화사적 국면을 배경으로 성장했기 때문에 서로 다른 갈래로 인식되었다. 찬송가와 창가의 초창기 상황을 상대적으로 설명하자면,[20] 찬송가는 예배라는 전례에 구속되며 종교인의 자발적 의지로 선택되었던 측면이 있었고, 창가는 일본이 주도한 근대 음악 교육의 내용이었기 때문에 외래음악을 억압적으로 습득해야 하는 상황이었다. 찬송가와 창가가 수용될 초기에는 조선 인구 중 교육 수혜자의 비율도 적었고 기독교인 역시 소수였지만, 이 음악은 제한적 맥락 속에서 민요의 대안적 노래로 기능했다. 왜냐하면 찬송가와 창가의 음악구조적 기반이 되었던 서양화성음악은, 조선에서의 가창 실제에 있어서 화성이 위축된 단선율 노래가 되거나 심지어 민요의 음구조[21] 혹은 가사(歌辭) 같은 말붙임으로[22] 변환되었기 때문이다. 이 점은 서양 근대음악의 역량이 조선의 관례를 통과하면서 서양과는 다른 경로의 대안적 근대 속에 배치되고 있음을 보여준다. 그러나 1920년대 이후가 되면 창가는 점차 근대적 도시 문화를 배경으로 하여 교육·종교·대중을 향해 다양한 향유의 양식을 개척했고, 화성음악의 구조를 전면적으로 드러냈다.

---

20) 문옥배, 『한국교회음악수용사』, 예솔, 2001.
21) 권도희, 「1910년대 창가와 잡가」, 『한국어문학연구』 51집, 한국어문학회, 2008, 91면.
22) 구인모, 「가사체 형식의 창가화에 대하여」, 『한국어문학연구』 51집, 한국어문학회, 2008, 107~137면.

2) 감수성의 통합과 음악문화적 기제의 변동

1902년에 설립된 옥내극장은 1910년대 중반까지 음악을 공연의 중심 내용으로 삼았기 때문에 음악계에 대한 레퍼토리 및 음악가의 분배에 큰 영향을 미쳤다. 그리고 음반사는 극장보다 늦게 발달했지만 극장보다 다양한 레퍼토리와 음악가를 발굴·수용함으로써 음악에 대한 일정량의 공공의 수요를 만들어 냈다. 이러한 근대적 음악유통이 발달하면서 서울 음악계는 서울소리 외에도 다른 음악을 수용할 수 있었다. 1900년대에는 극장을 중심으로 삼남의 광대소리가 서울 음악계에 수용되었고, 1910년대 이후 각 지역 출신 기생들이 대거 상경하면서 지방의 잡가가 서울 음악계의 레퍼토리로 추가되었다. 지방 음악가들의 상경은 계속되어 1920년대 중반 이후의 서울 음악계는 각 지방의 음악을 고른 비중으로 다룰 수 있을 만큼 확장되었다. 이러한 확장의 초기적 양상을 보인 시기가 1900~1910년대였다. 서울 음악은 계통상 삼패(三牌) 및 관기(官妓) 출신 기생과 사계축 출신이 담당했고, 산타령과 서도잡가는 서도기생과 날탕이 불렀지만, 1915년부터는 서울기생도 서도음악을 할 수 있게 되었다. 남도음악은 초기에 경상도 출신 기생과 한강 이남의 창부들이 담당하다가 이후로 전라도 창우집단을 계승한 창부와 사당패를 계승한 일부 창부들이 가세하였다. 충청도 창부는 초기에 가창과 기악을 두루 담당하다가 1930년대 전후로 전라도 창부에게 뒤졌다. 한편 경기도의 경우 기생은 레퍼토리에 따라 서도 계통과 남도 계통으로 분열되어 있었고, 창부는 창우집단의 전통을 배경으로 하여 대체로 기악을 전문으로 담당하였다. 즉, 남도음악의 경우 음악가의 출신지역에 따라 가창이나 기악의 역할 분담이 있었고, 출신지에 따라 창부 중심인지 기생 중심인지의 역할 분담도 있었다. 이 음악가들이 실현하는 음악은 음악어법에 의해 크게는 서울 음악, 서도 음악, 한강 이남의 음악으로 구별되었다. 이처럼 음악계에서의 역할 분담과 교차를 통해 20세기 이후 탈

지역적인 음악 문화가 만들어질 수 있었다. 19세기까지 음악 생산과 향유에 있어서 특정 음악이 특정 지역문화권에서 동류인들에게 의미를 가졌다면, 20세기에는 전 근대 음악계의 붕괴와 근대적 음악계의 성장 그리고 극장 간의 흥행 경쟁, 음반 회사 간의 판매 경쟁을 통해 도시적 음악시장의 규모가 확장되었고 동시에 지역과 계층별로 개성을 가졌던 음악 향유 방식도 균질화되었다. 이러한 상황은 비록 생동감 있는 음악적 생산력과 상상력을 제한하기는 했지만, 도시적 공간 속에서 감수성을 통합하는 역할을 했다. 통합적 감수성의 장이 형성되는 과정에 결정적으로 기여한 갈래는 잡가였다. 20세기 이후 잡가의 범주는 19세기보다 훨씬 넓어졌고 그 성격 역시 도시민들이 공유하는 음악으로 변하게 되었다.

양악의 경우 1920년대 전후 분업화된 음악가들이 등장함에 따라 화성음악은 단선율의 한계를 벗어나기 시작하였고, 점차로 화성은 음악의 기초적 감수성을 통일시키는 장치로 활용되었다. 이러한 배경 속에서 수용자는 지역성을 초월한 통합적 감수성을 형성할 수 있었다. 이러한 현상은 교통과 미디어의 발달을 통해 빠르게 전국에 확산되었다.

20세기 초 감수성의 통합은 획일화와는 무관하다. 오히려 감수성의 통합은 다양성을 전제로 진행되었다. 20세기 첫 30년 동안 음악가의 역할 분담은 서울·서도·한강 이남의 경우로 나누어졌다. 서울 음악가들은 19세기부터 지속되는 서울음악에 대한 기득권을 바탕으로 활동하였고, 서도 음악가들은 대부분 기생이었지만 창부들도 일부 활동하였다. 한강 이남의 음악가들은 근본적으로 창악을 담당하였지만, 세부적으로 충청도·경기도 출신인 경우 기악을 맡았으며, 전라도·경상도가 창악을 장기로 내세우고 있었다. 도시에 집중한 많은 음악가의 역할이 출신별로 달랐던 점은 다양한 문화적 배경을 갖고 있는 도시 구성원의 요구를 반영했음을 의미한다.

1920년대 이전까지 근대적 기반 위에 전 근대와 관련된 음악이 자리를 잡았고, 근대문명을 전제했던 외래음악은 근대적 교육과 전 근대적 관례 속에 분산되어 배치되는 과정에서 전자의 경우 전문가의 음악으로 실세가 있는 음악이 되었고, 후자는 비전문가의 음악으로 음에 대한 감수성을 바꾸어 놓는데 기여했다. 그러나 한동안 근대적 음악 생산 방식인 '작곡'[23)의 문제는 전면적으로 해결되지 못한 채였다.[24)

4. 근대적 음악계의 구축

1920년대 중반에 서울 인구는 40만을 넘어섰고 1930년대 이후는 50만을 넘어섰다. 이러한 상황은 음악계의 변동과 관련을 지을 수 있다. 1930년대 전후부터 도시로 인구가 집중되면서 음악 수용자의 요구가 많고 다양해졌다고 할 수 있기 때문이다. 실제로 1930년대 전후 음악계의 세부 구도는 달라졌다. 다음에서는 음악계의 변화를 정리하도록 할 것이다.

1) 음악계의 팽창과 분화

1920년대 후반 전후로 음악의 생산과 수용 상황은 그 이전과 또 달라지기 시작했다. 기생은 독립적인 음악가로서 충분히 성장하였다. 그 결

---

23) 이혜구, 「독립운동과 민족음악」, 『한국음악논집』, 세광음악출판사, 1985.
24) 1920년대 이후로 "작곡"이 본격적으로 실현되면서 서양식 음악의 양이 비약적으로 늘어나는 과정에서 대중용 창가·동요·가곡·가요 등이 등장했다. 이에 비해 조선 음악의 양적 증가 비율은 양악에 비해 상대적으로 크지 않았던 점은 음악 생산 방식에 대해 진지한 대응을 유보했기 때문이라고 할 수 있다.

과 기생조합이라는 제도 밖에서도 활동할 수 있게 되었다. 남자들의 경우 극장 음악을 주도했던 음악가 외에 전남과 평안도 출신 음악가들이 새롭게 상경하면서 세대교체를 이루게 되었다. 그리고 대략 한 세대 동안 몰락했던 장악원의 후예들도 후원체제를 정비하고, 궁중음악과 예도적 풍류를 아울러 재기를 시도했다. 또, 유럽과 미국 그리고 일본에서 서양음악을 배운 새로운 음악가들이 독주회, 작곡집 등을 내면서 음악계의 전면에서 활동을 시작했다. 이처럼 1930년대 전후로 계통과 세대를 달리하는 다양한 음악가들이 음악사회에 등장하면서 근대 음악사회로서의 모든 가능성이 다 드러나게 되었다. 계통과 세대가 다른 음악가들의 등장은 음악계의 질적 변화를 견인하였다.

1920년대 후반부터 음악계 주변의 상황도 달라지고 있었다. 극장은 대관의 기능만을 수행했고, 그나마 1920년대 말부터 명인명창의 무대로 변하면서 음악계의 변동에 소극적으로 관여했다. 시기에 공연의 계기는 정치적 동원이나 신문사 및 종교 사회단체의 후원을 통해 마련되었다. 또 1928년 전기녹음 이후 거대한 자본력을 갖춘 다수의 일본 음반회사가 조선에서 영업을 전개했고, 각각의 음반사는 체계적 분업과 합리화된 경영을 통해 서로 간에 경쟁하였다. 이 과정에서 시중에 유통되는 음악의 절대량이 급격하게 늘어났고, 특히 서양식 음악 어법을 구사하는 대중음악의 양이 급속도로 증가했다. 그리고 1927년부터 라디오 방송이 시작되면서 공적 영역에서의 음악 수용의 계기가 더 확장되었다. 이러한 변화는 음악계의 양적 팽창을 유도한 기반들이라고 할 수 있다.

음악계의 양적 팽창이 이루어지는 것과 같은 시기에 음악계의 분화도 진행되었다. 1910년대까지 장악원의 계승자, 민간 음악계 중 예도적 풍류방의 후예 그리고 서양음악 전문가는 전문적인 음악활동의 장에 들어서지 못했다. 장악원의 후예는 이왕직아악부로 존속할 수는 있었지만 근대의 공적 장에서의 활동은 제한되어 있었다. 예도적 풍류방의 후예는 비록 조양구락부를 결성했지만 이 단체는 음악가로서의 전문적 활동에 한계가 있었다. 또한 1910년대까지 김인식 등과 같은 양악의 전문가가 등장하여 창가라는 새로운 갈래를 개척했지만 근대 교육의 맥락을 넘어서 창가를 배치시키지는 못하고 있었다. 그러나 1920년대 중반 이후로 이왕직아악부는 장악원계 음악 외에 예도적 풍류방의 음악과 몇몇 민간 음악을 수용하면서 전면적으로 음악계로 진입하기 시작했다. 또 양악의 경우 교육의 맥락을 넘어서 동요·가곡·유행가 등의 갈래가 만들어졌고 이를 통해 음악적 성취를 보여주었다. 이러한 상황은 전 근대 음악계의 붕괴와 대안적 근대음악사회가 마련될 때와 비교하여 근대적 성취의 단계를 달리한다 할 수 있다. 이러한 변화는 새로운 명분을 제시하는 음악세력의 등장을 전제로 하였다.

음악적 명분은 음악 실현을 넘어서 담론의 형식으로 제공되는 것이다. 전 근대의 음악적 명분이 음악과 윤리를 결합하는 것이었다면, 근대의 명분은 음악적 전문성에 개인의 창조성을 결부시키는 방식으로 제시되었다. 음악 실제와 담론을 결부시킬 때 실제가 강한 경우 대체로 대중음악, 실제와 담론이 효과적으로 결합되는 경우 '진지한 음악'에의 지향으로 나누어 졌다. 현실적으로 음악 유산 가운데 극장의 흥행과 음반 판매에 유리한 음악과 서양식 유행가는 대중음악의 맥락 속에 수용되고 있었고, 궁중음악·예도적 민간음악 그리고 양악 중 동요와 가곡은 진지한 음악 행위에의 지향을 분명히 하였다. 물론 대중음악의 경우 부분적으로 진지한 명분 논쟁의 대상이 되기도 했다. 예컨대 신민요의 경우 흥행을 넘어서 음악의 본질과 당대 사회에의 기여에 대한 논의가 등장한 점은 1930년대 전후로 진행된 음악계의 국면 전환 속에 가능했다고 할 수 있다.[25] 요컨대 1930년 전후로 당대의 음악계는 지향에 따라 분화되어 당대 음악사회 내에 재배치되었다.

---

25) 1930년대 초 을파소, 구왕삼 등의 신민요 논쟁이 이에 해당한다. 장유정, 「1930년대 신민요에 대한 당대의 인식과 수용」, 『한국민요학』 제12집, 한국민요학회, 2003.

2) 현실적 3분 체계

1930년대 전후 음악계의 지향에 따른 분화는 음악계의 현실과 관련하여 큰 의미를 갖지는 못했다. 왜냐하면 음악적 지향에 따른 활동의 방식은 선명하게 구분되었지만, 진지한 음악을 지향하는 음악가와 청중은 극소수에 해당했고 이들을 지지할 수 있는 사회적 기반도 갖추어지지 않았다. 예를 들면 진지한 음악에 도달하기 위해서는 그러한 음악을 숙지할 수 있는 절대시간을 제도적으로 보장해야 한다. 예를 들면, 관련 음악을 학습하기 위한 근대적 학습체계와 연주기관이 있어야 한다. 조선정악전습소·이왕직아악부·이화여전 등과 같은 음악 전문기관만으로 진지한 음악에의 요구에 대응하기에는 역부족이었다. 서양음악의 경우 유학을 통해 외국음악을 학습할 수는 있었지만, 이 방법을 선택할 수 있는 사람도 극소수였고, 그러한 음악이 조선에서 향유될 수 있는 감수성의 기반도 미약했다. 오히려 1930년대 조선의 현실에서는 대중음악에의 지향이 두드러졌고 그 결과 대중음악의 영향력이 압도적으로 컸다. 이때문에 음악적 지향의 차이는 음악계 현실에서 균형을 이룰 수 없었다. 그래서 음악 어법, 음악적 지향, 학습의 내용, 음악 활동양상, 음악 유통의 방식에 따라 현실적인 음악계는 전통음악계, 양악계 그리고 대중음악계로 3분되었다.

전통음악계는 음악 유산을 토대로 만들어진 것으로 진지한 음악과 대중적 음악으로 세분된다. 양악계는 서양의 화성음악 어법을 토대로 만들어진 것으로 여기에는 진지한 음악과 표준화된 대중음악이 분리된다.[26] 대중음악에서 음악은 생산 목표가 음악상품을 통한 이익의 창출이기 때문에 관련자들은 개별적 감수성을 통합해야 했다. 통합의 방법

---

26) 아도르노의 '표준화(standardization)'와 같은 의미로 사용되었다. Adorno, Theodor W., *On Popular Music On Record : Rock, Pop and Written World*, London, 1990, pp.197~209. 표준화와 한국음악에 대해서는 권도희, 『한국 근대음악사회사』, 282~284면 참조.

은 기존의 익숙한 음악을 사용하는 것인데 '익숙함'의 계통은 둘로 나누어진다. 잡가와 같은 음악유산을 사용하는 경우와, 유행가 같은 표준화된 음악을 사용하는 경우가 있다. 각각의 음악은 음악계의 확장과 경쟁의 다면화의 상황에 처해 각자의 생존 방식을 모색했다.

　전통음악계는 일시적인 흥행의 차원을 넘어서 근대적으로 체계화된 전문집단을 결성하면서 음악사회의 변화에 대처하였다. 조선성악연구회(朝鮮聲樂研究會, 1934)는 전라도 창부와 남도 기생들을 중심으로 남도 음악의 주도권을 쥐게 되었다. 이 집단은 기능적으로 음악가의 교류와 학습 나아가 흥행까지 담당했다. 1920년대 말 전남의 창부들이 대거 상경하여 조선성악연구회에 소속되면서 과거 충청도와 전북 창부를 중심으로 운영되던 한강 이남 음악계는 전라도 중심으로 교체되었다. 이 집단은 신구세대 음악가들을 고루 포용했을 뿐만 아니라, 레퍼토리에 있어서도 창극, 남도잡가와 단가, 그리고 기악 등을 포괄하면서, 현행 남도 음악계의 모태가 되었다. 다만, 남도 음악의 주도권을 전남 창부들이 쥐게 되면서 남도 음악계의 일원이었던 경기도와 충청도 출신 창부들은 무용반주를 중심으로 독립할 수밖에 없게 되었다. 한성준의 무용연구소(1937)는 이러한 상황에서 무용을 주제로 이들을 반주자로 수습하여 결성된 단체였다. 한편, 서울에 기반이 있었던 음악가들은 교류와 연구를 위해 가무연구회(歌舞研究會, 1930년대 초)를 결성하였다. 가무연구회 역시 신구세대 음악가를 포용하고, 경·서도잡가를 아울렀으며, 공연 영역으로는 산타령과 재담 그리고 무용과 산대놀이를 넓게 포괄하였다. 그런데 이 집단의 운영은 조직화되지 못했고 서도소리를 완전하게 수용하지 못했으며 새로 상경한 서도 음악가 및 여성 음악가를 배제하였다. 이 과정에서 1930년대 이후로 전통음악계에는 남도음악과 경서도 음악이라는 양분 구도가 확립되었다. 이러한 음악계의 양분구도는 상호 배타적으로 운영되면서 양자의 의사소통에 한계를 보였다. 그 결과 이후로 1930년대부터 상경하기 시작한 서도 창우 집단 출신의 음악가들이 서울의 음악계에 정착하지 못했으며, 또 기생계에서 발생한 대중음악이 전통음악과의 연속성 상에 놓이지 못했고, 세대교체도 완성하지 못했다. 한편, 전통음악계의 하위 구도에서는 진지한 음악을 추구한 이왕직아악부도 있었다. 그러나 이들의 지향은 분명히 했지만 20세기 전반까지 적극적으로 일반 사회에 도전하지는 못했다. 이상과 같이 이 시기의 전통음악계의 변화는 당대까지 전승되던 모든 음악적 유산을 균형감 있게 다루지는 못했다. 그러나 이 과정은 20세기 초에 산발적으로 제시되었던 음악적 역량이 '체계화'되는 과정이었다.

양악계의 경우 서양의 화성음악을 학습한 음악가들이 서양식 예술음악을 표방하면서 활동을 전개하는 경우와 예술음악에 집착하지 않고 생동감 있는 대중음악계에서 활동하는 경우로 나누어진다. 개인의 창조성을 존중하는 경우는 동요과 가곡을 작곡하면서 진정성을 얻어가려 했다.[27] 1920년대 등장하는 이른바 대중용 창가와[28] 미디어를 기반으로 작곡된 각종 유행기류의 음악은 음악 생산과 향유의 전 과정이 개인의 차원에서 이루어지는 것이 아니라 보다 더 철저하게 분업을 통해 통제되었다. 그래서 같은 서양의 화성음악 어법을 사용한다 하더라도 양자의 향유방식은 달라졌다. 예컨대 진지한 음악을 지향하는 이른바 양악가들은 1920년대 중반 이후로 음악계로 나서면서 크고 작은 음악 단체는 물론이고 관현악단까지 만들었지만 단체의 이합집산이 해방시기까지 멈추지 않았고,[29] 집단의 조직과 운영에 있어서 동호인 단체의 성격을 크게 넘지 못했다. 비록 다수의 전문음악가들이 독주회 및 각종 규모의 연주회를 개최하여 사회적으로 큰 반향을 일으켰지만 개별적 연주를 넘어서 전문적인 음악활동을 전개하는 데는 한계가 있었다.

---

27) 류덕희·고성휘, 『한국동요발달사』, 한성음악출판사, 1996; 이강숙·민경찬·김춘미, 『우리양악100년』, 현암사, 2001.
28) 민경찬, 『한국창가의 색인과 해제』, 한국예술종합학교 예술연구소, 1997.
29) 이혜구, 『만당음악편력』, 민속원, 2007, 23~36면.

대중음악의 경우 특정 음악 어법이 문제되기보다는 상품으로서의 음악이 얼마나 체계적으로 관리되느냐가 관건이었다. 1920년대 후반부터 전기녹음이 시작되면서 미디어 자본이 적극적으로 관여했기 때문에 대중음악계의 양상은 공연이나 인쇄물에 의존했던 시기와 그 규모와 방법 면에서도 크게 달라졌다. 빅터·콜럼비아·폴리돌 등과 같은 큰 규모의 일본 음반회사와 오케·코리아 등과 같은 중소규모 음반사가 음반 산업에 뛰어들면서 음악 시장의 전체 규모가 커졌다. 예를 들면 1930년대에 폴리돌의 자본금의 규모는 60만원에서 100만원까지 증가되었다. 1929년 당시 화신백화점의 자본금이 100만원이었다는 점은 대규모 일본 음반사의 조선에의 투자 규모가 결코 작지 않았다는 점을 알 수 있게 한다. 음반시장의 규모가 커지면서 음악 시장에서 레퍼토리의 공급 양상도 달라졌다. 1930년대 이전까지 음악 시장의 레퍼토리는 전통음악의 갈래―잡가와 판소리 도막소리 혹은 단가 등―가 전부였다. 그러나 이와 완전히 다른 음악 어법을 사용하는 음악은 1930년대 전후로 빠른 속도로 증가했다. 1930년대 전후로 대중음악계에 등장한 새로운 음악은 서양 화성을 기반으로 한 음악으로 신민요·유행가·코믹송 등이었다. 이러한 음악은 음악문법이 음악유산과 다를 뿐만 아니라 생산 방식에서 전통음악과 차별된다. 또 화성을 기반으로 한 대중음악은 개별 악곡 단위의 독창성을 예술적 성찰을 통해 확보하는 것이 아니라 아도르노가 말한 바와 같이 표준화의 방식을 통해 생산되었다. 예를 들어 4마디 단위의 악구가 작곡 이전에 이미 설정되어 있었고, 화성 진행 방식은 규격화되어 있었다. 이러한 표준화된 음악은 대량 생산에 기반이 되었다. 현재 알려진 목록을 근거로 유성기 음반으로 발매된 음악 계통을 목록만으로 거칠게 비교하면 전통음악 약 5,160면, 표준화된 대중음악 약 4,605면, 양악 약 516(찬송가 외국음악 포함)면, 극 약 1,193면이다.[30]

---

30) 초판과 재발매를 가리지 않았다. 한국정신문화연구원, 『한국유성기음반총목록』 민속원, 1998; 김점도 편, 『유성기음반 총람자료집』, 신나라레코드, 2000.

이 사실은 전통음악이 표준화된 대중음악보다 약간 우세한 것으로 보이지만, 전기녹음 이전까지 음반의 내용이 거의 모두 전통음악이었음을 감안하면, 1930년대 이후 전통음악과 표준화된 대중음악의 비중은 거의 비슷했다 할 것이다. 전기녹음 이후 표준화된 대중음악을 많이 녹음하게 됨으로써 20세기 첫 30년간 음악계의 전역을 장악했던 전통음악은 1930년대 이후로는 하나의 하위분야를 점하게 되었다는 점은 주목된다.

5. 마무리

19세기 말 서로 다른 계기에서 촉발된 법적·사회적·경제적 변화는 음악행위와 긴밀하게 관계하면서 근대적 음악사회가 만들어지도록 하였다. 근대음악사회는 두 번의 지각변동을 통해 완성되었다. 그 첫 번째는 전 근대적 음악구도의 붕괴와 대안적 음악구도의 성립이 동시에 이루어지는 과정이었다. 시기적으로는 1894년 혹은 1902년 전후로 시작되어 1920년대 초·중반까지에 해당되는 기간이다. 두 번째는 음악계의 팽창과 분화를 통해 현재 음악계에까지 이어지는 구도가 형성되며 동시에 산발적으로 전개되던 대안적 근대음악계의 역량이 정리·체계화되는 과정에 해당한다. 1930년대 전후에 시작된 변화가 이에 해당한다.

전 근대와 연이 닿아 있는 음악행위는 근대 사회의 구도 속에 재편되는 한편, 서양으로부터 전래된 음악도 초기에는 근대음악사와 전면적으로 연계되지 못하고 전 근대의 관례 속에 재해석되면서 대안적 근대를 구성하고 있었다. 20세기 첫 20년 사이에 형성된 근대 음악사의 공간은 생산자와 수용자가 동질의 문화적·지역적 공간에서 직접적이고 개별적 교감을 갖는데 한정되지 않았다. 또 균질화되거나 간접적인 음악 향유방식이 공공의 계기를 통해 일상화되었다는 점에서 현재와 비슷하다. 그러나 이때의 공간은 본질적으로 현대적 음악 공간과는 다르다. 왜냐하면, 이 시기에는 한국음악사회 근대화 방향에 대해 음악 계통 별로 가능성을 갖고 있었고, 어느 한 방향이 일방적이지도 않았기 때문이다. 또 이 시기에는 근대화에 대한 합의나 명분이 선명하게 제시되지도 않았고, 이 때문에 다양한 계통을 아우르는 특정 권력도 형성되지 않은 채 오로지 근대적 '현실'에 대응하면서 전 근대 음악구도에 대한 대안을 마련했다. 그런데, 이러한 상황은 1920년대 중반 이후로 달라졌다. 1920년대 후반부터 전통음악계는 명분과 체계 속에 틀을 갖추기 시작했고, 전 세대와 비교하여 음악상품에 대한 자본 투자의 규모가 커지면서 음악시장에 대처하는 합리적 경영방법이 정착했으며, 서양식 음악은 도시 대중의 생활과 결합하는 한편, 음악 내적 어법의 발전에 의해 전개되는 자율적 음악의 경지를 설득시키게 되었다. 이상과 같은 상황은 현재 음악계의 원형적 모습인 점은 분명하다.

현재 국악이라 불리는 계통은 사실상 20세기 초의 음악사적 전개 과정에서 계통화된 것이라고 할 수 있다. 전통음악으로의 국악의 시작은 조선시대나 그 이전 시대가 아니라 20세기 초의 시각으로 소환된 과거 음악을 총칭한다. 또한 양악의 경우 근대 예술 개념을 전제로 음악을 충분히 음미할 수 있게 되는 것은 이것에 대한 사회적 기반이 완성되는 20세기 후반기의 일이었다. 나아가 미디어와 상업 자본이 관여하여 체계적인 분업과 합리적 관리를 통해 전개되는 음악은 조선 시대의 시정음악과는 완전히 다른 것이었다. 또 20세기 전반기의 대중음악은 하나의 특정 음악 어법을 전제로 한 것이 아니었다. 이러한 점들은 현재 우리가 알고 있는 상식과는 사뭇 다르다.

근대음악사회는 음악적 사건은 물론이고 비음악적 사건이 다면적이고 다층위로 음악과 관계하면서 만들어낸 결과였다. 이 점에서 한국 근대음악사는 특정 음악을 대상으로 그것의 단선적인 발달로 기술될 수

없으며, 근대를 향한 특정 방향을 전제로 서술되는 것 역시 부당하다
할 것이다.

19세기 이후 대중가요의 동향과 외래양식 이입의 문제

강등학

1. 서론

우리의 대중가요 형성에 대한 논의는 이식론과 자생론의 두 가지가 있다. 이식론은 우리 대중가요가 서구음악의 이식과정을 통해 형성된 것으로 설명하려는 논의이며, 자생론은 조선 후기의 사회적 변화를 배경으로 기존의 노래가 대중가요로서의 성격을 가지게 되는 것으로 설명하려는 논의이다. 전자에 대한 논의로는 김창남,[1] 이영미의[2] 작업이 있고, 후자에 대한 논의로는 이노형,[3] 고미숙[4] 등의 작업을 들 수 있다.

---

[1] 김창남, 「유행가의 성립과정과 그 문화적 성격」, 『노래』 1, 실천문학사, 1984.
[2] 이영미, 『한국대중가요사』, 시공사, 1998.
[3] 이노형, 『한국 전통 대중가요의 연구』, 울산대 출판부, 1994.
[4] 고미숙, 「대중가요의 선구, 20세기 초반 잡가 연구」, 『역사비평』 1994년 봄호, 역사비평사.

이식론자들은 우리의 대중가요가 유행창가로부터 시작되는 것으로 보고 있다. 그리고 유행창가는 개화기 이후 우리 땅에 이식된 찬송가, 계몽창가, 학교창가 등 외래양식을 바탕으로 하고 있는 것으로 생각하여, 이들의 논의는 대중가요 형성의 배경으로서 이같은 외래양식이 어떻게 국내에 이입되어 왔는가에 대하여 상당한 관심을 가지고 기술하고 있다. 그런가 하면 자생론자들은 우리의 대중가요가 잡가로부터 시작되는 것으로 보고 있다. 잡가는 19세기 후반부터 대중성을 띠면서 존재하며, 또 20세기로 접어들어 그 비중이 보다 크게 확대되는 장르라고 할 수 있는데, 이러한 사정에 따라 자생론자들은 19세기 후반부터 20세기 초의 시가사에 주목하면서 잡가의 대중문화적 성격을 구명하는데 관심을 가지고 기술하고 있다. 이렇게 보면 이식론과 자생론은 모두 대중가요의 형성에 대해 논의하고 있으면서도, 실제로 다루고 있는 대상과 내용은 서로 달리 하는 양상을 보이고 있음을 알 수 있다.

이식론자들이 대중가요의 형성을 유행창가로 보는 주요 논거 중에 하나는 그것들이 음반에 담겨져 발매된 노래라는 점에 있다. 김창남은 "유행가는 일단 레코드의 존재를 전제로 한다"[5]고 하였으며, 이영미도 "우리 나라의 대중가요는 바로 이러한 유행창가가 음반화되면서 시작된다고 할 수 있다"[6]고 하였다. 「장한몽가」를 비롯한 유행창가가 음반화 이전에 이미 유행되고 있었음에도 불구하고, 그것들이 알려지기 시작한 때를 대중가요의 형성시점으로 잡지 않은 것도 이 때문이다. 그런데 이식론자들의 이러한 시각이 설득력을 얻기 위해서는 유행창가보다 앞서 이루어진 잡가의 음반화 시점을 대중가요의 형성 시점으로 잡지 않은 문제에 대하여 논리적인 설명이 필요하다. 유행창가와 잡가는 기존에 알려진 노래가 음반화되었다는 점에서 같은 입장에 있기 때문이다. 따라서 대중가요의 형성문제와 관련하여 양자를 구분하려면 노래의

---

5) 김창남, 앞의 글, 77면.
6) 이영미, 앞의 책, 49면.

성격과 작품의 내적인 질을 통해 이야기해야 할 것이다.

　그러면 대중가요는 음반을 전제로 하여 성립하는 것인가? 대중가요의 정의는 여러 모로 표현될 수 있겠으나, 그 핵심은 '소비의 다수성'과 '이해의 용이성'으로 집약할 수 있다.[7] 이것은 1880년대부터 오늘날까지 미국을 중심으로 한 서양의 대중음악을 가리키는 개념인데, 특별한 훈련이 없이도 쉽게 이해할 수 있고, 또 사회 구성원의 대다수가 향수하는 노래라면 대중가요라고 할 수 있다는 것이다. 미국의 대중음악 형성의 시점도 이러한 시각에 맞게 설정되어 있다. 미국의 대중음악이 시작되는 시점은 1880년대 틴팬앨리(Tin Pan Alley) 시대로 보는 것이 보통인데, 이때의 음악은 클래식을 대중이 즐기도록 쉽게 개조하여 노래로 만든 것들이 주종을 이루었다. '소비의 다수성'과 '이해의 용이성'을 갖춘 노래인 것이다. 더구나 틴팬앨리 시대의 노래는 음반을 통해서가 아니라, 인쇄된 악보를 통해서 보급되었다. 틴팬앨리라는 명칭도 악보의 출판사가 밀집되어 있던 길거리의 이름을 가리키는 말이다.[8] 이러한 생각에 따른다면 대중가요의 규정에는 음반이라는 매체가 결정적인 기준으로 작용하는 것이 아니고, 노래 자체의 소비 양상과 작품의 내적인 질이 문제가 되는 것임을 알 수 있다. 소비의 다수성과 이해의 용이성이라는 측면에서 볼 때 잡가는 대중가요로 규정될 수 있다. 이러한 시각에서 일단 우리 대중가요의 형성시점에 대한 논의는 자생론이 보다 설득력을 가지고 있다고 할 수 있다. 이 글에서의 논의도 자생론적 시각에서 진행될 것이다. 그러나 그 동안의 자생론적 논의들도 문제가 없지 않다. 그것은 먼저 잡가의 개념부터가 그러하다. 잡가는 집합장르로서 그 밑에 여러 하위장르, 곧 개체장르들이 포함되어 있다.[9] 이를테면 긴

---

7) 서우석, 『음악과 현상』, 문학과지성사, 1989, 83면.

8) 위의 책, 82면; 노영해, 「서양대중음악 유형 성립의 사회적 배경과 그 음악적 속성」, 『음·악·학』, 민음사, 1988, 314~317면.

9) 일정한 형식을 바탕으로 한 작품군이 존재하는 장르를 개체장르라고 하고, 다양한 여러 노래, 또는 서로 다른 작품군을 함께 포괄하는 개념으로 설정된 장르를 집합장르

잡가·휘모리잡가·산타령·통속민요 등이 그것이다. 기존의 자생론적
논의는 잡가를 주된 장르로 다루고 있으면서도 그것이 집합장르라는
점을 고려하지 않았다. 잡가의 하위장르들은 제각각 입장이 같지 않아
서 서로 다른 문화적 역정을 거칠 뿐만 아니라, 그 장르적 성격과 문화
적 의미도 다른 점이 있다. 그러므로 이 장르들은 잡가라는 이름으로
묶어서 처리하게 되면 대중가요의 세부적 국면이 제대로 드러나기 어
렵다. 이를테면 단순한 예로 고미숙은 신민요가 잡가에 뽕짝리듬이 합
친 노래라고 하였는데,[10] 여기서 잡가라는 것이 그 하위장르 가운데 어
느 것을 가리키는지 명확하게 드러나지 않으며, 그 결과 논의는 그만큼
구체화되기 어렵게 된다. 같은 면이 이노형에게서도 발견됨은 물론이
다. 그 역시 잡가를 하위장르의 구분 없이 논의하고 있다.[11] 잡가의 개
념이 정확하게 설정되어 있지 않은 상황에서 대중가요의 사적 전개 양
상을 제대로 드러내기 어렵다. 우리 대중가요의 사적 전개는 많은 부분
이 잡가의 하위장르들이 맺고 있는 관계와 관련을 가지고 있기 때문이
다. 이 글은 기존의 연구가 안고 있는 이러한 문제점을 염두에 두면서
19세기 이후 대중가요의 동향을 기술하고, 이를 바탕으로 외래양식의
번안가요와 창작가요가 우리 대중가요의 사적 흐름 위에서 어떠한 의
미를 부여받을 수 있는지 알아보고자 한다.

라고 한다. 이를테면 사뇌가는 개체장르이며, 향가는 집합장르이다. 이러한 생각은 다
음의 글에서 말한 바 있다(강등학, 「노래문학의 성격과 민요의 장르양상」, 『한국시가
연구』 2, 한국시가학회, 1997, 84~85면).

10) 고미숙, 앞의 글, 282면.
11) 이노형, 앞의 책, 34~47면.

2. 19세기 노래 문화의 판도와 대중가요의 태동

이미 알려진 대로 17세기 후반 이후 조선의 경제는 임진왜란과 병자호란으로 인한 피폐함을 딛고 약진하기 시작하였으며, 이에 따라 조선 후기는 그 문화도 조선 전기와 다른 면모를 보이고 있었다. 화폐경제의 발달과 함계 조선 후기의 서울은 상업적 도시로 탈바꿈하였고, 이와 함께 서울의 문화 역시 소비와 향락의 성격을 지향하며 도시적 양상을 띠고 있었다. 이를 테면 조선 후기 서울에는 냉면이나 탕 등을 파는 전문식당이 크게 성업을 하였고, 또 고급 기생들이 활동하는 기방과 하급 작부들이 활동하는 색주가 등 유흥업소들이 활발하게 영업을 하였다 . 그런가하면 또 한편으로 취미와 예술문화에 대한 욕구가 사회 전반으로 파급되어 나타났다. 그림과 글씨, 그리고 골동품의 매매가 성행하는가 하면, 예인의 기예를 관람하거나 동호인들이 모여 예술취향의 문화를 스스로 닦으며 향수하는 일들이 늘어갔다.[12] 요컨대 경제의 활성화와 함께 유흥과 여가의 문화적 취향과 그 수요가 형성된 것이다.

18세기를 전후에 형성되기 시작한 이러한 문화적 취향과 수요는 19세기로 이어지면서 보다 넓게 확산되었다.

> 華麗가 이러할제 놀인들 없을쏘냐
> 長安少年 遊俠客과 公子王孫 宰相子弟
> 富商大賈 廛市井과 다방골 諸葛同知
> 別監武監 捕盜軍官 政院使令 羅將이라
> 南北村 閑良들이 各色놀음 壯할시고
> 선비의 詩軸놀음 閑良의 成廳놀음
> 貢物房 船遊놀음 捕校의 歲饌놀음

---

12) 조선 후기의 이러한 문화양상에 대하여는 다음을 참고하기 바란다. 강명관, 「조선 후기 서울의 중간계층과 유흥의 발달」, 『민족문학사연구』 2, 민족문학사연구소, 1992.

各司書吏 受由놀음 각집傔從 花柳놀음
長安의 便射놀음 長安의 豪傑놀음
宰相의 吩咐놀음 百姓의 中脯놀음13)

19세기 중반에 지은 『한양가』(1844)의 한 대목이다. 공자, 왕손으로부터 중인계층에 속하는 여러 하급관리들, 그리고 백성에 이르기까지 모든 계층의 놀이를 말하고 있는데 , 이것은 당시의 유흥과 여가의 문화적 취향과 수요가 특정계층에 한정되어 있는 것이 아님을 알게 한다. 다시 말하면 위의 한양가는 각각 스스로의 위치와 능력, 그리고 취향에 따라 도시의 거의 모든 계층이 유흥과 여가를 즐기려는 당시의 사회적 풍조를 전하고 있는 것이다. 유흥과 여가문화의 확산은 자연스럽게 가창물의 수요를 증대시킨다. 이에 따라 19세기의 노래문화는 이전의 어느 시대보다도 활발하게 전개될 수 있었다.

19세기 노래문화의 향수층은 가곡을 즐기는 고급취향의 부류와 시조, 잡가를 즐기는 서민취향의 부류로 크게 나눌 수 있다. 그리고 서민취향의 부류는 삼패의 색주가와 풍류방에서 시조, 긴잡가 등을 즐기던 좌창취향의 부류와 장터에서 산타령을 즐기던 입창취향의 부류로 다시 구분할 수 있다. 이제 이 부류들을 각각 가곡향수층, 좌창향수층, 입창향수층이라고 부르고자 한다. 아울러 각 향수층이 즐긴 노래문화를 가곡문화, 좌창문화, 입창문화라고 부르도록 한다. 가곡향수층은 임금을 비롯한 왕실의 구성원, 그리고 대원군처럼 당시의 최고 권력층부터 역관, 각사의 서리 등 관청의 중인출신 관리 및 시전상인들, 이른바 중간계층 이상의 존재들이다. 그리고 지방의 부호들 역시 가곡의 주요 고객이었다. 다시 말하면 권력을 가졌거나 경제력을 가진 존재들이 가곡의 고객이었던 셈이다. 좌창향수층은 부를 축적하기 어려운 관청의 하급관리, 중소상인, 수공업자, 영농업자 등이 해당할 것이다. 그리고 일부 임노동

---

13) 박성의 주해, 『농가 월령가 · 한양가』, 예그린출판사, 1974, 123~125면.

자도 좌창을 즐겼을 것으로 생각된다. 입창향수층은 경제적 기반과 사회적 위상이 좌창향수층보다 낮은 것으로 보인다. 이들은 기방은 물론 색주가에도 드나들 수 있는 입장이 되지 못하며, 또 그들끼리 모여서 따로 노래를 연마하고 즐길 만한 시간적, 경제적 여유와 그만한 취향을 갖추지 못한 존재들이라고 할 수 있다.

그런가하면 19세기 노래문화의 예인들도 각 부류별로 다르게 존재하였다. 알려진 바와 같이 가곡문화의 예인들은 가객과 기생이 대부분인데, 이들이 주로 부르던 노래는 가곡과 가사였다. 그리고 좌창문화의 예인들은 삼패와 사계축이 중심을 이루었다. 삼패는 하급의 색주가에서 일하는 기생들이며, 사계축은 스스로의 직업을 가지면서 필요에 따라 노래를 해주는 반직업적인 소리꾼으로 알려져 있다. 이밖에 풍류방의 문화취향 모임에서 스스로 연마하며 소리를 즐기던 좌창향수층 중에도 사계축류의 반직업적 예인이 존재하였을 것임을 생각할 수 있다. 이들이 부르던 노래는 비교적 다양하여 시조·가사·긴잡가·휘모리잡가·통속민요 등 여러 가지가 있다. 입창문화의 예인들은 떠돌이 예인이던 사당패 가운데 서울의 장터와 물류기지 등 사람이 붐비는 곳에 정착한 붙박이 예인들이다. 이들이 부르던 노래는 산타령과 통속민요이다.

19세기 노래문화는 가곡문화, 좌창문화, 입창문화를 주된 범주로 하며, 각 범주는 향수층과 예인이 서로 함수관계를 맺으며 독자적인 전개를 보이고 있다. 그런데 노래의 향수층 취향이라는 것은 항상 고정되어 있는 것이 아니다. 그것은 우선 노래의 향수층이 사회적 변화에 끊임없이 영향을 받기 때문이며, 또 인간의 놀이적 심리 자체가 낯이 익으면 진부한 느낌을 갖게 되는 속성이 있기 때문이다. 그러므로 노래 향수층의 취향이 가변적인 것은 자연스러운 것이어서, 공급측 역시 이같은 향수층의 취향에 따라 거듭 새로운 면을 제공하게 된다. 그래야만 수요를 지속적으로 유지하거나, 나아가 더 많은 수요를 창출할 수 있기 때문이다. 다시 말하면 그렇게 해야 노래문화의 시장을 유지해 나갈 수 있다는 것이다. 19세기에 향수된 여러 노래 장르들의 동향도 이러한 수급의 원리 위에 놓여 있다.

19세기 가곡향수층이 즐긴 것으로 보이는 노래는 가곡, 가사, 시조 등이 있다. 그리고 경우에 따라서는 잡가를 접하기도 한 것으로 보인다. 이 중에 가곡문화를 구성하는 주종 장르는 물론 가곡이다. 가사는 가곡 문화의 기본적인 노래 가운데 하나이기는 하지만, 가곡에 비하면 그 비중이 워낙 낮으며, 시조와 잡가는 좌창문화의 것을 들여 온 것이라고 하겠는데, 이것들의 비중은 그보다도 더욱 낮은 것이었다. 이처럼 가곡 문화에서 가곡의 비중이 절대적인 것은 향수층의 취향이 비교적 안정되어 있음을 의미하며, 이에 따라 예인들도 새로운 것을 공급하기보다는 있는 것을 새롭게 변화시키는 일에 관심을 가지게 되었다.

19세기는 가곡이 음악적 변화를 크게 겪었던 시기이다. 17세기 이래로 사용되었던 평조, 평조계면조, 우조, 우조계면조 등 가곡의 네 악조가 19세기에는 우조와 계면조로 조정되었다. 우조와 계면조로의 조정은 『육당본 청구영언』, 『홍비부』, 『가보』 같은 19세기 전반기 가집에 이미 나타나며,[14] 이후의 가집에 일관되게 지속된다. 그런가하면 19세기에는 창곡의 수도 전 시기에 비하여 크게 늘어난다. 기존의 것을 변주한 곡들이 거듭 마련되어 새롭게 추가되었기 때문이다.[15] 그리하여 19세기 후반에는 『가곡원류』를 거치면서 오늘날의 가곡 한바탕을 마련하게 되는 것이다. 또한 19세기는 여창이 출현한 시기이기도 하다. 여창의 출현은 『가곡원류』에 와서인데, 이것은 전에 없던 일이기에 가곡으로서는 또 하나의 큰 변화가 아닐 수 없다. 19세기 가곡의 변화가 이처럼 음악적으로 전문화되는 방향으로 이루어진 것은 예술성을 강화하고 연행의

---

14) 신경숙, 『19세기 가집의 전개』, 계명문화사, 1994, 20~21면.
15) 예를 들면 19세기 전반기의 「언락」, 「편락」은 18세기 후반기의 「락」으로부터 나온 것이며, 19세기 후반기의 「중거」와 「평거」는 19세기 전반기의 「이수대엽」으로부터 나온 것이다(송방송, 『한국음악통사』, 일조각, 1984, 424면).

완성도를 높이는 쪽으로 수급의 방향이 잡힌 것임을 의미한다. 음악성이 강화될수록 예인은 더욱 숙련되어야 하며, 또한 연행의 질은 상향되어야 하기 때문이다. 여창이 분화되고, 가곡의 한 바탕이 마련되는 것도 연행의 완성도를 높이려는 지향의 결과라고 할 수 있다.

좌창문화를 구성하는 노래 가운데 원래의 것은 시조와 가사이다. 그러므로 좌창문화는 본래 가곡문화에 터를 두고 출발된 것임을 알 수 있다. 가곡문화의 서민적 변화가 좌창문화인 셈이다. 그러나 서민들의 문화적 감각과 취향은 상류사회보다 발랄하여 시조와 가사에 토대를 둔 새로운 장르를 만들어냄으로써 좌창문화의 서민적 색채를 보다 분명히 하게 되었다. 휘모리잡가와 긴잡가가 그러한 노래이다. 휘모리잡가는 사설시조에 바탕을 두고 형성된 새로운 장르이며, 긴잡가는 가사에 기층음악적 요소가 틈입되면서 형성된 노래인데, 기존의 노래에 변화를 꾀하다가 아예 새로운 장르로 굳어버린 경우이다. 그런가하면 좌창문화는 다른 노래문화로부터 새롭게 장르를 받아들기도 하였다. 통속민요가 그 노래인데, 이것은 새것에 대한 고객들의 관심을 충족시키기 위해 삼패들이 입창문화로부터 가져다 공급한 것으로 보인다.

입창문화를 구성하는 노래는 산타령과 통속민요이다. 산타령은 떠돌이 예인이었던 사당패의 노래로서 입창패가 본디부터 가지고 있던 노래이다. 그리고 통속민요 역시 사당패들이 향토민요를 받아들여 다듬어낸 노래로 출발한 것으로 볼 수 있다. 그러던 것이 붙박이 예인이 된 입창패들에 의해 그들의 정규종목 연주가 끝난 뒤에 청중들의 취향에 맞는 노래로 통속민요를 부르기 시작한 것으로 보인다. 입창향수층이 서민 중에서도 기층에 해당하는 존재들이어서 그들의 정서와 감각이 향토민요와 그만큼 가까운 입장에 있기 때문이다.

이렇게 볼 때 19세기의 노래문화는 각 범주별로 기존 장르를 개신하거나, 새로운 장르를 도입하며 각 향수층은 그들 나름의 취향에 맞는 노래를 소비해 왔으며, 또 공급측인 예인들은 그렇게 함으로써 향수층의 취향에 부응하며 동시에 향수층의 흥미와 관심을 지속적으로 촉발시켜왔다고 할 수 있다. 그러나 19세기 노래문화의 탄력과 에너지는 서민취향의 것이 고급취향의 것보다 강하게 지니고 있었다. 우선 고급취향의 가곡문화는 기존의 것을 다양하게 변화시키며 새로운 활력을 모색하였지만, 새로운 장르의 창출이나 도입이 이루어지지 않았다. 그러므로 가곡의 변화가 일단락된 이후에는 활력을 지속시키기 어려웠다. 시조나 잡가를 접하지 않은 것은 아니지만, 그것들은 가곡문화의 주류로 편입되지 못하였다.

이에 반해 서민취향의 좌창문화 예인들은 기존의 것을 바탕으로 휘모리잡가와 긴잡가라는 새로운 장르를 만들어냈을 뿐만 아니라, 통속민요를 그들의 정식 레퍼토리로 받아들였다. 이로써 좌창문화는 보다 강한 탄력을 가지게 되었다. 그것은 다음과 같은 이유 때문이다. 통속민요는 향토민요에 바탕을 둔 민요풍의 노래이다. 그런데 향토민요는 노래의 종류가 많다. 예나 지금이나 어떠한 부류의 노래도 향토민요만큼 다양하게 구성되는 일은 거의 없다. 그러므로 좌창패들이 통속민요를 받아들인 것은 그들의 고객에게 새로운 노래를 거듭 제공할 수 있는 공급원과 음악적 양식을 확보한 것임을 의미하는 것이다. 뿐만 아니라 좌창문화의 통속민요 도입은 또 다른 의미를 가진다. 좌창문화가 입창문화와 공통된 장르를 보유함으로써 양자의 문화적 거리가 극소화되고, 그 결과 서민취향의 노래문화는 하나의 흐름으로 응집되면서 증폭될 수 있는 잠재력을 가질 수 있게 되었다. 요컨대 서민취향의 노래문화 전체가 좌창문화를 중심으로 강한 탄력을 가지게 된 것이다.

좌창문화를 중심으로 한 서민취향 노래문화의 탄력은 19세기 중반을 지나면서 그 중심 장르를 대중가요로 전화시키고 있었다. 1863년에 출간된 시조집 『남훈태평가』는 이러한 시각에서 그 문화적 의미를 부여할 수 있다. 잘 알고 있는 바와 같이 이 책은 방각본으로 상업적 목적을 가지고 출판되었다. 이러한 책의 출판이 사업성을 획득한 것은 당시 시조가 그만한 대중성을 확보하고 있었기 때문임은 물론이다. 이 책이 한글을 표기문자로 택한 것은 판매의 대상을 넓히려는 상업적 배려로 해석할 수 있는 일이지만, 다른 한편으로는 그렇게 해야 될 정도로 시조의 향수층이 폭 넓게 존재했기 때문으로 이해해야 한다. 상업적 출판물답게 실려 있는 작품들도 대중성을 보이고 있어서 당시에 시조가 이미 대중가요로 존재하고 있음을 말해주고 있다(이에 대하여는 다음 장에서 다루게 된다).

『남훈태평가』와 같은 출판물이 확보되어 있는 것은 아니지만, 19세기 후반에 들면 잡가도 대중가요로서 존재하고 있었던 것으로 보인다. 잡가 가운데 당시의 문헌에 남아 전하는 것들이 몇 가지 있다. 이 중에 긴잡가의 하나인 〈소춘향가〉는 『남훈태평가』에 보이며, 「산타령」은 1872년에 간행된 『교방가요』에 보인다. 그리고 통속민요는 19세기 초의 것으로 보이는 『가야금보』에 〈홍타령〉이 보이고, 역시 19세기의 것으로 보이는 『아양금보』에 〈오돌또기〉, 〈방아타령〉 등이 보인다. 그리고 〈산타령〉이 보이는 『교방가요』에도 〈방아타령〉이 언급되어 있다. 그러므로 휘모리잡가를 제외한 잡가의 대부분이 늦어도 19세기 후반에는 여러 가집 및 악보집을 통해 확인되고 있다.

『교방가요』, 『가야금보』, 『아양금보』 등은 모두 가곡, 또는 영산회상 등 상층이 즐기는 정악이나 정가의 가집, 또는 악보집이다. 그럼에도 불구하고 이 책들이 잡가를 싣고 있는 것은 19세기에는 상층의 풍류자리에서도 부분적이나마 잡가가 불리는 일이 있었기 때문으로 보아야 한다. 사당패, 삼패 등은 전문적인 음악인으로는 격이 가장 낮은 존재들이다. 그러므로 이러한 존재들의 노래가 상층의 풍류자리에까지 진출한 것은 당시 시정에 이 노래들이 대단히 성행하여 대중적인 인기를 누리고 있었음을 의미한다. 이러한 대중적 인기가 왈자패같이 상층문화는 즐기되, 시정의 흐름을 비교적 쉽게 탈 수 있던 부류들의 잔치자리에 잡가가 끼어들도록 작용하였을 것임을 생각해 볼 수 있다.

시조와 잡가는 모두 상층의 풍류자리에까지 진출한 노래이다. 그렇다면 이제 이것들은 신분적 귀속성이 없어졌거나, 극히 옅어진 노래라고 할 수 있다. 그리고 이미 말한 대로 19세기 후반에는 노래를 모아 출판하는 것이 사업성을 획득하고 있었다. 여기에 19세기에는 예인들의 활동이 경제적 가치를 가지고 있었다. 아래의 예를 통해 길에서 노래를 듣고 돈을 지불하는 문화가 형성되어 있음을 볼 수 있다.

> 손봉사는 점치는 데는 손방이고 대신 가곡을 잘 했다. 우리 나라의 이른바 우조니 계면조니 하는 24성에 두루 통달하였다. 매일 가두에서 높은 목청 가느다란 소리로 노래를 불렀다. 바야흐로 노래가 절정에 이르면 청중이 담을 쌓아서 던지는 돈이 비오듯 쏟아진다. 손으로 더듬어보아서 백 전이 될 양이면 툭툭 털고 일어선다.16)

가곡을 길에서 부르며 생계를 삼았다니 매우 특이하다. 그러나 기술된 상황으로 볼 때 사람이 많이 모이는 시장에서는 이러한 광경을 어렵지 않게 볼 수 있었을 것임을 생각할 수 있다. 특히 입창패들의 활동을 짐작해 볼 수 있게 한다. 박효관과 안민영은 『가곡원류』를 편찬하게 된 동기가 정음의 민절함에 있다고 하면서 근거도 없는 잡요와 농지꺼리 같은 해괴한 짓에 귀한 자이건 천한 자이건 가릴 것 없이 모두 다투어 돈을 주어 그러한 습속을 북돋운다고 개탄하였다.17) 여기서의 잡요가 정음과 상대적인 노래라면, 그것은 대중적 취향의 노래일 것이다. 그러므로 박효관과 안민영의 지적을 통해 우리는 당시 대중취향의 예인들이 소비층의 물적 지원 아래 활기 있게 움직이고 있었음을 알 수 있다.

신분의 귀속성이 없는 노래가 대중성을 획득하고 있고, 그러한 노래를 기반으로 하는 사업이 벌어지고, 또 관계되는 예인들의 활동이 경제적 의미를 가지게 되었다는 것은 초보적이나마 대중가요의 존재기반이

---

16) 趙秀三, 『秋齋集』 7권 7장 뒷면(강명관, 「조선 후기 서울의 중간계층과 유흥의 발달」, 『민족문학사 연구』 2, 민족문학사연구소, 1992, 184면 재인용).
17) 가곡원류 跋.

형성된 것임을 의미한다. 요컨대 대중가요의 소비시장이 마련되고, 이에 대한 공급이 이루어지기 시작한 것이다. 그러므로 19세기 노래문화는 고급취향의 것과 서민취향의 것이 병존하면서, 보다 강한 탄력을 가진 서민취향의 노래문화가 좌창문화를 주축으로 대중가요로 전환되는 양상을 보인 것으로 정리할 수 있다. 19세기의 노래문화에 나타나는 대중가요적 면모는 20세기를 전후에서 전통예술이 극장의 무대로 진출하여 공연문화적 성격이 강화되면서 더욱 본격화된다.

3. 19세기 대중의 노래 취향과 그 동향

19세기는 노래문화가 대중적으로 확산된 시기이다. 서민이 노래를 문화적 취향으로 향수하는 일이 보편화되고, 또 그들의 취향에 맞는 공급이 이루어진 시기인 것이다. 이에 19세기의 노래문화는 대중적 노래 취향과 맞물려 전개되었다. 그래서 이 시기에 들어서 나타나거나 본격화되는 노래문화의 제반 양상들도 대부분 당시의 대중적 노래 취향과 상관되어 있다. 19세기의 이러한 노래 취향은 다음의 세 가지로 집약할 수 있다. 빠른 노래의 선호, 쉬운 노래의 선호,[18] 가벼운 주제의 선호

---

18) 18·19세기의 음악문화가 빠르고 쉬운 노래로 전개된다는 생각은 백대웅이 다음의 논문에서 말한 바 있다. 그러나 이러한 양상을 19세기에 초점을 맞추어 대중문화적 시각에서 논의하는 것은 필자의 작업이다. 빠르고 쉬운 노래로의 전개는 조선 후기의 전반적 흐름이면서, 그러한 흐름을 가진 장르들이 19세기에 새롭게 등장하거나, 주류를 이룬다. 그리고 빠르고 쉬운 노래들의 출현이 대중화의 지향이라는 점에서 문화적 의미를 가질 수 있다면, 그러한 의미는 19세기 중반에 실현되는 것이다. 이러한 점에서 조선 후기 노래들이 빠르고 쉬운 방향으로 전개되는 것은 19세기의 현상으로 귀결된다고 하겠다(백대웅, 「18·19세기 서울의 도시문화 변천에 따른 음악문화의 변화 양상」, 『민족문화연구』 31, 고려대 민족문화연구원, 1998).

등이 그것이다.

빠르고 쉬운 노래를 선호하는 경향은 시조·휘모리잡가·노랫가락·긴잡가 등의 장르 성향을 통해 드러난다. 이미 말한 대로 시조는 가곡으로부터 파생된 장르인데, 양자는 서로 느리고 빠른 노래, 그리고 어렵고 쉬운 노래로서 대응되는 바가 있다. 이에 대한 문제는 '동창이 밝았느냐'의 사설을 대상으로 두 장르를 음악적으로 비교한 논의가 있어 참고가 된다.

> ① '동창이 밝았느냐'라는 7글자를 가곡의 초수대엽은 2개의 6대강, 곧 32박자로 노래하고, 시조는 5박과 8박, 즉 13박자로 노래한다. 그러므로 시조양식으로 노래하는 것이 가곡의 양식으로 노래하는 것보다도 훨씬 쉽다.
> ② 가곡보다 시조에서 박자 수는 2배 이상 줄어들었지만 음악의 흐름은 시조에서 더욱 다이나믹과 여유를 갖기 때문에 7글자를 노래하는 데에 초수대엽이 약 1분 5초가 걸리는 데 비해 시조는 약 40초 걸린다.
> ③ 가곡의 음역은 2옥타브이나 시조의 음역은 1옥타브를 조금 넘고, 선율의 구조도 훨씬 단조롭다.[19]

시조의 박수는 가곡보다 2배 이상으로 축소되었고, 속도 또한 빨라졌다. 그리고 음역도 줄어들고, 선율도 단순해졌다. 가곡보다 빠르고 쉬운 노래가 된 것이다. 시조는 서민취향의 좌창문화로 존재한 노래라고 했다. 그러므로 시조가 가곡보다 빠르고 쉬운 노래가 된 것은 서민의 노래 취향이 그와 같기 때문이라고 해야 할 것이다. 그런데 시조는 19세기 이전에 이미 등장하여 있지만, 그것이 대중가요로 자리매김된 것은 19세기 중반에 이르러서이다. 그렇다면 빠르고 쉬운 노래에 대한 취향이 대중적으로 확산된 것은 19세기 중반에 이르러서라고 할 수 있다. 빠르고 쉬운 것을 선호하는 노래의 취향이 19세기 중반에 극대화되면서 시조를 대중가요로 전환시켰고, 이로써 그러한 노래 취향의 전개가

---

19) 위의 글, 72면.

대중가요로의 지향이라는 문화적 의미를 가지게 되었다.

휘모리잡가와 노랫가락의 형성도 같은 맥락 위에 놓여 있다. 휘모리잡가는 사설시조로부터 파생된 장르이다. 휘모리잡가는 사설시조보다 사설도 길고, 또 속도도 빠르게 되어 있다. 사설시조가 ♩.=30(2초에 1박) 정도로 노래하는데, 휘모리잡가는 ♩.=120(1초에 2박) 정도로 노래한다. 휘모리잡가의 이러한 속도변화는 근래 대중가요에서 랩(rap)이라는 젊은 이들의 노래양식이 기존 음악의 템포에 익숙한 우리들에게 준 충격과 비슷했을 것으로 생각할 수 있다.[20] 노랫가락 역시 19세기 후반에 존재한 노래로 보이는데, 이 노래는 경기도의 무당들이 평시조를 흉내내 부르기 시작한 노래로서[21] 뒤에 통속민요로 자리잡은 장르이다. 그런데 평시조 역시 ♩.=30 정도로 노래하는데, 노랫가락은 ♩.=80 정도로 노래하여 그 속도가 빠르게 잡혀 있다. 그리고 노랫가락은 음역도 시조보다 좁으며, 선율의 진행도 단조롭다.

한편, 긴잡가는 가사로부터 파생된 장르이다. 가사나 긴잡가는 통절형식으로서 사설은 부정행형식으로 길게 구성되어 있는 것이 주류를 이룬다. 그리고 가사는 6박 도드리장단으로 부르는데, 긴잡가 역시 이 장단을 택한 것들이 많다. 사설과 음악의 형식, 그리고 장단의 공통점들이 긴잡가가 가사로부터 파생된 노래임을 말해주고 있다. 『남훈태평가』의 잡가편에 〈소춘향가〉가 〈매화가〉, 〈백구사〉와 함께 실려 있는 것도 긴잡가가 가사와 음악적 계통이 같은 것임을 말해 준다. 그러나 긴잡가의 빠르기는 가사와 차이가 있다. 가사가 1박자에 2초 정도 걸리는 속도로 노래하는데, 긴잡가는 이것을 2배로 빠르게 노래한다. 긴잡가가

---

20) 위의 글, 77면.
21) 장사훈은 노랫가락은 고종 때 궁중에 드나들던 무당들이 시조곡을 모방하여 부른 것이라고 보았다. 그리고 음악적 계통으로는 사설시조의 일종이라고 보아야 할 것이라고 하였다. 그러나 노랫가락의 사설이 단형시조를 가져다 부르는 것으로 보아 여기서는 평시조를 모방한 것으로 보고자 한다. 장사훈의 생각은 다음의 책에 실려 있다. 장사훈, 『시조음악론』, 서울대 출판부, 1986, 81면.

가사의 장단을 받아들이되 속도는 배로 빠르게 조절한 것이다. 그러므로 긴잡가는 가사를 빠른 템포로 전환하고자 하는 취향에 의해 형성된 장르임을 알 수 있다.

『남훈태평가』는 가사보다 빠른 템포의 긴 노래를 긴잡가로 인식한 것 같다. 이 책의 가사편에는 〈춘면곡〉, 〈처사가〉, 〈상사별곡〉, 〈어부사〉가 실려 있는데, 이 노래들은 6박 도드리 1장단에 사설은 2~3음절을 붙여 부르는 것이 지배적이다. 이에 반해 잡가편에 실려 있는 〈백구사〉는 같은 장단에 4~6음절의 사설을 붙여 부르는 것이 지배적이다. 그러기에 〈백구사〉의 속도는 앞의 것들보다 2배로 빠르다. 또한 함께 실려 있는 〈매화가〉는 6박 도드리 1장단에 붙이는 사설의 양은 앞의 것들과 같지만, 1박자를 1초에 처리하여 앞의 것들보다 2배로 빠르게 노래하도록 되어 있다. 그러므로 『남훈태평가』가 가사와 잡가를 구분하고 있는 1차적 기준은 노래의 빠르기인 것임을 알 수 있다. 따라서 긴잡가는 가사를 빠른 템포로 전화하고자 하는 취향에 의해 형성된 장르라는 점을 이해할 수 있다. 긴잡가가 6박 도드리장단 이외에 세마치장단을 취한 것도 빠른 노래에 대한 취향과 무관하지 않다.

19세기에는 시조뿐만 아니라 잡가도 대중화되었다고 하였다. 긴잡가도 그러하지만, 통속민요, 산타령들도 대중적인 인기를 누렸으며, 이러한 양상은 점차 극대화되어 20세기로 접어들면, 이것들이 대중가요의 중심이 되는 장르로 부상하게 된다. 그러므로 통속민요와 산타령의 소비는 19세기 후반으로 갈수록 더욱 확장되었다고 해야 할 것이다. 그런데 통속민요와 산타령은 모두 빠르거나 쉬운 노래들이다. 이렇게 볼 때 19세기에 형성되었거나, 19세기에 와서 소비가 극대화된 노래들이 한결같이 그 이전의 것들을 빠르고 쉽게 전환시킨 것들이거나, 아니면 본디 빠르고 쉬운 노래들이라는 점을 알 수 있다. 이것은 19세기의 대중적 노래 취향이 그러한 노래를 선호하였기 때문이다.

19세기 대중의 노래 취향으로서 또 다른 하나는 가벼운 주제를 선호한다는 것이다. 여기서 가벼운 주제는 부담없는 주제를 말하는 것으로, 이성문제, 유흥과 같이 누구나 본연적으로 관심을 가지게 되는 문제이다. 이러한 주제는 삶의 도리, 사회적 정의 등 당위성을 가지는 주제들과 구분된다. 당위성을 가지는 주제들은 인간의 본연적 관심사에 대한 지향과 그에 따른 정감을 억제하도록 하기 때문이다. 결국 가벼운 주제를 선호한다는 것은 우리가 보편적으로 관심을 가지게 되는 인간의 본연적 문제를 추구하는 경향을 말하는 것이다.

인간의 본연적 문제와 관련되는 주제는 이성에 관한 것이 주류를 이룬다. 이러한 점은 『남훈태평가』에 잘 드러나 있다. 이 책에서는 애정, 그리움, 이별과 같은 주정적인 것들이 적극적으로 형상화되어 있다.[22] 이처럼 주정적 주제가 비중있게 대두된 것은 19세기의 평시조가 "사대부의 양식적, 미적 관습을 완전히 탈각하여 시정인들의 자유분방한 사상 감정을 표현하는 양식으로 전이되었다"[23]는 것을 의미한다. 그러나 주정적 주제는 19세기 가곡의 사설에서도 함께 대두된다. 이를테면 안민영은 애정, 그리움, 성적 욕구 같은 주정적 주제의 가곡 사설을 무려 60여 수를 지었다.[24] 주정적 주제는 중세적 이념이 지배하는 정서로는 주변적인 존재이다. 그러므로 19세기의 시조와 가곡이 모두 주정적 주제를 적극 채택하고 있음은 중세적 틀을 벗어나 자유로운 정감을 드러내려는 경향이 당시에 하나의 시대적 조류로 자리하고 있었음을 알 수 있다. 이 밖에 19세기 시조와 가곡에는 유락적 주제도 자주 등장한다. 유락적인 것 또한 인간의 본연적 관심사의 하나로서 부담이 적은 주제이다. 같은 양상이 가사에도 나타난다. 당시의 여러 가집에 보이는 것으로 뒤에 12가사로 정리된 작품을 보면 〈상사별곡〉, 〈황계사〉, 〈춘면곡〉,

---

22) 최규수, 「남훈태평가를 통해 본 19세기 시조의 변모양상」, 이화여대 석사논문, 1989, 25면.
23) 고미숙, 「19세기 시조의 '대중화 양상'에 대한 연구」, 『18세기에서 20세기 초 한국시가사의 구도』, 소명출판, 1998, 209면(원문 : 『시조학 논총』 10, 한국시조학회, 1994).
24) 고미숙, 「안민영의 작품세계와 그 예술사적 의미」, 『18세기에서 20세기 초 한국시가사의 구도』, 소명출판, 1998, 209면(원문 : 『한국학보』 62, 일지사, 1992).

〈매화가〉, 〈길군악〉처럼 주정적인 것과 유락적인 것이 주제의 주류를 이루고 있는 것이다. 사정은 긴잡가의 경우도 다르지 않다. 편의상 12잡가로 정리된 작품으로 살펴보기로 하자 12잡가 가운데 〈소춘향가〉, 〈적벽가〉, 〈제비가〉, 〈집장가〉, 〈형장가〉 등 5편은 판소리로부터 소재를 가져온 것이기에 주제를 따져보는 일에 적절하지 않다. 이 작품들은 대중들의 판소리에 대한 관심의 결과물일 뿐이어서, 당시 긴잡가 향수층의 주제적 취향의 반영은 아니기 때문이다. 이러한 점에서 나머지 7작품을 보면, 〈평양가〉, 〈방물가〉, 〈달거리〉처럼 주정적인 것과 〈선유가〉, 〈출인가〉처럼 유락적인 것이 모두 5편이 있다. 판소리계 12잡가를 제외한 나머지의 작품으로는 긴잡가도 주정적이고 유락적인 주제가 주류를 이루고 있음을 알 수 있다.

살펴본 대로 19세기에 대중적 인기를 누린 노래들은 그 이전의 것들보다 빠르고 쉬운 것들이다. 그리고 이 노래들이 다루고 있는 내용은 주정적이며 유락적인 것으로 가벼운 주제가 주류를 이루었다. 그러면 19세기에 나타나는 이같은 노래양상은 어떠한 의미를 가지는 것일까? 노래는 기본적으로 말하기의 한 방식이면서, 동시에 놀이의 양식 가운데 하나이다. 그러므로 노래는 기본적으로 말하기의 한 방식이면서, 동시에 놀이의 양식 가운데 하나이다. 그러므로 노래는 언지성과 놀이성을 본질적 속성으로 가지고 있다.[25] 이러한 시각에서 19세기의 노래양상을 보면 하나의 흐름을 발견할 수 있다. 그것은 놀이성의 지향이다.

흥을 돋구는 일에는 느린 노래보다 빠른 노래가 유리하다. 이를테면 〈강강술래〉는 느린 소리와 빠른 소리가 있는데, 처음에는 느린 것을 부르다가 흥이 오른 뒤에 보다 약동적으로 동작을 하고자 할 때 빠른 소리를 부른다. 〈자진강강술래〉가 그것이다. 빠른 노래에 대한 선호는 19세기의 대중적 취향이 그 이전 시기보다 흥이 나거나 흥을 돋굴 수 있

---

25) 강등학, 「어랑타령과 아라리의 비교연구」, 『한국민요의 현장과 장르론적 관심』, 집문당, 1996, 257~258면(원문: 『한국민요학』 3, 한국민요학회, 1995).

는 노래를 좋아한 것임을 말한다. 환언하면 놀이성을 지향한 것이다. 이러한 점에서 19세기의 노래들은 그 이전의 것들보다 놀이성이 강화된 것이라고 할 수 있다.

쉬운 노래와 가벼운 주제에 대한 선호도 같은 맥락에서 이해할 일이다. 놀이는 일상적인 삶의 밖에 존재한다.[26] 놀이가 즐거울 수 있는 것은 이 때문이다. 놀이하는 동안에는 삶의 현실적인 긴장이 차단되는 것이다. 그러므로 놀이의 즐거움은 참여자의 부담이 최소화 될 수록 더 크게 확보된다고 할 수 있다. 노래 역시 사정은 다르지 않다. 노래가 쉽고 주제가 가벼울수록 향수의 부담이 줄어들 수 있는 것이다. 가곡보다 시조가 부르고 듣기 수월하며, 또 시조보다 노랫가락이 부르고 듣기 수월한 것은 이 때문이다. 그러므로 쉬운 노래와 가벼운 주제를 선호하는 19세기의 대중적 노래 취향은 향수의 즐거움과 재미를 극대화하려는 심리적 지향으로 형성된 것이라고 할 수 있다. 바꾸어 말하면 놀이로서의 즐거움을 보다 적극적으로 추구하려는 심리적 지향을 배경으로 하고 있다는 것이다. 요컨대 놀이성 지향의 심리가 간여되어 있는 것이다.

사정이 이러하다면 19세기의 노래는 놀이성이 강화되는 방향으로 전개되었다고 할 수 있다. 그런데 노래의 본질적인 속성으로 말한 언지성과 놀이성은 서로 상대적인 관계에 있어서 어느 하나의 비중이 커지면, 다른 하나의 비중은 줄어드는 양상을 보인다. 언지성이 강한 노래에는 놀이성이 약하고, 또 놀이성이 강한 노래에는 언지성이 약한 양상을 보이는 것이다. 이를테면 '가갸거겨하니' 같은 '한글풀이하는소리'나 '나무하러가세'처럼 '조건으로잇는소리' 등은 모두 언어유희요로서 놀이성이 극대화된 노래인데, 이러한 노래들의 사설에는 무언가 말하고자 하는 핵심이 들어있지 않다. 조건에 맞도록 언어를 구성해가는 일에만 전념하기 때문이다. 그런가하면 〈다복녀〉나 〈성님성님 사촌성님〉같은 사

---

26) John Huizinga, 권영빈 역, 『*Homo Ludens*(호모루덴스)』, 홍성사, 1981, 17면.

설단위요는 사설의 비중이 극대화된 노래인데, 이러한 노래들은 리듬과 선율을 지극히 단순화함으로써 놀이요소를 최소화하고 있다. 음악의 간섭이 약화되어야 문학의 자율성이 그만큼 증대되기 때문이다.[27]

노래의 언지성과 놀이성의 이러한 상관관계가 19세기의 노래에도 나타난다. 이 시기의 노래들이 놀이성을 지향하면서 그러한 요소를 강화하였음은 이미 살펴본 바 있거니와, 이와 함께 눈여겨보아야 할 것은 그 결과로 나타나는 언지성 약화의 현상이다. 이러한 현상은 먼저 시조의 주제양상을 통해 확인할 수 있다. 19세기의 대중적 노래 취향은 가벼운 주제를 선호하여 시조의 주제를 본연적 관심사로 편중시키는 결과를 가져왔다. 주제적 편중화는 장르의 언술적 기능의 폭이 축소되는 것임을 의미한다. 이러한 점에서 시조는 18세기까지의 가곡보다 언술성이 약화되었다고 할 수 있다. 종래의 가곡이 본연적 관심사는 물론 당위적 문제까지 비중있게 말하고 있음에 비해, 시조는 후자의 문제를 말하는 일을 극히 제한하고 있기 때문이다.

그런가하면 긴잡가·휘모리잡가·산타령·노랫가락 등 19세기의 다른 노래들도 언지성이 약하게 나타난다. 긴잡가의 작품들은 주제의 초점이 분명하지 않은 것들이 많다. 이러한 양상은 판소리 춘향가로부터 소재를 끌어 온 작품들을 제외하면 더욱 분명해진다. 그것은 긴잡가가 작품의 유기적 완성을 지향하기보다는 이것저것 산만하게 거론하는 경향을 보이고 있기 때문이다. 그러기에 사설도 다른 노래의 것을 부분적으로 모아서 조합하는, 곧 편사원리에 의해 구성하는 경향을 보이게 된다.[28] 사설을 하나하나 스스로 조직하지 않고, 또 주체적 유기성을 지향하지 않는 것은 이 장르가 무엇을 진지하게 말하려는 의도를 가지고 있

---

27) 강등학, 『정선아라리의 연구』, 집문당, 1988, 176면.
28) 긴잡가의 편사원리에 대한 논의는 다음의 것들을 들 수 있다. 성무경, 「잡가 〈유산가〉의 형성원리에 대하여」, 『기곡 강신항박사 정년기념 국어국문학논총』, 태학사, 1995; 김학성, 「잡가의 생성기반과 사설엮음의 원리」, 『세종학연구』 12·13, 세종대왕기념사업회, 1998.

지 않음을 의미한다. 이것은 물론 놀이성의 지향이 빚어낸 결과이다. 사정은 산타령도 다르지 않다. 이 장르의 작품들도 주제의 초점이 명확하지 않으며 이것저것 산만하게 늘어놓고 있다. 이것은 이 장르 역시 무엇을 말하려는 데 관심을 두지 않고 있음을 의미하는 것으로, 긴잡가와 같은 맥락에서 이해할 수 있는 현상이다.

장르의 놀이성 지향이 사설에 미치는 영향은 휘모리잡가에 가장 크게 작용되어 있다. 휘모리잡가는 사설시조로부터 파생된 장르라고 하였다. 그리고 사설시조는 평시조를 변주한 장르이다. 평시조를 모장르로 한 자장르인 것이다. 그런데 휘모리잡가와 파생양상이 사설시조의 변주 양상과 유사한 면이 있어 이를 먼저 이해할 필요가 있다. 사설시조의 사설은 평시조의 사설보다 길게 구성되며 사설의 확장은 반복, 나열, 주변사항의 첨가 등을 통해 이루어진다. 이에 따라 사설시조의 사설들은 비사실성과 용장성을 보이고, 이러한 속성이 향수자의 정서적 몰입을 차단시켜 상대적으로 놀이에 몰입하도록 만들어 준다.29) 요컨대 놀이성을 추구하는 장르의 속성이 사설까지 놀이화한 것이다. 휘몰이잡가의 사설 역시 사설시조의 그것보다 길게 구성되는데, 그 기법은 주로 반복과 나열의 방법을 쓰고 있다. 그리고 이로 인해 사설에 설정된 상황은 현실로부터 유리되며, 현실과 다른 상황을 만난 향수자는 설정된 상황에 대한 긴장감이 이완되고 사설의 전개에 따라 반복과 나열의 리듬에 빠져들게 되는 것이다. 그러므로 휘모리잡가는 사설시조의 놀이성을 한층 더 강화한 노래라고 할 수 있다. 결국 휘모리잡가 역시 사설을 통해 무엇을 말하려는 의도를 가진 장르로 보기 어렵다.

대중예술은 고급예술보다 더 놀이적이다.30) 그리고 놀이의 재미는 근본적으로 향수자에게 편안함을 줄 수 있어야 한다. 그러므로 19세기

---

29) 강등학, 「〈사설시조〉와 〈엮음아라리〉의 비교연구」, 『한국민요의 현장과 장르론적 관심』, 집문당, 1996, 209~210면(원문 : 『인문학보』 7, 강릉대 인문과학연구소, 1989).
30) 박성봉, 『대중예술의 미학』, 동연, 1995, 283면.

의 노래문화가 놀이성을 강화하는 방향으로 전개된 것은 당시의 노래들이 대중의 취향에 따라 대중성을 획득해 가는 방향으로 움직인 것임을 의미한다. 요컨대 19세기의 노래문화는 대중이 쉽게 즐길 수 있는 음악으로 움직여간 것이다.

4. 20세기 초 대중가요의 동향과 외래양식의 등장

20세기로 들어서면서 우리의 전통예술은 새로운 전기를 맞이하게 된다. 그것은 20세기로부터 극장무대를 통한 공연문화가 본격적으로 전개되기 때문이다. 1902년에 정부가 협률사라는 관립극장을 세워서 우리의 전통예술을 공연하기 시작하였으며, 이어서 광무대, 연홍사, 장안사, 단성사 등 여러 사설극장이 설립되어 우리의 전통연희물은 개화기의 여러 무대 위에 올려 새롭게 공연되고 있었다.

협률사에 앞서 19세기 말에 민간에서는 이미 연희장이 마련되어 일반인이 공연물을 관람하고 있었다.

間雜遊戱 — 서강 間雜輩가 阿峴等地에서 舞童演戱場을 設ᄒ얏ᄂᆞ디 觀光하ᄂᆞ 인이 운집ᄒ얏거ᄂᆞᆯ 경무청에서 巡檢을 파송ᄒ야 금엄ᄒᆞᆫ즉 傍觀ᄒᄃᆞᆫ 병정이 破興됨을 憤痛히 넉이어 該巡檢을 무수난타ᄒ야 幾至死境ᄒᆞᆫ지라 본청에서 其間雜輩 幾許名을 捉致ᄒ고 該演戱場 제구를 수입ᄒ야 消火ᄒ얏더라[31]

기사는 연희의 내용에 대하여는 말하지 않았다. 그러나 이 기사를 통해 연희장이 다른 곳에서도 개설되었음을 알 수 있고, 또한 그러한 연

---

31) 『황성신문』, 1899.4.3.

희가 일반인들로부터 상당한 인기를 얻었음을 아울러 알 수 있다. 이러한 분위기는 협률사의 설립 이후에도 다르지 않았다. 1906년의 경우 당시 신문은 협률사에 공연을 보러 오는 사람들이 구름처럼 모여들어 수천 명에 달하였다고도 하고,[32] 또 근래 서울에는 연희장이 곳곳에 있어서 일없는 남녀들이 떼지어 몰려다닌다고도 하였다.[33] 이로써 우리는 19세기 말에 대중적인 공연문화가 형성되어 있었다는 점을 확인할 수 있으며, 20세기에 들어서는 협률사같은 극장을 통해 공연문화가 본격화되고 있음을 알 수 있다.

극장이나 연희장에서의 무대공연은 풍류놀음, 또는 장터의 마당놀이와 성격이 다른 것이다. 풍류놀음은 기본적으로 제한된 공간 안에서 벌어지기에 함께 즐길 수 있는 인원이 한정될 수밖에 없고, 마당놀이는 공간의 제약은 이보다 덜하지만, 평지 위에서의 연행이기에 자연히 관람이 가능한 공간이 무대공연에 미칠 수 없는 것이다. 또한 무대공연이 관객에게 연희를 일방적으로 공급하는 양식임에 반해, 풍류놀음과 마당놀이는 관객이 함께 참여할 수 있는 쌍방성을 유지해야 하기 때문에 후자들은 전자보다 적은 인원을 대상으로 연행할 수밖에 없다. 그러므로 풍류놀음과 마당놀이가 소수를 대상으로 하는 연행이라면, 무대공연은 다수를 대상으로 하는 연행이라고 할 수 있다. 따라서 20세기를 전후해 풍류놀음이나 마당놀이로 하던 연희물을 무대공연물로 전환하는 것은 이 시기부터 예술을 대량으로 공급하고 소비하는, 곧 수급의 대량화가 이루어지는 것임을 의미한다. 사정이 이러하기에 19세기의 대중가요 역시 20세기를 전후해 보다 대량으로 수급되는 상황을 맞이하게 된다.

무대공연과 함께 20세기를 전후해서 대중가요 수급에 새로운 시스템으로 등장한 것이 음반산업이다. 우리 나라의 음반에 대한 기록은 1899년에 처음 보이는데, 상업음반의 시대는 1907년에 이르러 경기명창들이

---

32) 『대한매일신보』, 1906.3.4.
33) 『황성신문』, 1904.5.14.

일본에 건너가서 취입을 하고 그것을 미국 콜럼비아에서 음반으로 제작하면서 비롯되었다. 이때부터 미국 빅타와 일본축음기상회 등에서 본격적으로 한국음반을 내기 시작하였으며, 1928년부터는 마이크로폰으로 증폭한 전기녹음이 이루어지고 1929년 2월부터 그것이 음반으로 발매되어 본격적인 유성기음반 시대를 열어갔다.[34] 이로써 19세기의 대중가요가 20세기로 접어들면서 대량복제의 기술, 그리고 상업자본과 만남으로써 수급의 대량화는 더욱 증폭될 수 있는 상황으로 점차 전환되고 있었다.

검토한 대로 19세기의 대중가요는 20세기를 전후하여 극장과 음반이라는 전에 없던 새로운 환경과 만나게 되었다. 이것들은 모두 전보다 수급을 대량화하는 매체이다. 그러므로 우선 20세기 초의 대중가요는 수급의 확장이라는 측면에서 19세기와 다른 면을 가지게 되었다. 그런데 극장과 음반회사는 각각 이익을 창출해야 유지될 수 있는 존재들이다. 그러므로 극장과 음반을 통해 공급되는 노래들은 이미 예술뿐만 아니라 상품으로서의 기능이 더욱 중시되어야 하는 입장에 처하게 되었다. 이러한 점은 19세기의 노래문화에서도 존재하던 것이지만, 노래를 상품으로 기획하여 연행하는 데까지 나아가는 일은 거의 없었다. 그러므로 19세기의 대중가요는 20세기로 접어들면서 경제원리와 맞물리게 된다. 수급의 대량화와 경제원리에 의한 지배는 오늘의 대중가요가 가지고 있는 본질적인 특성이다. 그렇다면 19세기가 전개되면서 형성되었던 우리의 대중가요는 20세기에 들어서 보다 분명하게 자리매김 되고 있음을 알 수 있다.

20세기를 전후에 새로운 매체가 등장하였다고 해서 기존의 연주공간이 사라진 것은 아니다. 20세기로 접어들면서도 기생과 삼패의 존재들은 여전하였고, 또 뒤에는 이들이 권번이라는 기생조합으로 흡수되어

---

34) 배연형, 「한국 유성기음반 총목록 해제」, 『한국 유성기 음반 총목록』(한국정신문화연구원편), 민속원, 1998, 11~12면.

존속해 간다. 곧, 기방과 색주가에서의 노래향수는 20세기 초에도 그대로 유지되었던 것이다. 그런가하면 서민의 풍류방 역시 20세기에 들어서도 그대로 유지되며, 또한 장터 붙박이 예인들의 활동 역시 이전처럼 유지되었던 것으로 보인다. 그것은 서민의 풍류방은 스스로 즐기는 것이기에 극장 및 음반의 등장과 직접 맞물리는 점이 거의 없으며, 또 붙박이 예인들의 향수층은 극장 및 음반의 소비층과 다르기 때문이다. 이를테면 협률사에서 전통연희물을 즐긴 사람들 중에는 상류층과 학생층이 많았는데,35) 이들은 붙박이 예인들의 향수층이기 어렵다. 그리고 당시 축음기 역시 상류층이나 재력을 갖춘 사람들이 아니면 가지기 어려운 물건이었다. 이것은 극장과 음반이 대중가요의 소비를 새롭게 창출하여 그 향수층을 더욱 두텁게 만들어갔음을 의미한다. 다시 말하면 20세기 초의 대중가요는 기존의 공급과 소비의 틀이 유지되는 가운데 새로운 것이 보태짐으로써 향수층이 더욱 확장되기에 이르렀다는 것이다.

개화기 공연무대의 레파토리는 궁중 및 민간의 무용과 판소리가 중심을 이루는 가운데, 잡가를 비롯한 19세기의 대중가요도 포함되어 있었다. 협률사가 설립되면서 여러 분야의 전속단원을 모집하였는데, 거기에는 일패에 해당하는 관기, 삼패에 해당하는 예기(藝妓), 판소리 광대, 경서도 명창 등이 포함되어 있다.36) 삼패와 경서도 명창을 전속단원으로 뽑은 것은 19세기의 대중가요를 담당케 하고자 함으로 볼 수 있다. 19세기의 대중가요 공연은 개화기의 다른 극장에서도 거듭 이어졌다. 이를테면 연흥사의 무대에서도 산타령패의 사거리 · 방아타령 · 담바고타령 등이 불려졌고, 또 기생의 잡가가 판소리와 함께 공연되었다.37) 그런데 여기서 우리가 관심을 두고자 하는 것은 잡가의 대두이다. 개화기

---

35) 유민영, 『한국근대연극사』, 단국대 출판부, 1996, 70면.
36) 유민영, 『개화기연극사회사』, 새문사, 1987, 16면.
37) 達觀生, 「연극장주인에게」, 『서북학회월보』 1~16(유민영, 『개화기연극사회사』, 새문사, 1987, 42면 재인용).

극장무대에서 예로 든 바와 같이 입창패와 좌창패의 잡가가 공연된 사례는 제법 만날 수 있지만, 가곡과 시조의 공연사례는 쉽게 만나기 어렵다. 보다 면밀한 작업을 하게 되면 그러한 사례를 발견할 개연성도 있겠는데, 설사 그렇다 하더라도 가곡과 시조가 잡가보다 활발하게 공연되지 못하였음은 분명하다.

같은 양상이 음반을 통해서도 드러난다. 우리 나라 최초의 상업적 음반은 1907년 미국 콜롬비아사에서 발매한 것이라고 하였는데, 이 음반에 실린 노래는 모두 7곡이다. 이 가운데 「시절시조(時節時調)」와 「황계사」를 제외한 5곡이 긴잡가, 통속민요 등 잡가의 것이다. 그리고 1907년 이후 1910년 이전 사이에 발매된 것으로 보이는 미국 빅타사에서 제작한 음반에 실린 노래는 모두 11곡인데, 그 내용은 판소리계의 것이 5곡, 통속민요가 4곡, 긴잡가가 1곡, 그리고 「육각거상」이라는 노래가 1곡이다.38) 이로써 무대공연에서뿐만 아니라, 음반계에서도 긴잡가, 통속민요 등 잡가가 대중가요의 주류 장르로 부상되어 있음을 확인할 수 있다. 이러한 양상은 이후 1920년대까지도 그대로 유지된다. 1910년대에 잡가집이 집중적으로 발행되는 것도 잡가가 대중가요의 주류 장르로 자리매김되어 있기 때문에 나타난 양상이다. 이때 나온 잡가집에는 다른 장르도 수용되어 있지만, 내용의 주류를 이루고 있는 것은 잡가의 여러 하위장르들이다. 이것은 19세기 중반에 시조가 대중가요의 주류를 이루며, 그에 대한 시조집으로 『남훈태평가』가 출판되었던 것과 대조적인 일이다. 19세기의 대중가요 가운데 시조는 개화기를 거치는 동안 급격히 쇠퇴하고, 잡가는 크게 부상한 것이다.

그런데 대중가요의 주류로 부상한 잡가 중에도 가장 크게 약진한 것은 통속민요이다. 1914년부터 1923년까지 발간된 15개 잡가집을 대상으로 작업한 통계에 따르면, 이것들에 실려있는 노래는 모두 874편인데,

---

38) 한국정신문화연구원편, 『한국유성기음반총목록』, 민속원, 1998, 17~21면.

이 중에 통속민요는 218편으로 24.9%를 차지하고 있다.[39] 잡가집에 당시 향수되던 거의 모든 장르가 수용되어 있는 상황에서 어느 한 가지가 거의 1/4을 차지하고 있다는 것은 매우 큰 비중이 아니 할 수 없다. 이러한 점이 음반에서는 더욱 분명하게 드러나 있다. 4권의 『유성기음반 가사집』에서[40] 만담이나 극, 넌센스 등은 제외하고 노래만을 보면 모두 1097편이 실려 있는데, 그 구성은 유행가와 신민요가 합하여 746편(68%), 통속민요 154편(14%), 통속민요를 제외한 기타 잡가 104편(9.4%), 판소리 93편(8.5%)이다.[41] 그리고 잡가 가운데에서의 통속민요 비율을 보면 통속민요가 59.7%, 기타 잡가가 40.3%이다. 그러므로 개화기 이후 통속민요는 19세기 대중가요 가운데에서도 가장 인기 있는 노래가 되어 있음을 알 수 있다. 통속민요는 비교적 짧은 서정의 노래이다. 그리고 그것은 거의 대부분 장절형식으로 되어 있다. 장절형식으로 된 서정의 노래가 통속민요의 지배적인 양식인 것이다. 통속민요가 19세기의 대중가요 가운데 가장 인기 있는 노래가 되었다는 것은 20세기 이후 대중가요 양식의 전개방향이 '장절형식으로 된 서정의 노래'로 잡혀 있었던 것임을 의미한다.

20세기를 전후해 잡가를 중심으로 재편된 대중가요의 판도는 1920년대 중반에까지 그대로 유지된다. 그러다가 1925년경부터 대중가요계에는 새로운 흐름이 형성된다. 그 중에 하나는 이때부터 대중가요에 외래양식이 이입되기 시작한다는 것이다. 외래양식의 대중가요로 먼저 선보인 것은 외국의 노래를 번안한 것이었다. 이러한 노래는 1925년부터 1928년 사이에 주로 나오는데, 박채선·이류색이 병창으로 부른 〈이풍진세월〉(뒤에 〈희망가〉라고 함)을 비롯하여 윤심덕의 〈사의찬미〉, 도월색의 〈압록강 노래〉, 도월색·김산월의 〈시드른방초〉, 도월색·김산월 이계

---

39) 홍성애, 「통속민요의 성격과 전개양상 연구」, 강릉대 석사논문, 1999, 26면.
40) 한국고음반연구회편, 『유성기음반 가사집』 1~4, 민속원, 1990~4.
41) 홍성애, 앞의 글, 30면.

월의 병창 〈장한몽〉 등이 그에 해당하는 노래이다. 그런데 이 노래들은 〈사의찬미〉를 제외하면 모두 일본 것을 적당히 바꾸어 놓은 것으로 이 때의 번안가요들은 거의가 창가풍의 것이었다. 우리의 노래문화에 있어서 외래양식의 노래는 개화기 때 찬송가를 시작으로 계몽창가, 학교창가 등을 거치면서 경험해 온 바이다. 그러나 이러한 외래양식의 노래가 대중가요로 등장한 것은 1925년에 와서이다. 그동안의 대중가요는 우리 스스로의 노래양식만이 존재하였던 터이므로 창가풍의 대중가요가 등장한 것은 하나의 커다란 변화가 아닐 수 없다. 외래양식의 대중가요는 이처럼 번안가요의 형태로 선보인 이후 1929년부터는 외래양식의 창작가요가 등장한다. 1929년 콜롬비아사의 4월 신보로 발매된 이정숙의 〈낙화유수〉(김서정 작사, 김영환 작곡)가 그 노래이다. 이 노래 이후 1930년에 채규엽의 〈유랑인의 노래〉(채규엽 작사, 작곡), 1931년에 강석연의 〈오동나무〉(이규송 작사, 강윤석 작곡) 등으로 이어지는 가운데 1932년에 이애리수의 〈황성의 적〉(황성옛터)이 크게 히트를 치면서 외래양식의 노래가 우리의 대중가요에 정착하게 된다.

외래양식의 대중가요가 이입되어 정착을 하는 사이에 우리 대중가요는 또 다른 국면으로 접어들고 있었다. 그것은 창작가요 시대의 개막이다. 이정숙의 〈낙화유수〉를 시작으로 위에 보인 것처럼 여러 작품이 이어지면서 점차 창작가요가 대중가요 음반의 중심을 차지하게 되었다.

창작가요는 곡과 가사를 모두 새롭게 만든 노래를 말한다. 노래는 곡 1편에 사설 1편이 연결되어 있는 일곡일사(一曲一詞)의 것과, 같은 곡에 여러 사설을 얹어 부르는 일곡다사(一曲多詞)의 것이 있다.42) 이를테면 〈서경별곡〉, 〈정석가〉 등이 일곡일사의 사례이며, 〈아라리〉, 〈상사소리〉 등이 일곡다사의 사례이다. 창작가요는 곡과 사설을 모두 새롭게 만들어 '1:1'로 연결시킨 것이므로 일곡일사형의 노래에 해당한다. 그런데

---

42) 강등학, 「노래문학의 성격과 민요의 장르양상」, 『한국시가연구』 2, 한국시가학회, 1997, 86~87면.

전통양식의 대중가요는 시조, 수심가, 노랫가락처럼 같은 곡에 여러 가지의 사설을 얹어 부르는 것이 보통이므로 대부분 일곡다사형의 노래에 속한다.

일곡일사형의 노래와 일곡다사형의 노래는 그 단위의미가 서로 다른 면이 있다. 개별적인 작품들을 생산하고 수용하는 공동의 관습적 기반을 장르라고 한다면, 일곡다사형의 노래 단위는 장르가 된다. 우리가 시조를 장르로 인정하고 있는 것은 그것이 여러 사설을 생산하고 유통시키는 기반으로서 작용하고 있기 때문이다. 그러나 일곡일사형의 노래는 정해진 사설 외에 다른 것을 얹어 부르지 않는 것이 원칙이다. 그러므로 우리는 일곡일사형의 노래 단위는 작품으로서 인식하게 된다. 따라서 창작가요의 출현은 장르단위로 유통되던 우리의 대중가요가 작품단위로 전환되는 계기가 마련된 것임을 의미한다.

장르는 공동의 것이며, 작품은 개인의 것이다. 그러므로 대중가요의 유통단위가 장르에서 작품으로 전환되면서 노래에 대한 귀속의식이 보다 분명해지게 되었다. 장르단위로 유통되던 시기에는 노래는 특정인의 귀속물이 아니라 모두의 공유물로 인식되었던 것이다. 노래를 공유물로 여기는 것은 전통사회의 인식이다. 그러기에 전통사회에서는 노래를 부르는 예인은 전문성을 인정받고 활동하였지만, 노래를 만들어내는 영역은 독립되어 있지 못했다. 그러므로 창작가요의 등장은 우리 대중가요의 전 근대적 요소가 제거되기 시작하는 것임을 뜻한다. 따라서 우리의 대중가요는 창작가요의 등장과 함께 새로운 국면으로 접어들게 되었다고 할 수 있다.

상황이 이러하기에 노래의 공급과 소비도 종래와 다른 양상을 보이게 되었다. 보다 집약하여 말하면 노래의 공급과 소비의 주기가 매우 짧아진다는 것이다. 장르는 공동의 것이며, 작품은 개인의 것이라고 했는데, 공동의 장르보다 개인의 작품을 만들어 내는 일이 수월한 것임은 분명하다. 그러므로 유통의 단위가 작품으로 전환되면서 노래의 생산이 늘어나고, 소비자는 수시로 새로운 노래를 공급받을 수 있게 되었다. 이에 따라 대중가요의 공급과 소비가 전보다 빠른 템포로 진행되기에 이르렀다. 공급과 소비가 빠른 템포로 진행된다는 것은 유행의 주기가 짧아졌다는 것을 뜻하며, 이같은 유행의 양상은 대중문화에 나타나는 가장 특징적인 현상 가운데 하나이다. 그러므로 우리의 대중가요는 창작가요의 등장을 계기로 대중문화의 길로 본격적으로 나아갈 준비를 완료한 것이라고 할 수 있다.

5. 결론―대중가요사의 시각

우리의 대중가요는 적어도 19세기 중반에는 태동되어 있는 것으로 보았다. 이때쯤에는 신분의 귀속성이 없는 노래가 대중성을 획득하고 있었고, 또 그러한 노래를 바탕으로 사업이 벌어지는가 하면 관련 예인들의 활동도 경제성을 가지고 있었기 때문이다. 그리고 이러한 상황에 걸맞게 19세기의 노래들도 곡은 빠르고 쉽게, 사설의 주제는 가볍게 하여 대중성을 획득하는 방향으로 전개되어 갔기 때문이다. 19세기에 태동된 대중가요는 20세기에 무대와 음반을 만남으로써 수급의 대량화를 이루며 동시에 상품으로서의 기능이 강화되어 대중가요로서의 자리매김을 보다 분명하게 할 수 있었다. 이 후 1920년대 후반 외래양식이 보태어지고, 또 창작가요의 시대가 열림으로서 대중가요는 본격적으로 유행이 창출되고 소비되는 양상으로 전개되기에 이른다.

그런데 여기서 한 가지 정리할 사항은 번안가요, 창작가요로 이어지는 외래양식의 이입에 관한 문제이다. 외래양식이 이입됨으로써 우리의 대중가요가 새로운 국면을 맞게 된 것임은 이미 말한 바 있다. 그런데 좀더 자세히 따져보면 이러한 일이 기존에 축적된 경험이나, 전개방향의 연장선 위에서 이루어지고 있음을 알 수 있다. 먼저 외래양식 이입의 실험이라고 할 수 있는 번안가요를 부른 사람들은 경서도소리를 부르던 기생이 대부분이며, 또한 이 노래들은 무반주이거나 장고반주에 맞추어 취입된 것들이 많다.43) 그렇다면 번안가요는 전통적인 대중가요의 기반 위에 취입된 것임을 알 수 있다. 사정이 이러하기에 번안가요의 공급 또한 기존의 전통적 대중가요의 소비층이 아닌 다른 부류를 대상으로 하고 있다고 말하기 어렵다. 이러한 점은 학교교육을 받은 부류를 소비대상으로 삼은 것으로 보이는 〈내사랑아〉와 〈우리가 젊엇슬쩌(기의 追億)〉44) 등이 서양음악을 전공한 사람이 피아노반주에 맞추어 노래하고 있는 것과 대조되는 일이다. 이 노래들은 안기영이 부른 것으로 음반은 〈이풍진세월〉과 같은 해에 발매되었다. 사정이 이러하다면 번안가요의 공급은 기존 대중가요의 소비층을 중심적인 대상으로 삼고 있음이 분명하다.

그런가하면 번안가요와 창작가요의 양식적 기본틀은 20세기 이후 우리 대중가요의 전개방향과 일치하고 있다. 20세기 이후 우리 대중가요 가운데 가장 인기 있는 노래가 된 것은 통속민요라고 했다. 그리고 이것은 양식적인 면에서 보면 우리의 대중가요가 장절형식으로 된 서정의 노래를 중심으로 전개되는 것임을 의미한다고 했다. 그런데 번안가요와 창작가요들은 장절형식으로 된 서정의 노래라는 점에서 통속민요와 통하는 면이 있다. 이것은 외래양식의 이입이 우리 대중가요의 전개흐름 위에 존재하는 것임을 의미한다.

문화는 끊임없이 넘나드는 속성을 가지고 있다. 밖의 것이 들어오기

---

43) 이를테면 박채선, 이류색이 부른 「이풍진세월」은 무반주이며, 이 노래를 뒤에 도월색, 김산월이 부른 음반에서는 장고 반주를 하였다. 그리고 역시 도월색, 김산월이 부른 「시드른 방초」도 장고 반주를 하였다(한국정신문화연구원, 『한국유성기음반총목록』, 민속원, 1998, 53・83면.

44) 위의 책, 80면.

도 하고 또 안의 것을 밖으로 내보내기도 하는 것이다. 1920년대 후반의 대중가요에 외래양식이 이입된 것도 같은 시각에서 이해해야 할 일이다. 밖으로부터 새로운 양식이 유입되는 것은 이때뿐이 아니라 해방이 후에도 지속적으로 이루어진 일이다. 이를테면 1950년대의 맘보, 차차차가 그러하고 또 1970년대의 포크송이 그러하다.

대중가요에 있어서 노래양식은 일조의 소모품에 해당한다. 그것은 대중가요의 소비층은 취향에 맞으면 선택하여 즐기고, 선택하여 즐기던 것이 진부해지면 또 다른 것을 갈망하는 패턴을 보이기 때문이다. 그러므로 대중가요의 공급층은 소비층의 취향을 파악하거나, 아니면 새로운 취향을 창출하며 거기에 걸맞는 노래를 내놓게 된다. 19세기 이후 여러 장르들이 거듭 등장한 것도 소비층의 취향에 따라 새로운 노래를 공급한 결과로 나타난 양상이다. 이러한 시각에서 보면 1920년대 후반 외래양식의 노래들도 기존 소비층을 대상으로 한 새로운 공급물로 이해해야 한다.

사정이 이러하기에 1920년대 후반에 공급되는 번안가요는 우리 대중가요사에 최초의 외래양식 도입이라는 면에서 의미를 가질 수 있으며, 또 이어지는 창작가요는 가요의 유통단위를 장르에서 작품으로 전환시키어 노래를 공유물로 인식하던 전대의 생각을 개인의 귀속물로 바뀌게 하였고, 그에 따라 우리의 대중가요로 하여금 전 근대적 요소를 제거하며 대중문화의 길로 본격적으로 나아갈 채비를 하게 하였다는 점에서 의미를 부여할 수 있다.

20세기 초 대중문화의 위상과 시가
시가의 지속과 변용 양상을 중심으로[1]

박애경

1. 들어가는 말

이 글의 목적은 19세기 도시문화의 중심을 이루었던 판소리, 잡가, 통속민요(Urban Folk Song) 등 전 근대 시절의 통속적 시가가 일제 강점기 이후 유입된 미디어와 테크놀로지에 정착되는 과정을 살피려는 것이다. 이를 통해 전 근대문화가 '식민지 근대'라는 새로운 환경에 적응하는 과정과 전통문화가 근대 대중문화로 전환하는 방식을 드러내고자 한다.

전 근대문화가 대중문화로 전환하는 과정을 살피는 이 글은 필연적으로 '문화의 근대성'이라는 문제적 영역을 거칠 수밖에 없을 것이다. 문학·예술에서 근대를 논할 때에는 주로 공공 영역의 형성과 합리성,

---

[1] 이 글은 「20세기 초 대중문화의 위상과 시가―시가의 지속과 변용양상을 중심으로」 (『민족문학사연구』 31집, 민족문학사학회, 2006)를 개고한 것이다.

공공성, 주체(민족을 포함한)에 대한 자각, 현실성의 실현 여부를 거론하여 왔다.[2] 근대에 대한 이러한 인식은 시가의 경우에도 크게 다르지 않다. 특히 주로 중세 시대에 존속했던 시가의 경우는 중세 극복의 의지를 곧 근대성의 징후로 판단하였고, 이는 고전문학과 근대성을 고민하는 연구자들이 공유하는 부분이기도 하였다.[3] 따라서 시가에서 근대성을 거론할 때에는 사설시조 등 민간의 양식에서 중세 극복의 의지를 읽어 내어, 근대문학의 기점을 끌어올리려는 시도를 강화하거나, 애국계몽의 이념을 담고, 문명개화와 교육입국을 적극적으로 독려하는 작품을 통해 근대의 내면을 해명하여 왔다. 따라서 연구의 초점은『대한매일신보』소재의 사회등 가사나 애국계몽 이념을 담은 시조, 의병가사에 집중되었다. 당연히, 통속적인 잡가나 민요는 이러한 논의에서 원천적으로 배제되어 왔다.

이러한 구도는 시가의 근대성이 주로 '시로의 지향'을 분명히 한 매체 소재 시가나 이념지향성을 공고히 한 선별된 작품에 집중되었던 저간의 사정을 반영하고 있다. 반면, 근대이후에도 동시대 문화로 향유되고 있던 노래로서의 시가는 '시(詩)'의 경로를 따르지 않았다는 점에서 근대성의 구도와는 동떨어지거나, 시대적 분위기에 둔감한 복고적 향수 정도로 취급받아 왔다.[4] 이처럼 시가와 근대성에 대한 논의의 저변에는

---

2) 근대문학의 기점과 근대성에 대한 논의는 다음 글을 참조할 것. 김명호,「근대문학론의 기본 쟁점」,『근대문학의 형성과정』, 문학과지성사, 1983. 근대와 근대 이후에 대한 반성적 성찰은 민족문학사연구소 편,『민족문학과 근대성』(창작과비평사, 1995), 고미숙,『한국의 근대성, 그 기원을 찾아서-민족·섹슈얼리티·병리학』(책세상, 2001)을 참조할 것.

3) 고전문학과 근대성 논의에 대한 회고와 전망은 다음 논의가 자세하다. 정출헌,「고전문학에서의 근대성 논의, 그 반성의 자리와 갱신의 계기」,『국제어문』35호, 국제어문학회, 2005. 중세와의 결별 징후를 찾아 근대의 기점을 끌어올리려는 자생적 발전론 역시 서구적 열패감에서 비롯된 이식론과 인식적 결별을 이루지 못했다는 필자의 문제의식은 이 글의 방향에도 시사하는 바가 크다.

4) 시가의 근대성 논의에서 '노래로서의 歌'가 배제되었다는 문제의식은 다음 논의를 참조할 것. 박애경,『한국 고전시가의 근대적 변전과정』, 소명출판, 2008.

근대적인 양식을 정점으로 모든 가치를 서열화하려는 논리5)가 작동하고 있다는 점을 부인하기 어려울 것이다.6) 전 근대 시절에 형성된 전통 시가가 초창기 대중문화로 정착하는 과정을 살핀 이 글은 근대성 논의에서 소외되었던 도시의 한량, 향촌의 부호 등 근대의 변방에 속했던 익명의 대중들이 그들의 취향을 고수하는 모습을 통해, 근대 초기 대중문화가 지닌 지속과 단절의 실상을 살피려는 의도를 담고 있다.

이를 위해 이 글에서는 19세기에서 1930년대 초반에 이르는 시기에 걸쳐 존재했던 통속적 시가의 존재 양상을 살펴보고자 한다. 먼저 19세기 시가가 도시 유흥공간에 자리잡을 수 있었던 환경을 점검하고, 이것이 이후 어떠한 방향으로 전개되었는지 살필 것이다. 또한 대중적 문예 양식을 둘러싼 당대 지배층의 시선을 살피고, 대중들이 자율적으로 그들의 기호를 만들어갔던 사실을 밝히려 한다. 마지막으로 20세기 초에 통용되었던 시가 각 장르가 새로운 미디어에 적응하는 과정에서 겪었던 변용의 맥락을 살피려 한다. 시가 장르는 대중문화에 냉담했던 수용층의 요구에 부응하고, 새로운 테크놀로지에 성공적으로 적응하기 위해 이입된 외래 양식과 혼성화(Hybridization)를 적극적으로 시도하였다. 이 글에서는 전통 시가가 일본 음악, 일본을 거쳐 온 서구 음악과 혼성화되는 과정과 그 양상을 살피고, 이러한 혼성화 양상이 식민 통치라는 역사적 경험을 통해 근대를 받아들이고, 체험해야했던 식민지 대중문화의 한 측면임을 드러내려 할 것이다.

---

5) 김춘식, 「장르의 소멸과 근대적 장르 인식」, 『한국문학과 근대성의 형성』, 아세아문화사, 2001
6) 박애경, 앞의 책, 13면.

2. 19세기 도시문화의 형성과정과 전통 시가의 동향

주지하다시피 조선 전통문화의 중심은 사대부 문화라 할 수 있다. 예교(禮敎)적 예술관을 표방했던 주류 사대부 문화와 구술로 전승되는 민중문화로 양분되었던 구도는 18세기 이후 도시를 기반으로 한 문화가 성장하면서 달라지게 되었다. 그 시작을 알린 것은 유흥문화의 출현과 이를 주도한 새로운 문화 향유층의 부상이라 할 수 있다. 이 시기 새롭게 등장한 대표적 유흥공간으로는 사대부 문화를 모방한 시사(詩社)와 풍류방 그리고 상업적 수요에 맞추어 새로 등장한 기방과 주가, 색주가(술과 함께 성적 서비스를 제공하는 곳) 등을 꼽을 수 있다.7) 다양한 유흥공간의 성장은 도시 공간의 확대와 상업의 발달과 관련이 깊다. 즉 상업과 교역으로 생긴 잉여의 재화와 인력이 여가를 소비하는 곳으로 흘러가면서 자연스럽게 유흥문화가 발달했던 것이다. 그 결과 유흥문화의 주 요소가 되는 시가와 음악 등 예술의 각 분야가 상업적 이윤의 대상이 되기 시작했다. 유흥문화가 상업화와 관련이 깊은 만큼 유흥가는 자연스럽게 사람과 돈이 모이는 지역에 집결하게 되었다. 기방(妓房)은 상인들이 집단적으로 거주하는 육조(六曹)의 거리에 집중되었고, 수상 교통의 중심지였던 경강(京江) 지역을 중심으로 술집과 음식점, 색주가 등 다양한 유흥가가 발달하기 시작했다.8)

유흥공간이 구성되기 위해서는 가무(歌舞)와 성적 향락을 제공하는 기생이 필요하다. 그렇지만 유흥공간의 운영에 개입하고, 기생들의 매

---

7) 강명관, 「조선 후기 서울의 중간계층과 유흥의 발달」, 『조선시대 문학예술의 생성공간』, 소명출판, 1999, 162면.

8) 京江 지역을 중심으로 상업과 유흥가가 발전했다는 사실은 18세기 후반 三江에 설치된 주가(色酒家)가 600~700여 곳이었고, 여기서 술을 만드는데 소비되는 미곡만도 1년에 수만 석을 넘는다는 기록을 통해서도 알 수 있다. 고동환, 「18,19세기 서울 경강 지역의 상업발달」, 서울대 박사논문, 1993, 153면.

니저 겸 패트론 역할을 한 이들은 주로 별감(別監)을 비롯한 무반(武班)층
이었다. 무반층을 비롯한 중간 계층은 기방 뿐 아니라, 19세기 유흥문화
전반에 걸쳐 중심적 인물이었다. 이들은 흔히 '왈자 무리'라 불리기도
했는데, 여기에는 하급 무반층과 별감, 기술직 중인, 평민 부호들까지
망라되어 있다. 이들의 유흥에 관심이 많을 뿐 아니라, 유흥에 소비할
정도의 경제력을 지니고 있다는 공통점을 지녔다.

이 시기 도시유흥에서 중심을 이루었던 것은 단연 가악이었다. 예악
(禮樂)의 이상, 사대부의 절제된 정신세계를 표현하던 가악은 상업적 수
요의 대상이 되었고, 이는 자연스럽게 시가 장르의 변화를 초래했다. 가
장 큰 변화는 시가에 현실의 쾌락을 긍정하는 내용이 나타나기 시작한
것이다. 또 다른 변화는 새로운 작품의 발굴과 창작으로 인한 레퍼토리
의 확대라 할 수 있다. 도시유흥을 주도하던 왈자 무리와 그 주변에 모
인 예능인들은 먼저 사대부의 시조와 가사를 그들의 취향과 욕구, 관심
사에 맞게 취사선택하고, 다듬었다. 이들의 행위는 새롭게 부상한 경제
적 실력자들의 문화적 수준을 반영하는 것이라 할 만한다. 이들은 문화
에 대한 욕구는 있었지만, 스스로 문화전통을 만들어 나갈 만한 역량은
아직 갖추지 못했다. 따라서 그들의 신작을 창작하기보다는 이왕에 존
재하고 있던 작품의 수용과 개작에 치중하였다. 또한 가악이 상업문화
와 굳건히 결합했던 현실은 참신함보다는 익숙한 것을 선호하는 경향
을 더욱 조장하였다고 볼 수 있다. 수용과 개작 다음 단계는 도시유흥
의 관습에 걸맞는 새로운 레퍼토리를 만들어 내는 것이다. 이를 위해
새로운 레퍼토리를 발굴하거나, 도시유흥에 걸맞는 작품들을 만들어 내
기 시작했다. 19세기 가집에 두드러지게 나타나는 유사작, 아류작의 존
재는 이러한 흐름과 관련하여 설명해 볼 수 있다.

이처럼 유흥의 수요가 커지고, 이것이 상업적 이익에 포섭되면서, 문
화가 서울로 집중되는 현상도 보이기 시작했다. 문화의 서울 집중을 알
리는 징조는 지역 예능인들이 상경이었다. 지역 예능인들의 집단적 상

경은 18세기 중엽 영조 때부터 시행된 선상기 제도에서 비롯되었다. 선상기로 뽑혀 올라온 지역 기생들은 행사가 끝난 후에도, 본읍에 내려가지 않고 서울에 남아 있는 경우가 종종 있었는데, 이들을 통해 지역 문화가 서울로 자연스럽게 유입될 수 있었다. 지역 예인들의 상경은 고종 시대 경복궁 중건 당시 서울과 각 지역의 예능인들이 총동원되어 역부(役夫)들을 위로했던 연희에서 절정을 이룬다. 경복궁 중건은 조선 왕조의 위엄을 세우려는 권력자 대원군의 의지에서 비롯된 대형 국책 사업이지만 문화적으로도 일대 '사건'이었다.9)

19세기에 서울로 상경한 대표적 지역 예능인으로는 평양 기생과 평양의 날탕패, 남도의 판소리 광대들을 꼽을 수 있다. 이들은 20세기 이후 극장의 시대가 열리면서 극장 공연의 총아로 부상하게 되었다. 이렇듯 문화가 서울로 집중되면서, 지역에 기반한 향토문화가 유흥에 걸맞는 세련된 도시문화로 탈바꿈하는 양상이 광범위하게 지속되었다. 그 결과 서울과 지방의 문화적 격차는 한층 심화되었다.

지역 문화의 서울 유입은 하층민을 기반으로 한 하위문화가 부상하는 계기가 되었다. 지역 문화 전파의 주역 중 하나는 전국을 유랑하는 하층 연예인 집단이었다. 하층의 연예인 집단으로는 위에 언급한 판소리 광대와 날탕패 외에도 서울 외곽을 본거지로 삼는 삼패와 사계축으로 통칭되는 잡가패들이 있었다. 이들은 출신 지역의 향토예술을 오락에 적합한 도시의 노래로 바꾸어 불러 인기를 끌었다. 이들이 주로 불렀던 판소리, 잡가, 통속민요는 19세기 중엽 이후 유흥에 관심이 많은 왈자 부류와 부상(富商)에게도 각광을 받게 되었다.

이렇듯 19세기에는 도시유흥을 통해 다양한 장르의 시가가 오락을 위한 공연물로 공존할 수 있었다. 또한 공연 현장은 기원이 다른 이질적인 장르와 텍스트가 자연스럽게 넘나드는 혼성의 장이기도 했다. 타

---

9) 이능화, 「조선향토예술론」, 『삼천리』 1941년 4월 논설.

장르나 타 텍스트의 인상적인 에피소드나, 구절, 표현법을 차용하여 혼합하는 혼성화 양상은 19세기 도시문화의 유연함과 개방성을 드러내는 징표로 거론되기도 하였다. 혼성화 양상은 이를 향유했던 수용층 내부에서도 동일하게 나타나고 있다. 즉 왈자 부류가 중심이 되어 위로는 사대부들을 포섭하고, 아래로는 저변에서 향유되던 하층민의 오락을 수용하여, 신분에 따른 문화적 경계가 점차 약화된 것이다. 공연의 규모나 질적 수준은 돈의 투입 정도에 따라 달라지지만, 공연의 레퍼토리가 비슷해져 가는 현상 역시 주목할 만하다. 중간층을 중심으로 하고 상.하로 폭을 넓히는 평준화 현상이 나타나기 때문이다. 19세기 문화의 특징적 양상으로 거론되는 상·하위 장르 간의 상호 모방, 혼성화는 이처럼 도시문화의 저변 확대와 도시유흥의 확산과 관련이 있다.

유흥문화의 확산은 신분에 따른 문화 향유라는 중세적 문화 향유 방식에 균열을 일으키는 계기가 되었다. 이는 도시유흥이 중세의 문화, 중세의 미학적 이상과 결별하기 시작했다는 의미가 된다. 물론 경제적 여유와 활력을 향락적인 놀이에만 소모하여 국가적인 격변기에 당면한 사회문제를 외면했다는 비판론이 제기될 수도 있다. 그러나 이러한 체험이 여가를 문화적으로 표현하는 방식의 하나였다는 점, 그 결과 문화 향유의 대중화 경향을 보이기 시작했다는 점은 의미있는 일이라 할 수 있다. 특히 전환기 세태와 삶, 욕망을 담아내면서, 20세기 초에 근대 대중문화로 전환할 수 있었던 기반을 마련한 점은 19세기 도시문화에서 가장 주목할 만한 부분이라 할 수 있다.[10]

---

10) 19세기 도시유흥에 대한 자세한 논의는 다음 글을 참조할 것. 박애경, 「19세기 도시유흥에 나타난 도시인의 삶과 욕망」, 『국제어문연구』 27집, 국제어문학회, 2003.

3. 신매체의 등장과 민간 가창양식의 변화

20세기 초는 국가의 운명이 주권을 가진 왕조에서 식민지로 전락하는 격변의 시기였다. 문화적으로는 전 근대적인 유산과 근대의 문물, 전통적인 양식과 이입된 외래의 양식이 혼류하는 시기였다. 또한 이 시기는 근대 매체가 도입되면서, 대중문화의 전승과 수용을 결정하는 물적 기반이 본격 구축되는 시기이기도 했다. 그 결과 19세기 시정문화의 중심을 이루었던 민간가창양식 역시 20세기 전후 커다란 변화에 직면하게 되었다. 이 시기 민간가창양식을 둘러싼 환경의 변화는 전승방식의 변화, 예능인 집단의 지위 상승과 조직화, 외래 음악의 유입으로 정리해 볼 수 있다.

특히 근대 자본에 의해 성립된 대중매체가 등장하면서, 노래로서의 시가의 전승 범위는 한결 넓어졌다. 20세기 들어 새로 등장한 매체로는 활판 가집, 극장, 유성기 음반, 라디오 방송을 대표적으로 들 수 있다. 이 중 활판 가집이 보급용 가집의 출판을 통해 수용층을 확보하였던 19세기적 상황의 확장이라면, 극장과 유성기는 근대의 생활과 여가를 구성한 대표적인 신매체라고 할 수 있다.[11]

활판 가집의 현황은 1910년대부터 활발히 간행되기 시작하여 1940년대까지 꾸준히 발행된 발행된 잡가집을 통해 가늠해 볼 수 있다. 여기에서 주목할 만한 점이라면, 19세기 시정문화의 인기를 주도했던 가창가사, 좌창 잡가는 대폭 축소된 반면, 『교방가요』와 같은 전 시대 문헌에는 '잡요(雜徭)'로 취급되던 〈수심가〉, 〈난봉가〉 등 지역에 기반했던 통속민요의 비중이 높아졌다는 것이다. 특히 서도 선소리계 통속민요의 비중이 높아진 것은 서울에 꾸준히 유입되고 있던 서도문화의 위상을

---

11) 박애경, 앞의 책, 25면.

반영하는 것이라 할 수 있다.

통속민요의 부상은 20세기 초부터 시작된 극장공연의 인기를 반영한 것이라 할 수 있다. 관에 의해 1902년 협률사, 1903년 광무대가 성립되었고 1907년 민간 자본에 의해 연흥사와 단성사가 차례로 생기면서,[12] 시가는 곧 극장 공연물로 정착하게 되었다. 이는 시가가 '듣는 문화'에서 '보고 듣는 문화'로 탈바꿈하게 되었다는 의미가 된다. 극장은 무대와 객석이 분리된 공간이다. 객석과 분리된 무대 위에서 이루어지는 연행은 관객들에게 볼거리를 제공하며 텍스트가 구현하고자 하는 세계를 스펙타클하게 재현한다. 볼거리를 강조하는 극장공연은 근대의 산물인 동시에, 시각을 특권적 지위에 배치하는[13] 근대문화의 특성을 대표적으로 보여주고 있다. 유성기와 음반, 라디오 방송의 등장은 대량 생산과 대량 소비를 근간으로 하는 매스 미디어가 본격적으로 유입되었음을 의미한다. 따라서 19세기 도시문화에서 보였던 지역색의 탈피, 문화 수용의 평준화 양상은 20세기 들어 일반적인 현상으로 굳어졌다.

매체의 변화는 향유층 내부의 사회적 관계의 변화로 이어지고, 향유층 집단의 변화로 이어졌다. 또한 매체의 변화는 음악가 집단의 재편을 촉진했고,[14] 그들의 위상을 바꾸었으며 음악가와 수용자와의 관계를 바꾸었다. 물론 음악가 집단의 재편에는 1894년 신분제가 폐지되면서 예능인들이 천민의 신분에서 벗어난 것이 크게 작용했지만, 매체의 위력이 이를 가속화했다는 점은 부인하기 어려울 것이다. 서양음악과 일본음악 역시 이 시기 전통 시가의 진로에 영향을 미쳤다. 일본음악과 서

---

12) 근대 극장의 등장과 역사적 성격에 관한 논의는 다음의 저서를 참조할 것. 유민영, 『한국근대극장변천사』 태학사, 1998.

13) 근대문화가 시각을 중심으로 구성된다는 것은 다음 저서에 대표적으로 나타나 있다. 마셜 맥루언(Marshall McLuhan) 저, 김성기·이한우 역, 『미디어의 이해*Understanding Media*』, 민음사, 2002.

14) 음악가를 위시한 전통 예능인의 변화를 이해하려면 다음 저서를 참조할 수 있다. 권도희, 『한국 근대음악사회사』, 민속원, 2004.

양음악은 한동안 전통 가창양식과 공존하다가 각자 한계를 느낀 순간, 혼성화를 선택하였다.

이 장에서는 20세기 이후 새롭게 등장한 매체, 여기에 전통 시가가 배치되는 양상을 살펴본 후, 환경의 변화가 초기 대중문화의 창조와 수용에 어떻게 관여했는지를 살필 것이다.

1) 20세기 전통 시가와 신매체의 만남

20세기 벽두에 설립된 극장은 근대적 여가문화를 가장 전형적으로 구현하는 장이기도 하다.[15] 극장의 등장은 전통적 공연 방식, 즉 공연자와 관객이 분리되지 않는 열린 공간에서의 공연을 무대와 객석이 분리된 실내 공연장의 그것으로 바꾸어 놓았다. 최초의 극장은 1902년 설립된 전통 연희장 희대로 알려져 있다. 이것이 1903년부터 협률사로 불리게 되었다.[16] 협률사는 고종의 왕위 등극 40주년을 기념하는 칭경예식을 위해 고종의 칙허를 얻어 설립된 극장이었다. 따라서 근대적 자본에 의한 극장과는 조금 거리가 있었다. 협률사의 성격은 공연에도 반영되었다. 협률사 공연의 주역이었던 판소리 명창 김창환·송만갑은 고종의 칙명을 받아 각지에서 170명의 명인명창을 불러 모았다.[17] 협률사에서는 주로 전통무용과 전통음악을 공연하고, 가끔 활동사진을 상영하기도 하였다. 그중 가장 인기를 끈 것은 단연 판소리와 잡가였다. 이러한 사정은 사설극장이었던 광무대의 경우도 크게 다르지 않았다.

극장은 볼거리를 제공하는 공간일 뿐 아니라 관리가 회동을 하고, 젊은 남녀가 자연스럽게 모이는 사교장이기도 하였다.

---

15) 박재환, 김문겸, 『근대사회의 여가문화』, 서울대 출판부, 1996, 61~68면.
16) 유민영, 앞의 책, 21~23면.
17) 박황, 『창극사연구』, 백록출판사, 1976, 22~23면; 유민영, 앞의 책, 23~24면에서 재인용.

최근 협률사라는 것이 생긴 이후로 호탕한 봄바람 부는 날에 춘정을 탐하는 젊은 남녀들이 풍류를 즐기러 맹렬히 모여 음탕한 유락을 일삼는데 탕자야녀의 춘흥을 도발함은 예사이거니와 각 학교 학생들도 우르르 따르기에 이르니 매일 저녁이면 협률사로 공원으로 알고 심지어 야학교 학생의 수효가 감소한다니 과연인지 상세히 알지 못하나 협률사 관계로 야매한 풍기가 한층 증진함을 확실히 알겠더라[18]

위 기사는 젊은 남녀뿐 아니라 학생들까지 극장에 모여들어 풍기가 심각하게 문란해진 세태를 비판하고 있다. 남녀 구분 없이 모이는 극장은 내외법을 엄격히 지켜왔던 어른들의 눈으로 볼 때 그 자체가 도덕적 문란을 부추기는 장소였던 것이다. 실제로 이 기사가 실리기 1달 전에는 군인과 순사가 극장에서 싸우는 불미스런 사건이 일어나기도 하였다.

따라서 극장과 극장공연은 전통적 지식인과 계몽적 언론, 양자로부터 모두 호된 질타를 받게 되었다. 전통적 지식인은 협률사의 공연이 교화론적 전통과 어긋난다는 점을 분명히 하였다. 유학자인 이필화는 상소에서 협률사의 연회가 나라를 망국으로 이끈 음악인 정성(鄭聲)과 같을 뿐 아니라, 학생들의 교육에도 유해하다고 주장하며, 협률사의 폐지를 주장하였다.[19]

또한 계몽적 지식인 역시 젊은 세대를 미혹하게 하고, 나쁜 영향을 미친다는 이유를 들어 극장 폐지의 목소리를 높였다.

협률사나 단성사 등을 세워 수많은 음탕한 연희로 수많은 청년자제를 유인하여 그 심사를 심란케 하며, 그 지기를 손상케 하며 그 사상을 미혹케 함으로써 학문에 유의하던 자가 이곳에 가면 학문배우기를 던져버리며, 실업에 유의

---

18) 『황성신문』, 1906년 4월 13일자.
19) 『황성신문』, 1906년 4월 19일자. 이필화의 상소는 받아들여져, 곧이어 정부는 협률사 폐지령을 내렸다. 그러나 이는 극장의 폐쇄가 아니라 정부가 운영에서 손을 떼었다는 것을 의미한다. 폐지령 이후에도 협률사의 공연은 계속되었다는 것을 알 수 있다. 협률사 폐지와 관련된 사실은 다음 글을 참조할 것. 유민영, 앞의 책, 30~31면.

하던 자가 이곳에 가면 실업하기를 던져버려 무수한 인재를 모두 이곳에서 버려주니 오호라 현재 한국의 소위 연화장이라는 것은 한치의 의심 없이 타파할 것이거니와 이런 연회장은 사람의 마음을 현란케 하며 풍속을 피란케 하여 사회에 피악한 영향을 끼치게 하는 고로 의심없이 타파할것이라 (……)[20]

이들이 극장공연을 비판하는 이유는 극장이 풍기문란을 조장하는 퇴폐적 장소이며, 그곳에서 공연되는 연희가 올바른 정기나 미풍양속을 해친다는 것이다. 다음 기사는 그 비판의 중심에 극장의 공연 내용, 즉 잡가, 판소리가 위치하고 있다는 것을 보여주고 있다.

우리 나라의 소위 연희라 하는 것은 조금도 자국의 정신적 사상이 없고 단지 그 음란한 춤과 추태로 춘향가니 심청가니 박첨지니 무동패니 잡가니 타령이니 하는 기기괴괴한 음탕하고 황당한 기예를 공연하며 (……)[21]

극장과 대중적 가창양식에 대한 비판이 꾸준히 이어졌다는 것은, 이를 배척하는 목소리가 높았음에도 불구하고, 극장을 찾아 전통문화를 즐기는 자발적·능동적 관객이 많았음을 보여주고 있다.

부르고 듣는 시가가 극장 무대에 오르면서 생긴 가장 큰 변화는 공연이 볼거리를 중심으로 구성되고, 무대에 오른 예능인을 특권화했다는 것이다. 이는 문화의 중심이 '보는 문화'로 전환되기 시작하였다는 것을 의미한다. 실제로 광대 일인의 예술이었던 판소리는 보다 풍부한 볼거리를 제공하기 위해 많은 배우와 창자가 출연하는 창극의 형태를 적극적으로 도입하기 시작했다. 여럿이 등장하여 역동적인 율동을 곁들이는 선소리계 통속민요의 인기가 좌창 계열의 잡가 인기를 능가한 것도 볼거리를 제공하는 극장공연의 영향이라 할 수 있다.

또한 무대 위의 공연자를 관객보다 우월한 위치에 놓는 스타덤의 초

---

20) 「연회장을 기량할것」, 『대한매일신보』, 1908년 7월 12일자.
21) 『황성신문』, 1907년 11월 29일자.

보적 형태가 마련되었다는 점도 주목할 부분이다. 이는 공연자와 수용자가 동일한 관계에 있거나 수용자가 공연자보다 우위에 있던 전시대 연행의 관습을 근본적으로 바꾼 것이라 할 수 있다. 사설 극장이 설립된 이후에는 극장 간에 흥행 경쟁이 붙으면서, 예능인의 지위는 더 높아지게 되었다. 극장은 흥행 경쟁에서 우위를 점하기 위해, 대중이 선호할 만한 레퍼토리를 적극적으로 모색했고, 유능한 예능인을 전속으로 두려 하였다. 전속제의 도입은 극장의 흥행을 가늠하는 주 요소가 스타 시스템이라는 사실을 명백히 보여주고 있다.

음반은 제작과 유통 과정에서 대규모 자본과 테크놀로지가 개입하므로 음반화는 곧 상품화와 동의어로 쓰인다. 또한 음반은 초창기 대중가요의 식민지적 성격을 드러내는 증거로 거론되기도 하였다. 그 이유는 조선의 소위 육대 음반사[22]가 일본 음반사 혹은 일본 합작 음반사의 한국 지부 형태로 운영되고 있었기 때문이다.

음반의 시대는 미국 콜롬비아사의 국내 진출과 함께 시작되었지만, 유성기 도입과 녹음 행위는 더 일찍 시작되었던 것으로 보인다.

> 외부에서 전에 유성기를 사서 노래 곡조를 불러 유성기 속에다 넣고 해부대신 이하 여러 관인이 봄 경치를 구경하려고 삼청동 감은정에다 잔치상을 차려 놓고 서양 사람의 모든 기계를 운전하여 쓰는 데 먼저 명창 광대의 춘향가를 넣고, 그 다음에 기생의 화용과와 금랑가사를 넣고 마지막에 진고개 패 계집 산홍과 사나이 학봉 등의 잡가를 넣었는데 기관되는 작은 기계를 바꾸어 꾸미면 먼저 있었던 각항의 곡조와 같이 그속에서 완전히 나오는지라 보고 듣는 이들이 구름같이 모여 모두 기이하다고 칭찬하며 종일토록 놀았다더라.[23]

---

22) 육대 레코드사는 콜롬비아·빅타·포리돌·시에론·태평·오케이다. 「육대회사 레코드전」, 『삼천리』 1933년 5월호. 이중 콜롬비아와 빅타는 미국과 일본 합작회사의 한국 지부였고, 포리돌은 독일·일본 합작회사의 한국 지부였다. 또한 시에론·오케·태평은 일본 현지 법인의 한국 지부였다. 식민지 시대 음반사의 성격에 관한 논의는 다음 글을 참조할 것. 장유정, 「일제 강점기 한국 대중가요 연구」, 서울대 박사논문, 2004, 418~422면.
23) 「만고명창」, 『독립신문』, 1899년 4월 2일자.

1899년 독립신문에 실린 위의 기사는 외국 음반사가 우리 나라에 들어오기 이전에 유성기에 녹음하고, 이를 재생하여 듣는 광경을 묘사한 것이다. 이 기사는 신문물을 대하는 이들의 놀라움과 호들갑스러운 반응을 소개하고 있다. 이때 유성기에 담은 노래는 광대의 판소리, 기생의 가사, 삼패기생과 잡가패의 잡가다. 이로 보아 19세기의 만들어진 음악적 취향과 선호도가 이 시기까지 달라지지 않았다는 점을 알 수 있다.

20세기 초 민간가창양식의 선호도는 1907년 미 콜롬비아 레코드사가 조선에 진출한 뒤 제작한 음반의 수록곡에서도 알 수 있다. 첫 음반을 취입한 이는 관기 출신의 최홍매와 사계축으로 짐작되는 한인오였는데, 그들은 시조와 잡가, 가사를 녹음했다. 여기에서 19세기 시정문화의 근간을 이루던 레퍼토리들이 여전히 선호되고 있음을 확인할 수 있다. 그러나 유성기라는 새로운 기록매체로 전환되면서 지속과 동시에 변화의 일면도 발견할 수 있다. 단적인 예를 들면 좌창 잡가나 가사를 완창하기 위해서는 대략 8분 정도가 소요된다. 그런데 유성기 음반은 3분 이내에 한 곡을 수록해야 하므로 부득불 사설을 대폭 축소하거나 일부분만을 녹음할 수밖에 없다. 앞서 언급한 콜롬비아 판 음반을 보면, 〈황계사〉는 사설이 대폭 축소되고, 〈유산가〉, 〈적벽가〉 역시 사설이나 악곡이 축약된 형태로 실려 있는 것을 발견할 수 있다. 이는 유성기라는 당대의 매체환경이 시가의 향유관습을 바꿀 수 있다는 것을 의미하는 것이다.24) 하지만 1910년대까지는 유성기의 가격이 매우 비쌌기 때문에, 유성기와 음반은 도시에 거주하는 경제적 유력자 층만 향유할 수 있었다.25) 따라서 유성기를 소유할 수 없는 사람들은 여전히 익숙한 기억에 의존하여, 시가를 향유하였다.

1920년대에는 라디오의 시대가 시작되었다. 1926년에는 사단법인 경

---

24) 박애경, 앞의 책, 27면.
25) 1911년 유성기 한 대의 가격은 25원이었다. 당시 판임관 5급의 월급이 30원이었다는 사실을 감안하면 유성기는 고가의 상품이었다고 할 수 있다. 장유정, 앞의 글, 14~15면.

성방송이 개국하였고, 1927년에는 JODK라는 호출부호로 방송을 송출하기 시작했다. 1933년에는 조선어 전용 방송인 제2방송이 개국하면서, 청취자층을 확대하였다. 이때 민간 가창양식은 라디오 방송에서도 큰 비중을 차지하였다.

> 필자 한 사람도 신시대의 낙오자가 되기 싫어하는 생각으로 우연한 기회에 조그마한 기계이나마 하나 놓고 틈나는 대로 듣고 있는 사람 중 하나입니다. (……)
>
> 둘째, 서도잡가나 남도소리를 한결같이 방송하는 것. 어떻게나 귀가 아프게 들었는지 머리가 아픕니다. 한 주일에 한번쯤 했으면 어떨까요?[26]

의견을 낸 청취자는 경성방송 개국과 동시에 라디오를 소유했던 것으로 보아 중산 계층 이상의 기반을 지녔고, 지식층 취향의 인물이라는 것을 짐작할 수 있다. 위의 기사는 지식층 취향 청취자의 반발에도 불구하고 라디오 방송에서 여전히 전통적 노래가 선호되고 있음을 보여 준다.

경성방송은 출범 초기부터 국민적인 정서와 취향에 부합하기 위해 전통 문화양식을 대폭적으로 수용하였다. 이러한 기조는 1937년 중일전쟁 이후 총력전 체제로 돌입하기 전까지 지속되었다. 1933년 제2방송 편성표를 보면, 하루에 두 차례, 각 30분씩 음악·연예 방송을 내보낸 것을 확인할 수 있다. 음악·연예 방송의 주류는 대개 방송극과 전통음악이었다.[27] 그렇지만 라디오의 수용층이 도시 중산층이나 상류층이었던 관계로, 기존의 레퍼토리를 반복하는 과정에서 오히려 정서적 차원에서 배척되는 효과를 내기도 하였다.[28] 위에 인용한 글은 식민지 대중

---

26) 경성 연창현, 「방송국에 대한 불평, 전국청년불평불만공개 우리의 희망과 요구」, 『별건곤』 10호, 1927년 12월 20일.

27) 한진만, 「일제 시대의 라디오 프로그램 편성」, 『매체. 역사. 근대성』(임상원. 김민환. 유선영 외), 나남출판, 2004.

28) 유선영, 「한국 대중문화의 근대적 구성과정에 관한 연구―조선 후기에서 일제 시대

의 위안을 위한 오락이었던 잡가의 위상과 이에 대한 지식 취향 청취자의 거부를 선명하게 보여주고 있다.

민간 가창양식이 20세기 달라진 매체환경 속에서 대중문화로 각광받을 수 있었던 요인으로는 이왕에 형성된 수용자 집단을 우선 꼽을 수 있을 것이다. 또한 1920년대까지는 흥행을 보장할 수 있는 유행가나 유행가 가수를 찾기 어려웠던 사실[29]도 감안해야 한다. 반면 전통적 가창양식의 경우, 오랜 시간 대중의 검증을 거쳐 온 레퍼토리가 구비되어 있었고, 이를 부르는 예능인 집단도 조직화되어 있었다

라디오의 보급 대수가 10만대에 이르고, 1928년 전기 녹음 방식의 도입과 함께 음반이 대량 생산 체제에 본격 돌입하면서, 대중가요를 위한 물적 기반은 완벽하게 구축되었다. 라디오 방송과 전기 녹음 방식은 미국, 일본과 약 3~4년 정도의 시차를 두고 실시된 것이다. 이는 대중문화의 테크놀로지가 조선에 거의 동시대적으로 도입되었다는 것을 의미한다. 그런데 테크놀로지의 진보는 전통 시가 쪽에서 볼 때는 위기적 상황이었다. 전기녹음 방식의 도입과 함께 주요한 기기로 부상한 마이크로폰은 통성을 사용하는 전통 시가의 음질과는 어울리지 않았다. 또한 대량 생산 체제로 전환한 이후 급증하는 수요에 걸맞는 새로운 레퍼토리를 지속적으로 생산할 수 없다는 것 역시 약점이 되었다. 한마디로 전통 시가는 대량 생산 체제의 상품으로 존재하기 위해 필수적으로 거쳐야 하는 산업화, 표준화에 한계가 있었다는 것이다.[30] 따라서 전통 시가는 근대 초기에는 대중문화로 성공적으로 정착하였지만, 대량 복제가 가능한 매체가 확산되면서 유행가 등 신종 장르에 비해 불리한 위치에 놓이게 되었다. 그렇지만 테크놀로지가 조선 대중의 기억에 각인된 선

까지를 중심으로」, 고려대 박사논문, 1992, 348~352면.

29) 1926년 윤심덕이 취입했던 유행가 〈사의 찬미〉의 인기는 예외적인 경우라 할 수 있다. 〈사의 찬미〉의 흥행은 현해탄에서 애인 김우진과 동반자살했던 스캔들에 힘입은 것이다.

30) 권도희, 앞의 책, 282~291면.

율과 선호도를 송두리째 바꿀 수는 없었다. 1930년대 이후 본격화된 개작과 신작,[31] 악기 편성과 편곡의 다양화, 서양음악, 일본음악 등 외래 양식과의 혼성화[32]는 조선 대중의 취향과 새로운 매체 환경 간의 접점을 찾기 위한 노력이었다고도 볼 수 있다.

2) 예능인 집단의 재편과 조직화

20세기 초 전통 시가의 위상과 관련하여 가장 특기할 만한 일은 조선 시대 대표적 하층예술이었던 판소리와 잡가, 통속민요가 초기 대중문화를 주도했다는 점이다. 하층예술의 위상 변화는 이를 담당했던 천민 예능인의 지위 상승과 관련하여 생각할 수 있다. 예능인 집단에 닥친 가장 큰 변화는 1894년 단행된 갑오개혁이었다. 갑오개혁의 결과 신분제가 폐지되면서 기생·광대·삼패 등의 천민 예능인들은 천민의 신분을 면할 수 있었다.

더구나 1900년 이후 관기제도가 실질적으로 폐지되면서, 관기인 일급 기생과 삼패 사이의 차별도 점차 사라지게 되었다. 본래 기생과 삼패 간에는 질적 숙련도, 레퍼토리, 역할의 차이가 엄연히 존재하고 있었다. 그런데 조선 후기 들어 일급 기생과 매춘을 겸하는 창기의 역할이 점차 혼란스러워지자 대원군 때에는 기녀 개혁을 단행하였다. 대원군은 화류계의 여성을 관기 출신의 일패(一牌), 예능 활동을 위주로 하나 매춘도 하는 이패(二牌), 창기 출신의 삼패(三牌)로 구분하였다.[33] 일패 기생은

---

31) 인기있는 레퍼토리에 '신'을 붙인 〈신개성난봉가〉, 〈신방아타령〉, 〈신흥타령〉 등 신조의 개발이 여기에 해당된다.

32) 1930년대 중반부터 대중가요의 하위 장르로 자리잡은 신민요가 여기 해당된다. 신민요는 '전문 작사가·작곡가가 조선민요에서 선율이나 형식을 취해 만든 창작민요'로 정의해볼 수 있다.

33) 이능화 저, 이재곤 역, 『조선해어화사』, 명문당, 442~444면.

관기 출신의 일급 기생이었던 반면, 삼패는 창기 부류로 매춘집단 혹은 기생의 아류 집단 정도로 취급받았다. 일패 기생이 가곡, 시조, 가사를 부른 반면, 삼패는 잡가를 불렀다고 한다.[34] 그런데 안민영과 교유하였던 일급 기생 금향선이 가곡, 가사를 부르고 판소리를 부른 기록[35]이 있는 것으로 보아, 기생과 삼패 간의 레퍼토리 구분은 이미 19세기에 붕괴되고 있었다. 노래를 부르는 폼새는 기생보다 삼패가 더 멋졌다는 말도 있듯이, 삼패들은 질적 숙련도는 떨어졌지만 대중의 취향은 잘 포착하였던 것 같다. 잡가와 이를 부르는 삼패의 인기는 삼패의 지위 상승으로 이어졌다. 협률사 무대에 기생과 삼패가 함께 섰던 것은 삼패의 높아진 위상을 반영하는 것이라 할 수 있다.

천민의 신분에서 벗어난 기생들은 1910년 한일합방을 전후하여 기생조합이라는 조직을 만들기 시작했다. 또한 기생으로 취급받지 못하던 삼패들도 기생조합 허가를 받아 활동하였다. 기생조합의 결성은 관기제 폐지 이후 자신들의 활동을 안정적으로 보장 받으려는 기생의 의지와 기생의 현황을 파악하여 이들을 효과적으로 통제하려는 일제의 의지가 합쳐진 결과였다. 기생조합은 1920년대 들어 일본식 주식회사 체제인 권번으로 바뀌었다. 기생의 교육과 관리를 담당했던 권번은 식민지 시대 전통 예능인의 대표적 산실이었다. 아울러 관기제에서 권번제까지 이르는 기간의 변화는 기생제도를 움직이는 공권력에서 자본으로 바뀌었음을 의미한다.

지역 예능인의 상경도 예능인 지위 변화와 관련이 깊다. 19세기에 부분적으로 이루어지던 지방 예능인들의 상경은 20세기 들어 더욱 확산되었다. 19세기에 이미 평양의 예능인들이 서울로 모였고, 20세기 이후에는 남도의 예능인들이 대거 상경하였다. 지방 예능인들을 서울로 불러 모을 수 있었던 요인은 극장 공연이었다. 극장 무대에서 판소리가

---

34) 이능화 저, 이재곤 역, 앞의 책, 443면.
35) 안민영, 『金玉叢部』(중앙국립도서관 소장) 157번 후기.

크게 인기를 끌자, 뛰어난 재능을 지닌 남도의 명창과 기생들이 서울로 모여들기 시작했다. 남도의 예능인 역시 그들의 연예활동을 원활히 하기 위해 조직을 만들어 활동하였다. 남도 기생이 중심이 된 한남기생조합, 남도의 명창과 기생이 모인 조선성악연구회는 대표적 남도 예능인 집단이었다. 지역 예능인의 상경은 문화의 도시 집중화 현상을 한층 더 심화시켰다. 또한 지역문화가 서울로 집결되면서, 문화의 전승 범위도 전국으로 확대되었다.

예능인의 상경과 조직화는 조선 후기 상업적 가창공간에서 활동하던 예능인들이 수요의 증가와 새로운 환경에 적응하기 위해 적극적으로 대처했음을 보여주고 있다. 이들은 조직화를 통해, 상업적 수요에 꾸준히 응할 수 있었고, 능력있는 신예를 발굴하고 육성할 수 있는 시스템을 갖추어 갔다. 근대 초기 기생이나 창우들이 대중예술의 총아로 부상할 수 있었던 저력은 이렇듯 오랜 기간에 걸쳐 검증된 숙련된 예능인 집단의 존재와 무관하지 않다고 할 수 있다.

3) 전통 가창양식의 변용과 신민요

시가의 혼성화는 이미 19세기에도 시도된 바 있다. 20세기에는 혼성화의 범위가 외래 양식으로까지 확산되었다. 20세기 이후 혼성화의 대상이었던 서양음악과 일본음악은 식민 통치라는 일본의 우월한 지위와 엘리트의 지지를 배경으로 한 만큼, 특권적 위치를 확보할 수 있었다. 그러나 우월한 지위가 곧바로 조선의 대중을 움직인 것은 아니었다. 1930년대 이전, 대중문화의 자리를 대부분 전통 시가가 차지했던 것은 그 예라 할 수 있다. 전통 시가와 외래 음악의 혼성화는 이처럼 조선인의 기억에 남아있는 전통 시가, 특권적 지위를 지닌 외래 음악이 공존하고, 충돌하는 구도 속에서 이루어졌다. 따라서 토착문화와 외래 문화의 혼성화는 전 근대와 근대, 전통적인 것과 이입된 것이 충돌·혼류하는 식민지 시기 문화의 특징적 양상이라고도 할 수 있다.

　전통 가창양식과 외래 음악의 혼성화는 1920년대부터 부분적으로 시도되었다. 그러나 이는 〈양산도〉와 같이 잘 알려진 통속민요에 양악 반주를 붙이거나, 번안가요를 기생들이 토종의 창법으로 부르는 정도였다.36) 따라서 전통 시가와 외래 음악의 본격적 혼성화 양상은 1930년대 대중가요의 주요 양식37)으로 자리잡은 신민요에서 찾아볼 수 있다. 신민요는 '전문 작사가·작곡가가 조선민요에서 선율이나 형식을 취해 만든 창작민요'로 정리해 볼 수 있다.38)

　신민요의 제작과 보급을 담당한 일선 레코드 업계에서는 신민요의 대중성을 '조선적인 느낌'과 '비빔밥', 이 두 가지로 정리하고 있다.

　　다시 말하면 朝鮮의 민요에다 양악반주를 맞춘 그러한 중간층의 비빔밥식 노래가 많이들 유행하게 되엇다. (……) 다음에는 신민요라는 새로운 형식의 노래가 많이 유행하게 되엿다. 이 신민요는 두말할 것도 없이, 유행가보다는 조선의 내음새가 들어잇고 우리들의 마음에 반향할 만한 노래이면서 역시 서양곡에 맞춰 불러넣은 것이다.39)

　빅타의 문예부장40) 이기세는 전해인 1935년 최고의 인기를 누렸던

---

36) 번안한 유행창가였던 〈청년경계가―이 풍진 세월〉을 기생 박채선과 이류색이 부른 것을 대표적으로 들 수 있다.
37) 1930년대 대중가요의 양식 분류는 장유정, 앞의 글, 39~66면을 참조할 것.
38) '新民謠라는 것은 古來로 전승되여 오든 民謠에 대하여 새로이 창작된 民謠를 말함이나……'(김사엽, 「신민요의 재인식―아울러 일본민요운동의 작금」, 『조선일보』, 1935년 12월 11일자).
39) 「신춘에는 어떤 노래가 유행할까」, 『삼천리』 1936년 2월호 대담.
40) 당시 레코드사의 문예부장은 대개 언론인, 문필가를 겸하는 지식층이자 문화 엘리트들이 담당하였다. 언급한 이기세, 콜롬비아의 문예부장을 역임한 이하윤, 시에론레코드사의 이서구가 대표적이라 할 수 있다. 동시에 이들은 대중의 수요를 가장 정확히 예측하고, 시장의 요구를 제작에 반영해야만 하는 위치였다. 따라서 주요 레코드사의 문예부장은 대중과 지식층을 잇는 중개 역할을 담당했다고도 볼 수 있다.

신민요의 성공 원인으로 '조선적인 냄새'를 꼽았다. 신민요는 선율이나 화성이 민요에 기반을 두고 있었을 뿐 아니라, 주로 기생이 불렀기 때문에 전통적인 시가에 익숙한 대중에게도 쉽게 전달될 수 있었다. 조선색이 짙은 노래가 대중적이라는 주장은 오케이의 문예부장이었던 김능인도 제기하였다.[41] 대중들의 수요를 예측하고, 음반의 제작 방향을 결정하는 유력 음반사 문예부장들이 이러한 진단을 내린 것을 보면, 조선의 대중은 여전히 익숙한 조선적인 선율과 정조를 선호하고 있었다고 할 수 있다.

신민요의 음계와 박자는 통속민요, 그 중에서도 경기민요의 영향을 많이 받았다. 그러나 앞서 언급하였다시피 1930년대 들어 본격 대량 생산 체제에 돌입하면서, 전통 시가의 입지는 위축되었다. 따라서 전통 시가가 생존하기 위해서는 대량 생산 체제에 지속적으로 부응할 수 있는 신곡의 보급과 표준화한 연주 방식이 필요했다. 전문적 창작자에 의해 보급되는 신민요는 신작에 대한 필요성을 충족시켜 주었고, 양악기로 편곡을 함으로써 악보에 의한 연주가 가능해졌다. 이로 보아 신민요는 잡가와 통속민요 등 전통 시가가 새로운 매체 환경에 맞추어 변용을 꾀하는 과정에 등장했다고 할 수 있다.

신민요의 등장과 관련하여 의미심장한 부분은, 신민요의 창작과 전승에 지식인이 적극 가담했다는 점이다. 당시 지식인들은 민요를 포함한 전통 시가를 풍기를 문란하게 하는 주범으로 보아, 배척의 태도를 분명히 했다. 그런데 전통 시가의 저속성에 대해 개탄하던 지식층들이 1920년대 말, 1930년대 초반을 기점으로 민요·판소리·잡가·고소설 등 전통문화 양식의 파급력에 대해 일제히 관심을 기울이기 시작했다. 1920년대 말 카프(KAPF) 진영에서 벌어진 '대중화 논쟁'의 중심에는 〈흥타령〉과 같은 잡가와 『춘향전』, 『심청전』 등의 고소설이 있었다. 전통

---

41) 위의 글. 김능인은 조선적인 정취가 풍기는 노래를 발굴하기 위해 향토민요의 수집과 발굴에 직접 참여하기도 했다.

문화의 가치를 인정하지는 않으나, 대중적 파급력만은 인정하지 않을 수 없을 정도로 그 위세는 대단했기 때문이다.

1929년 2월에 결성된 조선가요협회의 활동에서도 대중문화에 대한 지식인들의 관심을 살필 수 있다. '건전한 조선가요의 민중화'를 내걸었던 조선가요협회의 동인은 이광수·김억·김동환 등 주로 우파 진영의 문화적 민족주의자들이었다. '건전한 조선가요의 민중화'라는 테제 속에는 조선적인 정조, 조선 민요의 발굴과 재해석이라는 내용도 포함되어 있다. 전통문화의 대중적 파급력을 인정하는 선에서 그쳤던 카프 진영과 달리 조선가요협회 동인들은 작사, 작곡, 가요 담론 생성에까지 관여하였다.

비슷한 시기 좌·우익을 대표하는 지식인들이 대중적 양식에 대해 관심을 기울였던 사실에서도, 오랫동안 지녀왔던 취향을 고수하려는 대중의 의지가 강했다는 것을 알 수 있다. 이들은 민족적 각성을 최고의 가치로 삼는 계몽 지식인의 이념이나 외래 양식의 이입을 주도한 지식층들이 유포하는 엘리티즘, 어디에도 포섭되지 않았다. 이는 이념이나 명분에 포섭되지 않고, 자신들의 문화적 기호나 취향을 유지하려는 수용층이 엄연히 존재하고 있었다는 의미로 해석할 수 있다.

신민요는 이렇듯 대중의 기호, 신민요의 상업적 가능성을 간파한 레코드 업계의 기민한 대응, 전통적 양식을 근대화하려는 지식인의 의도가 교차하는 영역이라 할 수 있다. 지식인의 움직임은 '조선가요협회' 동인들 사이에서 특히 두드러지게 나타났다. 이들은 유행가의 무국적성과 향락성, 잡가와 통속민요의 저열함을 모두 배격하면서, 건전하고, 진취적인 조선 노래를 만들고, 부르자고 주장하였다. 새로운 가요를 찾아내려는 이들의 의도는 자연스럽게 민요에 대한 관심으로 이어졌다. 이들은 민요를 변화하는 시대의 미감에 맞춰 개작하고, 개창작할 것을 촉구하였고, 실제 신민요를 창작하기도 했다.[42]

엘리트 작가 집단의 민요 창작은 익명의 비전문가 집단에 의한 창작이라는 민요의 존재 기반을 전유(appropriation)한 것이다. 이들은 민요를 창작하고, 변개함으로써 궁극적으로 민요를 근대화하고, 조선적인 미감을 창조하려 하였다.

그러나 이러한 시도는 출발부터 모순된 지점에 놓여 있었다. 신민요의 창작을 주도하고, 민요의 발굴을 위해 애썼던 문화 엘리트들은 '조선다운 정조를 찾기 위해, 조선의 전통문화를 열렬히 배격했던' 딜레마를 애초에 지니고 있었기 때문이다.[43] '조선의 것을 추구하고, 조선의 것을 배격하는' 이중성은 식민지 시기 지식인이 지녔던 정체성의 불안과 조응하는 것이라 할 수 있다. 이들은 서구 음악과 일본 음악을 표준화된 형태로 생각하고, 우리의 전통 시가를 풍속을 위해 개량할 대상으로 보았지만, 전통 시가를 배태한 조선문화에 대한 강렬한 지향성은 지니고 있었다.

지식인의 의도적 개입과 대중의 선호도, 음반사의 마케팅이 만나며 신민요는 상업적으로 성공을 하였지만, 그 성공은 말 그대로 동상이몽의 결과였다. 따라서 신민요의 등장과 성공은 역설적으로 이중적 욕망에 노출되었던 지식인과 대중과의 괴리를 드러내는 징후이기도 했다. 아울러, 신민요는 식민지 시대라는 이질적 시기에도 강고하게 존재하고 있던 전통 시가에 대한 기억을 반추하는 동시에 의도적인 혼성화에 노출될 수밖에 없었던 전통 시가의 입지를 드러내는 거울이기도 하였다.

---

42) 작사를 담당한 김억, 유도순이나 작곡가 안기영과 이면상을 꼽을 수 있다.

43) 신민요의 이론과 창작을 주도한 지식인의 이중성은 이미 선행 연구에서 지적된 바 있다. 유선영, 「식민지 대중가요의 잡종화 : 민족주의 기획의 탈식민성과 식민성」, 『언론과 사회』 2002년 가을호. 그러나 이 연구에서는 신민요를 오역된 민족성 혹은 식민성과 탈식민성이 충돌하는 장으로 해석하여, 신민요를 기본적으로 전통 시가의 변용 과정으로 바라본 이 글의 논의와는 방향을 달리하고 있다.

4. 나오는 말 – 남는 문제를 대신하여

19세기 도시 유흥의 장에 모습을 드러내었던 통속적 시가는 20세기 이후 가장 각광 받는 대중문화로 자리잡았다. 도시문화에서 대중문화로의 변화 과정은 전 근대 시절의 문화적 경험이 새로운 시대와 환경에 어떻게 대면하고, 대응하였는지를 선명하게 보여주고 있다. 또한 이 과정은 '중세 해체기의 문학·예술은 근대를 어떠한 방식으로 맞이하고, 체험하였는가?' 라는 포괄적 질문에 대한 답을 구하는 데에도 유효하리라고 생각한다.

조선 후기의 문화적 환경 속에서 배태된 통속적 시가가 대중문화로 정착하고 변용되는 과정을 살핀 이 글은 20세기 이후 시가의 진로와 존재 방식을 탐색하기 위한 시론적 성격의 글이라 할 수 있다. 대개 1910년대를 전후하여 역사적 장르로서의 시가 양식의 시효는 종료된 것으로 알려져 있다. 그러나 이러한 문학사적 선언과는 달리, 시조는 자체 혁신을 겪으며 그 생명력을 지속하고 있었고, 가사 역시 경험의 확장에 비례하여 대상 영역을 꾸준히 넓히면서, 향촌을 중심으로 여전히 유력한 글쓰기 방식이자 문화적 표현의 통로로 기능해 왔다. 잡가는 말할 것도 없이, 1910년대 이후 전성기를 맞이하면서, 1940년대까지 그 외연을 꾸준히 확장하였다. 즉 고전의 시효가 만료되었다고 하는 일제 강점기에도 시가의 창작과 향유는 지속되었고, 여전히 유력한 문화적 표현의 통로였던 것이다. 다만, 이들을 위한 자리가 마련되지 않았다고 할 수 있다. 말하자면 시가의 근대성을 해명하기 위한 논의는 간헐적으로 제기되었지만, 정작 근대에도 엄연히 존재하고 있던 시가는 '비속한 것' 혹은 '중세 이념의 변주'로 취급되면서 외면 당해왔던 형국이라 할 수 있다. 그 사이 20세기 이후 창작된 익명 작가의 시가 작품은 잊혀지거나, 조선 후기 시가의 변모상에 부수되어 논의되어 왔다. 20세기 이후

‘현재형’으로 창작되거나 향유되었던 시가에 대한 의미 탐색은 ‘근대’라는 거대한 기획 아래 잊혀지거나, 와전되어 왔던 시가사를 본래 있던 자리로 돌리기 위해서도 반드시 필요한 작업이라 할 수 있다.

20세기 초 잡가의 양식적 특질과 시대적 의미

고미숙

1. 논의의 초점

'랩'의 돌풍이 몰아치는가 했더니 뒤이어 레게·힙합·리듬앤블루스 등이 대거 진입하면서 우리 대중가요계는 바야흐로 흑인음악의 전성기를 구가하고 있다. 이 노래양식들이 뿜어대는 언어와 리듬은 신선한 만큼이나 충격적이고, 자극적인 만큼이나 낯설다. 이것이 함의하는 문화사적 징후는 별도로 따져보아야 될 터이지만, 어쨌든 이런 이질적인 양식의 혼류 앞에서는 아무리 전문가들이 혈압을 높여 왜색조라고 비난한다 하더라도 뽕짝을 우리의 전통가요로 간주하는 오래된 통념을 깨뜨리기가 어렵게 되었다. 사실 최근 음악들의 그 낯설고 어지러운 리듬에 비한다면 뽕짝이 지닌 동양적 보편성, 다시 말해 그것이 우리식 감성에 편안하게 조응하는 점을 인정하지 않을 수 없는 것이다. 그리고 무엇보다 이제 뽕짝마저 빼앗긴다면(?) 90년대적 노래양식에 적응하지 못하는 대중들은 도대체 어디서 정서의 거처를 마련한단 말인가? 객관적 진실과 감성이 괴리되는 정황이 바로 이 대목일 것이다.

이것은 연구자들을 당혹스럽게 하기도 하지만 다른 한편 바로 그 때문에 더욱 정확한 사실의 복원이 요청되기도 한다. 대중가요에 관심을 둔 사람이라면 누구든 한번쯤 이런 의문을 품어보았을 것이다. 즉, 일본음악에 원류를 둔 뽕짝이 도대체 어떤 경로를 거쳐 가장 한국적인 양식으로 자리잡게 되었을까? 그런데 여기에 응답하기 위해서는 '뽕짝이 유입되기 이전 대중들이 향수한 노래양식'에 대한 해명이 먼저 전제되어야 한다. 그럴 때만이 우리가 뽕짝을 통해 무엇을 잃었고, 그러면서도 어떻게 당대 대중의 감수성이 그리로 이월되어 갔는지를 파악할 수 있을 터이기 때문이다. 요컨대 이 모든 문제는 근대대중가요의 역사적 연원에 대한 것으로 귀착되는 바, 잡가(雜歌)는 이러한 모색의 과정에서 필연적으로 마주치게 되는 노래양식이다.

잡가가 존재한 20세기 초반은 사회사적 면에서뿐 아니라 대중문화의 지형에 있어서도 우리 시대와 무척 닮아 있다. 즉, 당시 봉건적 양식들은 급속하게 해체되어 가는 동시에 찬송가·창가·예술가곡 등 서구 음악들이 밀려오면서 각종 장르들이 용광로처럼 뒤섞이고 있었던 것이다. 이러한 시대적 난맥상 위에서 잡가가 지닌 양식적 복합성이 오버랩되면 잡가연구는 그야말로 미궁에 빠지고 만다. 그런데 역설적이게도 바로 이 미궁에서 탐색의 열쇠를 발견할 수 있다. 즉, 잡가는 20세기 초반 다양한 장르가 각축하던 격동의 시대를 '온몸으로' 버텨낸 양식이라는 것, 그리고 그렇게 할 수 있었던 원동력은 오직 단 하나, 대중적 흡인력뿐이었다는 것,[1] 이 두 가지 사실에 접근의 실마리가 들어 있다.

---

1) 고미숙, 「대중가요의 선구, 20세기 초반 잡가 연구」, 『역사비평』 1994년 봄호. 필자는 이 글에서 잡가의 대중예술적 면모를 개괄적으로 살펴본 바 있다. 본고는 이 글에 대한 속편의 형식을 취하는 바, 논의가 부분적으로 중첩되는 것은 그 때문이다.

그간 잡가는 근대전환기의 다른 장르에 비해 지적 조명을 그다지 받지 못했다. 그것은 일차적으로 앞에서 말한 잡가의 양식적 · 시대적 복합성에 기인하는 것이겠지만, 더 근본적인 이유는 잡가가 '20세기 초반의 대중예술'이라는 점을 충분히 간파하지 못한 데에 있는 듯하다. 최근 제출된 연구들이 그 점을 입증해 준다. 먼저 이노형의 논의[2]는 잡가를 대중가요의 효시라고 주장하여 잡가의 중요성을 부각한 점에서는 의의가 있으나 이것을 조선 후기 시가사의 지평 위에서, 그리고 사대부적 / 서민적이라고 하는 이분법 하에서 다룸으로써 그 출발에 걸맞는 해석을 끌어내지 못하고 있다. 아울러 잡가가 신민요와 근대민요로 분화된다는 도식을 설정하여 혼란을 더욱 가중시키고 말았다. 다른 한편 현대시 연구자들의 논의[3]는 잡가를 근대시 혹은 자유시와의 연장선상에서 접근하고 있는데, 이것은 '시'와 '가'의 분리현상이라고 하는 20세기 초반 시가사(詩歌史)의 주류적 흐름을 주목하지 않았고, 따라서 역시 잡가의 대중가요적 면모를 간과함으로써 많은 오류를 범하고 있다. 덧붙이자면, 한참 철이 지난 '내재적 발전론'과 세련된(?) '기호학적 이론'들이 기묘하게 결합되어 있는 이런 논의들이 현대시사의 이해에 어떤 도움을 주는지 납득하기 어렵다.

잡가가 20세기 초반 대중적 노래양식이라는 전제는 잡가가 봉건해체기 시가양식들과도 구분되고 근대 자유시의 형성과정과도 구분되는 지형 위에서 있다는 것을 의미한다. 따라서 잡가를 이해하는 첫 번째 관문은 그 대중성의 실체를 파악하는 일이 된다. 그리고 이 대중성의 핵심에는 통속성이 자리 잡고 있다. 그렇기 때문에 잡가를 통해 봉건해체

---

2) 이노형, 「한국 근대대중가요의 역사적 전개과정 연구」, 서울대 박사논문, 1992.

3) 대표적으로 다음과 같은 논의를 꼽을 수 있다. 오세영, 「근대시, 현대시의 개념과 기점」, 『한국 현대시사의 쟁점』, 시와시학사, 1991; 오세영, 「자유시 형성에 있어서 사설시조와 잡가」, 『한국문화』 14집, 서울대 한국문화연구소, 1993; 오세영, 「문화사의 연속성에서 본 잡가와 근대시」, 『구조와 분석』 1, 창, 1993; 류철균, 「1920년대 민요조 서정시 연구」, 서울대 석사논문, 1993.

기 민중문학적 가치를 기대한다거나 근대 자유시의 발전경로를 찾으려
하는 것은 모두 무모한 시도라 생각된다. 오히려 잡가의 대중적 기반의
요체인 통속성의 미학을 규명해내고 그에 걸맞는 역사적 평가를 내리
는 것이 정공법이 아니겠는가.

이 글은 이러한 시각에서 잡가의 미학적 기반을 분석하고 그를 통해
근대전환기 대중들의 감수성의 주요 국면들을 확인하고자 하는 의도에
서 출발한다. 그리고 거기에서 도출된 결론을 가지고 잡가가 지닌 시대
적 위상을 부조(浮彫)해 보고자 한다.

2. 잡가가 서 있던 자리

잡가는 그 명칭에 걸맞게 다양한 종류의 노래양식을 포괄한다. 논자
에 따라 곡목의 종류가 다소 차이가 나는 것도 그 때문인데, 그러면서도
대체로 12잡가와 휘모리 잡가, 그리고 경기소리·서도소리·남도소리
등이 포함되는 점은 일치한다.[4] 앞의 12잡가는 가창가사인 12가사의 영
향하에 만들어진 것으로 〈적벽가〉〈소춘향가〉〈십장가〉 등의 명칭에서
짐작되듯 판소리적 내용을 많이 차용하고 있다. 〈곰보타령〉〈맹꽁이타
령〉〈바위타령〉 등을 주 레파토리로 하는 휘모리잡가는 사설시조의 오
래된 모티프를 대폭 확장한 것과 20세기 이후 새로 창작된 〈풍등가〉〈기
생타령〉〈병정타령〉〈범벅타령〉 등이 포함되며, 나머지 경·서·남도의
소리들은 토착적 민요가 세련되고 복잡한 음악으로 상승한 것이다. 결

---

4) 잡가에 대한 자료로는 다음을 참고하였다. 이창배 편저, 『한국가창대계』, 홍익문화
   사, 1976; 『한국잡가전집』 1~4권, 계명문화사, 1984; 정재호 외, 『주해 악부』, 고려대
   민족문화연구소, 1992.

국 잡가는 가사·판소리·사설시조·민요 등 전통적인 제 양식을 흡수하여 자신의 독특한 세계 안에서 버무려낸 양식인 셈이다. 그리고 바로 이 점이 잡가의 근대 대중가요적 면모를 보여주는 것이라 할 수 있다. 대중가요란 어느 나라에서건 여러 양식들로부터 자양분을 섭취하여 만들어지는 것인 바, 예컨대 미국 팝음악만 해도 영국의 발라드, 이태리의 오페라, 흑인 민속음악 등 다방면의 장르들이 뒤섞여 이루어진 것이다.[5]

잡가가 언제 시가사에 등장했는지는 분명치 않다. 19세기 가집이나 문헌에 종종 등장하는 '잡가' '잡요'라는 명칭은 대개 판소리나 가사를 의미하는 것이고, 지금 여기서 말하는 잡가를 뜻하는 것은 아니었다. 문헌상에 나타나는 것으로는, 『남훈태평가(南薰太平歌)』(1863)의 〈소춘향가〉가 처음일 것이다. 이후 19세기 후반에 나온 이 계열의 대중적 가집들에는 〈유산가〉나 〈집장가〉〈평양가〉 등이 등장한다. 그리고 국악계의 증언을 들어보면 초기의 세 명인이라 할 수 있는 추교신(秋敎信)·조기준(曺基俊)·박춘경(朴春景)이 활약한 것이 1840년대일 것이라고 한다.[6] 따라서 잡가라는 양식이 유행하기 시작한 것은 대체로 19세기 중엽 정도로 추정할 수 있다. 그러나 19세기 후반의 여항(閭巷) 음악은 여전히 가사와 가곡, 시조창이 주도하고 있었기 때문에 잡가는 아직은 저층에서 향유되고 있었다. 즉, 이때의 잡가는 삼패(三牌)·사계(四契)축이 부르는 저급한 하층음악의 하나일 따름이었고, 그것이 영향력을 확대하기 시작한 것은 19세기 말기에 이르러서야 가능했다. 특히 말기에 이르면 뚝섬패·진고개패·날탕패 등과 같은 서울과 평양에 각종 노래패들이 형성되었는 바, 이들이 잡가를 유행시키는 데 많은 역할을 했으리라 여겨진다. 그러다가 20세 초엽에 들어 근대식 극장공연과 유성기 음반의 보급이라는 새로운 환경이 조성되면서 잡가는 음악사의 수면 위로 급부상하

---

5) 노영해, 「서양 대중음악 유형 성립의 사회적 배경과 그 음악적 속성」, 『음악학』 1, 음악연구회, 1998, 314~317면 참고할 것.
6) 이창배, 앞의 책, 163면.

게 된다. 흔히 잡가의 성행을 국치(國恥) 이후 식민지 문화정책의 조작으로 보는 경우가 많은데 실제로 잡가가 판소리와 더불어 대중적인 인기를 모은 최전성기는 협률사·광무대 시절,[7] 다시 말해 애국 계몽기이다. 1910년대에 잇달아 나온 잡가집들은 그 시기의 열기를 추인함과 동시에 그것이 계속 이어지고 있음을 입증해주는 성격을 띤다. 무엇보다 상업자본의 촉수가 가장 예민하게 뻗치는 초창기 유성기 음반이 판소리와 잡가로 집중되었다는 사실은,[8] 이 두 장르에 쏠린 대중들의 열기를 짐작케 해준다. 물론 국치 이후 모든 의식적인 노래들의 탄압 속에서 잡가의 공간이 더욱 넓어진 점은 부인할 수 없다. 그러나 어쨌든 30년대 본격적인 트롯음악이 정착하기 이전까지 잡가는 대중가요의 영역을 굳건히(!) 지켰던 것이다.

초창기 노래사에 대한 학계의 논리는 주로 계몽창가·번안창가·예술가곡 등에 한정되어 진행되었다.[9] 이것은 연구자들이 잡가라는 양식을 시조, 가사, 가악 일반과 더불어 구악(舊樂)이라는 통칭 하에서 파악했기 때문이다. 그러나 실제로 이 시기의 외래양식인 찬송가나 창가는 지식인 중심으로 보급되었을 뿐, 대중적 기반을 가지고 있었던 것은 아니다. 병합 직후 일제가 탄압의 일환으로 『보통학교창가집』(1910)을 펴낸 것은 그러한 정황을 잘 말해주고 있다. 또 엄밀히 말해서 창가의 곡조는 서구의 세련된 근대음악이 아니라 그야말로 소박한 전 근대적 민요 혹은 동요라는 점을 환기할 필요가 있다. 『보통학교창가집』에 실린 노래들이 대부분 서양민요라는 사실이나 20년대 홍난파를 비롯한 전문 음악인들의 주 활동이 영·미의 민요를 보급하는 것이었다는 점[10] 등

---

7) 배연형, 「고음반수집야화(3)」, 『객석』 1990년 9월호, 266면.

8) 배연형, 「고음반수집야화(2~5)」, 『객석』 1989년 6월~12월호 참고할 것.

9) 이런 견해는 김창남, 「유행가의 성립과정과 그 문화사적 성격」(『노래』 1, 실천문학사, 1984)에서부터 비롯되어 이영미, 「대중가요」(『역사비평』 1993년 봄호) 및 박찬호, 안동림 역, 『한국가요사』(현암사, 1992)까지 이어지고 있다.

10) 박찬호, 위의 책, 95면.

이 그 좋은 예이다. 이것들이 20세기 초반 대중의 음악적 욕구를 충족시켜줄 수는 없었다. 그리하여 근대전환기 대중의 폭발적인 문화적 에너지는 판소리와 잡가를 향해 분출되었던 것이다.

판소리와 잡가의 부상, 이것은 예술적 가치 여부를 떠나 분명 문화적 민주화의 코스를 약여하게 보여주고 있음에 틀림없다. 게다가 판소리는 19세기부터 이미 양반들의 적극적인 후원을 받다가 대중공연물로 전환되었지만 잡가는 그야말로 하층예술에서 상승하여 20세기적 전환과 더불어 전계층적 지명도를 얻게 되었으니 그 역사적 의의는 더 높다고 할 것이다.

판소리가 수많은 명창을 배출해 낸 것처럼 잡가 역시 숱한 대중적인 스타들을 배출했다. 잡가를 부른 명인들은 19세기 후반까지만 해도 밭쟁이나 놋각쟁이와 같은 수공업자들이 대부분이었으나 20세기에 들면 완전 전업 가수들이 출현한다. 박춘재(朴春載)나 문영수(文永秀)·이정화(李正和) 같은 명인들과 강진(康津)·홍도(紅桃)·보패(寶貝)와 같은 삼패기생들이 20세기 초반을 주름잡던 잡가 명창들이었다. 이 가운데 특히 박춘재(1877~1948)는 잡가뿐 아니라 발탈과 재담, 그리고 장고에 이르기까지 당대 최고로 꼽히던 슈퍼스타였다. 초기 일축판을 가장 먼저 녹음한 사람도 박춘재였고, 가장 많이 녹음한 것도, 가장 많이 팔린 것도 그의 음반이었다.[11] 뿐더러 잡가집에는 '박춘재소리'라고 지정된 곡목이 곳곳에 출현하여 그 인기도를 짐작케 해준다.

그리고 삼패기생 출신의 명창들은 20세기 초반 대중들의 인기를 한 몸에 받으면서 대중가요계를 주도해 갔다. 이들은 잡가뿐 아니라 〈시들은 방초〉〈장한몽〉〈희망가〉와 같은 번안창가를 최초로 음반화하기도 했으니, 이런 과정에서 자연스럽게 잡가의 가락과 일본의 음반은 교섭하게 되었을 것이다. 잡가집들은 살펴보면 잡가의 변모와 창가와의 교섭이 곳곳에서 확인된다. 예를 들어, 『현행일선잡가(現行日鮮雜歌)』(1916)

---

11) 배연형, 「고음반수집야화(7)」, 『객석』 1990년 3월호, 213면.

라는 책을 보면 일본 잡가가 우리말로 번역되어 있기도 하고 또 우리 잡가가 일본어로 번역되어 있기도 하다. 1923년에 나온 잡가집들은 아예 『남녀병창유행창가』 혹은 『이십세기신구유행창가』라 하여 잡가와 함께 당시 유행하던 〈카튜사의 노래〉 〈청년경계가〉 〈반도청산가〉 등의 창가를 나란히 싣고 있다. 결국 30년대 뽕짝이 정착되기 이전부터 우리 음악과 일본음악의 교섭은 지속적으로 진행되었고 그 담당자들은 다름 아닌 잡가의 명창들이었던 것이다. 이러한 현상들을 통해 확인할 수 있는 바는 우리 가요사가 창가에서 엔까(演歌)로 일방적 이식에 의해 진행된 것이 아니고 잡가를 통해 서구음악 혹은 일본음악과의 물밑 교류가 다면적으로 이루어지는 과정에서 30년대 이후 뽕짝과 신민요로 나아갔다는 사실이다.

근대 초기의 대중적 양식으로서 잡가는 다채로운 얼굴을 가지고 있다. 그것은 근대시의 발전과정에 비추어보면 조야하기 이를 데 없으며, 항일투쟁가에 비해서는 너무나 퇴폐적·반민중적이고 민요에 비해서는 세련되고 호소력이 있다. 이러한 다중적 위상은 결국 '통속성'이라는 미학적 의미망으로 수렴될 것인 바, 여기에는 구한말에서 20년대에 이르는 시기의 대중들의 욕망과 감성이 풍부하게 투영되어 있을 터이다.

3. 잡가의 양식적 특질

1) 형식의 무정형적 일탈

잡가를 동시대에 공존한 다른 장르들과 구별해 주는 가장 큰 특징은 그 양식적 개방성에 있다. 이 개방성은 형식의 고정된 틀을 타파하고 역동적 변화감을 부여하는 데 결정적 역할을 하였다. 잡가를 음미해 보노라면 우리는 수많은 형식 일탈의 징후들을 발견하게 되는데 가장 일차적인 것은 4음보 규칙성이라는 오래된 율격의 파괴이다.

① 층암절별상에 폭포슈은 쌀쌀 슈졍렴 드리온듯 이골물이 주루루죽 져골물이 솰솰 열의 열골물이 한디 합수ᄒ여 천방져 지방져 소쿠라지고 평퍼져 넌츌지고 방울져 져건너 병풍셕으로 으르렁쌀쌀 흐르는 물결이 은옥갓치 흐터지니 (……)

-〈유산가〉

② 독슈공방이 심란ᄒ기로 님을 ᄯ라셔 갈가보고나
오늘가고 리일가고 모레가며 글피가며 나흘을 곱집어 여들에 팔십리
석둘열흘에 단쳔리가고 부러진 다리를 좔으로 ᄯᆯ면셔 천창만검지중에
부월이 당젼홀지라도 님을 ᄯ라셔 아니 갈수업네

-〈엮음 수심가〉

명인 박춘경에 의해 개작되었다고 전해지는[12] 〈유산가〉는 잡가 중에서는 가장 고전적인(?) 형태라고 할 수 있으나, 20세기 초엽에도 단연 인기를 끌었던 곡목이다. 이 작품은 다른 작품들과 달리 나름대로 가사의 유기적 구성을 갖추었음에도 불구하고 4음보 규칙적 율격을 벗어나 있다. 뿐만 아니라 음보를 구성하는 음절수의 가변적 성격이 의성어의 자유로운 활용과 더불어 작품 전체에 역동적 심상을 부여한다. 또 서도소리의 대표격인 〈엮음 수심가〉의 경우도 음절수의 변화무쌍함, 음보의 불규칙성 등이 상사(想思)의 정을 거침없이 쏟아내는 노랫말의 격렬한 정서를 한층 강화시켜주고 있다.

물론 잡가 중에도 4음보를 고수하는 작품이 없는 것은 아니다. 판소리 단가나 가사의 내용을 차용한 것들 가운데는 율격적 규칙성이 지켜

---

12) 이창배, 앞의 책, 185면.

지는 경우가 종종 나타나기도 한다. 그러나 그것은 이미 장르에 대한 보편적 규정으로서가 아니라 편의적 활용일 따름이다. 근대 이전의 시가 양식에서 가장 율격적 모색을 감행했다고 평가되는 사설시조의 경우도 4음보 규칙확장 안에서 다양한 리듬감을 실현했을 뿐이고, 그나마도 19세기 이후에는 평시조적인 지향으로 후퇴하고 말았다는 점을 염두에 둘 때 잡가의 이러한 율격구성은 매우 파격적인 것이라 하지 않을 수 없다.

그런데 잡가의 형식적 일탈은 이 상태에서 머무는 것이 아니고 시적 경계를 넘어 훨씬 더 전진해 버린다. 즉, 그것은 음보의 정형성을 해체함과 더불어 전체 구성의 유기적 연관을 해체하는 지경으로까지 나아가는 것이다.

① 만첩산중 늙은범이 살진암키를 무러다노코 에리궁글노닌다 광풍에 낙엽처럼 벽힉둥둥쩌나간다 일낙셔산에 힉는 쑥쩌러져지고 월츌동령에 달이 솟네 만리장천에 울구가는 져기럭이 졔비를 후리러 나간다 (……) 운님비묘 뭇싀들은 롱츈화답 짝을 지어 쌍거쌍릭 날러든다 말잘흐는 잉무싀 춤잘츄는 학두름이 몸치죠흔 공젹싀 공긔젹 공긔쑤루룩 슉궁접동싀 슈루룩 호반싀 나라든다 (……)

─〈제비가〉

② (……) 썰치고 가는 형상 스람의 쎠다귀을 다 녹인다 너는 웨인계집이완디 나을 종종 속이는야 너는 웨인 계집이관디 장부의 간장을 다 녹인다 록음방초·승화시에 힉는 어이 더듸가고 오동야월 발근 달에 밤은 어이 수히 가노 일월무정 덧업도다 옥빈홍안이 공로로다 우는 눈물 바다되면 빅도타고 그련마는 지쳐동방 쳔리완디 어이 그리 못보는고

─〈소춘향가〉

③ 져 건너 갈미봉 비무더 드러온다 우쟝을 허리에 두루고 김민려 어셔가셰 시벽셔리 찬바롬에 울고나는 져기러기야 너가는 길이로구나 니흔말을 드러다가 한양성중 드러그셔 그리던 벗님의게 전흐야 쥬렴 (……) 여바라 동모들아 이내 말을 들어를보으라 춘향이가 중형을 당히 거의 죽게 되얏고나 (……) 츈초난 년

년록이요 왕손은 귀불귀라 초로갓흔 우리 인싱 아니놀고 무엇흐리 거드러거려
노라보세

―〈륙자빅이〉

20세기 초반 음반 판매에서 단연 선두를 차지했던 〈제비가〉는 비약적인 가락과 멋진 생김새를 자랑하는 것으로 남도의 〈새타령〉을 많이 빌었으면서도 서울목으로 재치있게 꾸민 멋진 소리라는 평을 듣는 노래다.13) 그런데 노랫말을 찬찬히 음미해보면 이 작품은 〈제비가〉라는 제목과도, 그리고 단락과 단락 사이도 별반 관계없는 내용들로 구성되었음을 알 수 있다. '만첩산중'으로 시작되는 앞부분은 그야말로 느닷없는 것이고, 그 다음엔 제비에 관한 내용으로 넘어갔다가 다시 새타령으로 마무리된다. 춘향가에서 빌려왔지만 서울소리인 〈소춘향가〉는 까다로운 창법으로 유명한데, 춘향이가 이도령에게 집을 가리키는 대목이다. 그런데 이도령의 대답인 듯한 뒷부분은 사설이 오락가락하면서 내용이 모호해지고 만다. 남도소리인 〈육자배기〉의 경우도 초반부에는 상사의 정을 읊조리다가 「춘향전」의 한 대목으로, 인생무상으로 정신없이 경중거리는 것이다. 이처럼 잡가는 완결된 구조를 거부하고 항상 뒷부분을 열어두거나 엇나가는 독특한 성격을 지니고 있다. 노랫말의 한 대목들이 여러 노래의 중간중간에 마구 끼여 있는 것도 같은 맥락 위에 있다.

그리고 이러한 일탈성은 후렴이나 앞소리가 붙는 경우에는 더욱 심해진다. 예컨대, 〈선유가〉는 "가세 가세 놀너를 가세 비를 타고 놀너를 가세 지두덩기여라 둥게둥덩덩시루 놀너가세"라는 앞소리와 "동삼월 계삼월아 회양도봉봉 도라를 오소"하는 뒷소리가 붙어 있는데, 우선 이 둘 간의 어떠한 연관성도 발견할 수 없을 뿐 아니라, 이 사이에 심어져 있는 원마루들 간에도 의미의 유기성을 찾기가 어렵다. 게다가 뒷부분에는 엉뚱하게 「춘향전」의 '오리정 이별' 대목이 나와 더욱 당혹스럽게

---

13) 이창배, 앞의 책, 190면.

하는데 이 부분은 아예 「출인가(出引歌)」라는 별조로 독립시켜 따로 부르기도 한다. 또 후렴 자체만 보더라도 일관되게 출현하는 것이 아니라 중간에 사라지기도 하고 다른 후렴구로 넘어가기도 하고, 없어졌다가 다시 등장하기도 하는 등 다양한 방식을 취하고 있다.

이처럼 잡가의 형식 해체는 자유로운 율격의 모색에서 시작하여 형식의 구조적 해체까지 나아가는데 이것을 통해 시적 전진을 확인한다는 것은 너무나 허망한 일임에 틀림없다. 만약 시사적(詩史的) 측면에서 접근한다면 잡가는 자유시라기보다 전위시(?)라고 해야 하지 않을까.

잡가를 시적 텍스트로 음미할 때 가장 당혹스러우면서도 저급하다고 느껴지는 점이 이런 부분이다. 이것은 시조나 사설시조, 가사 등과 같은 전통양식이나 창가, 신체시 같은 외래 양식에서는 전혀 찾아볼 수 없는 낯설고 특이한 측면이기 때문이다. 도대체 시적 의미나 내용적 연관성이라는 최소한의 긴장도 풀어버린 이런 천박함 혹은 자신감(?)을 어떻게 이해해야 할까? 해법의 실마리는 오직 잡가의 악곡적 특징을 통해서만 찾을 수 있다.

잡가는 '도드리'라고 하는 6박자를 기본장단으로 하는데, 작품마다 다양한 변주나 변박이 가능한, 매우 유동적인 장르라고 한다. 예를 들어 〈제비가〉의 경우 처음 18장단은 도드리로 하다가 '제비를 후리러 나간다'부터는 '세마치' 장단으로 바꾸어 불러 경쾌하고도 씩씩한 느낌을 자아낸다. 또 〈달거리〉는 잡가 중에서도 더욱 속되다고 하는 잡잡가(雜雜歌)에 속하는데 이 곡조가 특히 인기가 있었던 까닭은 늦추고 죄는 변화있는 장단 때문이라고 한다. 즉 "처음에는 흐느청거리는 가볍고도 빠른 속도로 시작하여 6박 긴잡가의 원장단이 중간부분에서 들어가다가 다시 끝부분 「매화타령」에서는 멋진 '굿거리'로 여물린다."14) 그리고 잡가 곡목 중에 가장 경쾌한 흥취를 자랑하는 경·서도 입창의 대표격

---

14) 이창배, 앞의 책, 209면.

인 「놀량」을 보면 처음에는 4박자씩으로, 둘째마루는 3박자·4박자·3박자 등으로 어수선하게 부르다가 다시 '도드리'로 변주되고 마지막에는 '잦은 타령'으로 마무리된다.15) 한마디로 잡가의 음악은 다이나믹한 율동감과 강한 비트를 특징으로 하는 셈이다. 이러한 특징은 서도소리의 기본리듬인 수심가조처럼 느리고 처연한 곡조에도 마찬가지로 적용된다. 여기에 '목'이나 '청'이라고 하는 음색의 변화감까지 가미되면 잡가는 그 역동적 성격을 유감없이 발휘하게 된다. 물론 이것은 봉건해체기 민중음악들이 지닌 활력을 서울이나 평양의 도시적 분위기에 맞게 세련화시킨 결과라고 할 수 있을 것이다.

이렇듯, 상승과 하강, 긴장과 이완이 다채롭게 교체되는 음악적 역동성은 노랫말의 유동성과 결합되어 잡가만의 독특한 성격을 창출하게 된다. 즉, 모든 고상한 것들을 흡수하여 잡가식으로 속화시킴과 동시에 대중들의 욕망이나 정서를 여과 없이 드러낼 수 있는 원동력으로 기능하게 되는 것이다. 잡가가 근대식 공연물로의 전환을 능동적으로 해낼 수 있었던 것 역시 이와 같은 양식적 탄력성에 근거를 두고 있을 터이다.

2) 전환기적 세태의 만화경

잡가는 고정된 틀을 거부하기 때문에 기존의 장르들이 지닌 양식적·계층적 경계를 모두 타파한다. 고급 장르의 것이건 하층장르의 것이건 또는 구식이건 신식이건 잡가 안에 들어오면 '잡가식으로' 용해되어버린다. '통속화 경향'이라 지칭할 수 있는 이러한 속성은 잡가의 예술적 가치를 손상시키기도 하지만 다른 한편 기존의 양식들이 지닌 관습적 매너리즘을 지양할 수 있는 동력이 되기도 한다. 다시 말해 전통

---

15) 위의 책, 348면.

의 무게에 압박당함이 없이 대상을 자유롭게 그리고 풍부하게 담아낼 수 있다는 것이다. 잡가가 그 언어적 표현력에 있어 남다른 특징을 지니는 것도 그 때문이다.

> 산림비됴 무ᄉᆡ들은 롱츈화답 짝을 지어 쌍거쌍ᄅᆡ 날아든다 공기적동 공기쑤루룩 슉궁소쪙가가갑수리 나라든다 (…중략…) 져 ᄒᆞᆯ미ᄉᆡ 우름운다 무곡통ᄒᆞᆫ셤 칠푼오리히도 오리ᄀᆞ업셔 못파라먹난 져 방졍마진 ᄒᆞᆯ미ᄉᆡ 경슐ᄃᆡ풍 시절에 쏠을 양을 열두말식히도 굴머죽게 싱긴 져 ᄒᆞᆯ미ᄉᆡ 이리로 ᄀᆞ며 핑ᄀᆞ당그르르 져리로 ᄀᆞ며 핑가당그르르 ᄀᆞᄀᆞ 감실 나라든다 (…중략…) 져 머슴ᄉᆡ 나라든다 초경이경숨ᄉᆞ오경 ᄉᆞ람의 간장 녹이려고 이리로 ᄀᆞ며 븟븟 져리로 ᄀᆞ며 븟븟 져비둘기 울음운ᄃᆞ 나의 츈홍 못이긔여 ᄉᆞᆺ놈을 무러 ᄋᆞᆷ놈쥬고 ᄋᆞᆷ놈을 무러 슈놈쥬며 주홍갓튼 입을 ᄃᆡ고 궁글궁글 울음운ᄃᆞ
>
> —〈새타령〉

「유산가」에서도 이미 경험했듯 잡가는 사물의 생동하는 모습을 재현하는 데 뛰어난 능력을 발휘한다. 위에 인용된 「새타령」에서도 그 점을 다시 확인할 수 있다. 이 작품은 온갖 종류의 새의 모습을 감칠맛 나게 표현하고 있다. '공기적동 공기쑤루룩' '핑ᄀᆞ당그르르' '궁글궁글'과 같은 의성어의 다채로운 구사에다 새를 통해 인정세태를 적당히 가미하면서 주워섬기는 맛은 잡가만이 해낼 수 있는 언어적 경지임에 분명하다. 풍부한 표현력을 통해 정서적 고양과 쾌감을 체험할 수 있게 해 주는 예들은 '쫑그라니' '좌르르 펄뜨리고' '느긋느긋' '는청는청'(〈집장가〉)과 같은 의태어의 활용에서도 확인되고, 또 '담불담불 싸인도ᄉᆞ랑' '층암고셕에 기여나 올나 홰홰츤츤이 감김도 ᄉᆞ랑' '넌출넌출 박넌출 호박에 넌출이로다'(〈롤냥〉), '쟁글쟁글하니 새장구소리요 웅당퉁당하니 소고소린데, 양팔을 짝 벌리고 빵긋 웃고 돌아서니'(〈뒷산타령〉) 등등과 같은 참신하고 솜씨있는 표현들에서도 나타난다.

이처럼 잡가가 우리말의 잠재력을 다각도로 끌어올릴 수 있는 것은 분명 대중적 장르로서의 탄력성을 십분 발휘한 때문이라고 할 수 있다. 잡가집에 실린 가사나 시조는 주제나 정서의 변화에도 불구하고 형식적 규정력으로 인해 전대의 표현기법을 답습하는 매너리즘적 양상을 노정한다. 그에 비해 잡가는 대중적 양식으로 단련되면서 어디에도 구속됨 없이 자신이 표현하고 싶은 것은 자유자재로 언어로 표출할 수 있었던 것이다.

이러한 언어적 대응력은 다른 한편 변화하는 세태를 다채롭게 포착할 수 있는 능력으로 나타나기도 한다. 즉, 잡가는 양식적 유연성을 최대한 활용하여 구한말에서 개화기에 이르는 세태 풍속을 만화경처럼 그려내고 있다.

① 남의 손 빌어 잘 짠 상투 영문(營門)에 들어 단발할 제 상투는 베어 협낭에 넣고 망건아 풍잠아 너 잘 있거라 병정 복장 차릴 적에 모자쓰고 양혜 신고 (……) 글화총 메고 구보로 하여 가는 저 병정아 (……) 우리도 저 접대 갑오을미 동학란 통에 이내 몸이 병정되어 (……) 아침이면 체조하고 낮이면은 충의두자 정심(正心)하고 저녁이면 군가하고 (……) 구경 산술 나팔까지 졸업하는 몽뚱이라 전할지말지.

-〈병정타령〉

② 양산 받은 교태한 여인 금비녀 보석 반지 손가방 곁들여 들고…남산 공원 찾아가니 백화는 만발하고 화향은 습의한데 부감장안(俯瞰長安)도 하고 유정(有情)이 섰노라니 유두분면(油頭粉面) 일미인이 자동차 타고 가는 모양 정녕 기생이라.

-〈기생타령〉

③ (……) 그리로셔 광통교 다리 밋헤셔 놀든 밍꽁이가, 앗참인지 졈심인지 져녁인지 한슐 밥을 어더 먹고, 긴 장죽에다가 담비 한디를 눌너 담아 붓쳐 물고, 셔퇴를 흐량으로 죵로 한 마루터기 썩 올나셔셔 어정어정 근일다가, 힝슌ᄒ는 슌라군안테 결박씸을 당ᄒ고셔, 덜미를 치며 어셔 가자 지쵹ᄒ니 아니 가겟다고 들어누어 앙탈ᄒ는 밍꽁이 다섯 (……) 그 중 쳐녀 밍꽁이 중에 한 밍꽁이 싀집을 갓더니, 싀집간 지 슴일 만에 싀앗슬 보아 셔방안테 방망이로 어더 맞고, 살님살이 판을 치고 박쥭고리 뒤집머업고, 실 흔 바람 끈어 꽁문이에 츠고 고쵸나무로 목 미달 너 가는 밍꽁이를, 그 중에 홀아비 밍꽁이가 뒤

를 짜라오며 ㅎ는 말이, 네 지금 청춘이라 너가 홀아비니 죽지 말고 나고 살
자ㅎ고 손목을 잡아 단이는 밍꽁이 다섯.

―〈맹꽁이타령〉

여기에 인용된 노래들은 모두 서울 지역에서 부르던 휘몰이잡가의 레
파토리에 속한다. 휘몰이잡가는 빠른 타령조로 구성되어 잡가 가운데서
도 특히 풍자와 해학을 특징으로 한다. ①〈병정타령〉은 신식군대가 만
들어져 처음으로 신식병정이 되는 상황과 병정의 하루 일과를 재미있게
묘사한 것이고, ②〈기생타령〉은 화창한 봄날 잔뜩 차려입은 한 여인이
남산에 올라가서 기생과 말을 주고받는 내용으로 되어 있다. 그리고 ③
은 휘몰이잡가의 백미로 꼽히는 〈맹꽁이타령〉으로 1910년쯤부터 불려졌
으리라 추정되는데 맹꽁이를 통해 서울 지역의 온갖 인물군상을 해학적
으로 묘사한 작품이다. 주로 청계천을 중심으로 서울의 곳곳에서 벌어지
는 삽화들을 다채롭게 엮어 놓아서 장면 장면이 흥미롭기 그지없다.

이밖에도 상당히 긴 이야기 구조를 지닌 〈장대장타령〉, 뱃사람의 고
달픔을 노래한 〈배따라기〉, 담배를 통해 시정풍경을 담아낸 〈담바귀타
령〉, 〈범벅타령〉, 〈장기타령〉 등등 시정세태를 다룬 노래들은 헤아릴
수 없이 많다. 그것은 때로는 우스꽝스럽게, 때로는 엄숙하게 다양한 파
노라마를 펼친다. 잡가는 앞에서 언급했다시피 내용의 유기성을 과감하
게 해체하는가 하면 다른 한편, 이처럼 단형서사형식을 취하고 있기도
한데, 이러한 양상들은 곁으로는 매우 상반되게 보이지만 잡가가 지닌
양식적 유연성에 기인한다는 점에서는 동질적이다.

물론 이와는 달리 일정한 사설의 유기성이 없이 단편적인 구절 구절
을 통해 세태의 변환을 투영하고 있는 노래들도 적지 않다. 예를 들어
"아르랑 고기다 졍거장을 짓고 젼긔츠오기를 기다린다 / 졍거슈여보 졍
거좀히쥬 우리집 셔방님 돈ㄱ질너갓소"〈〈아리랑〉〉나 "내 돈 업스면 은힝
돈 젼당돈 빅젼 은젼 지젼을 다 닐지라도 쪽지기 셕경은 내 스다주셰

이마나 눈썹을 여닯에 팔즈로 만지여라"《숙천난봉가》)나 "돈풍년질적에 님스티나더니 돈쩌러지즈 님종즈발나셔 나 엇지 살잔말인가"《수심가》), "령감의 잡놈을 보면은 싱골이 졀커닥 올나 총각의 아지를 보면은 앙더 춤만나ᄀ다"《사설난봉가》) 등의 노랫말들에도 전환기적 호흡은 간접적으로 스며들어 있다.

이처럼 잡가에는 구한말 이후 식민지시기에 이르기까지 다양한 인물 군상과 시정풍경이 두루 담겨 있다. 20세기 초반 최고의 명인 박춘재는 특히 휘몰이잡가와 재담에 능했는데, 그는 시정의 장사치나 봉사점쟁이의 외침까지도 훌륭한 음악으로 탈바꿈시키는 능력을 지녔다고 한다.[16]

물론 이 양상들을 통해 시대의식의 한 전형이나 민중적 자각을 찾아낸다는 것은 불가능하다. 이 시대의 다른 장르들, 예컨대 『대한매일신보』의 시 양식들에 반영된 것처럼 뚜렷한 역사의식을 동반한 인물과 상황의 재현이라든지, 항일민요들에 나타나는 비장감 같은 것은 거의 기대할 수 없다. 여기에 담긴 인물과 세태들은 역사의 발전방향과는 무관하게, 또는 그에 아랑곳없이 자신의 욕망을 추구하고 그러다가 추락하는, 그야말로 '속물들'이다. 그러므로 여기서 중요한 것은 이 속물들이 엮어가는 이야기성 자체에 있을 것이다. 다시 말해 보통인간들의 욕망과 추락을 경쾌한 리듬으로 엮어갈 때 대중들은 부담없이, 그러나 흥미진진하게 그 속에 몰입해갈 수 있었으리라는 것이다. 따라서 우리는 잡가를 통해 시대의 예각화된 면모를 찾아내려 하기보다 그 당시를 살아간 범속한 개인들의 생생한 숨결과 '모국어의 풍부한 음악적 광택'[17]을 확인하는 데서 만족해야만 할 것이다.

다른 한편 잡가가 지닌 이러한 세태묘파의 측면은 대중가요사의 흐름에서는 상당히 의미심장한 것임을 환기할 필요가 있다. 왜냐하면 주지하듯이 30년대 이후 오늘날까지 우리 대중가요는 늘 소재와 표현의

---

16) 배연형, 「고음반수집야화(7)」, 283면.
17) 위의 책.

빈곤함에 시달려 왔기 때문이다. 그런 점에서 잡가가 지닌 인정물태(人情物態)의 만화경 같은 포착은 대중가요사에서는 결코 가볍지 않은 의미를 지니고 있다고 할 것이다.

3) 감상의 통속적 분출, 그리고 삶의 비애

잡가의 무정형적 개방성이 만들어 낸 또 하나의 특질은 정감의 폭발적 분출이다. 대개의 대중가요가 그러하듯이 이 정감의 핵심 요소는 에로틱한 욕망, 별리의 애달픔, 그리고 삶의 무상감이다. 물론 이러한 테마들은 이미 18,9세기 시조와 가사문학에서 꾸준히 추구되어 왔던 것이기도 하다. 잡가는 그 흐름을 이어받으면서도 전대의 양식들과는 구분되는 독특한 자질을 창출하고 있다. 그것은 무엇보다 시적 포즈나 우화적 제스처 없이 직정적으로 토로하는 데 있다.

① 서방님 정 떼고 정 이별한대도 날 버리고 못가리라
금일 송군 임 가는데 백년소첩 나도 가오 날다려 날다려 날다려 가오
한양낭군님 날다려가오 나는 죽네 나는 죽네 임자로 하여 나는 죽네
―〈방물가〉

② 우리네 두사롬이 여분은 아니오 원슈로구나 맛나기 어렵고 리별이 종종 ᄌᆞᄌᆞ셔 못살갓네 (……) 님이 날 싱각ᄒᆞ고 오르며 ᄂᆞ리며 대성통곡에 얼마나 울엇는지 큰길로변에 한강슈로구나 춤아로 님의 싱각이 근졀ᄒᆞ여셔 나 못살 갓고나
―〈수심가〉

③ 우리 연연하고 살틀ᄒᆞ고 야속ᄒᆞᆫ 님은 셰류ᄀᆞ치 간은 셤셤옥슈가 잇것만은 두소로 이내 편신 어러만질줄 왜 모로노 님으로 ᄒᆞ여 지ᄂᆞᆫ 눈물이 대동강

웃턱에 빅은탄이 되리로다

−〈엮음 수심가〉

이 노래들의 공통적 정서는 이별의 슬픔, 그리고 사랑과 애욕의 절실한 갈구이다. 그런데 그것을 표상하는 방식이 정서를 내면화한다든가 미적 매개물을 통해 우회한다든가 하는 것과는 거리가 멀다. 이별의 서러움이든 에로틱한 욕망이든 직정적으로 분출시키고 있을 따름이다. 잡가에 나타나는 애정과 별리는 대개 이처럼 내면적 절제가 결핍된, 조잡하고 혼란스러운 상태로 그려진다. 그러한 속성은 '칼노 목을 벤다' '피골이 상접' '사생결단' '오장이 쓰너져' 등과 같은 극단적인 어휘를 수반함으로써 더욱 강화되고 있다.

이것은 여기에 드러난 애정이나 욕망이 뚜렷한 지향성을 갖고 있지 않다는 사실과 깊이 관련되어 있는 듯하다. 대개 봉건해체기에 그려지는 사랑과 성애는 중세적 규범에 대항하는 개체적인 열정의 음영을 지니고 있었다. 그것은 개체가 세계와의 대결에서 체험하는 비극적 파토스를 안고 있기 때문에 가능한 것이었다. 그러나 잡가의 정감에는 반중세적 가치지향이라든가 대사회적 열정의 파토스는 담겨 있지 않다. 그것은 우선 하나의 대상을 향한 열렬한 애정이 아니라 욕망의 한 편린에서 도출되는 즉물적 반응이며, 다른 한편 자신도 파악할 수 없는 정체불명의 애상이기도 하다. "엘화, 노와라 못노캇구나 능지를 하여도 못놋킷구나 / 네가 잘나셔 일식이드냐 니눈이 어두워 환정이로다"《양산도》 "엣다 죠쿠나 우연이 만는 님이 졍은 어이 깁헛든지 싱각하고 싱각을 하니 사괸거시 후회로다 일후에 다시 만나면 에헤라 제비쏭되자"《긴방에타령》 "너는 엇던 놈의 게집이완더 장부 장단지를 시장고 변쥭갓치 왓싹벗싹에 다 녹이며 나는 엇던 놈의 귀동ᄌ완더 스롬년의 열네 촌의 간장 다 녹여닌다"《자진 산타령》라는 식의 정서에는 어떠한 고매한 가치도 틈입할 여지가 없다. 오직 순간순간 변해가는 욕망 앞에 자신을 그대로 맡겨버리면 그만인 것이다. 이것은 어찌 보면 종잡을 수 없는 정서의 파탄이기도 한 것이니, 이러한 특질이야말로 잡가의 통속적 감상주의를 규정짓는 자질이라 할 수 있을 것이다.

주체할 길 없는 감정의 유동감을 그대로 노출시키는 이러한 특질은 앞서 살펴본 형식의 무정형적 일탈과 깊이 연루되어 있다. 즉, 형식의 자유분방한 일탈성과 정서의 무절제성은 상호 상승의 효과를 일으키며 잡가만의 고유한 미학을 창출했던 것이다. 잡가의 미적 특질을 '자유로운 율격'과 '개성해방'이라는 근대시의 두 징표와 연관지을 수 없는 이유가 무엇보다 이런 점에 있다.

그리고 이러한 감상의 무차별적 분출은 삶 전반에 관한 부동성(浮動性), 참을 수 없는 공허감과 굳게 결합되어 있다.

① 낙양성 십리허에 놉고 나즌 져무덤에 영웅호걸이 몟멘치며
절디가인이 누구누구냐 우리도 죽어지면 져기 져 모양 될터이니
사라싱젼 먹고쓰고 쓰고 놀고 거드러거리고 노라 보자 엘화만수

-〈성쥬푸리〉

② 쳔년을 살킷나 만년을 스더란말이냐 죽음에 드러셔야 로소가 잇나 스라
싱젼에 마음디로 노라보세

-〈륙자빅이〉

③ 놉세다 놉세다 졀머만 놉세다 나이만하 빅슈가 지면 못놀니라 인싱훈번
도라가면 만슈쟝림에 움무로다 쳥츈홍안을 앗기지 말고 ㅁ옴대로 놉세다

-〈수심가〉

④ 우리 초로ㅈㅊ흔 인싱이야 훈번 도라가면 만슈쳔산에 부운 뿐이로구나 쳥춘지년을 허송치말고 ㅁ옴디로 노즈 (……) 우리 인싱이 이런 모양으로 놀다가 북망산 가게 되면 알뜰훈 졍판을 뉘게다 밋기잔 말가 젼홀 곳 업고 밋길 곳 업서 나 엇지하리 (……) 우리 ㅈㅊ흔 인싱들은 감아니 곰곰 싱각ᄒ니 풀쯧헤

이슬이오 단불에 나뷔로다 금됴일셕이라도 실슈되여 북망산쳔 도라가면 살은
썩어 물이 되고 쎠는 썩어 진토되고 삼혼칠빅이 훗허질적에 어내 귀쳔타인이
난불상탸 흐갓소

—〈엮음 수심가〉

인생의 무상감, 그리고 그를 빙자한 향락에의 지향은 모든 대중예술
의 일반적 테마이고, 잡가에서도 그것은 예외가 아니다. 위의 예들에서
보듯 인생은 '풀 끝에 매달린 이슬'이나 '불에 뛰어든 나비'처럼 찰나적
이고 허망하다. 이 '참을 수 없는 존재의 가벼움'을 잊기 위해 놀고 또
놀아야 한다. 생을 마음껏 즐기겠다는 이러한 주관주의는 세계관적으로
보자면, 퇴폐와 허무 이상이 되기 어렵지만 정서적으로는 매우 다중적
인 반향을 불러일으킨다. 예컨대 유한계층에게는 현세의 무한한 열락(悅
樂)으로, 시정의 민중들에게는 고단한 일상으로부터의 해방감으로, 산전
수전 다 겪은 노년층에게는 돌이킬 수 없는 세월에 대한 연민으로, 젊
은 세대에게는 속박에서 벗어나 삶을 있는 그대로 향유하고자 하는 활
력으로 울려 퍼지는 것이니, 말하자면 여기에는 잡가를 향유한 계층과
집단의 폭만큼이나 다양한 정서적 고리가 내재되어 있는 셈이다. 이
'노세'류는 우리 시가사에서 유구한 역사를 자랑하는(?) 레파토리이기도
한데, 잡가에 이르러 한층 풍부한 변주와 울림을 획득하고 있다.

다른 한편 잡가가 표상하는 이러한 무상감과 쾌락주의에는 형용할
길 없는 삶의 비애가 서려 있기도 하다. 그것은 일차적으로는 잡가를
향유한 당대 대중의 고달픈 생애가 투영된 데서 비롯하였을 것이다. 사
선을 넘나드는 뱃사람들의 고난이 절절하게 그려진 〈배따라기〉가 그
점을 여실하게 보여준다. 물론 잡가의 비애가 이 노래처럼 구체적·생
활적 기반을 지니고 있는 것은 아니다. 오히려 〈배따라기〉는 예외적인
경우에 해당되고 앞에 인용된 〈엮음 수심가〉에서도 알 수 있듯이 대부
분은 정체를 알 수 없는 모호한 분위기에 감싸여 있다. 이를 테면, "란

간니 적만훈디 사룸그려 슈심일다 겨울가고 봄이오니 이너시름 슈심일다 붉은 곳 피여지니 숨월모츈 슈심일다 (……) 산고슈심이 험훈곳에 어이갈고 슈심일다 창외에 잇는 오동 버히고져 슈심일다 명월야 긴긴밤에 실솔셩이 슈심일다"《수심가》나 "묽은 하늘에 별도 만코 요너 가슴엔 근심도 만쿠나 인싱빅년을 근심업시는 못살니로구나"《긴수심가》 등과 같은 식으로 그려져 있는 것이다. 이런 노래들의 곡조는 대개 처연하고 애상적인 가락으로 이루어져 앞에서 다룬 12잡가나 휘모리잡가가 주는 꿋꿋하고 담백한 소리와는 매우 다른 질감을 갖고 있다. 그래서 노랫말만 보면 무척 번잡하고 거칠기 그지없지만 막상 노래로 들으면 가슴을 휘어잡는 서러움을 불러일으키는 것이다.

그러면 사랑은 그렇게 채워지지 않고 인생은 왜 이토록 쓸쓸하고 허망하기만 한 것일까? 이것은 시대적 공허감에서 온 감성적 반응이 아닐는지. 근대사회란 어떤 것인가? 그것은 한편으로는 인간의 이성이 객관세계의 법칙성을 파악하는 시대이지만, 다른 한편으로는 모든 규범이 무너진 허허벌판에 개인의 욕망이 던져져 있는 것을 의미하기도 한다. 잡가의 감상적 분출과 삶의 비애는 후자의 경향과 깊이 연관되어 있으리라 여겨진다. 20세기 초반을 살아갔던 도시의 대중들에게 세상은 순간순간 변해가고 그 방향은 알 수 없는 것이었다. 도대체 어디에서 어디로 나아가는지 알 수 없지만 하루가 다르게 삶의 질은 분명 달라지고 있었던 것이다. 더욱이 구한말의 격동을 거쳐 일제강점으로 이어지는 근대사의 굴곡은 세계에 대한 가변성과 불가해성을 유포하기에 충분했을 것이다. 그것은 실로 충격적인 경험이면서 동시에 정처없는 것이었을 것이다. 이 지향없음이 노래로 투영된다면 결국 끝없는 '수심(愁心)'이 아니고 무엇이 될까.

잡가에 형상화된 모든 대상과 정서에는 고정된 것이 없다. 끊임없이 움직이고 변화하여 흘러간다. 여기에는 완결도 중심도 없다. 말하자면 잡가는 모든 '고정된 것이 연기처럼 사라지는' 근대전환기의 주체할 길

없는 욕망과 삶의 지향없음을 지극히 통속적인 수준에서 보여주고 있는 셈이다. 그리고 이러한 정서는 '민족의 정서'니, '한'이니 하는 명칭으로 오늘날까지 우리 대중가요의 주류를 이루면서 흘러오고 있다. 이미자와 조용필 등을 통해서.

4. 논의를 마치며

이 글은 우리 나라 대중가요의 역사적 연원과 그 실체를 파악하고자 하는 의도에서 출발하였다. 본론에서 살펴보았듯이 잡가는 탄력적 역동성 안에 드넓은 스펙트럼을 내장하고 있는 양식이다. 그것은 때로는 강한 비트와 리듬감으로, 때로는 풍부한 이야기성으로, 또는 애끊는 절절함으로 근대전환기의 가파른 고비를 넘어가는 대중들의 정서를 폭넓게 반영하고 있었던 것이다. 따라서 이 양식의 출현과 소멸의 경로에는 근대문학사의 제반 문제들, 즉 19세기 이후 시가사의 변동과 이행을 비롯하여 통속적인 것과 고급스런 것, 민족적인 것과 외래적인 것, 전통적인 것과 왜색적인 것 등 다양한 가치들이 실타래처럼 뒤엉켜 있다. 그러므로 이 얽히고 설킨 고리를 섬세하게 풀어나갈 때 근대 초엽, 우리 문학사의 얼굴은 한층 선명하게 그려질 수 있을 것이다.

주지하는 바와 같이 90년대 이후 자본의 전지구적 확장에 힘입어 대중문화가 사회 전반에 막강한 위세를 떨치고 있다. 파죽지세로 진군하고 있는 이 대중문화의 공세 앞에서 근대 이후에 형성된 예술사적 구도가 전반적으로 흔들리고 있는 실정이다. 그럼에도 대중문화를 해석해 내는 이론적 대응은 실로 소략하여 현상을 따라잡기에도 바쁜 형국인 듯하다. 어쩌면 지금이야말로 '우리가 어디로 가고 있는지 알고 싶다면

어디에서 왔는지 되돌아보아야 할 것'이라는 고전적(古典的) 경구가 새
삼 음미되어야 할 시점이 아닐는지. 그런 점에서 이 글은 궁극적으로
우리 시대 대중문화의 징후를 읽어내고자 하는 거시적 전략과 맞닿아
있기도 하다. 이 글에서 다소 성글게 논의된 내용들이 그러한 목표에
도달하기 위한 하나의 징검다리가 될 수 있기를 기대한다.

2부
근대적 대중가요의 성격

식민지시대 대중가요 연구의 쟁점과 그 의미

이영미

1. 서론―논의의 범위와 한계

이 글은 한국 대중가요사 연구, 특히 식민지시대 대중가요사 연구에서 제기된 쟁점 몇 가지를 점검하고자 하는 글이다.

대중가요에 대한 학술적 연구는 길게 보아도 20년 남짓, 무게 있는 석·박사논문이나 단행본 등 나온 시기로 생각해 보면 10년 남짓한 역사만을 가지고 있다. 이 10년 남짓한 기간 동안 가장 많은 연구가 집중된 것이 식민지시대였다. 근대 초기의 문화에 대한 학문적 관심이 높아진 시기이기도 하거니와, 국문학에서는 고전문학과 현대문학 분야의 연구가, 음악사학에서는 전통음악과 서양음악 분야의 연구가 만날 수밖에 없는 문제적인 영역이기 때문이기도 하다. 식민지시대의 대중가요에 연구가 집중됨으로써 연구의 쟁점들도 비교적 선명히 떠올라 있는 상태

이다. 그러나 각기 다른 관심을 키워왔던 분야별 특성이 쟁점들을 명료
히 정리하기 힘들게 하는 것도 사실이다.

이 글에서 다루고자 하는 쟁점은, 한국대중가요의 범위와 정의의 문
제, 그리고 이식성의 문제이다. 한국대중가요 연구의 첫 시작에 점검하
고 넘어가지 않을 수 없는 가장 기초적인 문제이나, 아직도 상당한 이
견의 차이가 상존하고 있다. 결론부터 이야기하자면, 앞서 이야기한 두
가지 쟁점은 긴밀한 관련성을 지니고 있다는 것이 필자의 생각인데, 이
는 결국 식민지시대 대중들의 노래문화의 지형도를 어떻게 그려낼 것
이며, 그 중 대중가요는 어떤 위상을 차지하고 있는지, 그것이 지닌 성
격은 무엇인지를 설명해내는 문제이기도 하다.

2. 대중가요의 범위와 정의

식민지시대 대중가요 연구의 가장 큰 쟁점은 역시, 대중가요의 범위
와 정의의 문제일 것이다. 대중가요(혹은 대중음악) 연구의 쟁점을 정리하
는 글이 모두 이 문제를 가장 중요한 쟁점으로 꼽고 있는 것은 결코 무
리가 아니다.[1] 다시 말해 아직 연구자들 사이에서, 도대체 어디까지를
대중가요에 포함시켜 논의할 것인가 하는 문제가 채 해결되지 않은 상
태이며, 그에 따라 대중가요를 무엇이라 정의할 것인가 역시 합의되지
않았다는 말이다.

---

1) 이영미, 「한국 대중가요사 연구의 현단계」,『대중서사연구』 12집, 대중서사학회, 2004.12;
   장유정, 「한국 대중음악사 기술을 위한 기초 작업─몇 가지 쟁점을 중심으로」,『대중음악』
   1호, 한울, 2008.4.

1) 한국 대중가요의 범위

　어디까지를 대중가요로 포함시킬 것인가에 대해서는 의견이 크게 세 가지로 나뉜다고 보인다. 첫째, 범위를 가장 넓게 설정하는 경우로 상업화된 공연예술이 급격히 발전하는 18세기 이후 전문인에 의해 불려진 상업적인 노래 전부를 지칭하는 견해이다. 즉 20세기 이후 대중매체나 전문 공연장의 상업적 공연에 의해 전달되는 노래는 물론이거니와, 18세기의 전문 예인에 의해 불린 잡가나 통속민요까지를 모두 포함시켜 논의하는 견해이다.[2] 둘째는, 20세기 이후 음반으로 대표되는 대중매체 혹은 전문 공연장의 상업적 공연을 통해 전달되는 노래 전부를 지칭하는 견해다. 즉 음반에 실린 트로트 가요, 신민요 등은 물론, 음반화된 잡가와 통속가요까지를 모두 대중가요로 보는 경우이다.[3] 셋째는, 가장 좁게 설정하는 경우로, 식민지시대 이후 대중매체에 의해 전달되면서, 외래적 음악문화의 영향을 강하게 받아 만들어진 서민대중들의 노래로 국한해 보는 것이다.[4]

　이 견해 중, 현재 통념적으로 쓰이고 있는 대중가요라는 말의 내포와 가장 가까운 것은 셋째의 견해이다. 현재 일반인들의 언어 관습에서, 음반화된 잡가와 통속가요, 판소리를 대중가요라고 지칭하지는 않는다. 이는 만약 첫째와 둘째의 견해를 가질 경우에는 대중가요에 대한 통념적 범위와 계속 충돌할 수밖에 없는 현실적 조건을 형성한다. 즉 근현

---

2) 이러한 견해를 표방하는 논자로는 이노형과 강등학이 대표적이다. 이노형, 『한국 전통 대중가요의 연구』, 울산대 출판부, 1994; 강등학, 「19세기 이후 대중가요의 동향과 외래 양식 이입의 문제」, 『인문과학』 31집, 성균관대 인문과학연구소, 2001.2.

3) 장유정이 '광의의 대중가요'라고 지칭하는 경우가 이에 해당한다. 장유정, 『오빠는 풍각쟁이야—대중가요로 본 근대의 풍경』, 민음in, 2006.

4) 이영미의 견해가 대표적이며, 장유정의 학위논문에서 실질적으로 분석 대상으로 삼고 있는 '협의의 대중가요'와 일치한다. 장유정은, 둘째와 셋째의 견해를 절충한 의견을 제시하였으나, 그의 박사논문에서는 협의의 대중가요만을 분석 대상으로 삼고 있다. 장유정, 앞의 책; 이영미, 『한국대중가요사』, 민속원, 2006(초판은 1998년 시공사에서 출간되었으나, 본 논문에서는 민속원 간행본에 의해 주석을 붙이고자 한다).

대예술의 종류 명칭으로 이렇게 일반인들의 통념적 사용과 계속 충돌하는 용어를 사용하는 것은, 타당성 여부를 차치하고서라도 매우 불편한 일이다.

이러한 불편한 충돌을 감수하고서라도 연구자들이 첫째와 둘째의 견해를 내놓게 되는 것은, 조선조 말 이후 전문 예인들의 상업화된 노래문화의 다양한 면모를 근대성과 관련하여 논의할 여지가 충분하며, 이는 결국 외래 음악문화의 영향을 받음으로써 대중가요가 발생했다는 전통단절론을 극복해야 하겠다는 의도의 소산으로 보인다. 따라서 대중가요의 범위의 문제는, 단지 범위와 정의에 국한하는 말이 아니라, 한국 대중가요의 기원과 성격 등에 대한 문제이기도 한 것이다.

이와 관련된 전통단절과 이식 등에 대한 논의는 바로 뒤에서 다루기로 하고, 우선은 대중가요의 범위와 관련된 위의 몇몇 견해의 장점과 문제점을 논의할 필요가 있겠다.

첫째 견해를 대표하는 이노형에 의하면, 대중가요는 "자본주의의 초창기적 모습을 보이는 조선 후기에 등장하여 일제강점기를 거치면서 질적 양적으로 변모를 겪은 대중이 그 담당 주체가 되는 가요 양식"[5]이라고 정의된다. 이 견해는 대중가요가 근대적인 노래문화 현상임을 인정하며, 그 근대의 초창기적 모습을 조선 후기에서부터 찾는 것이다. 따라서 잡가와 민요 등 복합적 갈래를 포함하는 성격을 지닌다고[6] 전제하며, 저작에서는 "내재적 발전과정을 밟은 전통적 대중가요사"[7]를 보여주는 데에 필요한 세 가지, 즉 대중가요 중 "세칭 뽕짝류 가요"[8]를 제외한, 잡가, 근대 민요, 신민요만을 다루고 있다. 요컨대 이노형의 견해는, 잡가·근대 민요·신민요·트로트 가요를 대중가요에 포함시키고

---

5) 이노형, 앞의 책, 33면.
6) 위의 책, 위의 글.
7) 위의 책, 10면.
8) 위의 책, 9면.

있는 것이다. 이러한 견해에 의하면, 대중가요의 핵심적 요건으로, '소비의 다수성'과 '이해의 용이성'이다. 19세기 중반 방각본으로 가집 등이 출간되는 등, '이해의 용이성'을 갖추고 있는 서민취향의 노래문화가 '소비의 다수성'을 확보하며 대중가요로 전환되는 양상을 보여주고 있다고 주장한다. 그리고 20세기에 들어 이러한 '소비의 다수성'을 확보하는 현상은 대중매체나 전문 공연장에서의 상업적 공연을 통해 더욱 본격화된다고 보는 바, 대중매체 즉 음반화가 대중가요의 필수불가결한 요건은 아니라고 보는 것이다.[9]

이 견해는 대중가요가 내재적 발전의 결과임을 밝히는 데에 중요한 성과이지만 몇 가지 문제를 지닌다. 우선 근대의 노래문화인 대중가요의 시작을 조선 후기로 보는 견해를 문학사의 다른 장르에까지 관철한다면, 조선 후기 방각본 소설이 근대소설의 시작이며, 사설시조가 근대시의 시작이며, 도시탈춤이 근대연극의 시작라고 보아야 한다. 물론 이는 대중가요를 비롯한 대중예술이 근대적인 예술임을 전제로 한 것이다. 설사 이러한 단언에 망설임이 있다 해도, 적어도 위의 논법으로 보자면 방각본 소설이 대중소설의 시작이며, 도시탈춤이 대중극의 시작이라고 보는 것에 이의를 제기할 수는 없게 된다. 이들 조선 후기의 예술에서 어느 정도 근대성을 인정할 것인가는 상당한 논란의 여지가 있는 것이지만, 설사 이러한 부류의 작품들이 지닌 일말의 근대성을 인정한다 할지라도, 방각본 소설이 『무정』 이후의 소설들과 다른 지점을 어떤 방식으로 설명하고 어떻게 다른 용어로 규정할 것인가를 해명해야 하는, 매우 복잡하고 큰 문제가 숙제로 남게 된다. 조선 후기의 시가문학이 지닌 근대성을 아무리 인정한다 할지라도, 조선 후기 사설시조와 1910년대 말 이후의 이른바 '근대시'(예컨대 주요한의 「불놀이」를 비롯한)와의 연결성을 조선 전기의 시조와 후기의 사설시조의 연결성보다 더 크

---

9) 강등학, 앞의 글, 242~249면.

게 인정할 수는 없기 때문이다. 즉 소설사와 시사, 희곡사에서 1910년대 말에 시작된 새로운 흐름을 따로 떼어내어 설명하는 것이 필요하고 또 이미 많이 보편화된 인식이듯, 대중가요사에서도 조선 후기 상업화된 노래문화와 구별되는, 한일병탄 즈음부터 생겨난 새로운 흐름(이 '새로움'을 어떻게 규정할 것인가는 매우 복잡한 문제이며 이는 뒤에서 다시 이야기될 것이다)을 따로 떼어내어 설명하며 별도의 용어로 규정하는 것이 필요하다는 것이다. 첫째의 견해는 바로 이러한 측면에 대한 고려를 결여하고 있다.

둘째의 견해는, 우리 나라 서민적 노래문화의 역사에서 한일병탄 즈음에 나타난 새로운 현상에 주목하여, 음반화(혹은 근대적 전문공연장에서의 상업적 공연)를 대중가요의 중요한 요건으로 본다는 점에서, 첫째 견해의 문제점을 극복하고 있다. 이 견해에 의하면, 우리 나라의 최초의 상업적 음반에 잡가나 판소리 등을 취입한 음반이 다수 존재하는 엄연한 현실에도 불구하고, 음반이라는 새로운 매체에 주목하는 논자들(주로 셋째 견해를 지닌 논자들)이 이러한 전통가요의 음반화에 주목하지 않는 것이 문제점으로 지적될 수 있다.10) 이 견해는 대중가요사의 초창기만 놓고 볼 때에는 상당한 설득력을 가진다. 그런데 문제는, 이 견해가 그 이후의 대중가요사에까지 타당성을 확보할 수 있는가 하는 것이다. 생각해 보자. 상업적인 음반에 실린 잡가(통속민요를 포함한)는 대중가요사 초창기 뿐 아니라 지금도 존재하는 현상이다. 아직도 국악계에서는 경기잡가 음반들을 발매하고 있으며, 이는 (적어도 형식상으로는) 상업적인 음반시장 안에서 생산되고 유통되는 음반이다. 그렇다면 20세기를 거쳐 21세기가 된 지금까지 상업적 음반을 통해 발매되거나 공중파 방송을 통해 유포되는 잡가는 모두 대중가요라고 할 수 있는가? 지금은 이러한 노래들이 국악인과 소수 마니아의 관심 대상이니 대중가요에서 제외해야 한다는

---

10) 장유정, 앞의 책, 26면.

반론이 가능하다. 그렇다면, 적어도 상당한 대중성을 유지하고 있었던 1960, 70년대까지의 작품들, 예컨대 묵계월이나 안비취 등이 불렀던 잡가와 통속민요들을 대중가요라고 부를 수 있는가? 이 질문은, 똑같이 첫째의 견해에도 동일하게 던져질 수 있다.

묵계월이나 안비취의 노래들은 통념적 의미의 대중가요(셋째 견해에 해당한다)의 범위로 보자면, 대중가요에 포함되는 것이 아니라 국악계의 노래에 포함된다고 간주하며, 그런 점에서 대중가요에 속하는 신민요와는 구별되는 존재로 인식되는 경우가 보통이다. 1960년대의 예로 설명한다면, 묵계월이나 안비취의 노래는 통념적 의미의 대중가요에 포함되지 않으나, 신민요인 김세레나나 김부자의 노래는 통념적 의미의 대중가요의 범위 안에 포함되는 것이다. 양자는, 우선 음악적 성격 등 작품 경향에서 큰 차이를 보이거니와, 주요한 활동 무대, 작품과 가수의 재생산 방식 등에서도 비교적 뚜렷이 구별된다. 이러한 차이는, 현재로 가까이 올수록 심해져서 21세기인 지금 경기잡가를 부르는 사람을 대중가요 가수라고 부른다는 것은 일반적 언어사용법과는 너무도 크게 벗어나는 일이다. 상황이 이러하므로, 둘째의 견해는, 통념적 의미의 대중가요의 개념이 지닌 문제점을 대중가요사의 초창기만이 아니라 1960년대 이후의 대중가요사에서까지 지적하고, 한국 대중가요사 전체를 포괄하는 대중가요의 범위와 정의를 설명해 내야, 그 타당성을 증명할 수 있을 것이다.

셋째 견해는, 일반인들이 현재 쓰고 있는 통념적 의미의 대중가요와 일치하는 견해이다. 범위로 설명하자면, 대중매체와 전문적 공연장에서의 상업적 공연을 통해 전달되는 노래로, 외래 음악양식에 근거한 트로트 등의 노래뿐 아니라 신민요까지를 포함하는 노래를 대중가요로 지칭하는 경우이다. 범위의 설명으로는 비교적 명확하지만, 문제는 이것을 어떤 말로 간명하게 정의할 것인가 하는 문제가 아직도 채 해결되지 않았다는 점이다.

결국 한국대중가요의 범위를 어떻게 설정할 것인가, 과연 어디까지를 대중가요로 볼 것인가 하는 문제는, 그것을 어떻게 정의할 것인가의 문제로 연결되고 있다. 특히 첫째, 둘째와 구별되는 셋째 견해의 대중가요를 어떻게 정의할 것인가는 그 자체가 큰 쟁점 중의 하나로 떠올랐다.

2) 한국 대중가요의 정의

앞서 설명한 대중가요 범위 설정에서 셋째 견해의 대중가요, 즉 현재 일반인들이 쓰고 있는 통념적 의미의 대중가요의 의미에 부합하도록 대중가요를 정의하는 문제는 매우 까다롭다.

이영미는 대중가요를 '근대 이후 대중매체에 의해 전달되면서 나름의 작품적 관행을 지닌 서민들의 노래'라고 정의하면서 몇 가지 요건을 상세히 설명했다. 즉 이 정의에서 중요한 지점을 ① 근대사회의 산물 ② 대중매체를 주 전달매체로 하는 상업성과, 구비문학의 적층성과 구별되는 창작의 오리지널리티, ③ 일제시대 이래 형성된 대중가요 나름의 작품 관행으로, 한국 전통음악 분야의 성악곡, 서양고급음악 분야의 노래와는 다른, 남녀 간의 사랑을 비롯한 사적인 인간관계를 내용을 주로 다루고 일본이나 구미 대중음악의 영향을 받은 당대의 주도적 양식의 틀 속에서 만들어진다는 것, ④ 대다수 서민들이 향유하는 서민문화에 속하는 것으로 설명하였다.[11] 이 중 ①과 ④는 모든 논자들이 대부분 동의하는 기본 요건이며, ②는 장유정의 '광의의 대중가요' 개념에서도 공유하는 요건이다.

앞서 이야기했듯이 장유정은 '협의의 대중가요'를 대상으로 자신의 논의를 진행하는데, 이영미의 정의에 대해 '근대 이후 대중매체에 의해

---

11) 이영미, 앞의 책, 24~25면.

전달되면서 나름의 작품적 관행을 지닌 서민들의 노래'라는 정의의 불충분함을 지적하면서, '작사자와 작곡자가 가수에게 부르게 할 요량으로 새롭게 창작한 노래'라는 요건을 새롭게 부가해야 한다고 주장하였다.[12] 그런데 장유정이 지적한 이영미 정의의 불충분함은, 거의 한 단락에 걸친 설명이 한 줄의 정의로 제대로 정리되지 않았기 때문에 생긴 문제이다. 말하자면 '나름의 작품적 관행'이라는 말을 이영미는 한국 전통음악 분야의 성악곡과 서양고급음악 분야의 노래를 제외한 대중가요 나름의 작품 관행이라고 부가설명을 하고 있는데, 장유정은 이러한 부가설명을 제거한 채 자체의 일관성으로 지닌 작품 관행으로 해석해 버렸고 그래서 이러한 정의에 따르면 잡가나 판소리까지 모두 대중가요에 포함되게 된다고 여겼기 때문에 생긴 오해인 것이다.[13] 다른 글에서 장유정은 대중가요가 지닌 변별적 요건은 '창작성'과 '상품성'이라고 이야기하였고[14] 이는 이영미의 견해에서 ②의 항목과 일치한다.

이영미와 장유정의 정의에서 일치하지 않는 부분은, 이영미의 견해 중 ③이다. 즉 이영미는 작품 내적 특성이 대중가요의 중요한 요건임을 말하고 있는 반면, 장유정은 이에 대한 규정을 하지 않은 것이다. 이영미가 제시한 요건은 '일제시대 이래 형성된 대중가요 나름의 작품 관행으로, 한국 전통음악 분야의 성악곡, 서양고급음악 분야의 노래와는 다른, 남녀 간의 사랑을 비롯한 사적인 인간관계를 내용으로 주로 다루고 일본이나 구미 대중음악의 영향을 받은 당대의 주도적 양식의 틀 속에서 만들

---

12) 장유정, 「일제강점기 한국 대중가요 연구―유성기 음반 자료를 중심으로」, 서울대 박사논문, 2004, 32면. 이후 장유정은, 위의 논문을 개고하여 출간한 『오빠는 풍각쟁이야』(민음in, 2006)에서는 이 정의를 조금 다듬어 '애초부터 작사자와 작곡자가 자신의 이름을 내걸고 음반 등의 대중매체를 통해 유통시킬 목적으로 창작한 작품이자 상품'이라고 정리하였다(22면).
13) 이영미, 「한국 대중가요사 연구의 현단계」, 『대중서사연구』 12집, 대중서사학회, 2004.12, 140면.
14) 장유정, 「한국 대중음악사 기술을 위한 기초 작업―몇 가지 쟁점을 중심으로」, 『대중음악』 1호, 한울, 2008.4, 84~85면.

어진다는 것'이다. 여기에서 중요한 점은, 첫째로 일본이나 구미 대중음악의 영향이 명확하다는 점과, 둘째로 한국 전통음악 분야의 성악곡과 서양고급음악 분야의 성악곡 등과 구별되는 비교적 독자적인 작품 관행을 지니고 있다는 점이다. 즉 창작성과 상품성을 지니고 있다 할지라도, 이 두 가지 요건을 갖추지 못하면 대중가요의 범위 속에서 생각하기 힘들다는 것이다.

첫째 요건, 즉 일본이나 구미 대중음악의 영향이 명확하다는 점은 비교적 쉽게 설명할 수 있다. 식민지시대 이래 지금까지, 일반적으로 대중가요라고 지칭되는 노래들은 예외 없이 일본이나 구미 대중음악의 영향이 명확하게 드러나 있기 때문이다. 트로트·포크·록·댄스뮤직 등은 물론이거니와, 신민요나 국악가요 역시 외국 대중음악의 영향을 상당히 받은 노래들이기 때문이다. 바로 이 지점이 20세기에 상업적 음반에 취입된 한국 전통가요들과 구별되는 지점이다. 즉 음반화되어 널리 팔린 잡가나 판소리 등 한국 전통가요들은, 분명 당시에 상당한 대중성을 지닌 상품으로서의 노래임에는 분명하지만, 외래 대중음악의 영향을 거의 받지 않았으므로 대중가요로 불리지 않는 것이다. 장유정이 강조하듯 '창작성', 즉 구전된 노래가 아니라 창작자의 오리지널리티를 지닌 노래라는 점이 중요한 변별점 중의 하나인 것은 사실이지만, 그것만으로는 충분하지 않다.

예컨대, 만약 개인 창작자가 전통가요의 관행과 어법에 충실하게 노래를 창작하고, 충실한 전통적 창법과 연주법으로 연주되어 상업적 음반에 실린 경우는, 과연 어떻게 분류할 것인가? 식민지시대에 이런 경우를 찾기는 쉽지 않지만 창작국악이 본격화된 1970년대 이후의 국악계에서는 충분히 생각해 볼 수 있는 경우이다. 서양악기나 서양식 음악 관행을 전혀 사용하지 않은 창작판소리 등은 그 대표적인 예이다. 이 경우, 통념적 대중가요의 의미에서 대중가요로 포함시키기는 힘들다고 보인다. 반대로, 전 근대시대로부터 내려온 작자 미상의 전통가요를, 전통적 창법을 구사하지 않는 대중가요 가수가 대중가요 가창법으로 부르고 서양악기로 편곡·연주되어 음반화되었을 경우, 이는 당연히 신민요로 포함된다. 이러한 예는 식민지시대에도 적지 않으며, 1960년대 김세레나가 부른 〈쑥대머리〉나 〈남한산성〉에까지 이어진다. 설사 음반에 작사·작곡자가 명시되어 있다 할지라도 어느 정도 창의적인지는 충분히 의심해 볼 만하다. 김세레나의 〈쑥대머리〉는 현재 한국음악저작권협의회에 반야월 작사, 김종유 작곡으로 명기되어 있으나, 작품을 살펴보면 판소리 〈춘향가〉의 한 대목을 정리한 일종의 개작 작품일 뿐 명확한 의미의 '창작'이라고 할 수는 없는 것이다(이에 대해 저작권 시비가 일어나지 않는 것은, 〈춘향가〉의 저작권자가 명확하지 않기 때문이다). 하지만 김세레나는 판소리 창법과는 구별되는 창법을 구사하며, 이 노래의 반주 역시 서양악기를 쓰는 방식으로 되어 있고, 바로 그 대목에서 판소리의 한 대목과 구별되는, 대중가요로서의 신민요로 인정할 수 있는 것이다. 그런 의미에서 볼 때에, 1926년 영화 〈아리랑〉에서 삽입된 노래 〈아리랑〉은, 전통창법을 벗어난 가창과 연주가 이루어졌고 그로 인해 선율과 리듬 등에서 상당한 변개가 이루어졌으므로, 신민요로 볼 수 있을 것이다.15) 즉 신민요와 전통가요(혹은 전통음악계의 성악곡)를 가르는 요건은, 단순히 근대적 오리지널리티의 문제만이 아니라, 외래 대중음악의 영향 여부가 가장 중요한 관건이라고 할 수 있다.

첫째의 요건이 비교적 쉽게 설명됨에 비해, 둘째의 요건, 즉 대중가요가 독자적인 작품 관행을 지니고 있고 그 흐름 속에 들어있을 때에 비로소 대중가요로 인정된다는 점은 간명하게 설명하기가 매우 어렵다. 이것이야말로 그 시대 대중들 속에서 형성된 사회성과 역사성을 지닌

---

15) 필자는 『한국대중가요사』에서 신민요의 초창기 작품으로 강석연의 〈오동나무〉 등을 거론하였으나, 이보다 앞선 시기의 노래로, 대중매체인 영화의 주제가로 무대 위에서 불리고 이후 김연실·채동원 등에 의해 음반에 취입된 〈아리랑〉을 신민요로 포함시키는 것이 옳다고 생각한다.

요건이기 때문이다. 예컨대 식민지시대에 가수 이정숙에 의해 취입된 동요 〈오빠 생각〉, 〈반달〉이나, 이후 음반화된 수많은 가곡들을 통념적으로 대중가요에서 제외하고 있는, 그 이유와 관련이 있는 것이다. 장유정의 견해에서 강조한 '음반에 실을 요량으로' 창작한 것이 아니었다고 설명할 수는 있겠지만, 창작자가 주관적으로 지닌 애초의 '의도'가 대중가요인가 아닌가를 가르는 기준이 되기에는 지나치게 허약하다. 애초의 의도가 상업적이지 않더라도, 대중가요의 작품적 관행을 지니고 있어 음반화되어 인기를 끌 경우, 대중가요가 아니라고 보기 힘들기 때문이다. 예컨대 윤심덕의 〈사의 찬미〉의 가사가 음반화나 상업화의 목적으로 지어졌다고 인정할 수 있을지 의문이며, 시인 고은이 작사하고 음악대학 작곡과 학생인 김광희가 작곡한 〈세노야〉가 과연 애초부터 대중가요 가수에게 부르게 할 요량으로 지어졌는지는 상당히 의심스럽다. 김민기의 대표작으로 꼽히는 〈친구〉 역시, 창작자가 음반화를 전혀 염두에 둘 수 없었던 고등학교 3학년 때에 지은 것임을 생각하면 마찬가지이다. 이들이 대중가요가 된 것은, (대중가요의 작품적 관행이 채 성립되기 이전의 과도기적 작품인 〈사의 찬미〉는 다소 예외적인 측면이 있지만) 가사와 선율과 리듬, 연주와 가창 등에서 대중가요의 작품적 관행을 지닌 작품이기 때문인 것이다.16)

---

16) 대중가요 나름의 작품적 관행과 관련하여 생각할 때에, 북한의 최초의 대중가요에 대한 견해는 매우 흥미롭다. 북한에서는 식민지시대 대중가요의 첫 시작으로 1925년 잡지 『관북월간』 3호에 수록된 〈잃어진 고향〉을 꼽고 있다(최창호, 「류행가의 연원에 대하여」, 심포지엄 『해방 전 조선민족 대중가요 연구』, 중국연변대학예술학원·조선 2·16예술교육출판사·한국언어문학회, 2003.10.6~7, 109면). 악보를 검토해 보면 이 작품은 '라시도미파'의 음계를 쓰고 있는 단조 5음계의 작품으로, 트로트의 음악적 관행을 지니고 있다. 즉 북한이 유독 이 작품을 대중가요의 첫 시작으로 보는 것은 바로 그 작품적 관행인 셈이다. 하지만 이 작품은 대중가요의 대중적 유통과는 다소 거리가 먼 잡지에 실렸을 뿐, 음반화에 대한 기록은 찾을 수 없다. 그런 점에서 대중매체를 통한 본격적인 유통이 이루어지지는 않은 작품이라고 보인다. 이 작품이 조선인에 의해 작곡된 것이 확실하다면, 여태까지 발견된 작품으로는 단조 트로트의 형태로 지어진 한국 최초의 노래로 거론할 만하다. 단 문제는 이것을 대중가요라고 할 수 없다는 것이다. 필자는 1920년대 중후반까지의 음반화된 대중가요를 보면, 동요나 가곡 등과 대

외래의 대중음악의 영향과, 간명하게 설명하기 힘든 이 '대중가요의 작품적 관행' 때문에, 애초의 태생과 달리 대중가요가 되거나, 혹은 대중가요에서 이탈하여 다른 영역의 노래로 넘어가는 현상이 생기기도 한다. 식민지시대에는 대중가요인 신민요로 창작되었던 〈노들강변〉(신불출 작사, 문호월 작곡, 박부용 노래, 1934)은 서양악기로 연주되었으나, 가사와 선율에서 전통적인 통속민요의 작품적 관행과 일치하는 측면이 강하여, 1960년대 이후에는 더 이상 대중가요 가수가 부르지 않고 경기민요의 가창자들이 부르는 레퍼토리가 되어 버렸다. 반면에 가곡 〈얼굴〉(심봉석 작사, 신귀복 작곡)은, 가사와 선율, 리듬 등에서 당시 대중가요의 작품적 관행과 흡사했기 때문에 1970년대에 대중가요 가수 윤연선에 의해 음반화되었고 대중가요로 취급되었다. 그에 비해 가곡 〈보리밭〉(박화목 작사, 윤용하 작곡)은 대중가요 가수인 문정선에 취입되어 대중가요 시장에서 큰 인기를 모았지만, 가사와 선율이나 리듬에서 대중가요적 관행에서 다소 먼 거리에 있다고 대중들에 의해 판단되었기 때문에 대중가요가 아니라 여전히 가곡으로 인정되며, 이후에도 조수미 같은 성악가의 레퍼토리로 즐겨 쓰였다. 〈얼굴〉과 〈보리밭〉을 비교하건대 대중성의 기준이 되는 작품 이해의 난이도에서 큰 차이가 있다고 볼 수 없으며, 더더구나 창작성과 상품성이라는 기준으로도 설명할 수 없다. 이는 오로지 작품적 관행에서만 차이를 보일 뿐이다. 즉 대중가요의 경계를 넘나드는 작품들의 상당수가, 그 작품적 관행이 대중가요의 그것인가 아닌가 하는 문제와 관련이 있는 것이다.

요컨대, 대중가요의 범위를 결정하는 요건에서 작품 내적인 측면에 대한 요건은 매우 중요하다고 해야 할 것이다. 통념적인 대중가요의 의미를 존중한 이영미와 장유정의 대중가요의 범위에 의하자면 그러하다. 흥미로운 것은, 장유정이 작품 내적인 측면에 대한 요건을 규정하고 있

중가요의 작품 관행의 벽이 그리 높지 않았던 것으로 파악하는데, 이 작품도 역시 그러한 시대의 소산이라고 보는 것이 타당하다고 보인다.

지 않지만, 실제 연구에서는 연구 대상으로 동요나 가곡 등의 노래를 제외하고 있다. 따라서 실제 장유정과 이영미가 생각하는 대중가요의 범위는 일치한다고 판단된다.

3. 이식성 혹은 식민주의적 혼종성

대중가요가 이전의 노래문화로부터의 상당한 단절을 드러내고 있는 노래인가 아닌가 하는 대목은 대중가요사 연구의 가장 뜨거운 쟁점 중의 하나이다. 특히 '이식'이라는 용어를 쓸 경우, 한편으로 (신)식민지의 예술문화 현상을 설명하는 관점과 시각의 문제와 얽혀 있고 다른 한편 국문학계에서 오랫동안 애써왔던 임화로부터 시작된 이식문학론의 극복 문제와 얽혀 있다. 특히 이식성의 문제는, 식민지시대 대중가요의 사회적 역할에 대한 문제와 결부되어 있어 더더욱 민감하다. 초기의 연구자인 김창남·이영미·노동은이 이식성을 강조한 것에 비해, 이후의 연구자들은 이식성에 대해 강한 비판을 하고 있으며, 특히 그 이식성이 일제의 문화적 통치의 일환으로 이루어졌다는 의도성에 대해서는 더더욱 강한 비판이 이루어진다.[17]

즉 이식성에 반대하는 논자들의 논거는 대개 두 가지 전제 위에 있다. 첫째는 이식성의 주장은, 그 문화가 식민지 대중들의 자발성 없이 오로지 종주국에 의해 의도적이고 강제적으로 이루어진 것으로, 식민지 문화통치의 의도의 소산이라고 주장한다는 전제이며, 둘째로 이전 시대의 문화의 계승을 인정하지 않은 문화적 단절을 주장한다는 전제이다.

---

17) 이영미, 「한국 대중가요사 연구의 현단계」, 『대중서사연구』 12집, 대중서사학회, 2004.12, 141~142면.

1) 문화적 통치의 의도성과 식민지 주민의 자발성

필자는, 이 두 가지 문제는 따로 논의될 필요가 있다고 생각한다. 즉 흔히 이식성을 종주국의 문화통치의 의도와 강제성으로 직결시켜 이해하는 경향이 있으나,[18] 이는 흔히 '이식 / 자생'의 이분법에서 이야기하는 이식성의 의미인, 이전 문화의 절연 여부의 문제와는 별개의 사안으로 보는 것이 옳다. 즉 이 두 문제는 따로 논의될 필요가 있다고 생각한다.

대중문화 연구에서 방어적 민족주의 의식이 강하게 작용하였던 1980년대 초중반의 글에서 의도성의 측면이 과도하게 강하게 부각되거나 그런 맥락으로 읽혀졌고(실제로 이 시기의 대표적인 글인, 이영미의 「일제 시대의 대중가요」[19]에는 1930년대의 사회문화사적 특성과 대중가요의 검열이 언급되었을 뿐, 트로트 유입에서 문화적 통치의 의도성을 이야기한 바 없다), 그것이 노동은과 문옥배로 이어지면서 그 오류가 지나치게 확대 재생산되었다고 보인다. 흥미롭게도 이러한 견해는, 대중가요의 이식성을 거부하고 자생성을 강조하는 이노형에게도 그대로 계승되고 있다.[20] 그러나 적어도, 대중가요사 연구가 본격화된 1990년대 후반 이후의 논문들에서, 대중가요가 일본의 식민지통치의 의도된 산물이라고 보는 견해는 존재하지 않는다.

필자 역시, 일본의 교육정책의 자장 속에 있는 학교 창가가 아닌 대중가요에서, 식민통치의 의도나 강제성을 찾는 것은 무리라고 생각한다. 식민지시대 조선의 대중가요는, 일본(혹은 일본의 통한 서양) 대중가요

---

18) 흔히 이식성을 비판하는 논자들이 이 두 가지를 동일한 문제로 간주하여, 이식성에 대한 지적을 문화통치의 의도성의 강조로 이해하려는 경향이 있다. 야마우치 후미타카(山內文登)의 「한국에서의 일본 대중문화 수용에 대한 역사적 고찰—구한말·일제 강점기 창가와 유행가를 중심으로」(한국외대 국제지역대학원 한국학과 석사논문, 2000)가 대표적이다.

19) 이영미, 「일제 시대의 대중가요」, 『노래』 1, 실천문학사, 1984.

20) 이노형은, 기존에 대중가요로 다루었던 트로트와 신민요의 이식성과 식민통치의 의도성을 인정하며, 따라서 이를 극복하기 위해 이식성과 식민통치의 의도성을 지니지 않은 전통가요를 대중가요의 중심 맥으로 볼 것으로 주장하고 있다. 이노형, 앞의 책, 9면.

의 영향을 받은 것임에는 분명하지만, 다른 한편 그것은 당시 조선인의 선택에 의한 것이었고, 그들의 달라진 취향에 기초하고 있음은 말할 것도 없다. 이는 1950년대 후반 이후 이루어진 미국 대중가요의 대대적 영향 역시 마찬가지이다. 이는 한국대중가요의 본질적 성격으로 이식성을 강조한 『한국대중가요사』가, 각 시기 대중가요의 변화의 동력이 수용자 대중의 사회심리, 인간과 세상을 보는 태도의 변화에 있다고 서술하는 데에서도 드러난다고 생각한다. 예컨대 식민지시기 트로트의 신파성과 그 세계인식에 대한 설명에서도, 강제되고 의도된 문화통치의 산물이라는 견해를 집중적으로 비판하는 야마우치 후미타가의 의견과 동일하게, (비록 그것이 외래적인 것이라 할지라도) 신파성의 정서와 인식 태도가 당대 대중들의 정서적 호응을 받아 수용되었고, 당대 대중가요에서 가장 우수하다고 꼽을 수 있는 작품들을 낳음으로써 이후 한국 대중가요에 지대한 영향을 남겼다고 서술한다.[21]

즉 종주국의 대중문화가 식민지의 대중들의 취향과 문화적 조건, 사회심리적 특성 등에 따라 선별적으로 수용되어 기꺼이 향유됨에 대해, 양쪽은 모두 동일한 의견을 지니고 있는 셈이다. 단 '이식'이라는 용어가 '강제성'과 '의도성'의 의미를 지니고 있는가 아닌가에 대한 의견 차이가 있을 뿐인 것이다.

그러나 식민지 침탈의 의도된 통치가 아니었음을 인정하는 것이, 일본 대중가요의 영향을 받은 조선의 대중가요가 '결과적으로' 일본의 식

---

21) 야마우치 후미타카는, 필자의 신파에 대한 설명을 요약한 후, "문제는 상투화된 비판들이 주장하는 것처럼 이러한 신파의 눈물이 과연 이식된 것인가 하는 점이다. 좀 더 구체적으로 말하면, 이러한 종류의 정서나 태도는 원래 한국인에게는 존재하지 않는 것이며 일본인 고유의 염세적이고 퇴폐적인 것인데, 그것이 강제적으로 또는 교묘하게 이식됨으로써 한국인의 정서나 감수성이 '오염'된 결과 나타난 것인가 하는 문제라고 할 수 있다"라고 문제제기를 하며, "일반적으로 어떠한 문화적 양식이 이식되었다 해도 그것에 정서적으로 호응하거나 나름대로 해석하여 수용하는 '사람'이 없으면 사라질 뿐이다. 신파 양식이 한국에서 대중적인 '인기'를 얻었고 또 깊이 뿌리를 내렸다는 사실은 그것을 수용한 한국 대중들이 존재하였음을 의미한다"고 하였다.

민지 통치에 유리하게 작용했을 것이라는 추론까지 부정할 수 있는 것
은 아니다. 즉 일본의 의도와 무관하게, 일본 대중가요는 당대 문화지형
에서 종주국의 '선진적' 문화로서의 권위와 힘을 지니고 있었고, 그러한
일본 대중가요의 강력한 영향 속에서 형성된 조선인의 선택에 의해 형
성된 식민지 조선의 대중가요가 종주국 일본과 식민지 조선의 문화적
동질감 확보에 큰 역할을 하였으리라 추측하는 것[22]은 타당하다고 본
다. 이것은 일본의 의도된 문화통치와는 별개의 문제인 것이다.

2) 계승과 단절

이식성의 주장이, 식민지인들의 자발성을 부정하고 강제성과 의도성
으로만 설명하려는 것이 아님은 이미 앞서 이야기한 대로이다. 그렇다
면 남은 문제는 이식성이 이전 시대 문화와의 완전한 절연을 주장하는
것인가 하는 문제가 남는다.

이식성에 대해 비판적 견해를 지니고 있는 논자들은, 대중가요에 자
생적 요소가 존재하고 있음을 그 비판의 근거로 삼는다. 하지만 한국대
중가요의 이식성을 주장하는 필자 역시, 한국 대중가요사에 줄기차게
존재하는 자생적 요소에 대해 충분히 인정하고 있으며, 당대 수용자 대
중들의 선택에 의해 대중가요의 흐름이 형성되고 있다는 입장을 한국
대중가요사 전체의 서술에서 견지하고 있다.[23]

실제로 인류 문화사에서 문화의 완벽한 단절이나, 문화 수용자의 자
발성을 완벽하게 제거한 문화는 존립할 수 없다. 따라서 이전 시대의

---

22) 이영미, 앞의 책, 80면. 이에 대하여는 야마우치 후미타카 역시, 식민지 조선인의 상
  승욕망으로 인한 자발적인 친일적 수용행태였음을 지적하며, 식민지 조선인의 일본문
  화에의 편입과 동화의 결과를 만들어냈음을 지적하였다. 야마우치 후미타카, 앞의 글,
  133~134면.
23) 이는 『한국대중가요사』의 서론에서 이미 밝힌 바 있다.

문화와의 완벽한 단절이나 식민지 수용 주체들의 선택이 전제되지 않은 이식이란 현상은 존재할 수 없는 것이다. 따라서 자생적 측면의 존재 자체는 이식성에 대한 반론의 근거가 될 수 없다. 즉 자생적 측면이 있기 때문에 이식이 아니라고 주장하는 것은, 문화사에서 이식이란 말을 쓸 수 없다는 것을 의미하기 때문이다. 즉 문화의 이식성의 주장은 토착문화와의 습합과 새로운 문화적 토양 속에서의 변이 등을 전제로 한 것이므로, 이러한 단선적 논쟁을 벗어나기 위해서는 이식성에 대한 조금 더 정교한 논의가 필요하다고 보인다.

단 '이식'이라는 용어의 의미를 달리 해석하는 데에서 이러한 충돌이 빚어지는 것이며, 따라서 이전 시대 문화의 절멸과 수용 주체들의 자발성 없는 수용으로 해석될 수도 있는 '이식'이라는 말 대신에 자생적 문화와 외래문화와의 다양한 뒤섞임을 인정하는 용어가 필요하다면, '혼종성(hibridity)'이라는 용어가 더 적합할 수 있다. 식민지시대의 대중가요가, 자생적 노래문화의 토양 위에서 외래 노래문화의 영향을 받아 형성된 것임은 모두 인정하는 상황에서, 동일한 이유로 이식성과 자생성이라는 각기 다른 용어를 내세워 주장할 이유는 없는 것이다.

단, 자생과 이식의 흑백논리식 논쟁을 지양하고 혼종성이라는 규정에 합의한다 해도 그 혼종성의 성격을 좀 더 명확하게 할 필요는 있다. 즉 식민지시대 우리 나라 대중가요의 혼종성이 단순한 뒤섞임이 아님이 분명하고, 우리 대중가요가 줄곧 강대국의 강력한 영향 속에 존재하는 식민주의적 성격을 지니고 있음을 인정해야 하므로, '식민주의적 혼종성'으로 설명하는 것이 옳다고 보이는 것이다.

그리고 이 문제는, 앞 장에서 정리한 대중가요의 범위·정의 문제와 긴밀하게 연결되어 있는 것이기도 하다. 식민지시대 대중가요의 혼종성을 식민주의적 성격으로 볼 것인가 아닌가에 대한 이견은 있을 수 있다고 보이는데, 즉 한국대중가요의 정의에서 외래 대중음악의 영향을 중심적 요건으로 포함시킬 것인가 말 것인가의 문제가 이 쟁점의 핵심과 긴밀하게 관련되어 있는 것이다.

3) 한국 대중가요의 정의 문제와의 관련성

문제는 다시 한국대중가요의 정의 문제로 되돌아온다.

대중가요에서 '일본과 구미 대중음악의 강한 영향'을 핵심적 요건의 하나로 간주하는 이영미의 경우, 대중가요가 보여주는 혼종성의 식민주의적 성격을 지적하는 것은 당연히 중요해진다. 특히 식민지시대뿐 아니라 해방 이후의 대중가요에서 외래 대중음악의 영향은 점차 강해지며, 중요한 시기마다 새로운 외래 대중음악이 가장 세련되고 선진적인 대중가요의 전범으로 작용하는 현상을 한국 대중가요사 전반에서 지적하고 있기 때문이다.

이러한 현상은 너무도 자명한 사실이므로 부정하기 힘들다. 따라서 식민주의적 경향을 강조하는 이른바 '이식론자'들의 이러한 주장에 대해, 이들의 비판자 혹은 '자생론자'들이 제기하는 반론이, 연구 대상을 달리함으로 가능해진다는 것은 어찌 보면 당연한 것일는지 모른다. 즉 식민지시대 대중가요가 식민주의적 성격을 지니고 있음을 부정할 수 있는 유일한 근거는, 식민지시대의 음반과 상업적 공연이라는 새로운 시스템과 결합한 형태로, 외래의 새로운 노래문법에 의해 지배받지 않는(비록 약간의 뒤섞임이 존재한다 하더라도) 전통가요가 면면히 살아있다는 점을 지적해야 하는 것이다. 장유정도 자생론자들과 이식론자들은 각기 다른 대상을 놓고 논의를 전개하고 있다고 지적하면서, '이식론자들이 음반을 통해 유통된 본격적인 의미의 대중가요를 대상으로 하여 논의를 전개시키고 있는 반면에 자생론자들은 음반은 중요하지 않다며 전통가요의 대중가요적 속성만을 지적하고 있'다고 이야기한다.[24]

이른바 '이식론자'들과 '자생론자'들이 각기 다른 대상을 대중가요로 놓고 논의하고 있다고 하는 장유정의 지적은 매우 타당하다. 문제는, 이

---

24) 장유정, 앞의 책, 25면.

른바 '이식론자'들이 대중가요로 보는 대상에 대한 설명에서 사실과 다르게 설명하는 오류를 범하고 있어, '이식론자'들의 견해의 문제점 지적도 엇나가고 있다는 점이다. 즉 장유정은 이른바 '이식론자'들이 '음반을 통해 유통된' 노래를 대상으로 하고 있고, '음반을 대중가요의 핵심적인 요소로 지적하'고 있다고 이야기한다. 그런데 이영미의 대중가요 정의를 설명하면서 정리했듯이, 이른바 '이식론자'들의 대중가요의 요건의 핵심은 (장유정이 설명하는 바와 달리) 음반화 여부만이 아니라 '외래 대중음악의 강력한 영향'까지 포함한다.

따라서 음반화 이전의, 외래 대중음악의 강력한 영향 하에서 만들어진 유행창가들이 '대중가요의 전사(前史)'가 되는 것이다. 이들 중 〈장한몽가〉나 〈시드른 방초〉, 〈카츄샤의 노래〉처럼 번역(혹은 번역에 가까운 번안)에 머문 노래를 제외하고, 적어도 가사 전체를 조선인이 새롭게 창작한 것이 분명한 〈이 풍진 세월〉25)(1923, 박채선·이류색 노래, 〈탕자자탄가〉, 〈청년경계가〉 등의 제목으로 불리기도 한다) 등이 음반으로 취입된 것을 대중가요의 시작으로 본다.26) 그러므로 장유정이, '이식론자'들이 대중가요사에서 음반화된 전통가요의 존재를 거론하지 않는 것이 문제라는 지적은, '이식론자'들의 논리적 모순의 지적으로는 타당하지 않은 것이다. 그들은 애초부터 대중가요의 정의에서부터 음반화·상업화된 전통가요를 제외해놓고 있었으며, 이 점에서 이들은 논리적으로 정합하기 때문이다. 그리고 이러한 범위 설정 위에서 보자면, 대중가요가 외래 노래문화의 강력한 영향을 받고 있어, 그 혼종성이 식민주의적 성격을 띤다는 설명은 타당성을 얻게 된다.

이렇게 이식성 혹은 식민주의적 혼종성의 문제는 다시 정의의 범위 설정의 문제로 되돌아온다. 어찌 보면 이영미는 통념적 의미의 대중가요

---

25) 장유정은 〈카츄샤의 노래〉, 〈장한몽가〉, 〈시들은 방초〉 등과, 〈탕자자탄가〉, 〈사의 찬미〉 등을 모두 번안가요로 아우르고 있으나, 〈탕자자탄가〉, 〈사의 찬미〉 등은 가사의 조선인의 창작성이 인정된다는 점에서 앞의 것과 구별된다.

26) 이영미, 앞의 책, 49~69면.

를 바탕으로 한국대중가요의 정의를 내리고, 거기에서 너무도 당연히 외래 대중음악의 강력한 영향을 읽어내며 이를 이식성이라는 말로 설명했다면, 고전문학으로부터 출발한 연구자들은 이식성을 극복한 '자생성'이라는 당위를 설정하고, 대중가요의 범위를 18,19세기의 잡가나 음반화된 전통가요로 확대하고 그에 따라 대중가요의 정의 역시 다르게 내린 것이라는 설명도 가능해 보인다. 전자의 입장에서 보면 대중가요는 분명 식민주의적 혼종성을 지니고 있으며, 후자의 입장에서 보면 혼종적이되 식민주의적 성격은 일부 시기, 일부의 대중가요에서만 드러나는 특질이라고도 볼 수 있는 것이다. 어쨌든 양자는 범위와 정의, 그 성격에 있어서 논리적으로 정합하다. 단 과연 그 정의와 범위 설정이, 식민지시기만이 아닌 한국 대중가요사 전체, 혹은 노래사만이 아닌 한국근대문학사와 한국 근대음악사, 한국대중예술사, 한국근대예술사 전체에 비춘 타당성을 갖추고 있는가의 문제는 여전히 남는 것이기는 하지만 말이다.

이쯤 되고 나면 문제는 오히려, '협의의 대중가요'라는 개념으로 이른바 '이식론자'와 동일한 범위를 설정한 장유정이, 자신의 연구 대상에서 어떻게 식민주의적 성격을 지적하지 않을 수 있는지의 대목에서만 남게 된다. 이는 앞서 설명한, 대중가요의 정의에서 '창작성'과 '상품성'(음반화 여부에 의해 가름되는)만을 거론할 뿐 작품 내적 특성을 요건에 포함시키지 않은 것은 문제점과 동일하게 이야기될 수 있다. 즉 (식민주의적) 혼종성의 문제는 '창작성'이나 '상품성' 같은 작품 외적 측면에서는 설명되기 힘든, 작품 내적 측면에 대한 고찰이 필요한 대목이다. 그런데 장유정은 같은 책에서 많은 부분을 할애하여 서술하는 식민지시대 대중가요의 네 갈래는 작품 내적 측면을 고려한 분류이다. 그의 네 갈래 분류는, 트로트(당대의 용어로는 유행가), 신민요, 재즈송, 만요이며, "트로트가 일본의 번안가요에서 비롯했고, 신민요는 전통가요의 대중가요화 작업에서 비롯했고, 만요는 당시에 유행했던 다양한 희극 양식과의 교섭 속에서 배태되었으며, 재즈송은 서양 대중음악의 영향에서 발생했다"27)고 이야기한다. 이 중 만요는 음악적으로 다른 갈래와의 변별적 특성을 갖지 않는다. 즉 만요는 가사의 내용과 관련 있는 분류로, 음악은 트로트, 재즈송, 신민요의 다양한 모습을 지니고 있다. 음악까지를 포함한 나머지 세 갈래 중 트로트와 재즈송은, 외래 양식과의 강력한 영향이 분명함을 인정한다. 나머지 신민요를 "전통가요의 대중가요화 작업에서 비롯했"다고 설명하고 있는데, 문제는 여기에서 '대중가요화'(때때로 '현대화'라는 말로도 설명된다28))라는 것이 무엇을 의미하는가 하는 점이다. 장유정의 대중가요의 정의에 의하면 개인 작가의 창작성이, 음반화된 전통가요와 신민요를 구별하게 해주는 '대중가요화', '현대화'의 요건일 터인데, 그렇게 되면 적지 않은 수의 작자 미상(대부분 작사가 미상이 많다)의 신민요를 이 범주에서 제외해야 하는 문제가 생길 뿐 아니라, 과연 그것이 '대중가요화'는 물론이거니와 '현대화'의 핵심인가 하는 점은 의문이다. 즉 신민요가 전통적 민요를 계승하면서도 외래적 대중가요를 적극적으로 수용한 노래라는 점을 인정하지 않으면, 대중가요화·현대화의 실제 내용을 제대로 설명되기 힘든 것이다. 따라서 결국 장유정이 연구대상으로 하는 대중가요는, 작품 내적으로 일본과 구미의 노래문화의 강력한 영향을 인정하지 않으면 설명할 수 없게 되는데, 문학적 측면과 음악적 측면에서 이 대목을 설명하지 않고서는 이른바 '이식론'에 대한 제대로 된 반론은 이루어질 수 없는 것이다.

요컨대 필자는, 대중가요의 요건에서 '상업적 대중매체를 통한 유통'(그에 준할 정도의 상업적인 근대적 공연을 통한 유통을 포함하여)과 함께, 일본과 구미 대중음악의 강력한 영향을 함께 거론해야 한다고 생각하며, 그 점에서 대중가요 작품이 보여주는 혼종성이 식민주의적 성격을 지니고 있다고 생각한다.

---

27) 장유정, 「한국 대중음악사 기술을 위한 기초 작업―몇 가지 쟁점을 중심으로」, 『대중음악』 창간호, 한국대중음악학회, 2008.4, 90면.
28) 장유정, 앞의 책, 244면.

4. 식민지시대 노래문화의 지형과 식민주의적 혼종성의 대중가요

여태까지 이야기한 이러한 쟁점은 식민지시대 대중가요사 연구뿐 아니라 한국 대중가요사 전체와 관련 있는 기본적인 쟁점들이며, 따라서 대중가요사 연구에서 반드시 짚고 넘어가야 하는 대목이다. 그러나 앞서 살펴보았다시피, 이 쟁점들은 실제로 식민지시대의 대중가요가 어떤 양상으로 존재했는가에 대한 이견의 소산이라기보다는, 그 양상을 어떤 틀과 용어로 설명할 것인가에 대한 이견인 측면이 강하다고 보인다. 따라서 이 쟁점에서 합의를 도출하는 길은, 실제로 식민지시대의 대중가요, 더 나아가 다양한 노래문화가 어떤 양상으로 존재했는가에 대한 합의를 이루어가고, 남은 이견이 무엇이며 어떤 성격의 것인가를 정리하는 것이라 생각한다. 다행히도 식민지시대 대중가요에 대한 구체적인 연구가 진척되고 있어, 그 시기 노래문화의 다양한 양상에 대한 구체적인 풍경에 접근하는 것이 좀 더 쉬워지고 있다.

우선 합의하고 인정해야 하는 것은, 식민지시대 대중의 노래문화(이를 대중가요라고 부르든 아니든)가 매우 다양한 가닥들로 존재하고 있다는 점이다. 일본과 구미의 대중음악과 노래문화의 영향을 강하게 받고 대중매체에 의해 상업적으로 유통되는 노래들(통념적 의미의 대중가요)만 있는 것이 아니라, 음반·방송과 극장 공간을 통해 상업적으로 유통되는 잡가(통속민요)와 판소리 등 전통가요, 그것의 바탕으로서 요릿집 등을 중심으로 유통되는 잡가·판소리 등이 존재하고 있다는 것에 대해서 연구자 간에 이견이 있다고 보이지는 않는다. 이러한 상업적이고 전문적인 노래문화와 함께, 여전히 비전문인들 사이에 구비전승되는 전통가요로서의 민요가 존재하고, 외래의 노래문화의 영향을 받아 새로운 작품적 면모를 보이는 구전가요가 존재했을 것으로 추정된다. 또한 중등 이하의 학교와 야학 등 제도적·비제도적 교육의 장을 통해 유포되는, 계몽적인 노래들과 동요, 일본과 서양의 노래들도, 앞의 노래들과는 비교할 수 없지만, 점차 그 수용층을 확대해 가고 있었으리라 추측할 수 있다. 이러한 현상은 비단 대중적 노래문화에서만 나타나는 현상은 아니었으리라 생각한다. 대중적인 소설문학(혹은 문자화된 서사문학)에서, 이른바 문단이라고 인정받는 곳에서 생산되고 유통된 본격소설과 대중소설(예컨대 최독견·방인근·박계주·김말봉 대중소설 작가를 비롯하여 본격소설 작가들이 쓴 대중소설)뿐만 아니라, 딱지본 고소설, 딱지본 신작 구소설, 딱지본 대중소설(통속적 신소설을 포함하여) 등 다양한 소설들이 상당한 대중성을 지니며 존재했을 것이며, 채 소설의 형태를 갖추지 않은 다양한 대중적 서사문학인 야담이 존재했고, 전 근대시대와 마찬가지로 여전히 비전문인들에 의해 구전되는 설화와 연행되는 구비서사물들을 존재했을 것이기 때문이다.

일단 식민지시대 대중적인 노래문화 자체가 매우 혼종적인 양상을 띠고 있다는 것은 분명해 보이며, 이러한 혼종성은 노래문화만의 현상이 아니라 예술 전 분야에서 나타나는 현상이었을 것으로 보인다.

대중적 노래문화의 이러한 다양한 종류들은 같은 시기에 공존하고 있었으며, 수용층에 있어서 적지 않은 차이가 존재했지만, 동일한 수용자가 여러 종류의 노래문화를 함께 향유했을 것으로 보인다. 즉, 어떤 집단은 재즈송을 전혀 향유하지 못하거나 토착민요로서의 노동요는 전혀 향유하지 못하는 집단이 분명 존재했을 것이며, 학력·지역·세대 등에 따라 가장 친근한 종류의 노래가 달랐을 가능성은 충분히 있다. 하지만 한 사람이 공연장에서는 트로트나 재즈송을, 요릿집에서는 기생을 불러 잡가를 듣는 등, 다양한 노래문화를 향유했을 가능성은 충분히 있는 것이다.

앞서 이야기했듯이, 같은 시기에 이렇게 다양한 노래문화가 공존했다는 것 자체가 혼종적이다. 뿐만 아니라, 각각의 노래 종류들의 작품 내적인 측면을 살펴보아도 상당한 혼종성을 드러내고 있을 것임을 짐작할 수 있다. 신민요는 그 혼종성에서 가장 뚜렷한 모습을 보이고 있거니와, 일본 엔카의 유입으로 형성된 트로트나 전통가요 역시 예외는 아니었을 것으로 보인다. 즉 트로트는, 다양한 엔카의 경향 중 일본인과 다른 음악적 역사를 지닌 조선인들의 취향에 따라 특정 경향이 집중적으로 수입되었을 가능성을 배제할 수 없으며,29) 조선인의 목소리로 가창됨으로써 독특한 색깔을 확보했을 것이다. 또한 전통가요 역시 선양합주(鮮洋合奏) 방식이 시도되는 등30) 변화의 양상을 보였다.

이렇게 다양한 대중적 노래문화 중, 대중가요(통념적 의미의)는 그 중, 작품 관행에서나 생산과 유통 방식에서나 가장 외래문화의 영향을 적극적으로 받은 종류임은 분명해 보인다. 이런 판단을 내리는 데에 가장 쟁점이 될 대상은 신민요일 터인데, 전통가요를 적극적으로 계승한 대중가요인 신민요 역시 예외가 아니라는 것이 최근의 연구들로 밝혀지고 있다. 신민요의 혼종성에 대한 이소영의 연구는, 신민요과 전통가요의 적극적 계승 못지않게 외래적 음악문화에 강한 영향을 받은 노래인가를 음악 분석을 통해 구체적으로 제시하고 있다. 전통가요로 분류될 만한 노래들의 일부에서 나타나는 혼종성은, 조선적인 음악 양식이 주도권을 가지면서 양악적 요소를 전통적인 질감으로 변용시킨 것이라면, 신민요는 전통가요의 선법을 일부 계승하면서도 외래음악인 조성음악의 질서로 조율되어 민요 토리의 고유한 특성을 상실했으며, 리듬 역시 전통장단의 탈전통화(외래 음악화) 경향을, 연주와 가창에서도 전통가요와는 구별되는 강력한 외래적 영향을 분석한 것이다. 당시 이 두 가지 흐름이 서로 영향을 주고받았고, 신민요에서는 외래음악을 일부 수용한 전통가요와 구별되는 음악적 질서의 변화가 이루어졌음을 밝혀내고 있는 것이다. 물론 점차 우세해지는 외래음악의 기세 속에서, 신민요가 지

---

29) 예컨대 서정적인 선율이 돋보이는 고가마사오 스타일이 지배적이었을 가능성에 대한 추정이나, 이에 대해서는 좀 더 논구가 필요하다.

30) 이소영, 「일제강점기 신민요의 혼종성 연구」, 한국학중앙연구원 한국학대학원 박사논문, 2007.

닌 전통음악적 요소가 탈중심적 요소로 작용한 것은 사실이었으나, 그런 한편 전통음악적 요소를 중심의 음악언어로 흡수하는 양상을 보임으로써, 중심화와 탈중심화가 공존하는 양상을 보여준다는 것이다.[31] 요컨대, 신민요를 포함한 모든 대중가요(통념적 의미의)는 외래음악의 강력한 영향을 받은 식민주의적 혼종성을 띠고 있음은 분명해 보인다.

권번 중심의 전통가요, 음반과 극장 공간 안의 전통가요, 대중가요(통념적 의미의) 등의 전문화된 대중적 노래문화의 다양한 종류들은 서로 활발하게 영향을 주고받았을 것으로 보이며, 이소영이 지적했듯이 그 혼종성의 의미는 결코 단순하지 않음은 물론이다. 하지만, 이 전문화된 대중적 노래의 지형도 안에서 관철되고 있는 힘 관계를 고려하면 확실히 외래적 노래문화의 영향이 점차 강해지고 그러한 노래들이 여론을 주도하는 중심이 되었음(단순히 양적인 대중성과 구별되는)은 짐작할 수 있다. 도시에서 신교육 등을 통해 새로운 문화와의 접촉이 빈번했던 젊은 층들이 주도적으로 향유하는 종류는 외래적 요소가 가장 강한 대중가요(통념적 대중가요)였을 것으로 보인다. 그럼으로써 그것은 대중적 노래문화의 중심으로 자리하는 문화였다고 보인다. 음악적 경향이 단일하지 않은 만요는 제외하고 보더라도, 외래 노래문화의 영향이 지배적인 트로트는 신민요에 비해 발표 작품 수가 현격하게 많다. 물론 신민요가 작품 수에 비해 넓은 대중성을 확보하고 있었을 가능성을 배제할 수 없으나,[32] 창

---

31) 위의 글.
32) 이는, 트로트를 비롯한 외래 노래문화의 지배적 영향을 받은 노래들이 멋져 보이지만 낯설고 불편한 노래였을 가능성이 충분히 있기 때문이다. 1930년대 초중반까지의 노래, 채동원의 〈방랑의 노래〉, 채동원과 김연실이 각각 부른 〈세 동무〉, 복혜숙의 〈그대 그립다〉 등에서 가창자가 장단음계의 구분을 제대로 해내지 못하는 노래들이 종종 발견되는 것은, 새로운 음악 어법이 이 시기까지 매우 낯설었다는 것을 보여준다. 따라서 상대적으로 낯익고 편안한 음악으로 이루어진 신민요는 발표된 작품 수로 짐작하는 것에 비해 넓은 수용층을 확보했을 가능성을 배제할 수 없다. 1930년대 초 외래적 노래문화에의 부적응 현상이 대중가요에서 드러나는 예에 대해서는, 이영미, 앞의 책, 66~68면; Young Mee, Lee, "The Beginnings of Korean Pop : Popular Music During the Japanese Occupation Era(1910~1945)"(Translated by Gloria Lee Pak), *Korean Pop Music-Riding*

작의 에너지가 신민요가 아닌 트로트 쪽으로 몰려 있었다는 것은 주목할 만하다. 특히 트로트 계열의 노래는, 그 명칭부터 '유행가'로, 대중가요의 중심적 양식임을 명확히 하고 있다는 점도 의미심장하다.

역사적으로 살펴보면 이러한 힘 관계는 더욱 뚜렷해진다. 전통가요는 점차 대중성을 잃어 1960,70년대 이후에는 국가의 보호와 제도교육의 커리큘럼 속에서 살아남아 있고, 신민요는 1950년대 서양의 춤곡과의 교접을 통해 가까스로 대중가요 주류에서 버티고 있으나 1960년대를 마지막으로 대중가요 주류에서는 물론 양식의 존립조차 위태로운 수준이 되었다. 그에 비해 외래 노래문화의 지배적 영향을 받은 노래들은 시간이 갈수록 양적으로 확대되고 질적인 분화 역시 화려하게 이루어지는 발전 양상을 보여주고 있는 것이다.

말하자면, 식민지시대의 대중적 노래문화의 혼종성이 식민주의적 성격을 띤다는 것은, 외래적 노래문화의 영향이 강력했던 대중가요(통념적 의미의)에서는 매우 확실한 현상일 뿐 아니라, 대중적 노래문화 전체의 흐름을 놓고 보더라도 충분히 타당한 의견이라는 것이다. 식민지시대에 여전히 전통가요가 새로운 상업적 시스템과 교접하면서 여전히 대중성을 유지하고 있었고, 다양한 외래적 노래문화와 교섭하며 그들에 영향을 주고 있었다는 점만으로, 전반적으로 나타나는 혼종성의 식민주의적 성격을 부정할 수는 없는 것이다.

---

and Wave(Keith Howard ed.), Folkestone : Global Oriental LTD, 2006, pp.5~6 참조.

5. 맺음말

여태까지 식민지시대 대중가요사 연구의 쟁점 중, 대중가요의 범위 설정과 정의에 대해 정리하고, 이와 밀접한 관련이 있는 이식성의 문제에 대해 살펴보았다.

이식과 자생의 소모적 논쟁을 지양하고 싶은 마음이 이 글의 첫 시작이었다. 그리고 이식과 자생의 문제는 대중가요의 범위와 정의 같은, 한국대중가요사 연구의 기초와 관련된 문제라는 것이 필자의 생각이었다.

하지만 논쟁의 지양이, 그저 선언으로만 가능한 것은 아니다. 그것은 지양이 아니라 회피나 어설픈 절충이 될 수 있으며, 이는 논리적 타당성과 일관성을 계속 흐트러뜨려 문제를 더욱 어렵게 할 수 있다.

그래서 필자는 이 글에서, 용어의 표피에 매달리기보다는 그것의 내포적 의미와 당대의 실제 현상에 대해 이야기함으로써 쟁점의 합의에 근접할 수 있지 않을까 생각한 것이었다. 필자가 쓰는 의미에서의 대중가요가, 식민지시대 대중적 노래문화의 전체를 포괄하는 것이 아니며, 대중가요는 물론 그 외의 대중적 노래문화까지를 포괄하여 보면 과거의 노래문화와 새롭게 들어온 외래의 노래문화의 혼종성이 두드러진다는 것, 그리고 그 혼종성은 식민주의적 성격을 띠고 있으며, 특히 대중가요 영역에서는 매우 두드러지게 나타난다는 것을 이야기함으로써, 용어에 매달린 논쟁을 생산적으로 지양하고자 하였다. 대중가요라는 용어를 어떤 의미로 채택할 것인가의 문제는 여전히 이견이 있을 수 있으나, 현실 인식에 대한 합의를 바탕으로 대중가요의 범위 설정과 정의의 문제에 대한 합의로 이르는 것이 현실적이고 온당한 방법이라고 생각한 것이다.

이 보잘 것 없는 글이, 대중가요의 범위 설정과 정의의 문제를 좀 더 합리적으로 해결하는 데에 작은 디딤돌이 되었으면 바랄 것이 없겠다.

1930년대 유행가(流行歌)의 음악사회사적(音樂社會史的) 접근(接近)
유성기음반(留聲器音盤)을 중심으로

송방송

1. 머리말–한국 근대음악사(韓國近代音樂史)와 유행가(流行歌)

한국 근대음악사의 흐름은 19세기 후반의 개항과 더불어 밀려오는 서구열강의 새로운 문물과 일제의 정치공세에 의한 타율적 근대화의 대세 속에서 예외적일 수 없었다. 구한말 기독교 선교사의 찬송가와 에케르트(Franz Eckert, 1852~1916)에 의한 서양식 군악대, 그리고 일본 창가와 음반 등의 새 문물이 근대음악사의 전개과정에서 직접 또는 간접적인 영향을 미쳤기 때문이다. 구한말 이래의 찬송가와 20세기 초 학교교육의 창가는 한반도에서 전개된 새로운 노래문화의 대표적인 실례이자, 그것이 앞 시대와 구분할 수 있는 하나의 증거물이므로, 그런 새 음악문화가 근대음악사의 발전과정에서 중요한 위치를 차지한다.

특히 일제강점기 교육제도권의 창가와는 별도로 격변기의 우리 사회에서 새로 등장하는 신민요나 유행가 또는 신가요나 유행창가 등과 같은 새로운 갈래의 노래문화 중 특히 유행가는 20세기 전반기의 근대음악사를 새로운 방향으로 전개시키는데 중요한 역할을 담당했을 뿐 아니라, 광복 이후 전개된 현행 대중가요의 뿌리였다. 비록 일제강점기의 유행가는 현행 대중가요의 뿌리였음에 의심의 여지가 없지만, 근대음악사에서 차지하는 유행가의 위치가 중요한 까닭은 다음과 같은 각도에서 찾아볼 수 있다.

음악을 포함한 일제강점기 문화예술계의 선각자 중에는 유행가의 작사자와 작곡가의 일부가 포함되었다. 더욱이 1930년대 신민요의 작곡가처럼 유행가의 작곡가가 전개한 본격적인 창작활동은 근대음악사의 전개과정에서 새로운 전기를 마련했다는 사실에 주목하지 않을 수 없다. 비록 그런 창작활동이 서양음악의 작곡기법을 일본유학을 통해서 배운 것이라고 할지라도, 신민요나 유행가라는 새로운 갈래의 노래문화를 우리 사회에 뿌리 내리게 만든 작곡가의 등장은 한반도 음악문화의 근대화를 입증하는 대표적인 사례의 하나이다. 구한말까지만 해도 한국음악사에서 연주자나 작사자는 있었어도 엄격한 의미의 작곡가는 없었기 때문에 더욱 그렇다.

이렇듯 유행가라는 새로운 갈래의 노래문화가 우리 사회에 정착하는데 중요한 역할을 담당했던 작사자와 작곡가 그리고 가수는 우리 근대음악사의 전개과정에서 제대로 평가됐어야 했지만, 그들의 공헌에 대한 역사적 평가는 한국음악학(Korean musicology)계에서 외면되어 왔다. 일제강점기 유행가의 음악적 특징을 일본 제국주의 엔카(演歌)류의 뽕짝과 조금도 다르지 않다고 무시한 것이 한국음악학의 연구영역에서 제외시킨 첫째 이유이고, 둘째는 일회성의 음악소비상품에 불과한 유행가의 예술적 가치를 평가할 필요성이 전혀 없다고 보았기 때문이다.

그러나 음악양식(music style)의 측면에서 유행가의 예술적 가치에 대한 고찰만이 음악학(musicology)의 학문대상은 아니고, 음악사회학적 관점에서 유행가에 대한 고찰의 필요성을 필자가 이미 다른 논문에서 지적하였다.[1] 유행가의 사회적 영향력에 대한 고찰마저 한국음악학의 연구영역에서 결코 제외시킬 수 없다고 보았기 때문이다. 그런 견지에서 1930년대 유행가의 사회적 영향력에 대한 음악사회학적 관점에서의 조명이 가능하다는 전제 아래서, 근대음악사의 전개과정에서 유행가를 어떻게 평가해야 할 것인가에 대하여 고찰함으로써, 유행가 관련의 의문에 대한 해결의 실마리를 찾아보려는 데 연구목적을 두었다.

유행가의 창작은 1930년대부터 본격적으로 이루어졌으므로, 본고의 시대범위는 1930년대를 중심으로 한정하려고 하며, 자료범위는 일제강점기 대표적인 레코드사인 콜럼비아(Columbia)·빅타(Victor)·폴리돌(Polydor)·오케(Okeh)·태평(Taihei), 이상 다섯 음반자료에 한정될 것이다. 이렇게 연구범위를 한정하는 이유는 첫째로 현행 대중가요의 뿌리가 1930년대에서 시작되었고, 둘째로 유행가는 전래민요의 뒤를 이어 출현한 신민요와 거의 동시대에 등장하여 신민요의 역할을 계승한 노래문화의 산물이라고 볼 수 있다는 필자의 가설[2]에 대하여 음악사회사적 견지에서 조명해보려고 생각했기 때문이다. 1930년대 유행가 가수 및 그들의 활동상황에 대한 신문기사가 전하기 때문에, 필자는『매일신보』의 음악기사에 의거하여,[3] 그들의 공연활동에 대하여 살피고자 한다.

유행가가 창작된 사회배경에 대한 이해의 폭을 넓히기 위해서는 그 당시의 음반자료가 음악사회사적 연구를 위한 원전사료(primary source)에 해당한다. 그러므로 일제강점기 다섯 회사의 음반자료를 바탕으로 통계학적 방법에 의해서 유행가를 조명하려는 것이 본고의 연구방법이다.

---

1) 宋芳松,「近現代音樂史의 總體的 視覺 : 콜럼비아 음반자료를 중심으로」,『韓國學報』제103호(여름호), 일지사, 2001, 30~76면. 본서 제1편 제1장에 수록됨.
2) 宋芳松,「日帝時代音樂史의 한 樣相 : 蓄音機音盤을 중심으로」라는 논문은 2001년 3월 24일 중앙대 안성 캠퍼스에서 열린 韓國音樂學學會의 2001 춘계학술대회에서 발표됨. 본서 제2편 제4장에 수록된 논문 참조.
3) 한국음악학학회,『音·樂·學』권6(세종출판사, 1999,『매일신보』음악기사)에는 1930년 1월부터 1940년 12월까지의 음악기사가 포함됨.

2. 일제시대 유행가의 등장 배경과 갈래용어

1930년대 새로 등장하는 노래의 갈래용어는 그 당시의 시대상황 아래서 접근할 필요성이 있는데, 그 이유는 같은 용어가 시대상황의 변천에 따라서 서로 다른 뜻으로 사용된 여러 사례를 한국음악사에서 발견했기 때문이다. 가령 우리 전통음악의 큰 갈래용어 중 대표적인 것으로 당악(唐樂)이 있는데, 당악의 갈래용어에는 통일신라시대와 고려시대에 서로 다른 의미가 내포됐음[4]은 주지의 사실이다. 따라서 이런 사실에 주목하면서, 첫째 소항목에서는 1930년대 사용된 유행가류의 갈래용어에 대하여 점검하고, 이어서 유행가 등장의 사회적 배경을 검토하려고 한다.

1) 1930년대 유행가의 갈래용어론

일제강점기 사용된 유행가 관련의 갈래용어가 매우 다양함에도 불구하고, 현행 연구서에서는 그 당시의 다양했던 갈래용어를 너무 단순화시켰다. 1895년부터 1945년까지의 한국가요사를 개관한 개설서에 소개된 유행가 관련의 갈래용어는 가곡·창작동요·유행가·가요·재즈송·신민요·인기가요이고,[5] 일제강점기부터 1990년대까지 통사형식의 개론서에 의하면, 단순화시킨 갈래용어는 유행창가·대중가요·트로트·신민요·친일가요이다.[6] 그리고 최근 북한 출판물을 바탕으로 보충한 개론서에서는 예술가요·신민요·대중가요, 이상의 세 갈래용어가 사용되었다.[7] 세 개설서에서 사용한 갈래용어가 일제강점기 노래문화의 갈래

---

4) 宋芳松, 『韓國音樂通史』, 일조각, 1984, 122·182면 참조.
5) 박찬호, 안동림 역, 『한국가요사 : 1895~1945』, 현암사, 1992, 7~8면(차례).
6) 이영미, 『한국대중가요사』, 시공사, 1998, 4면(목차).
7) 최창호(강헌 해설), 『민족수난기의 대중가요사』(일월서각, 2000)의 차례 참조.

용어로 적합한지는 매우 의문스러운데, 그 이유는 저자가 무슨 자료에 근거하여 그러한 갈래용어를 사용했는지에 대하여 아무런 학술정보를 제시하지 않았거니와, 자신의 연구서에서 사용하는 갈래용어에 대한 개념정의, 곧 학술용어의 정의를 생략하고서 논의를 전개했기 때문이다.

일제강점기의 대중가요사를 거론하기 위해서는 그 당시에 사용되던 갈래용어의 검토가 바람직스럽고, 개념적으로 정립되지 않은 갈래용어의 혼용 또는 현행 갈래용어의 무분별한 사용은 독자의 혼란을 가중시킬 뿐이다. 그렇기 때문에 가곡·트로트·대중가요 등과 같은 현행 갈래용어의 사용도 그렇고, 가요·예술가요·유행창가·신민요·친일가요·재즈송 등 개념적으로 불분명한 갈래용어의 사용은 재고되어야 마땅하다. 이러한 관점에서 필자는 다섯 레코드사의 음반에 사용된 유행가 관련의 갈래용어를 정리한 〈표 1〉을 중심으로 논의의 실마리를 풀어갈까 한다.

〈표 1〉 1930년대 음반에서 사용된 유행가의 갈래명칭 일람표

갈래명칭 \ 회사명	콜럼비아	빅타	폴리돌	오케	태평
1 歌謠	-	-	○	-	○
2 歌謠曲	○	-	○	○	○
3 流行歌	○	○	○	○	○
4 流行歌謠	○	-	-	-	-
5 流行曲	○	-	○	-	-
6 流行漫謠	○	-	-	-	-
7 流行漫曲	○	-	-	-	-
8 流行小曲	○	○	○	○	-
9 流行雜歌	○	-	-	-	-
10 流行唱歌	○	○	-	-	-
합 계	9종	3종	5종	3종	3종

〈표 1〉에 의하면, 다섯 음반자료의 유행가류 갈래용어 중에서 콜럼비아 음반에서는 가장 다양하게도 아홉 종류가 사용됐는데, 그것은 가요곡·유행가·유행가요·유행곡·유행만곡·유행소곡·유행잡가·유행창가이다. 그 다음으로 폴리돌음반에서는 다섯 종류(가요·가요곡·유행가·유행곡·유행소곡)의 갈래용어가 사용됐으며, 빅타·오케·태평음반에서는 세 종류의 갈래용어가 각각 사용되었다. 즉 빅타음반에서 사용된 갈래용어는 유행가·유행소곡·유행창가이고, 오케음반의 경우에는 가요곡·유행가·유행소곡의 세 갈래용어가 사용됐으며, 태평음반에서는 가요·가요곡·유행가 이상 세 종류가 사용되었다.

이렇듯 레코드사마다 서로 다른 갈래용어를 사용했으나, '유행가'라는 갈래용어가 다섯 레코드사에서 공통적으로 사용됐고, 그 다음에 많이 사용된 갈래용어가 가요곡과 유행소곡이다. 필자가 유행가를 대표적인 갈래용어로 삼아 본고에서 일관적으로 사용하려는 까닭은 유행가의 갈래용어가 다섯 음반자료에 모두 사용됐기 때문이다. 이제 열 종류의 갈래용어가 어떤 음반에서 어떻게 기재됐는지에 대하여 『한국유성기음반총목록』8)에서 뽑아서 제시한 자료 1에 의거해서 좀더 구체적으로 검검하련다.

```
자료 1-1      C.40300 歌詞紙 :
40300A       流行小曲    술은눈물인가한숨이랄가 古賀政男作曲 蔡奎燁
                              씨타·첼로-·바이올린·우구레레伴奏
東亞日報 : 1932.2.20(特別新譜)
40300-A      流行歌謠    술은눈물인가한숨이랄가 古賀政男作曲 一枚 蔡奎燁
                              明治大學맨돌린·오케스튜라伴奏
자료 1-2      V.49072 歌詞紙 :
```

---

8) 한국정신문화연구원 편, 『한국유성기음반총목록』, 민속원, 1998, 172면(流行小曲·流行歌謠), 423면(流行唱歌), 561면(歌謠), 733면(流行小曲), 930면(歌謠曲). 〈자료 1〉의 진한 글씨는 필자에 의한 것임. 이하 같음.

V.49072-B	流行唱歌　赤鳥적죠 獨唱金蓮實 伴奏日本빅타樂團
자료 1-3	P.19038 東亞日報 : 1932.12.28(561면)
歌謠	月夜 李景淑 伴奏포리도-루管絃樂團
자료 1-4	O.1520 東亞日報 : 1933.4.11
一五二○	流行小曲　甲紗댕기 文藝部作詞作曲 尹白丹 伴奏오케-싸론스트라
자료 1-5	T.5074 譜 : 1943.3. 태평레코-드 5
5074	歌謠曲　扶餘千里길 金益均詩 全基玹曲 皇甫銀

　1930년대 초에 사용된 다섯 갈래용어 중에서 특히 주목해야 할 사항은 유행소곡과 유행가요라는 두 갈래용어가 혼용된 사실이다(자료 1-1). 즉 콜럼비아음반과 가사지에서 사용된 '유행소곡'이 1932년 2월 20일자 『동아일보』에서는 '유행가요'로 기재되었다. 이렇게 새 노래의 갈래용어가 혼용된 실례가 1930년 전후의 경성방송국에서 방송된 전통성악의 갈래용어가 혼용된 사례에서도 발견되므로,9) 유행가류 갈래용어의 혼용은 격변하는 우리 사회에서 불가피했던 결과였다.

　일제강점기 새 노래의 갈래로 신민요가 유행가류의 갈래에 포함될 수 있으나, 본고에서는 신민요와 유행가를 서로의 갈래 성격상 구분시키는 것이 좋다. 그 이유는 신민요가 전래민요와 유행가 사이에서 중간다리의 중요한 역할을 담당한다고 필자는 보았기 때문이다.10) 비록 신민요의 작곡가나 작사자, 그리고 가수의 대부분이 유행가의 창작활동과 공연활동에도 동참했을지라도, 신민요의 중간다리 역할이 매우 중요하다. 그러므로 한국가요사에서 신민요를 유행가와 구별하여 독립된 갈래로 취급하는 것이 합리적이라고 보았다.

---

9) 宋芳松, 「1920년대 방송된 傳統音樂의 公演樣相 : 京城放送局의 라디오 프로그램을 중심으로」, 『韓國學報』 제100집, 일지사, 2000, 160~210면; 「일제초기 전통성악의 갈래 용어론 : 경기음악의 서울소리와 경성잡가를 중심으로」, 『경기음악의 정체성 확립을 위한 평택의 명인 고 지영희선생의 음악세계 재조명』, 한국전통예술학회, 2000, 65~82면. 이 두 논문은 본서 제2편 제1장 및 제3장에 수록됨.

10) 2001년 3월 34일 韓國音樂學學會에서 발표한 필자의 논문 「日帝時代音樂史의 한 樣相」 참조. 본서 제1편 제4장에 수록된 글 참조.

그러면 일제강점기 창작된 새 노래가 어째서 다양한 갈래용어로 사용됐을까에 대한 의문이 남는다. 그러나 그 당시의 시대상황이나 사회배경을 감안함으로써, 그 의문에 대한 해답을 찾을 수 있다. 다시 말하자면, 신민요가 전래민요에서 수용하기 어려울 만큼 변화된 사회상황과 1930년대 당시 사람의 정서를 담은 새 갈래의 노래이지만, 유행가와 기타 갈래의 노래가 신민요의 갈래 아래 모두 포함시킬 수 없었기 때문에, 여러 사람이 제각각 다양하게 갈래용어를 사용했던 결과로 해석할 수 있다.

음반자료에 의거하여 유행가류의 갈래용어에 대하여 점검한 결과를 요컨대, 유행가라는 갈래용어를 본고에서 일관적으로 사용하려는 객관적 근거가 검증되었다. 즉 유행가의 갈래용어는 1930년대 격변기의 우리 사회에서 사용된 아홉 종류의 다양한 갈래용어 중에서 가장 보편적으로 널리 사용됐기 때문에, 그 용어가 후대까지 살아남을 수 있었다고 보았다. 그러면 다음 소항목에서 유행가의 등장이 어떤 사회적 배경에서 가능했는가에 대하여 고찰할 순서이다.

2) 유행가 등장의 사회적 배경

1930년대 유행가 등장의 사회적 배경은 급변하는 정치적 소용돌이와 함께 전개된 20세기 초기의 시대상황과 밀접하게 관련되었다. 근대음악사에서 중요시되는 몇 가지 사례를 들자면, 현대식 극장의 등장, 음반 발매, 방송국이라는 대중매체의 설립이 그것이다. 사회변동의 이러한 사례와 더불어 찬송가와 창가의 보급에 따른 서양음악의 5선보 및 작곡자에 의한 창작품의 출현, 판소리의 창극화와 산조의 유파 형성 등이 음악의 근대화 양상과 관련된 대표적인 실례이다. 이렇게 급변하는 시대의 흐름 속에서 1930년대 유행가의 출현이 가능했던 당시 사회배경에 대하여 음악사회사적 견지에서 좀더 구체적으로 검토함으로써, 유행가의 음악사회사적 평가를 어떻게 해야 할 것인가에 대한 판단의 근거를 찾아보고자 한다.

우리 나라 최초의 왕립극장인 원각사(圓覺社)가 협률사(協律社)의 옛 자리에 들어섰던 관인구락부(官人俱樂部)의 터에 현대식 원형극장으로 설립된 때가 1908년(隆熙 2)이다. 판소리명창 김창환(金昌煥)을 위시하여 40여 명과 가기(歌妓) 24명이 원각사에서 공연활동을 전개했음이 그 당시의 『대한매일신문』과 『황성신문』 1908년 7월 26일부터 29일까지의 광고기사[11]에서 확인된다.

원각사의 등장시기였던 구한말에 설립된 광무대(光武臺, 1907)·단성사(團成社, 1907)·연흥사[12](演興社, 1908) 등과 같은 사설극장도 전통음악의 수용층 확대에 중요한 계기를 제공하였다. 현대식 원형극장 원각사의 등장이 신연극과 같은 극장 공연예술의 발전에 새로운 전기를 마련했음은 물론이다. 이렇듯 극장의 등장은 창극이 기존의 일부 권력층이나 부유층 그리고 장터의 제한된 청중보다 많은 도시민을 음악 수용층으로 확대시키는데 기여했다는 사실에 음악사회사적 의미가 있다. 다시 말해서 음악사적 관점에서 보아도 원각사가 판소리를 창조적으로 발전시킨 '창극'이라는 새로운 공연예술을 탄생시킨 터전이었음을 상기할 때, 창극의 음악사적 의미는 판소리를 예술적으로 근대화시킨 대표적 사례라는 점에서 찾아져야 마땅하다.

1907년에 설립된 일미축음기제조회사가 사세를 확장하여 1910년 10

---

11) 檀國大 公演藝術研究所 편, 『近代韓國公演藝術史 資料集』 1(단국대 출판부, 1984), 51면의 1908년 7월 26일자 『皇城新聞』 참조. 원각사의 광고기사는 李杜鉉, 『韓國新劇史研究』(서울대 출판부, 1966), 20면에도 있고, 필자의 『韓國音樂通史』, 549면에서 재인용됨.

12) 舊韓末의 協律社·光武臺·團成社·演興社·圓覺社의 설립연대에 대한 자세한 학술정보는 裵淵亨, 「日蓄朝鮮소리盤(NIPPONOPHONE)研究(I)」, 『韓國音盤學』 창간호(한국고음반연구회, 1991), 114면의 주) 63~67 참조.

월 재출범한 일본축음기상회는 한일합방 직후 한반도에 진출하여 1911
년 9월 17일 경성에 개점하고부터 전통음악을 취입한 음반을 많이 발매
하였다. 1930년 초까지만 해도 전통음악의 음반 취입은 우리 나라에서
이루어질 수 없었기 때문에, 음악인들이 일본 동경까지 가야만 했던 처
지를 본고에서 인용한 자료 8-2에 나오는 왕수복의 기사에서 확인할 수
있다. 일본축음기상회가 1928년 일본 콜럼비아(Columbia)로 개칭될 때까
지 18년 동안 전통음악 관련의 수많은 유성기음반, 소위 일축음반을 일
본에서 취입하고 제작하여 한반도에서 판매하였다. 일본 콜럼비아사가
1928년 미국 콜럼비아사로부터 도입한 새로운 전기녹음기술을 바탕으
로 한국음악을 녹음하여 1929년부터 음반을 발매하기 시작했고, 일제강
점기를 마감할 때까지 1,500여 종의 음반을 제작·발매하였다.[13]

미국의 빅타(Victor)회사가 1927년 일본에 현지법인으로 설립한 일본
빅타사는 1928년 6월 기술진을 서울로 파견하여 이왕직아악부를 위시
한 한국음악의 녹음을 시작으로 그 후 800여 종의 많은 음반을 제작하
여 판매하였다. 또한 1927년 일본 동경에 설립된 폴리돌(Polydor)축음기상
회는 1932년부터 한국음반을 발매하기 시작하여 650여 종의 음반을 발
매했으며, 일본의 제국축음기회사에서 세운 것으로 알려진 오케(Okeh)축
음기상회도 1933년부터 한국음악을 담은 음반을 발매하기 시작하여 총
1,300여 종의 음반을 제작·발매한 것으로 알려져 있다. 그리고 태평
(Taihei)축음기주식회사는 1932년 10월부터 한국음반을 발매하기 시작하
여 광복 이전까지 약 620여 종의 음반을 발매한 음반회사이다.[14] 일제
강점기 대표적인 다섯 레코드사는 변화된 우리 사회의 음악 수용층을
확대시키는데 일익을 담당했으므로, 유성기음반이 지니는 근대음악사
적 의미도 결코 과소평가될 수 없다.

호출부호 JODK로 경성방송국이 라디오방송을 최초로 개시한 때는

---

13) 한국정신문화연구원 편, 『한국유성기음반총목록』, 131면.
14) 『한국유성기음반총목록』, 413면(Victor), 549면(Polydor), 727면(Okeh), 893면(Taihei).

공식적으로 1927년 2월 16일이지만, 시험방송으로 전통음악을 송출한 최초의 국악방송은 신문의 프로그램에 의하면 1926년 7월 12일(월요일) 오후 7시였다. 초창기의 라디오방송은 조일어(朝日語)의 혼합방송이었는데, 그 비율은 1:3이었다. 그러나 신문의 비난 때문에 1927년 7월부터는 조일어의 비율을 2:3으로 바꾸었다. 하루 방송시간이 6시간 30분이었는데, 일어 방송의 경우 주로 경제상황을 보도하였고, 조일어 방송 때에는 물가시세·일기예보·공지사항을 방송했으며, 조선어 방송의 경우에는 전통음악·동화·고담과 가끔 방송극이 송출되었다.[15] 이런 방송사의 변천과 관련하여 1931년 당시의 경성방송국이 지방중계를 어떻게 전개했는지에 대한 신문기사가 우리의 주목을 끄는지라, 아래에 인용하였다.

『DK』가 신시대의 반도문화긔관으로 창립된 이래 과거의 만흔 공헌우에 다시 빗나는 대계획이 고안(考案)되엿다. 경성방송국에서는 지금까지 경성과 기타 대도시를 중심으로 방송을 하여오던 바 이는 시대의 긔민한 문화의 움지김에서 거리가 멀리 잇는 지방민에게 적지안은 불편이 잇슬 뿐 아니라 더욱이 각 지방이 가지고 잇는 독특한 예술을 소개하지 못하엿다. 이 결함을 보충하기 위하야 경성방송국에서는 대구(大邱) 개성(開城) 평양(平壤) 신의주(新義州) 등 중요한 지방각지에서 소방송소(小放送所)를 설치하고 중계방송(中繼放送)을 확대하야 널리 지방민에게 『라듸오』로 더부러 취미를 만케하고 또는 그 지방의 독특한 가지가지의 예인(藝人)을 초빙하야 방송할 예정으로 목하 체신국에 그 허가원을 제출중이며 그 계획은 구체화하엿다. 『DK』에서는 제휴송신긔(提携送信機)를 가지고 각 지방에 출장할 예정이다. 그 시긔는 적어도 九월안에 드러서 실시될 모양이다.[16]

경성방송국의 개국 당시인 1927년 2월 22일까지 등록된 라디오의 숫

---

15) 『한국방송사』, 한국방송공사, 1977, 19~37면.
16) 한국음악학학회, 앞의 책, 75~76면.

자는 1,400여 대에 불과했지만, 조선어 전용방송이 생기던 1932년 말에
는 송신기의 출력도 6KW에서 10KW로 증강하였고, 1935년에는 동래수
신소와 부산방송국·평양방송국이 발족됐으며, 1939년에는 청진·함
흥·이리까지 포함해서 다섯 지방방송국이 설립되었다. 그 결과 수신기
의 보급이 1932년말 고작 2만여 대였던 것이 30년대 말에는 22만여 대
로 늘어났다.[17] 초창기에는 라디오의 영향력이 그리 대단하지 않았겠지
만, 1930년대에 이르면서 라디오가 급속히 보급 확산되었다. 그 결과 종
전될 무렵에는 30만대를 돌파함으로 인하여 라디오가 음반처럼 방송을
통한 음악 수용층의 확대에 크게 이바지했기 때문에, 라디오의 등장과
확산도 근대음악사의 발전과정에서 중요한 의미를 지닌다.

　구한말부터 20세기 초까지 찬송가의 확산 및 신식 학교교육을 통한
일본식 창가의 보급과 더불어 서양음악의 5선보 활용과 작곡가에 의한
창작품의 출현도 근대음악사의 전개과정에서 중요시되어야 마땅하다.
서양음악의 5선보가 작곡가 등장의 토대가 되었고, 작곡가가 5선보로
창작한 새로운 음악문화가 전통음악 중심의 조선 말기 음악사를 새로
운 차원으로 발전시킨 근대성의 대표적 사례의 하나로 꼽힐 수 있기 때
문이다. 따라서 본고에서 살펴보려는 유행가도 작사자의 노래가사를 작
곡가가 서양의 5선보로 작곡하였고, 그 창작품을 권번 출신의 유행가
가수와 신진 남녀가수가 노래불렀으며, 유행가를 포함한 새로운 성악의
갈래가 음반이나 라디오 또는 극장공연을 통해서 음악 수용층을 확대
시키는데 중요한 역할을 담당했다는 사실에 주목해야 한다.

　지금까지 유행가가 등장하기 이전인 1930년대의 사회상황 중에서 음
악사적 관점에서 중요시되는 몇몇 사례에 대하여 거론한 바를 이렇게
요약할 수 있다. 근대음악사의 중요한 양상을 드러내는 노래문화의 한
갈래라는 관점에서 유행가는 음악사회사적 의미를 가질 수 있다. 또한

---

17) 『한국방송사』, 20~23면.

20세기에 들어서면서 설립된 현대식 극장 원각사 이외의 사설극장과 유성기음반의 제작 발매, 그리고 라디오방송국의 설립 및 서양의 5선보와 작곡가의 등장, 이 모든 사회변동의 배경이 음악 수용층의 확대에 결정적인 몫을 담당했으므로, 모두가 근대음악사의 전개과정에서 중요한 의미를 지닌다. 그러면 다음 항목에서는 그런 사회변동의 배경 아래서 전개된 유행가의 등장이 음악사회사적 견지에서 어떤 의미를 지닐 수 있는지에 대하여 좀더 구체적으로 점검하려고 한다.

3. 1930년대 유행가의 음악사회사적 접근

일제강점기 유행가의 음악사회사적 접근을 위하여 먼저 다섯 레코드사의 유행가에 대하여 개관하는 것이 순서이다. 왜냐하면 유행가의 작곡가와 작사자, 그리고 가수에 대하여 고찰하려면 전 단계로 몇 종류의 유행가가 음반에 취입되었고, 유행가의 어떤 곡목이 다섯 레코드사의 음반에 취입했는지 등에 대한 이해가 필요하기 때문이다. 따라서 먼저 유행가의 '가'항에서 몇 가지를 뽑아서 제시한 〈표 2〉를 중심으로 논의를 시작하려고 한다.

필자가 조사한 부록 4에 의하면, 다섯 음반에 포함된 유행가의 총 곡목수는 1,304곡인데, 가장 많은 474곡이 콜럼비아음반에 취입되었다. 빅타음반과 오케음반에 각각 282곡이 취입되었고, 그 다음이 241곡을 취입한 폴리돌음반이며, 태평레코드사는 가장 적게 102곡을 취입하였다. 다섯 레코드사에서 취입한 유행가의 총 곡목수가 1,361곡이므로, 노래명의 난에 적힌 1,304곡과 비교해서 57곡의 차이가 생긴다. 57곡의 차이가 나는 까닭은, 『한국유성기음반총목록』[18)의 자료 3에서 확인할 수 있듯

〈표 2〉 1930년대 유행가의 일부 곡명 일람표

노래명 ＼ 회사명	콜럼비아	빅타	폴리돌	오케	태평
4 가는봄	-	49347(453)	-	-	-
11 가슴에타는불꽃	40736(264)	-	-	-	-
15 가시면싫어	-	-	-	1939(825)	-
20 가을비소래	-	-	19076(572)	-	-
26 갈테면가세요	40859(297)	-	-	-	-
33 江南제비	-	49097(427)	-	-	-
35 江邊의秘密	-	-	-	1710(776)	-
41 거리의香氣	-	-	-	-	8126(912)
45 京城은조흔곳	-	-	19032(558)	-	-
47 孤島의追憶	40583(229)	-	-	-	-
52 고요한長安	-	49154(435)	-	-	-
54 高原의새벽	-	-	19173(599)	-	-
58 故鄕길父母길	-	-	-	-	3033(925)
92 귀여운눈동자	40757(268)	-	-	-	-
93 歸鄕	-	-	-	1541(737)	-
99 그대를생각하면	40687(255)	-	-	-	-
100 그대여그리워	-	-	19027(557)	-	-
110 그리운내사랑	-	-	-	-	166(935)
115 그리운님이시여	-	49136(433)	-	-	-
117 그리운옛날	-	-	-	1732(781)	-
119 그리운浿成	-	-	-	-	8121(911)

이, 같은 곡목을 두 레코드사에서 취입했기 때문에 생긴 결과이다.

자료 3-1　　V.49370　譜 : 1935.8.　　朝鮮盤 九月新譜

四九三七○ 流行歌 落花의恨　　安明玉 伴奏日本빅타-管絃樂團

자료 3-2　　P.19093 東亞日報 1933.11.20(十二月新譜)

---

18) 『한국유성기음반총목록』, 456면(V.49370), 577면(P.19093), 235면(C.40612), 611면(P.19232).

流行歌　落花의恨　金龍煥 伴奏포리도-루管絃樂團
자료 4-1　　　C.40612 歌詞紙 :
C.40612-A　　流行歌 눈물의埠頭　趙鳴岩詩 金駿泳作曲 仁木他喜雄編曲 蔡奎燁
　　　　　　　　　　　　　　　　　　伴奏日本콜럼비아管絃樂團
자료 4-2　　　P.19232 東亞日報 : 1935.12.12(一月新譜)
　流行歌　　눈물의埠頭　王壽福(19232)

　　김용환이 노래한 유행가 〈낙화의 한〉을 1933년 폴리돌(Polydor)사가 취
입하였고(자료 3-2), 또한 1935년에 제작된 빅타(Victor)음반에서 안명옥이
같은 곡을 취입하였다(자료 3-1). 그리고 조명암이 작시하고 김준영이 작
곡했으며 니키 타키오(仁木他喜雄)가 편곡한 〈눈물의 부두〉가 콜럼비아
(Columbia)음반에 먼저 취입됐지만(자료 4-1), 1935년 왕수복이 부른 〈눈물
의 부두〉가 폴리돌음반에 다시 취입되었다(자료 4-2). 이렇듯 인기있는 곡
목은 다른 유행가 가수에 의해서 다른 레코드사의 음반에 취입됐기 때
문에, 유행가의 총 곡목 수에 차이가 생기지 않을 수 없었다.

　　〈표 2〉에 예시된 일부 유행가의 제재에서 주목되는 사실은 현행 대중
가요의 제재(題材)처럼 남녀 간의 사랑과 이별이 가장 눈길을 끈다는 점이
다. 이러한 사실은 신민요의 제재에서도 발견되는 공통점[19]이므로, 유행
가의 제재가 일제강점기 이후에도 크게 변하지 않고 현행 대중가요에 전
승되고 있다. 이와 더불어 신민요가 전래민요와 유행가의 중간다리 역할
을 담당했던 갈래의 노래였으리라는 필자의 추정은 유행가의 제재에서
재확인된다. 다음으로 이런 내용의 수많은 유행가를 누가 작사·작곡했
으며, 어떤 가수에 의해서 음반에 취입됐는지를 하나씩 점검할 차례이다.

---

19) 2001년 3월 24일 중앙대 안성캠퍼스에서 열린 韓國音樂學學會의 2001 춘계학술대
　　회에서 필자가 발표한 논문「日帝時代音樂史의 한 樣相: 留聲器音盤의 新民謠를 중
　　심으로」참조. 본서 제1편 제4장에 수록된 논문 참조

1) 1930년대 유행가의 작사자

다섯 레코드사의 음반에 취입된 총 1,304곡의 유행가를 작사한 사람은 필자의 통계(/부록 1/)에 의하면, 모두 52명이다. 그는 강해인·고마부·김능인·김다인·김동진·김동환·김백오·김상룡·김상화·김성집·김송파·김안서·김용호·김운탄·김웅·김월탄·김정호·김진문·김창건·나운규·남강월·남궁랑·남북평·남풍월·남해림·마강춘·문일석·박누월·박영호·백춘파·범오(凡吾:劉道順)·송대명·송효단·신불출·왕평·유도순(필명 凡吾)·유한·윤영우·이규희·이노홍·이부풍·이송·이춘추·이하윤·임창인·전기현·조명암·조영출·처녀림·추야월·편월·현우이다. 나열된 52명의 작사자 중에서 다섯 곡 이상의 유행가를 작사한 사람을 정리하여 제시하면 〈표 3〉과 같다.

20곡 이상의 유행가사를 작사한 이하윤·유도순·박영호·김다인 중에서 이하윤이 가장 많은 84곡이나 작사하였다. 그 다음에 박영호가 김다인이라는 필명으로도 활약했음을 감안할 때,[20] 박영호의 43곡과 김다인의 29곡을 합한 총 72곡이어서 박용호가 이하윤 다음으로 많이 작사한 셈이다. 그리고 범오(凡吾)가 신민요 작사자로 유명한 유도순의 필명이기 때문에,[21] 범오가 작사한 17곡을 54곡에 더하면, 유도순은 모두 71곡의 유행가를 작사한 셈이다. 이 작사자의 학력 및 사회적 활동과 지위가 어떠했는지에 대하여 알아보도록 하자.

강원도 이천 출신의 이하윤(1906~1974)은 경성고보를 거쳐 일본 호세이대학 법학부를 졸업하였다.[22] 1929년 『시대일보』에 「잃어버린 무덤」의 시로 문단에 등장한 그는 해외문학파의 시인이고 교사이자 저널리스트로 활약했던 1930년 당시의 대표적 인텔리 중의 한 사람이었으며, 1935

---

20) 최창호, 『민족수난기의 대중가요사』, 167면(朴英鎬).
21) 박찬호, 『한국가요사』, 255면.
22) 최창호, 앞의 책, 173면.

<표 3> 일제강점기 留聲器音盤에 5곡 이상 창작한 유행가의 작사자 일람표

작사자 \ 음반회사	콜럼비아	빅타	폴리돌	오케	태평	합계
3 金陵人(승응순)	-	-	-	5곡	-	5곡
4 金茶人(朴英鎬)	28곡(39곡)	-	(2곡)	1곡(1곡)	-	72곡
5 金東進	5곡	-	-	-	-	5곡
7 金白鳥	17곡	-	-	-	-	17곡
12 金岸曙(金億)	18곡	-	-	-	-	18곡
14 金雲灘(趙靈出)	-	-	5곡(1곡)	-	-	6곡
29 朴英鎬(金茶人)	39곡(28곡)	-	2곡	1곡(1곡)	1곡	72곡
31 凡吾(劉道順)	17곡(54곡)	-	-	-	-	71곡
35 王平(片月)	-	-	8곡(10곡)	-	-	18곡
36 劉道順(凡吾)	54곡(17곡)	-	-	-	-	71곡
38 尹榮祐	13곡	-	-	-	-	13곡
41 李扶風(박노홍)	-	8곡	-	-	-	8곡
44 異河潤	82곡	1곡	1곡	-	-	84곡
47 趙鳴岩(趙靈出)	9곡	-	(1곡)	13곡	-	23곡
49 處女林(曺景煥)	14곡	-	-	-	1곡	15곡
50 秋夜月	-	-	12곡	-	-	12곡
51 片月(王平)	-	-	10곡(8곡)	-	-	18곡
52 玄羽	7곡	-	-	-	-	7곡

년부터 2년 가량 콜럼비아사의 문예부장직을 맡았다.[23]『매일신보』1939 년 7월 6일자에 발표한 그의 「민요의 채집지 문제」라는 글에서 민요에 대한 그의 남다른 관심을 확인할 수 있어서 자료 5에 소개한다. 유행가 사 이외에도 그는 주옥같은 신민요·신가요의 노래가사를 작사하여 콜 럼비아음반에 남겼다.[24]

---

23) 黃文平,『노래百年史』, 숭일문화사, 1981, 145면; 박찬호, 앞의 책, 260면.
24) 異河潤 作詞 : 街頭의 피에로 C.40784(273); 가슴에 지는꽃 C.40747(266); 가시면 언 제오시랴 C.40688(255); 江山의 新綠 C.40752(267); 겨울은 조흔時節 C.40791(275); 고도 의追憶 C.40583(229); 故鄕에 님을두고 C.40654(246); 故鄕하눌 C.40770(271); 過去夢 C.40766(270); 廣野의 달밤 C.40703(258); 廣野의 黃昏 C.40744(266); 曠野行馬車

자료 5 (『매일신보』, 1939년 7월 6일) 民謠의 採集地 問題 : 異河潤

最近 우리 出版界가 活氣를 띠게 된 것은 우리가 다가치 慶賀한 現狀이거니와 責任者의 偏見에서 이러나기 쉬운 出版種目의 選定 乃至 執筆家의 人選에 對한 不滿는 그러나 종이가 特히 不足한 이즈음 더욱 激甚하게 늣겨진다. 우리 傳來의 民謠採集과 그 整理紹介는 이미 孫晉泰, 金素雲, 朱錫夏 等 權威잇는 學者諸氏에 依하야 우리아페 提供되여 왓스며, (……) 筆者의 記憶하는 바로는 約二十年前 其報에서, 各 地方 流行歌謠(勿論 民謠를 包含하는 것이지만 그때의 種目이 이러하엿다)를 爲한 特設欄이 잇서 筆者도

C.40787(274); 귀여운 눈동자 C.40757(268); 그리운 노래 C.40734(264); 洛東江의 哀想曲 C.40782(273); 男子의 눈물 C.40796(276); 남자의 사랑 C.40727(263); 南海의 黃昏 C.40818(285); 눈물어린 燈臺 C.40752(267); 눈물의 港口 C.40792(275); 님도 꿈이런가 C.40842(292); 斷腸哀曲 C.40760(268); 달빗어린 砂漠 C.40695(256); 당신은 나의남편 C.40761(269); 덧업는 靑春 C.40798(276); 동무의 追憶 C.40666(249); 동트는 大地 C.40857(296); 마음의 故鄕 C.40742(265); 滿洲의 달 C.40735(264); 말없이간 님 C.40858(297); 名勝의 四季 C.40762(269); 못오실 님 C.40712(260); 無情한 님 C.40856(296); 문허진 烏鵲橋 C.40827(287); 물새야 웨우느냐 C.40685(254); 放浪哀曲 C.40720(262); 放浪의 一夜夢 C.40776(272); 北滿洲荒野 C.40791(275); 北方消息 C.40744(266); 비에젓는 情話 C.40809(281); 비오는 밤 C.40860(297); 사랑의 달 C.40748(266); 사랑의 트로이카 C.40736(264); 산넘어 그리운님 C.40560(224); 산은 부른다 C.40757(268); 서울의 밤 C.40773(271); 섬색시 C.40506(207); 勝戰의 快報 C.40794(276); 시달닌 가슴 C.40727(263); 失戀悲歌 C.40748(266); 哀傷의 靑春 C.40747(266); 哀愁의 旅路 C.40866(299); 哀愁의 浦口 C.40771(271); 哀愁의 海邊 C.40687(255); 戀愛設計圖 C.40783(273); 우슴짓는 希望 C.40710(260); 雨中行人 C.40760(268); 울음은 한이업네 C.40581(229); 울음의 벗 C.40528(214); 流浪의 곡예사 C.40767(270); 이러케 되엿담니다 C.40761(269); 離別의 處女 C.40783(273); 離別의 港口 C.40781(273); 伊太利의 家庭 C.40704(259); 一夜夢 C.40649(245); 일헌진 靑春 C.40584(229); 長長秋夜 C.40869(299); 寂漠한 꿈나라 C.40559(224); 情熱의 歎息 C.40735(264); 즐거워라 이내靑春 C.40772(271); 찻지나 말지 C.40762(269); 蒼空의 별둘 C.40788(274); 처량한 기타소리 C.40798(276); 靑天綠原 C.40778(272); 靑春馬車 C.40862(298); 靑春明朗譜 C.40787(274); 靑春의 凱歌 C.40777(272); 靑春日記 C.40710(260); 靑春航路 C.40879(301); 銃後의 祈願 C.40793(275); 銃後의 祈願 C.40889(302); 追憶의 不眠鳥 C.40711(260); 追憶의 幻影 C.40661(248); 歎息하는 밤 C.40575(227); 浦口에 우는女子 C.40795(276); 浦口의 女子 C.40876(300); 浦口의 懷抱 C.40671(250); 피거든 드리지오 C.40765(270); 함께 가자우 C.40781(273); 港口는 슬퍼요 C.40819(285); 港口의 未練 C.40773(271); 港口의 離別 C.40618(236); 鄕愁의 舞姬 C.40704(259); 鄕愁千里 C.40870(300); 희미한 달빛 C.40866(299). 괄호 속의 면수는 『한국유성기음반총목록』의 면수 출처임. 이하 같음.

中學上級에 在學햇슬 當時 故鄕인 伊川 우리 할머니와 동리할머니 아즈머
니들의 입에서 直接 謄寫한 六七○의 童謠民謠를 採集한 적이 잇섯다.[25]

　강원도 통천(通川) 출신의 박영호(1911~1953, 필명 金茶人)는 광명보통학
교를 졸업하고 원산에서 자라면서 독학으로 일본 와세다(早稻田)대 문과
강의록으로 대학과정을 터득하고, 문학창작의 길로 나서면서 1920년대
말에 카프에 관계하였다.[26] 1931년 카프가 해산되자 후에 시에론사의
문예부장 이서구(李瑞求)의 후임으로 문예부장직을 맡았던[27] 그는 작곡
가 박시춘을 발탁하여 음악활동의 길을 열어 준 은인이었으며, 1935년
노벽화가 데뷔할 때 부른 〈낙화삼천〉의 작사자이기도 하고, 1937년 오케
에서 재출발한 김정구의 제1곡 〈항구의 선술집〉(박시춘 작곡)의 작사자였
다. 1938년 백년설이 데뷔할 때 부른 〈유랑극단〉의 작사자였던[28] 박영
호는 콜럼비아음반에 가장 많은 유행가 39곡의 가사를 창작했지만, 빅
타음반과 폴리돌음반에는 각각 두 유행가의 가사를 작사했을 뿐이다.[29]
　평안북도 신의주 출신의 유도순(1904~1938)이 처음에는 아동작가로 문

---

25) 한국음악학학회, 앞의 책, 357면.
26) 최창호, 앞의 책, 167~168면.
27) 黃文平, 앞의 책, 48 · 145면.
28) 박찬호, 앞의 책, 248 · 282 · 293면.
29) 朴英鎬시 · 작시(콜럼비아음반) 九曲肝腸 C.40826(287); 그늘에 우는天使 C.40803(278); 錦衣還鄕
　　C.40844(292); 妓生아 울지마라 C.40809(281); 꼿피는綠地 C.40811(282); 내챗죽에 내가마젓소
　　C.40803(278); 눈물의 詩集 C.40834(289); 눈물의 黃布車 C.40810(282); 눈물의金剛丸 C.40822(286); 담
　　배를 물고 C.40831(288); 마즈막血詩 C.40801(277); 벙어리냉가슴 C.40821(286); 粉紅넥타이
　　C.40826(287); 不死의 薔薇 C.40815(284); 비오는 羅津港 C.40821(285); 사랑은 속임수 C.40844(292);
　　사랑주고 病삿소 C.40801(277); 想思月夜 C.40843(292); 船倉에 울너왓다 C.40816(284); 松濤園滿員
　　C.40818(285); 新婚아까쓰끼 C.40813(283); 愛怨의 외쪽길 C.40819(285); 熱情의 부루스 C.40837(290);
　　옵빠는 風角쟁이 C.40837(290); 우리는 멋쟁이 C.40806(280); 月明紗窓 C.40830(288); 人生酒幕
　　C.40830(288); 電話日記 C.40800(277); 情든님前上書 C.40827(287); 茶집아가씨 C.40816(284); 靑春
　　階級 C.40813(283); 靑春葉書 C.40832(289); 靑春의 뻴딩 C.40805(279); 他國의 旅人宿 C.40822(286);
　　暴風에 우는꽃 C.40810(282); 풋김치家庭 C.40808(280); 風車도는故鄕 C.40805(279); 港口에서 港口
　　로 C.40834(289); 港口의 十五夜 C.40812(283); 幸運의 밤車 C.40804(279); 花朝月夕 C.40823(286); 希
　　望의 부루스 C.40841(291). (빅타음반) 女性行路 V.KJ-1382(541); 靑春아부르지저라 V.49311(448).
　　(폴리돌음반) 가고십허 P.19118(582); 世紀末의노래 P.19024(556).

단에 등장하였고,[30] 1930년에는 유행가 이외 신민요의 작사자로도 활약하였다. 신문기자이자, 또한 문단의 중견작가[31]라는 사회활동의 배경을 지녔던 유도순은 범오(凡吾)라는 필명으로 콜럼비아음반의 유행가와 신민요 작사자의 직책까지 맡아 「처녀총각」·「가여운 여자」 등 많은 인기 유행가의 가사를 작사하였다.[32]

---

30) 최창호, 앞의 책, 172면.
31) 黃文平, 앞의 책, 74면; 박찬호, 앞의 책, 260면.
32) 劉道順 作詞·作詩: 가시옵소서 C.40558(223); 가여운 女子 C.40672(251); 가을에 보는달 C.40713(260); 갈가보다 C.40623(237); 개나리고개 C.40528(215); 故鄕을 차저가니 C.40621(237); 寡婦歌 C.40635(241); 군밤타령 C.40480(200); 그립다 자장가 C.40650(245); 金剛山이 조흘시고 C.40534(216); 錦繡江山 C.40534(217); 기두름의 설음 C.40600(233); 기심노래 C.40634(241); 나리는 이슬비 C.40667(249); 落花岩의 千年夢 C.40653(246); 老怨曲 C.40611(235); 녹쓰른 비녀 C.40624(237); 녹쓰른 비녀 C.40624(237); 눈물의 바다 C.40616(236); 눈물의 바다 C.40616(236); 눈물의 一生 C.40636(241); 눈물젖은 伽倻琴 C.40558(223); 님의 넉 C.40626(239); 님의 무덤 C.40482(200); 님의 배 C.40567(226); 님이 온다 C.40668(250); 다이나 C.40680(253); 달갓혼님 C.40566(226); 달마중 가자 C.40574(227); 도라지純情 C.40884(301); 豆滿江의 悲曲 C.40512(210); 두 목숨의 저승길 C.40666(249); 뗏목二千里 C.40895(303); 麻衣太子 C.40530(215); 먼동이 터온다 C.40591(230); 名物男女 C.40768(270); 못부치는 편지 C.40612(235); 못잇는 꿈 C.40628(239); 못잇는 꿈 C.40628(239); 無名花 C.40749(266); 물길千里 C.40499(205); 봄總角·봄處女 C.40802(278); 峯子의 노래 C.40488(202); 비단실 사랑 C.40624(237); 悲戀의 노래 C.40625(238); 사공의 안해 C.40667(249); 사라지는 그림자 C.40494(204); 사랑의 이슬안개 C.40517(212); 사랑해주세요 C.40625(238); 서러운 자최 C.40672(251); 서름만흔 靑春 C.40500(205); 서울名物 C.40622(237); 섬밤 C.40481(200); 小女變心曲 C.40484(201); 水夫의 안해 C.40499(205); 수양버들 C.40694(256); 수집은 處女 C.40593(231); 숨어서 우는우름 C.40636(241); 시집가는님 C.40611(235); 新寧邊歌 C.40630(240); 失戀의 노래 C.40489(202); 沈淸이 자장가 C.40807(280); 아득한 千里길 C.40621(237); 안해의 무덤안고 C.40582(229); 鴨綠江뱃사공 C.40605(233); 夜江哀曲 C.40475(199); 어이 가리 C.40574(227); 에헤루 누구시오 C.40668(250); 열여덜살의 봄 C.40482(200); 열여듧 시악씨 C.40782(273); 오-내사랑 C.40530(215); 오돌독 C.40495(204); 외로운 길손 C.40628(239); 외로운 길손 C.40628(239); 외로운 마음 C.40490(203); 우러도 보앗지오 C.40659(248); 울지 마려요 C.40616(236); 울지 안을래요 C.40637(242); 怨鳥의 넉 C.40653(246); 流浪의 歌手 C.40677(252); 流浪의 哀愁 C.40599(232); 유쾌한 싀골영감 C.40680(253); 離別 C.40583(229); 일허진 마음 C.40686(255); 일허진 첫사랑 C.40637(242); 잘있거라 仁風樓 C.40882(301); 情花 C.40644(244); 제가젠척 C.40622(237); 朝鮮타령 C.40565(225); 鐘路의 달밤 C.40629(240); 鐘路의 달밤 C.40629(240); 織婦歌 C.40635(241); 진달래의 哀心曲 C.40483(201); 處女사냥 C.40501(206); 處女의 時節 C.40686(255); 處女總角 C.40489(202); 첫사랑 C.40517(211); 靑春狂想曲 C.40795(276); 靑春타령 C.40610(234); 七仙女 C.40662(248); 카페의 밤 C.40492(203); 統軍亭노래 C.40895(303); 豊年마지 C.40565(225); 피지못한꽃 C.40582(229); 海

오케음반에 5곡의 유행가사를 남긴 김능인의 본명은 승응순(昇應順)이고, 필명은 남궁월이다.[33] 경북 김천 출신의 그가 어려서부터 시작(詩作)에 열중하였고, 사춘기에는 성경린과 함께 동요창작회인 희망사를 주관한 바 있다.[34] OK레코드사의 창설자 이철의 권유로 문예부장의 직책을 맡았던 김능인이 이철과 함께 전국을 다니며 민요 발굴에 힘썼고, 손목인(작곡가)과 손잡고 유행가와 유행소곡을 오케음반에 남겼다.[35]

콜럼비아음반에 18곡의 유행가 및 11곡의 신민요 가사를 작사한 바 있는 김안서의 본명은 김억(金億, 1893~1948)이다.[36] 그는 일본 게이오(慶應)의숙 문과대를 졸업한 후 1918년부터 문단에 등장하여 1920년 염상섭(廉想涉)과 함께 동인지『폐허』를 발간한 선각자의 한 사람이다. 한때 평북 정주(定州) 오산중학교에서 교편을 잡았을 때 김소월(金素月)과 같은 시인을 양성하였고, 20년대 후반『동아일보』학예부 주임으로 근무하였다.[37] 1934년 1월 13일 김선초가 JODK라디오에 출연하여 김안서의 유명한 유행가〈무심〉을 방송한 바 있고,[38] 그 후 김안서는 많은 유행가의 가사를 콜럼비아음반과 빅타음반에 남겼다.[39]

棠花 C.40605(233); 화려한 저녁 C.40662(249); 荒野의 孤客 C.40644(244); 興打鈴 C.40495(204); 希望의 북소래 C.40475(199); 希望의 종이 운다 C.40654(246).

33) 최창호, 앞의 책, 169면.

34) 黃文平, 앞의 책, 57면; 박찬호, 앞의 책, 228·319~320면.

35) 金陵人(作詞·作詩) 歸鄕 O.1541(737); 鐘路 O.1580(747); 不死鳥 O.1587(749); 아버지靈前에 O.1689(772); 街頭一景 O.1691(773); 遺墟를 지나며 O.1765(789).

36) 黃文平, 앞의 책, 61면.

37) 최창호, 앞의 책, 169면.

38) 박찬호, 앞의 책, 218면.

39) 金岸曙作詞·作詩(콜럼비아음반 : 유행가) 그대를생각하면 C.40687(255); 넷산성 C.40718(261); 놀고지고 C.40677(252); 님그리는눈물 C.40721(262); 두사람의 사랑은 C.40685(254); 無心 C.40493(204); 無心한 그대야 C.40567(226); 思鄕 C.40566(226); 水夫의꿈 C.40693(256); 술노래 C.40480(200); 아가씨여 C.40584(229); 야속타 기억은 C.40581(229); 우는꽃 C.40493(204); 月夜의雁聲 C.40711(260); 이마음 실고 C.40737(264); 離別설어 C.40507(208); 이잔을 들고 C.40491(203); 二八아가씨 C.40721(262); 지는해에 C.40618(236); 탄식는실버들 C.40559(224); 紅淚怨 C.40508(208). (빅타음반 : 유행가) 가시나야 V.49301(447); 내가우노라 V.49265(443); 놀고지고 V.49257(443); 山으로바다로 V.49275(444); 三水甲山 V.49233(441); 서울小夜曲 V.49268(444); 水夫의 노래 V.49228(440); 꼿이필째 V.49258(443); 아득한휜돗

유행가 가수 태성호(太星湖)를 유명하게 만든 〈삼각산의 나그네〉 및 히트곡 〈나그네 설움〉의 작사자였던 처녀림의 본명은 조경환(曺景煥)이고, 경북 김천 출신이다. 일본 주오(中央)음악학교 출신의 작곡가 조광환의 형님이었던 그는 일본 와세다(早稻田)대학 문학부 출신의 인텔리로서 주로 연극 시나리오를 썼다.[40] 한때 태평레코드사의 문예부장을 지낸[41] 그는 콜럼비아사에서 처녀림이라는 예명으로 많은 인기곡의 가사를 작사하였다.[42]

1920년대 연극사(演劇舍)의 무대감독 겸 시나리오 작가로 있으면서 〈경성야화〉·〈홍길동〉 등의 각본을 썼던 문인이었던 경북 포항 출신의 왕평(1901~1941)의 본명은 이응호이고, 필명이 편월(片月)이다.[43] 이렇듯 극작가·연출가·배우였던 그는 폴리돌사의 문예부장 시절 수많은 유행가의 작사자로 활약했는데,[44] 특히 이애리수를 일약 민족의 연인으로 만든 〈황성옛터〉(전수린 작곡)의 작사자로 유명하다. 1932년 왕평은 〈황성옛터〉의 인기 상승에 힘입어 5만장 이상의 음반판매를 기록한 장본인이었고, 1933년 전옥과 함께 〈항구의 일야〉 공연에 둘이서 출연하였다. 1933년 콜럼비아사에서 폴리돌사로 이적한 왕수복에게 그가 〈고도의 정한〉(전기현 작곡)의 가사를 지어주었을 뿐 아니라,[45] 네 곡의 신민요 이

V.49319(449); 아서라이女性아 V.49259(443); 아서라이바람아 V.49287(445); 오시마드님 V.49249(442); 외로운가을밤 V.49320(449). (폴리돌 : 유행가) 行舟曲 P.19167(598).

40) 박찬호, 앞의 책, 270·382~384면. 최창호, 앞의 책, 167면에서 처녀림은 朴英鎬의 筆名이라고 했는데, 處女林이 曺景煥의 筆名인지 朴英鎬의 筆名인지에 대한 검토는 다른 자료에 의해서 확인되어야 할 과제로 남겨둔다.

41) 黃文平, 앞의 책, 145면.

42) 處女林작시 加味夫婦湯 C.40840(291); 國境特急 C.40842(292); 男子는 듯지마우 C.40814(283); 대패밥사랑 C.40814(283); 마누라 大門여러 C.40840(291); 모던 妓生點考 C.40820(285); 뱃사공이 조와 C.40806(280); 부서진 情이나마 C.40812(283); 시큰둥夜市 C.40820(285); 異國의 燈불 C.40835(289); 地上의 어머니 C.40815(284); 春子의 告白 C.40835(289); 港口의 부루스 C.40841(291); 港口의 處女雪 C.40838(290); 흘겨본 他國 땅 C.40804(279).

43) 최창호, 앞의 책, 170면.

44) 黃文平, 앞의 책, 48·65·145면.

45) 박찬호, 앞의 책, 191~192·202~203면.

외에 여덟 곡의 유행가를 폴리돌음반에 남긴 작사자였다.[46]

오케음반과 콜럼비아음반에 여러 유행가와 신민요의 가사를 작사한 조명암(1913~1993)의 본명은 조영출(趙靈出)이고, 그의 필명은 조명암(趙鳴岩)·이가실(李嘉實)·김운탄(金雲灘)이다. 충남 아산(牙山) 출신의 조명암은 보성고보를 졸업하고 일본 와세다(早稻田)대학 불문과를 재학하던 시절부터 잡지와 신문에 시를 발표하여 문단에 데뷔한 문학청년이다.[47] 한때 조명암은 조선악극단에서 신고송·강사랑·박용호와 함께 작사자로 활약했으며,[48] 그는 김해송을 위해서 〈다방의 푸른꿈〉을 작사해 준 바[49] 있다. 1938년 남인수의 인기곡 〈꼬집힌 풋사랑〉(박시춘 작곡)의 작사자로 유명했던 조명암이 콜럼비아음반(8곡)과 오케음반(13곡)에 많은 유행가의 가사를 남겼는데,[50] 최근 그의 대중가요에 대한 심층적 연구가 음학학술지에 발표된 바 있어[51] 우리의 주목을 끈다.

이상으로 유행가 작사자의 학력과 사회활동에 대하여 검토한 바를 요컨대, 대부분의 작사자가 1930년대 문예계의 엘리트였다. 즉 콜럼비아의 문예부장이었던 이하윤 및 조경환(예명 : 處女林), 그리고 조영출(필명 : 趙鳴岩·李嘉實) 및 김억(필명 : 金岸曙)은 모두 일본대학 출신의 일본유학파 인

---

46) **왕평作詩** : 國境의밤 P.19185(601); 그女子의一生 P.19153(593); 그리워요 P.19082(575); 깨어진胡弓 P.19082(575); 마도로스의노래 P.19285(623); 못오시나요 P.19137(586); 방아타령 P.19024(556); 정말인가요 P.19207(606); 짜즈에메로듸 P.19054(565); 滄波萬里 P.19081(574); 荒城의跡 V.KJ-1169(509).

47) 최창호, 앞의 책, 166~167면.

48) 黃文平, 앞의 책, 159면.

49) 박찬호, 앞의 책, 289면.

50) 趙鳴岩작사·작시(콜럼비아음반) 가시면못오시나 C.40742(265); 눈물의埠頭 C.40612(235); 님이여잘잇거라 C.40629(240); 落花의꿈 C.40823(286); 서울노래) C.40508(208); 有情無情 C.40726(263); 酒幕의하로밤 C.40649(245); 追憶의小夜曲 C.40606(234); 春夢 C.40734(264); 荒野에해가점으러 C.40705(259). (오케음반) 江南에울엇소 O.K.5003(887); 決死隊아내 O.31145(882); 꼿時節 O.12240(852); 男妹 O.31110(879); 丹心玉心 O.31146(882); 落花流水 O.31110(879); 落花三千 O.31084(876); 마지막글월 O.31006(872); 牧丹江편지 O.31093(877); 木花를 따며 O.31144(882); 사나히悲戀 O.K.5003(887); 山千里물千里 O.31165(885); 아들의血書 O.31093(877); 어머님안심하소서 O.31146(882); 志願兵의 어머니 O.31052(875); 집업는天使 O.31052(875); 할빈旅愁 O.K.5001(887); 黃布돗대 O.31165(885).

51) 김효정, 「조명암 대중가요 연구」, 『낭만음악』 통권50호(봄호), 낭만음악사, 2001, 5~123면.

텔리였다. 유도순은 문단의 중견작가였으며, 연극사의 무대감독 출신으로 폴리돌의 문예부장을 맡았던 왕평이나 시에론의 문예부장이었던 박영호, 그리고 OK레코드사의 문예부장이었던 김능인, 모두가 그 당시 문예분야에 각각 선두주자였다. 오늘날 대중가요의 시각에서 1930년대 유행가의 작사자를 조명하고 판단할 수 없는 이유가 바로 그들의 교육배경과 사회적 지위 때문만이 아니고, 음악사적 관점에서도 과소평가하기 어려운 그들의 창작활동 때문임에 주목해야 한다.

2) 1930년대 유행가의 작곡가(作曲家)

1930년대 유행가의 작곡가는 필자의 조사에 따르자면(/부록 2/) 모두 49명인데, 한국 작곡가는 40명이고, 일본 작곡가는 9명이다. 에구치 요시(江口夜詩, Eguchi Yoshi) · 고가 마사오(古賀政男, Koga Masao) · 오무라 노쇼(大村能章, Omura Nosho) · 야마다 에이이치(山田榮一, Yamada Eiichi) · 마츠무라 마코도(松浦まこと, Matsumura Makoto) · 미즈타니 아키(水谷曠, Mizatani Aki) · 아베 타케오(阿都武雄, Abe Takeo) · 다무라 시케루(田村茂, Tamura Shigeru) · 가미 교우스케(紙恭輔, Kami Kyousuke), 이상 아홉 명이 일본 작곡가이다.

한국 작곡가 40명은 강해인 · 김교성 · 김령파 · 김면균 · 김송규 · 김용환 · 김은파 · 김준영 · 김탄포 · 김해송 · 남풍월 · 문호월 · 박시춘 · 박용수 · 석일송 · 손목인 · 양상포 · 염석정 · 오낙영 · 유일 · 윤영우 · 이고범 · 이기영 · 이면상 · 이봉룡 · 이시우 · 이영근 · 이용준 · 이재호 · 이종태 · 이춘추 · 일호 · 임근식 · 임벽계 · 전기현 · 전수린 · 정진규 · 탁성록 · 형석기 · 홍수일이다. 이 40명의 한국 작곡가 중에서 다섯 곡 이상을 작곡한 사람을 정리해서 제시하면, 〈표 4-1〉과 같다.

콜럼비아음반에 48곡의 유행가를 작곡해 남겨준 황해도 해주 출신의 김준영(1908~1961)은 일본유학파의 엘리트로서 피아니스트이자 일본 연예

작곡가 \ 음반회사	콜럼비아	빅타	폴리돌	오케	태평	합계
4 金敎聲	-	-	6곡	-	1곡	7곡
7 金松奎(金海松)	37곡	-	-	-	-	37곡
10 金駿泳	48곡	-	-	-	-	48곡
11 金灘浦(김영파)	-	-	9곡	-	-	9곡
15 文湖月	-	-	-	10곡	-	10곡
16 朴是春(박순동)	-	-	-	7곡	-	7곡
17 朴龍洙	9곡	-	5곡	-	-	14곡
20 孫牧人(손득렬)	5곡	-	-	4곡	-	9곡
27 劉一	7곡	-	-	-	-	7곡
31 李冕相(이운정)	6곡	-	5곡	-	-	11곡
35 李龍俊	43곡	-	-	-	1곡	44곡
36 李在鎬(이삼동)	8곡	-	-	-	1곡	9곡
37 李鍾泰	-	-	-	6곡	-	6곡
41 林碧溪	-	-	5곡	-	-	5곡
42 全基玹	47곡	-	-	4곡	-	51곡
43 全壽麟	-	9곡	-	-	-	9곡
47 卓星祿	8곡	-	-	-	-	8곡
49 洪秀一	6곡	-	-	-	-	6곡

계에서도 활약한 적이 있었던 초기 양악계의 선각자였으며, 1930년대 초에 방송음악단에서 피아노 연주를 하다가 작곡가로 활약하면서 한때 콜럼비아사의 문예부장으로 일한 적도 있다.[52] 그가 귀국하여 강홍식과 같은 극단에서 활약하던 중 한때 대단한 인기를 끈 〈처녀총각〉이라는 신민요를 작곡했을 뿐 아니라, 유명한 〈마의태자〉 이외에 1939년에는 〈홍도야 우지마라〉라는 대히트곡을 창작한 작곡가였다.[53] 김준영과 관련된 자료 6의 기사는 그의 학력을 좀더 자세하게 밝혀주는 자료이므로 인용하였다.

---

52) 黃文平, 앞의 책, 45면; 최창호, 앞의 책, 184면.
53) 박찬호, 앞의 책, 257면.

자료 6 C.40534 歌詞紙 : B面 (……) 專屬作曲家 新民謠作曲으로 斯界에 新紀元을 만들어낸 우리의 作曲家 金駿泳氏는 일즉히 東京武藏野音樂學校 在學時代부터 그名聲은 一般의게 알니여젓습니다. 元來로 沈着하고도 多才한 氏는 歸國後로는 朝鮮民謠革新의 첫烽火를 들고나온 우리의寵兒임니다. 일즉히 三千里坊坊曲曲에까지 유행된 『處女總角』이 氏의 第一回傑作이엿섯고 그리고 激讚歡呼의 소래가 긋칠길업는 미스·코리아의 목을通한 新民謠『麻衣太子』가 近日에 佳作임니다.[54]

자료 6에서 김준영의 학력 및 사회적 지위와 관련된 학술정보에서 주목해야 할 점은 그가 일본의 무사시노(武藏野)음대에서 작곡을 공부하고 귀국하여 전래민요를 혁신시킨 신민요의 작곡가로서 민요개혁의 선구자였다는 사실이다. 그리고 신민요 이외에 32곡의 유행가를 김준영이 작곡하고 편곡한 것[55]도 그 당시에 콜럼비아사의 전속작곡가로 있었기 때문이다(자료 6).

1934년 OK레코드사 창립1주년기념으로 신민요 〈노들강변〉(신불출 작사)을 작곡하여 유명하게 된 경북 김천 출신의 문호월(1908~1943)은 서울 휘문고보를 졸업하였고, 바이올린에 뛰어난 연주자이자 작곡가였다.[56] 그가 OK레코드사의 창설자 이철 및 문예부장 김능인과 함께 전국을 누비며

---

54) 『한국유성기음반총목록』, 217면.
55) 金駿泳작곡 갈테면가세요·나그네黃昏 C.40859(297); 사랑에속고 돈에울고·紅桃야 우지마라 C.40855(295); 失戀의노래 C.40489(202); 鴨綠江뱃사공 C.40605(233); 哀戀悲曲 C.40694(256); 어나곳 머무리 C.40593(231); 오-내사랑 C.40530(215); 울지마러요 C.40616(236); 怨鳥의 넉 C.40653(246); 離別 C.40583(229); 離別설어 C.40507(208); 二八아가씨 C.40721(262); 제가젠척 C.40622(237); 酒幕의 하로밤 C.40649(245); 지화자 좋다 C.40512(210); 處女사냥 C.40501(206); 處女總角 C.40489(202), C.40615(236); 첫사랑 C.40517(211); 첫사랑의 꿈 C.40695(256); 靑春타령 C.40610(234); 追憶의小夜曲 C.40606(234); 七仙女 C.40662(248); 탄식는실버들 C.40559(224); 港口의未練 C.40773(271); 港口의夜話 C.40869(299); 화려한 저녁 C.40662(249). (金駿泳작편곡) 勝戰歌 C.40907(305); 아가씨여 C.40584(229); 아가의 노래엄마의 노래 C.40865(299); 延坪바다로 풀각씨靑春 C.40878(301); 울어라 푸른하눌 C.40705(259); 有情無情 C.40726(263); 追憶의물결 C.40868(299); 春夢 C.40734(264); 港口의哀愁 C.40702(258); 歡樂의農村 C.40719(261); 荒野에 해가점으러 C.40705(259).
56) 최창호, 앞의 책, 179면.

민요 발굴에 힘썼으며, 1937년 남인수의 히트곡 〈인생극장〉(박영호 작사)을 작곡했을 뿐 아니라, 그는 박시춘·손목인·김해송과 함께 OK레코드사에서 활약하였다.57) 문호월은 오케음반에 10곡의 유행가를 남긴 작곡가였다.58)

오케음반에 일곱 곡의 유행가를 작곡한59) 경남 밀양 출신인 박시춘(1914~1960)의 본명은 박순동(朴順東)인데, 전래민요를 연구하고 채보하는 과정에서 박순동은 작곡의 수련을 쌓았다.60) 풍류객이었던 아버지의 음악적 재능을 이어 받은 그가 소년시절부터 음악적 재능을 보였으며, 영화·연극에 남다른 관심을 보였던 박순동은 한때 영화순회공연단의 고수로 활약했을 뿐 아니라, 그 후 외국마술단의 바이올린 주자로 채용되어 악기 실력을 인정받아 만주까지 다녀왔다. 1931년경 정규 음악교육을 받기 위하여 일본 주오(中央)음악학교에 입학했다가 중퇴하고, 기타를 공부하면서 작곡가의 꿈을 키웠던 박시춘이 강사랑에 의해서 OK레코드사의 전속작곡가로 발탁되어 1937년 김정구의 인기곡 〈항구의 선술집〉과 남인수의 히트곡 〈물방아 사랑〉을 작곡하였고, 그 이후 많은 애창곡을 남겼다.61)

경남 진주 풍류객의 차남으로 태어난 이재호(1914~1960)의 본명은 이삼동(李三東)이다.62) 어려서 트럼펫 주자였던 형의 영향으로 이삼동이 음악에 뜻을 두고 일본고등음악학교에 유학하여 바이올린을 전공했으나, 20세 때부터 무적인(霧笛人)이라는 필명으로 작곡을 시작하였다. 오

---

57) 黃文平, 앞의 책, 48면; 박찬호, 앞의 책, 227~228·331면.

58) 文湖月(作曲) 長恨歌 O.1509A(729); 섬색씨 O.1520(733); 心鳥 O.1529(734); 浮萍草 O.1532(735); 歸鄕 O.1541(737); 鐘路 O.1580(747); 孤寂不死鳥 O.1587(749); 遺墟를 지나며 O.1765(789); 꿈길 O.1808(798).

59) 朴是春(作曲) 國境의버들밭 O.1976(830); 눈문저즌豆滿江 O.12094(839); 마즈막글월 O.31006(872); 無情海峽 O.12193(850); 물방아사랑 O.1961(827); 사랑은가시밭 O.12140(844); 胡弓을타면서 O.1965(828).

60) 黃文平, 앞의 책, 86~92면; 최창호, 앞의 책, 178면.

61) 박찬호, 앞의 책, 291~294면.

62) 黃文平, 앞의 책, 82~86면; 최창호, 앞의 책, 180면.

케레코드사에 입사한 그는 김해송·손목인·문호월·박시춘의 그늘 아래 빛을 보지 못하다가 태평레코드사로 옮겨 이재호라는 필명으로 활약하면서 가수 백년설를 만나 두각을 보였고, 이재호가 작곡한 〈나그네 설움〉·〈번지없는 주막〉 등의 인기곡을 백년설이 불러서 유명하게 됐으며, 그의 곡 〈불효자는 웁니다〉를 부른 진방남을 스타덤에 올려놓은 장본인이었고,(63) 콜럼비아음반에 여러 유행가를 남겼다.(64)

〈타향살이〉·〈목포의 눈물〉로 불멸의 발자취를 남긴 경남 진주 출신의 손목인(1913년생)의 본명은 손득렬(孫得烈)인데, 서울 중동학교 시절에는 손득렬이 농구선수였다. 아코디온의 명수였던 그가 일본고등음악학교 재학시절인 1930년대초부터 〈타향살이〉와 〈목포의 눈물〉을 작곡하였고,(65) 『매일신보』의 기사에 의하면, 1937년 1월 부민관에서 열린 「째즈와 무용의 밤」에서 박정옥·강남향·나품심·남인수와 함께 출연한 바 있고, 같은 해 6월 16일에 오케사로부터 콜럼비아사의 전속작곡가로 입사하였다.(66) 1930년 일본 유학길에 올랐던 손목인이 방학 중에 잠시 귀국하여 OK레코드사의 이철(李哲)을 만나 1934년 그가 작곡한 〈타향살이〉를 부른 신인가수 고복수를 스타덤에 올려놓았고, 1935년 이난영이 그의 곡 〈목포의 눈물〉을 불러 유명해졌다. 일본고등음악학교에서 작곡법과 관현악법 등의 정식 음악교육을 받고 1936년 졸업한 후 귀국하여 유행가를 작곡하면서 오케레코드사의 전속 C.M.C.밴드를 우리 나라 최초의 스윙밴드로 키워낸 사람이 바로 손목인이며,(67) 콜럼비아음반과 폴리돌음반에 각각 네 곡의 유행가를 남긴 작곡가였다.(68)

---

63) 黃文平, 앞의 책, 48면; 박찬호, 앞의 책, 296~297면.
64) 李在鎬작곡 낭자머리嘆息. C.40861(297); 北國千里 C.40850(294); 아득한故鄕 C.40867(299); 哀愁의江邊 C.40853(295); 梧桐닢질때 C.40868(299); 왜이럴가요 C.40857(296); 키타는운다 C.40863(298); 港口에서港口로 C.40834(289).
65) 黃文平, 앞의 책, 72~75면; 최창호, 앞의 책, 185면.
66) 한국음악학학회, 앞의 책, 259·286면.
67) 박찬호, 앞의 책, 275~277면.
68) 孫牧人작곡(콜럼비아) 邊方夜話 C.40923(307); 뻐젓이사내답게 C.40792(275); 戀愛設計

전기현의 교육배경 및 사회적 지위와 경력은 분명하지 않으나, 1920년대 말부터 1930년대 중엽까지 많은 유행가를 작곡했고, 한때 콜럼비아사의 전속작곡가로 있다가 1943년에 사망하였다.[69] 전기현이 1934년 JODK방송에서 김준영과 백파(피아노) · 김교성(클라리넷) · 전수린(아코디온) · 김종대(트럼펫)와 함께 밴드 요원이었다는 사실에서 그의 음악적 재능을 조금이나마 가늠할 수 있다. 그가 작곡가로 등장한 시기는 시에론사의 〈청춘이 감이로다〉와 폴리돌사의 〈고도의 정한〉을 작곡한 1933년 및 폴리돌사의 〈청춘회포〉와 콜럼비아사의 〈조선타령〉을 히트시킨 1934년 무렵인데,[70] 유행가와 신민요를 합해서 80여 곡이나 작곡하여 콜럼비아음반에 남겼다.[71]

圖 C.40783(273); 열여듦시악씨 C.40782(273); 울고떠나간님 C.40807(280); 처량한기타소리 C.40798(276); 靑春狂想曲 C.40795(276); 銃後의祈願 C.40793(275). (오케) 木浦의눈물 O.1795(795); 봄타령 O.12240(852); 港口야잘잇거라 O.1683(771~772); 호이타령 O.1806(797).

69) 黃文平, 앞의 책, 45면; 최창호, 앞의 책, 181~182면.

70) 박찬호, 앞의 책, 251~252면.

71) 全基玹 작곡: 가는님을 잡지마소 C.40772(271); 가슴에 지는꽃 C.40747(266); 가시옵소서 C.40558(223); 가여운 女子 C.40672(251); 가을 시악시 C.40535(217); 江山의 新綠 C.40752(267); 고도의 追憶 C.40583(229); 그러지 마세요 C.40777(272); 妓生手帖 C.40839(291); 꽃바람 님바람 C.40832(289); 落花岩의 千年夢 C.40653(246); 男子의 눈물 C.40796(276); 넷생각 C.40585(229); 農夫歌 C.40749(266); 눈물의 一生 C.40636(241); 눈물젖은 伽倻琴 C.40558(223); 님도 꿈이런가 C.40842(292); 님의 넉 C.40626(239); 달마중 가자 C.40574(227); 두메아가씨 C.40790(275); 마즈막血詩 C.40801(277); 못오실 님 C.40712(260); 못이즐 薔薇花 C.40535(217); 無名花 C.40749(266); 바다의 자장가 C.40836(290); 바람든 열폭치마 C.40825(287); 百萬長者의 꿈 C.40825(287); 뱃사공이 조와 C.40806(280); 별일이 다만어 C.40852(294); 비단실사랑 C.40624(237); 비오는 羅津港 C.40821(285); 사공의 안해 C.40667(249); 사랑은 꿈결 C.40784(273); 사랑을 밋지마라 C.40720(262); 사랑의 노래 C.40626(239); 思鄕 C.40566(226); 常綠樹 C.40786(274); 새봄마지 C.40659(248); 수양버들 C.40694(256); 수집은 處女 C.40593(231); 시는 靑春 C.40575(227), C.40797(276); 십년이 어젠듯 C.40703(258); 안해의 무덤안고 C.40582(229); 어이 가리 C.40574(227); 에헤라 靑春아 C.40776(272); 戀愛雙曲線 C.40833(289); 열매나 것구가소 C.40838(290); 울고간 龍山驛 C.40836(290); 울음은 한이업네 C.40581(229); 울음의 벗 C.40528(214); 流浪의 歌手 C.40677(252); 離別의 눈물 C.40743(265); 一夜夢 C.40649(245); 일허진 첫사랑 C.40637(242); 정두고 가신님 C.40594(231); 情든 浦口 C.40600(233); 正義의 行進 C.40793(275); 朝鮮타령 C.40565(225), C.40797(276); 支配人 될줄알구 C.40808(280); 찾지나 말지 C.40762(269); 靑春明朗譜 C.40787(274); 靑春葉書 C.40832(289); 追憶의 不眠鳥 C.40711(260); 춤추는 아씨 C.40768(270); 歎息하는 밤

광복 이후 월북하여 평양음악무용대학 학장을 지낸 바 있는 함경도 함흥 출신의 이면상(1908~1989)은 일본음악학교를 졸업한 유학파의 인텔리로서 일제강점기 신민요와 유행가의 작곡가로 유명했으며, 그의 예명은 이운정(李雲亭) · 이춘상이다.[72] 아래의 자료 7에서 확인할 수 있듯이, 그는 1937년 2월 홍난파가 지휘하던 경성필하모니오케스트라에서 김태연 · 김재호 · 이승용 · 이점재 · 윤기항 · 이해성 · 오경환 · 이건호 등과 함께 연주활동을 전개하였다. 1937년 군국가요가 발표됐을 때, 그는 홍난파 · 현제명 · 이종태 등과 어울려 〈정의의 스승이여〉 · 〈전장의 가을〉 · 〈종군간호부의 노래〉 등의 친일가요를 작곡한 바 있으며,[73] 1940년 조선음악가협회의 국민가요 작곡가로 활동하였고, 월북 후 문화예술총연맹 상임위원, 1951년 음악가동맹 위원장, 1953년 작곡가동맹 위원장, 1957년 평양음악무용대학 학장과 제2기 인민회의 대의원이 되었다. 그 이후에도 문예총 중앙위 부위원장, 조평통 상무위원을 역임하면서 인민예술가 칭호를 받은 그가 제3 · 4 · 5 · 8기 대의원(1962 · 1967 · 1972 · 1986) · 중앙당위원(1970) · 음악동맹중앙위 위원장(1982)을 역임하였고, 1985년 김일성상을 수상한 북한 음악계의 1인자로 활동하다가 1989년 81세로 세상을 떠났다.[74] 일제강점기 공연예술계 선각자의 한 사람이었던 이면상은 콜럼비아음반에 여러 유행가를 남겼다.[75]

자료 7 (『每日申報』 1937년 2월 3일) 今夜로 迫頭한 全瑩喆獨唱會 : 本格的 管絃樂團에 오페라衣裳도 異彩

C.40575(227); 浦口에 우는女子 C.40795(276); 豊年마지 C.40565(225); 흐르는 세월 C.40789(274); 希望의 종이운다 C.40654(246).

72) 최창호, 앞의 책, 174~175면.

73) 박찬호, 앞의 책, 483~484면.

74) 『한국 작곡가사전』 권1, 한국예술종합학교 한국예술연구소, 1995, 479~480면.

75) **李冕相작곡** : 넷 山城 C.40718(261); 님의 배 C.40567(226); 峯子의 노래 C.40488(202); 산넘어 그리운님 C.40560(224); 水夫의 안해 C.40499(205); 야속타 記憶은 C.40581(229); 저녁의 바닷가 C.40425(187); 從軍看護婦의 노래 C.40794(276), C.40889(302); 處女 열여덜엔 C.40506(207).

신춘악단에 연속적『꽃다발』을 던지게 되는 본사 사회봉사단 주최『빠리
톤』전형철(全瑩喆)군의 독창회는 드듸어 긴장과 초조와 기대속에 오늘밤 일
곱시반으로 닥어지고 말엇다. (…중략…) 이제 관현악반주를 하게 될『경성필
하-모니오케스트라』단원의 진용을 소개하면 다음과 갓다.
　▲指揮＝洪蘭坡 ▲피아노＝李興烈 金駿泳 淸水幹三 ▲빠이올린＝홋스 安
聖敎 朴泰喆 尹樂淳 李冕相 中野秀愛 ▲뷔올라＝崔虎○ ▲첼로＝金泰淵
本管伸光 ▲플룻＝金載鎬 李承用 ▲호-른＝李點在 ▲추럼본＝尹基恒 李海
成 ▲파곳트＝吳慶煥 ▲크라리넷＝李建鎬76)

김해송이라는 예명으로 활약했던 김송규(1911~1950)는 평안남도 개천
출신으로 숭실전문학교 재학시절부터 음악적 재능을 보였다.77) 클래식
기타에 뛰어난 솜씨를 보였던 그가 1935년 미국의 팝송 〈나의 푸른 하
늘〉로 데뷔했고, 1936년 영화 〈노래의 조선〉에 출연하였다.78) 1937년 1
월 30일자『매일신보』의 기사에 의하면, 부민관에서 열린「째즈와 무용
의 밤」에 김송규가 이은파 · 장세정 · 이난영 · 고복수 · 남인수 · 김정구
등의 인기가수와 함께 출연하여 〈꽃서울〉·〈청춘항의〉를 노래하였다.79)
1938년 콜럼비아에 입사한 이후 김송규는 유행가 37곡과 신민요 네 곡
을 작곡했을 뿐 아니라,80) 김해송이라는 예명으로 그가 콜럼비아음반에

---

76) 한국음악학학회, 앞의 책, 166~167면.
77) 黃文平, 앞의 책, 76~82면; 최창호, 앞의 책, 183면.
78) 박찬호, 앞의 책, 287~291면.
79) 한국음악학학회, 앞의 책, 261~263면.
80) **金海松작곡**: 개고기主事 C.40824(286); 九曲肝腸 C.40826(287); 錦衣還鄕 C.40844(292); 꽃
　갓흔 純情 C.40846(293); 꿈꾸는 행주치마 C.40817(284); 남무아미타불 C.40847(293); 男子는
　듯지마우 C.40814(283); 내챗죽에 내가마젓소 C.40803(278); 눈물의 詩集 C.40834(289); 눈물의
　連絡船 C.40846(293); 눈물의 歎願書 C.40854(295); 담배를 물고 C.40831(288); 당신속을 내몰
　낫소 C.40845(293); 도리깨朴總角 C.40828(288); 마누라 大門여러 C.40840(291); 모던 妓生點
　考 C.40820(285); 벙어리냉가슴 C.40821(286); 봄事件 C.40802(278); 不死의 薔薇 C.40815(284);
　사랑은 속임수 C.40844(292); 사랑주고 病삿소 C.40801(277); 想思月夜 C.40843(292); 선술집
　風景 C.40800(277); 船倉에 울너왓다 C.40816(284); 松濤園滿員 C.40818(285); 新婚아까쓰끼
　C.40813(283); 쌍쌍타령 C.40847(293); 야루江處女 C.40817(284); 엉터리 대학생 C.40848(293);
　옵빠는 風角쟁이 C.40837(290); 電話日記 C.40800(277); 靑春階級 C.40813(283); 靑春無情

유행가 18곡과 신민요 두 곡을 남긴 가수로도 활약했으며,[81] 6·25 때 납북되기 이전까지 대중음악사의 발전에 큰 족적을 남겼다.

황해도 개성에서 태어난 전수린(1907~1984)은 어릴 때 배운 바이올린을 통해 익힌 음악지식으로 동요를 작곡하면서 음악적 재능을 발휘하다가 후에 유행가 작곡가로 유명해졌고, 한때 빅타사의 전속작곡가였다.[82] 15세 때 송도고보를 중퇴하고 1925년에 상경하여 홍난파가 주도하는 연악회(硏樂會)에 가입하였고, 23세 때 조택원(趙澤元)의 권유로 동방예술단에 입단하여 막간쇼에서 바이올린으로 반주를 담당한 바 있으며, 1930년경 극단 연극사(演劇舍)에서 왕평(무대감독 겸 작사자)·김교성(작곡가)과 전수린(작곡가), 그리고 이애리수(배우 겸 가수)와 함께 공연활동을 전개하였다. 1931년 시에론사의 창립과 함께 〈한숨고개〉로 데뷔한 후, 1932년 빅타사의 전속으로 되어 〈황성옛터〉·〈고요한 장안〉으로 일약 유명한 작곡가가 되었고,[83] 전수린은 빅타음반에 많은 유행가를 남겼다.[84]

C.40849(294); 靑春의 뻴딩 C.40805(279); 八道場打令 C.40852(294); 暴風에 우는꽃 C.40810(282); 風車도는故鄕 C.40805(279); 港口의 處女雪 C.40838(290); 海峽의 달빛 C.40831(288); 活動寫眞강짜 C.40824(286); 希望의 썰매 C.40848(293).

81) 加味夫婦湯 C.40840(291); 개고기主事 C.40824(286); 錦衣還鄕 C.40844(292); 꽃피는 綠地 C.40811(282); 남무아미타불 C.40847(293); 내챗죽에 내가마젓소 C.40803(278); 눈물의 落葉詩 C.40867(299); 대패밥 사랑 C.40814(283); 땐쓰界의 寵兒 C.40811(282); 마누라 大門여러 C.40840(291); 모던 妓生點考 C.40820(285); 放浪曲(愛戀頌主題歌) C.40829(288); 뱃사공이 조와 C.40806(280); 봄事件 C.40802(278); 선술집風景 C.40800(277); 시큰둥夜市 C.40820(285); 電話日記 C.40800(277); 朝鮮日報(當選歌) C.40828(288); 째즈쏭 C.40811(282); 靑春階級 C.40813(283); 靑春의 뻴딩 C.40805(279); 八道場打令 C.40852(294); 풋김치家庭 C.40808(280); 風車도는 故鄕 C.40805(279); 海峽의 달빛 C.40831(288); 活動寫眞강짜 C.40824(286); 希望의 썰매 C.40848(293).

82) 黃文平, 앞의 책, 46·63~67면; 최창호, 앞의 책, 177면.

83) 박찬호, 앞의 책, 191·197~198면.

84) 全壽麟작곡(빅타음반) 갈대꽃 V.49174(437); 갈바람은산들산들 V.49257(443); 고요한장안 V.KJ-1169(509); 고요한장안 V.49154(435); 군밤타령 V.49167(436); 굴따는아가씨 V.49322(449); 꽃각씨서름 V.49275(444); 꽃과별 V.49184(438); 끝없는벌판 V.49322(449); 끝없는추억 V.49323(449); 나는싫어 V.49318(449); 날데려가오 V.49337(451); 남몰래타는가슴 V.49191(438); 내가우노라 V.49265(443); 노래부르세 V.49318(449); 노래야바람타고 V.49213(440); 노자님아 V.49264(443); 눈물에젖은가을 V.49303(447); 눈물에흐린거울 V.49206(439); 눈물의칵텔

폴리돌음반에 세 곡의 신민요와 빅타음반에 한 곡의 신민요를 작곡한 평양 출신의 김면균에 대해서는 잘 알려지지 않았다. 다만 1934년 폴리돌사에서 데뷔한 선우일선이 1935년 3월 28일 JODK방송에 출연할 때의 신문기사에서 신민요의 가수로 전국적인 인기를 모은 17세의 선우일선을 위해서 이고범 작사의 〈숲사이 물레방아〉를 그가 1934년 7월에 작곡한 바 있으며, 그의 작품으로 〈흘러간 여름〉·〈바다의 청춘〉이 있다.[85] 콜럼비아음반과 폴리돌음반에 여러 종류의 새 노래를 남겼다.[86]

1902년(광무(光武) 6) 서양식 군악대에 입대하여 초빙 양악대장 에케르트(Franz Eckert, 1852~1916)로부터 플루트 연주법과 편곡법, 그리고 작곡을 배운 정사인(1881~1958)은 1910년 군악대가 이왕직양악대로 바뀌자, 에케르트가 사망한 1916년까지 대원으로 활동하다가, 1930년 상경 이전까지 송도고보에서 관악지도교사를 지냈다. 그 후 홍난파가 지휘자로 있었던 경성중앙방송관현악단에 입단하여 단원으로 활동하면서,[87] 폴리돌음반

V.49284(445); 님마저가네 V.49213(440); 님마지가자 V.49175(437); 님맞이가자 V.49175(437); 님 오실거리 V.49283(445); 더듬는옛자취 V.49259(443); 돌아라물방아 V.49268(444); 때일흔작곡 V.49265(443); 말업슨패수 V.49321(449); 망향 V.49266(443); 모던아리랑 V.49250(442); 무정 V.49305(447); 未練의꿈 V.KJ-1160(507); 버리지마라요 V.49206(439); 베짜는處女 V.49305(447); 봄거리 V.49285(445); 봄노래 V.KJ-1298(524); 봄도한때 V.49289(445); 봄아가씨 V.49240(441); 비련의노래 V.49220(440); 산나물가자 V.49203(439); 山으로바다로 V.49275(444); 상사타령 V.49175(437); 상사타령 V.49175(437); 서울행진곡 V.49157(435); 송달협 V.KJ-1316(528); 순정 V.49184(438); 쓰러진젊은꿈 V.49177(437); 아득한흰돗 V.49319(449); 아리나 V.49296(446); 아이러부유 V.49159(435); 알뜰한당신 V.KJ-1132(503); 애련 V.49191(438); 애상곡 V.49304(447); 야속한꿈길 V.49285(445); 어디를갈까 V.49320(449); 에라좋구나 V.49156(435); 에헤루야 V.49156(435); 오동꽃 V.49196(438); 우리의가을 V.49312(448); 윙크바람 V.49155(435); 유랑의꽃 V.49273(444); 잊었던꿈길 V.49258(443); 저달지기전 V.49240(441); 鐘路行進曲 V.49323(449); 청춘기록 V.KJ-1316(528); 추석 V.49312(448); 荒城의跡 V.KJ-1169(509); 흩어진사랑 V.49266(443); 희망봉 V.49157(435).

85) 黃文平, 앞의 책, 95면; 박찬호, 앞의 책, 234~235면.

86) 金冕均작곡(콜럼비아음반) : 임자없는 꽃 C.40446(191); 짝사랑 C.40799(277); 浦口의 달빛 C.40788(274); 花柳怨 C.40446(191). (폴리돌음반) 가을의 노래(新民謠) P.19229(611); 思君譜(抒情民謠 高一福作詞, 鮮于一扇) P.19350(640); 日落西山(新民謠 片月作詞, 鮮于一扇) P.19300(628).

87) 『한국 작곡가사전』 권1, 361면.

에 〈태평연〉이라는 신민요와 〈내고향〉이라는 가요곡을 작곡하였다.[88]

폴리돌음반에 여섯 곡의 유행가를 작곡한 서울 출신의 김교성(1904~1961)은 일찍부터 클라리넷을 잘 불어 영화관의 악사(樂士)로 활약하다가 1920년 중반경 홍난파와 함께 경성관현악단의 창설 때 참여하였다.[89] 후에 작곡가로 변신하여 신민요풍의 곡에서 특기를 발휘한 그의 대표적인 곡은 1936년 선우일선이 노래하여 유명해진 〈능수버들〉(추야월 작사)이고, 한때 그는 콜럼비아사와 폴리돌사의 전속작곡가였다.[90] 폴리돌음반과 태평음반에 여러 유행가를 남겼다.[91]

다음으로 유행가의 작곡에 참여한 일본 작곡가에 대하여 〈표 4-2〉를 중심으로 점검할 차례이다.

〈표 4-2〉 일제강점기 유행가를 창작한 日本 作曲家 일람표

작곡가 \ 음반회사	콜럼비아	빅타	폴리돌	오케	태평	합계
1 江口夜詩	28곡	-	2곡	-	-	30곡
3 古賀政男	9곡	-	-	1곡	-	10곡
14 大村能章	2곡	-	3곡	-	-	5곡
18 山田榮一	-	-	2곡	-	-	2곡
21 松浦まこと	-	-	1곡	-	-	1곡
22 水谷曠	-	-	-	-	1곡	1곡
23 阿部武雄	-	-	2곡	-	-	2곡
44 田村茂	-	-	1곡	-	-	1곡
46 紙恭輔	-	-	1곡	-	-	1곡

---

88) 鄭士仁作曲: 新民謠 "太平宴" 南江月詞, 鮮于一扇 P.19229(611), P.X515(645); 歌謠曲 "내고향" 金永吉작사, 포리도루管絃樂團 P.19204(604).
89) 최창호, 앞의 책, 178면.
90) 黃文平, 앞의 책, 45 · 48면; 박찬호, 앞의 책, 267~268면.
91) 金敎聲작곡(태평음반) 눈물의수박燈 T.3001(924). (폴리돌음반) 放浪의나그네 P.19286(623); 相思雁 P.19353(641); 相思一念 P.19297(627); 自然美 P.19353(641); 자장가 P.19214(609); 靑春도한때 P.19297(627).

일제강점기 한국의 유행가를 작곡한 사람으로 에구치 요시(江口夜詩)·고
가 마사오(古賀政男)·오무라 노쇼(大村能章)·야마다 에이이치(山田榮一)·마
츠무라 마코도(松浦まこと)·미즈타니 아키(水谷曠)·아베 타게오(阿部武雄)·
다무라 시게루(田村茂)·가미 교우스케(紙恭輔), 이상 아홉 명이라고 이미 앞
서 언급하였다. 이 아홉 명의 일본 작곡가 중에서 콜럼비아음반·폴리돌음
반·오케음반에 많은 유행가를 남긴 3명의 일본 작곡가에 대하여 아래의
〈표 5〉에 의거하여 살펴보면 대략 다음과 같다.

　에쿠치 요시(江口夜詩, 1903~1978)는 28곡의 유행가를 콜럼비아음반에 남
겼을 뿐 아니라, 19곡의 유행가를 편곡한 일본 작곡가였다.92) 그리고 콜
럼비아음반에 아홉 곡의 유행가를 남긴 고가 마사오(古賀政男, 1904~1978)
는 세 곡의 유행가를 편곡했고, 또한 네 곡의 신가요를 각각 작곡하고 편
곡했으며, 네 곡의 유행소곡을 작곡하였다.93) 세 명의 일본 작곡가 중 가

---

92) 江口夜詩작곡 過去夢·한이나업것만 C.40766(270); 廣野의黃昏 C.40744(266); 귀
　　여운 눈동자 C.40757(268); 그립다 자장가 C.40650(245); 녹쓰른 비녀 C.40624(237); 달
　　빗어린 사막 C.40695(256); 당신은 나의남편 C.40761(269); 滿洲의 달 C.40735(264); 못
　　부치는 편지 C.40612(235); 못잇는꿈 C.40628(239); 비오는浦口 C.40434(187); 빗나는靑
　　春 C.40660(248); 사랑은 구즌비 C.40671(250); 사랑의 트로이카 C.40736(264); 서울의
　　밤 C.40773(271); 쓰라린追憶 C.40599(232); 아득한千里길 C.40621(237); 哀傷의靑春
　　C.40747(266); 우슴짓는希望 C.40710(260); 울지안을래요 C.40637(242); 情花·荒野의
　　孤客 C.40644(244); 鐘路의 달밤 C.40629(240); 處女의時節 C.40686(255); 처량한 밤
　　C.40434(187), C.40615(236); 追憶의幻影 C.40661(248); 紅燈夜曲 C.40445(190); 紅淚怨
　　C.40508(208). (江口夜詩편곡) 廣野의黃昏 C.40744(266); 귀여운 눈동자 C.40757(268);
　　나의설음 C.40470(198); 녹쓰른 비녀 C.40624(237); 달빗어린 사막 C.40695(256); 滿洲
　　의달 C.40735(264); 못부치는 편지 C.40612(235); 못잇는꿈 C.40628(239); 빗나는靑春
　　C.40660(248); 사랑은 구즌비 C.40671(250); 사랑의 트로이카 C.40736(264); 쓰라린追憶
　　C.40599(232); 아득한千里길 C.40621(237); 哀傷의靑春 C.40747(266); 우슴짓는希望
　　C.40710(260); 鐘路의 달밤 C.40629(240); 處女의時節 C.40686(255); 처량한 밤
　　C.40615(236); 追憶의幻影 C.40661(248); 紅淚怨 C.40508(208).
93) 古賀政男작곡 가을에 보는달 C.40713(260); 建設의노래·熱砂의盟誓·迎春花
　　C.40902(304); 눈물의바다 C.40616(236); 님자취 찾아서 C.40332(176); 달갓흔님
　　C.40566(226); 달빛여힌 물가 C.40269(168); 떠도는身勢 C.40488(202); 못잊을 사랑
　　C.40425(187); 白蓮紅蓮 C.40876(300); 炳雲의노래(醫師) C.40490(203); 悲戀의夜曲
　　C.40527(214); 사랑은 구슬퍼 C.40468(197); 술은눈물일가 한숨이랄가·希望의 고개
　　로 C.40300(172); 숨어서우는우름 C.40636(241); 아가씨마음 C.40284(170); 외로운길손

장 나이가 많은 오무라 노쇼(大村能章, 1893~1962)는 세 곡의 유행가를 작곡했고, 20곡이나 편곡한 유행가를 콜럼비아음반에 남겼으며, 세 곡의 유행가를 작곡하여 폴리돌음반에 남겼다.[94]

이러한 일본 작곡가가 1930년대 유행가를 작곡한 한국 작곡가에게 어떠한 영향을 주었는지에 대한 고찰은 고를 달리해야 할 과제이다. 다만 이 아홉 명의 일본 작곡가 이외에 다른 일본인도 유행가 등을 작곡하거나 편곡한 사실에 대하여 〈표5〉를 중심으로 살펴보고자 한다.

<표5> 콜럼비아音盤에 나타난 日本 作曲家와 編曲者 일람표

인명 \ 갈래명	유행가		신가요		신민요		유행소곡		민요	합계
	작곡	편곡	작곡	편곡	작곡	편곡	작곡	편곡	편곡	
江口夜詩	28	19	-	-	-	-	-	-	-	47회
古賀政男	9	3	4	4	-	-	4	-	-	24회
大村能章	2	20	-	-	-	3	-	-	-	25회
服部良一	6	27	1	12	-	3	-	-	-	49회
奥山貞吉	-	57	-	10	-	16	-	-	1	84회
仁木他喜雄	-	52	-	7	-	12	-	-	-	71회
竹岡信幸	8	4	-	-	-	-	-	-	-	12회
中野定吉	-	11	-	-	-	2	-	-	-	13회
天池芳雄	-	25	-	1	-	4	-	-	-	30회
平川英夫	-	-	-	10	-	-	-	-	-	10회

C.40628(239); 希望의북소래 C.40475(199). (古賀政男편곡) 가을밤 C.40332(176); 建設의노래·熱砂의盟誓·迎春花 C.40902(304); 눈물의 고개·新아리랑 C.40405(185); 떠도는身勢 C.40488(202); 白蓮紅蓮 C.40876(300); 炳雲의노래(醫師) C.40490(203).

94) 大村能章작곡 空閨怨 C.40467(197); 北方消息 C.40744(266). 大村能章편곡 가을시악시 C.40535(217); 그대를생각하면 C.40687(255); 妓生아울지마라 C.40809(281); 나머지한밤 C.40796(276); 男子는듯지마우 C.40814(283); 낭자머리嘆息 C.40861(297); 눈물의金剛丸 C.40822(286); 두메아가씨 C.40790(275); 벙어리냉가슴 C.40821(286); 별일이 다만어 C.40852(294); 봄總角·봄處女 C.40802(278); 北方消息 C.40744(266); 上海로가자 C.40839(291); 서름만흔靑春 C.40500(205); 船艙에울너왓다 C.40816(284); 연분홍薔薇 C.40849(294); 왜 이럴가요 C.40857(296); 이래야 할는지 C.40477(199); 地上의 어머니 C.40815(284); 支向업는몸 C.40492(203); 키타는운다 C.40863(298); 흘겨본他國땅 C.40804(279); 흘으는酒幕 C.40854(295).

<표 5>에 제시된 일본인 중에는 유행가의 작곡가 이외에 신가요·신민요·유행소곡·민요의 작곡 또는 편곡에 참여했던 일본 작곡가에 주목할 필요가 있다. 왜냐하면 핫토리 료이치(服部良一, Hattori Ryōichi, 1907~1993)·오쿠야마 데이키치(奧山貞吉, Okuyama Tei-kichi, 1887~1956)·니키 타키오(仁木他喜雄, Niki Takio, 1901~1958)·다케오카 노부유키(竹岡信幸, Takeoka Nobuyuki, 1907~1985)·나카노 사다키치(中野定吉, Nakano Sadakichi)·아마치 요시오(天池芳雄, Amachi Yoshio, 1906~1987)·히라카와 히데오(平川英夫, Hirakawa Hideo, 1906~1995)가 모두 1930년대 한반도에서 유행가·신가요·신민요·유행소곡의 작곡이나 편곡 분야에서 일정한 역할을 담당했기 때문이다. 그러나 1930년대 한반도에서 활약한 일본 작곡가의 활동이 한국가요사의 전개과정에서 어떻게 기여했는지에 대한 고찰도 앞으로의 과제로 남겨 둔다.[95]

지금까지 1930년대 유행가를 창작한 한국 작곡가와 일본 작곡가에 대하여 거론한 바를 요컨대, 한국 작곡가는 학력에 따라서 두 부류로 구분할 수 있다. 첫째는 일본음악학교에서 전문교육을 받은 유학파 서양음악의 선구자인데, 김준영·이면상·이재호·박시춘이 첫째 부류에 속한다. 둘째는 서양악기의 한 종류에 능통했던 연주였는데, 그들은 바이올린에 능통했던 문호월과 전수린, 클라리넷을 잘 불었던 김교성, 서양식 군악대 출신의 플루트 연주자였던 정사인이다. 이러한 작곡가의 공통점은 서양음악의 기본 지식을 지녔던 그 당시 양악계의 엘리트였다는 사실이다. 이들에 의한 유행가가 비록 예술적 작품으로 평가받기는 어렵겠지만 사회적 영향을 크게 미쳤으므로, 그들의 창작활동은 한국양악사의 전개과정에서 아주 무시될 수 없다. 그리고 그 당시 유행가 작곡에 직접 또는 간접적으로 관여했던 에구치 요시(江口夜詩)·고가 마사오(古賀政男)·오무라 노쇼(大村能章)와 같은 일본 작곡가가 한국 작곡

---

95) 일본 음악인에 대하여 최근에 발표된 논문으로 야마우치 후미타카(山內文登), 「일제시대 음반제작에 참여한 일본인에 관한 시론」, 『韓國音樂史學報』 제30집(한국음악사학회, 2003), 771~812면 참조.

가에게 어떠한 영향을 미쳤을 것인지에 대한 고찰은 앞으로 연구되어
야 할 과제의 하나로 남겨 두었다.

3) 1930년대 유행가의 가수

필자가 조사한 부록 3에 의하면, 콜럼비아·빅타·폴리돌·오케·태평
음반에 나오는 유행가 가수는 총 136명이고, 그가 부른 유행가의 곡목은
총 1,139곡이다. 이 136명의 유행가 가수 중에서 열 곡 이상을 음반에 취입한
가수를 정리한 〈일본 작곡가6〉에 따르자면, 그는 강남향·강석연·강홍식
·고복수·김복희·김선초·김영춘·김용환·김인숙·김해송·남인수
·남일연·박단마·박향림·백년설·손금홍·안옥경·왕수복·유종섭
·윤건영·이규남·이난영·이애리수·이은파·임헌익·전옥·채규엽
·최남용·황금심, 이상 29명이다. 이 29명 중에서 임헌익은 이규남의 본명
이기 때문에,[96] 10곡 이상 음반에 취입한 유행가 가수는 28명인 셈이다.

〈표 6〉 일제강점기 留聲器音盤에 10회 이상 출연한 流行歌 歌手 일람표

가수명＼음반회사	콜럼비아	빅타	폴리돌	오케	태평	합계
2 姜南香	-	-	-	11	-	11곡
3 姜石燕	-	36	-	-	8	44곡
4 姜弘植	32	-	2	-	-	34곡
5 高福壽	-	6	-	44	-	50곡
10 金福姬	-	22	2	-	-	24곡
13 金仙草	16	-	-	-	-	16곡
20 金英椿	10	-	-	-	-	10곡
23 金龍煥(趙子龍)	-	2	70	-	-	72곡

96) 黃文平, 앞의 책, 144면; 최창호, 앞의 책, 193면. 黃文平의 책에서는 李圭南의 본명
   이 尹建赫이라고 하며, 그는 미나미 쿠니오(南邦雄)의 일본예명으로 활동했다고 했으
   므로, 그의 본명에 관한 후일의 재검토가 필요함.

	22	4		15		22곡
25 金仁淑	22	-	-	-	-	22곡
34 金海松(金松奎)	14	4	-	15	-	33곡
43 南仁樹(최창수)	-	-	-	13	-	13곡
44 南一鷰	25	-	-	-	-	25곡
49 朴丹馬	-	14	-	-	-	14곡
53 朴響林(朴貞林)	28	-	-	-	-	28곡
57 百年雪(李昌民)	-	-	-	-	21	21곡
67 孫錦紅	-	21	-	-	-	21곡
76 安玉鏡	-	11	-	-	-	11곡
77 王壽福(왕성실)	6	-	44	-	-	50곡
79 劉鍾燮	33	-	-	-	-	33곡
80 尹鍵榮	-	-	25	-	-	25곡
87 李圭南(林憲翼)	(10)	14	-	-	-	24곡
89 李蘭影(吳玉禮)	-	-	-	45	2	47곡
93 李愛利秀(李普全)	-	24	-	-	-	24곡
98 李銀波	-	7	-	11	3	21곡
109 林憲翼(李圭南)	10	(14)	-	-	-	24곡
114 全玉	20	7	25	-	-	52곡
124 蔡奎燁	43	-	2	2	1	48곡
126 崔南鏞	-	24	-	-	24	48곡
136 黃琴心(黃金龍)	-	12	-	-	-	12곡

28명의 유행가 가수는 크게 남녀별로 구분될 수 있고, 다시 여가수는 두 갈래로 세분된다. 권번 출신의 첫째 갈래에 속하는 유행가 가수로 김복희·김인숙·왕수복·이은파가 있다. 콩쿨에서 선발되거나 인기 여배우 박향림·손금홍·이난향·이애리수·전옥·황금심과 같은 신진 여가수들은 둘째 갈래에 든다. 먼저 권번 출신의 유행가 가수를 점검하련다.

자료 8-1　　C.40449 譜 : 1933 九月新譜[97]
40449A 新民謠 新방아타령 朴龍洙作曲 1매 王壽福 伴奏콜럼비아管絃樂團
40449B 流行歌 月夜의江邊

---

97)『한국유성기음반총목록』, 192면.

平壤이나은歌姬 王壽福의 第二回作品을 이제發表합니다. 牡丹峰과 綾羅島의 고혼精氣를타고 난 孃의 아름다운노래를 또한번 들어보십시요

자료 8-2 (『每日申報』1933년 5월 27일) 平壤妓生이 吹込할『浿城의 가을』

: 두 기생 吹込次 渡東, 컬럼비아會社의 초청바더

[平壤] 평양기성권번기생(平壤箕城券番妓生) 왕수복(王壽福)과 최명주(崔明珠) 량명이 금번 동경콜럼비아축음기회사의 초청으로 조선가사(朝鮮歌詞)를 취입하려 오는 三十일 오전 三시 평양역발 렬차로 동경에 향하리라는데 취입가사는 대체 다음과 가티 내정되엇다는바 수만은 기생 가운데서 선정됨과 동시에 평양기생으로 취입케 됨은 첫번인 만치 레코드팬는 다대한 흥미와 기대를 갓고 잇다 한다.

취입종목 ▲浿城의 가을 ▲신방아타령 ▲한단, 등외 四五 종목[98]

자료 8-1에 제시됐듯이 평양이 낳은 가희로 소개된 왕수복(王壽福)의 본명은 왕성실이다. 할머니가 지어주었다는 왕수복이라는 이름이 후에 예명으로도 사용됐는데, 왕성실은 1917년 평남 강동군(江東郡)에서 태어나 1931년 평양가무학교를 졸업하였다.[99] 1932년 봄 콜럼비아의 전속가수로 선우일선에 못지 않은 인기를 누린 권번 출신의 신민요가수였던 왕수복에 대한 『매일신보』의 기사(자료 8-2)에 의하면, 평양기생으로 소개된 왕수복이 최명주와 함께 〈패성의 가을〉·〈신방아타령〉·〈한단〉 등을 취입하기 위하여 1933년 5월 30일 일본 동경으로 떠났다. 1933년 10월 콜럼비아사에서 이적한 왕수복을 위해서 왕평이 〈고도의 정한〉(전기현 작곡)을 작사해 준 바 있고, 그 해 12월 김용환과 함께 듀엣으로 〈최신 아리랑〉을 노래불렀던 왕수복은 권번 출신의 이은파·선우일선·김복희·김운선·이화자·김연월·김춘홍 등과 같이 신민요가수로도 활약했을 뿐 아니라,[100] 폴리돌음반 및 콜럼비아음반에 많은 유행가를 취

---

98) 한국음악학학회, 『音·樂·學』, 173면.

99) 최창호, 앞의 책, 186면.

100) 박찬호, 앞의 책, 203면, 230~234·249면. 王壽福에 관한 상론은 본서 제2편 제4장 참조.

입하였다.[101]

〈앞강물 흘러흘러〉(김능인 작사, 문호월 작곡)의 신민요가수로 1934년 빅타에서 데뷔한 이은파(李銀波)는 신민요 이외에 〈야속한 꿈길〉 등의 유행가를 취입했고, 1935년에는 유행가 〈청실홍실〉의 음반 취입으로 유명해졌으며, 1937년에 이르러 〈요핑게 조핑게〉(박영호 작사, 김송규 작곡)로 또한 히트했던 권번 출신의 신민요가수이자 유행가 가수였다. 1937년초 부민관에서 개최된 「재즈와 무용의 밤」에 이은파가 당시의 유명한 유행가 가수   이난영·고복수·김해송·강남향·라품심·장세정·김현숙·김만방·남인수·송달협·김정구와 함께 민요를 불렀음이 『매일신보』에서 인용한 자료 9의 신문기사에서 확인되는 바이다. 이렇듯 1930년대 후반에 유명해진 이은파가 그 당시의 권번 출신 왕수복·선우일선·이화자 등과 어깨를 나란히 하고 활동하면서[102] 특히 오케음반과 빅타음반에 많은 유행가를 취입한 인기 유행가 가수였는데,[103] 광복의 기쁨을 누리

---

101) 王壽福(폴리돌음반 : 流行歌) 孤島의情恨 P.19086(575), P.X511(644); 그女子의一生 P.19153(593), P.19335(637), (後編) P.19346(639); 그리운故鄕 P.19118(582); 그이데로 P.19122(582); 南洋의한울 P.19174(600); 눈물 P.19342(638); 눈물의달 P.19135(585); 눈물의부두 P.19232(611); 大洞江은조와요 P.19101(579); 덧업슨人生 P.19191(602); 래일가서요 P.19164(598); 마즈막아리랑 P.19320(635); 못니저요 P.19130(583); 夢想의봄노래 P.19153(593); 無情 P.19305(630); 믿음도허무런가 P.19294(625); 바다의處女 P.19180(601); 半島第一 P.19122(582); 봄노래 P.19136(585); 봄은가누나 P.19191(602); 봄은왓건만 P.19122(582); 埠頭의戀歌 P.X501(643); 부서진거문고 P.19331(636); 沙工의안해 P.19284(622); 相思一念 P.19297(627); 歲月만가네 P.19312(632); 順愛의노래 P.19161(597); 술퍄는소녀 P.19088(576); 시내가의追憶 P.19200(604); 아가씨마음 P.19280(621); 漁父四時詞 P.19213(608); 어스름달밤 P.19109(580); 언제나봄이오랴 P.19110(580); 오늘도울엇다오 P.19228(611); 王昭君의노래 P.19166(598); 외로운곳 P.19094(577); 울고갈길을웨왓든가 P.19281(622); 人生의봄 P.X516(645); 젊은마음 P.19088(576); 咫尺千里 P.19284(622); 青春을차저 P.19142(587); 青春을차저 P.X504(644); 青春懷抱 P.19117(581); 追億의哀歌 P.19101(579); 春怨 P.19094(577); 出帆 P.19200(604); 歎息하는밤 P.19352(641); 布穀聲 P.19320(635), P.X505(644); 港口의女子 P.19213(608); 花月三更 P.19352(641). (新民謠) 그리운江南 P.19133(584); 그리워라그녯날이 P.19311(631); 朝鮮打令 P.19133(584); 最新아리랑 P.19095(577). (鄕土民謠) 개나리타령 P.19141(587). (콜럼비아음반) 落葉(望鄕曲) C.40463(196); 生의恨 C.40470(198); 新방아타령(新民謠) C.40449(192); 蓮밥따는아가씨 C.40455(194); 워듸부싱(流行小曲) C.40455(194); 울지마러요 C.40441(189); 浿城의가을밤 C.40459(195); 恨嘆 C.40441(189).
102) 박찬호, 앞의 책, 233·240~243면. 李銀波에 관한 상론은 본서 제2편 제4장 참조.
103) 李銀波(오케음반) 가시라면 O.12171(848); 感別曲 O.12170(848); 강넘어 千里길 O.1914(821); 故園에

지 못하고 1939년 무렵에 사망했다.[104]

　　자료 9 (『매일신보』, 1937년 1월 20일) 男女明星 "언파레-드『째즈』와 舞踊의 밤 (……) 이날『프로그람』의 호화판을 꾸밀 악사(樂士)는『짜스』의 귀재(鬼才)만으로 조직된『씨·엠·씨』,『짜스밴드』의 단원총동우언을 필두로 명모(明貌)와 고흔 목소리가 꾀꼬리를 방불케 하는 리난영(李蘭影)양 침묵의 명가수 고복수(高福壽)군 구외에 민요(民謠)를 노래함에 츳손을 꼽게하는 리은파(李銀波)양『스테지』에 나섬에 관중의 시선이 총집중되는 김해송(金海松)군 신진『스타-』들로 일홈놉흔 강남향(姜南香) 라품심(羅品心) 장세정(張世貞) 김현숙(金賢淑) 김만방(金萬芳) 남인수(南仁樹) 송달협(宋達協) 김정구(金貞九) 등 실로 유행가단이 총동원이 되어『짜스』로 유행가로 무용으로 촌극(寸劇)으로 공전에 업는 一대『파노라마』를 연출케 하리라는 것이다.[105]

권번 출신의 유행가 가수였던 왕수복·박부용·선우일선·이은파·김인숙처럼 김복희(金福姬)도 권번 출신이었는데, 그녀에 대한 자세한 신문기사가 전하므로 아래에 소개한다. 빅타사에서 〈애상곡〉으로 인기 유행가 가수로 등장한 평북 정주(定州) 출신의 김복희가 어려서 부친의 사망으로 평양에서 기생의 길로 들어섰지만, 가희로서 더욱 인기를 얻

핀꽃 O.1874(811); 空閨恨 O.1863(809); 關西千里 O.1793(794); 구름아 흘러라 O.1830(801); 꽃각씨 O.1909(820); 꽃피는 榮山浦 O.1913(821); 꽃피는 浦口 O.12147(845); 南浦엔 아니가오 O.12159(846); 念佛 O.1956(826); 풍제 O.1925(823); 달을따서 O.1841(803); 離別의 哀愁 O.12157(846); 마음의 풍선 O.1954(826); 漫謠 O.12147(845); 몸살이구려 O.12116(842); 無常곡 O.12143(844); 無情月色 O.1938(825); 물길러 가세 O.12151(845); 미운정 고운정 O.12124(843); 百年恨 O.1863(809); 釜山노래 O.1794(794); 不如歸 O.1921(823); 相思의 江南 O.12072(837); 새날이 밝아오네 O.1853(805); 수놓은 江山 O.1908(819); 시악씨秘密 O.1922(823); 신은실打鈴 O.1936(824); 十大王푸리 O.1956(826); 안달이 나요 O.1925(823); 앞강물 흘러흘러 O.1796(795); 애달픈 幸福 O.1962(828); 얼눅진 매무시 O.1922(823); 얼시구나 내마을 O.1952(826); 에헤라靑春 O.12104(840); 有情歌 O.1949(826); 意中人 O.1946(825); 異國의 달 O.1794(794); 장산곶打鈴 O.1830(801); 지는夕陽 O.1793(794); 채란새 O.1914(821); 千里春色 O.1959(827); 矗石樓의 달빛 O.1964(828); 波濤에 故鄕싣고 O.12143(844); 풋난봉 O.12141(844); 豊年頌 O.12083(838). (빅타음반) 끝없는벌판 V.49322(449); 베짜는處女 V.49305(447); 봄거리 V.49285(445); 비내리는밤 V.49288(445); 야속한꿈길V.49285(445); 외로운자취 V.49354(454); 우리의가을 V.49312(448); 울지마오 V.49303(447).
104) 최창호, 앞의 책, 198~199면.
105) 한국음악학학회, 앞의 책, 255면.

었다(자료 10). 1936년에 그녀가 부른 〈무정한 꿈〉은 인기가요의 절정을 이루는데 크게 기여했으며,[106] 22곡의 유행가를 빅타음반에 남겼고, 두 곡을 폴리돌음반에 남겼다.[107]

자료 10 (『매일신보』, 1937년 4월 17일) 流行歌手 푸로필 (6) 빅터- : 柳京이 자랑하는 才色兼備의 歌姬, 金福姬孃

柳京은 수만흔 미인들을 세상에 내보내엿슬 뿐만 아니라 또한 만흔 名歌手들을 길너내엿다. 그야 꾀꼬리갓흔 목소리가 되는 조건의 하나의지라 金孃의 일흠을 듯는 柳京으로서는 당연한 일일지도 모르겟스나 좌우간 近年 평양미인들의 『레코-드』界 진출은 화려하야 그 인긔는 단연 압도적이다. 누구누구하는 이들 名歌手 중에서도 女王의 자리를 차지하고 잇는 이른바 才色兼備의 가수가 『빅터-』의 秘藏歌手 金福姬孃이다. 金孃은 純粹平壤産이 아니요 본 고향은 安州라고 한다. 열두살 되는 해에 기둥가티 밋든 아버지를 여의고는 할 수 업시 優等生을 아까워하는 선생과 반장을 보내기 실허하는 동무들을 뒤로 두고 어머니와 동생 셋이서 平壤으로 나왓다 한다. (……) 本業보다도 『레코-드』歌手로 세상에 더 널리 알리워진지는 금년이 二년째라고 한다.『哀傷曲』으로 大本壘打를 따린 孃은 그 후 『無情의 꿈』, 『흐르는 풀닙』, 『하로 밤 매진 情』 등의 『히트』盤을 繼續하야 내여노앗고 盤을 내여놀 때마다 人氣를 놉혓든 것이다.[108]

한국가요사에서 소위 눈물의 여왕으로 알려진 전옥(全玉)의 본명은 전덕례(全德禮)이다. 본래 함흥 출신의 전덕례는 1927년 영화 〈낙원을 찾

---

106) 박찬호, 앞의 책, 234 · 246 · 265면. 金福姬에 관한 상론은 본서 제2편 제4장 참조.
107) 金福姬(빅타음반) 가는봄 V.49347(453); 굴짜는아가씨 V.49322(449); 길섭헤핀곳 V.KJ-1277(519~520); 날다려가오 V.49337(451); 내마음알아주세요 V.KJ-1156(507); 니즈시면몰라요 V.KJ-1172(509); 斷腸曲 V.49352(454); 明朗한양주 V.KJ- 1157(507); 白馬江의追憶 V.49373(457); 思鄕淚 V.49356(454); 꿈길 V.49369(456); 아무럼그럿치 V.KJ-1297(524); 애달픈敗北 V.KJ-1280(520); 哀傷曲 V.49304(447); 어듸를갈까 V.49320(449); 오리고향 V.49357(454); 우리의가을 V.49312(448); 울고싶은마음 V.KJ-1155(506); 織女의 嘆息 V.49362(455); 靑春曲 V.49329(450); 흐르는풀닢 V.KJ-1233(514). (폴리돌음반) 엇저면그럿탐 P.X622(654); 靑春앨범 P.X621(654).
108) 한국음악학학회, 앞의 책, 273~274면.

아서〉에 전옥이라는 예명으로 데뷔했으며, 이 작품에서 여배우로서 인정을 받은 결과 전옥이 그 이듬해 나운규 감독의 〈옥녀〉·〈사랑을 찾아서〉의 히로인을 맡았다. 전옥이 1929년 토월회에 가입하여 석금성의 대역을 맡았던 여배우로 유명해지자, 1933년 폴리돌사에서 그녀를 전속가수로 발탁하여 〈항구의 일야〉 등의 많은 유행가를 취입하다가 강홍식과 함께 콜럼비아사로 옮겼다. 그 이듬해 전옥이 강홍식과 더불어 라디오에도 출연하여 〈그리운님〉(유일 곡)·〈지화자 좋다〉(김준영 곡) 등을 방송했으며,[109] 그 후에 콜럼비아음반에 많은 유행가를 남겼고,[110] 또한 강홍식과 함께 여러 유행가를 취입하였다.[111] 이렇듯 영화배우이자 연극배우였던 전옥이 유행가 가수로서 초기 한국 대중가요사에 큰 족적을 남겼으므로, 그녀의 가요사적 업적은 초창기 한국가요사의 발전과정에서 새롭게 조명되어야 마땅하다.

1935년 〈목포의 눈물〉(문일석 작사, 손목인 작곡)로 전국적 주목을 받으면서 유행가 가수로 데뷔한 전남 목포 출신 이난영(李蘭影, 1916~1960)의 본명은 오옥례(吳玉禮)이다.[112] 본래 여배우를 지망하여 극단에 입단했다가 극단장 박승희(朴勝喜)가 붙여준 '이난영'의 예명을 가지고 태양극단의 가수로 순회공연을 하다가 쓴 고배를 마신 뒤, OK레코드사에 입사

---

109) 黃文平, 앞의 책, 135면; 박찬호, 앞의 책, 253~255면.
110) 全玉이 부른 노래들 : 가을에 보는달 C.40713(260); 結婚前夜 C.40652(246); 그도 그럴듯도해 C.40497(205); 그리운 님 C.40481(200); 놀고 지고 C.40677(252); 달갓흔님 C.40566(226); 못부치는 편지 C.40612(235); 물길千里 C.40499(205); 不景氣時代 C.40643(244); 悲劇의 女王 C.40640(244); 비단실사랑 C.40624(237); 빗쟁이退治法 C.40647(245); 사공의 안해 C.40667(249); 사람 살녀라 C.40497(205); 사랑은 구즌비 C.40671(250); 思鄕 C.40566(226); 섬밤 C.40481(200); 水夫의 안해 C.40499(205); 수양버들 C.40694(256); 수집은 處女 C.40593(231); 스켓취 C.40652(246); 失戀의 노래 C.40489(202); 아주쫄딱 망햇네 C.40643(244); 울음의 벗 C.40528(214); 一夜夢 C.40649(245); 長嘆夜曲 C.40633(241); 貞姬의 옵바 C.40640(243); 鐘路의 달밤 C.40629(240); 支向업는 몸 C.40492(203); 지화자 좋다 C.40512(210); 천안삼거리 C.40513(211); 첫사랑 C.40517(211); 歎息 는 실버들 C.40559(224); 歎息하는 밤 C.40575(227); 피지못한 꽃 C.40582(229).
111) 『한국유성기음반총목록』, 205면(C.40497), 210면(C.40512), 241면(C.40633), 243면(C.40640), 244면(C.40643), 245면(C.40647), 246면(C.40652), 252면(C.40677).
112) 黃文平, 앞의 책, 103~109면; 최창호, 앞의 책, 190면.

하여 1933년 10월 유행소곡 〈향수〉로 선보였다. 1934년 동경 히비야(日比谷)공회당에서 열린 전국명가수음악대회에서 이난영이 조선인으로 홀로 출전하여 대갈채를 받았으며, 그 이듬해 드디어 〈목포의 눈물〉을 녹음하게 되었다. 이 히트곡의 전후에 이난영은 많은 노래를 독창으로 취입했을 뿐 아니라, 고복수·김해송 등과 듀엣곡으로도 불렀다.[113] 이렇듯 신진가수로 유명해짐으로써 수많은 유행가를 오케음반에 남긴 여배우 출신의 유행가 가수였던[114] 그녀가 한국가요사에서 차지한 위치를

---

113) 박찬호, 앞의 책, 301~315면.
114) **李蘭影**(오케음반) 感激時代 O.12237(852); 感傷의 가을 O.1723(779); 갑판의 小夜曲 O.1895(815); 江邊의 秘密 O.1710(776); 遣墟를 지나며 O.1765(789); 孤寂 O.1587(749); 故鄕은 부른다 O.1963(828); 故鄕의 꿈 O.1840(802); 過去夢 O.1590(750); 괄세를 마오 O.12155(846); 曠野에서 O.1660(766); 괴로운 꿈길 O.1617(756); 國境 O.1745(784); 國境哀話 O.12196(850); 그대안해는 갑니다 O.31029(874); 꽃도싫소 풀도싫소 O.31014(873); 꽃피는 浦口 O.12147(845); 꿈꾸는 白馬江 O.31001(872); 南京아가씨 O.K.5004(887); 南浦로 가는배 O.1901(816); 娘娘祭 O.31072(876); 너무 심하오 O.12092(839); 네네 그래주세요 O.1633(760); 녹슬은 거문고 O.1693(773); 눈감은 浦口 O.31003(872); 눈물의 자장가 O.12084(838); 님사는 마을 O.1889(813); 님전상서 O.12164(847); 丹楓祭 O.1925(823); 담배집處女 O.20004(856); 당신은 깍정이야요 O.1944(825); 도라지打鈴 O.1696(774); 獨守空房 O.12091(839); 돈半情半 O.12216(851); 돈打鈴 O.12214(851); 들과 산 O.31101(878); 燈臺불과 개나리 O.1733(781); 또도라지 O.1853(805); 룸바 O.1883(812); 마도로스의 꿈 O.1937(824); 마음의綠野 O.1902(817); 漫謠 O.12147(845), O.1633(760); 滿洲신랑 O.31099(878); 望月 O.1660(766); 望鄕歌 O.12093(839); 望鄕의 밴취 O.20045(858); 명랑한 젊은날 O.1906(818); 木浦는 港口 O.31103(878); 木浦의 눈물 O.1795(795); 木花를 따며 O.31144(882); 문허진 아리랑 O.1609(754); 微笑의 코스 O.12148(845); 바다로 가자 O.1745(784); 바다의 로맨스 O.1642(763); 바다行進曲 O.1684(772); 밤고개를 넘어서 O.1607(753); 밤의 哀愁 O.1657(766); 白鷗詞 O.31147(882); 別오돌독 O.1643(763); 병든 薔薇 O.12168(848); 봄강 O.1681(771), O.1882(812); 봄맞이 O.1618(756); 봄소식 O.1881(812); 봄아가씨 O.1795(795); 봄處女 O.1974(829); 不死鳥 O.1587(749); 붉은 薔薇 O.1695(774); 비오는 여름밤 O.1672(769); 사랑은 가시밭 O.12140(844); 사랑은 물거품 O.1920(823); 사랑의 고개 O.1618(756); 사랑의 노래 O.1734(781); 사랑의 무덤 O.1632(760); 산호빛 하소연 O.12113(841); 珊瑚礁 O.31094(877); 相思草 O.1716(777); 抒情小曲 O.1587(749); 先戀者의 祈願 O.1716(777); 소쪽새 우는밤 O.1864(809); 松京落日 O.1784(793); 술뒤에오는 것 O.12111(841); 스켓팅時代 O.1608(754); 시골길 O.1702(775); 시악씨秘密 O.1922(823); 시집사리三年 O.1702(775); 新江南 O.1607(753); 新溪谷山 O.1831(801); 新密陽아리랑 O.1692(773); 新아리랑 O.1696(774); 申一仙自敍傳 O.1609(754); 신접사리풍경 O.12165(847); 新春葉書 O.31085(877); 新漢江水打鈴 O.1643(763); 심술궂은 봄바람 O.1887(813); 아~글세 엇저면 O.12007(832); 아버지느 어대로 O.1840(802); 亞細亞의 合唱 O.31137(881); 아지랑이눈물 O.1873(811); 아침의 出帆 O.1873(811); 아침前奏曲 O.1608(754); 안달이나요 O.1925(823); 안해의 논리 O.31071(876); 알아달라舊謠

결코 과소평가하기 어렵다.

1937년 〈알뜰한 당신〉(이부풍 작사, 전수린 곡)을 불러 가요계를 데뷔한 황금심(黃琴心)의 본명은 황금룡(黃金龍)인데, 황금심이라는 예명은 빅타사 소속의 작사자 이부풍이 붙여준 이름이라고 한다.[115] 1938년 무렵 빅타음반에 〈한양의 천리원정〉·〈알뜰한 당신〉으로 일약 명가수로 알려지자, 같은 해 그녀가 황금자(黃錦子)라는 이름으로 콜럼비아음반에 취입한 바 있다. 1940년에 조직된 반도악극단에서 박단마·이은파 등 빅타사 소속의 스타와 함께 공연활동을 하던 도중 황금심이 남자가수 고복수를 만나 1941년 결혼하였고, 광복 직후에는 고복수와 함께 전옥이 이끄는 백조가극단(白鳥歌劇團)의 멤버가 되었으며, 12곡의 유행가를 빅타음반에 남겼다.[116]

O.1907(819); 애당초불어 O.12123(842); 野童의 노래 O.1672(769); 漁村落照 O.1733(781); 얼늑진 매무시 O.1922(823); 얼씨구靑春 O.1900(816); 에헤라靑春 O.1694(773); 戀愛산술 O.12238(852); 戀愛三色旗 O.12081(838); 烈女碑 O.31124(880); 鈴蘭花 O.1694(773); 迎春曲 O.1642(763); 五大江打鈴 O.1681(771); 오돌독 O.1643(763); 玉樓夢 O.31111(879); 올팡갈팡 O.1963(828); 외로운 美女圖 O.12167(847); 외로움 O.1831(801); 우러라 문풍지 O.20016(857); 우리는 젊은이 O.1880(812); 月見花 O.1632(760); 月夜小曲 O.1759(787); 離別前後 O.1928(824); 이어도 O.1777(791); 이제나 저제나 O.12114(841); 익살맞은 지게꾼 O.1633(760); 人生 O.31053(875); 一葉片舟 O.31129(880); 젊은 뱃沙工 O.1695(774); 젊은이노래 O.1822(799); 情炎을 안고 O.1710(776); 즐거운 夕陽 O.1759(787); 즐거운 靑春 O.1734(781); 지워진 사랑 O.1927(824); 진달내詩帖 O.31016(873); 집시의 노래 O.1703(775); 蒼波千里 O.1776(791); 處女雪 O.1953(826); 妻의 面影 O.31036(875); 靑春亂想 O.1657(766); 靑春部隊 O.12077(837); 靑春有情 O.1684(772); 靑春港口 O.31039(875); 靑春海峽 O.1913(821); 追憶의 燈臺 O.1943(825); 春香祭 O.1939(825); 캐리오카 O.1883(812); 歎息하는 沙漠 O.12101(840); 台詞轟多起子 O.31015(873); 파무든 변지 O.12148(845); 할빈서 온소식 O.31032(874); 港口야 울지마라 O.20025(857); 해조곡 O.12079(837); 鄕愁 O.1580(747); 호이타령 O.1806(797); 紅桃 O.31122(880); 紅燈의 嘆息 O.1590(750); 흐르는 별 O.1862(808); 흐르는 歲月 O.1915(822); 흘겨본 過去夢 O.20016(857); 흘너간 學窓 O.31021(874); 흘러간 故鄕집 O.12195(850); 希望 O.31045(875); 希望의 언덕 O.1744(784).

115) 黃文平, 앞의 책, 46·60면; 박찬호, 앞의 책, 326~330면; 최창호, 앞의 책, 195면에서는 黃琴心의 본명이 황금동이라고 소개됐는데, 그녀의 본명이 황금룡인지 황금동인지는 앞으로 다른 자료에 의해서 확인되어야 할 과제로 남긴다.

116) 黃琴心(빅타음반) 曠野에서 V.KJ-1365(537); 당신입니다 V.KJ-1275(519); 滿浦線千里길 V.KJ-1318(528~529); 未練의꿈 V.KJ-1160(507); 보내는心情 V.KJ-1333(532); 안오시나요 V.KJ-1282(521); 알뜰한당신 V.KJ-1132(503); 離別넉두리 V.KJ-1284(521); 입술을깨

경남 김해 출신으로 콩쿨에 입상하여 신진가수로 데뷔한 김영춘(金英椿)은 1938년 동양극장에서 공연한 임선규 작의 연극 〈사랑에 속고 돈에 울고〉가 1939년 영화로 만들어졌을 때, 그 주제가 〈홍도야 우지마라〉(이서구 작사 · 김준영 곡)를 불러 유명해진 신진 유행가 가수였는데,[117] 콜럼비아음반에 그녀가 10곡의 유행가를 남겼다.[118]

1930년경 단성사에서 공연된 취성좌(聚星座)의 연극무대의 막간에서 왕평 작사 · 전수린 작곡의 〈황성옛터〉를 불러서 신인가수로 유명해진 이애리수(李愛利秀)는 1910년 개성에서 태어났다. 이애리수의 본명은 이보전(李普全)이고, 본래는 연극무대의 여배우로 인기가 높았다. 1931년 〈메리의 노래〉와 〈라인강〉으로 데뷔한 이애리수가 콜럼비아음반에 10곡을 취입하였고,[119] 1932년 토월회의 후신인 태양극장에서 연극활동을 하던 무렵 빅타사로 옮겨 가수활동도 겸하면서[120] 24곡의 유행가를 빅타음반에 취입한 여배우 출신의 유행가 가수였다.[121]

여배우 출신의 김선초(金仙草)는 1931년 〈아내의 무덤〉 · 〈애달픈 밤〉으

물면서 V.KJ-1330(532); 저도몰나요 V.KJ-1144(505); 追憶의탕고 V.KJ-1337(533); 풋댕기 宿題 V.KJ-1331(532).

117) 박찬호, 앞의 책, 434~437면.

118) 金英椿(콜럼비아음반) 國境特急 C.40842(292); 나그네黃昏 C.40859(297); 당신속을 내몰낫소 C.40845(293); 동트는大地 C.40857(296); 北國千里 C.40850(294); 長長秋夜 C.40869(299); 靑春馬車 C.40862(298); 港口의 處女雪 C.40838(290); 鄕愁千里 C.40870(300); 희미한 달빛 C.40866(299).

119) 이애리수(콜럼비아음반) 開拓者 C.40163(154); 劇春香傳 C.40146, 40147(152); 볼카 C.40222(162); 流浪 C.40236(163); 風雲兒 C.40164(154); 라인강 C.40139(151); 메리의노래 C.40139(151); 베니스의노래 · 復活 C.40162(154); 失戀 · 旅窓 C.40223(162).

120) 박찬호, 앞의 책, 190~194면.

121) 李愛利秀(빅타음반) 고요한長安 V.49154(435), V.KJ-1169(509); 녯터를차자서 V.49168(436); 노래야바람타고 V.49213(440); 님마지가자 V.49175(437); 冬柏꼿 V.49136(433); 레뷰-行進曲 V.49134(433); 모보모가 · 아이구나기막혀 V.49098(427); 바리지마라요 V.49206(439); 밤의서울 V.49105(428); 放浪歌 V.49096(427); 봄소식 V.49158(435); 봉짜라 · 사랑가 V.49097(427); 상사타령 V.49175(437); 서울노래 V.49143(434); 서울行進曲 V.49157(435); 純情 V.49184(438); 슬허진젊은꿈 V.49177(437); 신아리랑 · 님그리워타는가슴 V.49122(431); 꼿각씨서름 V.49275(444); 愛戀 V.49191(438); 哀愁의沙濱 V.49196(438); 오동나무 V.49095(427); 處女行進曲 V.49155(435); 荒城의跡 V.KJ-1169(509).

로 데뷔한 신진 유행가 가수였고, 아름다운 음색의 소유자로 유명하여 1932년에 콜럼비아음반에 채규엽과 함께 여러 민요와 유행소곡을 취입하였고(자료 11), 1933년 10월에 소설가 윤백남씨의 주례로 결혼하였다. 1934년 1월 3일 경성방송국의 라디오에 출연하여 〈무심〉(김안서 시, 김흥산 곡)·〈가을 시악씨〉(이백수 작사, 유일 곡) 등을 노래했으며, 광복 이후에 월북하였다.[122]

자료 11-1 (『매일신보』, 1931년 9월 3일) 新舊名曲을 레코-드에 吹入

(……) 신진 류행가수(流行歌手)로 그 아름다운 음색(音色)이 당당히 일류(一流)의 자리를 차지하고 잇는 김선초(金仙草)양이며 『빠리톤』 채규엽(蔡奎燁)씨라는 당당한 진용이며 조선 재래(在來)의 예술가로는 약이십년 전에 경성 화류계(花柳界)에 예명(藝名)이 높흔 조모란(趙牧丹) 김련옥(金蓮玉)의 량명기(名妓)와 현금 인긔의 초덤이 된 김옥엽(金玉葉)양이 금상첨화(錦上添花)가 되고 남도계통(南道系統)으로는 삼십년간 숨엇던 명창(名唱) 리선유(李善有)씨와 녀류독보(女流獨步) 김초항(金楚香)씨 동생으로 최근 인긔비등된 김소향(金小香)양이 참가하얏슴으로 금번 취입이야말노 종래에 듯지 못할 걸작(傑作)이 제작될 것으로 일반(一般)에 긔대(期待)가 적지 안으며 (……)[123]

자료 11-2 (『매일신보』, 1932년 5월 27일) 콜럼비아 朝鮮레코-드 : 六月新譜 特別發賣(광고)

테너-獨唱			
玄濟明作詞作曲			
나물캐는 처녀	1매		玄濟明
니나	伴奏		콜럼비아管絃樂團
獨唱 大洞江	1매	A面	蔡奎燁 金仙草
民謠 도라지타령		B面	蔡奎燁 伴奏 콜럼비아管絃樂團
流行 죽이든지 살리든지		A面	金仙草 蔡奎燁
小曲 나는 몰나요	1매		
妓生세레나-드		B面	金仙草 伴奏 콜럼비아管絃樂團[124]

---

122) 黃文平, 앞의 책, 43면; 박찬호, 앞의 책, 218면(金仙草).
123) 한국음악학학회, 앞의 책, 77면.
124) 위의 책, 115면.

석금성처럼 토월회에서 활약했던 여배우 출신의 신진가수 김선영(金鮮英)은 이난영·장세정·이화자 등과 함께 OK레코드사의 전속가수였다.[125] 그녀는 콜럼비아 10월 신보에 의하면 채규엽·김선초·이경숙·김영환·이월파·김옥엽·이선유·임방울·오태석·김소향과 함께 콜럼비아음반에 취입한 바 있다.[126]

함경북도 주을 출신으로서 박향림(朴響林) 또는 박정림(朴貞林)의 예명으로 활약했던 그녀의 본명은 박억별(1921~1946)인데, 원산여고를 다니다 1937년 그녀가 박정림의 예명으로 태평음반에 〈청춘극장〉을 취입함으로써 유행가 가수로 데뷔하였다.[127] 박시춘에 의해서 발탁되어 〈막간 아가씨〉·〈청춘극장〉으로 1937년에 등장한 신진가수 박향림이 후에 콜럼비아사의 전속가수가 되었다.[128] 그녀는 1938년 2월 부민관에서 열린 「대중연예의 밤」에 장옥조·조영심·김인숙·임옥매·박단마와 함께 출연한 바 있다.[129] 태평레코드사에서 1938년 콜럼비아사로 스카우트 된 이후 박정림이 박향림이라는 예명으로 수많은 유행가를 취입하였다.[130]

1937년 빅타음반에 〈상사 7백리〉와 〈내가 있어서 정말〉로 데뷔한 박단마(朴丹馬)는 17세 때인 1938년 7월 〈나는 열일곱 살이예요〉(이부풍 작

---

125) 黃文平, 앞의 책, 48면; 박찬호, 앞의 책, 219면(金鮮英).
126) 한국음악학학회, 앞의 책, 127면.
127) 최창호, 앞의 책, 196면.
128) 黃文平, 앞의 책, 45면; 박찬호, 앞의 책, 409~414면.
129) 한국음악학학회, 앞의 책, 299면.
130) 加味夫婦湯 C.40840(291); 故鄕郵便 C.40850(294); 九曲肝腸 C.40826(287); 그늘에 우는天使 C.40803(278); 妓生아 울지마라 C.40809(281); 꿈꾸는 행주치마 C.40817(284); 눈물의 金剛丸 C.40822(286); 대패밥사랑 C.40814(283); 못 감니다 C.40845(293); 無敵歌姬 C.40803(278), C.40806(280); 바람든 열폭치마 C.40825(287); 별일이 다만어 C.40852(294); 봄事件 C.40802(278); 부서진 情이나마 C.40812(283); 사랑주고 病삿소 C.40801(277); 船艙에 울녀왔다 C.40816(284); 松濤園滿員 C.40818(285); 松花江 건너 C.40873(300); 시큰둥夜市 C.40820(285); 愛戀頌(主題歌) C.40829(288); 哀愁의 江邊 C.40853(295); 熱情의 부루스 C.40837(290); 梧桐닢질 때 C.40868(299); 옵빠는 風角쟁이 C.40837(290); 왜 이럴가요 C.40857(296); 우리는 멋쟁이 C.40806(280); 異國의 燈불 C.40835(289); 人生酒幕 C.40830(288); 電話日記 C.40800(277); 地上의 어머니 C.40815(284); 째즈 C.40841(291); 째즈쏭 C.40811(282), C.40841(292); 茶집아가씨 C.40816(284); 他國의 旅人宿 C.40822(286); 港口에서 港口로 C.40834(289); 港口의 부루스 C.40841(291); 흘너간 五年 C.40871(300); 흘러간 牧歌 C.40811(282); 希望의 바다로(合唱付) C.40864(298); 希望의 부루스 C.40841(291).

시, 전수린 작곡)의 히트로 하루아침에 인기가수의 대열에 올랐던 신진 유행가 가수였고, 후에 빅타사의 전속가수가 되었다. 특히 비음을 구사하여 경쾌하게 노래했던 그녀의 많은 유행가가 빅타음반에 남아 있으며,[131] 광복 이후에는 박단마가 재즈에 손을 대 각지 미군부대 캠프의 위문공연에 참가하였다.[132]

1934년에 오케레코드사에서 데뷔한 강남향(姜南香)은 1935년 2월 27~28일 목포극장에서 열린 「신춘음악과 실연의 밤」에서 이난영·임방울·김해송 등과 함께 출연한 바 있으며,[133] 11곡의 유행가를 오케음반에 남겼다.[134] 강남향이 1937년 1월에 열린 「째즈와 무용의 밤」에서 이은파·이난영·고복수·라품심·장세정·남인수·김정구 등과 함께 출연한 바 있다(자료 9).

1938년 〈마즈막 혈서〉로 데뷔한 남일연(南一燕)은 콜럼비아의 인기스타로 활약하면서 25곡의 유행가를 음반에 남겼고, 후에 콜럼비아사의 전속가수가 되었다.[135] 전수린 작곡의 〈무정〉을 1934년에 불러서 유명해진 손금홍(孫錦紅)은 여배우 출신의 신진 유행가 가수로[136] 전수린의

131) 朴丹馬(빅타음반) V.KJ-1157(507); 伽倻琴야곡 V.KJ-1324(530~531); 그리운눈동자 V.KJ-1365(537); 기다리는처녀 V.KJ-1330(532); 끈혜진테-푸 V.KJ-1317(528); 날나리바람 V.KJ-1285(521); 날두고참말진정 V.49475(470); 남북평 V.KJ-1157(507); 넌센스 V.KS-2008(542~543); 대보름달마지 V.KJ-1375(540); 멋쟁이춘풍 V.KJ-1334(532~533); 모던難逢歌 V.KJ-1141(504); 무식한부부 V.KS-2008(542~543); 물레방아 V.KJ-1366(537~538); 변할수있나요 V.KJ-1335(533); 봄풍경 V.KJ-1286(522); 봄피리 V.KJ-1285(521); 사모의화환 V.49481(471); 새로동동못잊어요 V.KJ-1157(507); 생은구백리 V.49475(470); 세월아내월아 V.49487(473); 신혼명랑보 V.KJ-1281(520); 어리석은애정 V.KJ-1338(533~534); 우리님날보고 V.KJ-1153(506); 웨몰나주나요 V.KJ-1318(528~529); 정다운우리 V.KJ-1281(520); 짜릿짜릿 V.KJ-1141(504); 처녀화원 V.KJ-1334(532~533); 청춘매력 V.49491(474); 청춘문답 V.KJ-1382(541); 탕고 V.KJ-1317(528).
132) 黃文平, 앞의 책, 46면; 박찬호, 앞의 책, 406~408면.
133) 박찬호, 앞의 책, 423·446면.
134) 姜南香(오케음반) 고사리꺽으며·海棠花(流行歌·新民謠) O.1704(775); 노들江邊(流行歌레뷰) O.1882(812); 도라지打鈴·新아리랑(民謠) O.1696(774); 落花의 눈물(流行歌) O.1889(813); 流線型아리랑·마음의 綠野(流行歌) O.1902(817); 木花를 따며(流行歌) O.1896(815); 바다行進曲·靑春有情(流行歌) O.1684(772); 붉은薔薇·젊은뱃沙工(流行歌·新民謠) O.1695(774); 新溪谷山·외로움(流行歌·新民謠) O.1831(801); 夜雨(流行歌) O.1693(773); 얼씨구靑春(流行歌) O.1900(816); 은하에흐른정열·흐르는스텝(流行歌) O.1803(797); 嘆息의밤·港口의女子(流行歌) O.1682(771).
135) 黃文平, 앞의 책, 45면; 박찬호, 앞의 책, 420면(南一燕).
136) 黃文平, 앞의 책, 66~67면; 박찬호, 앞의 책, 199~200면(孫錦紅).

곡을 많이 취입하였고, 빅타음반에 21곡의 유행가를 남겼다.[137]

1931년 영화 〈세 동무〉의 주제가를 불러서 데뷔한 강석연(姜石燕)은 『매일신보』 기사에 의하면 1931년 9월 김선초·채규엽·조모란·김연옥·김옥엽·이선유·김소향과 함께 레코드 취입에 동참하였다.[138] 또한 강석연이 1932년 윤백남과 함께 스켓취 〈만주의 달〉을 공연하였고, 그와 함께 스케치 〈쓰레기통 회사장〉을 취입했으며,[139] 콜럼비아음반과 빅타음반에 44곡의 유행가를 남겼다.[140]

이상으로 여류 유행가 가수의 사회배경과 공연활동을 개관한 바를 요컨대, 가장 주목되는 사실은 1930년대 후반부터 권번 출신의 유행가 가수가 줄어드는 대신에 여배우 출신 또는 신진가수의 등장이 뚜렷하다는 점이다. 이러한 경향은 1930년대 전반 신민요의 여가수 중에서 권번 출신이 주도적인 역할을 맡았던 사실과 아주 대조적이고, 신진가수

---

137) **孫錦紅**(빅타음반) 가시나야 V.49301(447); 가을달 V.49361(455); 그리운피리소리 V.49362(455); 落花怨 V.49347(453); 네온의달빗 V.49311(448); 놀고지고 V.49257(443); 님마지배 V.49283(445); 望鄕曲 V.49331(450); 明朗한님 V.49368(456); 無情 V.49305(447); 바다는불은다 V.49304(447); 산꼴處女 V.49357(454); 째일흔靑春 V.49265(443); 안개갓치사라지오 V.49252(442); 애닯은편지·人生은삼십부터 V.49342(452); 오동숩풀 V.49335(451); 외로운가을밤 V.49320(449); 우리의가을 V.49312(448); 울어보지 V.49286(445); 이젓든쑴길 V.49258(443); 이즈시엿나 V.49288(445).

138) 한국음악학학회, 앞의 책, 77면.

139) 黃文平, 앞의 책, 66~67면; 박찬호, 앞의 책, 188·194면.

140) **姜石燕**(빅타음반) 가슴만타지요 V.49286(445); 갈바람은산들산들 V.49257(443); 孤島의歎息. V.49329(450); 故鄕의나루터 V.49287(445); 구슯흔희파람 V.49353(454); 그리운님이시여 V.49136(433); 나는곱지요 V.49358(455); 남몰래타는가슴 V.49191(438); 눈물에지친곳 V.49252(442); 님마져가네 V.49213(440); 斷腸曲 V.49168(436); 돌아라물방아 V.49268(444); 마도로스의노래 V.49220(440); 마서라칵텔 V.49134(433); 맘속의무덤 V.49359(455); 봄도한째 V.49289(445); 봄아가씨 V.49240(441); 山나물가자 V.49203(439); 三城歌 V.49301(447); 서울행진곡 V.49157(435); 세상은젊어서요 V.49105(428); 수집은나도웁니다 V.49177(437); 수집은처녀 V.49369(456); 아서라이女性아 V.49259(443); 迎客 V.49154(435); 우리의봄 V.49343(452); 月光의曲 V.49334(451); 윙크바람 V.49155(435); 在滿조선인행진곡 V.49253(443); 鐘路行進曲 V.49323(449); 蒼白한저달빛 V.49143(434); 尖端쎨의노래 V.49364(455); 靑春은외로워 V.49338(451); 追憶의강짜 V.49302(447); 漢陽의四季 V.49176(437); 海女의노래 V.49319(449).

가 1930년대 후반부터 유행가계의 주도권을 잡게 됨으로써, 한국가요사의 새 흐름이 만들어졌음은 부정될 수 없다. 또 하나의 특징은 1930년대 초에는 전옥이나 이애리수처럼 연극계와 영화계의 여배우 출신이 유행가 가수로 많이 활약했으나, 후반에 이르면서 콩쿨 등을 통해서 선발된 신진 여가수가 여류 유행가 가수의 주류였다는 사실도 한국가요사의 발전과정에서 중요시되어야 한다. 이렇듯 1930년대 초반에 활약했던 권번 출신의 유행가 가수 대신에 신진 유행가 가수가 30년대 후반부터 본격적으로 유행가계에 등장한 사실은 신민요가 전래민요와 유행가의 중간다리 역할을 담당했음을 입증하는 단서의 하나로 꼽을 수 있다고 본다. 다음으로 남성가수에 대하여 알아볼 차례이다.

우리 나라 최초의 유행가 가수로 알려진 함경도 함흥 출신의 채규엽(蔡奎燁, 1906~1949)은 1925년 동경 주오[中央]음악학교 성악과를 졸업하고, 연극단체인 토월회(土月會)와 취성좌(聚星座)의 막간가수로 출연하기도 하였다.[141] 1928년 채규엽이 안기영·권태호처럼 귀국독창회를 개최했던 성악가였고, 1930년에는 〈유랑인의 노래〉·〈봄노래 부르자〉로 데뷔하였으며, 곧 콜럼비아사에 입사하여 하세가와 이찌로(長谷川一郎)라는 이름으로 전속가수가 되어 콜럼비아음반에 수많은 유행가를 남긴 남성가수였다.[142] 그가 취입한 콜럼비아음반에 많은 곡은 각주[143]에 밝

---

141) 최창호, 앞의 책, 192면.

142) 박찬호, 앞의 책, 97·208~210면. 蔡奎燁의 음악활동에 대해서는 본서 제2편 제6장 참조.

143) 蔡奎燁이 콜럼비아음반에 남긴 유행가의 곡목은 다음과 같다. That's O.K. C.40269(168); 가는 靑春 C.40326(175); 可憐한 내오빠 C.40323(175); 가을 C.40363(180); 가을밤 C.40332(176); 開城難逢歌 C.40271(168); 傑作盤(順風에 돛달고) C.40670(250); 孤獨한 꿈 C.40114(148); 古城의 느낌 C.40102(146); 故鄕에 님을두고 C.40654(246); 廣野의 黃昏 C.40744(266); 기러기 C.40102(146); 꼴不見(主題歌) C.40378(181); 나의 사랑아 C.40405(185); 落葉 C.40463(196); 落花 C.40459(195); 남자의 사랑 C.40727(263); 南海의 黃昏 C.40818(285); 내사랑의 그대여 C.40645(244); 노래가락 C.40407(185); 녹쓰른 비녀 C.40624(237); 누가 그를 그렇게했나 C.40301(172); 눈물어린 燈臺 C.40752(267); 눈물의 고개 C.40405(185); 눈문의 밤 C.40401(184); 눈물의 埠頭 C.40612(235); 님생각 C.40301(172); 님자취 찾아서 C.40332(176); 달내캐는 아가씨 C.40376(181); 달빗어린 砂漠 C.40695(256); 大洞江 C.40307(173); 도라지타령 C.40307(173);

힌 바와 같다. 1932년 1월 31일자 『매일신보』 기사에 의하면, 일본어에 능통했던 채규엽이 일본인의 신진작곡가 고가 마사오(古賀政男)와의 회견기를 신문지상에 발표한 바 있고,[144] 그가 콜럼비아축음기회사와 전속계약을 맺은 이후 유행가 이외에 민요 몇 곡을 취입하게 된 자세한 내력도 『매일신보』에 소개됐으므로, 그 일부를 소개하려고 한다.

자료 12-1 (『매일신보』, 1932년 2월 3일) 『레코-드』로 본 朝鮮의 노래 : 大家의 出現을 絶望, 蔡奎燁

내가 지난 一月三日 콜럼비아蓄音機會社와의 專屬契約을 맛치고 다시 樂曲을 吹入할여고 一月五日 東京을 向하여 떠낫든 것이다. 나는 大衆歌謠도 도맛혀 吹入하게 되엇든 것이다. 이것은 새삼스러히 今年에만 생각이 낫든

두 목숨의 저승길 C.40666(249); 떠도는 身勢 C.40488(202); 뜬세상 C.40305(172); 마라손制覇歌 C.40733(264); 滿洲의 달 C.40735(264); 望鄕曲 C.40463(196); 明沙十里 C.40770(271); 모던 사랑 C.40264(167); 못잇는 꿈 C.40628(239); 못잊을 사랑 C.40425(187); 無心한 馬夫 C.40660(248); 문허진 烏鵲橋 C.40827(287); 물새야 웨우느냐 C.40685(254); 放浪의 노래 C.40468(197); 炳雲의 노래(醫師) C.40490(203); 봄노래 부르자 C.40087(145); 봄을 찬미하자 C.40661(248); 봄타령 C.40305(172); 峯子의 노래 C.40488(202); 북쪽으로 C.40270(168); 不忘草 C.40401(184); 비싸게 굴지마라 C.40378(181); 비오는 浦口 C.40434(187); 빗나는 靑春 C.40660(248); 사랑은 구슬퍼 C.40468(197); 사랑의 란데부 C.40529(215); 사랑의 유레이티 C.40529(215); 사랑의 트로이카 C.40736(264); 산은 부른다 C.40757(268); 서러운 자최 C.40672(251); 서울노래 C.40508(208); 水仙花 C.40345(177); 水魂의 노래 C.40114(148); 술은 눈물일가 한숨이랄가 C.40300(172); 시달닌 가슴 C.40727(263); 시는 靑春 C.40575(227); 新아리랑 C.40405(185); 失戀悲歌 C.40748(266); 쓰라린 追憶 C.40599(232); 아-외로워 C.40527(214); 아득한 千里길 C.40621(237); 哀傷의 靑春 C.40747(266); 哀戀悲曲 C.40694(256); 양산도 C.40407(185); 에로와구로 C.40264(167); 외로운 길손 C.40628(239); 외양간 송아지 C.40323(175); 流浪의 歌手 C.40677(252); 流浪의 哀愁 C.40599(232); 流浪人의 노래 C.40087(145); 일하러 가세 C.40344(177); 일허진 마음 C.40686(255); 저녁의 바닷가 C.40425(187); 情熱의 散步 C.40756(268); 熱情의 歎息 C.40735(264); 朝鮮아가야 C.40376(181); 朝鮮의 노래 C.40344(177); 鐘路네거리 C.40270(168); 죽이든 살리든지 나는 몰라요 C.40308(173); 지낸꿈 C.40362(180); 처량한 밤 C.40434(187); 靑春의 香氣 C.40756(268); 秋聲 C.40345(177); 追憶의 幻影(流行歌) C.40661(248); 春愁 C.40445(190); 타는 이마음 C.40326(175); 浦口의 懷抱 C.40671(250); 恨만흔 身勢 C.40650(245); 紅燈夜曲 C.40445(190); 紅淚怨 C.40508(208); 興打鈴 C.40271(168); 喜歌劇 C.40266(167); 希望의 고개로 C.40300(172); 希望의 북소래 C.40475(199); 希望의 종이 운다 C.40654(246), C.40660(248); 흰돗대 간다 C.40362(180).

144) 한국음악학학회, 앞의 책, 100~101면.

것도 아니다. 벌서 레코-드를 吹入하기 始作하여 三年이 된다. 卽 四年前부터 늘 社會에 대한 責任이 무거웟든 것이다.

나로서는 처음으로 레코-드에 吹入하던 四年前 그때 十曲을 吹入하였다. 그 十曲 中에는 東○라는 일홈을 가저가지고 吹入한 것이 우리의 民謠로서 流行된 〈아리랑〉이다. (……) 이번 내가 一月五日 渡東하여 吹入한 곡은 全部 八曲이다. 그 中 大衆的인 曲이라 할만한 曲이『희망의 고개를 넘어서』,『무엇이 그를 그렇게 하엿나』,『그대여 아는가 내마음』,『일하러 가세』等이다. (……) 昨年 가을 大阪吹入所에서 吹入한 興打令 開城난봉가는 처음으로 試驗함아 管絃樂伴奏에 맛처서 부른 것이 그도 성적이 조핫다.[145]

자료 12-2 (『매일신보』, 1935년 1월 3일) 流行歌手 姜弘植君 : 콜럼비아專屬
봄이왓네 봄이와 숫처녀의 가슴에도
나물캐러 간다고 아장아장 거러가네
산들산들 부는바람 아리랑타령이 절노난다
이 노래는 五, 六세된 어린아이들까지 신이나게 거리로 단니며 불으고 잇고 종로거리 대소상점에서는 축음긔로 그 노래를 방송하야 길가는 사람의 억개춤이 절노나게 한다. 이와가치 어른은 물논이고 아동들에까지 그 노래를 몰으리 업슬만큼 류행하게 된 이 노래를 지은이가 바로 강홍식(姜弘植)씨다. 이 노래는『처녀총각』이라는 노래로 강씨가 스사로 작사(作詞)와 취입을 아울너 하야 그의 구수한 목소리로 코노래를 석거 멋드러지게 불으면 흥이 아니날 수 업다.[146]

영화 〈동틀 무렵〉의 주연을 맡았던 배우 출신의 강홍식(姜弘植)은 연극의 막간에 노래하는 막간가수로 활약하다가 김준영이 작곡한 〈처녀총각〉을 취입하여 유명해진 바리톤의 남성가수였고, 후에 콜럼비아사와 폴리돌사의 전속가수가 되었다. 그의 〈처녀총각〉이라는 유행가는 1935년 당시 남녀노소를 막론하고 폭 넓게 애창되었다(자료 12-2). 1934년 인기 중에 노래한 그의 신곡 〈조선타령〉(유도순 작사, 전기현 곡)이 당시에

---

145) 위의 책, 102~103면.
146) 위의 책, 223면.

최초의 대중무용레코드로 인식됐으며, 이 무렵 강홍식은 여배우 전옥과의 동거생활로 강효실을 낳게 되었다. 비탄조의 노래를 많이 불렀던 전옥과 대조적으로 그는 밝은 노래를 연속 발표하여 인기를 끌었고,[147] 그 당시의 음반에 의하면 민요가수 또는 신민요가수로 알려진[148] 강홍식이 콜럼비아음반에 채규엽보다 더 많은 대중가요를 취입하였다.[149]

경남 울산 출신으로[150] 어려서부터 음악적 재능이 뛰어났던 고복수(高福壽 1911~1972)는 콜럼비아사 주최의 전선(全鮮)콩쿠르대회의 부산대회에서 입상하여 전국에서 선발된 27명과 겨루는 서울경연(심사위원 : 洪

---

147) 黃文平, 앞의 책, 45 · 48면; 박찬호, 앞의 책, 256~260면.

148) 『한국유성기음반총목록』, 244면(新民謠歌手 : C.40640), 257면(民謠歌手 : C.40696).

149) 姜弘植이 콜럼비아음반에 취입한 곡목는 다음과 같다. 落花岩의 千年夢 C.40653(246); 가시옵소서 C.40558(223); 江山의 新綠 C.40752(267); 개나리고개 C.40528(215); 結婚前夜 C.40652(246); 故鄕을 차저가니 C.40621(237); 군밤타령 C.40480(200); 그대를 생각하면 C.40687(255); 그도 그럴듯도 해 C.40497(205); 꽁꽁타령 C.40610(234); 나는알지 나는알어 C.40799(277); 나리는 이슬비 C.40667(249); 넌센스 C.40643(244), C.40647(245); 老怨曲 C.40611(235); 놀고 지고 C.40677(252); 눈물의 바다 C.40616(236); 눈물의 술잔 C.40726(263); 눈물젖은 伽倻琴 C.40558(223); 님그리는 눈물 C.40721(262); 님이여 잘잇거라 C.40629(240); 다이나 C.40680(253); 두메아가씨 C.40790(275); 두사람의 사랑은 C.40685(254); 마음의 故鄕 C.40742(265); 먼동이 터온다 C.40591(230); 名物男女 C.40768(270); 名勝의 四季 C.40762(269); 無名花 C.40749(266); 배따래기 C.40501(206); 百萬長者의 꿈 C.40825(287); 봄總角 · 봄處女 C.40802(278); 不景氣時代 C.40643(244); 빗쟁이退治法 C.40647(245); 사람살녀라 C.40497(205); 사랑의 달 C.40748(266); 常綠樹 C.40786(274); 서울띄기 C.40573(227); 서울名物 C.40622(237); 술노래 C.40480(200); 스켓취 C.40652(246); 시집가는님 C.40611(235); 新農夫歌 C.40696(257); 沈淸이 자장가 C.40807(280); 아주 쫄딱망햇네 C.40643(244); 안해의 무덤안고 C.40582(229); 鴨綠江뱃사공 C.40605(233); 어나곳 머무리 C.40593(231); 열여듧시악씨 C.40782(273); 우러도 보앗지오 C.40659(248); 怨鳥의 넉 C.40653(246); 月夜의 雁聲 C.40711(260); 유쾌한 싀골영감 C.40680(253); 六大島打鈴 C.40786(274); 이잔을 들고 C.40491(203); 長嘆夜曲 C.40633(241); 貞姬의 옵바 C.40640(243); 제가젠척 C.40622(237); 朝鮮타령 C.40565(225); 酒幕의 하로밤 C.40649(245); 지화자 좋다 C.40512(210); 째즈쏭 C.40622(237), C.40680(253), C.40768(270); 處女사냥 C.40501(206); 處女總角 C.40489(202); 첫사랑의 꿈 C.40695(256); 靑春狂想曲 C.40795(276); 靑春타령 C.40610(234); 追憶의 不眠鳥 C.40711(260); 春夢 C.40734(264); 七仙女 C.40662(248); 歎息 는실버들 C.40559(224); 浦口의 處女 C.40491(203); 豊年마지 C.40565(225); 風壞 C.40573(227); 港口의 哀愁 C.40702(258); 海棠花 C.40605(233); 歡樂의 農村 C.40719(261); 荒野에 해가점으러 C.40705(259); 荒野의 孤客 C.40644(244); 흘으는 酒幕 C.40854(295); 홍화가 낫네 C.40833(289).

150) 최창호, 앞의 책, 194면.

蘭坡·安基永·玄濟明)에서 정일경·조금자에 이어 3등으로 입상했지만, 그 당시 콜럼비아사의 전속가수였던 채규엽·강홍식의 그늘 아래서 빛을 보지 못하다가 1934년 4월 동아일보사 주최의 음악대회에 출연하여 〈서울노래〉·〈두견새 우는 밤〉·〈비련〉을 불러 두각을 나타내자, 그 해 오케사의 전속가수 계약을 맺고서 데뷔곡으로 김능인 작사·손목인 작곡의 〈타향(살이)〉을 불러 대성공을 거두어 유행가 가수로서의 지위를 확보하였다. 비록 1935년 당시의 인기 남성가수였던 채규엽에는 미치지 못했으나, 고복수는 김용환·강홍식과 어깨를 나란히 하면서 1937년 〈짝사랑〉(박영호 작사, 손목인 작곡)과 〈흑장미〉의 히트곡을 내어 더욱더 그의 인기가 높아졌다. 1940년 김용환이 주관하는 반도악극좌에서 만난 여가수 황금심을 일생의 반려자로 만났으며,151) 오케음반에 수많은 신민요와 유행가를 취입한 콩쿨 출신의 유행가 가수였다.152)

---

151) 黃文平, 앞의 책, 123~127면; 박찬호, 앞의 책, 211·316~324면.
152) 高福壽(오케음반) 街路樹에 기대여(流行歌) O.1784(793); 가리감설(新民謠·民謠) O.1806(797); 갈매기身世(流行歌) O.1764(788); 感傷의 가을(流行歌) O.1723(779); 高福壽傑作集(傑作集) O.12125(843); 故鄉은 눈물이냐(流行歌) O.1912(821); 故鄕의꿈(流行歌) O.1840(802); 廣野의서쪽(流行歌) O.12142(844); 九泉에맺힌한(流行歌) O.1822(799); 國境(流行歌) O.1745(784); 귀곡새우는밤 O.12104(840); 그리운옛날(流行歌) O.1732(781); 꿈길(流行歌) O.1808(798); 꿈길千里(流行歌) O.1796(795); 落日은 水平線(流行歌) O.1832(801); 南江行(流行歌) O.1772(790); 女子된 허물(流行歌) O.1962(828); 當選鄕土讚歌(流行歌) O.1808(798); 도라지打鈴(民謠) O.1696(774); 또도라지(流行歌·新民謠) O.1853(805); 룸바는부른다(流行歌) O.1953(826); 流轉兒의 노래(流行歌) O.1964(828); 마음의 무지개(流行歌) O.1935(824); 馬車의 방울소리 O.12085(838); 말같은 處女(新民謠) O.1952(826); 望鄕詩 O.12116(842); 무너진 烽臺(流行歌) O.1852(805); 勿忘草(流行歌) O.1909(820); 密月의 大洞江(流行歌) O.1908(819); 바다넘어(南海民謠·新民謠) O.1777(791); 바다로가자(流行歌) O.1745(784); 바다行進曲(流行歌) O.1684(772); 福되소서 이江山(新民謠) O.1765(789); 봄打鈴(新民謠) O.12240(852); 釜山의 노래(流行歌) O.1794(794); 不忘曲(流行歌) O.1683(771); 不滅의 눈길(流行歌) O.1919(823); 붉은薔薇(流行歌) O.1695(774); 뿔빠진靑春(流行歌) O.1894(814); 사나이마음(流行歌) O.1965(828); 사랑의 노래(流行歌) O.1734(781); 沙漠의 막(流行歌레뷰) O.1882(812); 砂漠의 恨(流行歌) O.1762(788); 湘南의 밤거리(流行歌) O.1863(809); 新아리랑(民謠) O.1696(774); 싹트는봄(流行歌) O.1772(790); 아버지는어대로(流行歌) O.1840(802); 哀詞(流行歌) O.1862(808); 哀想의거리(流行歌) O.1703(775); 얼씨구 靑春(流行歌) O.1900(816); 오! 새벽이로다(流行歌) O.1744(784); 오늘도 흘러흘러(流行歌) O.1776(791); 외로운꿈(流行歌) O.1732(781); 울며 새우네(流行歌) O.1881(812); 月夜小曲(流行歌) O.1759(787); 流浪의 노래(流行歌) O.1921(823); 異國의 달(流行歌) O.1794(794); 離別은 설다오(流行歌) O.1900(816); 梨園哀曲(流行歌) O.1677(770); 젊은 뱃沙工(新民謠) O.1695(774); 情熱의 神秘(流行歌) O.1874(811); 즐거운 夕陽(流行歌) O.1759(787); 즐거운 靑春(流行歌)

1930년대 중반 혜성처럼 등장한 미성의 남자가수로 경남 진주에서 태어난 남인수(南仁樹, 1918~1962)의 본명은 최창수이나, 후에 강문수(姜文秀)로 고쳤다가 레코드 취입가수로 등장하면서 남인수로 고쳤다.[153] 가수 지망생이었던 시절 뛰어난 목소리 덕분에 시에론사에 채용되면서 〈눈물의 해협〉으로 데뷔했는데, 1936년 오케사의 이철과 강사랑으로부터 스카우트된 남인수가 오케에서의 데뷔곡으로 박영호 작사·손목인 작곡의 〈범벅서울〉과 〈돈도싫소 사랑도 싫소〉을 취입하였다. 1938년 오케음반의 최고 인기곡 〈애수의 소야곡〉·〈꼬집힌 풋사랑〉을 취입한 남인수가 이난영과 함께 가요계의 정상을 치달으면서[154] 많은 유행가를 오케음반에 취입하였다.[155]

이창민(李昌民)이라는 본명을 가진 백년설(百年雪, 1915~1980)은 경북 성주에서 태어났고, 성주농고를 졸업한 후 상경하여 한양부기학교에 다니면서 문학과 연극에 몰두하던[156] 중 23세 때 테너가수 안기영의 소개로 콜럼비아에 입사하여 〈유랑극단〉의 취입을 계기로 유행가 가수로 등장하면서 백년설이라는 예명을 사용하였다. 1939년 〈유랑극단〉의 음반이 큰 성공을 거두자 백년설은 태평레코드사의 전속가수가 되어[157] 21곡의 유행가를 음반에 남겼다.[158]

O.1734(781);　짝사랑(流行歌)　O.1945(825);　青春有情(流行歌)　O.1684(772);　큰애기打鈴(新民謠) O.1938(825); 他鄕(流行歌) O.1677(770); 平壤行進曲(流行歌) O.1808(798); 豊年頌 O.12083(838); 漢水春色(新民謠) O.1879(811); 港口야 잘있거라(流行歌) O.1683(771); 港口의 집붕밑(流行歌) O.1954(826); 幻影(流行歌)　O.1762(788);　黃布車(流行歌)　O.1951(826);　휘파람(流行歌)　O.1723(779);　黑薔薇(流行歌) O.1945(825); 希望의 언덕(流行歌) O.1744(784).

153) 최창호, 앞의 책, 189면.

154) 박찬호, 앞의 책, 331~347면.

155) 南仁樹(오케음반) 꼬집힌풋사랑·토라진눈물 O.12110(841); 남쪽의 旅愁 O.12150(845); 눈물의 沙漠길 O.1951(826); 돈도싫소 사랑도싫소·범벅서울 O.1934(824); 물방아사랑·人生劇場 O.1961(827); 북국의 외론손 O.12078(837); 歲月 을등지마 O.12139(844); 哀愁의제물포 O.1976(830); 處女야曲·청노새歎息 O.12122(842); 台詞轟多起子 O.31015(873); 港口마다괄세드라 O.12168(848); 港口의하소 O.1943(825).

156) 최창호, 앞의 책, 191면.

157) 박찬호, 앞의 책, 378~381면.

〈진주라 천리길〉(이가실 작사, 이운정 곡)을 불러 유명한 이규남(李圭南, 1910~1974)의 본명은 임헌익(林憲翼)인데, 그는 충남 연기군(燕岐郡) 월산리에서 태어났다.159) 그의 프로필에 대한 자세한 사항이 『매일신보』의 기사에 있으므로 여기에 소개한다.

자료 13 (『매일신보』, 1937년 4월 9일) 流行歌手 푸로필 (3) : 『히트』盤을 連發하는 『빅터-』의 重鎭歌手, 李圭南君
구성진 목소리로 民謠調의 구수한 노래를 불으는 流行歌手에 李圭南君이 잇다. 『新人 李圭南의 明朗調』라는 寫眞『삐라』로 君의 새로운 『레코-드』를 宣傳하든 것도 벌서 지난 옛일이다. 『빅타-』에 籍을 둔지 임이 今年이 三年째! 움적 안해도 움즉일 수 업는 『빅타-』의 重鎭歌手로 다달이 새로운 盤을 내여 그의 부드러운 목소리로 朝鮮情緒가 넘치는 구수한 노래를 들려주고 잇다. 故鄕은 忠南燕岐 徽文高普를 맞추고 東京 東洋音樂學校에서 聲樂의 修鍊을 싸타가 不得已한 形便으로 채 業을 마초지 못한채 故鄕을 돌아왔다 한다. (…중략…) 『히트』盤 『沙漠의 旅人』, 『봄노래』 等으로 會社當局을 滿足식혀주고 以後 다달이 新盤으로 『레코-드 · 팬』들의 歡迎을 밧고잇는 君의 功積을 새악하야 會社에서도 君을 積極的으로 後援하기로 하고 머지 안어 聲樂修鍊을 더 싸키 爲하야 渡東할 計劃이라 한다.160)

휘문고보를 졸업한 그가 일본 동양음악학교에서 성악을 전공하다가 가정사정으로 일시 귀국하여 1932년에는 임헌익의 이름으로 콜럼비아 음반에 10곡을 취입하였고, 후에 빅타사로 이적하여 1936년 이규남으로

---

158) 百年雪(태평음반) 故鄕길父母길 T.3033(925); 나그네설음 T.8665(924); 눈물의수박燈 T.3001(924); 大地의港口 T.3028(925); 마도로쓰朴 T.5001(926); 滿浦線길손 T.3017(925); 番地업는酒幕 T.3007(925); 福地萬里 T.3028(925); 北方旅路 T.8656(924); 비오는浦口 T.2001(924); 산八字물八字 T.3007(925); 想思의月夜 T.5009(927); 石油燈길손 T.5006(926); 어머님사랑 T.2001(924); 一字一淚 T.8656(924); 第三流浪劇團 T.2003(924); 靑春海岸 T.5006(926); 春宵花月 T.2003(924); 한잔에한잔사랑 T.3001(924); 虛虛바다 T.3029(925); 黃河茶房 T.3017(925).
159) 黃文平, 앞의 책, 144면; 최창호, 앞의 책, 193면. 黃文平의 책에서 李圭南의 본명은 尹建赫이라고 했으므로, 그의 본명에 대한 의문점은 후에 재조명되어야 함.
160) 한국음악학학회, 앞의 책, 270~271면.

빅타음반에 14곡을 취입하였다.[161] 그 후 빅타회사의 후원으로 일본유학길에 올라 공부를 마친 이규남이 1937년에는 미나미 구니오(南邦雄)라는 이름으로 일본 빅타음반에 데뷔한 바 있다고 한다.[162]

함경남도 원산 출신으로 음악적 재능이 뛰어났던 김용환(金龍煥, 1912~1949)은 김영파·조자룡(趙子龍)·김탄포(金灘浦)라는 예명으로도 활약했으며, 원산고보를 졸업한 후 일본 우에노(上野)음악학교에서 성악을 공부하였다.[163] 바이올린을 비롯하여 트럼펫 등 기악연주에 능란하였고, 노래나 작곡·연극에도 재능을 발휘한 인재였던 그가 신민요 〈두만강 배사공〉을 작곡하여 유명해졌다. 1932년 폴리돌사의 한반도 진출 때 김용환은 전속 작곡가 겸 가수가되어 작곡활동과 함께 70여 곡의 유행가를 폴리돌음반에 남겼다.[164] 한때 폴

---

161) 林憲翼(콜럼비아음반) 江南을 가자 C.40460(195); 孤島의追憶 C.40583(229); 나무꾼 C.40483(201); 나의 설음 C.40470(198); 밟어진마음 C.40467(197); 사공의 노래 C.40494(204); 산넘어 그리운님 C.40560(224); 上海의 一夜 C.40476(199); 찾노라그대여 C.40462(196); 追憶의小夜曲 C.40606(234). 李圭南(빅타음반) 골목의午前七時 V.KJ-1332(532); 그대와가게 되면 V.49481(471); 꿈꾸는綠野 V.KJ-1326(531); 봄노래 V.KJ-1298(524); 봄風景 V.KJ-1286(522); 사랑시대 V.KJ-1311(527); 純情의象牙塔 V.49482(471); 아무렴그럿치 V.KJ-1297(524); 안달이로다 V.KJ-1283(521); 哀想의마도로스 V.KJ-1338(533~534); 流浪의 나그네 V.49480(471); 이러야만올켓소 V.KJ-1288(522); 人生航路 V.49485(472); 靑春의바 다 V.KJ-1323(530).

162) 박찬호, 앞의 책, 425~426면.

163) 최창호, 앞의 책, 181면.

164) 金龍煥(폴리돌음반) 가고십허 P.19118(582); 가시면몰나요 P.X580(651); 高原의새벽 P.19173(599); 故鄕은몇千里인가 P.X513(645); 그는나를이젓나 P.19064(568); 그리워요 P.19082(575); 꼬리빠진處女 P.X503(643); 洛東江 P.19026(557); 洛花의恨 P.19093(577); 눈물저즌술잔 P.19057(566); 都城의밤노 래 P.X525(646); 뒷골목에피는꼿 P.X525(646); 떠도는나그네맘 P.19351(640); 러부파레드 P.19067(569); 마도로스의노래 P.X533(647); 마음의노래 P.19071(570); 목매처웁니다 P.19134(584); 無 名草 P.19058(566), P.X544(648); 바다의노래 P.19063(568); 放浪의길손 P.19280(621); 放浪人 P.19045(563); 보느냐저달을 P.19093(577); 浮世怨 P.19344(639); 붉은꿈○은꿈 P.X563(649); 沙工의설 움 P.19142(587), P.X591(652); 사랑의꽃다발 P.19130(583); 山間處女 P.X527(646); 서울街頭風景 P.19025(556); 숨쉬는부두 p.19032(558); 안개낀섬 P.X506(644); 얄구진運命 P.X506(644); 어두운江邊 에서 P.19071(570); 영치기行進曲 P.19067(569); 울고야떠날길을 P.X526(646); 울기는웨우나요 P.X574(650); 울여만주노나 P.19087(576); 웃마을權生員 P.19281(622); 이꼴저꼴 P.19077(573), P.X552(648); 人生의行路 P.19305(630); 젊은이의봄 P.X533(647); 情怨 P.19117(581); 情恨의南北 P.19342(638); 鐘路四重奏 p.19034(559); 주고간노래 P.19087(576); 支那街의悲歌 P.X552(648); 靑春 과봄 P.X574(650); 靑春을차저 P.19142(587), P.X504(644); 春夢 P.X515(645); 춤을추잔다

리돌사의 전속가수였던 그가 1939년에는 빅타사로 옮겨가 조자룡의 예명으로 작곡하였다.165)

평안남도 개천 출신 김송규(金松奎 1911~1950)의 예명은 김해송(金海松)인데, 그는 유행가 가수로서 유명했을 뿐 아니라, 유행가 작곡가로도 음악적 재능을 보여준 다재다능한 인재였다. 이미 작곡가의 논의 때 김송규에 대하여 거론됐으므로,166) 여기서는 생략한다.

이상에서 1930년대 활약한 남성 유행가 가수에 대하여 거론한 바를 요컨대, 학력에 따라서 그들은 일본음악학교 출신의 유학파 부류와 국내에서 자수성가한 부류로 구분될 수 있다. 채규엽·이규남·김용환은 일본유학파 출신의 대표적 남성가수이다. 자수성가한 남성가수의 출신 배경은 서로 달랐다. 연극배우 출신으로 강홍식이 있고, 콩쿨에서 당선된 고복수 그리고 클래식 기타에 능통했던 김해송과 같은 남성가수가 있었으며, 남인수나 백년설처럼 자수성가한 남성가수도 있다. 1930년대 여류 유행가 가수처럼 남성 유행가 가수의 배경이 이처럼 서로 달랐으나, 1930년대 이후부터는 전문 음악연주단이나 교육기관의 설립과 함께 유학파 출신의 남성가수가 차츰 유행가의 세계에서 자취를 감추게 되지 않았나 한다. 이러한 추정도 역시 다른 자료에 의해서 음악사회사적 관점에서 재검토되어야 할 과제의 하나로 남겨 둔다.

P.19129(583); 춤추며노래하자 p.19033(559).

165) 黃文平, 앞의 책, 48면; 박찬호, 앞의 책, 271~275면.

166) 김송규에 대한 자세한 학술정보는 본장의 주)77~81 참조.

4. 맺음말-1930년대 유행가의 새로운 이해

어느 시대에 새로 등장하는 음악문화가 앞시대와 구분짓는 증거의 하나로 꼽힐 수 있을 때, 그 증거물은 음악사적 관점에서 큰 의미를 지닌다. 왜냐하면 시대구분의 중요한 준거 중의 하나가 앞 시대에 없었던 것이 새로 나타나는 현상이기 때문이다. 이런 전제 아래 1930년대 작곡가가 창작한 유행가의 등장을 근대음악사적 관점에서 조명해 볼 때, 유행가의 등장이 지니는 역사적 의미는 바로 그런 시대구분의 준거 중 하나로 꼽힐 수 있다는 점에서 찾아져야 마땅하다.

한국음악학(Korean musicology)이 유행가의 예술적 가치에 대한 논의 이외에 사회적 영향력에 대한 학술적 검토나 음악사회사적 견지에서의 고찰마저 외면할 수 없다는 생각에서 집필하였다. 따라서 본고에서는 1930년대 유행가의 작사자와 작곡가 그리고 가수에 대한 음악사회사적 관점에서의 학술적 조명이 연구목적이다. 지금까지 본론에서 거론한 내용을 먼저 정리하고 나서, 정리한 내용을 근거로 근대음악사의 발전과정이라는 관점에서 유행가의 음악사적 의미를 찾아보는 것으로 결론을 대신할까 한다.

유행가의 한 곡목은 새 가사를 만드는 작사자 및 새 가사에 의거하여 곡조를 창작하는 작곡가, 그리고 창작된 그 곡목을 노래하는 가수, 이렇게 세 부류의 사람과 관련됐으므로, 그들에 대한 학술적 조명은 필수적이다. 그래서 1930년대 유행가의 작사자와 작곡가 그리고 가수를 음악사회사적 견지에서 점검해 본 결과, 서로의 공통점은 그 당시 공연예술계의 인텔리가 유행가와 밀접하게 관련됐다는 사실이다. 다시 말해서 일본 유학파 출신의 엘리트가 유행가의 작사자·작곡가·가수로 활약했는데, 이하윤과 조경환이 그런 부류의 대표적인 작사자였다. 그리고 유학파 출신의 작곡가는 김준영·이면상·이재호였으며, 채규엽과 이규남 및 김용환이 일본 음악학교에서 정식 음악교육을 받은 유행가 가수였다.

작사자와 가수 중에서 발견되는 또 하나의 공통점은 그 당시의 연극계에서 활약하던 시나리오 작가를 포함한 문인 출신의 작사자 및 여배우 출신의 신진 유행가 가수가 유행가의 작사자나 가수로 활약했다는 사실이다. 다시 말해서 레코드사의 문예부장이었던 박영호·왕평·김능인이 문인 출신의 작사자였고, 여배우 출신의 유행가 가수로 전옥과 이애리수를 꼽을 수 있으며, 남성가수 강홍식도 연극배우 출신이었다. 그리고 유행가의 작곡가 중에는 서양악기의 연주자 출신이 여러 명 포함됐는데, 바이올린의 문호월과 전수린, 클라리넷의 김교성, 그리고 플루트의 정사인이 그 대표적인 인물이었다.

본론에서 얻은 이러한 사실은 모두 1930년대 유행가와 관련된 인물의 학력과 사회적 지위가 현재와는 아주 대조적이었음을 입증해 주는 증거물임은 물론이고, 그러한 사실에 의거하여 초기 유행가의 전개과정에서 그들의 음악사적 위치가 매우 중요함을 음악사회사적 관점에서 확인하였다.

이와 더불어 유행가의 여가수에서 발견되는 점은 1930년대에는 권번 출신의 유행가 가수와 비권번 출신들이 함께 활약했으나, 시대의 흐름에 따라서 유행가 가수의 주도권은 권번 출신들로부터 비권번 출신들에게로 넘어갔다는 사실이다. 또한 1930년대 남성 유행가 가수 중에서 발견되는 사실은 유학파 출신이 사라지면서 비유학파 출신이 유행가계의 주도권을 잡아가는 현상을 찾아볼 수 있었다는 점이다. 이런 현상을 감안할 적에 광복 이후 전개되는 한국대중가요사의 주된 흐름은 1930년대에서 발견되는 이러한 경향의 연장선상에서 앞으로 조명되어야 할 과제로 남겨둔다.

이렇게 1930년대 유행가의 작곡가와 작사자가 신민요와 유행가의 창작활동에 모두 동참한 사실도 그렇고, 30년대 후반에 나타난 여류 유행

가 가수의 교체도 역시 신민요가 전래민요와 유행가의 중간다리 역할
을 담당했으리라는 필자의 가설을 한층 보강하는 증거의 하나이다.
1930년대에 출현한 유행가에 대하여 음악사회사적 관점에서 조명한 이
러한 결과를 토대로 생각해 보건대, 유행가 등장의 음악사적 의미는 결
코 과소평가되어서는 안 된다고 보며, 유행가의 새로운 이해는 바로 이
런 관점에서 찾아져야 마땅하지 않을까 한다.

작사자 \ 음반회사	콜럼비아	빅타	폴리돌	오케	태평	합계
1 姜海人	-	-	-	2곡	-	2곡
2 高馬夫	-	2곡	-	1곡	-	3곡
3 金陵人	-	-	-	5곡	-	5곡
4 金茶人	28곡	-	-	1곡	-	29곡
5 金東進	5곡	-	-	-	-	5곡
6 金東煥	-	-	-	1곡	-	1곡
7 金白鳥	17곡	-	-	-	-	17곡
8 金相龍	-	-	-	1곡	-	1곡
9 金尙花	-	-	-	-	1곡	1곡
10 金聲集	-	1곡	-	-	1곡	2곡
11 金松坡	-	1곡	-	-	-	1곡
12 金岸曙	18곡	-	-	-	-	18곡
13 金用浩	-	-	-	3곡	-	3곡
14 金雲灘	-	-	5곡	-	-	5곡
15 金雄	4곡	-	-	-	-	4곡
16 金月灘	-	-	1곡	-	-	1곡
17 金正鎬	-	-	1곡	-	-	1곡
18 金振門	-	-	-	1곡	-	1곡
19 金昌健	-	-	1곡	-	-	1곡
20 羅雲奎	-	-	1곡	-	-	1곡
21 南江月	-	-	1곡	-	-	1곡
22 南宮琅	-	-	1곡	-	-	1곡
23 南北平	-	1곡	-	-	-	1곡
24 南風月	-	1곡	-	1곡	-	2곡
25 南海林	4곡	-	-	-	-	4곡
26 馬江春	-	-	2곡	-	-	2곡
27 文一石	-	-	-	1곡	-	1곡
28 朴淚月	-	-	-	-	1곡	1곡
29 朴英鎬	39곡	-	2곡	1곡	1곡	43곡
30 白春坡	-	-	1곡	-	-	1곡
31 凡吾(劉道順)	17곡	-	-	-	-	17곡
32 宋大明	-	-	1곡	-	-	1곡
33 宋孝端	-	-	-	1곡	-	1곡
34 申不出	-	-	-	2곡	-	2곡
35 王平	-	-	8곡	-	-	8곡
36 劉道順(凡吾)	54곡	-	-	-	-	54곡
37 劉漢	-	-	1곡	-	-	1곡
38 尹榮祐	13곡	-	-	-	-	13곡

작사자 \ 음반회사	콜럼비아	빅타	폴리돌	오케	태평	합계
39 李圭熹	-	-	-	1곡	-	1곡
40 李蘆鴻	-	-	-	1곡	-	1곡
41 李扶風	-	8곡	-	-	-	8곡
42 李松	-	-	-	1곡	-	1곡
43 李春秋	-	-	1곡	-	-	1곡
44 異河潤	82곡	1곡	1곡	-	-	84곡
45 林昌仁	-	-	1곡	-	-	1곡
46 全基玹	-	-	1곡	-	-	1곡
47 趙鳴岩	9곡	-	-	13곡	-	22곡
48 趙靈出	-	-	1곡	-	-	1곡
49 處女林	14곡	-	-	-	1곡	15곡
50 秋夜月	-	-	12곡	-	-	12곡
51 片月	-	-	10곡	-	-	10곡
52 玄羽	7곡	-	-	-	-	7곡
합 계	311곡	15곡	53곡	37곡	5곡	421곡

작곡가 \ 음반회사	콜럼비아	빅타	폴리돌	오케	태평	합계
1 江口夜詩	-	-	2곡	-	-	2곡
2 姜海人	-	-	-	1곡	-	1곡
3 古賀政男	-	-	-	1곡	-	1곡
4 金敎聲	-	-	6곡	-	1곡	7곡
5 金玲波	-	-	-	1곡	-	1곡
6 金晃均	-	-	2곡	-	-	2곡
7 金松奎	37곡	-	-	-	-	37곡
8 金龍煥	-	-	-	1곡	-	1곡
9 金恩波	-	-	1곡	-	-	1곡
10 金駿泳	48곡	-	-	-	-	48곡
11 金灘浦	-	-	9곡	-	-	9곡
12 金海松	-	-	-	4곡	-	4곡
13 南豊明	-	-	1곡	-	-	1곡
14 大村能章	-	-	3곡	-	-	3곡
15 文湖月	-	-	-	10곡	-	10곡
16 朴是春	-	-	-	7곡	-	7곡
17 朴龍洙	9곡	-	5곡	-	-	14곡
18 山田榮一	-	-	2곡	-	-	2곡
19 石一松	-	-	1곡	-	-	1곡
20 孫牧人	5곡	-	-	4곡	-	9곡
21 松浦마고도	-	-	1곡	-	-	1곡
22 水谷曠	-	-	-	-	1곡	1곡
23 阿部武雄	-	-	2곡	-	-	2곡
24 楊想浦	-	-	-	1곡	-	1곡
25 廉錫鼎	-	-	-	1곡	-	1곡
26 吳樂榮	-	-	-	1곡	-	1곡
27 劉一	7곡	-	-	-	-	7곡
28 尹榮祐	4곡	-	-	-	-	4곡
29 李孤帆	-	1곡	-	-	-	1곡
30 李基英	-	-	-	-	1곡	1곡
31 李晃相	6곡	-	5곡	-	-	11곡
32 李鳳龍	-	-	-	1곡	-	1곡
33 李時雨	-	-	-	1곡	-	1곡
34 李英根	4곡	-	-	-	-	4곡
35 李龍俊	43곡	-	-	-	1곡	44곡
36 李在鎬	8곡	-	-	-	1곡	9곡

작곡가 \ 음반회사	콜럼비아	빅타	폴리돌	오케	태평	합계
37 李鍾泰	-	-	-	6곡	-	6곡
38 李春秋	-	-	1곡	-	-	1곡
39 一湖	4곡	-	-	-	-	4곡
40 林根植	-	-	-	1곡	-	1곡
41 林碧溪	-	-	5곡	-	-	5곡
42 全基玹	47곡	-	4곡	-	-	51곡
43 全壽麟	-	9곡	-	-	-	9곡
44 田村茂	-	-	1곡	-	-	1곡
45 鄭珍奎	2곡	-	-	-	-	2곡
46 紙恭輔	-	-	1곡	-	-	1곡
47 卓星祿	8곡	-	-	-	-	8곡
48 刑奭基	-	1곡	-	-	-	1곡
49 洪秀一	6곡	-	-	-	-	6곡
합 계	238곡	11곡	52곡	41곡	5곡	347곡

가수명 \ 음반회사	콜럼비아	빅타	폴리돌	오케	태평	합계
1 姜南舟	4	-	-	-	-	4곡
2 姜南香	-	-	-	11	-	11곡
3 姜石燕	-	36	-	-	8	44곡
4 姜弘植	32	-	2	-	-	34곡
5 高福壽	-	6	-	44	-	50곡
6 郭明月	-	-	2	-	-	2곡
7 吉貴松	-	-	-	-	3	3곡
8 金蘭星	-	-	1	-	-	1곡
9 金福順	-	-	-	1	-	1곡
10 金福姬	-	22	2	-	-	24곡
11 金鳳鳴	-	3	-	-	-	3곡
12 金鮮英	3	-	-	1	-	4곡
13 金仙草	16	-	-	-	-	16곡
14 金聲集	-	1	-	-	-	1곡
15 金淑賢	4	-	-	-	-	4곡
16 金安羅	2	1	-	-	-	3곡
17 金陽村	-	1	-	-	-	1곡
18 金蓮月	-	-	-	9	-	9곡
19 金永吉	-	-	2	-	-	2곡
20 金英椿	10	-	-	-	-	10곡
21 金玉仙	2	-	-	-	-	2곡
22 金玉眞	-	2	-	-	-	2곡
23 金龍煥	-	2	70	-	-	72곡
24 金益均	-	2	-	-	-	2곡
25 金仁淑	22	-	-	-	-	22곡
26 金薔薇	8	-	-	-	-	8곡
27 金渚夕	-	1	-	-	-	1곡
28 金貞九	-	-	-	7	-	7곡
29 金眞紅	-	1	-	-	-	1곡
30 金彰培	-	-	-	3	-	3곡
31 金昌善	-	-	3	-	-	3곡
32 金楚雲	4	-	-	-	-	4곡
33 金蕉紅	-	1	-	-	-	1곡
34 金海松	14	4	-	15	-	33곡
35 金賢淑	-	-	-	5	-	5곡
36 金活羅	-	-	2	-	-	2곡

가수명	음반회사	콜럼비아	빅타	폴리돌	오케	태평	합계
37	金興愛	1	-	-	-	-	1곡
38	羅星麗	-	-	-	-	1	1곡
39	羅素雲	-	3	-	-	-	3곡
40	羅信愛	-	1	-	-	-	1곡
41	羅仁愛	2	-	-	-	-	2곡
42	南影心	-	-	1	-	-	1곡
43	南仁樹	-	-	-	13	-	13곡
44	南一鷰	25	-	-	-	-	25곡
45	盧碧花	-	2	-	-	2	4곡
46	盧銀紅	1	-	-	-	-	1곡
47	로스최	-	-	1	-	-	1곡
48	墨海娘	-	-	-	-	1	1곡
49	朴丹馬	-	14	-	-	-	14곡
50	朴世煥	8	-	-	-	-	8곡
51	朴榮一	-	3	-	-	-	3곡
52	朴貞林	-	-	-	-	1	1곡
53	朴響林	28	-	-	-	-	28곡
54	朴華山	-	1	-	-	-	1곡
55	方武榮	-	-	-	-	2	2곡
56	白蘭兒	-	-	-	-	3	3곡
57	百年雪	-	-	-	-	21	21곡
58	白曙利	-	-	-	-	5	5곡
59	白石汀	-	-	3	-	-	3곡
60	白華星	-	-	-	5	-	5곡
61	徐祥錫	-	-	-	-	2	2곡
62	徐玉子	-	1	-	-	-	1곡
63	石金星	-	-	-	-	1	1곡
64	石振響	-	-	-	-	3	3곡
65	鮮于一扇	-	1	6	-	-	7곡
66	薛道植	-	6	-	-	-	6곡
67	孫錦紅	-	21	-	-	-	21곡
68	孫惠卿	-	-	-	-	2	2곡
69	宋達協	-	6	-	-	-	6곡
70	申카나리아	-	-	-	-	2	2곡
71	申紅心	-	-	-	-	1	1곡
72	申懷春	4	-	-	-	-	4곡
73	沈遠	-	-	-	1	-	1곡
74	安明玉	-	-	4	-	-	4곡
75	安秀英	-	-	-	1	-	1곡

가수명 \ 음반회사	콜럼비아	빅타	폴리돌	오케	태평	합계
76 安玉鏡	-	11	-	-	-	11곡
77 王壽福	6	-	44	-	-	50곡
78 柳善元	4	-	-	-	-	4곡
79 劉鍾燮	33	-	-	-	-	33곡
80 尹鍵榮	-	-	25	-	-	25곡
81 尹白丹	-	-	-	-	4	4곡
82 尹玉仙	3	-	-	-	-	3곡
83 尹惠仙	1	-	-	-	-	1곡
84 李景雪	-	-	5	-	-	5곡
85 李景洲	-	1	-	-	-	1곡
86 李景春	1	-	-	-	-	1곡
87 李圭南	-	14	-	-	-	14곡
88 李基英	-	2	-	-	-	2곡
89 李蘭影	-	-	-	45	2	47곡
90 李浪渟	-	-	1	-	-	1곡
91 李夢女	1	-	-	-	-	1곡
92 李鳳龍	-	-	-	1	-	1곡
93 李愛利秀	-	24	-	-	-	24곡
94 李燕信	-	-	-	1	-	1곡
95 李英根	-	1	-	-	-	1곡
96 李玉蘭	6	-	-	-	-	6곡
97 李銀鳳	-	-	-	-	1	1곡
98 李銀波	-	7	-	11	3	21곡
99 李銀紅	-	-	3	-	-	3곡
100 李寅權	-	-	-	1	-	1곡
101 李一男	-	4	-	-	-	4곡
102 李貞淑	1	-	-	-	-	1곡
103 李春秋	-	-	2	-	-	2곡
104 李花子	-	-	2	1	-	3곡
105 李勳植	-	-	3	-	-	3곡
106 林丹野	-	-	-	-	1	1곡
107 林生員	-	-	-	-	3	3곡
108 林玉海	-	-	2	-	-	2곡
109 林憲翼	10	-	-	-	-	10곡
110 張世貞	-	-	-	5	-	5곡
111 蔣玉祚	4	-	-	-	-	4곡
112 全景希	-	5	-	-	-	5곡
113 全英吉	3	-	-	-	-	3곡
114 全玉	20	7	25	-	-	52곡

가수명 \ 음반회사	콜럼비아	빅타	폴리돌	오케	태평	합계
115 鄭槿秀	-	1	-	-	-	1곡
116 鄭日敬	1	-	-	-	-	1곡
117 鄭載德	-	-	4	-	-	4곡
118 鄭讚柱	2	-	-	-	-	2곡
119 趙錦子	6	-	-	-	-	6곡
120 趙白鳥	-	4	-	-	-	4곡
121 趙影心	-	-	5	-	-	5곡
122 曺永恩	-	7	-	-	-	7곡
123 紙恭輔	-	-	1	-	-	1곡
124 蔡奎燁	43	-	2	2	1	48곡
125 蔡東園	1	-	-	-	-	1곡
126 崔南鏞	-	24	-	-	24	48곡
127 崔明珠	8	-	-	-	-	8곡
128 崔承伊	-	-	-	-	2	2곡
129 崔英姬	1	-	-	-	-	1곡
130 崔昌仙	-	-	6	-	-	6곡
131 表鳳天	-	2	-	-	-	2곡
132 韓晶玉	-	-	-	6	-	6곡
133 咸玲愛	5	-	-	-	-	5곡
134 玄正男	-	-	3	-	-	3곡
135 洪南杓	-	1	-	-	-	1곡
136 黃琴心	-	12	-	-	-	12곡
합 계	350곡	269곡	232곡	189곡	99곡	1,139곡

노래명 \ 회사명	콜럼비아	빅타	폴리돌	오케	태평
1 That's O.K.	40269(168)	-	-	-	-
2 가고십허	-	-	19118(582)	-	-
3 가노라그대여	40560(224)	-	-	-	-
4 가는봄	-	49347(453)	-	-	-
5 가는靑春	40326(175)	-	-	-	-
6 街頭의피에로	40784(273)	-	-	-	-
7 街路樹에기대여	-	-	-	1784(793)	-
8 加味夫婦湯	40840(291)	-	-	-	-
9 가슴만타지요	-	49286(445)	-	-	-
10 가슴에타는불꽃	40736(264)	-	-	-	-
11 가시나야	-	49301(447)	-	-	-
12 가시면몰나요	-	-	X580(651)	-	-
13 가시면못오시나	40742(265)	-	-	-	-
14 가시면싫어	-	-	-	1939(825)	-
15 가시옵소서	40558(223)	-	-	-	-
16 가여운女子	40672(251)	-	-	-	-
17 가을	40363(180)	-	-	-	-
18 가을달	-	49361(455)	-	-	-
19 가을비소래	-	-	19076(572)	-	-
20 가을시악시	40535(217)	-	-	-	-
21 가을에보는달	40713(260)	-	-	-	-
22 가을은날울리네	-	49158(435)	-	-	-
23 갈매기身世	-	-	-	1764(788)	-
24 갈바람은산들산들	-	49257(443)	-	-	-
25 갈테면가세요	40859(297)	-	-	-	-
26 感傷의가을	-	-	-	1723(779)	-
27 甲紗댕기	-	-	-	1520(733)	-
28 갑판은물결인가	-	-	-	1895(815)	-
29 갑판의小夜曲	-	-	-	1895(815)	-
30 江南에울었소	-	-	-	5003(887)	-
31 江南을가자	40460(195)	-	-	-	-
32 江南제비	-	49097(427)	-	-	-
33 江東千里	-	-	X505(644)	-	-
34 江邊의秘密	-	-	-	1710(776)	-
35 江山의新綠	40752(267)	-	-	-	-
36 개고기主事	40824(286)	-	-	-	-

노래명	회사명 콜럼비아	빅타	폴리돌	오케	태평
37 開城難逢歌	40050(139)	-	-	-	8157(916)
38 거리의悲歌	-	-	19303(629)	-	-
39 거리의新風景	40863(298)	-	-	-	-
40 거리의香氣	-	-	-	-	8126(912)
41 겨울은조흔時節	40791(275)	-	-6	-	-
42 遺墟를지나며	-	-	-	1765(789)	-
43 決死隊의안해	-	-	-	31145(882)	-
44 京城은조흔곳	-	-	19032(558)	-	-
45 孤島의情恨	-	-	19086(575)	-	-
46 孤島의追憶	40583(229)	-	-	-	-
47 孤獨한몸	0114(148)	-	-	-	-
48 고사리꺽으며	-	-	-	1704(775)	-
49 古城의밤	-	-	19052(565)	-	-
50 고수머리아가씨	-	49344(452)	-	-	-
51 고요한장안	-	49154(435)	-	-	-
52 高原에핀꽃	-	-	-	1874(811)	-
53 高原의새벽	-	-	19173(599)	-	-
54 孤寂	-	-	-	1587(749)	-
55 고조의탄식	-	49329(450)	-	-	-
56 故鄕	-	-	-	-	8139(914)
57 故鄕길父母길	-	-	-	-	3033(925)
58 故鄕아잘있거라	-	-	-	-	8121(911)
59 故鄕에님을두고	40654(246)	-	-	-	-
60 故鄕郵便	40850(294)	-	-	-	-
61 故鄕은눈물이냐	-	-	-	1912(821)	-
62 故鄕은멧千里인가	-	-	19286(623)	-	-
63 故鄕은부른다	-	-	-	1963(828)	-
64 故鄕을차저가니	40621(237)	-	-	-	-
65 故鄕의꿈	-	-	-	1840(802)	-
66 故鄕의나루터	-	49287(445)	-	-	-
67 故鄕의달빛	-	-	-	1927(824)	-
68 故鄕의밤	40284(170)	-	-	-	-
69 故鄕草사랑	-	-	-	-	3029(925)
70 故鄕하눌	40770(271)	-	-	-	-
71 空閨怨	40467(197)	-	-	1863(809)	-
72 過去夢	40766(270)	-	-	1590(750)	-
73 曠野에서	-	1365(537)	-	1660(766)	-
74 廣野의달밤	40703(258)	-	-	-	-
75 廣野의서쪽	-	-	-	12142(844)	-

노래명	회사명	콜럼비아	빅타	폴리돌	오케	태평
76 廣野의黃昏		40744(266)	-	-	-	-
77 曠野行馬車		40787(274)	-	-	-	-
78 괴로운꿈길		-	-	-	1617(756)	-
79 괴로운술잔		-	-	19147(590)	-	-
80 九曲肝腸		40826(287)	-	-	-	-
81 구슬픈夜曲		-	1156(507)	-	-	-
82 구슬픈휘바람		-	49353(454)	-	-	-
83 九泉에맺힌한		-	-	-	1822(799)	-
84 國境		-	-	-	1745(784)	-
85 國境列車		-	-	-	12124(843)	-
86 國境의밤		-	-	19185(601)	-	-
87 國境의버들밭		-	-	-	1976(830)	-
88 國境特急		40842(292)	-	-	-	-
89 군밤타령		40480(200)	-	-	-	-
90 굴따는아가씨		-	49322(449)	-	-	-
91 귀여운눈동자		40757(268)	-	-	-	-
92 歸鄕		-	-	-	1541(737)	-
93 그것은너무도억지여요		-	-	-	-	8005(893)
94 그曲調		-	-	19166(598)	-	-
95 그女子의一生		-	-	19153(593)	-	-
96 그는나를이젓나		-	-	19064(568)	-	-
97 그늘에우는天使		40803(278)	-	-	-	-
98 그대를생각하면		40687(255)	-	-	-	-
99 그대여그리워		-	-	19027(557)	-	-
100 그대여보고십다		-	-	19053(565)	-	-
101 그대여아는가이마음을		-	-	19076(572)	-	-
102 그대와가게되면		-	49481(471)	-	-	-
103 그대와나		-	-	-	31084(876)	-
104 그대울지마러라		-	-	19135(585)	-	-
105 그대의마음		-	-	9160(596)	-	-
106 그때를생각하면		-	1233(514)	-	-	-
107 그러지마세요		40777(272)	-	-	-	-
108 그리운故鄕		-	-	19118(582)	-	-
109 그리운내사랑		-	-	-	-	166(935)
110 그리운넷날		-	-	19136(585)	-	-
111 그리운노래		40734(264)	-	-	-	-
112 그리운눈동자		-	1365(537)	-	-	-
113 그리운님		40481(200)	-	-	-	-
114 그리운님이시여		-	49136(433)	-	-	-

노래명 \ 회사명	콜럼비아	빅타	폴리돌	오케	태평
115 그리운水鄕	-	-	-	1586(748)	-
116 그리운옛날	-	-	-	1732(781)	-
117 그리운月桂花	40696(257)	-	-	-	-
118 그리운淇成	-	-	-	-	8121(911)
119 그리운피리소리	-	49362(455)	-	-	-
120 그리워요	-	-	19082(575)	-	-
121 그립다자장가	40650(245)	-	-	-	-
122 그時節	40594(231)	-	-	-	-
123 금강에살으리랏다	-	49336(451)	-	-	-
124 錦衣還鄕	40844(292)	-	-	-	-
125 기두름의설음	40600(233)	-	-	-	-
126 妓生세레나드	40308(173)	-	-	-	-
127 妓生手帖	40839(291)	-	-	-	-
128 妓生아울지마라	40809(281)	-	-	-	-
129 긴한숨	40453(194)	-	-	-	-
130 길섭헤피는꽃	-	-	-	1930(824)	-
131 길섭헤핀꽃	-	1277(519)	-	-	-
132 길잃은비둘기	-	49338(451)	-	-	-
133 길잃은산새	-	49354(454)	-	-	-
134 깨어진胡弓	-	-	19082(575)	-	-
135 꼬리빠진處女	-	-	X503(643)	-	-
136 꼬집힌 풋사랑	-	-	-	12110(841)	-
137 꼴不見主題歌	40378(181)	-	-	-	-
138 꼿각씨서름	-	49275(444)	-	-	-
139 꼿갓흔純情	40846(293)	-	-	-	-
140 꼿바람님바람	40832(289)	-	-	-	-
141 꼿을잡고	-	-	X511(644)	-	-
142 꼿피는江南	-	-	-	-	8161(916)
143 꽃과별	-	49184(438)	-	-	-
144 꽃서울	-	-	-	1906(818)	-
145 꽃시절	-	-	-	12240(852)	-
146 꽃이필때	-	49258(443)	-	-	-
147 꽃피는上海	-	-	X591(652)	-	-
148 꾸지람마르서요	40767(270)	-	-	-	-
149 꿈갓혼우리靑春	-	-	19313(633)	-	-
150 꿈같은사랑	40560(224)	-	-	-	-
151 꿈길	-	49369(456)	-	1808(798)	-
152 꿈길도설어워	-	-	19304(629)	-	-
153 꿈길千里	-	-	-	1796(795)	-

노래명	회사명 콜럼비아	빅타	폴리돌	오케	태평
154 꿈꾸는행주치마	40817(284)	-	-	-	-
155 꿈을실은배	40718(261)	-	-	-	-
156 꿈을차저서	40789(274)	-	-	-	-
157 끗업는눈물	-	-	-	-	C.171(936)
158 끗업는旅路	-	-	19190(602)	-	-
159 끝없는放浪	-	1155(506)	-	-	-
160 끝없는벌판	-	49322(449)	-	-	-
161 끝없는추억	-	49323(449)	-	-	-
162 끝없는鄕愁	-	-	-	1958(827)	-
163 나그네	40333(176)	-	-	-	-
164 나그네설음	-	-	-	-	8665(924)
165 나그네의시름	-	49335(451)	-	-	-
166 나그네黃昏	40859(297)	-	-	-	-
167 나는곱지요	-	49358(455)	-	-	-
168 나는실어요	-	40778(272)	-	-	-
169 나루의哀傷曲	-	-	19219(610)	-	-
170 나리는이슬비	40667(249)	-	-	-	-
171 나무꾼	40483(201)	-	-	-	-
172 나의사랑아	40405(185)	-	-	-	-
173 나의설음	40470(198)	-	-	-	-
174 洛東江	-	-	19026(557)	-	-
175 落葉	40463(196)	-	-	-	-
176 落葉지는밤	-	-	19068(569)	-	-
177 落日은水平線	-	-	-	1832(801)	-
178 落花	40459(195)	-	-	-	-
179 落花流水	40016(134)	-	-	31110(879)	-
180 落花三千	-	-	-	31084(876)	-
181 낙화원	-	49347(453)	-	-	-
182 落花有情	40860(297)	-	-	-	-
183 落花의꿈	40823(286)	-	-	-	-
184 落花의눈물	-	-	-	1889(813)	-
185 落花의恨	-	49370(456)	19093(577)	-	-
186 날나리바람	-	1285(521)	-	-	-
187 날데려가오	-	49337(451)	-	-	-
188 날새면가실님	-	49250(442)	-	-	-
189 南江行	-	-	-	1772(790)	-
190 南國의눈	-	-	-	1841(803)	-
191 男妹	-	-	-	31110(879)	-
192 남무아미타불	40847(293)	-	-	-	-

노래명 \ 회사명	콜럼비아	빅타	폴리돌	오케	태평
193 男兒一生	-	-	-	31158(884)	-
194 南陽의눈물	-	-	-	-	8665(924)
195 南洋의아가씨	-	-	19207(606)	-	-
196 南洋의한울	-	-	19174(600)	-	-
197 남어지告白	-	-	X653(655)	-	-
198 남어지한밤	40796(276)	-	-	-	-
199 男子는듯지마우	40814(283)	-	-	-	-
200 男子의눈물	40796(276)	-	-	-	-
201 男子의마음	-	-	X593(652)	-	-
202 남자의사랑	40727(263)	-	-	-	-
203 남쪽의旅愁	-	-	12150(845)	-	-
204 南浦로가는배	-	-	-	1901(816)	-
205 南浦의집웅밋	-	-	-	-	8156(915)
206 南海의黃昏	40818(285)	-	-	-	-
207 낭자머리嘆息	40861(297)	-	-	-	-
208 내가우노라	-	49265(443)	-	-	-
209 내갈길어듸메냐	40713(260)	-	-	-	-
210 내고향	-	-	19204(604)	-	-
211 내마음을알아주세요	-	1156(507)	-	-	-
212 내버려두서요	-	49282(445)	-	-	-
213 내사랑의그대여	40645(244)	-	-	-	-
214 내챗죽에내가마젓소	40803(278)	-	-	-	-
215 네온의달빛	-	49311(448)	-	-	-
216 네온의파라다이스	40771(271)	-	-	-	-
217 넷산성	40718(261)	-	-	-	-
218 넷터를차저서	-	-	19053(565)	-	-
219 노들강초록물	-	1297(524)	-	-	-
220 노래가락	40052(139)	-	-	-	-
221 노래야비람타고	-	49213(440)	-	-	-
222 路柳墻花	40872(300)	-	-	-	-
223 녹쓰른비녀	40624(237)	-	-	-	-
224 놀고지고	40677(252)	49257(443)	-	-	-
225 놀양	-	-	-	-	8118(911)
226 農村의夕照	40469(197)	-	-	-	-
227 누가그를그렇게했나	40301(172)	-	-	-	-
228 눈물	-	-	19342(638)	-	-
229 눈물서즌豆滿江	-	-	-	20009(856)	-
230 눈물실은기적	-	49478(470)	-	-	-
231 눈물어린燈台	40752(267)	-	-	-	-

노래명 / 회사명	콜럼비아	빅타	폴리돌	오케	태평
232 눈물에젖은가을	-	49303(447)	-	-	-
233 눈물에지친꽃	-	49252(442)	-	-	-
234 눈물의가을	-	49361(455)	-	-	-
235 눈물의고개	40405(185)	-	-	-	-
236 눈물의國境	-	-	-	12177(849)	-
237 눈물의金剛丸	40822(286)	-	-	-	-
238 눈물의꽃다발	-	-	-	12142(844)	-
239 눈물의落葉詩	40867(299)	-	-	-	-
240 눈물의달	-	-	19135(585)	-	-
241 눈물의바다	40616(236)	-	-	-	-
242 눈물의埠頭	40612(235)	-	19232(611)	-	-
243 눈물의沙漠길	-	-	-	1951(826)	-
244 눈물의수박燈	-	-	-	-	3001(924)
245 눈물의水平線	40871(300)	-	-	-	-
246 눈물의술잔	40726(263)	-	-	-	-
247 눈물의詩集	40834(289)	-	-	-	-
248 눈물의信號燈	-	-	-	12193(850)	-
249 눈물의連絡船	40846(293)	-	X658(655)	-	-
250 눈물의一生	40636(241)	-	-	-	-
251 눈물의칵텔	-	49284(445)	-	-	-
252 눈물의歎願書	40854(295)	-	-	-	-
253 눈물의港口	40792(275)	-	-	-	-
254 눈물의黃布車	40810(282)	-	-	-	-
255 눈물저즌술잔	-	-	19057(566)	-	-
256 눈물젖은伽倻琴	40558(223)	-	-	-	-
257 눈물젖은豆滿江	-	-	-	12094(839)	-
258 눈오는밤	40484(201)	-	19058(566)	-	-
259 느진봄아침	-	-	-	-	-
260 늙은꽃멍울	미상(186)	-	-	-	-
261 늴늬리야	40033(137)	-	-	-	8123(912)
262 님가신나라	-	49363(455)	-	-	-
263 님그리는눈물	40721(262)	-	-	-	-
264 님그리르새	-	-	-	1888(813)	-
265 님그리운밤	40286(170)	-	-	-	-
266 님그리워타는가슴	-	49122(431)	-	-	-
267 님도꿈이런가	40842(292)	-	-	-	-
268 님마저가네	-	49213(440)	-	-	-
269 님마지가자	-	49175(437)	-	-	-
270 님마지배	-	49283(445)	-	-	-

노래명 \ 회사명	콜럼비아	빅타	폴리돌	오케	태평
271 님사는마을	-	-	-	1889(813)	-
272 님실러간다	-	-	-	-	0000(932)
273 님실은물결	40439(188)	-	-	-	-
274 님은가시네	-	-	-	-	T.S1(931)
275 님을두고가는나를	-	-	19060(567)	-	-
276 님의노래	-	49356(454)	-	-	-
277 님의무덤	40482(200)	-	-	-	-
278 님의배	40567(226)	-	-	-	-
279 님이여	-	-	19089(576)	-	-
280 님이여 잘잇거라	40629(240)	-	-	-	-
281 닛고마세요	40728(263)	-	-	-	-
282 닛지는안으시겟죠	40737(264)	-	-	-	-
283 다듬이	-	-	-	1522(733)	-
284 다시만날때까지	-	1276(519)	-	-	-
285 丹心玉心	-	-	-	31146(882)	-
286 단양곡	-	49168(436)	-	-	-
287 端午노래	40322(174)	-	-	-	-
288 丹의歌	-	49072(423)	-	-	-
289 단장곡	-	49352(454)	-	-	-
290 斷腸哀曲	40760(268)	-	-	-	-
291 달갓흔님	40566(226)	-	-	-	-
292 달도짐니다	-	-	19206(605)	-	-
293 달려라靑春馬車	-	1158(507)	-	-	-
294 달려라호로마차	-	49483(472)	-	-	-
295 달빗도외로워	-	-	19351(640)	-	-
296 달빗어린사막	40695(256)	-	-	-	-
297 달빛여힌물가	40269(168)	-	-	-	-
298 달을따서	-	-	-	1841(803)	-
299 달잇는母港	-	-	-	-	5069(930)
300 담배를물고	40831(288)	-	-	-	-
301 당신속을내몰낫소	40845(293)	-	-	-	-
302 당신은깍정이야요	-	-	-	1944(825)	-
303 당신은나의남편	40761(269)	-	-	-	-
304 당신입니다	-	1275(519)	-	-	-
305 大氣는香氣롭다	-	-	19311(631)	-	-
306 大洞江은조와요	-	-	19101(579	-	-
307 大地의港口	-	-	-	-	3028(925)
308 대패밥사랑	40814(283)	-	-	-	-
309 더듬는옛자취	-	49259(443)	-	-	-

노래명 \ 회사명	콜럼비아	빅타	폴리돌	오케	태평
310 덧업는靑春	40798(276)	-	19191(602)	-	-
311 덧업슨人生	-	-	-	-	-
312 도라지타령					8068(902)
313 도문강아가씨			-	31159(884)	-
314 都城의밤노래			X525(646)	-	-
315 都市風景			-	-	8116(911)
316 都會의밤거리	-	-	19046(563)	-	-
317 돈도싫소사랑도싫소	-	-	-	1934(824)	-
318 돈실러가	-	-	-	1975(829)	-
319 돌려주셔요그마음	40327(175)	-	-	-	-
320 돌아라물레야	-	1158(507)	-	-	-
321 돌아라물방아	-	49268(444)	-	-	-
322 동모의무덤을안고	-	-	19075(572)	-	-
323 동무생각	40347(178)	-	-	-	-
324 동무의追憶	40666(249)	-	-	-	-
325 동무찾는물새	-	49343(452)	-	-	-
326 冬柏꽃	40507(208)	49136(433)	-	-	-
327 동트는大地	40857(296)	-	-	-	-
328 豆滿江의悲曲	40512(210)	-	-	-	-
329 두목숨의저승길	40666(249)	-	-	-	-
330 두사람의사랑은	40685(254)	-	-	-	-
331 둘곳없는마음	-	49461(468)	-	-	-
332 둥굴둥굴내사랑	-	1142(504)	-	-	-
333 둥글둥글삽시다	-	1153(506)	-	-	-
334 뒷골목에피는꼿	-	-	X525(646)	-	-
335 뒷산타령	-	-	-	-	8118(911)
336 들뜨는마음	-	-	-	-	8152(915)
337 燈臺불과개나리	-	-	-	1733(781)	-
338 일흔청춘	-	49265(443)	-	-	-
339 도는나그네맘	-	-	19351(640)	-	-
340 떠도는浮萍草	-	-	X587(651)	-	-
341 떠도는身勢	40488(202)	-	-	-	-
342 떼목의望鄕	-	-	-	1896(815)	-
343 또도라지	-	-	-	1853(805)	-
344 뜬세상	40305(172)	-	-	-	8139(914)
345 라인강	40139(151)	-	-	-	-
346 러부파레드	-	-	19067(569)	-	-
347 레뷰-행진곡	-	49134(433)	-	-	-
348 룸바는부른다	-	-	-	.1953(826)	-

노래명 \ 회사명	콜럼비아	빅타	폴리돌	오케	태평
349 리별歌	-	-	19214(609)	-	-
350 마누라大門여러	40840(291)	-	-	-	-
351 마도로스의꿈	-	-	-	1937(824)	-
352 마도로스의노래	-	49220(440)	19285(623)	-	-
353 마도로쓰朴	-	-	-	-	5001(926)
354 마른菊花꽃	40408(185)	-	-	-	-
355 마셔라칵텔	-	49134(433)	-	-	-
356 마음에地平線	-	1143(505)	-	-	-
357 마음의거문고	49174(437)	-	-	-	-
358 마음의故鄕	40742(265)	-	-	-	-
359 마음의노래	-	-	19071(570)	-	-
360 마음의綠野	-	-	-	1902(817)	-
361 마음의무지개	-	-	-	1935(824)	-
362 마음의放浪者	-	-	19344(639)	-	-
363 마음의봄	-	-	-	1821(799)	-
364 마음의풍선	-	-	-	1954(826)	-
365 마음의港口	-	1144(505)	-	-	-
366 마음의黃昏	-	-	-	1563(743)	-
367 麻雀行進曲	미상(186)	-	-	-	-
368 마즈막血詩	40801(277)	-	-	-	-
369 마지막글월	-	-	-	31006(872)	-
370 滿月臺의봄	-	-	19060(567)	-	-
371 滿洲의달	40735(264)	-	-	-	-
372 滿浦線길손	-	-	-	-	3017(925)
373 말없이간님	40858(297)	-	-	-	-
374 맘속의무덤	-	49359(455)	-	-	-
375 망루의밤	-	-	-	31145(882)	-
376 望月	-	-	-	1660(766)	-
377 望鄕	-	49266(443)	-	-	-
378 望鄕曲	-	49331(450)	-	-	-
379 맥이	40460(195)	-	-	-	-
380 먼동이터온다	40591(230)	-	-	-	-
381 메라켕港口	-	-	-	-	8618(923)
382 메리의노래	40139(151)	-	-	-	-
383 明朗한님	-	49368(456)	-	-	-
384 明朗한洋酒	-	1157(507)	-	-	-
385 明朗한젊은날	-	-	-	1906(818)	-
386 明沙十里	40760(269)	-	-	1764(788)	-
387 모던妓生點考	40820(285)	-	-	-	-

노래명 / 회사명	콜럼비아	빅타	폴리돌	오케	태평
388 모던難逢歌	-	1141(504)	-	-	-
389 모던悲歌	-	-	19152(592)	-	-
390 모던아리랑	-	49250(442)	-	-	-
391 모보모가	-	49098(427)	-	-	-
392 목노의歎息	-	-	-	12151(845)	-
393 牧丹江편지	-	-	-	31093(877)	-
394 목매쳐웁니다	-	-	19134(584)	-	-
395 木浦의눈물	-	-	-	1795(795)	-
396 木花를따며	-	-	-	1896(815)	-
397 못감니다	40845(293)	-	-	-	-
398 못니저요	-	-	19130(583)	-	-
399 못믿을心思	-	1134(503)	-	-	-
400 못부치는편지	40612(235)	-	-	-	-
401 못생긴英雄	-	-	-	12141(844)	-
402 못오시나요	-	-	19137(586)	-	-
403 못오실님	40712(260)	-	-	-	-
404 못이즐薔薇花	40535(217)	-	-	-	-
405 못잇는꿈	40628(239)	-	-	-	-
406 못잊을사랑	40425(187)	-	-	-	-
407 夢想의봄노래	-	-	19153(593)	-	-
408 夢想의불쓰	-	-	19192(603)	-	-
409 無ㅇ의꿈	-	1172(509)	-	-	-
410 無名草	-	-	19058(566)	-	-
411 無名花	40749(266)	-	-	-	-
412 無常曲	-	-	-	12143(844)	-
413 無心	40493(204)	-	-	-	-
414 無心한그대야	40567(226)	-	-	-	-
415 無心한落葉	40870(300)	-	-	-	-
416 無心한님아	-	49364(455)	-	-	-
417 無心한馬夫	40660(248)	-	-	-	-
418 무엇이어째!	40454(194)	-	-	-	-
419 無情	-	49305(447)	19305(630)	-	-
420 無情한님	40856(296)	-	-	-	-
421 無情한밤차	-	-	-	1901(816)	-
422 無情한사람	-	1284(521)	-	-	-
423 無情海峽	-	-	-	12193(850)	-
424 무지개설음	-	-	-	7002(886)	-
425 문어진烽臺	-	-	-	1852(805)	-
426 문어진사랑	-	-	-	-	8209(919)

노래명 / 회사명	콜럼비아	빅타	폴리돌	오케	태평
427 문허진烏鵲橋	40827(287)	-	-	-	-
428 문허진表情	-	49482(471)	-	-	-
429 물길千里	40499(205)	-	-	-	-
430 물네방아	-	-	19160(596)	-	-
431 勿忘草	-	-	-	1909(820)	-
432 물방아사랑	-	-	-	1961(827)	-
433 물새서름	-	-	-	-	8031(896)
434 물새야울지마라	-	49483(472)	-	-	-
435 물새야웨우느냐	40685(254)	-	-	-	-
436 未練의꿈	-	1160(507)	-	-	-
437 未練의純情	-	-	X587(651)	-	-
438 微笑의코스	-	-	-	12148(845)	-
439 미스코리아	40530(215)	-	-	-	-
440 미스터朝鮮	-	-	19108(580)	-	-
441 미스터콜럼비아	40710(260)	-	-	-	-
442 미운사랑고운사랑	40853(295)	-	-	-	-
443 믿음도허무런가	-	-	19294(625)	-	-
444 密陽아리랑	-	49093(426)	-	-	-
445 蜜月	-	-	-	-	8158(916)
446 密月의大洞江	-	-	-	1908(819	-
447 밋을곳업서라	-	-	19330(636)	-	-
448 바다가에서	40374(181)	-	-	-	-
449 바다넘어	-	-	-	1777(791)	-
450 바다는부른다	-	49304(447)	-	-	-
451 바다로가자	-	-	19298(627)	1745(784)	-
452 바다업는港口	-	-	19228(611)	-	-
453 바다의狂想曲	-	-	-	-	8159(916)
454 바다의交響詩	-	-	-	12140(844)	-
455 바다의노래	-	-	19063(568)	-	-
456 바다의로맨스	-	-	-	1642(763)	-
457 바다의자장가	40836(290)	-	-	-	-
458 바다의젊은이	-	-	19294(625)	-	-
459 바다의處女	-	-	19180(601)	-	-
460 바다의靑春	-	-	19172(599)	-	-
461 바다의카라반	-	-	19341(638)	-	-
462 바다行進曲	-	-	-	1684(772)	-
463 밟어진마음	40467(197)	-	-	-	-
464 밤고개를넘어서	-	-	-	1607(753)	-
465 밤의서울	-	49105(428)	-	-	-

노래명	회사명 콜럼비아	빅타	폴리돌	오케	태평
466 밤의哀愁	-	-	-	1657(766)	-
467 放浪歌	-	49096(427)	-	-	-
468 放浪客	-	-	-	1522(733)	-
469 放浪哀曲	40720(262)	-	-	-	-
470 放浪의길손	-	-	19280(621)	-	-
471 放浪의나그네	-	-	19286(623)	-	-
472 放浪의노래	40468(197)	-	-	-	-
473 放浪의一夜夢	40776(272)	-	-	-	-
474 放浪人	40347(178)	-	19045(563)	-	-
475 방아타령	-	-	-	-	8157(916)
476 배노래	-	49072(423)	-	-	-
477 배ㅅ길천리	40693(256)	-	-	-	-
478 白蘭馬車	-	-	-	-	5009(927)
479 百年恨	-	-	-	1863(809)	-
480 白馬江의追憶	-	49373(457)	-	-	-
481 白薔薇	-	-	-	-	.8131(913)
482 白鳥의悲哀	-	-	-	1591(750)	-
483 白合花	-	-	-	1556(741)	-
484 뱃사공이조와	40806(280)	-	-	-	-
485 버드나무그림자에	40719(261)	-	-	-	-
486 버드나무숩길	-	-	19230(611)	-	-
487 버리지마라요	-	49206(439)	-	-	-
488 番地업는酒幕	-	-	-	-	3007(925)
489 범벅서울	-	-	-	1934(824)	-
490 벙어리냉가슴	40821(286)	-	-	-	-
491 베니스의 노래	40162(154)	-	-	-	-
492 별일이다만어	40852(294)	-	-	-	-
493 별후	-	49363(455)	-	-	-
494 病든純情	-	-	-	5001(887)	-
495 病든薔薇	-	-	-	12168(848)	-
496 炳雲의노래(醫師)	40490(203)	-	-	-	-
497 보내는선물	-	-	-	1920(823)	-
498 보느냐저달을	-	-	19093(577)	-	-
499 福地萬里	-	-	-	-	3028(925)
500 봄(春)	40448(192)	-	-	-	-
501 봄각씨	40303(172)	-	-	-	-
502 봄강	-	-	-	1681(771)	-
503 봄거리	-	49285(445)	-	-	-
504 봄나나	-	-	19216(610)	-	-

노래명 \ 회사명	콜럼비아	빅타	폴리돌	오케	태평
505 봄노래	-	1298(524)	19136(585)	-	-
506 봄도한때	-	49289(445)	-	-	-
507 봄맞이	-	-	-	1618(756)	-
508 봄소식	-	-	-	1881(812)	-
509 봄소식(캐래밴)	-	49158(435)	-	-	-
510 봄아가씨	-	49240(441)	-	1795(795)	-
511 봄은가누나	-	-	19191(602)	-	-
512 봄은불은다	-	-	19474(642)	-	-
513 봄을울며	-	-	-	1540(736)	-
514 봄을찬미하자	40661(248)	-	-	-	-
515 봄이오면은	-	-	19179(601)	-	-
516 봄처녀	-	-	19190(602)	1974(829)	-
517 봄타령	40305(172)	-	-	-	-
518 봄풍경	-	1286(522)	-	-	-
519 봄피리	-	1285(521)	-	-	-
520 峯一	-	-	-	5003(887)	-
521 峯子의노래	40488(202)	-	-	-	-
522 埠頭의戀歌	-	-	19218(610)	-	-
523 埠頭의 는꽃	-	-	X658(655)	-	-
524 釜山노래	-	-	-	1794(794)	-
525 부서진情이나마	40812(283)	-	-	-	-
526 浮世怨	-	-	19344(639)	-	-
527 扶餘千里길	-	-	-	-	5074(930)
528 浮萍草	-	-	-	1532(735)	-
529 復活	40162(154)	-	-	-	-
530 北國萬里	-	1298(524)	-	-	-
531 北國의외론손	-	-	-	12078(837)	-
532 北國千里	40850(294)	-	-	-	-
533 北滿洲荒野	40791(275)	-	-	-	-
534 北方消息	40744(266)	-	-	-	-
535 北方旅路	-	-	-	-	8656(924)
536 粉紅넥타이	40826(287)	-	-	-	-
537 不忘曲	-	-	-	1683(771)	-
538 不滅의눈길	-	-	-	1919(823)	-
539 不死의薔薇	40815(284)	-	-	-	-
540 不死鳥	-	-	-	1587(749)	-
541 不夜城	40453(194)	-	-	-	8096(907)
542 不如歸	-	-	-	1921(823)	-
543 不幸한詩人	40329(175)	-	-	-	-

노래명	회사명 콜럼비아	빅타	폴리돌	오케	태평
544 붉은꿈ㅇ은꿈	-	-	X563(649)	-	-
545 붉은바다	-	-	19027(557)	-	-
546 붉은薔薇	40645(245)	-	-	1695(774)	-
547 붕까라	-	49097(427)	-	-	-
548 비나리는밤	40500(205)	49288(445)	-	-	-
549 비단실사랑	40624(237)	-	-	-	-
550 悲戀	-	-	19089(576)	-	8163(916)
551 悲戀의노래	40625(238)	49220(440)	-	-	-
552 悲戀의夜曲	40527(214)	-	-	-	-
553 비싸게굴지마라	40378(181)	-	-	-	-
554 비에젓는情話	40809(281)	-	-	-	-
555 비오는羅津港	40821(285)	-	-	-	-
556 비오는밤	40327(175)	-	-	-	-
557 비오는여름밤	-	-	-	1672(769)	-
558 비오는浦口	40434(187)	-	-	-	2001(924)
559 빗나는靑春	40660(248)	-	-	-	-
560 뻐젓이사내답게	40792(275)	-	-	-	-
561 뻑국새	-	49118(430)	-	-	-
562 뿔빠진 靑春	-	-	-	1894(814)	-
563 沙工의노래	40494(204)	49273(444)	-	-	-
564 沙工의설움	-	-	19142(587)	-	-
565 沙工의안해	40667(249)	49273(444)	19284(622)	-	-
566 사나이마음	-	-	-	1965(828)	-
567 사나이悲戀	-	-	-	5003(887)	-
568 사나이설움	-	-	-	1887(813)	-
569 사나이스물다섯	-	-	-	1915(822)	-
570 사라지는그림자	40494(204)	-	-	-	-
571 사랑도八字라오	40862(298)	-	-	-	-
572 사랑시대	-	1311(527)	-	-	-
573 사랑에미처	40469(197)	-	-	-	-
574 사랑에옛터에서	-	-	19033(559)	-	-
575 사랑에울음	-	49251(442)	-	-	-
576 사랑은가시밭	-	-	-	12140(844)	-
577 사랑은구슬퍼	40468(197)	-	-	-	-
578 사랑은구즌비	40671(250)	-	-	-	-
579 사랑은꿈결	40784(273)	-	-	-	-
580 사랑은눈물인가 한숨일가	40408(185)	-	-	-	-
581 사랑은속임수	40844(292)	-	-	-	-
582 사랑을밋지마라	40720(262)	-	-	-	-

노래명 \ 회사명	콜럼비아	빅타	폴리돌	오케	태평
583 사랑을찾아	-	-	-	1864(809)	-
584 사랑의고개	-	-	-	1618(756)	-
585 사랑의꽃다발	-	-	19130(583)	-	-
586 사랑의노래	-	-	-	1734(781)	-
587 사랑의달	40748(266)	-	-	-	-
588 사랑의무덤	-	-	-	1632(760)	-
589 사랑의星座	-	-	-	-	8141(914)
590 사랑의十字架	-	-	-	1556(741)	-
591 사랑의이슬안개	40517(212)	-	-	-	-
592 사랑의赤信號	-	-	19475(643)	-	-
593 사랑의트로이카	40736(264)	-	-	-	-
594 사랑의팔맷돌	-	-	-	-	8111(910)
595 사랑의鋪道	-	-	-	-	8166(917)
596 사랑이무엇이길래	-	-	-	1947(825)	-
597 사랑주고病삿소	40801(277)	-	-	-	-
598 사랑푸념	-	1287(522)	-	-	-
599 사랑푸리	-	1142(504)	-	-	-
600 사랑하여드리지오	40346(177)	-	-	-	-
601 사랑해주세요	40625(238)	-	-	-	-
602 沙漠에 자최	-	-	19036(560)	-	-
603 沙漠의눈물	40702(258)	-	-	-	-
604 沙漠의밤눈물	-	-	X545(648)	-	-
605 沙漠의情歌	-	-	19232(611)	-	-
606 砂漠의恨	-	-	-	1762(788)	-
607 사비수의處女	-	-	19204(604)	-	-
608 死의讚美	40303(172)	-	-	-	-
609 思鄉	40566(226)	-	-	-	-
610 사향루	-	49356(454)	-	-	-
611 思鄉哀歌	-	-	-	1919(823)	-
612 山間處女	-	-	X527(646)	-	-
613 山谷의燈불	-	-	-	1761(788)	-
614 산골처녀	-	49357(454)	-	-	-
615 산넘어그리운님	40560(224)	-	-	-	-
616 山으로바다로	-	49275(444)	19332(637)	-	-
617 산은부른다	40757(268)	-	-	-	-
618 산千里물千里	-	-	-	31165(885)	-
619 산八字물八字	-	-	-	-	3007(925)
620 살구꽃필때면	-	-	19298(627)	-	-
621 살어지는情炎	-	-	19057(566)	-	-

노래명 \ 회사명	콜럼비아	빅타	폴리돌	오케	태평
622 삼도일성	-	49253(443)	-	-	-
623 삼성가	-	49301(447)	-	-	-
624 三水甲山	-	49233(441)	-	-	-
625 湘南의밤거리	-	-	-	1863(809)	-
626 相思樹	-	-	-	-	8137(913)
627 相思雁	-	-	19353(641)	-	-
628 想思月夜	40843(292)	-	-	-	-
629 想思의月夜	-	-	-	-	5009(927)
630 相思의하룻밤	-	-	X516(645)	-	-
631 相思一念	-	-	19297(627)	-	-
632 相思草	-	-	19293(625)	1716(777)	-
633 상사타령	-	49175(437)	-	-	-
634 上海로가자	40839(291)	-	-	-	-
635 上海의一夜	-	40476(199)	-	-	-
636 새겨진상처	-	1280(520)	-	-	-
637 새길것는날	-	-	19146(589)	-	-
638 새날이밝아오네	-	-	-	1853(805)	-
639 새로동동못잊어요	-	1157(507)	-	-	-
640 새希望	40451(194)	-	-	-	-
641 생의恨	40470(198)	-	-	-	-
642 생초목사랑	40843(292)	-	-	-	-
643 서글픈마음	-	-	-	7002(886)	-
644 서러운자최	40672(251)	-	-	-	-
645 서른신세	-	49251(442)	-	-	-
646 서름만흔靑春	40500(205)	-	-	-	-
647 서울街頭風景	-	-	19025(556)	-	-
648 서울노래	40508(208)	49143(434)	-	-	-
649 서울小夜曲	-	49268(444)	-	-	-
650 서울의밤	40773(271)	-	-	-	-
651 서울의아가씨	40454(194)	-	-	-	-
652 서울의지붕밑	-	1152(506)	-	-	-
653 서울行進曲	-	49157(435)	-	-	-
654 石油燈길손	-	-	-	-	5006(926)
655 선술집風景	40800(277)	-	-	-	-
656 船倉에울너왓다	40816(284)	-	-	-	-
657 雪嶺을넘어서	-	-	19233(611)	-	-
658 雪野를달린다	-	1143(505)	-	-	-
659 설음을잊으려고	-	-	-	1852(805)	-
660 설음의벌판	-	-	-	1912(821)	-

노래명 \ 회사명	콜럼비아	빅타	폴리돌	오케	태평
661 섬밤	40481(200)	-	-	-	-
662 섬색시	40506(207)	-	-	1520(733)	-
663 섬색시하소	-	1287(522)	-	-	-
664 世紀末의노래	-	-	19024(556)	-	-
665 세동무	40070(142)	-	-	-	-
666 세상은젊어서요	-	49105(428)	-	-	-
667 歲月만가네	-	-	19312(632)	-	-
668 歲月을등지마	-	-	-	12139(844)	-
669 세전의승	-	49480(471)	-	-	-
670 笑國萬歲	-	-	19227(611)	-	-
671 小女變心曲	40484(201)	-	-	-	-
672 小夜樂	40418(186)	-	-	-	-
673 소쪽새우는밤	-	-	-	1864(809)	-
674 속아야옳습니까	-	1316(528)	-	-	-
675 松京落日	-	-	-	1784(793)	-
676 松濤園滿員	40818(285)	-	-	-	-
677 松花江건너	40873(300)	-	-	-	-
678 手巾日記	-	-	-	-	5001(926)
679 水夫의꿈	40693(256)	-	-	-	-
680 水夫의노래	-	49228(440)	-	-	-
681 水夫의안해	40499(205)	-	-	-	-
682 水夫의嘆息	-	49373(457)	-	-	-
683 수양버들	40694(256)	-	-	-	-
684 守一의노래	-	-	19161(597)	-	-
685 수줍은나도웁니다	-	49177(437)	-	-	-
686 수줍은處女	-	49369(456)	-	-	-
687 수집은꿈	40606(234)	-	-	-	-
688 수집은處女	40593(231)	-	-	-	-
689 수혼의노래	40114(148)	-	-	-	-
690 巡禮者	40398(184)	-	-	-	-
691 順愛의노래	-	-	19161(597)	-	-
692 純情	-	49184(438)	-	-	-
693 純情의象牙塔	-	49482(471)	-	-	-
694 順風에돗달고	40591(230)	-	-	-	-
695 술노래	40480(200)	-	-	-	-
696 술은눈물이랄가 한숨이랄가	40300(172)	-	-	-	-
697 술파는소녀	-	-	19088(576)	-	-
698 숨쉬는부두	-	-	19032(558)	-	-
699 숨어서우는우름	40636(241)	-	-	-	-

노래명	회사명 콜럼비아	빅타	폴리돌	오케	태평
700 숨죽은酒場	-	-	19192(603)	-	-
701 스리스리봄바람	-	1286(522)	-	-	-
702 스켓팅時代	-	-	-	1608(754)	-
703 勝利의거리	-	-	-	-	8156(915)
704 시골길	-	-	-	1702(775)	-
705 시내가의追憶	-	-	19200(604)	-	-
706 시달닌가슴	40727(263)	-	-	-	-
707 시드는靑春	-	-	19080(574)	-	8065(901)
708 시는靑春	40575(227)	-	-	-	-
709 시집사리三年	-	-	-	1702(775)	-
710 시큰둥夜市	40820(285)	-	-	-	-
711 新도라지	-	-	-	1696(774)	-
712 新아리랑	-	49122(431)	-	1696(774)	-
713 新二八靑春歌	40033(137)	-	-	-	-
714 新婚明朗譜	-	1281(520)	-	-	-
715 新婚아까쓰끼	40813(283)	-	-	-	-
716 新흥타령	-	-	-	-	8123(912)
717 실버들	-	49282(445)	-	-	-
718 실없는총각	-	49348(453)	-	-	-
719 失戀	40223(162)	-	-	-	-
720 失戀悲歌	40748(266)	-	-	-	-
721 失戀의노래	40489(202)	-	-	-	-
722 심술궂은봄바람	-	-	-	1887(813)	-
723 沈靜	-	-	-	1591(750)	-
724 心鳥	-	-	-	1529(734)	-
725 沈淸이자장가	40807(280)	-	-	-	-
726 十年이어젠듯	40703(258)	-	19217(610)	-	-
727 十道合唱	-	-	-	1772(790)	-
728 싹트는봄	-	-	-	-	-
729 쌍쌍타령	40847(293)	-	-	-	-
730 쓰라린追憶	40599(232)	-	-	-	-
731 쓰러진젊은꿈	-	49177(437)	-	-	-
732 아難事	-	49233(441)	-	-	-
733 아외로워	40527(214)	-	-	-	-
734 아가씨마음	40284(170)	-	19280(621)	-	-
735 아가씨수첩	-	1283(521)	-	-	-
736 아가씨여	40584(229)	-	-	-	-
737 아가씨慰問	-	-	-	31158(884)	-
738 아득한故鄕	40867(299)	-	-	-	-

노래명	회사명	콜럼비아	빅타	폴리돌	오케	태평
739 아득한꿈길		-	49227(440)	-	-	-
740 아득한千里길		40621(237)	-	-	-	-
741 아득한흰돗		-	49319(449)	-	-	-
742 아리랑		40070(142)	-	19017(554)	-	-
743 我利浪四時歌		-	-	19217(610)	-	-
744 아마시여라		-	-	-	-	8089(906)
745 아무럼그렇지		-	1297(524)	-	-	-
746 아버지는		-	-	-	1840(802)	-
747 아서라이女性아		-	49259(443)	-	-	-
748 아서라이바람아		-	49287(445)	-	-	-
749 아이고설어		-	-	19129(583)	-	-
750 아이구기가막혀		-	49098(427)	-	-	-
751 아주까리浦口		-	-	-	-	5074(930)
752 아지랑이눈물		-	-	-	1873(811)	-
753 아靑春		-	-	-	-	8099(908)
754 아츰		40325(175)	-	-	-	-
755 아침의出帆		-	-	-	1873(811)	-
756 아침前奏曲		-	-	-	1608(754)	-
757 안개같이사라지오		-	49252(442)	-	-	-
758 안개낀섬		-	-	19296(626)	-	-
759 안달이로다		-	1283(521)	-	-	-
760 안오시나요		-	1282(521)	-	-	-
761 안해의무덤안고		40582(229)	-	-	-	-
762 알뜰한당신		-	1132(503)	-	-	-
763 알쌍及第		-	-	-	31157(883)	-
764 알아달라舊謠		-	-	-	1907(819)	-
765 애달픈敗北		-	1280(520)	-	-	-
766 애달픈피리		-	49374(457)	-	-	-
767 애달픈幸福		-	-	-	1962(828)	-
768 애닯은편지		-	49342(452)	-	-	-
769 애당초불어		-	-	-	12123(842)	-
770 哀憐		-	49191(438)	-	-	-
771 哀詞		-	-	-	1862(808)	-
772 哀想		-	-	-	-	8170(918)
773 哀傷曲		-	49304(447)	-	-	-
774 哀想의거리		-	-	-	1703(775)	-
775 哀想의봄노래		-	49348(453)	-	-	-
776 哀想의썰매		-	-	-	-	8131(913)
777 哀傷의靑春		40747(266)	-	-	-	-

노래명 \ 회사명	콜럼비아	빅타	폴리돌	오케	태평
778 哀想의浦口	-	-	-	-	8209(919)
779 哀愁의江邊	40853(295)	-	-	-	-
780 哀愁의사빈	-	49196(438)	-	-	-
781 哀愁의旅路	40866(299)	-	-	-	-
782 哀愁의제물포	-	-	-	1976(830)	-
783 哀愁의浦口	40771(271)	-	-	-	-
784 哀愁의海邊	40687(255)	-	-	-	-
785 哀戀悲曲	40694(256)	-	-	-	-
786 愛怨의외쪽길	40819(285)	-	-	-	-
787 애타는追憶	-	-	-	1894(814)	-
788 櫻花暴風	-	-	-	20009(856)	-
789 夜江哀曲	40475(199)	-	-	-	-
790 野童의노래	-	-	-	1672(769)	-
791 야루江千里	-	-	-	1958(827)	-
792 야멸찬심사	-	1282(521)	-	-	-
793 夜鳴鳥林生員	-	-	-	-	198(939)
794 야속타기억은	40581(229)	-	-	-	-
795 야속한꿈길	-	49285(445)	-	-	-
796 夜雨	-	-	-	1693(773)	-
797 夜月空山	-	-	19233(611)	-	-
798 야윈그림자	-	49352(454)	-	-	-
799 얄구진運命	-	-	X506(644)	-	-
800 어느女子의日記	-	1159(507)	-	-	-
801 어두운江邊에서	-	-	19071(570)	-	-
802 어디든지같이가지요	40333(176)	-	-	-	-
803 어디를갈까	-	49320(449)	-	-	-
804 어머님사랑	-	-	-	-	2001(924)
805 어머님안심하소서	-	-	-	31146(882)	-
806 漁夫歌	-	-	19219(610)	-	-
807 漁父四時詞	-	-	19213(608)	-	-
808 어스름달밤	-	-	19109(580)	-	-
809 어여쁜惡魔	-	-	-	1944(825)	-
810 어이하나요	-	1154(506)	-	-	-
811 어쩌면좋아요	-	49370(456)	-	-	-
812 漁村落照	-	-	-	1733(781)	-
813 언제나봄이오랴	-	-	19110(580)	-	-
814 얼씨구靑春	-	-	-	1900(816)	-
815 엇저면그럿탐	-	-	X622(654)	-	-
816 엉터리대학생	40848(293)	-	-	-	-

노래명 \ 회사명	콜럼비아	빅타	폴리돌	오케	태평
817 에티오피아夜曲	-	-	X593(652)	-	-
818 에헤라靑春	-	-	-	1694(773)	-
819 旅路人生	-	1361(537)	19313(633)	-	-
820 여름밤	-	-	-	-	C.178(937)
821 黎明의水平線	-	-	19292(625)	-	-
822 旅愁	-	-	-	-	C.158(934)
823 女人의길	-	1312(527)	-	-	-
824 女子된허물	40765(270)	-	-	-	-
825 女子의純情	40765(270)	-	-	-	-
826 旅情多恨	-	-	19206(605)	-	-
827 旅窓	40223(162)	-	-	-	-
828 聯絡船은떠난다	-	-	-	1959(827)	-
829 蓮밥따는아가씨	40455(194)	-	-	-	-
830 연분홍薔薇	40849(294)	-	-	-	-
831 戀愛設計圖	40783(273)	-	-	-	-
832 戀愛雙曲線	40833(289)	-	-	-	-
833 戀愛特急	-	-	-	1960(827)	-
834 열매나것구가소	40838(290)	-	-	-	-
835 열여덜살의봄	40482(200)	-	-	-	-
836 熱情	-	-	-	-	8116(911)
837 熱情의부루스	40837(290)	-	-	-	-
838 영객	-	49154(435)	-	-	-
839 鈴蘭花	-	-	-	1694(773)	-
840 迎春曲	-	-	-	1642(763)	-
841 영치기行進曲	-	-	19067(569)	-	-
842 옛고향터	-	-	19052(565)	-	-
843 옛터를찾아서	-	49168(436)	-	-	-
844 외 새벽이로다	-	-	-	1744(784)	-
845 오-내사랑	40530(215)	-	-	-	-
846 오늘도울엇다오	-	-	19228(611)	-	-
847 오늘도흘러흘러	-	-	-	1776(791)	-
848 오동꽃	-	49196(438)	-	-	-
849 오동나무	-	49095(427)	19017(554)	-	-
850 梧桐닢질때	40868(299)	-	-	-	-
851 오동수풀	-	49335(451)	-	-	-
852 오로라에處女	-	-	19036(560)	-	-
853 오리고향	-	49357(454	-	-	-
854 玉笛아울지마라	-	-	19218(610)	-	-
855 옥토끼忠誠	-	-	-	31093(877)	-

노래명 \ 회사명	콜럼비아	빅타	폴리돌	오케	태평
856 올팡갈팡	-	-	-	1963(828)	-
857 옵빠는風角쟁이	40837(290)	-	-	-	-
858 王昭君의노래	-	-	19166(598)	-	-
859 왕저방戀書	-	-	-	20009(856)	-
860 왜그럴까요네	40346(177)	-	-	-	-
861 왜모르는가	-	49359(455)	-	-	-
862 왜이럴가요	40857(296)	-	-	-	-
863 외로운가을밤	-	49320(449)	-	-	-
864 외로운곳	-	-	19094(577)	-	-
865 외로운길손	40628(239)	-	-	-	-
866 외로운꿈	-	-	-	1732(781)	-
867 외로운남아	-	1312(527)	-	-	-
868 외로운마음	40490(203)	-	-	-	-
869 외로운밤	-	-	-	-	8031(896)
870 외로운이몸	-	49289(445)	-	-	-
871 외로운자취	-	49354(454)	-	-	-
872 외로운化粧臺	-	-	-	12139(844)	-
873 외로움	-	-	-	1831(801)	-
874 외로워라이내마음	-	-	-	1569(744)	-
875 우는꽃	40493(204)	-	-	-	-
876 우러도보앗지오	40659(248)	-	-	-	-
877 우리네의노래	40398(184)	-	-	-	-
878 우리는멋쟁이	40806(280)	-	-	-	-
879 우리는風雲兒	40861(298)	-	-	-	-
880 우리님날보고	-	1153(506)	-	-	-
881 우리의가을	-	49312(448)	-	-	-
882 우리의봄	-	49343(452)	-	-	-
883 우슴짓는希望	40710(260)	-	-	-	-
884 憂鬱	-	-	-	-	8005(893)
885 雨中行人	40760(268)	-	-	-	-
886 울고간연못가	40858(297)	-	-	-	-
887 울고간龍山驛	40836(290)	-	-	-	-
888 울고갈길을웨왓든가	-	-	19281(622)	-	-
889 울고떠나간님	40807(280)	-	-	-	-
890 울고싶은마음	40856(296)	1155(506)	-	-	-
891 울고야떠날길을	-	-	X526(646)	-	-
892 울기는웨우나요	-	-	19179(601)	-	-
893 울니러왓던가	-	-	-	-	8153(915)
894 울며새우네	-	-	-	1881(812)	-

노래명	회사명 콜럼비아	빅타	폴리돌	오케	태평
895 울면서기다리며	40712(260)	-	-	-	-
896 울어도嘆息해도	-	1154(506)	-	-	-
897 울어라푸른하눌	40705(259)	-	-	-	-
898 울어보지	-	49286(445)	-	-	-
899 울여만주노나	-	-	19087(576)	-	-
900 울음은한이업네	40581(229)	-	-	-	-
901 울음의벗	40528(215)	-	-	-	-
902 울지마러요	40528(215)	-	-	-	-
903 울지마오	-	49303(447)	-	-	-
904 울지안을래요	40637(242)	-	-	-	-
905 웃마을權生員	-	-	19281(622)	-	-
906 웃지를마세요	-	-	-	1820(799)	-
907 워듸부싱	40455(194)	-	-	-	-
908 怨鳥의녁	40653(246)	-	-	-	-
909 원춘사	-	1310(527)	-	-	-
910 月○戀	-	1160(507)	-	-	-
911 月見花	-	-	-	1632(760)	-
912 月光의曲	-	49334(451)	-	-	-
913 月光恨	-	-	-	-	8161(916)
914 月明紗窓	40830(288)	-	-	-	-
915 月夜	-	-	19038(561)	-	-
916 月夜夢	-	-	19296(626)	-	-
917 月夜小曲	-	-	-	1759(787)	-
918 月夜의강변	40449(192)	-	-	-	-
919 月夜의雁聲	40711(260)	-	-	-	-
920 윙크바람	-	49155(435)	-	-	-
921 流浪엘레지	-	49488(473)	-	-	-
922 流浪의歌手	40677(252)	-	-	-	-
923 流浪의曲藝師	40767(270)	-	-	-	-
924 流浪의꽃	-	49273(444)	-	-	-
925 流浪의나그네	-	49480(471)	-	-	-
926 流浪의노래	-	-	-	1921(823)	-
927 流浪의十年歲月	-	-	X622(654)	-	-
928 流浪의哀愁	40599(232)	-	-	-	-
929 流線型萬歲	-	-	-	-	8147(914)
930 流線型아리랑	-	-	-	1902(817)	-
931 流轉兒의노래	-	-	-	1964(828)	-
932 有情無情	40726(263)	-	X621(654)	-	-
933 유쾌한주정꾼	-	-	-	1975(829)	-

노래명 \ 회사명	콜럼비아	빅타	폴리돌	오케	태평
934 銀河에흐르는情熱	-	-	-	1803(797)	-
935 銀河鵲橋	-	-	-	1574(745)	-
936 異國의달	-	-	-	1794(794)	-
937 異國의燈불	40835(289)	-	-	-	-
938 이끌저끌	-	-	19077(573)	-	-
939 李道令	-	-	19100(579)	-	-
940 이래야할는지	40477(199)	-	-	-	-
941 이러야만올켓소	-	1288(522)	-	-	-
942 이러케되엿담니다	40761(269)	-	-	-	-
943 이마음실고	40737(264)	-	-	-	-
944 離別	40583(229)	-	-	-	-
945 離別曲	-	1276(519)	-	-	-
946 離別넉두리	-	1284(521)	-	-	-
947 離別설어	40507(208)	-	-	-	-
948 離別哀譜	-	49486(473)	-	-	-
949 離別은설다오	-	-	-	1900(816)	-
950 離別의눈물	40743(265)	-	-	-	-
951 離別의處女	40783(273)	-	-	-	-
952 離別의港口	40781(273)	-	-	-	-
953 이슬비나리는밤	-	-	19064(568)	-	-
954 異域情調曲	-	-	19025(556)	-	-
955 梨園哀曲	-	-	-	1677(770)	-
956 이잔을들고	40491(203)	-	-	-	-
957 二八歌	-	-	19017(554)	-	-
958 二八아가씨	40721(262)	-	-	-	-
959 人生劇場	-	-	-	1961(827)	-
960 人生午前	-	-	-	1974(829)	-
961 人生은三十부터	-	49342(452)	-	-	-
962 人生은草露같다	-	9118(430)	-	-	-
963 人生의봄	-	-	19086(575)	-	-
964 人生의恨嘆	40476(199)	-	-	-	-
965 人生의行路	-	-	19305(630)	-	-
966 人生이란무엇	-	-	-	1832(801)	-
967 人生日記	-	-	19147(590)	-	-
968 人生酒幕	40830(288)	-	-	-	-
969 人生航路	-	49485(472)	-	-	-
970 人魚의노래	-	-	-	-	8164(917)
971 人情	-	-	19343(639)	-	-
972 一夜夢	40649(245	-	-	-	8164(917)

노래명	회사명 콜럼비아	빅타	폴리돌	오케	태평
973 一葉片舟	-	-	19068(569)	-	-
974 一字一淚	-	-	-	-	8656(924)
975 일허진마음	40686(255)	-	-	-	-
976 일허진첫사랑	40637(242)	-	-	-	-
977 일헌진靑春	40584(229)	-	-	-	-
978 임자업는나루터	-	-	19072(571)	-	-
979 임자없는꽃	40446(191)	-	-	-	-
980 잊었던꿈길	-	49258(443)	-	-	-
981 잊으시면몰라요	-	1172(509)	-	-	-
982 잊으시었나	-	49288(445)	-	-	-
983 自然美	-	-	19353(641)	-	-
984 자장가	-	-	19214(609)	-	-
985 自轉車	40325(175)	-	-	-	-
986 장가를들게되면	-	1133(503)	-	-	-
987 長長秋夜	40869(299)	-	-	-	-
988 長恨歌	40374(181)	-	-	1509(729)	-
989 쟈라메라	40016(134)	-	-	-	-
990 저녁의바닷가	40425(187)	-	-	-	-
991 저달지기전	-	49240(441)	-	-	-
992 저도몰라요	-	1144(505)	-	-	-
993 저아가씨	-	-	-	-	C.166(935)
994 저언덕을넘어서	-	-	19285(623)	-	-
995 寂漠한꿈나라	40559(224)	-	-	-	-
996 赤鳥	-	49072(423)	-	-	-
997 電話日記	40800(277)	-	-	-	-
998 젊은마음	-	-	19088(576)	-	-
999 젊은이노래	-	-	-	1822(799)	-
1000 젊은이의노래	40176(156)	-	-	-	-
1001 젊은이의봄	-	-	19185(601)	-	-
1002 情다운南國	-	49358(455)	-	-	-
1003 情다운우리	-	1281(520)	-	-	-
1004 情두고가신님	40594(231)	-	-	-	-
1005 情든나루	-	-	-	-	8152(915)
1006 情든님前上書	40827(287)	-	-	-	-
1007 정든땅	-	-	-	31157(883)	-
1008 情든浦口	40600(233)	-	-	-	-
1009 정말인가요	-	-	19207(606)	-	-
1010 情熱의마도로스	-	-	19343(639)	-	-
1011 情熱의水平線	40864(298)	-	-	-	-

노래명	회사명	콜럼비아	빅타	폴리돌	오케	태평
1012 情熱의神秘		-	-	-	1874(811)	-
1013 情熱의嘆息		40735(264)	-	-	-	-
1014 情炎을안고		-	-	-	1710(776)	-
1015 情炎의휘파람		-	-	-	-	C.192(938)
1016 情怨		-	-	19117(581)	-	-
1017 정자나무		-	-	-	1569(744)	-
1018 停車場		40462(196)	-	-	-	-
1019 情恨의南北		-	-	19342(638)	-	-
1020 情恨의밤車		-	-	-	-	8664(924)
1021 情恨의버들		-	-	-	-	8143(914)
1022 情恨의十年		-	-	-	-	8664(924)
1023 情恨의애소		-	49488(473)	-	-	-
1024 情恨의홍사등		-	1310(527)	-	-	-
1025 情花		40644(244)	-	-	-	-
1026 第三流浪劇團		-	-	-	-	2003(924)
1027 朝鮮讚歌		-	-	-	1552(740)	-
1028 朝鮮타령		40565(225)	-	-	-	-
1029 鐘路		-	-	-	1580(747)	-
1030 鐘路네거리		40270(168)	-	-	-	-
1031 鐘路悲歌		-	-	19034(559)	-	-
1032 鐘路四重奏		-	-	19034(559)	-	-
1033 鐘路의달밤		40629(240)	-	-	-	-
1034 鐘路行進曲		-	49323(449)	-	-	-
1035 좌만조선인행진곡		-	49253(443)	-	-	-
1036 주고간노래		-	-	19087(576)	-	-
1037 酒幕의하로밤		40649(245)	-	-	-	-
1038 죽이든살리든지 나는몰라요		40308(173)	-	-	-	-
1039 즐거운戀歌		-	-	-	-	8126(912)
1040 즐거운夕陽		-	-	-	1759(787)	-
1041 즐거워라이내靑春		40772(271)	-	-	-	-
1042 支那街의悲歌		-	-	X552(648)	-	-
1043 지나간옛꿈		-	-	-	-	8068(902)
1044 支那의悲歌		-	-	19212(608)	-	-
1045 지는해에		40618(236)	-	-	-	-
1046 地上의어머니		40815(284)	-	-	-	-
1047 지워진사랑		-	-	-	1927(824)	-
1048 咫尺千里		-	-	19284(622)	-	-
1049 支向업는몸		40492(203)	-	-	-	-
1050 직녀의탄식		-	49362(455)	-	-	-

노래명 \ 회사명	콜럼비아	빅타	폴리돌	오케	태평
1051 달래의哀心曲	40483(201)	-	-	-	-
1052 집시의노래	-	-	-	1703(775)	-
1053 집없는천사	-	-	-	31052(875)	-
1054 짜릿짜릿	-	1141(504)	-	-	-
1055 짜즈에메로듸	-	-	19054(565)	-	-
1056 짝사랑	40799(277)	-	-	1945(825)	-
1057 쫏기는새	-	-	-	-	8145(914)
1058 茶집아가씨	40816(284)	-	-	-	-
1059 참말딱해요	-	-	X503(643)	-	-
1060 찻노라그대여	40462(196)	-	-	-	-
1061 찻지나말지	40762(269)	-	-	-	-
1062 蒼空의별둘	40788(274)	-	-	-	-
1063 창백한저달빛	-	49143(434)	-	-	-
1064 窓에기대여	40363(180)	-	-	-	-
1065 滄波萬里	-	-	19081(574)	-	-
1066 蒼波千里	-	-	-	1776(791)	-
1067 채란새	-	-	-	1914(821)	-
1068 處女雪	-	-	-	1953(826)	-
1069 處女手帖	-	-	-	12150(845)	-
1070 處女夜曲	-	-	-	12122(842)	-
1071 處女열여덜엔	40506(207)	-	-	-	-
1072 處女의時節	40686(255)	-	-	-	-
1073 處女總角	40489(203)	-	-	-	-
1074 처량한기타소리	40798(276)	-	-	-	-
1075 처량한밤	40434(187)	-	-	-	-
1076 처여행진곡	-	49155(435)	-	-	-
1077 千里에님을두고	-	1311(527)	-	-	-
1078 千里長江	-	-	-	-	8146(914)
1079 千里春色	-	-	-	1959(827)	-
1080 千里春風	-	1135(504)	-	-	-
1081 첨단걸의노래	-	49364(455)	-	-	-
1082 첫봄의따님	40418(186)	-	-	-	-
1083 첫사랑	40517(211)	-	-	1907(819)	-
1084 첫사랑의꿈	40695(256)	-	-	-	-
1085 청노새歎息	-	-	-	12122(842)	-
1086 청실홍실	40851(294)	-	-	-	-
1087 靑天綠原	40778(272)	-	-	-	-
1088 靑春	40322(174)	-	-	-	-
1089 靑春階級	40813(283)	-	-	-	-

노래명	콜럼비아	빅타	폴리돌	오케	태평
1090 청춘곡	-	49329(450)	-	-	-
1091 靑春과봄	-	-	19292(625)	-	-
1092 靑春狂想曲	40795(276)	-	-	-	-
1093 청춘기록	-	1316(528)	-	-	-
1094 靑春도저요	-	-	19157(595)	-	-
1095 靑春도한때	-	-	19297(627)	-	-
1096 靑春銅鑼	-	-	-	31134(881)	-
1097 靑春亂想	-	-	-	1657(766)	-
1098 靑春馬車	40862(298)	-	-	-	-
1099 靑春魅力	-	49491(474)	-	-	-
1100 靑春明朗譜	40787(274)	-	-	-	-
1101 靑春無情	40849(294)	-	19227(611)	-	-
1102 靑春埠頭	-	-	19187(602)	-	-
1103 靑春雙曲線	-	-	-	1935(824)	-
1104 청춘아부르짖어라	-	49311(448)	-	-	-
1105 靑春알범	-	-	X621(654)	-	-
1106 靑春葉書	40832(289)	-	-	-	-
1107 청춘은괴로워	-	-	19026(557)	-	-
1108 靑春은외로워	-	49338(451)	-	-	-
1109 靑春을차저	-	-	X504(644)	-	-
1110 靑春의凱歌	40777(272)	-	-	-	-
1111 靑春의樂園	-	1152(506)	-	-	-
1112 靑春의밤	40451(194)	-	-	-	-
1113 靑春의삘딩	40805(279)	-	-	-	-
1114 靑春의춤	-	-	19303(629)	-	-
1115 靑春의幻影	-	-	-	-	C.158(934)
1116 靑春이원수라오	-	-	X623(654)	-	-
1117 靑春日記	40710(260)	-	-	-	-
1118 靑春恨	-	-	19146(589)	-	-
1119 靑春抗議	-	-	-	1937(824)	-
1120 靑春海岸	-	-	-	-	5006(926)
1121 靑春行	-	-	19110(580)	-	-
1122 靑春行進曲	-	-	19198(603)	1552(740)	-
1123 靑春回想	40872(300)	-	-	-	-
1124 靑春懷抱	-	-	19117(581)	-	-
1125 矗石樓의달빛	-	-	-	1964(828)	-
1126 總角陳情書	-	-	-	20009(856)	-
1127 秋江日暮	-	-	-	-	8030(895)
1128 秋夕	-	49312(448)	-	-	-

노래명 \ 회사명	콜럼비아	빅타	폴리돌	오케	태평
1129 秋夜長	-	-	-	1536(736)	-
1130 追憶	-	-	19072(571)	1586(748)	-
1131 追憶의강가	-	49302(447)	-	-	-
1132 追憶의두만강	-	1277(519)	-	-	-
1133 追憶의燈臺	-	-	-	1943(825)	-
1134 追憶의물결	40868(299)	-	-	-	-
1135 追憶의북두성	-	49334(451)	-	-	-
1136 追憶의不眠鳥	40711(260)	-	-	-	-
1137 追憶의小夜曲	40606(234)	-	-	-	-
1138 追憶의손	40728(263)	-	-	-	-
1139 追憶의哀歌	-	-	19101(579)	-	-
1140 追憶의長恨夢	-	-	19212(608)	-	-
1141 追憶의幻影	40661(248)	-	-	-	-
1142 春夢	-	-	X515(645)	-	-
1143 春詞	-	-	-	1540(736)	-
1144 春宵花月	-	-	-	-	2003(924)
1145 春愁	40445(190)	-	-	-	-
1146 春怨	-	-	19094(577)	-	-
1147 春子의告白	40835(289)	-	-	-	-
1148 春恨	40477(199)	-	-	-	-
1149 春香	-	-	19100(579)	-	-
1150 春香傳	-	-	19474(642)	-	-
1151 春香祭	-	-	-	1939(825)	-
1152 春痕	40286(170)	-	-	-	-
1153 出帆	-	-	19200(604)	-	-
1154 춤을추잔다	-	-	19129(583)	-	-
1155 춤추며노래하자	-	-	19033(559)	-	-
1156 七仙女	40662(248)	-	-	-	-
1157 七星旗날니는데	-	-	19038(561)	-	-
1158 카페의노래	-	49095(427)	-	-	-
1159 카페의밤	40492(203)	-	-	-	-
1160 컽텔長恨夢	40329(175)	-	-	-	-
1161 큐핏트의화살	-	-	19075(572)	-	-
1162 키타는운다	40863(298)	-	-	-	-
1163 他官千里	-	-	19216(610)	-	-
1164 他國의旅人宿	40822(286)	-	-	-	-
1165 타는이마음	40326(175)	-	-	-	-
1166 타올으는님생각	-	-	-	-	8030(895)
1167 他鄕	-	-	-	1677(770)	-

노래명 / 회사명	콜럼비아	빅타	폴리돌	오케	태평
1168 他鄕살이	-	-	-	1947(825)	-
1169 鄕의黃昏	-	49478(470)	-	-	-
1170 嘆息는실버들	40559(224)	-	-	-	-
1171 嘆息의밤	-	-	-	1682(771)	-
1172 嘆息의小夜曲	-	-	19230(611)	-	-
1173 嘆息하는밤	40575(227)	-	19352(641)	-	-
1174 嘆息하는술잔	-	49337(451)	-	-	-
1175 嘆息하는靑春	-	-	19174(600)	-	-
1176 波濤에故鄕싣고	-	-	-	12143(844)	-
1177 파무든변지	-	-	-	12148(845)	-
1178 八道場打令	40852(294)	-	-	-	-
1179 敗戀者의祈願	-	-	-	1716(777)	-
1180 敗北者의설움	-	-	-	1563(743)	-
1181 浿城의가을밤	40459(195)	-	-	-	-
1182 浿水의哀想曲	40176(156)	-	-	-	-
1183 페허에서	-	-	19045(563)	-	-
1184 布穀聲	-	-	X505(644	-	-
1185 浦口에우는불새	-	-	19330(636)	-	-
1186 浦口에우는女子	40795(276)	-	-	-	-
1187 浦口의달빗	40788(274)	-	-	-	-
1188 浦口의處女	40491(203)	-	-	-	-
1189 浦口의懷抱	40671(250)	-	-	-	-
1190 暴風에우는꽃	40810(282)	-	-	-	-
1191 漂浪의歌手	-	-	X623(654)	-	-
1192 表風天	-	1134(503)	-	-	-
1193 풋난봉	-	-	-	12141(844)	-
1194 風車도는故鄕	40805(279)	-	-	-	-
1195 피거든드리지오	40765(270)	-	-	-	-
1196 피눈물	-	-	-	-	8166(917)
1197 피라밋그림자	-	-	-	1821(799)	-
1198 피여나는情炎	-	-	19167(598)	-	-
1199 피지못한꽃	40582(229)	-	-	-	-
1200 필뚱말뚱	-	-	-	-	8618(923)
1201 하날가도는바람	-	-	19063(568)	-	-
1202 漢江물	-	49093(426)	-	-	-
1203 漢江水打鈴	40050(139)	-	-	-	-
1204 恨만흔身勢	40650(245	-	-	-	-
1205 恨많은몸	-	49353(454)	-	7001(886)	-
1206 漢陽悲歌	-	-	-	1570(744)	-

노래명 \ 회사명	콜럼비아	빅타	폴리돌	오케	태평
1207 恨이나 업것만	40766(270)	-	-	-	-
1208 한잔에한잔사랑	-	-	-	-	3001(924)
1209 恨嘆	40441(189)	-	-	-	-
1210 할로서울	-	-	-	-	8001(893)
1211 할빈旅愁	-	-	-	-	5001(887)
1212 함께가자우	40781(273)	-	-	-	-
1213 港口는멋쟁이	-	-	X657(655)	-	-
1214 港口는슬퍼요	40819(285)	-	-	-	-
1215 港口마다괄세드라	-	-	-	12168(848)	-
1216 港口야잘있거라	-	-	-	1683(771)	-
1217 港口에서港口로	40834(289)	-	-	-	-
1218 港口에서만난女子	-	1275(519)	-	-	-
1219 港口의女子	-	-	19213(608)	1682(771)	-
1220 港口의未練	40773(271)	-	-	-	-
1221 港口의밤	-	-	19109(580)	-	-
1222 港口의敍情	-	-	-	1820(799)	-
1223 港口의선술집	-	-	-	1960(827)	-
1224 港口의十五夜	40812(283)	-	-	-	-
1225 港口의哀愁	40702(258)	-	-	-	-
1226 港口의夜話	40869(299)	-	-	-	-
1227 港口의離別	40618(236)	-	-	1545(738)	-
1228 港口의집붕밑	-	-	-	1954(826)	-
1229 港口의處女雪	40838(290)	-	-	-	-
1230 港口의靑春	-	-	X652(655)	-	-
1231 港口의하소	-	-	-	1943(825)	-
1232 港口의히로인	-	-	19081(574)	-	-
1233 港口日記	40873(300)	-	-	-	-
1234 海女의노래	-	49319(449)	-	-	-
1235 海棠花	40605(233)	-	-	1704(775)	-
1236 海鳥曲	-	-	-	12079(837)	-
1237 해지는沙漠	-	-	-	1545(738)	-
1238 海峽의달빛	40831(288)	-	-	-	-
1239 幸運의밤車	40804(279)	-	-	-	-
1240 行舟曲	-	-	19167(598)	-	-
1241 香내나는풀밭	-	49331(450)	-	-	-
1242 鄕愁	40743(265)	-	-	1580(747)	-
1243 鄕愁千里	40870(300)	-	-	-	-
1244 虛虛바다	-	-	-	-	3029(925)
1245 헐어진옛城	40448(192)	-	-	-	-

노래명 \ 회사명	콜럼비아	빅타	폴리돌	오케	태평
1246 胡弓을타면서	-	-	-	1965(828)	-
1247 紅燈夜曲	40445(190)	-	-	-	-
1248 紅燈의嘆息	-	-	-	1590(750)	-
1249 紅淚怨	40508(208)	-	-	-	-
1250 紅薔薇	-	-	19308(630)	-	-
1251 화려한저녁	40662(249)	-	-	-	-
1252 花柳怨	40446(191)	-	-	-	-
1253 花月三更	-	-	19352(641)	-	-
1254 花月頌歌	-	-	-	1879(811)	-
1255 花朝月夕	40823(286)	-	-	-	-
1256 幻滅	-	-	-	1574(745)	-
1257 幻想	-	-	-	1532(735)	-
1258 幻想아리랑	-	-	-	-	8074(903)
1259 幻影	-	-	-	1762(788)	-
1260 歡喜의大地	-	1135(504)	-	-	-
1261 活動寫眞강짜	40824(286)	-	-	-	-
1262 荒城의跡	-	1169(509)	-	-	-
1263 荒野에해가점으러	40705(259)	-	-	-	-
1264 荒野의孤客	40644(244)	-	-	-	-
1265 黃布돗대	-	-	-	31165(885)	-
1266 黃布車	-	-	-	1951(826)	-
1267 黃河茶房	-	-	-	-	3017(925)
1268 黃昏의비	-	49150(435)	-	-	-
1269 黃昏의언덕	-	1288(522)	-	-	-
1270 黃昏의트로이카	-	49489(473)	-	-	-
1271 回想	-	-	-	1570(744)	8001(893)
1272 回想의哀調	-	1134(503)	-	-	-
1273 懷抱千絲	-	-	-	-	8149(915)
1274 휘파람	-	-	-	1723(779)	-
1275 흐르는계집	-	-	-	-	8099(908)
1276 흐르는마음	-	-	-	1536(736)	-
1277 흐르는별	-	-	-	1862(808)	-
1278 흐르는세월	40789(274)	-	-	-	-
1279 흐르는歲月	-	-	-	1915(822)	-
1280 흐르는스텝	-	-	-	1803(797)	-
1281 흐르는身世	-	-	-	1888(813)	-
1282 흐르는풀잎	-	1233(514)	-	-	-
1283 黑薔薇	-	-	-	1945(825)	-
1284 흘겨본世上	-	-	-	1617(756)	-

노래명 \ 회사명	콜럼비아	빅타	폴리돌	오케	태평
1285 흘겨본他國땅	40804(279)	-	-	-	-
1286 흘너간五年	40871(300)	-	-	-	-
1287 흘러가는물	40439(188)	-	-	-	-
1288 흘러간녹야	-	49489(473)	-	-	-
1289 흘러간로맨스	-	1159(507)	-	-	-
1290 흘으는酒幕	40854(295)	-	-	-	-
1291 흘으는靑色	40851(294)	-	-	-	-
1292 興亞의봄	-	-	-	-	3033(925)
1293 흥화가낫네	40833(289)	-	-	-	-
1294 흩어진사랑	-	49266(443)	-	-	-
1295 望峰	-	49157(435)	-	-	-
1296 希望의고개로	40300(172)	-	-	-	-
1297 希望의달밤	-	-	-	31134(881)	-
1298 希望의바다로	40864(298)	-	-	-	-
1299 希望의북소래	40475(199)	-	-	-	-
1300 希望의썰매	40848(293)	-	-	-	-
1301 希望의언덕	-	-	-	1744(784)	-
1302 希望의종이운다	40654(246)	-	-	-	-
1303 희미한달빛	40866(299)	-	-	-	-
합계 : 총 1,381곡	474곡	282곡	241곡	282곡	102곡

신민요와 대중가요[1)]

장유정

1. 머리말

신민요는 말 그대로 '새로운 민요'를 의미한다. 그렇다면 새로운 민요란 무엇을 의미하는 것일까? 애초에 민요란 입에서 입으로 전해지는 민중의 노래이었다. 게다가 집단 창작으로 만들어져서 작사자나 작곡자를 알 수 없는 노래이었다. 그러므로 민요는 생활 속에서 자연스럽게

---

1) 본고는 신민요의 대중가요적 측면에 초점을 맞추어서 필자의 기존 논문들을 종합하여 재구성한 것임을 밝혀둔다. 참고한 문헌을 제시하면 다음과 같다. 졸고, 「1930년대 신민요에 대한 당대의 인식과 수용」, 『한국민요학』 제12집, 한국민요학회, 2003; 졸고, 「1930년대 기생의 음악활동 일고찰—대중가요 가수를 중심으로」, 『민족문화논총』 제30집, 영남대 민족문화연구소, 2004; 졸고, 「안서 김억의 대중가요 가사에 나타나는 민요적 특성 고찰」, 『겨레어문학』 제35집, 겨레어문학회, 2005; 졸저, 『오빠는 풍각쟁이야—대중가요로 본 근대의 풍경』, 민음in, 2006; 졸고, 「대중매체의 출현과 전통가요 텍스트의 변화 양상 고찰—〈수심가〉를 중심으로」, 『고전문학연구』 제30집, 2006.

형성되었고 민중과 가장 가까운 곳에서 민중의 희로애락을 반영하였던 노래라고 할 수 있다. 그러나 시대가 달라지고 세상이 바뀌면서 민요의 자기 쇄신 내지는 자기 갱신이 요청되었다. 근대 매체가 등장하고 본격적인 의미의 대중가요가 출현하면서 민요도 새로운 변신을 시도하게 된 것이다. 신민요는 민요와 같은 전통가요를 기반으로 하면서도 특정한 작사자와 작곡자가 대중매체를 통해 대중에게 보급할 의도로 만든 대중가요 갈래 중의 하나라고 할 수 있다.

18~19세기에 들어서 농경사회가 점차 산업사회로 바뀌면서 기존의 민요는 이미 변신의 계기를 맞이하였다. 가장 눈에 띄는 변화는 전문 소리꾼의 등장이다. 예부터 우리 민족은 노래와 춤을 좋아하였으므로 노래를 잘 하면 그만큼 이로운 측면이 있었다. 모내기 할 때, 노래를 잘 하는 선소리꾼은 일을 하지 않은 채 소리를 매겼던 것이 그 단적인 예이다. 또한 이웃 마을에서 노래 잘 하는 소리꾼을 모셔가기까지 하였으니, 전통 사회에서 민요의 역할과 노래를 잘 하던 사람에 대한 대접을 짐작할 수 있다. 하지만 이들을 전문 소리꾼이라고 하기는 어려울 것이다.

전문 소리꾼이 단순한 민요 창자와 구별되는 점은 그들이 소리를 업으로 삼고 청중으로부터 자신들의 소리에 대한 대가를 받았다는 것이다. 이는 화폐경제의 지배를 받는 산업사회에서 가능한 일이다. 전문 소리꾼은 무대에서 소리를 하였는데, '파움'이나 '공청'은 초창기 전문 소리꾼의 무대로서의 구실을 하였다.[2] 그러다가 협률사나 원각사 등이 개설되면서 전문 소리꾼은 본격적인 공연을 할 수 있었다. 사계축의 소리꾼이나 기생, 삼패, 창우, 사당패 등은 전문 소리꾼이라고 할 수 있다.

전문적인 소리꾼이 부르던 대표적인 노래 갈래로는 잡가와 판소리

---

2) '파움'은 파를 기르는 움막을 의미한다. 겉으로 보기에는 하잘것없는 움막이지만 내부는 호사스러웠다고 한다. 즉 천장에는 반자를 하고 주위에는 병풍을 두르고 바닥에는 보료를 깔았다고 한다. 또한 '공청'은 원두막처럼 지어서 지붕을 덮고 바닥에는 서까래를 깔고 그 위에 마루를 놓아 그 위에 멍석이나 자리를 간 것을 의미한다(이창배 편저, 『한국가창대계』, 홍인문화사, 1976, 164~165면).

등을 들 수 있다. 전문적인 소리꾼이라고 하지만 근대적인 의미의 작사나 작곡이라는 개념이 없던 상태에서 새로운 노래의 창작이란 쉽지 않았을 것이다. 상황이 이러하다보니, 그들은 기존의 민요를 변모시켜 부르기도 하였다. 그러므로 잡가나 통속민요3)는 기존의 토속민요(향토민요)를 전문적인 소리꾼의 공연 작품(repertory)으로 변용하는 과정에서 출현하였다고 할 수 있다. 그리고 이것이 다시 근대매체와 만나서 대중가요의 한 갈래로 자리 잡은 것이 신민요이다. 그러므로 신민요는 민요를 대중화 내지는 세속화시키는 과정에서 형성되었다고 할 수 있다. 이에 본고에서는 민요를 모태로 하고 있는 신민요의 대중가요적인 성격에 초점을 맞추어서 그 양상과 의미를 살펴보기로 한다.

2. 기계음에 포섭된 신민요

신민요의 대중가요적인 성격을 지적하는데 있어서 대중매체의 언급은 필수적이다. 주지하다시피, 대중가요의 형성은 대중매체의 등장으로 가능하였다. 1877년에 토마스 에디슨이 발명한 유성기는 마셜 매클루언의 표현처럼 '장벽이 제거된 음악당'을 낳았고 대량 생산과 대량 보급을 통해 빠른 속도로 대중들에게 음악을 전파시킨 것이다. 한마디로 유성기의 등장은 음악 생활 자체를 변화시켰다고 할 수 있다.

마크 카츠는 녹음의 영향이 드러나는 방식을 '포노그래프 효과(phonograph effect)'로 명명하고 다음의 몇 가지 특징을 제시하였다. 유형성·이동성·

---

3) 잡가와 통속민요의 구별은 쉽지 않다. 그 개념을 어떻게 설정하느냐에 따라서 범위와 범주가 달라지고 겹치기도 한다. 다만 잡가와 통속민요가 모두 기존의 토속민요를 그 모태로 한다는 점에서는 공통적일 것이다.

가시성과 비가시성·반복성·시간 제한·녹음 장비의 수용성·조작성이 그것이다.4) 포노그래프 효과는 민요가 신민요로 변용되는 과정에도 마찬가지로 나타난다. 그 몇 가지 예를 들어 보겠다.

먼저, 신민요는 토속민요의 영향을 받으면서 출현한 통속민요나 잡가를 유형화 내지는 정형화시킨 것이다.『정정증보신구잡가』에 실려 있는 〈수심가〉는 총 1,627자 56줄의 매우 긴 노래이다.5) 그런데 이러한 〈수심가〉를 모태로 해서 출현한 신민요 〈신수심가〉는 총 12줄의 3절 형식을 취하고 있다.

어항속의 금붕어는 물마를까 수심이요
가지끝에 앉은새는 바람불까 수심일세
에헤요 에헤야 수심이로세
한세상 가는길이 수심이로세

청춘홍안 미인들은 세월가니 수심이요
견우직녀 **들은 이별할까 수심일세
에헤요 에헤야 수심이로세
한세상 가는길이 수심이로세

양류지상 꾀꼬리는 봄이갈까 수심이요
우리같은 청춘들은 가지가지 수심일세
에헤요 에헤야 수심이로세
한세상 가는길이 수심이로세

−〈신수심가〉

(추야월 작사, 이면상 작곡, 선우일선 노래, 포리돌 19340A, 1936년 10월 발매)

기존의 〈수심가〉가 그저 떠오르는 생각을 마구 쏟아내는 것처럼 보

---

4) 마크 카츠, 허진 역,『소리를 잡아라』, 마티, 2006.
5) 한인석,『정정증보신구잡가』, 광문책사, 1915, 556~562면.

였다면, 처음부터 계획과 의도를 가지고 만든 〈신수심가〉는 3절의 정형화된 양상을 드러내고 있다. 이렇게 신민요가 기존의 잡가나 통속민요를 정형화시켰던 것은 작사가와 작곡가가 애초부터 음반에 싣기 위해 노래를 만들었기 때문이다. 음반은 통상적으로 한 면이 약 3분 정도의 분량으로 이루어져 있다. 따라서 노래 한 곡은 3분이라는 시간적 제약을 받으면서 만들어질 수밖에 없는 것이다. 주어진 3분 안에 노래를 녹음하기 위해서 기존의 잡가나 통속민요에 비해 신민요의 길이는 짧아졌고 분절 형식도 갖추게 된 것이다. 이처럼 신민요는 잡가나 통속민요가 유성기라는 새로운 매체에 적응하면서 생성되었다고 볼 수 있다.

유성기는 음악의 이동성을 용이하게 해준다. 예전의 민요는 입에서 입으로 전해지는 구비적인 성격을 지니고 있었다. 그러다보니, 그 이동 범위가 상대적으로 제한되었던 것이 사실이다. 이는 유성기가 출현하기 이전의 통속민요나 잡가도 마찬가지이다. 전문 소리꾼의 소리를 듣기 위해서 우리는 공연장을 찾아갈 수밖에 없었다. 그러나 유성기가 출현하면서 상황은 달라졌다. 유성기를 보유하고 있다면, 어느 곳에서나 음악을 들을 수 있게 된 것이다. 유성기가 없더라도, 유성기 소리는 일상 생활 깊숙이 침투해온다. 길을 걷다가 다방이나 카페 앞에 틀어놓은 유성기 소리에 발길을 멈추기도 하고 의도에 상관없이 어느 집 담장 안에서 들려오는 유성기 소리에 노출되기도 하는 것이다.

유성기를 통해 전해지는 음악은 기계를 통해 나오는 소리이다. 그러다보니, 유성기는 새로운 질감의 목소리를 출현시키기도 한다. 이른바 '레코드 보이스(Record-voice)'라는 새로운 질감의 목소리가 등장하였고 기존 창자도 이에 맞추어서 자신의 창법을 변화시키기도 하였다. 예를 들어 전문적인 소리꾼의 한 부류인 판소리 창자에게 성량(聲量) 매우 중요하였다. 왜냐하면, 유성기가 등장하기 전까지 판소리 창자는 공연 현장에서 많은 사람들에게 자신의 노래를 들려주어야 하였기 때문이다. 전달력과 호소력을 높이기 위해서 풍부한 성량은 필수적이었다고 할 수 있다. 그러나 유성기가 등장하면서 가수에게 중요한 것은 성량이 아니라 성색(聲色)이 되었다. 소리의 크기는 기계로 조작이 가능하기 때문에 중요한 것은 얼마나 소리가 곱고 아름다운가에 있었던 것이다.[6]

신민요 가수는 대체로 민요나 잡가의 창자와 겹쳐진다. 특히 전통적인 창법을 익힌 기생들은 신민요 가수로도 활약하였다. 그런데 이들은 민요나 잡가를 주로 통성 내지는 진성으로 불렀던 것과 달리 신민요를 부를 때는 가성을 사용하는 모습을 보여준다. 박부용이 〈노들강변〉(신불출 작사, 문호월 작곡, 박부용 노래, 오케 1619A, 1934년 2월 발매)을 전통 창법으로 부른 것과 달리, 기생이자 1930년대 당시에 인기가수였던 선우일선은 신민요를 가성으로 부르고 있는 것이다. 포리돌 음반회사에 있던 왕평이 선우일선의 노래를 듣고 그 고운 목소리에 반해서 처음 취입시킨 노래가 〈꽃을 잡고〉(김안서 작사, 이면상 작곡, 선우일선 노래, 포리돌 19137A, 1934년 6월 발매)인데, 이 노래 역시 선우일선이 가성을 사용하여 부른 것이다.[7]

이처럼 신민요는 기존의 민요나 잡가에 기원을 두고 있으면서도 3분이라는 시간적 제약에 맞추어서 분절 형식의 짧은 길이를 지향하였으며 신민요의 창자 역시 기계에 맞는 아름다운 소리로 창법을 변화시켰다. 유성기라는 기계음에 포섭된 신민요는 당대인의 호응을 받으면서 20세기 전반기 대중가요의 한 갈래로 안착하였다.

---

6) 졸고, 「대중매체의 출현과 음악문화의 변모 양상―라디오와 유성기를 중심으로」, 『대중서사연구』 제18호, 대중서사학회, 2007, 276~280면.
7) 선우일선의 생애와 부른 노래 곡목은 졸고, 앞의 논문(2004, 483~488면)을 참고할 수 있다.

3. 신민요의 생산과 수용

1920년대와 1930년대 상황에서 신민요의 출현은 어쩌면 필연적이었는지도 모른다. 우리 나라에 유성기가 도래하였을 때, 음반에 가장 먼저 실은 소리는 광대나 기생 같은 전통가요 창자의 소리였다. 1907년에 미국 콜럼비아사에서 발매한 첫 상업 음반도 〈유산가〉나 〈산염불〉 등의 전통가요를 싣고 있다.[8] 기존의 민요와 잡가 등이 음반에 수록되면서 길이가 조금씩 짧아졌고 외래에서 유입된 음악의 영향을 받으면서 작사자와 작곡자가 의도적으로 만든 신민요도 출현할 수 있었던 것이다. 1926년에 나운규가 주연을 맡고 연출까지 하였던 무성 영화 〈아리랑〉의 주제가로 사용되었던 〈아리랑〉은 비교적 이른 시기에 만들어진 신민요로 성공한 경우에 해당한다. 오늘날까지 〈아리랑〉이 민족의 노래로 불리고 있는 상황을 감안할 때, 〈아리랑〉의 성공은 대단한 것이라고 할 수 있다.

1920년대 당시 지식인들이 지니고 있던 민요에 대한 관심도 신민요 출현에 일정 정도 기여하였다고 볼 수 있다. 김억을 위시하여 김동환·이광수·김사엽 등은 지면을 통해 민요에 대한 관심을 여러 차례 개진하였으며, 이러한 상황에서 신민요도 출현할 수 있었다. 실제로 김사엽은 신민요의 구비 조건으로 언어구사의 평명화, 민요의 호흡인 정형률의 음악적 효과, 풍부한 감정의 표현을 들었고[9] 대중가요를 민요의 일종이라고 생각하였던 김억은 가사의 시적 요소와 음조미를 강조하면서 민요적인 전통을 계승한 상당수의 대중가요 가사를 창작하였다.[10]

그러나 신민요 창작자와 여타 갈래의 대중가요 창작자가 완전히 구

---

8) 졸저, 앞의 책, 2006, 92~93면.

9) 졸고, 앞의 논문, 2003, 306~307면.

10) 졸고, 앞의 논문, 2005; 졸고, 「민요전통 계승한 김억의 대중가요 가사—김억의 대중가요 발굴가사 58편 및 작품세계」, 『문학사상』 399호, 문학사상사, 2006년 1월호.

별되는 것은 아니다. 민요를 모태로 하고 있다 하더라도 신민요 또한 대중가요 갈래의 하나로 존재하였기 때문에 대중가요의 작사자와 작곡자들은 신민요와 여타 갈래의 대중가요를 모두 창작하였던 것이다. 이는 신민요를 대중가요라는 큰 자장 안에서 이해할 수 있는 이유이기도 하다. 다만 신민요 작품을 유독 많이 남긴 작사자로는 유도순을 들 수 있고 작곡자로는 이면상·전기현·김용환·김교성·김준영·김송규(김해송)·문호월 등을 거론할 수 있는데, 이중에서도 이면상이 상당수의 신민요를 남긴 대표적인 신민요 작곡자라고 할 수 있다.[11]

신민요를 주로 불렀던 가수로는 왕수복·박부용·이화자·선우일선·김복희·이은파 등의 기생 출신의 가수를 들 수 있다. 당시, 대중가요 작사자이자 콜럼비아 음반회사의 문예부장도 역임하였던 이하윤의 말을 빌리면, 민요의 전통을 계승한 기생가수는 민요적인 노래나 거기에서 한걸음 나아간 노래의 말과 곡의 기분을 모두 잘 이해하고 능란히 부르는 창자이었다.[12] 이들이 신민요만 부른 것이 아니고 왕수복은 오히려 유행가에 특장을 보인 가수였으나 기생 출신의 대중가요 가수는 근대의 양식인 대중가요에 전통적인 창법과 분위기 등을 넣어서 전통과 근대의 다리 역할을 하였다고 볼 수 있다. 그 외에 신민요를 주로 부른 가수로 정남희·조병기·장일타홍·김주호 등을 들 수 있다. 이들은 잡가나 민요와 같은 전통가요의 창자이면서 신민요의 창자라는 공통점을 보인다. 장일타홍이 트로트 2곡 정도를 녹음한 것을 제외한다면 이들은 모두 대중가요 중에서 신민요만을 녹음하였다. 이를 통해 창자 스스로 신민요와 다른 갈래의 대중가요를 구별하였던 당시의 상황을 짐작할 수 있다.

1930년대 중반에 이르면 신민요는 다양한 시도와 실험을 거쳐 대중

---

11) 졸저, 앞의 책, 2006, 117면, 이면상이 작곡한 신민요에 대한 분석은 정서은, 「일제강점기 신민요의 음악 사회학적 접근―작곡자 이면상을 중심으로」(『한국 음악사 학보』 제30집, 한국음악사학회, 2003)을 참고할 수 있다.
12) 「조선문화의 재건을 위하여」, 『사해공론』 1936년 12월호; 졸고, 앞의 논문, 2004, 504면.

가요 갈래로 자리 잡을 뿐만 아니라 이른바 트로트보다도 더 많은 인기를 얻게 된다. 신민요의 다양한 시도와 실험은 음악적인 차원에서 이루어졌다. 이미 기존의 전통가요를 양악 반주에 맞추어서 녹음한 경우가 많았는데, 관현악 반주나 가야금과 바이올린의 이중주에 맞추어서 민요를 부른 것이 그러한 예에 해당한다. 신민요에서는 이러한 음악적인 합성 내지 혼종이 더욱 다양한 방식으로 이루어진다. 그 선법만 보더라도 경토리 관련 선법으로 신경토리와 신반경토리, 4·7음이 빠진 장음계와 단음계, 동남토리(신육자백이토리와 신메나리토리) 관련 선법, 기타(수심가토리 등)로 구성되어 있고 각각은 다시 기본형과 변화형으로 나뉜다.13) 신민요가 보여준 다양한 선법은 당시 전통적인 요소와 외래적인 요소의 합성이 얼마나 다양하고도 적극적인 방식으로 이루어졌는지를 알려준다.

신민요는 한마디로 전통가요의 양악화를 의미한다. 그리고 그러한 과정에서 다양한 음악적인 시도와 실험이 이루어졌다. 신민요는 우리 것을 추구한 생산자와 우리 것을 갈망한 수용자들의 합작품이라고 할 수 있다. 신민요의 생산자들은 신민요를 '조선의 냄새'가 나는 노래로 인식하고 있었는데,14) 이러한 신민요가 대중들의 반향을 불러일으키자 더 많은 신민요를 생산하게 된 것이다.

> 이 「新民謠」는 두말할 것도 없이, 「流行歌」보다는 조선의 내음새가 들어잇고 우리들의 마음에 反響할만한 노래이면서 亦是 洋曲에 마쳐 부러너혼 것이다. 이것은 유행가보다는 어느 정도까지 우리들의 마음에 맞는 노래라고 해서 最近까지는 이 「新民謠」가 굉장히 일반의 환심을 사게 되어 퍽들 만히 流行되여왓섯다.15)

---

13) 신민요의 음악적인 혼종성에 대해서는 이소영, 「일제강점기 신민요의 혼종성 연구」 (한국학중앙연구원 박사논문, 2007)을 참고할 수 있다.
14) 졸고, 앞의 논문, 2003, 302면.
15) 이기세(빅타 문예부장), 「新春에는 엇든 노래 流行할가―「民謠」와 「新民謠」의 中間의 것」, 『삼천리』, 1936.2.

　　上半期에 잇서서 나타난 바로 보면, 재래의 「新民謠」풍의 노래들이 가장 만히 一般大衆들 앞에 歡迎되여 왔섯든 것은 그 販賣成績으로 보아 확실한 바 〈앞강물 흘너흘너〉(金陵人 作詩, 文湖月 作曲)의 李銀波孃의 新民謠盤과 朴芙蓉氏의 〈노들강변〉(申不出 作詞, 文湖月 作曲) 等이 그 中 만히 팔니는 것으로 보아서도 알 수 잇는 사실이외다. (……) 그러나 차츰차츰 그 下半期로 나려오면서는 입때까지 試驗되지 안튼 가장 새로운 方面의 노래가 유행되는 現象을 나타내기 始作되엿든 事實을 指摘할 수 잇슬줄로 압니다. 그것은 엇더한 種類의 노래인가 하면 역시 民謠風의 노래는 노래이나 일즉이 입때까지 一般 조선사람들의 입에서 불니워저 잇지 안튼 卽 다시 말하면 조선의 어떤 시골의 한 구석에서 만이 獨特하게 불니워저 내려오면서도 가장 조선의 情緒에 쩌러저 잇는, 鄕土味, 조선색이 철철 흐르는 그러한 民謠를 未開拓의 땅에서 캐여내여서, 물론 伴奏는 西洋曲譜나 樂器를 사용한다 하드래도 가장 우리의 鄕土味를 發揮할 수 잇는 曲에다 맞춰서 制作한 것들이 流行되여지는 現象입니다.[16]

　　음반 기획·제작자에 해당하는 당시의 문예부장들은 오늘날과 마찬가지로 대중들의 기호를 알기 위해 부심하였을 뿐만 아니라 종종 모여서 음반 판매 실적 등을 근거로 유행한 음반을 알아보고 앞으로 유행할 음반을 예상해 보곤 하였다. 1936년에 있었던 음반회사의 문예부장 좌담회에서도 '신춘에는 어떤 노래가 유행할까?'라는 주제 아래 기존에 유행하였던 노래를 살펴보고 앞으로 유행할 노래를 전망하였다. 인용문을 통해서 1936년 상반기에 가장 인기를 얻은 음반이 신민요 음반이라는 것을 알 수 있다. 이러한 신민요 음반이 인기를 얻었던 것은 신민요에 나타나는 '조선 냄새' 때문이었다. 게다가 대중들은 더욱 더 향토적이고 토속적인 것을 원하였다. 그 때문에 신민요에서 촉발된 우리 것에 대한 관심은 '조선색이 철철 흐르는 미개척의 민요'를 발굴하는 데까지 이른다. 이러한 민요를 양악 반주에 맞추어서 음반에 실은 것이 대중들

---

16) 김능인(오케 문예부장), 「新春에는 엇든 노래 流行할가―〈民謠〉와 리아리틱한 〈流行歌〉」, 『삼천리』, 1936.2.

의 호응을 얻기도 하였다.[17]

이처럼 신민요는 우리 것을 갈망하던 대중들의 호응으로 인기를 얻을 수 있었다. 이에 더해서 기생 가수의 인기는 신민요의 인기를 부추기는 측면이 있었다. 상대적으로 신민요를 부르는 일에 치중하였던 기생 가수들은 단지 노래뿐만 아니라 미모로도 대중들에게 마음을 사로잡았었다.

> 얼골과 목소리가 아울러 고흔 왕수복(王壽福)양―금수강산의 아름다운 풍경을 자랑하는 평양(平壤)이 그의 출생지인 관계인지 모란꼿 가티 탐시럽고도 고흔 얼골에 꾀꼬리 소리가티 어여쁜 노래를 듯는 사람은 누구이나 감탄하지 아니할 수 업슬 것이다.[18]

> 金孃(김복희―인용자 주)은 평양기생학교를 졸업하고 빅타―專屬歌手가 되엿는데 얼굴이 예쁘기로 힐흠이 놉거니와 목소리도 얼굴에 지지안케 아름답다.[19]

> 한동안 長安의 風流客 가운데 話題거리가 되고 文壇의 꼬십에까지 그 일흠이 오르든 레코-드의 歌手로 鮮于一扇이라는 女子가 잇다. 이 歌手는 流行歌歌手로서 그 일흠도 일흠이려니와 미인으로서 소문이 더 노픈 女子다.[20]

인용문을 통해서 알 수 있듯이, 당시 왕수복·김복희·선우일선에 대한 평가는 단지 노래에 대한 것에 그치지 않는다. '고운 얼굴', '예쁜 얼굴', 그리고 '미인'이라는 표현이 꼬리표처럼 따라다녔던 것이다. 일제시대 여자가수들이 가요계에 입문한 나이는 대체로 10대 후반으로 왕수복·김복희·선우일선도 17살 내지는 18살 정도에 데뷔하였다.[21] 어린

---

17) 졸고, 앞의 논문, 2003, 300~304면.
18) 『매일신보』, 1935년 1월 3일.
19) 『조선일보』, 1937년 1월 6일.
20) 『조선일보』, 1937년 1월 6일.
21) 졸고, 앞의 논문, 2004, 504~505면.

나이의 미모의 기생 가수는 세간의 이목을 집중시켰고 그들의 인기 또한 높을 수밖에 없었다. 그 때문에 1930년대 중반에 이루어진 대중가수 인기투표에서 왕수복·김복희·선우일선이 모두 1위에서 5위까지의 자리를 차지하였다.[22] 기생 가수의 인기는 그들이 부른 노래에 대한 선호와 비례하였고 그들이 주로 부른 신민요도 인기를 얻었던 것이다.

신민요는 우리 것을 추구한 생산자와 우리 것을 갈망한 수용자들의 합작품이라고 할 수 있다. 우리 것을 추구하던 생산자와 우리 것을 갈망하던 수용자의 기대와 욕구 등이 교류하고 교차하면서 만들어진 결과물인 것이다. 그리고 신민요가 인기를 얻었던 것은 위에서 살펴 본 여러 가지 요소들이 복합적으로 작용한 결과라고 할 수 있다. 특히 신민요가 지니고 있는 익숙함과 새로움의 공존은 신민요가 대중적인 인기를 얻는데 가장 큰 요인이었다. 신민요는 전통가요를 모태로 하여 출현하였기 때문에 '조선 냄새'가 나는 노래이었다. 그러면서도 신민요는 다양한 음악적 실험과 모색을 통하여 여타 대중가요의 양식처럼 본격적인 대중가요의 모습을 지니게 되었다. 전통이라는 익숙함이 근대적 양식이라는 새로움과 만나서 조화를 이룬 것이 신민요이었다.

4. 신민요의 세계 인식

신민요는 형식적으로 당대의 대표적인 대중가요 갈래였던 트로트와 다르다. 트로트는 대체로 3절 형식으로 이루어져 있고 각 절이 기-승-전-결의 완결된 형식 구조를 보여준다. 또한 후렴 부분이나 코러스

---

22) 졸저, 앞의 책, 2006, 149~153면.

(chorus)를 사용하지 않고 독창부(verse)만으로 이루어진 것도 트로트의 특징이라고 할 수 있다. 이와 달리, 신민요에서 후렴은 신민요를 여타 다른 갈래의 대중가요와 구별시키는 중요한 표지라고 할 수 있다. 그러면 '신민요'라는 곡종명이 가장 먼저 등장한 것은 언제일까?

'신민요'라는 곡종 표기가 처음 등장한 것은 1931년에 발매한 〈방아 찧는 색시의 노래〉와 〈녹슨 가락지〉에서이다. 물론 이미 신민요라고 칭할 만한 노래가 있었던 것은 사실이나, '신민요'라는 곡종명이 본격적으로 등장한 것은 이때부터라고 할 수 있다. 그런데 노래를 직접 들어보면, 가수들이 가성을 주로 사용해서 전통적인 창법과 거리가 있고 반주도 양악 반주로 이루어져 있어서 음악적인 측면에서는 민요적인 느낌이 잘 드러나지 않는다. 게다가 〈녹슨 가락지〉는 전통적인 박자로 알려져 있는 3박자를 사용하기는 하였으나 음계는 '라시도미파'의 단음계를 사용하고 있어서 오히려 트로트에 가깝다고 할 수 있다. 그럼에도 불구하고 이 두 노래를 신민요라고 명명한 것은 그 가사 때문이었을 것이다.

팔월이라 열사흘밤 달도밝구나
우리랑군 안계서도 방아를찧네
아리랑 아리랑 아라리요
햇쌀은 찌어서 무엇하나

북해도라 석탄광은 깁기도하지
우리랑군 십년세월 석탄을파네
아리랑 아리랑 아라리요
석탄만 파면은 무엇하나

아랫마실 순이애비 꼴은못나도
삼년세월 석탄파서 버러왔네
아리랑 아리랑 아라리요

논사고 밧사고 집을짓네

사람잘난 우리랑군 어제오련고
돈한닙 못모아도 도라올게지
아리랑 아리랑 아라리요
님업시 청춘만 늙어가네

—〈방아 찧는 색시의 노래〉

(김수영 작사, 홍난파 작곡, 서금영·이경숙·최명숙 노래, 콜럼비아 40159A, 1931년 3월 발매)

젊은머슴 밧갈다 녹쓴가락지
금가락지 한켜레 캐냇습니다
옛날옛적 이나라 숨쉬던그쌔
할아버지 할머니 파랫슬적에
달빗아래 사랑을 귀속이다가
닛지말자 가락지 주엇담니다

일년에도 오월달 달밝은밤에
버러지도 모르게 밧은가락지
어엽부던 얼골엔 주름잡히고
거문머리 희여저 나붓기여도
그쌔그말 안닛고 오늘 잇쌔도
무덤속에 품엇던 가락지래요

—〈녹슨 가락지〉

(윤복진 작사, 홍난파 작곡, 서금영·이경숙·최명숙 노래, 콜럼비아 40159A, 1931년 3월 발매)[23]

〈방아 찧는 색시의 노래〉와 〈녹슨 가락지〉는 민요의 전통을 계승하고 있는 노래이다. 〈방아 찧는 색시의 노래〉는 '아리랑 아리랑 아라리요'라는 후렴을 사용하고 있을 뿐만 아니라 그 가사도 민요의 전통을 계승하

---

23) 〈방아 찧는 색시의 노래〉와 〈녹슨 가락지〉의 가사는 한국고음반연구회, 『유성기음반 가사집』 1(민속원, 1990, 45~47면)을 참고할 수 있다.

고 있다. 임을 '순이 애비'와 대조하여 못난 임을 강조하는 것은 이미
'모내기 노래'와 같은 노동요에서 그 흔적을 찾을 수 있는 것이다.

　당시에 교환창으로 불렸던 모내기 노래에서는 '큰 밭의 무'와 '우리
임'을 대조하고 있다. 진주 큰 들에 있는 무는 연하고 단데, 우리 집의
우리 님은 미련하고도 답답하다고 해서 '무'보다 못난 우리 님의 부정
적인 측면을 강조한 것이다. 이러한 대조법은 〈방아 찧는 색시의 노래〉
에서도 나타난다. '아래 마을 순이 애비는 꼴이 못 나도 삼 년 세월 석
탄 파서 돈을 벌어 왔'는데, '사람 잘난 우리 낭군은 돌아오지 않는다'
고 하면서 부정적인 자신의 현실을 대조법을 통해 강조하였던 것이다.
　그런가 하면 〈녹슨 가락지〉는 한 편의 옛날이야기를 듣는 것 같다.
'젊은 머슴이 밭을 갈다가 녹이 슨 금가락지를 발견하였다'는 것에서 시
작한 〈녹슨 가락지〉는 가락지에 얽혀있는 이야기를 전해주고 있는 것이
다. 그 가락지는 옛날 옛날에 할아버지와 할머니가 젊었을 때 사랑을 속
삭이다가 할아버지가 할머니께 잊지 말라고 주셨던 가락지였다. 할머니
는 그 약속을 안 잊고 무덤에서까지 가락지를 품었던 것이다. 단순히 흔
한 연애 애기로 볼 수도 있으나 가사를 음미해 보면, 다른 의미가 함축
되어 있다. 특히 1절 3행의 '옛날 옛적 이 나라 숨 쉬던 그때'라는 표현
은 우리 나라가 식민지가 되기 전의 모습을 말하는 것으로 추정된다. 그
리고 할아버지와의 맹세를 잊지 않고 무덤까지 사랑의 증표를 가지고
간 할머니에게서는 지조와 절개를 지키고자 한 여성의 모습을 볼 수 있
고 그를 통해 지조와 절개의 중요성을 강조하였다고 볼 수 있다.
　민요의 후렴을 차용한 것이나 한 편의 전래 동화를 연상케 하는 이러

한 노래를 굳이 신민요로 지칭한 것은 그 가사 때문이었을 것이다. 사실상, 대중가요의 한 갈래였던 신민요에서 민요와의 연관성이 상대적으로 잘 드러나는 요소는 그 가사에서이다. 신민요의 가사가 보여주는 향토색이나 토속성은 신민요를 민요와의 연장선상에서 이해하게 하는 요인이 되는 것이다. 신민요의 가사는 크게 두 가지 차원에서 살펴볼 수 있는데, '충족'과 '결핍'이 그것이다. 욕구가 충족된 상황에서 배태된 정서를 담고 있는 노래와 욕구가 좌절되어 결핍된 상황에서 기본적으로 슬픔을 견지한 노래로 나누어 볼 수 있다.

이 중에서 신민요가 보여주는 충족 의식은 다시 '국토 예찬', '봄맞이', '풍년맞이'로 나누어 볼 수 있다. 이 중에서 '국토 예찬'을 주제로 하고 있는 〈조선타령〉을 소개하면 다음과 같다.

아— 백두산(白頭山) 솟아서 정기(精氣)를 뻗치니
삼천리(三千里) 산야(山野) 기름이 젓네
에라 좋아 얼수 에라 좋아라
오대강(五大江) 십대산(十大山) 널린 곳에서
이천만(二千萬) 백성(百姓)이 잘도나 사네
즐겁다 조선(朝鮮)을 축복(祝福)을 하세

아— 전답(田畓)에 오곡(五穀)이 금파(金波)를 지으니
삼천리 산야 춤 속에 뛰네
에라 좋아 얼수 에라 좋아라
금강산(金剛山) 묘향산(妙香山) 산과 산들은
기화(奇花)라 요초(妖草)라 비단을 피네
즐겁다 조선을 축복을 하세

아— 문물(文物)이 찬란(燦爛)히 꽃같이 폈으니
삼천리 산야 노래에 차네
에라 좋아 얼수 에라 좋아라

압록강(鴨綠江) 두만강(豆滿江) 강과 강들은
금어(金魚)라 은어(銀魚)에 옥류(玉流)를 짓네
즐겁다 조선을 축복을 하세

아— 뛰어난 인물(人物)이 수많이 났으니
삼천리 산야 살아서 뛰네
에라 좋아 얼수 에라 좋아라
영웅(英雄)과 호걸(豪傑)에 문장(文章)이 나니
말함과 행함이 힘있게 사네
즐겁다 조선을 축복을 하세

—〈조선타령〉

(유도순 작사, 전기현 작곡, 강홍식 노래, 콜럼비아 40565A, 1934년 12월 발매)

이 노래를 작사한 유도순이 당시에 '삼천리 강산의 행복을 축원하기 위해 지은 노래'라고 언급한 것처럼, 〈조선타령〉은 국토 예찬을 그 주제로 하고 있는 작품이다. 특히 백두산·금강산·묘향산·압록강·두만강 등의 구체적인 산과 강의 이름을 시어로 활용하고 있어서 주목을 요한다. 사실성과 현장성을 강조하기 위한 장치로서 실제 지명을 사용하는 것은 기존의 민요에서도 쉽게 찾아볼 수 있다. 그런데 〈조선타령〉에서 실제 지명을 활용하고 있는 것은 단순히 사실성과 현장성의 강조를 넘어 특수한 의미를 지닌다. 백두산과 같은 구체적인 지명은 한국인에게만 특수한 문화적 코드이기 때문이다. 한국인이라면 누구나 백두산에서 민족의 정기가 서려 있는 우리 나라 제일의 산을 떠올린다. 따라서 특수한 문화적 의미망에서 〈조선타령〉을 향유하는 대중들은 모종의 공감대를 형성하게 된다.

이러한 이유로 〈조선타령〉은 당대인에게 많은 호응을 얻을 수 있었다. 〈조선타령〉을 위시하여 '국토예찬'을 주제로 한 대부분의 신민요도 그러한 차원에서 이해할 수 있다. 게다가 〈조선타령〉의 노랫말은 비록 현재형으로 이루어져 있으나 화자의 바람과 소망을 담고 있는, 이른바 '선취(先取)된 미래'를 드러낸 노래로 해석할 수도 있다. 앞으로 그렇게 되기를 바라는 마음을 이미 그렇게 된 것처럼 현재형으로 읊어서 소망의 간절함을 표현한 것으로도 볼 수 있는 것이다.[24] 〈조선타령〉처럼 충족의식을 표출한 신민요는 대체로 장조의 밝고 경쾌한 곡조로 이루어져 있으며, 이는 '봄맞이'나 '풍년맞이'와 같은 주제를 표현한 신민요에서도 마찬가지로 확인할 수 있다. 충족의식을 드러낸 신민요는 유독 전통가요에서 흔히 볼 수 있는 후렴을 자주 사용하였는데, 이러한 후렴은 노래의 흥겨움을 더해주는 역할도 한다.

그러나 모든 신민요가 충족의식만을 드러낸 것은 아니다. 허무감이나 애상감을 표출한 신민요도 등장하였다. 예를 들어, 〈노들강변〉(신불출 작사, 문호월 작곡, 박부용 노래, 오케 1619A, 1934년 2월 발매)이 허무감을 표출한 대표적인 신민요라면, 〈꽃을 잡고〉는 애상감을 표출한 신민요에 해당할 것이다. 선우일선이라는 가수를 일약 명가수로 만드는데 일조하기도 하였던 〈꽃을 잡고〉는 총 4절로 이루어져 있으나 시간 관계상 마지막 4절은 음반에 수록하지 못하였다.

하늘하늘 봄바람이
꼿이피면
다시못니즐 지낸그넷날

지낸세월 구름이라
닛자건만
니즐길업는 설은이내맘

꼿을짜며 놀든 것이
어제련만

---

24) 졸고, 앞의 논문, 2003, 315면.

그님은가고 나만외로이

(미취입)
생각사록 맘이설어
아니우랴
안울수업서 꼿만짜노라

―〈꽃을 잡고〉

(김안서 작사, 이면상 작곡, 선우일선 노래, 포리돌 19137A, 1934년 6월 발매)

충족의식을 드러낸 신민요가 향토색과 토속성을 드러내면서도 후렴과 같은 전통적인 형식의 차용에 치중하고 있다면 〈꽃을 잡고〉와 같은 신민요는 후렴 등의 형식적인 요소보다는 민요의 정서를 계승하고 있는 노래라고 할 수 있다. 즉 〈꽃을 잡고〉는 '임의 부재(不在)에서 생기는 정서'라는 우리 민족의 보편적인 정서를 표출하고 있는 것이다. 김대행은 민요가 '현재는 부재(不在)이지만 과거에는 존재(存在)하였던 임에 대한 정서'를 표출하고 임에 대한 시적 화자의 태도는 '수동적'이라고 하였다.[25] 그런데 이러한 정서는 신민요 〈꽃을 잡고〉에서도 확인할 수 있다.

〈꽃을 잡고〉의 시적 화자는 꽃이 피어 있는 아름다운 공간에 있다. 여기에서 꽃은 아름다움의 상징인 동시에 지난 추억을 회상하게 하는 매개체이자 시적 화자에게 서러움을 불러일으키는 동인이기도 하다. 시적 화자는 꽃을 보며 임과 함께 꽃을 따며 놀던 일을 회상하지만 임은 지금 없다. '부재한 임'은 시적 화자에게 서러움을 불러일으키나 이에 대한 시적 화자의 태도는 소극적이고 수동적일 뿐이다. 시적 화자는 그저 울면서 꽃만 따는 것으로 임에 대한 그리움을 달랠 뿐이다. 이처럼 애상감을 표출한 〈꽃을 잡고〉는 민요의 정서적인 측면을 계승한 노래라고 할 수 있다.

요컨대, 신민요는 크게 '충족의식'을 표출한 노래와 '허무감과 애상

---

25) 김대행, 『한국시의 전통 연구』, 개문사, 1980, 159~164면.

감’을 표현한 노래로 나누어서 살펴볼 수 있다. ‘충족의식’을 표출한 노래는 주로 발랄한 선율에 국토예찬·봄맞이·풍년맞이 등의 내용을 담고 있으며 ‘허무감과 애상감’을 표출한 노래는 임의 부재나 자연과 인간의 대비를 통한 삶의 성찰 등을 그 내용으로 하고 있다. 특히 충족의식을 표출한 신민요에서 민요의 후렴을 차용한 것은 신민요를 민요와의 연계선상에서 이해하게 하는 한 요소가 되기도 한다. 신민요는 민요를 대중가요화 하는 여러 시도와 실험 속에서 다양한 모습으로 존재하였다. 그리고 이러한 신민요는 다른 대중가요 갈래에 비해 자생적인 요소가 강한 대중가요라는 차원에서 긍정적인 평가를 할 수 있다.

5. 맺음말

　지금까지 신민요에 대한 학계의 평가는 그다지 좋지 않았으며 대중가요로서의 위상 또한 높지 않았다. 신민요를 민요의 변질 내지는 잡종으로 평가하였던 기존의 논의는 그러한 상황을 반영한다.[26] 이는 신민요를 전통가요의 입장에서 바라보거나 오늘날의 시선으로 재단하고 평가한 것에서 비롯한 결과라고 할 수 있다. 그러나 중요한 것은 당대의 시선으로 신민요를 바라보고 평가하는 일이다. 필자는 여러 차례에 걸쳐서 신민요에 대한 당대의 인식과 수용을 통해 신민요를 재평가하기 위해 노력해 왔다. 이러한 작업을 통해서 신민요가 우리 것을 추구하던 생

---

[26] 고미숙은 ‘잡가의 명맥이 기생가수들의 출현으로 신민요라는 변질된 형태로 이어졌으며 뽕짝과 신민요는 잡가로 방출되었던 폭발적 에너지를 천박하게 다듬어버림으로써 그 이후 대중들의 감수성의 영격을 일원화시켜 버렸다’며 신민요를 부정적으로 평가하였다(고미숙, 「20세기 초 잡가의 양식적 특질과 시대적 의미」, 『18세기에서 20세기 초 한국시가사의 구도』, 소명출판, 1998, 316면).

산자와 우리 것을 갈망하던 수용자의 합작으로 만들어진 것임을 밝혔다.

또한 신민요가 음악적으로는 외래 음악과의 다양한 결합과 합성을 통해 대중가요의 한 갈래로 안착하였으나 문학적으로는 여전히 민요와 닮아있다는 사실을 확인하였다. 물론, 음반에 수록하는 과정에서 길이가 짧아지고 분절체 형식을 표방하기는 하였다. 그러나 기본적으로 토속적이고도 향토적인 세계를 그리는 한편, 후렴의 차용을 비롯한 형식적인 차원은 물론 정서적인 차원까지 민요나 잡가 전통의 계승이 다양하게 이루어졌던 것이다. 신민요가 당대인의 인기를 얻을 수 있었던 요인은 신민요가 지니고 있는 이러한 익숙함과 새로움의 공존 때문이었을 것이다. 신민요가 지니고 있는 대중성은 바로 여기에서 찾을 수 있다.

그러나 시대가 지나면서 신민요가 보여주었던 새로움은 더 이상 새로움이 될 수 없었다. 신민요는 뼈를 깎는 자기 쇄신 내지는 자기 갱신 대신에 기존의 방식을 그대로 고수하였다. 1960년대까지도 여전히 일제 시대에 유행하였던 신민요가 불렸던 것이다. 트로트가 끊임없는 변신과 시도를 통해서 오늘까지 대중들의 사랑을 받고 있는 것과는 대조적이라고 할 수 있다. 그렇다면 신민요는 결국 사라진 것일까? 신민요라는 명칭은 사라졌으나 신민요와 유사한, 혹은 그 계보를 잇는 실험과 시도는 더욱 다양한 방식으로 이루어져 왔고 지금도 여전히 이루어지고 있다고 생각한다. '국악가요'나 '퓨전국악'처럼 다양한 모습의 국악의 현대화 내지는 대중화가 이루어지고 있는 것이다. 이러한 다양한 시도와 실험이 어떤 결실을 맺을지에 대해서는 좀 더 지켜보아야 할 것이다. 국악의 현대화 내지는 대중화 과정에서 신민요는 많은 시사점을 줄 것이다.

근대시가의 '불온성'과 식민지 검열

『諺文新聞の詩歌』(1931)의 분석

한기형

> 금일에 있어서의 중세적 시가의 생산자들은 일찍이
> 신경향파 시인들이 생활과 시가의 종합, 시의 사상성을
> 강조하였을 때 시의 순수성의 주장자들이었다. 그때 그들이
> 주장하는바 시의 무사상성의 주장 그것이 한 개의
> 사상성이라고 비평하였을 때, 그들은 머리를 좌우로 흔들었다.
> ―임화, 「담천하(曇天下)의 일년」, 1937

1. 제국의 눈, 해석의 식민성

1930년 조선총독부 경무국 도서과는 『조선일보』, 『동아일보』, 『중외일보』 등 세 신문에 실린 시가 자료를 모아 식민지 검열정책을 위한 비공개 자료집을 만들었다. 그것이 『諺文新聞の詩歌』이다. '조사자료 제20집'이라는 표지 기록을 통해 이 책이 도서과가 수행한 지속적 검열 자료조사 업무의 일환이었음을 알 수 있다. 이 책은 1930년 1월부터 3월까지 위의 세 신문에 실린 134편의 작품을 ① 조선의 독립(혁명)을 풍

자하여 단결투쟁을 종용한 것 ② 총독정치를 저주한 배일적인 것 ③ 빈궁을 노래하고 계급의식을 도발한 것 등 세 범주로 분류하고 일본어로 번역하여 정리했다.1) 134편의 시가자료 출처는 『조선일보』78편(28 / 14 / 36), 『동아일보』32편(19 / 4 / 9), 『중외일보』24편(13 / 1 / 10)이다.2)

도서과의 행태는 식민지 행정기관이 식민지인이 향유하는 문학의 언어를 폭력적으로 단순화하여 특정한 방식으로 고정하는 것을 뜻했다. 그 속에는 문학어의 내적 의미가 다양하게 이해할 수 있는 가능성을 사전에 차단하고 근대어의 활동성을 만들어내는 언중(言衆)의 언어 상상력을 극도로 제약하려는 의도가 들어 있었다. 식민지의 독서인은 제국이 설정한 범주 안에서만 작품의 내용을 이해해야만 한다는 것이 『諺文新聞の詩歌』에 나타난 분류법의 정치적 의미였다.

동시에 이러한 태도는 식민지 지배자들이 식민지 언어의 내적 의미에 대한 강력한 선험적 규정을 스스로에게 강요하고 있었다는 것을 뜻했다. 앞의 분류는 문제가 된 작품들이 제국에 반대하는 불온한 정신의 산물이라는 확신에 근거한 것이었다. 그러한 관점에 의해 언어를 통한 현실의 감각적 의미화가 다양한 관점에서 이해될 수 있는 가능성은 급격히 축소되었다. 그것은 식민권력이 식민지 사회를 삶의 객관성이 존재하는 곳으로 인정하지 않았기 때문에 생겨난 현상이었다. 이것은 당연한 일이긴 하지만, 식민체제가 정상국가의 다원성과 자율성을 부정하는 것 위에 수립되었다는 것을 보여준다. 식민지에서 문학어의 무정부성, 혹은 탈정치성은 존재하기 어려웠다. 한국의 근대문학은 식민권력에 의해 그것이 담고 있고 의도한 것 이상의 정치언어로 이해되었다. 한국의 시와 시인들을 정치 과잉의 존재로 인식하는 것이야말로 식민

---

1) 『諺文新聞の詩歌』(1931)는 1981년 단국대 출판부에 의해 『빼앗긴 책―1930년대 무명항일시선집』이라는 제목으로 재편집 간행되었다. 이 책에는 당시 신문의 조선어 원자료와 『諺文新聞の詩歌』 영인본이 함께 실려 있다.
2) 괄호 안의 숫자는 세 범주로 분류된 작품 수이다. 이 통계는 『諺文新聞の詩歌』의 '序'에 근거한 것이다.

권력이 지녔던 내적 긴장감을 반영하는 현상이었다고 할 수 있다.

『諺文新聞の詩歌』에 실린 몇 편의 작품을 통해 그 구체적 사례를 살펴보자. 채규삼(蔡奎三)의 「여명의 빛」은 이렇게 시작된다. "여명을 재촉하는 / 무리 닭 소리에 / 희망의 새봄은 밝았다 / 무거이 늘어졌던 어둠의 장막은 / 여명의 빛에 쫓겨 숨어버린다 // 동무여! / 환희에 넘치는 이 새벽에 / 굳세인 '리듬'에 맞추어 가지고 / 생명의 기발을 높이 날리자! (……)"3) 이 시는 '조선의 독립(혁명)을 풍자하여 단결투쟁을 종용한' 사례로 지목되었다.

시 속에서 여명·희망·새봄·빛·환희·새벽 등의 시어가 드러내는 생성의 이미지는 어둠, 장막 등과 대비되며 미래의 어떤 가능성을 날카롭게 환기한다. 그러나 그것이 조선의 독립과 혁명을 의미해야 할 필연성은 어디에서도 찾아볼 수 없었다. 시간과 자연에 대한 감각까지도 국가와 유비되어야 한다는 것이 이 시에 대한 총독부 도서과의 결정내용이었다. 그러한 해석에 의해 한국의 근대시가에서 개인과 국가는 동일한 존재가 되었고 개인의 감각은 국가적 감정의 촉수로 전화되었다. 그것은 한국의 근대문학에 대한 내셔널리즘적 독해의 상당 부분이 식민권력의 강요가 야기한 것일 수 있다는 점을 암시한다.

국가와 개인의 상상력을 중첩시킴으로써 한국인은 국민국가의 부재에 대한 강렬한 결여의 자의식을 지닌 존재로만 부조되었다. 독립국가에 대한 집요한 동경이라는 설정은 '제국－식민지' 관계라는 역사 상황의 필연적인 반영이기도 했지만, 무엇보다 식민권력 스스로 그렇게 판단한 것이었다. 조선인을 네이션에 대한 과도한 상상 속에 함몰된 존재로 그려내는 것은 대립자를 창출하여 침략과 억압을 합리화하는 제국심리의 전형적 표현방식의 하나였다.4) 그리고 이것은 다른 한편으로 식

---

3) 『조선일보』, 1930.1.12(『빼앗긴 책－1930년대 무명항일시선집』, 단국대 출판부, 1981, 44면).
4) 식민지 검열이 텍스트를 통해 제국의 대립자를 창출하는 메커니즘에 대해서는 박헌호의 「문화정치기 신문의 위상과 反－검열의 내적 논리」(『대동문화연구』 50, 성균관

민지 지배의 피로가 만들어낸 강박관념과 히스테리의 결과였다고도 할 수 있다. 식민지 전 기간 동안 수도 없이 생산된 이른바 '불온문서'는 그러한 제국정치의 사생아였다.

청춘의 고통을 노래한 소설가 박태원의[5] 감상적인 인생시 「동모에게」는 '총독정치를 저주한 배일적인 것'으로 분류되었다. "누구라 스무 해를 짧다 하오리 / 대물린 무거운 짓 등에 지고서 / 예는 길 괴로워라 참 괴로워라 / 산 넘고 물을 건너가고 또 가도 / 언제든 머나먼 길 오직 이 한길 / 괴롬 말고 몸 둘 곳 바이 없어라 (……)"[6]에서 나타나는 '괴롭다'라는 표현이 전적으로 식민지 현실의 정치적 억압을 암시하는 것으로 이해되었다. 이광수의 작품 「새해마지」는[7] '대대로 물려온 팔자 부디 함께 묻으쇼'라는 표현에 내재한 식민지 근대화의 논리가 식민체제의 선전내용과 같은 의미를 담고 있음에도 불구하고 '조선의 독립(혁명)을 풍자하여 단결투쟁을 종용한 것'으로 규정되었다. 희망, 무덤, 맹세, 새해, 분투, 그 날, 강산 등의 시어가 시 전체의 맥락 속에서 이해되지 않고 그 자체로 고립되어 해석된 탓이다.

윤석중의 동요 「휘파람」에서도 해석의 착오는 반복되어 나타났다. "팔월에도 보름날에 / 달이 밝건만 / 우리 누나 공장에선 / 밤일을 하네 / 공장 누나 저녁밥을 날라다 주고 / 휘파람을 불며 불며 / 돌아오누나"[8]라는 내용을 도서과 검열관은 '빈궁을 노래하고 계급의식을 도발한' 것으로 판단했다. 그러나 이 작품은 식민지 사회변화의 단면을 사실적으로 포착한 일종의 서경시에 가까웠다. 산업의 변화와 연계된 생활의 한 단면을 담백한 어조로 묘사한 것이 이 작품의 성격이었다.

'단어'와 '구절'이라는 최소한의 문장단위를 기초로 식민지 텍스트의

대 대동문화연구원, 2005)를 참조할 것.

5) '泊太苑'이라는 필명으로 발표되었다.

6) 『동아일보』, 1930.1.24(『빼앗긴 책－1930년대 무명항일시선집』, 106면).

7) 『동아일보』, 1930.1.5(『빼앗긴 책－1930년대 무명항일시선집』, 13~14면).

8) 『동아일보』, 1930.2.8(『빼앗긴 책－1930년대 무명항일시선집』, 134면).

불온성을 생산해낸『諺文新聞の詩歌』의 경직된 언어인식은 많은 경우, 문제가 된 특정 표현이 담겨있는 작품 전체의 의미론적 맥락과 모순관계에 놓여 있었다. 그것은 의식적이고 고의적인 것이었는가, 아니면 검열관의 고정관념 혹은 작품에 대한 포괄적 이해 부족의 결과였는가? 이 문제에 대한 해명은 식민지 검열과 근대텍스트의 상관관계를 해명하는 데 매우 중요한 논점 가운데 하나이다. 한 가지 분명한 것은 텍스트에 대한 전체적 조망을 추구하는 이른바 '맥락주의' 검열도 대상에 대해 객관적이거나 호의적이지 않았다는 점이다. 앞의 사례에서 볼 수 있는 것처럼, 검열관의 시각이 가질 수밖에 없는 선험적 적대성이 시적 맥락 전체를 왜곡할 가능성은 상존했기 때문이다.[9]

설사 어떤 작품이 총독부의 시각에서 볼 때 확실한 불온성을 담고 있을지라도, 그 작품의 의미를 사전에 설정한 기준 안에서만 이해하도록 '규격화'하는 것은 근대문학의 자율성에 대한 심각한 도전이었다. 문학이 현실에 개입하거나 현실을 반영하면서도 현실과 괴리되는 절대잉여의 언어적 긴장을 내장하여 고유한 초시간적 의미화를 반복적으로 재구성할 수 있었다고 한다면, 총독부 도서과의 시가 분류 기준은 그러한 문학적 잉여를 전혀 인정하지 않는 태도를 드러냈기 때문이다. 그것은 '제국-식민지'라는 정치체제가 '일물일어설'에 방불할 엄격한 반영론을 전파하는 미학의 주체가 되었음을 의미했다. 이것은 문학에 대한 검열기준의 수립과 적용의 과정에서 등장한 '국가미학'의 성격을 분석해야할 학문적 필요성을 제기한다. 그러한 미학체계의 존재가 확인될 수

---

9) '맥락주의'는 한만수의 용어이다. 그는 '부분주의'와 '맥락주의'라는 개념을 통해 검열 방법의 중층성을 설명했다(「1930년대 검열기준의 구성원리와 작동기제」, 『한국어문학연구』 47, 한국어문학연구학회, 2006). 그의 견해는 식민지 검열의 실제를 이해하는데 유용한 구도를 제공한다. 그런데 '맥락주의'는 한만수의 의도와는 달리 '부분주의'에 비해 객관적인 태도로 오해될 여지가 있다. 검열과정에서 텍스트의 맥락을 살피는 것과 주관성을 배제하는 것은 별개의 문제였다. 경우에 따라 '맥락주의'의 주관성이 보다 강할 수도 있었다. 검열행위는 사실의 분석이 아니라 관점의 투영과 그 합리화에 본질이 있었기 때문이다.

있다면, 식민지 검열과 근대문학의 관계가 검열주체와 대상텍스트라는 차원을 넘어 미적 인식론의 특정한 역사적 국면에 대한 새로운 해명으로 연결될 수 있을 것이다.

어떤 작품의 잠재적 의미가 이미 '국가'에 의해 규정되어 있다는 것, 그렇기 때문에 작품에 대한 자신만의 해석을 위해 상당한 모험과 결단을 필요로 한다는 것은 식민지인의 정신구조에 심대한 영향을 미쳤을 것이다. 한국문학에 대한 식민체제의 일방적인 판단 개입은 작품의 의미가 현실과 탈현실의 매개 공간 위에 위치되거나, 혹은 현실과 직접 연계되지 않는 방식으로 이해될 가능성을 부정했다. 이러한 상황은 역설적으로 문학이해에 있어서 당대성의 가치를 극대화하는 결과를 낳았다. 식민권력의 '현실적 필요'에 의해 작품 내용이 당대의 의미망 속에 갇힘으로 인해 작가와 독자 또한 그 맥락 속에서 자신의 대응인식을 만들어야 했기 때문이다.

1948년 조윤제가 『국문학사』(동국문화사)를 간행하면서 그 서문에 "나의 이십 여 년의 학구의 생활은 나에게 있어서 하나의 민족독립운동이었었다"라고 천명한 것은 근대의 지식체계와 내셔널리즘의 밀접했던 관계를 반영하는 것이기는 하지만, 다른 한편에서는 식민지 기간을 통해 형성된 미학의 국가화 경향과도 깊은 연관이 있었다. 문학평가에 대한 '제국—식민지' 체제의 지나친 개입은 국가와 정치에 몰입하는 존재로 문학의 역사상을 고정했다. 그 결과 독자가 독립적인 인식과 해석의 주체로 작품에 접근할 가능성은 상대적으로 약화될 수밖에 없었다.

2. 시가의 대중화와 근대문학장

지금까지 『諺文新聞の詩歌』에 투영되어 있는 식민권력의 정치심리에 대해 살펴보았다. 하지만 그것의 확인은 이 자료집이 드러낸 예상하지 않았던 부수적 효과에 불과했다. 『諺文新聞の詩歌』 제작의 일차 목적이 식민지 문학에 대한 식민권력의 입장 표명에 있었던 것은 아니었기 때문이다. 이 자료는 총독부 경무국 도서과가 주관했던 식민지 검열기록의 체계화 과정에서 생산되었다. 조사의 의도는 식민지 시가문학의 성격을 검열의 관점에서 어떻게 파악할 것인가, 즉 시가문학의 '검열기준'을 어떻게 만들어낼 것인가에 있었다.[10]

도서과가 설치된 1927년 '간행물행정처분 표준 13개 항'이 만들어졌고, 이것이 1930년 '간행물행정처분례 19개 항'으로 발전하였다. 1936년 '일반검열표준'과 '특수검열표준'이 제정됨으로써 식민지 검열의 제도적 기준이 확립되었다.[11] '간행물행정처분례'에서 '검열표준'으로의 이행은 검열기준의 제시방식이 '열거주의'에서 '표준주의'로 전화하는 것을 의미했다. '열거주의'는 기준과 사례를 함께 제시하는 방식이며 '표준주의'는 개념화된 기준들만 제시하는 방식이었다. 이러한 변화는 검

---

10) 식민지 검열 자료의 체계화는 1926년 4월 도서과가 설치되면서 구체화되기 시작했다. 도서과는 1926년부터 1936년까지 총 7회에 걸쳐 『朝鮮に於ける出版物概要』, 『朝鮮出版警察概要』 등의 이름으로 식민지 검열 관련 '연보'를 비공개로 발행했다. 이와 함께 1928년 9월부터 1938년 11월까지 총 123호의 발행이 확인된 『朝鮮出版警察月報』가 정기적으로 출간되었다. 도서과는 이밖에도 검열한 출판물의 기사개요 및 번역문, 『諺文新聞の詩歌』과 같은 조사자료집 등을 다수 간행했다. 도서과의 성격과 역할은 정근식의 「일제하 검열기구와 검열관의 변동」(『대동문화연구』 51, 성균관대 대동문화연구원, 2005)과 정근식・최경희의 「도서과의 설치와 일제 식민지 출판경찰의 체계화 1926~1929」(『한국문학연구』 30, 2006)에 상세하게 정리되어 있다.

11) 정근식・최경희, 앞의 논문, 159면, 〈표 8〉 '검열기준의 구체화과정' 참조. '간행물행정처분례'와 '검열표준'의 구체적 내용은 정진석이 엮은 『일제시대 민족지 압수기사모음』 I(LG상남언론재단, 1998)의 한국어 번역본을 참고할 것.

열기준의 누적과 분류기록의 축적에 의해서 가능해진 일이었다.[12]

『諺文新聞の詩歌』는 그러한 식민지 검열의 진화과정 속에서 만들어졌다. 도서과는 식민지 시가의 '불온성'을 객관적인 것으로 '표준화'하기 위해 3개의 검열기준을 제시하고 그 사례를 다수 배열하는 구성방식을 취했다. 그것은 '간행물행정처분례'의 열거주의에 근거한 것이었다. 표준화되지 않는 '불온성'은 국가의 행정／사법행위인 검열과정을 자칫 검열관 개인의 주관적 판단의 결과로 오해하게 만들 수 있는 여지가 있었다. 따라서 검열관이 수행한 판단내용의 객관화는 국가의 정책수행을 신뢰할 수 있는 대상으로 만드는데 필수불가결한 형식요건일 수밖에 없었다. 그런 점에서 『諺文新聞の詩歌』는 시가문학의 검열표준을 만들기 위한 객관화 과정의 산물이었다.[13]

그러나 『諺文新聞の詩歌』의 제작을 둘러싼 상황이 그렇게 단순했던 것만은 아니었다. 문제의 초점은 왜 갑자기 이 시기에 식민지 시가문학의 '불온성'에 대한 집중적인 표준화 작업이 시행되었는가 하는 점이다. 문학만을 대상으로 한 식민지 검열 관련 관헌문서는 『諺文新聞の詩歌』가 유일했다. 그것은 도서과가 식민지의 시가문학만을 대상으로 자료 분석을 해야 할 시급한 이유가 생겼다는 것을 말해준다. 『諺文新聞の詩歌』는 검열표준화라는 도서과 검열정책과 신문의 시가문학에 대한 신속한 검열기준의 수립 필요성이란 두 개의 요인이 조우하는 지점에서 생산된 것이다.

---

12) 정근식, 「식민지 검열과 검열표준의 정립」, 『일제하 한국과 동아시아에서의 검열에 관한 새로운 접근』, 서울대 규장각 한국학연구원 국제워크샵 논문집, 85~87면.

13) 하지만 그것은 정책 결정의 합리화를 위해 국가가 동원하는 '조작된 통계'와 같은 것이었다. 객관성이라는 작위적 허구의 창출을 통해 자기 행위의 윤리성을 스스로 보장하는, 말하자면 정책목적과 그 결과의 기만적 정당화 과정의 일환이었던 것이다. 이 점에서 『諺文新聞の詩歌』는 도서과의 검열관련 정기간행물이었던 『朝鮮出版警察月報』와 상보적 순환관계를 가지고 있었다. 전자가 식민지 검열의 기획과 방법론을 담고 있는 시리즈의 한 편이라면 『朝鮮出版警察月報』는 행정／사법 처분된 텍스트를 통계와 사례로 체계화하고 있기 때문이다. 총독부 내부간행물인 이들은 정책기준의 제시와 정책실천의 정리라는 긴밀한 상호관계를 맺고 있었다.

도서과는 조선 내부에서 생산된 텍스트와 조선에 반입되는 텍스트 모두를 검열의 대상으로 삼고 있었다. 식민지에서 금지된 단행본의 총량 가운데 조선어 자료의 비중은 10%였다.14) 1928년부터 38년 사이 10년간 검열 차압물 중 조선 발행은 6%(일본 45%, 외국 49%), 조선어 사용은 9%(일본어 49%, 중국어 34%, 기타 8%)에 불과했다.15) 이 같은 사실은 식민지 검열에서 '조선적인 것'의 상대적 지위, 그리고 식민지 검열 당국의 막대한 작업량 두 가지를 동시에 보여준다. 그것은 조선문 신문에 게재된 시가의 존재가 일상적인 차원에서는 검열당국의 핵심적 관심대상이 될 수 없다는 것을 암시한다. 조선문 시가를 대상으로 '조사자료집'의 제작이라는 정책과제가 수행되기 위해서는 그 결정이 내려지도록 한 필연적인 이유가 필요했다.

『諺文新聞の詩歌』의 내용을 분석하기 위해 1930년 1월부터 3월까지 3개월간 『조선일보』, 『동아일보』, 『중외일보』 세 신문에 게재된 시가 전체를 조사했다. 조사 결과 『조선일보』 438편, 『동아일보』 296편, 『중외일보』 186편 등 모두 920편의 자료를 확인했다.16) 『諺文新聞の詩歌』에 134편이 수록되었으므로 대상 시가의 약 14%가 '불온한 작품'으로 규정되었음을 알 수 있다. 920편의 시가작품은 근대시 338편과 동요/민요 582편으로 구성되어 있으며, 그 비율은 1:1.7이다. 이 통계를 통해 신문에 발표된 시가문학의 총량이 예상보다 많다는 것과 주로 독자투고물인 동요의 수가 높은 비중을 차지하고 있다는 점 등이 확인된다.17) 그것은 당시 신문들이

---

14) 한기형, 「식민지 검열의 성격과 근대 텍스트」, 『민족문학사연구』 34, 민족문학사학회, 2007, 440면.
15) 박헌호·손성준, 「통계로 본 『조선출판경찰월보』의 세계상」, 『식민지 검열과 근대 텍스트』, 성균관대 동아시아학술원 학술회의 논문집, 2009.2.7, 86~87면.
16) 이 통계는 필자의 개인적인 조사에 의한 것이다. 자료 망실 등으로 인해 실제 발표된 작품 수와는 다소의 차이가 있을 수 있다.
17) 근대시와 동요의 대략적 비율은 『조선일보』 1:2.58, 『동아일보』 1:1.06, 『중외일보』 1:1.33이었다. 세 신문의 근대시와 동요의 비율은 대략 1.06배에서 2.58배 사이에서 움직였다.

시작 인구의 창출과 확산에 많은 노력을 기울인 결과였다.[18)

　작품 발표자에 대한 비교통계도 이러한 추정과 대체로 부합한다. 3개월간 세 신문의 작품 발표자 총원은 469명이며, 그 가운데 1회만 발표한 사람은 303명이다. 이는 전체의 64%를 차지하는 숫자다. 1인당 작품 게재의 수를 구체적으로 제시하면 다음과 같다.

〈표 1〉 1인당 시가 작품 게재 수(1930.1~1930.3)

	1편	2편	3편	4편	5편	6편	6편 이상	인원총수
조선일보	109명	28명	14명	15명	3명	7명	9명	185명
동아일보	126명	33명	8명	3명	2명	2명	8명	182명
중외일보	72명	15명	6명	3명	3명	0명	3명	102명

　동요의 비율, 1편 기고자의 비율 등은 대중적 문학장을 향한 신문의 의식적 노력을 보여준다. 당시의 신문 지면은 시가문학의 다양한 주체들이 적극적으로 소통하는 활성화된 공간이었다. 필자는 470명의 작자 가운데 61명의 신원을 확인했다. 현재까지 확인 가능한 인물은 전체 인원의 12% 수준이다. 이들 가운데 근대시 작가가 47명, 동요를 발표한 사람이 14명이다.[19) 근대시는 184명 가운데 25%가 존재를 드러낸 반면, 동요 작자 286명에서 확인 가능한 인물은 4.8%에 불과하다. 동요 작자의 확인율이 상대적으로 떨어지는 것은 그들 대부분이 습작인구였기 때문이었을 것이다.[20)

---

18) 『조선일보』와 『동아일보』는 4면을 문예면, 5면을 가정면으로 구성하여 각각 근대시와 동요를 구분해 게재했다. 『중외일보』는 석간 발행시 3면, 조석간 모두 발행시 1면(조간)과 3면(석간)에 문예물을 배치했다.

19) 모은천·한태천·홍은표 등 근대시와 동요를 함께 발표한 인물들이 섞여 있기 때문에 이 통계가 완벽한 것은 아니다.

20) 확인된 61명의 명단은 다음과 같다. 高晶玉 權九玄 金炳昊 金岸曙 金哲洙 金海均 金海雲 鄭蘆風 毛隱泉 梁柱東 朴英鎬 朴泰遠 宋順鎰 宋完淳 宋昌一 安必承 柳海鵬 尹石重 李光洙 李大容 李揆元 李元壽 李貞求 張斗三 全鳳濟 丁奎昶 鄭益鎭 趙宗泫 蔡奎三 韓泰泉(이상 『諺文新聞の詩歌』 수록자 30명). 金光均 金達鎭 金大鳳 金尙鎔 金永壽 金裕貞 金在哲 金廷漢 金青葉 金海剛 南應孫 朴魯春 朴載崙 卞榮

『諺文新聞の詩歌』에 나타난 도서과의 자료 선별 원칙은 다양한 저자 확보와 양식 간의 균형 유지에 있었다. 수록시가 134편은 근대시 73편, 동요 59편, 민요 2편으로 구성되어 있었다.[21] 근대시와 동요/민요의 비율이 1:0.8로 원자료의 그것과는 상당한 차이가 난다. 그러나 양식 간의 수치가 엇비슷한 것을 보면 근대시에 의도적인 강조점이 있지는 않은 것 같다. 가장 많은 작품이 문제가 된 인물은 손길상(孫桔湘)인데, 그가 쓴 5편의 시가양식은 모두 동요였다. 이는 양식의 수준이 『諺文新聞の詩歌』의 선별 원칙이 아니라는 것을 시사한다. 물론 총량 비교에서 동요의 비율이 1/2로 줄어들었지만 저자 확인이 근대시의 25%에 불과할 정도로 현저한 위상 차이가 있었다는 점을 고려할 필요가 있다. 수록 작품의 저자는 모두 101명이며 1인당 1.3편이 문제가 되었다. 신문의 경우, 시가문학 저자가 1인당 1.95편을 게재했으므로, 도서과의 관심 범위가 오히려 확대된 셈이다.[22]

신문의 창작집단이 다양한 층으로 구성된 것은 전문가와 비전문가의 경계가 느슨해지는 현상을 반영한다. 그것은 근대문학의 외연이 넓어지면서 이루어진 변화의 결과였다. 근대의 시가문학에 대한 대중의 관심이 확대되면서 광범한 문학인구가 창출되었다. 시가문학의 대중화시대가 신문매체를 통해 조성되고 있었던 것이다.

여러 계층에 의해 생산된 이질적인 시가작품들의 공존은 근대적 문학장과 신문매체의 적극적 상호관계를 뚜렷하게 보여준다.[23] 시가문학

魯 申孤松 安鐘彦 梁雨庭 吳永壽 李東珪 李周洪 李河潤 李薱 李活 鄭寅普 鄭鎭石 趙南英 車鼎鉉 韓晶東 咸孝英 玄東炎 洪銀杓.

21) 신문별로 분류하면 『동아일보』 25/8/0, 『조선일보』 29/45/1, 『중외일보』 17/6/1이며, 미상이 2이다.

22) 한 가지 특징적 현상은 상대적으로 잘 알려진 인물들이 선택되었다는 것이다. 『諺文新聞の詩歌』에 수록된 101명 가운데 30명의 신원이 확인되는데, 그것은 전체 확인율에 비해 2.5배에 달하는 수치다. 『諺文新聞の詩歌』의 저자 가운데 김철수·모은천·송완순·송창일·이원수·윤석중·전봉제·정익진·조종현 등 9명은 동요의 작자이고 나머지 21명이 근대시의 작자이다.

23) 이러한 현상은 근대문학장의 운동양상과 매체의 상관관계에 대한 전면적이고 근본

은 형식의 단소성, 전문 문인과 비전문가의 모호한 경계 등의 특징 때문에 독자대중과 신문의 유기적 관계를 유지하는데 유리한 환경을 조성했다. 편집진은 신문의 지면을 전문 문인과 문학 애호가에게 동시에 제공했고 이를 통해 작가뿐만 아니라 다수의 비전문 필자도 자신의 문학 언어를 매체를 통해 공개할 기회를 얻었다. 이것은 매체공간에서 작가와 독자, 전문가와 비전문가의 상호침투가 자연스럽게 이루어지기 힘들었던 소설과는 근본적으로 구별되는, 시가문학의 고유한 사회적 성격이었다.

시가와 달리 소설은 창작의 어려움과 분량 때문에 전문가와 비전문가가 신문지면을 분점할 수 있는 문학형식이 될 수 없었다. 소설은 대중이 자신의 창작욕을 자연스럽게 투사할 수 있는 양식이 아니었다. '현상문예' 등의 형태로 이루어진 매체의 소설 모집은 문학을 동경하는 대중의 창작열을 높이는데 심대한 기여를 했지만 그 본질적인 목적은 신인의 확보, 즉 문학 재생산체계의 유지에 있었다.24) 시가와 소설이 신문을 매개로 대중과 만나는 방식은 현저히 달랐던 것이다.

신문은 근대의 문학어가 소수의 전문가에 독점되지 않을 수 있다는 사실을, 시가문학이라는 양식을 통해 독특한 방식으로 증명했다. 근대 사회가 언어와 문화의 통속화를 이루어내고 문학의 평민화를 실현했지

적인 연구의 필요성을 제기한다. 근대문학을 만들어낸 제도적 주체의 하나인 매체의 문학에 대한 개입방식은 각 매체가 처한 조건과 입장에 따라 매우 상이한 양상을 드러냈다. 신문과 잡지의 입장 차이, 각각의 매체가 처해있던 사회적 특수성과 매체 전략의 상이함, 국가, 대중, 매체 상호 간에 존재했던 역학의 시간적 변화 등에 대한 섬세한 접근을 통해서만 매체와 문학의 역사적 관계에 대한 밀도 있는 연구가 가능할 것이다. 이 관계에 대한 필자의 기본적인 생각은 「매체의 언어분할과 근대문학―근대소설의 기원에 대한 매체론적 접근」(『흔들리는 언어들―언어의 근대와 국민국가』, 성균관대 출판부, 2007)을 참조할 것.

24) 식민지 현상문예의 성격에 대해서는 박헌호가 편집한 『작가의 탄생과 근대문학의 재생산제도』(소명출판, 2008)에 수록된 「동인지에서 신춘문예로」(박헌호), 「『개벽』의 현상문예와 신경향파문학」(최수일), 「식민지 시기 『조선일보』 신춘문예의 제도화 양상 연구」(김석봉) 등을 참조할 것.

만, 그것은 대중의 역할이 수용자와 구매자라는 특정한 위치에 제한됨으로서 얻어진 일종의 반대급부였다. 대중은 '독자'라는 새로운 신분을 얻은 반면 창조하는 주체로서의 가능성을 박탈당했다. 근대사회가 되면서 음성언어의 역할은 부정되었고 그 대부분이 '민속'의 영역으로, 말하자면 시대착오적인 과거의 것으로 인식되었다.25)

대중이 문학의 새로운 주체가 되기 위해서는 근대적 문자문화의 질서와 체계 속에서 자신의 언어가 의미 있는 것으로 받아들여져야만 했다. 그러나 그것은 현실적으로 불가능에 가까운 일이었다. 대중은 작가를 통해서만 자신의 문학적 상상력을 확인받을 수 있었다. 작가는 대중의 정서와 감각을 대신해서 주조하는 존재가 된 것이다.

근대사회의 중요한 문화현상의 하나였던 작가에 대한 열망은 이러한 언어창조의 '대리자'라는 대중의 인식과 무관하지 않았다. 근대작가는 인쇄자본과 독자대중을 매개하는 지적 중계자로서의 성격을 지니고 있었던 인물이었다. 근대의 인쇄자본은 모든 문학적 충동이 문자로 표현되어야 한다는 강박을 만들어낸 주체였고 그 표현의 욕망을 상품적 가치화라는 기제로 조절했다. 근대적 개인의 표현 욕구에서 비롯된 문학에의 충동은 스스로 작가가 되거나 기존작가의 감성체계를 작품을 통해 대리 소비하는 방식으로밖에 충족될 수 없었다. 이러한 사회적 헤게모니야말로 근대의 작가와 작품에 바쳐진 최상급의 찬사 그 이면에서 작동하는 원리였다.

문학적 언어에 대한 주체화 정도라는 관점에서 본다면, 근대의 대중은 오히려 이전 시대에 비해 한없이 초라한 존재로 전락한 것이다. 그것이 음성언어에 근거한 문학장의 붕괴와 문자문학의 절대화가 야기한 현실이었다. 텍스트를 읽는 것으로서만 근대적 감수성이 조성된다는 강

---

25) 구술문화와 문자문화의 역사적 변화양상에 대한 이론적 문제의식은 월터 J. 옹의 『구술문화와 문자문화』(문예출판사, 1995) 3장 「구술성의 정신역학」과 4장 「쓰기는 의식을 재구조화한다」를 참조할 것.

요와 그것이 만든 강박관념은 근대작가를 현실 초월적인 영웅의 이미
지로 재구성하기 시작했다.26) 특히 문학언어가 정치언어로서의 기능까
지 함께 할 수밖에 없었던 식민지 한국에서 그 정도는 더욱 심각했을
것이다.27) 그것이 대중과 작가 사이의 위계 심리를 만들어냈다. 작가와
독자는 친근한 관계로 묘사되었지만, 그것은 대중이 작가로서의 가능성
과 단절한 이후에야 얻어질 수 있는 모순된 친밀감이었다.

근대의 독자는 문학에 대한 '항상적 동경'이라는, 변할 수 없는 시간
의 주체였을 뿐이다. 그에게는 숭배자로서 문학에 기여하는 것만이 허
락되었을 뿐이다. 문학에 대한 대중의 창조적 개입은 문학장의 권력체
계에 의해 근본적으로 차단되었다. 근대문학은 고도의 훈련과 학습의
과정을 통해서만 접근 가능한 것으로 인식되었고, 또 그것이 사실이었
기 때문이다. 근대문학의 생산 메커니즘을 주도했던 인쇄자본가들과 문
학장의 주역들은 높은 진입장벽을 쌓아 자신들의 권위를 유지했다. 근
대문학의 위상과 성과는 이러한 문학권력의 운동방식에 의해서 형성된
것이다.

근대사회에서 작가는 매력과 권위의 화신으로 묘사되었지만, 대중
자신이 작가가 될 수 있는 길은 많지 않았다. 중세가 해체되면서 문학
도 전 사회계층이 참여하는 공공문화의 하나로 그 성격이 변화되었다.
하지만 이러한 변화 이면에는 문학을 고도의 지적 활동으로 재구성하
려는 사회적 움직임이 개입되어 있었다. 서구 근대성의 중핵 가운데 하
나로 인식된 '리터래처'의 박래(舶來)와 높은 수준의 문해 능력을 지닌

---

26) 식민지 사회에서 '작가'가 갖는 사회적 위상에 대해서는 박헌호의 「식민지 조선에서
작가가 된다는 것―근대 미디어와 지식인, 문학의 관계를 중심으로」(『작가의 탄생과
근대문학의 재생산제도』, 소명출판, 2008)를 참조할 것.
27) 이 문제에 대한 필자의 생각은 「근대잡지와 근대문학 형성의 제도적 연관」·「최남
선의 잡지발간과 초기 근대문학의 형성」(한기형 외, 『근대어·근대매체·근대문학』,
성균관대 출판부, 2006)과 「근대어의 형성과 매체의 언어전략」(『문예공론장의 형성과
동아시아』, 성균관대 출판부, 2007)에 정리되어 있다.

지식분자의 결합을 통해 이루어진 한국의 근대문학은 새로운 원리에 의해 재구성된 지식체계의 하나로 받아들여졌다.[28] 그것은 거시적으로 볼 때, 문학어 가운데 내장된 의사소통력의 약화를 의미하는 것일 수도 있었다.

신문은 대중의 능동적 창조성을 거세하는 근대문학의 그러한 모순을 흥미로운 방식으로 해결하고자 했다. 시가문학의 투고란은 신문의 정책 의도와 연계되어 있는 공간이었다. 그것은 대중들이 자신의 문학적 표현 욕구를 실현 불가능한 것으로 느끼지 않게 하기 위한 신문의 작은 배려였다. 신문은 근대문학의 독자를 창출했고 그들을 신문의 문예란에 참여시켰으며 종국에는 그들 모두에게 '작가'로서의 가능성을 심어주었다. 대중에게 문학을 삶의 한 양식으로 주체화할 수 있는 기회를 제공한 것이다. 그 모든 것이 신문의 성장과 위상 제고로 귀결되었음은 당연한 일이었다.

신문의 전략은 평범한 대중으로부터 전문문인에 이르기까지 누구나 자신의 감정을 시가문학의 형식으로 표출할 수 있게 하는 것이었다. 이렇게 하여 구성된 신문의 문학장은 문학어의 창조, 혹은 그 가능성의 확인이라는 경험을 통해 참여자 모두에게 근대인으로서의 자의식을 허여했다. 수많은 독자와 접속된 매체의 문자와 자신의 언어가 결합한다는 것은 곧 현실에 대한 창조적 개입을 뜻했다.

경성에서 발행되는 3개의 신문이 3개월 동안 920편의 시가를 게재했다는 것은, 그 숫자만으로도 흥미로운 상상을 불러일으킨다. 이것은 시가문학이 신문이라는 근대미디어를 소통 매개로 하여 식민지 국민문화의 한 형식으로 대중화되고 있었다는 것을 의미했다. 산술적으로 추산

---

28) 식민지 사회에서 문학이 지니는 지식사적 위상에 대한 초보적 문제제기로는 한기형의 「제도적 아카데미즘의 결여와 근대잡지—식민지 지식문화의 특성에 관한 시론」(『지식의 근대기획, 미디어의 동아시아』, 성균관대 동아시아학술원 동양학학술회의 논문집, 2007.12.14)을 참고할 것.

하면 1년간 약 1,200편의 근대시와 2,400여 편의 동요/민요가 3개의 신문 지면을 통해 조선 각지에 산재한 독자들과 만나고 있었다. 시가문학이 만들어내는 독자적 국민성이라는 상상력, 식민지 검열당국은 그 점을 주목하지 않을 수 없었다. 그런데 한 가지 더 지적할 것은 이러한 국민적 문학 위에 계급의식이라는 미묘한 방향성이 부분적으로 입혀지기 시작했다는 점이다. 1920년대 후반에서 1930년대 초반은 한국에서 사회주의 운동이 가장 격렬했던 시기였다는 점을 기억할 필요가 있다.

3. 문화표상을 둘러싼 협력과 경쟁

시가문학만을 대상으로 검열 표준화 작업을 시도한 것은 시가문학이 검열당국의 주요 관심 대상이 되었다는 것을 뜻했다. 그것은 이미 지적했던 것처럼, 시가문학이 국민적 대중성과 결합하는 동시에 계급투쟁의 정당성을 설파하는, 즉 정치언어로서의 비중이 커지고 있다는 인식의 결과였다. 시가문학이 식민지 사회 속에서 정치적인 이미지를 키워가고 있었다면, 그 원인이 결코 단순한 계기에 의한 것일 수 없었다. 그것은 매체자본·사회운동·식민권력·문학에 대한 대중의 동경 등 의도적인 노력과 비의도적인 힘이 복잡하게 착종되어 만들어진 것이었다. 그 관계의 역학을 살펴볼 필요가 있다.

이혜령은 1920년대『동아일보』학예면이 가공할 흡수력으로 구지식인으로부터 부녀·아동·학생 등 여러 계층을 신문으로 끌어들인 대중적 문학장임을 논증했다.29)『동아일보』는 다양한 독자계층을 분할 통합

---

29) 이혜령, 「1920년대『동아일보』학예면의 형성과정과 문학의 위치」,『대동문화연구』 52, 성균관대 대동문화연구원, 2005.

하기 위해 한시·시조·동요·근대시·창가에 이르기까지 다양한 시가 양식을 동원했다. 이와 같은 현상은 식민지 시기 신문이 수행한 시가문학의 대중화가 신문의 사회적 영향력 확대와 깊이 연관되어 있음을 보여준다. 박헌호가 날카롭게 지적한 것처럼, '장르적 잡종성'이야말로 신문이 상업적 이해관계를 확보하면서 동시에 스스로를 식민지 문화권력으로 들어 올리려는 이중 전략의 소산이었다.[30]

영향력 확대를 위한 신문의 노력을 보여주는 전형적인 사례가 유력 신문들의 지속적인 한시 게재였다. 아래의 통계는 구지식인의 흡수에 『매일신보』는 물론 『동아일보』와 『조선일보』도 얼마나 적극적이었는지를 보여준다. 이것은 식민지에서 미디어라는 제도적 모더니티와 그 생존환경의 반근대성이 어떠한 차원에서 연결되는지를 드러낸다.

〈표 2〉 식민지 시기 신문의 년도별 한시 게재 건수[31]

	20	21	22	23	24	25	26	27	28	29	30	31	32	33	34	35	36	37	38	39	40	합계
조선일보	169	186	24	54	23	0	0	0	0	70	3	2	0	52	125	26	159	93	62	91	53	1,192
동아일보	169	18	0	48	132	0	16	47	315	125	99	163	160	3	25	161	124	71	111	105	166	2,058
매일신보	399	798	620	644	647	225	75	114	130	415	218	179	101	238	154	44	213	318	330	437	323	6,622

흥미로운 일은 신문의 시가 대중화정책과 사회주의 문화운동의 활성화가 맥을 같이하면서 동시에 진행되었다는 점이다. 1928년경부터 시작된 '예술대중화논쟁'은 그러한 문제의 접점에서 어떠한 상황들이 발생했는지를 확인하는데 좋은 사례가 된다. 사회혁명과 예술의 관계를 둘러싸고 벌어진 이 논쟁의 초점 가운데 하나는 예술작품과 식민지 합법

---

30) 박헌호, 「동인지에서 신춘문예로―등단제도의 권력적 변환」, 『작가의 탄생과 근대문학의 재생산제도』, 소명출판, 2008, 102면.

31) 이 통계는 한영규·김진균 선생이 성균관대 대동문화연구원에서 수행한 '식민지 시기 한시자료의 수집정리' 연구프로젝트의 성과에 근거한 것이다. 두 분의 동의를 얻어 통계 내용을 제시한다.

성, 대중 획득의 관계를 어떻게 설정할 것인가의 문제였다. 예술대중화론의 이론적 선편을 쥐었던 김기진은 시가문학의 정치성을 실용적인 차원에서 현실화하는데 가장 적극적인 인물이었다. 그의 주장은 사회주의를 추구하는 예술가들이 식민지 합법공간을 적극 활용하여 대중 획득에 나서야 하며, 시가문학은 그 중요한 매개체가 될 수 있다는 것이었다.

> 우리의 시가는 그 형식상에 있어서 노래로 불려질 만큼 되지 아니하고서는 대중에게 고루 고루 퍼질 수 없다. 왜 그러냐 하면 대중은, 노동자나 농민은 혹 일을 할 때에 혹 놀고 있을 때에 노래를 요구하며 그러한 때에는 잡지 구석에 발표된 자유시형으로 된 우리의 시를 찾지 않고 전해 내려오는 또는 유행하는 가곡을 들은 대로 외운다. 그러므로 우리는 이러한 기회를 붙잡아야 하며 그렇게 하기 위하여는 먼저 우리의 시를 가곡의 형식으로 작하는 준비가 필요하다.[32]

공교롭게도 김기진의 이 글은 문제의식과 의도가 전혀 다름에도 내용에 있어 당대 신문의 시가문학 정책과 맥락을 같이했다. 김기진은 이어서 "소위 예술적으로 불완전하고 또는 그 시식(詩式)이 진부하여 프롤레타리아 예술로서 거의 가치를 줄 수 없는 것이 될지라도 그것이 대중이 부르기 쉽고, 그리고 그 시가에서 계급의식의 각성(내지 암시)을 받는 것이 되기에 유용한 것이 될 것 같으면, 불완전하고 진부하다는 것은 도리어 문제가 안 된다"라는 문구를 덧붙였다. 당시 신문이 여러 방면의 독자 대중을 확보하기 위해 게재 시가의 형식에 개방적이었다면, 김기진은 계급의식의 확산에 조금이라도 유리한 것이라면 어떠한 형식이라도 적극적으로 활용해야 한다는 입장을 피력한 것이다.

예술의 합법적 생존에 비중을 두었던 김기진의 입장에서는 검열체제와의 관계 설정이 가장 중요한 사안이었다. 김기진이 주장한 예술대중

---

32) 김기진, 「예술의 대중화를 위하여」, 『조선일보』, 1930.1.1~1.14(홍정선 편, 『김팔봉문학전집』Ⅰ, 문학과지성사, 1988, 166면).

화론의 핵심은 '검열을 통과할 수 있는 프롤레타리아예술은 어떠한 내용과 형식을 갖추어야하는가'라는 문장으로 요약되었다. 김기진은 자신의 견해에 대한 동료들의 비판을 모험주의라는 관점에서 재반박했다. 임화의 비판에 대한 반론의 성격을 지닌 글에서 김기진은 합법적 문화공간에서 주도권을 갖지 못하면 혁명을 위한 대중 획득도 불가능할 것이라는 점을 암시했다.

> 그러므로 군이 주장하는 바와 같이 검열에서 저들이 압수한다고 ✕세를 취하여 더욱 압수되도록 쓴다고 가정하자. 이렇게 하는 것이 군에게 의하여 프로레타리아적 방법이니까. 모든 이론적 실제적 일상투쟁에서 언제든지 ✕세를 취하지 않으면 안 된다는 군의 공식을 적용하자면 압수되더라도 그와 같은 조자(調子)로 소설을 써야하고 시를 써야하고 영화를 제작하여야한다. 그리하여 시와 소설은 마침내 인쇄되지 못하고 그 영화는 마침내 상영되지 못한다. 이것이 군에 의하면 프로레타리아적 작품행동이다. 그리고 그 시·소설과 영화의 독자와 관중은 어디다 두고서 무슨 효과를 얻었는가?[33]

그러나 임화는 합법성에 대한 기대가 가져올 폐해를 강조했다. 그는 사회주의 예술운동이 합법매체와의 관계 속에서 얻을 수 있는 손해의 측면에 민감했다. 임화는 "우리가 과거에 가지고 있던 오견(誤見), 주로 뿌르 신문과 뿌르 잡지를 통하여서만 행하든 운동(주로 작품)경향, 즉 우리들 자신의 기관의 강대화보다도 다른 기관의 이용을 과중 평가한 그것을 단연(斷然)히 극복하여야 한다는 것"[34]이라고 주장했다. 임화는 프로문학운동이 자칫 매체의 합법화 정책에 흡수될 가능성을 심각하게 거론했다. 임화의 문제제기 속에는 합법성에 대한 지나친 경도가 식민지 문화권력의 역학 속에서 사회주의 문화운동의 독자성을 훼손시킬

---

33) 김기진, 「예술운동에 대하여」, 『동아일보』, 1929.9.20~9.22(홍정선 편, 『김팔봉문학전집』 Ⅰ, 문학과지성사, 347면).
34) 임화, 「김기진군에게 답함」, 『조선지광』 88, 1929.11, 69면.

수 있다는 우려가 깔려 있었다.

임화의 발언 속에는 제대로 된 합법 기관지를 가져보지 못한 식민지 사회주의 문예운동가의 비애가 묻어난다. 나프(NAPF, 전일본무산자예술연맹)의 기관지『전기(戰旗)』는 1928년 5월 창간호 7,000부, 1929년 12월 17,000부, 1930년 7월 23,000부를 발행했다.[35] 예술대중화운동의 현실적 효과가 기관지의 비약적 성장으로 나타난 것이다. 카프(KAPF, 조선프롤레타리아예술동맹)의 경우 설립 초기에는『개벽』을, 1926년 8월『개벽』이 폐간된 이후에는『조선지광』을 주로 활용했으나 필요한 지면의 일부를 얻었을 뿐이다.[36] 일본과 비할 수 없는 가혹한 식민지 검열로 인해 발생하는 막대한 문학 자원의 손실도 큰 문제였지만, 여러 매체로 맹원(盟員)의 논의가 분산되다 보니 문예운동의 집중된 효과를 얻기가 더욱 어려운 것이 사실이었다.

뿐만 아니라 주도권은 언제나 합법 매체의 편에 있었다. 사회주의자들은 합법 매체에 의해 선택되는 객체였다. "군(김기진 — 인용자)이『동아일보』나『중외일보』로 예술운동을 하는 대신 우리는 견고한 [삭제] 가졌다. 거기는 군이 기절할 문구로 (그러나 노동자, 농민은 어떻게 좋아하는지) 가득 찼다"[37]라는 임화의 문장 속에는 비합법 매체와 합법 매체를 두고 벌어진 미묘한 경쟁 심리의 흔적이 엿보인다. 삭제된 부분에 카프의 비합법 문화 활동에 대한 임화의 설명이 들어 있었을 것이다. 이 글에는 합법적 표상체계를 소유할 수 없었던 식민지 사회주의자의 오기 같은 것이 느껴진다. 이처럼 합법의 영역에서만 움직이는 식민지 미디어가 계급운동 전체에 미칠 악영향을 임화는 예민하게 계산했다. 그 때문에 임화는 '연장으로서의 문예는 그 정도를 수그려야한다'는 김기진의 입

---

35) 마에다 아이(유은경, 이원희 역),『일본근대독자의 성립』, 이룸, 2003, 285면.
36) 사회주의 운동과『개벽』,『조선지광』의 관계에 대해서는 한기형의「식민지 검열정책과 사회주의 관련 잡지의 정치역학」(『한국문학연구』30, 동국대 한국문학연구소, 2006)을 참조할 것.
37) 임화,「김기진군에게 답함」,『조선지광』88, 1929.11, 69면.

장에 동의할 수 없었다.[38]

  김기진은 예술이 합법의 영역에 존재해야만 대중의 관심과 협력 나아가 대중 자신의 주체화 동력으로 활용될 수 있음을 강조했다. 반면 임화를 비롯한 급진파의 입장은 혁명운동의 전략 속에서 예술이 어떻게 활용될 것인가가 본질적인 문제이므로 표현의 합법성 여부는 부차적인 것으로 파악했다. 현재까지 한국 학계의 논의 수준은 이 팽팽했던 논쟁의 적실성에 대한 학문적 비교 분석의 차원에까지 이르지 못했다. 그렇지만 한 가지 분명한 점은 일각에서 비판되었던 것처럼 '예술대중화논쟁'이 수입된 이론의 공허한 번안이 아니라, 국가 경쟁과 문화표상의 헤게모니가 어떠한 관계를 맺어야 하는가를 둘러싼 현실적이고도 첨예한 전략 결정의 문제였다는 점이다.

  이러한 카프 내부의 복잡한 논쟁에도 불구하고 매체에 게재되는 시가문학의 비중은 점점 커지고 있었다. 그것은 김기진 식의 예술대중화론에 찬성하는 문학인구의 확대나 매체의 시가문학에 대한 정책의 지속적 영향에 의한 것일 수도 있겠으나, 다른 한편으로는 문학적 표현에 대한 욕망과 사회현실에 대한 불만, 민족성에 대한 자의식 등 식민지인의 내면을 드러낼 수 있는 언어 형식의 절대적 제약 등과 연관되어 있었다. 1928년 『조선일보』 신춘문예 선정 결과가 사회적으로 민감한 주제를 다룬 작품에 집중되었고 그 결과 당선작 상당수가 검열 삭제되었다.[39] 『諺文新聞の詩歌』 불온자료의 50% 이상이 『조선일보』 소재 시가였다는 것은 이 신문의 과격한 분위기가 적어도 1930년 초반까지 계속되었다는 것을 말해준다.

  이 과정에서 '민족'과 '계급'이라는 두 개의 핵심 명제는 점차 거리를

---

38) 예술대중화론을 둘러싼 논쟁에 대한 개략적인 이해는 『카프문학운동연구』(역사비평사, 1989) 1장 2절 참조.
39) 김석봉, 「식민지 시기 『조선일보』 신춘문예의 제도화 양상 연구」, 『작가의 탄생과 근대문학의 재생산구조』, 소명출판, 2008, 157~159면.

좁히고 있었다. 김기진이 자신의 예술대중화론에서 시가 개량의 사례로 '아리랑 타령'을 제시했다.[40] 김기진은 자신이 제시한 '아리랑'이 "불평 불만의 감정, 울분한 감정, 투지에 연소되는 감정을 전달하고 선동하여 서 실지로 노동·소작 쟁의나 혹은 일반적 대중적 투쟁이 전개될 경우 유용"한 형식이라 규정하고 재래의 형식이라도 '개량'을 통해 그 사회 적 가능성을 최대한 확대할 수 있다고 주장했다.[41] 민족형식과 계급의 식이 연계되는 효과에 주목한 것이다.

비슷한 시기 김동환도 민요와 프로문학의 친연성을 거론했다. 그는 "금일의 프로레타리아 전신인 피치자군(被治者群)의 예술"로 민요를 정 의하며 사회주의 문예운동과 민요의 관계를 다음과 같이 논했다.

> 우리는 신시는 기교화하고 시조는 고아화(高雅化)하고 한시는 난삽(難澁)을 극(極)하고 있을 때에 미더운 것은 오직 야생적 그대로의 표현과 내용을 가진 민요뿐이라. 조선민요의 문예운동은 우리들의 생활운동과 밀착 불가리(不可 離)할 관계를 가지고 있는 것임을 느낄 때에 더욱 민요의 발흥에 전력을 다 하여야 할 것이다.[42]

실제로 김동환은 「아리랑 고개」, 「팔려가는 섬 색시」,[43] 「갈보청」[44] 등 여러 편의 사회비판적 민요시를 발표했다. 김동환의 작품은 김기진

---

40) 내용은 다음과 같다. "밭가는 농부의 아리랑은 도조와 장리가 걱정 일세 / 일 년 열두 달 지어 논 것은 누구의 곳집을 채워주나 / 아리랑 타령이 왜 생겼나 슬픈 놈 가슴이 미어진다 / 제사장 여직공 아리랑은 시집갈 밑천이 걱정 일세 / 기계는 돌아서 돈을 낳고 돈은 돌아서 어디로 가나 /(후렴) 아리랑 아리랑 아라리요 아리랑 살고개로 넘어 간다."
41) 김기진이 거론한 아리랑 가사는 1929년 5월 11일, 수원에서 개최된 프로예맹 강연회 정리 모임에서 불렀던 것이다. 송영은 이 아리랑이 孔錫禎이 작사한 것이며 支盟員 전체 가 합창했다고 기록했다(송영, 「수원행―프로예맹 강연기」, 『조선지광』 85, 1929.6, 97면). 강연회 참여자는 김기진·박팔양·임화·유완희·윤기정·송영 등이었다. 김기진은 이 때의 기억을 통해 아리랑과 같은 민요의 정치성을 경험적으로 확인한 것이다.
42) 김동환, 「조선 민요의 특질과 그 장래」, 『조선지광』 82, 1929.1, 76면.
43) 『조선지광』 83, 1929.2, 115~116면.
44) 『조선일보』, 1930.1.19.

이 주장했던 재래 시가의 혁명적 개량을 실증하는 사례였다.

대중의 언어와 사회주의 이데올로기의 결합은 식민권력의 입장에서 볼 때 매우 위험한 현상이었다. 대중동원의 방향성이 명료해질 수 있었기 때문이다. 『諺文新聞の詩歌』의 제작은 이미 그러한 결합, 말하자면 식민지 시가의 불온화가 상당한 수준에서 진전되고 있다는 판단의 결과였다. 당연한 일이지만 『諺文新聞の詩歌』가 제시한 불온성의 세 가지 기준이 '민족'과 '계급'으로 수렴되었던 것도 이 때문이었다. 1930년대 초 신문의 시가는 대중의 언어 속에서 '조선어'라는 내셔널리티와 현실비판의 언어가 연계되는 접점이었다는 것이 중요하다.

『조선출판경찰월보(朝鮮出版警察月報)』 8호(1929.4, 4면)는 1928년도 한국어 잡지를 분석하면서 강력한 사전 검열의 대상이 되는 사상관련 잡지보다 '문예잡지'나 '소년소녀독물'이 '암암리에 사상적 재료를 취급하는 양태를 띠는 경향'의 위험성을 지적했다. 『諺文新聞の詩歌』와 『조선출판경찰월보(朝鮮出版警察月報)』 등 검열기관의 문서들이 식민지의 문예와 아동물에 주목했던 것은 그것이 식민지 텍스트의 불온성이 퍼져나가는 중요한 통로였기 때문이었다.[45]

시가문학에 대한 검열체제의 관심이 집중되던 1930년 그 해 겨울, 시가문학에 대한 신문의 태도에 미묘한 변화가 감지되기 시작했다. 『동아일보』는 이전과는 다른 형태의 '신춘현상모집' 광고를 내보냈다. 현상의 대상은 '조선의 노래', '조선청년의 좌우명', '우리의 슬로건' 등 세 분야였고, '조선의 노래'와 '우리의 슬로건'에는 다시 창가·시조·한시와 생활혁신·민족보건·식자운동 등의 하위 범주가 설정되었다.[46] 이 현상에서 '노

---

45) 이 점과 관련하여 중국혁명운동에서 동요의 위치를 다룬 레오나드 L, 추의 견해를 참조할 필요가 있다. "동요는 풍부한 은유와 예언을 담고 있고 왕왕 사회 부조리에 대해 풍자적이기 때문에 불만을 강조하고 대중의 정열을 고취시키고 나아가 인민과 아동을 사회주의화하는데 이것을 활용했다"(「중국 아동의 무기―혁명동요」, 『중국혁명기의 대중매체』, 강영희 역, 공동체, 1986, 22면).

46) 「신춘현상모집」, 『동아일보』, 1930.12.15, 4면.

래'의 개념은 확실히 이전의 맥락과는 다른 차원의 의미를 담고 있었다.

> 모든 조선 사람이 기쁘게 부를 조선의 노래를 가지고 싶습니다. 조선의 땅
> 과 사람과 그의 힘과 아름다움과 그의 빛난 장래에의 약속과 희망 (……) 이런
> 것들을 넣은 웅대하고 장쾌하고도 숭엄한 노래—과연 조선의 노래라고 하기
> 에 합당한 노래를 구하는 것은 아마 조선사람 전체의 생각이라고 믿습니다.

‘조선의 노래’의 투고를 독려하는 광고문은 ‘조선적인 것’의 총화이
자 조선인 전체를 대표하여 재현하는 민족형식으로 ‘노래’의 의미를 규
정했다. 사안의 핵심은 ‘노래’의 형식이 창가와 시조, 한시로만 제한되
었다는 점에 있었다. ‘조선의 노래’가 이 세 개의 시가 형식에 한정됨으
로써 ‘조선’과 ‘노래’는 ‘과거—현재—미래’라는 초시간적 민족성을 전
유하는 개념이 되지 못했다. 그 연장선에서 노래의 향유 주체도 과거
안에 갇혀 있는 존재들로 표상될 수밖에 없었다. 현재의 시간을 과거의
형식 속에 가두는 『동아일보』의 태도는 내셔널리즘의 일반적인 인식론
과 크게 다르지 않았지만, 식민지 상황이 이러한 행태에 특정한 정치적
의미를 부여한 것은 분명했다. 그것은 ‘신춘현상’의 시가가 ‘문학’에서
계몽의 ‘방법’으로 도구화되는, 말하자면 사회적 배치의 재구성이었다.
‘신춘현상’ 사업이 종결되고 난 후 『동아일보』는 아래와 같은 사설을
실었다.

> ‘글은 눈’이다. 글을 모르는 것은 눈이 없는 것이다. 어떤 의미로는 생리적
> 눈보다도 글이라는 눈이 더 중요할 수 있다. 왜 그런고 하면 생리적 눈은 현
> 재의 자기의 주위의 현상 밖에 보지 못하지마는 글이라는 것은 수천 년 간 수
> 없는 천재들이 관찰하고 경험한 보고를 볼 수가 있는 까닭이다. 내 글은 ‘내
> 눈’이다. 조선인은 다 글을 알아야 한다. 글을 아는데서 개인의 능력이 생기고
> 민족 생활의 신여명(新黎明)이 오는 것이다.47)

---

47) 「신춘현상모집의 결과와 성과 정리」, 『동아일보』, 1931.1.31, 1면 사설.

이 글은 문해 능력의 확대를 '신춘현상'의 목표로 천명했다. 조선의 노래를 보급하는 것과 '신춘현상'의 또 다른 목표인 '식자운동(識字運動)'은 밀접하게 연계되어 있었다. "만민개독(萬民皆讀)은 만민개건(萬民皆健)과 아울러 조선의 민족적 비약의 양익(兩翼)이외다. 문자와 수자를 배우자. 바른 조선말을 쓰자. 그래서 이천만중(二千萬衆)의 혼(魂)이 하나로 뭉치자"48)라는 '식자운동'의 슬로건은 '조선노래'의 시가양식이 창가·시조·한시로 정해진 이유가 무엇인지 분명하게 드러냈다.

'노래'를 통한 한자와 국문의 동시 습득이야말로 '조선의 노래'가 '신춘현상'에서 강조된 이유였다. '조선의 노래'는 문자의 보편화를 위해 고안된 개념이었기 때문에 대중에게 익숙한 형식을 선택해야 했다. 그러나 그것은 정치성이 탈각된 '포즈로서의 계몽'에 불과했다. 계몽의 목표는 국가의 건설이나 그 탈환이 아니라 신문 자신의 안위를 지키는데 맞추어져 있었다.

『동아일보』의 전략은 민족에 대한 대중의 열망을 수렴하되 그것이 식민지의 현실정치와는 무관한 것으로 조정하는 것이었다. 이를 통해 신문은 자신의 사회적 존재감을 유지하면서도 식민통치와는 대립하지 않을 수 있는 환경이 조성되길 기대했다.49) 대중의 민족어 습득을 위해 제공된 탈정치화된 의고적 시가의 존재는 식민지 문화권력을 분점하기 위한 『동아일보』의 투기적 내셔널리즘의 한 사례였다. 그것은 예술대중화논쟁이 진행되던 당시, 혁명언어의 매개체로 재래 시가의 형식에 현재성을 투여했던 김기진의 시각과도 근본적으로 다른 차원의 태도였다.

---

48) 「신춘현상모집공고」, 『동아일보』, 1931.12.25, 4면.
49) 김병구는 1930년대의 고전부흥운동이 "'조선적인 것'을 과거로부터 소환하여 절대화한 나머지 역사적 현실을 괄호로 묶음으로써 식민제국의 논리로 귀결될 가능성"을 지적하면서 고전부흥의 '조선적인 것'이 '식민제국의 파생담론'이 될 수 있다고 주장했다(「고전부흥의 기획과 '조선적인 것'의 형성」, 『조선적인 것의 형성과 근대문화담론』, 소명출판, 2007, 39면). 김병구의 판단은 『동아일보』 신춘현상의 의미를 이해하는 데 하나의 방향을 제시한다고 생각한다.

1930년도 '신춘현상'의 당선작에 투영된 명랑함과 낙관주의는 그렇기 때문에 거세된 민족성의 비현실적 선명함이었을 뿐이다. '조선의 노래' 시조부분 당선작인 박노홍(朴魯洪)의 「봄빛」 마지막 연을 제시한다.

> 님이여 들로 오소 꿀에 젖은 무궁화ㅅ들
> 버린 가슴에 젖이 철철 흐르는 품
> 큰 복이 넘친 듯 하야 새 희망을 뵈이오50)

시간이 한참 지난 후의 일이지만, 1937년 임화는 「담천하(曇天下)의 시단 1년」에서 조선시단의 복고적 경향을 비판하면서 "오직 퇴색한 중세적 여음(餘音)이 구슬프게 들릴 뿐이다"며 좌절에 가까운 감각을 드러냈다. 임화는 1930년대 들어와 현저하게 나타난 '자유시형'에서 시조 등 '정률시'로의 후퇴가 보수적인 낭만적 민족주의에서 비롯되었음을 지적한 후, 이 경향이 "현대의 인민 가운데서 가장 진부하고 비속한 사상과 정서와 연결하여 그것을 긍정, 조장케 하려는 데에 있다"51)고 분석했다.

모더니스트이자 사회주의자였던 임화의 입장에서 근대시 형식의 퇴행은 근대시가 담당했던 진보성 전체를 부정하는 현상이었다. 임화는 '문화와 예술의 임종'이라는 극단적인 표현으로 당시 시문학의 복고성을 비판했다. 그러나 이 현상은 근대 시문학의 핵심 생산처였던 신문의 존재방식과 밀접하게 연계되어 있었던 문제라는 점에서, 결코 몇몇 시인들의 사상적 한계 차원에서만 설명될 수 없는 사안이었다. 임화가 시적 퇴행의 원인으로 지적한 '보수적 낭만주의'(퇴영적 민족주의의 다른 표현이라고 생각되는)야말로 신문의 헤게모니 유지에 중심 역할을 한 이데올로기였기 때문이다.

식민지의 한국어 신문들은 이러한 방식으로 여타 문화주체들과의 위

---

50) 『동아일보』, 1931.1.6, 4면.
51) 임화, 『문학의 논리』(1940), 서음출판사, 1989, 361~364면.

태로운 경쟁관계를 이어나갔다. 신문의 지면에 분할 배치된 시가문학의 여러 하위 양식들은 그 경쟁을 위한 중요한 도구였다. 그러나 이 경쟁의 기본 성격은 승리하기 위한 것이 아니라 생존을 위한 것이었다. 그리고 그것은 균형의 유지를 통해서만 보장되었다. 식민지의 한국어 신문은 식민권력과 대립하되 그 대립이 위태로운 상태로까지 나아가지 않을 지점을 섬세하게 계량해야 했다. 대중에 대한 계몽적 권위가 명백한 정치성으로 전화하지 않도록 노력한 것도 이러한 균형의 조절과 연관된 일이었다. 이 과정에서 균형을 거부하고 경쟁의 수위를 국가의 획득이라는 차원으로 끌어올리려는 세력들과의 연대는 필연적으로 깨어졌다. 임화가 문예대중화논쟁의 와중에 지적했던 그 문제, '합법적 표상체계는 사회주의자의 것이 될 수 없다'라는 주장이 현실 속에서 증명되는 것은 그리 오랜 시간이 걸리지 않았다.

4. '불온'의 경계, 그 안과 밖

식민지 텍스트가 본격적으로 생산된 1920년 이래 시가문학에 대한 검열관의 칼끝은 결코 무디어 본 적이 없었다. 그것은 식민지 검열에서 시가문학이 예외적 지위를 누리지 않았다는 것을 의미했다.[52] 『諺文新聞の詩歌』의 자료 수집이 시작된 시점인 1930년 1월 3일, 『동아일보』에는 '혈탄(血灘)'이라는 인물의 「시의 삭제를 보고」라는 시조 한 수가 게재되었다. "그 누가 불렀는고 빈터 될 피노래를 / 노래가 없어지니 활자가 서럽구나 / 이 저 곳 깍기운 자최 내 맘 더욱 울리네." 이 시조에서

---

52) 근대시에 가해진 식민지 검열의 생생한 사례는 검열본 『심훈시가집』(심훈기념사업회 편, 『그날이 오면』, 차림, 2000)을 참조할 것.

'피노래'라는 표현은 검열 속에서 생존의 기회를 박탈당한 숱한 시가들의 불우한 운명을 섬뜩한 이미지로 드러냈다.

"訃告, 機關車君 七月四日 藥石無效 玆以訃告 七月八日." 1930년 8월, 카프시인 김창술(金昌述)은 친우 김병호(金炳昊)에게 자기 시집 『기관차』가 검열로 발간할 수 없게 되자 이를 조상하는 부고를 띄웠다.[53] 김병호는 이 부고를 소개하는 글 속에서 『기관차』의 검열과 관련해 김해강(金海剛), 김창술과 주고받은 사신을 공개했다.[54] 이미 처녀시집 『열광』을 검열로 압수당했던 김창술은 두 번째 시집마저 나올 수 없게 되자 그 좌절을 마치 자신의 죽음인 것처럼 비유한 것이다. 김병호에게 보낸 편지의 문구는 시간의 흐름에 따라 짙어지는 김창술의 절망감을 그대로 드러내었다. 이처럼 검열은 식민지 문인들의 언어 속에서 곧잘 죽음을 불러내는 치명적 가해로 묘사되었다. 검열은 식민권력과 식민지인의 텍스트 사이에서 벌어진 일반적인 사회현상의 하나였고 시가문학 또한 그 영향권에서 벗어날 수 없었다. 혈탄과 김창술의 발언은 그 야만적 일상성을 독특한 형식의 비유로 포착했던 것이다.

『諺文新聞の詩歌』는 그러한 시가문학에 대한 지속적 검열과 중첩되어 있던 현상이었다. 일상의 검열이 개별 텍스트에 대해 집중되어 있었다면 『諺文新聞の詩歌』는 식민지의 시가라는 묶음의 텍스트 전체에 대한 전략수립을 위한 것이었다. 그러나 이 자료집이 식민지 검열기구와 신문의 시가텍스트 사이에서 폐쇄적으로, 혹은 고립된 방식으로 이루어진 일방적 관계의 산물은 아니었다. 『諺文新聞の詩歌』는 식민지 신문의 시가문학을 대상으로 작성된 사건조서와 같은 공문서였다. 이

---

53) 김병호, 「죽어진 시집」, 『조선지광』 92, 1930.8, 28면.
54) ① 그 『기관차』는 창술형이 편집을 마쳐 제출한 모양인데 어떻게 잘 통과되어 나올 수 있을까요 海剛 ② 그리고 해강과 共裝詩集 『기관차』를 불일간 원고 제출을 해 볼 작정인데 파스가 문제입니다. 昌述 ③ 『기관차』를 제출했는데 무사히 파스하기만 기다립니다. 六分의 희망은 있으나 알 수 없는 것 그것입니다. 昌述 ④ 시집 『기관차』는 일 개월이 훨씬 넘어도 소식이 없습니다. 昌述.

조서에는 사건에 관여한 여러 주체들의 흔적이 여러 방식으로 남아 있었다. 그것을 추적해 보고자 했던 것이 이 글의 작성의도였다.

1920년대 중반부터 1930년대 중반에 이르는 10여 년 동안 신문의 시가는 격심한 신체 변화를 겪어야 했다. 그것은 시가문학이 신문 자신을 포함해 사회주의 운동, 작가와 독자, 식민권력에 이르기까지 다양한 주체의 이해관계를 반영하는 표상체계로 이해되었기 때문이다. 일부 사회주의자들은 자기 이념의 확산을 위해 시가의 가능성을 활용했다. 문학대중들은 근대적 주체로서의 자의식을 확인하기 위해 신문의 문학장에 뛰어 들었다. 식민권력은 '불온문서'를 생산하는 방식으로 신문의 시가에 개입했다. 신문은 사회운동 세력과 대중, 그리고 식민권력이 움직이는 방향을 계산하면서 시가문학의 정치적 수위를 조절했다. 이 와중에서 신문은 강도 높은 검열과 삭제를 기꺼이 감수하기도, 생존을 대가로 자기검열을 지불해야 할 굴욕적 상황에 봉착하기도 했다.[55]

1930년대 중반에 이르자 신문의 문학장에서 시가문학의 정치성은 현저히 약화되었다. 1933년 이후 민간지들의 문예면은 크게 증대되었지만 문예공간의 확대는 1930년대 들어와 가속화된 신문들의 기업화 과정과 맞물린 신문사 간의 경쟁에 초점이 있었다.[56] 시가문학의 연성화는 필연적인 현상일 수밖에 없었다. 1933년 1월, 도서과장 시미즈 시게오(淸水重夫)도 검열의 강도가 높아질 것을 시사했다. 그는 "국가의 건전 발달을 저해하거나 우(又)는 사회생활의 원만한 향상에 반하는 언론은 엄중히 차(此)를 억제하는 동시에 사전에 지도 감독을 게을리 하여서는 불가하다. 그러나 여(余)는 언론에 대한 국가적 통제라는 것이 가까운 장래에 반드시 실현될 줄로 믿는다"[57]라고 말했다. 시미즈의 발언은 식민지

---

55) 출판자본의 자기검열 문제에 대해서는 한만수의 「식민지 시대 출판자본을 통한 문학검열에 대하여」(『국어국문학』 131, 국어국문학회, 2002)를 참조할 것.
56) 박용규, 『일제하 민간지 기자집단의 사회적 특성의 변화과정에 대한 연구』, 서울대 박사논문, 1994, 110~112면.
57) 『매일신보』, 1933.1.1.

텍스트에 대한 보다 강력한 통제의 시행을 알리는 신호탄이었다.

1935년 『동아일보』 '신춘현상' 당선작인 「조선 학생의 노래」(1월 1일, 4면)는 이미 파시즘 체제의 노골화로 인한 강요된 동일화에의 순응이 진행되고 있음을 보여준다. 이 시가의 각 연 마지막 행 '옛 문화의 묵은 터에 동이 트는 저리로'와 '새 세기의 아침에 불끈 솟는 저리로'에서 표현된 '신생'의 이미지는, 이미 과거와는 달리 민족성의 은유로 이해될 수 있는 최소한의 가능성과도 단절되어 있었다. 그것은 오직 파시즘 신체제에 대한 공허한 예찬의 길 위에 올라선 문자였다.

결과적으로 볼 때, 『諺文新聞の詩歌』의 제작은 '불온성'이 입증된 식민지인의 시가가 신문의 지면으로부터 배제되는 과정의 단초라는 의미를 지니고 있었다. 그러나 다시 한 번 질문해 보아야 하는 것은 그로 인해 식민지에서 합법적인 방식으로 간행되는 시가의 모든 '불온한' 요소들은 소멸되었는가 하는 점이다. 식민지 검열기구가 만들어 낸 '불온성'이 실제로는 제국에 대한 동일화의 거부를 위해 구성되는 의식적인 '재정체화(再正體化)'의 수단을 의미한다면, 그러한 '재정체화'를 가능하게 하는 텍스트와 언어조직이 검열당국이 정의한 '불온성'의 개념 범주 밖에서 구성될 가능성은 없었던 것일까?

『諺文新聞の詩歌』 제작을 위한 조사가 진행되던 3개월 동안 신문에 발표된 여러 편의 시들은 충분히 '불온함'에도 『諺文新聞の詩歌』의 수록대상으로 선택받지 못했다. 이활(李活, 이육사)의 「말」도 그러한 작품의 하나였다.

헝트러진 갈기
후주군한 눈
밤송이 같은 털
오! 먼 길에 지친 말
채죽에 지친 말이여!

수굿한 목통
축 처진 꼬리
서리에 번적이는 네 굽
오 구름을 헷치려는 말!
새해에 소리칠 흰 말이여![58]

지하사업에 종사하는 남편의 삶을 "어두컴컴한 뒷골목 골방 속으로 /
동무들을 찾아가서 밤을 새우고 / 새벽녘에 돌아오신 당신"이라고 묘사한
이춘희(李春熹)의 「코고는 소리」나,[59] 민중대회사건(1929.12)으로 감옥에 갇
힌 홍명희를 묘사한 것으로 추정되는[60] 심훈의 「선생님 생각」,[61] 혁명운
동에 연루되어 고초를 겪는 사람들을 연상시키는 야초(野草)의 「달밤의 거
리에서」도[62] 『諺文新聞の詩歌』의 목록에 이름을 올리지 못했다.

이러한 시가들의 존재는 검열 자체의 불완전성을 말해주는 것이기도
하지만, 확고한 검열 기준의 설정이 경우에 따라 검열 기준 밖의 새로
운 영토를 만드는 계기가 될 수 있음을 말해주는 사례가 될 수도 있다
고 생각한다. 기준은 그 정도가 강할수록 필연적으로 절대성의 감각을
만들어내는데, 그것은 곧잘 그 경계 밖의 언어에 대한 해석의 무력함이
나 게으름을 만들어냈다.

이처럼, 『諺文新聞の詩歌』의 존재는 식민지 검열과정에 기여한 이
자료집의 역사적 역할에 대한 이해의 심화라는 기본적인 문제를 넘어
식민지 검열에 대한 보다 근본적인 성찰의 필요성을 제기했다. 우리는
먼저 '불온성'의 창출과 그 표준화로 식민지의 시가문학의 '잠재적 불
온성'이 과연 효과적으로 통제되었는가라는 문제를 생각해 보아야 한

---

58) 『조선일보』, 1930.1.2.
59) 『조선일보』, 1930.1.4. 이 작품은 1930년 『조선일보』 '신년현상문예' 시 부분 당선작
    이었다.
60) 최원식, 「심훈연구서설」, 『한국근대문학을 찾아서』, 인하대 출판부, 1999, 252~253면.
61) 『조선일보』, 1930.1.6.
62) 『조선일보』, 1930.1.21.

다. 문학에 대한 검열기구의 개입이 식민지 근대언어의 중층성과 입체화를 강화시켜 국가폭력에 대한 식민지 텍스트 주체의 방어기제를 오히려 강화시키는 쪽으로 기여했던 것은 아닐까라는 모험적 질문의 가능성은 아직 유효하다고 생각한다.63)

식민지 검열이 식민지인의 독특한 근대시학을 만들어내게 하는 외적 동력으로 작용했을 가능성에 대한 사고가 필요한 것이다. 이러한 관계가 논리적으로 증명될 수 있다면, 도서과가 의도한 검열 표준화의 욕망이란 것이 결국 근대국가로서 제국이 스스로 생산한 막대한 양의 텍스트에 대한 국가통제의 근본적 불가능성을 감추기 위한 타협적 상징체계에 불과했던 것이 아닐까라는 학문적 추론도 성립할 수 있을 것이다.64)

---

63) 물론 '검열기준'은 검열기구 내부의 언어였고 비대칭적 정보의 전형적인 사례의 하나였다. 그렇기 때문에 식민지 텍스트 주체들이 검열기준을 정밀하게 의식하면서 자신의 언어를 생산할 수는 없었다. 검열기준은 텍스트 주체가 그 전모를 전혀 모를 때, 즉 무엇이 핵심적으로 검열될 지 알 수 없을 때 가장 큰 실질적 효과를 지닐 수 있었다. 그래야만이 텍스트 주체의 포괄적 자기검열의 체계를 구동시킬 수 있었기 때문이다. 그러나 검열 사례가 축적되면서 역으로 피검열자들 스스로도 '경험적 검열표준'을 구성했을 가능성이 농후하다. 이러한 경험적 인식을 통해 식민지 텍스트 주체들의 검열에 대응이 구체화되었을 가능성을 배제할 수 없다. 이를 통해 적극적 '검열 회피'의 사례들이 나타나게 되었을 것이다. 그 검열 회피가 어떤 단계를 넘어갈 때 검열의 기능 자체를 무력화할 언어의 생산 가능성도 부정할 수만은 없을 것이다. 검열 회피의 양상에 대해서는 한만수의 다음 논문들을 참고할 것. 「1930년대 문인들의 검열우회 유형」, 『한국문화』 39, 서울대학교 규장각 한국학연구원, 2007; 「이태준의 「패강냉」에 나타난 검열우회에 대하여」, 『상허학보』 19, 상허학회, 2007; 「강경애의 소금의 복자 복원과 검열우회로서의 나눠쓰기」, 『한국문학연구』 31, 동국대 한국문학연구소, 2006; 「1930년대 향토의 발견과 검열우회」, 『한국문학이론과 비평』, 2006.
64) 검열기준을 하나의 상징체계로 이해하려는 시도는 한기형의 「식민지 검열장의 성격과 근대텍스트」(민족문학사연구』 34, 민족문학사학회, 2007)을 통해 이루어졌다.

3부
근대민요 아리랑

近代民謠 아리랑의 성격형성*

김시업

1. 머리말―〈아리랑〉에 대한 시각(視角)

한 독립운동가의 술회 가운데 〈아리랑〉에 대한 인상적인 언급이 나온다.

'아리랑', 그것은 고통 받는 민중들의 뜨거운 가슴에서 우러나온 아름다운 옛노래다. 한국이 그렇게 오랫동안 비극적이었듯이 이 노래도 비극적이다. 아름답고 비극적이기 때문에 이 노래는 삼백 년 동안이나 모든 한국인들에게 애창되어 왔다.

이 노래는 죽음의 노래이지 삶의 노래는 아니다. 그러나 죽음은 패배하지 않는다. 수많은 죽음 가운데서 승리가 태어날 수도 있다. 이 오래된 '아리랑'

---

* 이 논고는 1985년에 발표하였다. 80년대의 치열했던 사회 분위기 속에서 쓴 글이어서, 지금 좀 눈선 표현이 있으나 그냥 수록하기로 한다.

에 새로운 가사를 붙이려는 사람도 있다. 하지만 마지막 한 구절은 아직 만들어지지 않았다. 수많은 사람이 죽었으며, 더욱 많은 사람이 '압록강 건너' 유랑하고 있다. (…중략…)

한국은 이미 '열 두 고개' 이상의 아리랑고개를 고통스럽게 넘어왔다. 내 짧은 인생살이 가운데서도 나는 한국이 아리랑고개를 몇 개나 올라가는 것을 보았는데, 그때마다 꼭대기에서 기다리고 있는 것은 오직 죽음뿐이었다. 하지만 아직 종말은 오지 않았다. 우리는 아직도 최후의 희생이 마침내 승리를 가져오리라는 희망을 간직하고 있다. 한국은 아직도 마지막 아리랑고개를 올라가서 그 오래된 교수대를 때려 부술 정도의 힘은 가지고 있다.

그렇기 때문에 나는 곧바로 내 조국을 위한 활동을 재개하여 조국의 전진을 도와야만 한다. 지금 우리는 '마지막 아리랑고개를 넘어'가고 있기 때문이다.

―『아리랑』에서

1920~30년대의 동아시아사(史)의 대변동 속에 던져진 한 민감한 지식인이요, 가장 치열한 독립혁명 운동가였던 김산(金山)이 연안(延安)에서 님 웨일즈에게 들려준 말이다.[1]

그는 〈아리랑〉을 오랜 역사를 지닌 현대의 노래로 인식했다. "고통받는 민중들의 뜨거운 가슴에서 우러나온 아름다운 옛노래"일 뿐 아니라 지금은 압록강을 건너 조국해방전쟁을 위해 싸우는 독립군의 노래, 혁명의 노래라고 보았다. '마지막 아리랑고개'는 바로 우리 민족이 넘어야 할 해방과 혁명의 역사적 과업을 말한 것이었다. 지나친 생각이 아닐 것이다. 1937년 당시만이 아니라 그 이전과 이후에도 국내외에 걸쳐 〈아리랑〉은 민족정신을 일깨우는 박동하는 의식의 혈맥이었다. 〈광복군 아리랑〉같은 데서 이 점은 확인되는 일이다.

이처럼 〈아리랑〉을 항일 민족운동의 노래, 혁명의 노래로 적극적으로 인식하지는 않고 있다고 하더라도, 오늘의 민족적 현실의 구석구석-특

---

1) Kim San and Nym Wales, *Song of Ariran*, John Day Co, New York, 1941. 이 책은 일본에서는 진작 소개되었고 국내에서도 최근 『아리랑』으로 번역・출판(1984, 동녘)되었다. 인용문은 번역된 책의 '회상' 부분에서 필자가 뽑아 구성한 문장임을 밝힌다.

히 일반에게는 잊혀지다시피 한 그늘진 곳에서 〈아리랑〉이 변함없는 민족의 노래, 민중의 노래로 불려오고 있음을 우리는 자주 보게 된다. 일제 침략자들에게 전선 위안부로 끌려갔다 40여 년 만에 겨우 살아서 돌아온 한 여인은, 오직 〈아리랑〉으로 모든 고통을 견뎌왔다고 했다.[2] 그런가 하면 어느 산사(山寺)의 노승(老僧)은 "아리랑을 부르면 저절로 마음이 풀리지. 아리랑이야말로 우리 민족의 참말[眞言]이야"라고도 하였다.[3] 간간이 보도되는 소식들은 중국의 길림성에서, 우즈백 자치구의 고려극장 등에서 지금도 이역의 동포들은 〈아리랑〉을 힘차게 부르고 있다고 한다. 고향의 노래, 민족의 노래, 민중의 '참말'로서 〈아리랑〉은 아직도 살아 있는 것이다. 그렇다고 이역의 동포들만이 〈아리랑〉을 부르는 것은 아니다. 최근 우리가 현지를 조사한 경험에 따르면 정선(旌善)에서는 지금도 〈아라리〉가 생활 속의 민요로서 계속 불려질 뿐 아니라 끊임없이 생산되고 있었다.[4]

〈아리랑〉이 지금도 '살아' 있다는 사실은 조금도 이상하거나 신기한 일이 아니다. 대개의 민요가 그렇듯이 〈아리랑〉은 특히 우리 민족의 근·현대사에 있어서 무수한 '잠재적인 노래'이며 바닥으로부터 분출하는 '공동체의 대변'이었다. 일종의 '민중의 지하방송'이었던 것이다.[5] 그리고 〈아리랑〉 이후에 이 노래만큼 민중의 '참말'을 대변할 공동체의 노래는 없었다. 적어도 외형상 민요의 시대는 지나갔다고 할 만큼 새로운 환경이 펼쳐지고 있기 때문이다. 그러나 문제는 외형의 껍질 속 본질에 있음을 알게 된다. 민족이 흩어진 채 국토는 분단되고 민중은 과

---

2) 『중앙일보』, 1984.3.17. 정신대로 끌려갔던 노수복 씨 회견 기사 참조.

3) 『조선일보』, 1984.11.10. 全觀應 學僧과의 대담 참조.

4) 정선에서는 '아리랑'이 아니라 '아라리'로 불린다. 각종 민요집에 정선의 〈아리랑〉은 다수 소개되어 왔으며, 徐丙夏(춘천교육대학) 등의 연구 성과도 나왔다. 현지답사로는 시인 신경림의 민요기행(『마당』, 1984.5)이 있다. 필자는 소속 대학의 민요조사반과 함께 지금까지 3년간(1982~84) 답사해오고 있다.

5) 항일민족운동 시기에 있어서 우리 민요는 특히 이런 성격이 뚜렷하였다. 이 점은 조동일의 「근대민요에 나타난 항일 비판정신」, 『구비문학의 세계』(새문사, 1981) 참조.

거보다 더욱 교묘하고 복잡하고 다원적인 지배방식 속에 생활이 분해·편입되면서 '참말'의 숨결을 드러낼 겨를조차 없이 된 것이다. 상업주의적 구조가 쏟아 놓는 소비적 리듬의 자극에 중독된 일반 대중은 〈아리랑〉을 마치 한때의 유행가요인 양 잊어버리고 있을 뿐이다. '잠재적인 노래'의 욕구를 필요로 느끼지 않을 만큼 시대적인 문제가 청산되었거나 본질적으로 달라지거나 극복된 상황도 아니다. 그래서 〈아리랑〉은 지금도 우리에게 '살아' 있는 공동체의 노래일 수 있는 것이다.

그러나 정작 민요를 연구하고 전문적으로 다루는 쪽에서 〈아리랑〉을 보는 또 하나의 시각은 이와는 매우 다른 것 같다. 예컨대

> 아리랑은 솔직한 사랑의 실토이며 이별의 한이 잠겨 있다. 그 뜨거운 정은 우리만 있는 것이 아니라 통영갓에 도포로 의관(衣冠)을 바르게 한 존엄해 보이는 우리 조상들에게도 있었던 것이다. 뜨거운 사랑이 비단처럼 펼쳐지는 것이 아리랑이다. 노래 이름은 하나지만 지방마다 가사와 가락이 다른 것은 향토색이란 특징 때문이다. 이렇게 향토색이 다른 데 민요의 특징이 그대로 살아 있어 좋다.6)

같은 것이 그 한 예다. '이별의 한' '뜨거운 사랑' '향토색'이 그 내용과 성격의 특성이라면, 이것은 굳이 근대민요 〈아리랑〉이 아니라 민요 일반의 지극히 피상적인 성격을 말할 따름이다. 〈아리랑〉에 이런 일면이 전혀 없다고는 말할 수 없겠지만, 그것으로 〈아리랑〉의 구체적 성격이나 본질이 드러나는 것은 아니다. 요컨대 시각의 문제이다. 〈아리랑〉을 1910,20년대의 잡가집(雜歌集)에 실린 유행민요의 가사 내용으로 보거나, 흔히 사랑과 이별을 말한 유흥민요 일반으로 보아 넘겼을 때 근대민요 〈아리랑〉의 민족적·민중적 성격은 간과되기 쉬운 것이다. 민요 일반에 있어서도 그 성격과 특질을 보다 구체적으로 이해하기 위해서는 생활

---

6) 任東權, 『韓國의 民謠』, 一志社, 1980, 34면.

의 구조와 연결지어서 사회경제적 맥락 위에 검토해야 할 것으로 보인
다. 민요란 본질적으로 소비적 감성이 아니며 공동체의 생산 활동과 무
관하지 않기 때문에 더욱 그러하다.

　문학 쪽의 시각이 모두 이런 지경에 머물고 있는 것은 아니다. 최근
에 와서, 특히 조동일의 일련의 연구에 이르러 민요와 현대시의 문제,
민요의 특질과 미의식, 〈아리랑〉을 중심으로 한 근대민요의 항일 비판
정신 등이 다양하게 밝혀지고 있다.7) 반갑고도 주목할 일이다. 이 밖에
도 민요의 수사체계를 한국 유행가의 성격형성 과정과 관련해서 다룬
다거나,8) 노동문화의 전개 속에서 근대민요의 민중적 전통을 살피는 작
업9) 등, 매우 발전적이며 적극적인 시각이 계속 열리고 있다.

　이러한 마당에 근대민요의 대표격이라 할 〈아리랑〉에 대해서도 좀
더 구체적이며 종합적인 연구가 나옴직하다. 이 글의 서두에서 살폈듯
이, 전문적인 연구자가 아닌 허다한 민족구성원으로서의 민중들은 민족
근・현대사의 아픈 고갯길에서 과거뿐 아니라 지금도 〈아리랑〉을 민족
공동체의 노래로서 적극적으로 인식하고 있는 터인데, 이를 뒷받침할
만한 충실한 연구는 아직 없었던 것이 아닌가 한다. 더욱이 〈아리랑〉은
노래에만 그치는 것이 아니라 영화・연극 등으로 확산되면서 일종의
식민지시대 민족예술 운동의 성격으로까지 발전되어 왔던 것이 사실이
다. 이러한 점을 포괄하면서 〈아리랑〉의 내력, 민요 양식, 사회적 성격,
구연 특질, 창작과 변이 양상 등과 함께 음악적 측면들이 아울러 검토
되어야 마땅할 것이다. 그보다 먼저 광범한 자료수집과 정리가 선행되

---

7) 〈아리랑〉과 관계 있는 논문으로 「민요와 현대시」(『韓國近代文學史論』, 1970에 재
　수록), 「민요에 나타난 해학」, 「구비문학과 민중의식의 성장」(『우리 문학과의 만남』,
　1978), 「근대민요에 나타난 항일 비판 정신」(위의 책) 등이 있다. 본격적으로 〈아리랑〉
　만을 다룬 것은 아니었지만 조동일의 이러한 연구 성과는 이 글을 쓰는 데 도움이 컸
　다. 이 글에서는 되도록 이미 소개된 자료는 피하고자 한다.
8) 김창남, 「한국유행가의 성격형성 과정」, 『오늘의 책』, 1984년 여름, 한길사.
9) 유해정, 「노동문화의 꽃」, 『실천문학』 4권, 실천문학사, 1983.

어야 함도 물론이다. 그러나 이 글은 이러한 문제들을 해결하는 데 전혀 못 미치고 있음을 미리 밝혀 둔다. 다만 그 동안 나타나 있는 〈아리랑〉 자료와 필자가 정선에서 직접 채록한 노래들을 바탕으로 하여 손쉬운 몇 가지를 점검해 보고자 한다. 그 과정에서 〈아리랑〉은 어째서 민족의 대표적인 노래가 될 수 있었으며, 일제 식민정책으로 〈아리랑〉은 어떤 과정을 겪었는가, 그리고 그 성격은 어떻게 발전·전개되는가라는 몇 가지 문제를 소략하게 접근해 보는 데 그치고자 한다. 앞으로 〈아리랑〉을 구체적으로 검토해보고자 하는 필자 자신의 노트에 머물게 될 것이다.

2. 근대민요의 범주와 〈아리랑〉

1) '근대민요' '신민요'

〈아리랑〉을 '근대요'(=近代民謠)라고 부르게 된 것은 고정옥(高晶玉)의 『조선민요연구(朝鮮民謠硏究)』에서부터가 아닌가 한다. 고정옥은 우리 민요를 크게 남요(男謠)·부요(婦謠)로 나누고, '남요'에다 '노동요' '타령' 등 16종을 설정하면서 그 가운데 '근대요'를 두었다. 근대요에는 〈아리랑〉·〈노령(露領)노래〉(=哀怨聲)를 분류시켜 놓았다.[10] 여기에서 민요의 분류기준이나 체계를 따질 일은 아니므로 그 타당성 여부는 논의 밖으로 한다. 다만 〈아리랑〉과 〈애원성〉을 '근대요'로 설정한 것은 그 성격을 분명하게 드러내는 데 큰 효과가 있었던 것 같다. 그러면서도 '근대

---

10) 고정옥, 『朝鮮民謠硏究』(首善社, 1949)의 495면 '조선민요분류일람표' 및 187~196면 참조

요’를 ‘남요’에다 딸리게 함으로써 〈아리랑〉이 남성 민요가 되고마는 문제를 남기고 있다. 〈아리랑〉과 〈애원성〉은 남녀 구분 없이 모두가 부르는 노래다.

고정옥은 ‘근대요’를 설정하면서 그 개념을 분명하게 밝혀 두지는 않았다. 〈아리랑〉의 내용이 “근대 시민계급과 노동자·농민의 생활상(生活相)의 여실한 반영”이어서 “바야흐로 근대생활의 만화경(萬華鏡)”이라 하였으며, 애원성은 “삼천리 옥토를 두고 남으로는 일본으로, 북으로는 노령·만주로 살기 위해서 헤매던 동포의 참상”이 그려진 노래라고만 하였다.11)

놈으야 서방님은 손가방을 들었는데
우리야 저물색은 개똥망태 들었네

초매끈 잘라매고 논 사농깨
물 좋고 밭 존대로 신작로가 난다

신작로 나자마자 임 잃어불고
자동차만 왔다 가도 임생각 난다

만주야 봉천은 얼마나 조먼
꽃같은 각씨 두고 만주봉천을 가는고

문전옥답을 다 폴아먹고
바가지 신세가 웬 일이로고나

니정 내정은 금태성 같은데
웬수놈의 모집등살에 생이별 되았네

－〈진도아리랑〉

---

11) 위의 책, 187·196면.

백두산 꼭대기에 칠성단 무어놓고
아들딸 낳기만 발원이로구나

부령청진(富寧·淸津) 간 낭군은 돈벌이 가구
북망산청 간 낭군은 영 이별일세

마우재 양지전(洋紙錢)인가 정들었더니
왜놈의 권연지(卷烟紙)에 꼭 속았구나

해삼위(海參威)항구가 그 얼마나 좋건대
신개척(新開拓)이 찾아서 반보따리로다

삼천리 강산이 넓기는 하지만
널과 나와 갈곳이 그 어디란 말인가

북간도 찬바람 네 불지를 말아라
우리네 독립군 손발이 다 언다*

─〈애원성〉

　〈진도아리랑〉은 최근의 조사보고서[12)]에서 몇 가지를 옮긴 것이고
〈애원성〉은 과거의 자료집[13)]에서 골라 본 내용이다. 이처럼 『조선민요
연구』에서 예시한 자료를 피해서 다른 자료를 놓고 보더라도 고정옥의
말은 어긋나지 않는다. 〈아리랑〉과 〈애원성〉이 다같이 '근대생활의 만
화경'이며 '동포의 참상'임에 다른 바가 없다. '마우재(러시아인을 가리키는
방언) 양지전'과 '왜놈의 권연지'에 두 차례씩이나 속고 마침내 블라디보

---

12) 『韓國口碑文學大系』 6-1(全南珍島篇), 한국정신문화연구원, 1980.

13) 高橋亨, 「北鮮の民謠」(『朝鮮』 201호, 1932; 최철·설성경 엮고 정음사에서 낸 『민
　　요의 연구』에 재수록)에는 〈애원성〉 16편이 소개되고 있어 어느 자료보다 양이 많았
　　지만, *표의 "북간도 찬바람 ……"은 들어 있지 않았다. *표의 이 노래는 함북 회령이
　　고향인 김덕성(73세)씨가 『韓國民俗綜合調查報告書』(함경도 편, 문화재관리국, 1981)
　　에 제공한 〈애원성〉에서 옮겼다.

스톡의 조선인부락으로 살길을 찾아 탈출하거나 독립군에 뛰어드는 국경지방민들의 처지를 그려낸 〈애원성〉의 경우, 〈아리랑〉보다 좀 더 두드러진 함경도의 지역성을 보여줄 뿐이다. 가락과 후렴은 서로 다른 노래라 하더라도 노래 내용과 양식(樣式)이 구별하기 어려울 만큼 흡사하다. 개화와 함께 제국주의의 각축장이 되고 끝내 일제의 식민지로 편입되고 만 반민중적 역사과정 속에서, 민족의식의 각성으로 이에 대응해 나가는 민중의 고난과 투쟁의 생활을 담은 노래라는 점에서, 이들을 일단 '근대요'로 성격지은 것은 매우 타당하게 보인다.

노래 내용의 근대적 성격과 함께 양식에 있어서 서로 비슷한 〈아리랑〉과 〈애원성〉을 근대요라고 규정하고 보면, 또 하나 이와 유사한 노래가 있다. 〈어랑타령〉(=신고산(新高山)타령)이 그것이다. 후렴과 가락은 역시 서로 다르지만 노래 내용은 〈아리랑〉·〈애원성〉과 넘나듦이 많다. 그만큼 민요의 향유층이 이들 노래에 대한 인식을 흡사하게 가졌기 때문일 것이다. 민요의 창작층과 향유층은 원래 다른 것이 아니라 같기 때문에 민요적 생활에 밀착하고 있는 생활민중이 그들의 고통과 저항적 정신을 노래로 표현하다 보니 가락은 다르지만 양식이 비슷한 지역별 민요 몇 가지로 나타나게 된 것이라고 함이 오히려 타당할 것이다. 함경남도 지망에서 불리는 〈어랑타령〉14)의

신고산 우르르 함흥차(咸興車) 가는 소리
구고산(舊高山) 큰애기 반봇짐만 싼다

독수리 날자 병아리 간곳 없구요
무심한 기차 뚝 떠나자 우리 님 간 곳 없구나

노랑두 대구리 물렛줄 상투
언제나 깎아서 벙거지를 씌우나

---

14) 성경린·장사훈, 『朝鮮의 民謠』, 국제음악문화사, 1949, 199면.

라든가, "부령청진 가신 님 돈 벌면 오고 / 공동묘지 가신 님 언제나 오나", "문전에 옥토를 다 팔아먹구 / 쪽배기 신세가 웬말인가",15) "바람이 불랴면 동남풍 불구요 / 풍년이 들랴면 임풍년 들어라"16) 등은 맨 처음 노래를 제외하고는 모두 〈아리랑〉에 흔히 나오는 내용들이다. 만주의 독립군은 이 노래를

> 신고산이 우루루 화물차 가는 소리에
> 지원병 보낸 어머니 가슴만 쥐여 뜯고요
> 어랑 어랑 어허야
> 양곡배급 적어서 콩깨묵 먹고서 사누나

라고 형태를 바꾸어 부르면서, "정신대 보낸 아버지 딸이 가엾어 울고요 / 풀만 씹는 어미소 배가 고파서 우누나", "금붙이 쇠붙이 밥그릇 모조리 긁어갔고요 / 이름 석자 잃고서 족보만 들고 우누나" 등17) 1940년 경의 식민지 현실을 철저하게 인식함으로써 스스로의 전투성을 앙양시켰던 것이다. 〈광복군 아리랑〉과 함께 〈어랑타령〉도 귀중한 '독립군민요'의 하나였음을 알 수 있다. 그렇다면 〈어랑타령〉을 〈아리랑〉과 같은 근대민요로 규정해도 좋을 것인지. 이 점은 일단 미뤄두기로 한다.

'근대요'란 개념은 고정옥 이래로 대개 통용되고 있다. "일제통치에 의한 사회변동이 있은 후에 생겨난 민요"18)라고 더욱 시대를 좁게 한정하는 견해도 있으나, 이 시기에 성장한 〈아리랑〉같은 민요를 말하는 것으로 대부분 이해하고 있다. 그러나 '신민요'의 개념에 있어서는 이와 다르다. '신민요'란 말 그대로 새로운 민요라는 견해가 있는가 하면, 창작민요라는 주장도 있으며, 폭넓게 근대의 민요 전반을 말하는 경우도 있다.

---

15) 『한국민속종합조사보고서』, 293면.
16) 朴相義, 「제 고장서 듣는 民謠 情調」(『三千里』, 1939.8; 『민요의 연구』, 203면).
17) 독립군 가곡집 『광복의 메아리』, 독립군가 보존회, 1982, 197면 참조.
18) 조동일, 「구비문학의 특징과 갈래」, 『구비문학의 세계』, 새문사, 1981, 41면.

‘근대요’에 대한 개념규정을 충분히 해 두지 않았던 고정옥이 ‘신민요’에 대해서는 자세히 말하고 있다.

> 소위 신민요(新民謠)란, 기계문명이 수입되고 봉건적 관념형태가 붕괴되기 시작하고 조선이 개화(開化)한 뒤에 생긴 (……) ‘20세기의 민요’(여기에서 우리는 민요의 시대성을 명확히 지적할 수 있으니 개화 후의 민요는 개화 전의 것과 판이한 형상을 보여주고 있다)를 지칭하는 것이 아니다. ‘20세기의 민요’는 그 이전의 민요와 마찬가지로 ‘민(民)’의 노래인 점에서 하등 일반 민요와 구별될 것이 아니기 때문이다. 신민요란 창작 민요를 말하는 것이다.[19]

여기에서 말한 ‘20세기의 민요’란 바로 〈아리랑〉같은 근대민요를 지칭하는 말일 것이다. 그러니까 신민요는 〈아리랑〉류의 근대요와는 본질적으로 다른, 시인에 의한 창작민요라는 것이다. 다만 “될 수 있는 대로 시인 자신의 개성을 죽이고 민요의 정신에 입각해서 널리 민중에게 불리우기 위하여 지어야 할 것”이기 때문에 자칫하면 “유행가와 변별할 수 없게 되기” 쉽다는 것이다. 그래서 “신민요라고 내세울 만한 것은 개화기의 창가(唱歌)와 불란서의 〈마르세이유〉에 비길 〈애국가〉 정도”뿐이라고 하였다.[20] 그만큼 신민요는 “보다 양심적인 민심(民心), 보다 양심적인 상념(想念)을 각성케 해서 이를 보다 양심적(良心的)인 방향으로 끄을고 나갈” 사명을 가지는 것이며, 따라서 시인은 “이러한 노래를 적극적으로 제공할 용의(用意)를 게을리 해서는 아니 될 것”이라고 하였다.[21] 즉, 고정옥은 개화 이후 20세기에 주로 생겨난 시대성이 강한 민요를 ‘근대요’로 분류하고, 이와는 달리 민심과 사상을 보다 양심적인 방향으로 끌고 나갈 창작 민요를 ‘신민요’로 부르자고 한 것이다. 신민요란 바로 범람하는 유행민요·대중가요에 대응하는 창작민요운동·노래운

---

19) 고정옥, 앞의 책, 47면.
20) 위의 책, 위의 글.
21) 위의 책, 49면.

동·시운동으로서 민중문화운동적 성격을 띠는 일정한 의식적인 방향을 포함한 개념으로 보았던 것이다. 가령 이러한 신민요운동이 목적하는 성과를 거두었는가라는 문제와는 별도로 고정옥이 자기 시대의 당면 문제를 이처럼 적극적으로 인식하고 실천하고자 하였다는 점은 주목되어야 할 것이다.

이와는 달리 '신민요'란 개념은 여러 양상으로 쓰이고 있다, 조지훈(趙芝薰)은 "〈노들강변〉같은 신민요도 나왔다"22)라 하여 근래에 생긴 민요로 보았고, 신경림(申庚林)은 기성 민요집에 들어 있지 않거나 생긴 지 오래지 않으면서 제목이 없이 민요조로 불리는 현장의 노래들을 대개 신민요라고 통칭하였다.23) 한편 유해정은 고전민요(공동체시대의 민요), 신민요(근대 자본제 사회의 새로운 민요), 현대민요(오늘의 구전가요)로 일단 구분하고 신민요를 다시 유행신민요(대중가요류)와 민중적 전통의 신민요(독립군가·광복군아리랑 등)로 나누어 파악하고 있다.24) 이렇게 규정하였을 때 '신민요'는 앞에서 검토한 고정옥의 민요 분류의 한 종류인 '근대민요'를 포함하면서도 시대구분에 따른 더욱 폭넓은 일반적 개념이 된다. 이렇게 함으로써 오늘의 민요(구전가요)운동은 반민중성을 띠었던 유행 신민요(예컨대 노랫가락·청춘가·창부타령 등)를 극복하고 저항과 투쟁의 적극성을 띤 민중적 신민요에 그 발전적 전통의 근거를 설정할 수 있을 것이기 때문이다. 유해정의 개념규정은 이 점에서 주목을 끄는 일이다. 그러면서도 유해정은 근대민요라는 개념을 함께 쓰고 있어서 신민요와 분명한 구분을 짓지 못하고 있음을 스스로 인정하였다. 이 문제는 앞으로 자세히 검토되어야 할 개념상의 과제로 남아 있다.

---

22) 조지훈, 『韓國文化史序說』, 探究堂, 1964, 336면.
23) 신경림, 「민요기행」 ①·④·⑥(『마당』 1983년 10월호, 1984년 1월·3월호) 참조.
24) 유해정, 「노동문화의 꽃」의 논지를 필자가 임의로 정리해본 것임.

2) 〈아리랑〉의 생명력

이제 〈아리랑〉이 어째서 민요의 대표격이라 할 만큼 온 민족의 노래
가 될 수 있었는지 그 명칭, 형태와 리듬, 민요로서의 생명력 등을 간단
하게 살펴보기로 한다.

〈아리랑〉의 후렴은 지역에 따라 시대에 따라 여러 가지로 변형되어
불려왔다. "아리랑 아리랑 아라리요 / 아리랑 고래로 넘어간다"에서 앞
줄보다 뒷줄이 변화가 더욱 심하다. 변화가 심하다기 보다, 여러 가지로
불려오다가 이와 같이 일반화된 것은 나중에 이르러서라고 하는 편이
옳을 것이다. 경기도 지방의 〈신아리랑〉에 와서 위와 같은 후렴이 나타
나고 있으므로 이것이 유행되고 퍼지면서 오늘날의 일반형으로 굳어지
게 된 것 같다. 반복과 변화에 기본이 되는 몇 가지 형태를 보면 "아리
랑, 스리랑, 아라리요, 아라리가 났네" 등과 "아리랑 고개로 날 넘겨주
소, 아리랑 띄어라 노다가세, 아리아리 얼시구 아라리가 났네" 등임을
보게 된다. 그뿐 아니라 "아리랑 콩달콩 씌여나 놀자"[25] 등으로 아주
재미있게 변형된 것도 없지 않다. 그러나 가장 기본이 되는 부분은 역
시 '아리랑'의 '아리'에 있음을 알 수 있다. 그래서 진작부터 아리랑의
뜻과 유래에 대해 여러 가지 추론이 거듭되었던 것이다.[26] 그 가운데서
는 옛(삼국시대) 지명·인명에서 '아리'의 원음(原音)을 찾을 수 있다는[27]
희망적 견해와 도무지 "모두 그럴듯한 조작이요, 아리랑에 아무 의미는

---

25) 金素雲, 『朝鮮口傳民謠集』(東京, 第一書店, 1933) 345면에는 南海郡에서 수집된
　　것으로 밝혀져 있음.

26) 몇 가지 추론을 정리해 본다. ①我耳聾 : 경복궁 공사로 부역과 기부금에 시달리며,
　　'차라리 내 귀가 먹었으면 좋겠다'는 뜻. ②俄美日英 : 러시아·미국·일본·영국의 외
　　교기관이 들어온 새로운 세태. ③阿娘 : 밀양 영남루의 아랑 전설. ④閼英, 閼川 : 혁거
　　세의 알령부인, 아리나리. ⑤얄리 : 청산별곡의 후렴. ⑥알고개, 아리嶺 : 민족이동시기
　　의 알고개, 붉고개. ⑦樂浪 : 낙랑. ⑧아리랑고개 : 경주 於英井과 於英川 사이의 고개.
　　이밖에도 특히 〈정선 아라리〉를 두고 '아리고 쓰리다'(서병하, 『관동향토문화연구』1)
　　'알리, 알겠는가'(旌善郡誌) 등의 주장도 있다.

27) 임동권, 「아리랑의 起源에 대하여」, 『韓國民俗學』 1, 민속학회, 1969.

없다"28)는 무의미한 여음(餘音)설이 크게 대별(大別)되어 왔다.

필자는 여기에서 '아리랑'의 어원을 밝힐 만한 아무 능력이 없다. 다만 한 가지 새로운 가능성에 대한 희망을 가질 뿐이다. 국어학 쪽의 최근의 한 연구(이등룡)에 의하면 〈청산별곡〉의 후렴구 '얄리 얄리 얄라셩 얄라리 얄라'가 뜻을 가진 하나의 시행(詩行)이라는 것이다. 우리말의 고형(古形)과 관계 깊은 중앙아시아·동북아시아의 고어들의 도움으로 그 의미가 완벽하게 풀이된다고29) 하니, '아리랑'의 의미 해석에도 우리말의 고형을 더듬어 그 어원이 재구(再構), 해명될 어떤 가능성이 있지 않을까 기대해 본다.

그런데 '아리랑'이란 말이 노래의 이름이 되건 후렴이 되건 기록에 남아 있는 것으로서는 그 음이 하나같지 않다. '아리랑'의 기록으로서 지금까지 발견된 자료 가운데 가장 앞선다고 짐작되는 것은 『만천유고(蔓川遺稿)』의 〈농부사(農夫詞)〉에 나오는 후렴이 아닌가 한다. "아로롱(啞魯聾) 아로롱(啞魯聾) 어희야(於戱也)"가 곧 "아리랑 아리랑 어허야"의 음차(音借)일 것으로 보인다.30) 『만천유고』 자체가 이승훈(李承薰)의 문집이라

---

28) 성경린·장사훈, 『朝鮮의 民謠』 3면.

29) 李藤龍 교수는 그 의미를 '달래 달래 외로움 달래라 달래'로 풀이하였다. 이교수의 논문 「靑山別曲 後斂句 ─ 얄리얄리 얄라셩 얄라리 얄라 ─ 의 語彙的 意味研究」는 『大東文化研究』 19집에 발표됨.

30) 『蔓川遺稿』가 李承薰(1756~1801)의 문집이라고 전하나 그대로 믿기는 어렵다. 다만 여기에 실린 「農夫詞」라는 시는 7언절구의 한시를 우리말로 노래할 수 있도록 변형시키면서 '아리랑(啞魯聾)'과 '어허야(於戱也)'를 여음으로 중간에 삽입한 특이한 형태이다. 이 시에는 "庚戌年里農請書農旗故作"이라고 노래를 짓게 된 동기를 밝혀 놓았는데 경술년은 1790년이 아닌가 한다. 이 해에 이승훈은 平澤현감으로 재직하였으니 지은 경위와 부합된다. 이승훈이 직접 지은 노래가 아니라고 하더라도 이러한 年條 때문에 여기에 실리게 되었을 터이니, 경술년을 그 다음인 1850년으로 보아야 할 이유는 없는 것이다. 尹善道의 〈漁父四時詞〉와 흡사하면서도 '至匊念 至匊念 於思臥'가 '아리랑 아리랑 어허야'로 바뀐 것 같은 형식이 매우 흥미롭다. 다만 골격이 어디까지나 한시라는 게 다른 점이다. 9首 가운데 첫 首를 옮겨 본다.
神農后稷이 始耕稼ㅎ니 自有生民爲大本이라 鐘鼓울여라(반복) 薄言招我諸同伴 啞魯聾(반복) 於戱也 事育生涯勞不憚일세
이 자료는 李東歡 교수가 제공한 것임을 밝힌다.

고 꼭 믿기는 어려운 터이지만, 〈농부사〉에 나타난 경술(庚戌)년은 여러 가지 정황으로 보아 1790년을 말해주고 있으므로 다음과 같은 짐작은 가능하리라고 본다. 18세기 후반 경에 농민들은 이미 '아리랑'이란 소리를 후렴으로 하는 민요를 곧잘 부르곤 하였으며 이것을 살려 '농부의 노래'라는 가창(歌唱) 형식의 한시를 만들어 낸 것이 이 〈농부사〉일 것이다.

이 기록 다음으로는 '아라랑(阿羅郎)'(1909),[31] '아랑가(阿郎歌)·아롱가(啞聾歌)·아이롱타령(亞而聾打令)·애아랑가(愛阿娜歌)·아르랑가·아르렁타령·아르룽·어르렁·아리랑'(1912)[32] 등 지방마다 다양한 이름으로 기록되었다. 나중에 올수록 국문표기 '아리랑'으로 통일되어가고 있었다.[33] 그렇다고 '아리랑'의 어원이 '아르'라고 보기는 어렵다. '아르랑 아르랑'이라고 시작하는 경우에도 그 뒤는 '아라리요'가 되는 것을 볼 때, '아라리'의 '아리'가 기본임은 말할 것도 없다. 다만 지역성을 유지하고 있을 때 여러 가지로 불리었으나 근대민요로서 널리 불리게 되면서, 지금의 '아리랑'으로 일반화되었다고 보여진다. 정선지방에서는 예부터 지금까지 노래 이름이 〈아라리〉인 점은 그 예가 될 것이다.

〈아리랑〉은 그 율격(律格)이 3음보(音步)가 기본이며, 시 형태는 두 줄 노래다. 3음보 안에서 음절수의 변화는 다양하며, 음보 자체가 변화를 가지기도 한다. 그러나 시행(詩行)은 두 행으로 거의 고정되어 있다.

① 낙동강 칠백리 공굴노코
　　하이카라 잡놈이 손찔한다[34]

---

31) 申采浩, 「天喜堂詩話」, 『大韓每日申報』, 1909.11.9(『丹齋申采浩全集』 別集 63면).
32) 1912년 조선총독부가 행정기구와 학교를 통해 간접 수집한 자료 「俚謠·俚諺及通俗的讀物等調査」(임동권 編, 『韓國民謠集』 6권, 集文堂) 참조.
33) 예컨대 李光洙의 「民謠小考(一)」(『朝鮮文壇』, 1924.12)에는 '아르랑'이던 것이 1930년경의 「아리랑 노래는 누가 지었나」(『三千里』, 1930.2) 등에서는 '아리랑'으로 일반화되었다.
34) 김소운, 『朝鮮口傳民謠集』, 東京 : 第一書店, 1933, 322면.

뒷집에 숫돌이 좋아서 낫갈러 갔더니
뒷집 큰아기 옆눈질에 낫날이 홀짝 넘었네

③ 오라버니 장개는 내년후년에 가시고
(오라버니 장개는 올해못가면 환갑에 엄쳐가시고)
검둥송아지 톡톡팔아서 날시집보내주게[35]

①은 〈아리랑〉 율격의 기본형이다. 음절수에 있어서도 3·3·4의 가장 일반적인 형태로서 이른바 '뒤가 무거운 3음보격(格)'[36]이다. 그러나 ②에서는 음보를 가르기 어려울 만큼 변화하였다. 정선에서 노래를 듣고서야 3음보격의 발전을 알 수 있었다. 노래에서는 줄로 묶은 두 음절 세 음절들이 한 음절처럼 빠르게 하나의 음수(音數) 단위로 불려진다.[37] 〈정선아라리〉는 다른 〈아리랑〉보다 느리고 길게 불려지므로 이러한 음절수의 변화가 실제 노래에서 조금도 무리하게 들리지 않는다. 일반 〈아리랑〉보다 훨씬 변화있는 리듬감을 주고 있다. 그러면서도 ①와 같은 모양의 음수와, 음보격이 분명하게 내재하고 있다. ③의 경우도 마찬가지다. 제1행의 변화가 노래하는 이의 의도와 가창 능력에 따라 아주 탄력있게 변용되고 있다. "오라버니 장개는 내년에 가시고"가 쉽게 불리는 가사인데, 그 세 번째 음보를 "내년후년에 가시고"로 변화를 주었다가 다시 괄호 속의 모양으로 더욱 재미나게 발전시키고 보니, 애초의

---

35) ②, ③은 정선의 〈아라리〉로서 필자가 직접 채록한 것임.

36) 조동일은 「현대시에 나타난 전통적 율격의 계승」,(『亞細亞學報』 12집, 1976;『한국시가의 전통과 율격』, 한길사, 1982)에서 〈청산별곡〉의 첫 연을 '뒤가 가벼운 3음보격'으로 경쾌한 느낌으로 주고, 〈아리랑〉을 뒤가 무거운 3음보격으로 육중한 느낌을 준다고 했다.

37) 徐丙夏는 「關東地方의 民謠에 관한 연구」,(『關東鄕土文化硏究』 1집, 春川敎大 關東鄕土文化硏究所, 1977)에서 "정선아리랑의 운율은 字數로서가 아니라, 가락에 바탕을 둔 音數段落을 기초로 하여" 따져야 한다고 했다. 字數를 문제 삼지 않은 점은 발전적인 견해이나 '음수단락'을 소리마디(語節)로 보았기 때문에 한 행이 4어절(음보로 파악하지 않음)이 되어 결과적으로 3음보격과 거리가 먼 구조로 파악하고 있다.

두 번째 음보가 첫 음보에 편입되게 된 것이다. 그래서 '오라버니'라는 네 음절어가 하나의 음수 단위로 노래 불리게 된다. 여기에서 우리는 민요(특히 아리랑의 경우)를 그 시어의 음수율로 따지는 일이 무의미하다는 점을 다시 확인할 수 있다. 다만 3음보격 2행의 단순한 기본형이 노래 불리는데 따라 매우 다양한 변화를 가짐으로써 더욱 음악적인 율동 효과를 얻고 있음을 보게 된다.

　민요는 3음보격의 민요와 4음보격의 민요로 크게 나눌 수 있는데 〈아리랑〉과 〈도라지타령〉 등은 3음보격이다. 그런데 우리의 전통적 시가 가운데서 고려속요는 3음보격이고, 시조와 가사는 4음보격이다.[38] 어느 것이 더 민족의 생활적 리듬이냐를 단정해서 말할 수는 없다고 하더라도 고려시대의 시가, 특히 속요가 3음보격이라는 사실은 주목되는 일이다. 그래서 "우리 민족의 전통적인 미의식에 상응하는 음보율이 3음보격일 것"[39]으로 짐작되어 왔다. 또한 〈아리랑〉은 "음보를 이루는 음절수는 원칙적으로 가변적인 데 비해서 행을 이루는 음보수는 원칙적으로 고정적"이라는 우리 시의 규칙을 그대로 나타내주고 있다. 요컨대 〈아리랑〉은 우리의 민족적 리듬에 뿌리를 둔 비교적 단순한 형태의 시이면서 규칙내의 변화를 다양하게 활용해 온 민요이다. 이 점이, 특히 민족이 위기를 맞이하는 근대에 있어서 민족의식·민중의식의 성장과 함께 널리 불릴 수 있는 민요가 된 까닭이 아닌가 한다. 이것은 근대민요 〈아리랑〉의 생명력일 것이다.

---

38) 조동일, 앞의 글.

39) 鄭炳昱, 「詩歌의 韻律과 形態」, 『韓國思想大系』 Ⅰ, 성균관대학교 大東文化硏究院, 1973, 415면.

3. 〈아리랑〉의 성격 형성

1) 〈아리랑〉 형성의 사회적 기반

대개의 민요가 그러하듯이 〈아리랑〉도 언제 어디에서부터 시작되어 퍼졌는지 정확히 알기란 어렵다. 앞에서 살펴본 바로는 그 명칭이나 가락·후렴 등이 오랫동안 민요 생활권에 내재해 오다가 어느 시기에 이르러 유동민요(流動民謠)로서의 〈아리랑〉이 그 성격과 함께 형성, 전파되었으리라 짐작된다. 이렇게 보았을 때 그 어느 시기란 아무래도 19세기, 즉 새로운 시대 현실과 민중의 생활이 접촉 체험하기 시작하는 근대가 될 것이다. 남아 있는 〈아리랑〉의 내용으로서도 그 이상 올려 잡을 근거란 보이지 않기 때문이다.

정선 지방에서는 〈아라리〉가 이 고장에서 불리기 시작한 유래를 이조(李朝) 초기라고 전한다.

> 눈이 올라나 비가 올라나 억수장마 질라나
> 만수산 검은 구름이 막 모여든다[40]

‘만수산(萬壽山)’때문에 이 노래를 〈정선아라리〉의 시원(始源)으로 본다는 것이다. 고려가 망하자 그 유신(遺臣) 몇 사람이 정선의 거칠현(居七賢)에 와서 은거(隱居)하게 되었는데 그들이 송도(松都)를 생각하여 읊조린 것이 이 노래라고 하였다. 〈아라리〉의 가락도 이들 은거 유신들의 한시(漢詩) 율창(律唱)에서 비롯되었다고 보고 있다.[41] 우리는 이 설의 사

---

40) 정선아리랑제 위원회 『정선아리랑』(1977)의 첫 번째에 실린 노래다.
41) 정선 지역에서는 아리랑 비(碑)를 세우고 해마다 아리랑 제(祭)를 개최하며 명창(名唱) 양성, 기능 보유자 지정, 책자 발간, 녹음테이프 제작 보급 등 아리랑 문화의 계승 보급에 크게 힘쓰고 있다. 지역 문화 발전이나 민중 생활 예술의 정당한 평가를 위해서

실 여부를 굳이 따질 필요가 없을 것이다. 민요의 성격이나 생리가 관인사대부(官人士大夫)층의 문화 윤리 의식에서 시작된다고는 도무지 생각할 수 없기 때문이다. 시조의 형태를 한시의 영향으로 보고자 하는 주장도 한때 있기는 하였지만, 민요는 시조와도 더욱 다르다. 〈정선아라리〉의 연원이 상층 문화로 연결되어야 민요로서의 가치가 격상(格上)되는 것이 아니기 때문에 이 점을 우선 지적해 둔다. 사실 〈아라리〉의 연원은 그보다 더 올라갈 수도 있을 것이다. 그러나 수백 여 가지가 되는 〈정선아라리〉의 가사[42] 내용을 놓고 보더라도 이것이 모두 근대민요의 생활 체험을 벗어나지 않고 있으므로 역시 근대에 이르러 성격이 형성되었다고 하지 않을 수 없다.

　〈아리랑〉의 성격 형성의 기반은 18세기 이래 농민이 겪은 사회적 체험의 질적 변화에 있을 것이다. 18세기 이래의 평민 의식의 확산, 19세기 후반부터 더욱 고조되는 민중 의식의 성장이[43] 곧 〈아리랑〉의 성격 기반인 것이다. 그러나 민요 〈아리랑〉과 같은 민중 예술의 경우 그 성격을 평민 의식과 민중 의식으로 확연히 구별하기란 어려운 일이다. 더구나 생활 체험의 입장과 부면에 따라서는 노래 내용이 역사적 시기 구분과 들어맞지 않을 수도 있다. 오히려 생활로서의 민중이라는 폭넓은

　아주 값진 일이다. 필자도 답사 과정에서 관심 있는 지방 인사들의 적극적인 도움에 힘입었다. 그러나 이러한 향토적 사명감 때문에 〈아리랑〉의 본질적 성격을 벗어나는 해석이나 대중성에 영합하는 사업을 벌이게도 되는 것 같다. 이 점은 〈아리랑〉의 올바른 이해와 보존을 위해 고려되어야 할 것이다. 『정선아리랑』, 『旌善郡誌』(1978), 『旌善의 鄕史』(1981)가 모두 〈아라리〉의 始源을 이와 같이 기록하고 있다. 서병하의 「관동지방의 민요에 관한 연구」, 朴敏一의 「강원도 아리랑攷」(『강원대 논문집』 18·19집)가 이 시원설을 바탕으로 하였으며, 신경림의 「민요기행 8」(『마당』 1984년 5월호)도 이 설을 따라 소개하고 있다.

42) 위의 책 『정선아리랑』에는 500여 수가 실려 있으나, 우리가 정선의 각 마을에서 직접 조사하고 있는 자료를 정리하면 이보다 훨씬 늘어날 것으로 보인다.

43) 鄭昌烈, 「백성의식·평민의식·민중의식」(변형윤·송건호 편, 『역사와 인간』, 두레, 1982)에서는 '민중'을 동태적인 개념으로 전제하고, 1876년(개항)을 기점으로 그 이전을 평민의식, 이후를 민중의식의 시기로 구분하였다. 정치적 의식을 주로 하여 유형화하였다.

개념 속에다 이들을 포괄하여 민중의 예술 정신으로 이해하는 편이 타당할 수 있을 것이다.

　조선왕조 봉건사회는 특히 18세기 이래 격심한 변화와 질서의 동요를 나타낸다. 경영형 부농(經營型富農) 내지 광작 농민(廣作農民)이 대두하였고, 벌열(閥閱)층이 권력을 독점함에 따라 공적 수취보다 사적 수취가 한계를 넘어서 확대되어 왔다. 그런 결과 토지 소유의 겸병과 토지 경영의 겸병이 심화되어 농민층 내부는 자체의 계층 분화가 격렬하게 전개되었으며, 한편 지배계급의 착취에 따른 농민의 절대적 부담이 전례 없이 가중되었다. 이러한 형편에서 대부분의 농민은 토지 소유와 토지 경작에서 축출되었으며 동시에 많은 농민은 토지로부터 유리, 이탈되었다. 결과적으로 많은 농민이 토지 자체에서 해방되었다고 하겠다. 그것은 거납(拒納)·항조(抗租)의 정도를 넘어서서 화적(火賊)·민란(民亂) 등 적극적으로 표현되었다. 농민 반란은 마침내 1811년의 홍경래란(洪景來亂), 1862년 삼남(三南)을 비롯하여 전국 37개 지역에 걸쳐 일어난 임술민란(壬戌民亂), 더 나아가서는 1894년 갑오농민전쟁과 같은 대규모의 항쟁에까지 이르렀다. 이러한 역사적 체험을 통해 농민의 각성은 민중 의식의 차원으로 크게 성장하였으며 이에 따라 그들은 고통과 항거의 문학을 가지게 되었다. 우리는 민요 전반에 걸쳐 이러한 흔적을 찾아볼 수 있다. 그런데 전통 민요 전반에서 이러한 요구가 다소 가미되게 되었다고 하더라도 이제 민중들은 과거와 같은 양식의 농업 생산을 매개로 한 민요로써 만족할 수만은 없게 되었다. 그들 자신의 처지가 이미 과거와 같은 농업 생산적 공동체로부터 이탈하였고, 새로운 민중적 공동체 의식으로 각성해 가고 있었다. 이러한 터에 격심한 사회 변동과 긴박한 체험을 표현할 수 있는 새로운 민요 양식이 요청되었던 것이다. 그들은 놀라운 현실과 충격적 체험을 찬찬히 늘어놓을 처지도 아니려니와, 일정한 지역 범위나 고정적 기능을 가지는 성격의 노래에다 새로운 현실과 체험을 담아낼 수도 없었다. 단순한 양식이면서도 다양하게 부를 수 있는 노래, 농토에 매여 있건 유리되었건 민중의 처지에서 누구라도 언제나 쉽게 부를 수 있는 노래를 필요로 하였다. 이러한 기반 위에 형성·성장할 수 있었던 노래가 근대 민요 〈아리랑〉인 것이다.

그러므로 〈아리랑〉은 자연히 현실을 풍자하고, 고통을 털어놓고, 모순에 항거하는 성격의 노래가 되었으며, 개화와 일제의 침략을 마주하여서는 끊임없는 저항과 힘찬 투쟁을 고취하였던 것이다.

2) 〈아리랑〉의 기본 성격

산천에 올라서 들구경 하니
풀잎에 매두매두 찬이슬이 맺혔네[44]

부잣집 곳간에 쌀도 많고
거리 거리에 거지도 많다[45]

첫 번째의 노래는, 문전옥답을 죄다 잃고서 거지 신세가 된 농민이 떠나야 하는 마을과 들판을 바라보면서 이슬방울 같은 눈물을 머금는 정경이 비유된 것이다. 첫 줄에 나오는 '들구경'은 다음 줄의 '풀잎에 맺힌 이슬'과 연결됨으로써, 비로소 단순한 '구경'이 아니라 수많은 언어가 억눌린 고통의 시어임을 느끼게 한다. 어느 시대라고 꼭 말하기는 어려우면서도 이 노래는 특히 농민의 고통스런 처지를 광범하게 포괄하는 서정적 효과를 드러내고 있다. 두 번째 노래는 〈아리랑〉에 흔히 보이는 표현 방법이다. 두 가지 대조적인 사실을 단순화·객관화시켜 제시함으로써 두 가지 사실 사이에 내재하는 현실의 모순을 강렬히 인식하게 한다. 여기에서 한걸음 나아간 표현이 다음과 같은 풍자적인 현실 고발이다.

---

44) 〈정선아라리〉(필자 채록).
45) 임동권, 『한국민요집』 III, 426면.

열녀정 앞에는 독새풀 나고
갈보집 문전에 함박꽃 핀다[46]

원래 열녀정(烈女旌)은 서민의 생활 체질과는 거리가 멀었다. 양반 지배층의 봉건적 윤리와 가문(家門)의 권위를 상징하는 일종의 장식으로밖에 보이지 않았던 것이다. 사실 조선 후기에 이르러 이러한 봉건적 윤리의 강요는 지배층의 위선을 조장하고, 나아가 비인간적인 폐단으로까지 확산되기도 하였다.[47] 열녀정이 버림받는다는 것은 곧 조선 봉건 사회의 와해를 뜻한다. 권위가 무너진 마당은 더욱 비참한 것이다. 그러나 이와 함께 당연히 와야 할 것이 오지 않고, 갈보집 문전이 날로 번창해 가는 것이 현실이다. 현실은 한층 더 비정상적으로 기막히게 전개되면서 장차 민중 자신의 생활을 위협하고 타락시킬 조짐이다. 이 노래는 많은 여운을 남기는 현실 풍자이며 고발이다.

항거와 저항의 양상은 다양하다. 개별적·소극적인 경우가 있는가 하면 때로는 집단적·적극적인 양상도 띤다.

정선읍내 일백오심호 몽땅 잠드려 놓고
문호장네 맏며느리 달고 성마령 넘자[48]

문호장(文戶長)네 맏며느리가 알려진 미색(美色)이었기 때문이라기보다, 이 노래 속에는 정선 농민들의 지방 아전(衙前)에 대한 반발이 깔려 있다. 조선 왕조 말기 지방 아전의 횡포와 치부(致富)는 이미 널리 알려

---

46) 위의 책, 424면 및 〈정선아라리〉.
47) 燕岩 朴趾源은 〈虎叱〉에서 '北郭先生'과 놀아나는 '東里子'를, 守節 과부로서 旌閭까지 받았으나 실은 姓이 다른 아들 다섯을 두고 있다고 풍자하였으며, 〈烈女咸陽朴氏傳〉에서는 신분이 미천한 시골 아전의 부인에게까지 殉節의 폐단이 미치고 있음을 지적하였다.
48) 정선에서 널리 불리는 〈아라리〉의 하나. 정선 읍내가 일백오십호라고 한 것으로 보아 19세기 후반 이전의 노래로 짐작된다. 郡誌에 따르면 文氏로는 본관이 旌善과 南平(정선군) 두 성씨인데 모두 지방 鄕吏였던 듯하다.

진 문제였다. 그 대표적인 문호장네 맏며느리를 몰래 빼내서 성마령(星
摩嶺) 넘어 영월·평창으로 달아난다는 사실은 상상만으로도 아전에게
시달려온 정선 농민들을 유쾌하게 했을 것이다. 그뿐 아니라 널리 이러
한 노래를 부름으로써 소극적이나마 지방 아전의 횡포와 수탈을 경고,
위협하는 저항의 방법으로 삼았을 것이다.

　사태는 더욱 심각하게 전개되었다. 민요를 가진 사람들이 소극적 저
항을 넘어서 대대적으로 봉기함으로써 쓰라린 패배와 끊임없는 투쟁을
노래하기에까지 이르렀다.

　　　　개남아 개남아 진개남(金開男)아
　　　　수많은 군사를 어대두고
　　　　전주야 숲에는 유시했노

　　　　봉준아 봉준아 전봉준(全琫準)아
　　　　양에야 양철을 짊어지고
　　　　놀미 갱갱이 패진했네49)

　동학 농민봉기의 주도자 김개남과 전봉준의 패전을 쓰라리게 되새기
는 노래다. 전주(全州)의 숲에 쓰러진 김개남과 무기를 탈취해서 진군하
다가 놀미(論山) 갱갱이(江景)에서 패진한 전봉준을 노래함으로써 민중의
신화는 끊임없이 되살아나는 것이다.

　　　　마구재 실갑에 양총 메고
　　　　봉구재 고개로 접전가자50)

　　　　할미성 꼭대기 진을 치고
　　　　왜(倭) 병정 오기만 기다린다51)

---

49) 고정옥, 『조선민요연구』, 188면. 실제 노래로 불릴 때 어떤 형태였는지 알 수 없다.
　　채록된 대로 3줄 노래라면 〈아리랑〉에서는 보기 드문 예외형이다.
50) 임동권, 『한국민요집』 II, 736면에는 襄陽 지방의 노래라 했다.

1896년 강원도와 충청·경상도 일대에서 의병전쟁에 가담했던 민중들이 그 과정에서 직접 부른 노래들이다.

〈아리랑〉은 이상에서와 같이 고통을 털어놓고, 현실을 풍자하고, 모순에 항거·투쟁하는 적극적인 민중의식의 반영을 그 기본 성격으로 하고 있다. 그러나 〈아리랑〉이 모두 이러한 기본 성격의 테두리 안에만 있는 것은 아니다. 일찍이 '근대 생활의 만화경'이라고 일컬어졌듯이 "도회지로 팔려가는 시골 처녀, 일본으로 노령(露領)으로 품팔이 가는 농민, 기차 개통, 전등, 시어머니에 대한 대담한 반항, 황금만능사상(黃金萬能思想), 세기말(世紀末)적 에로티시즘 등등"[52]의 모든 세태와 체험이 광범하게 반영되고 있다. 바꾸어 말하자면 윤리·규범의 질곡을 거부하는 감성적 해방, 개화와 함께 밀어닥친 기 막히는 세태, 일제 식민지로의 편입 과정에 직면하는 생활 체험 등에 때로는 맞서고 때로는 우회하면서 개인적 민족적 현실을 모두 노래의 대상으로 삼는다. 그러면서도 전체적으로는 개체로서의 자기를 노래 속에서 수시로 발견하고, 공동체로서의 민족적 자아를 확인해 나가는 것이 역시 〈아리랑〉의 일반적 성격이라고 보여진다.

〈아리랑〉은 근대에 들어 통속민요화 하면서 전국적 보편성을 띠기도 했지만, 향토민요로서 지역적 특성을 견지하며 전승되어 왔다. 특히 〈정선아라리〉는 이와 대조적이다. 가락이 구성지고 느린 데다[53] 생활 체험

---

51) 고정옥은 이 노래를 경북 군위에서 얻은 '임진왜란 노래'(앞의 책)라고 하였으나, 『開闢』 36호(1923.6)의 「경북의 민요」(C.S.C 生)에는 '丙申年義兵 때 난 소리'로서 문경 노래(할미성은 聞慶의 姑母城임)라고 밝혀 놓았다. 아무래도 임진왜란 때로 올려잡기는 무리일 것 같다.

52) 위의 책, 187면.

53) 가락이 한 가지만은 아니다. 비슷하면서도 실제 불리는 것은 세 가지 유형으로 각각 다르다(『정선아리랑』의 악보 참조). 金炳河 씨(정선읍 거주, 기능 보유자)의 말에 의하면 이 세 가지 유형을 가지고 예컨대 아침에 산에 오를 때와 내려올 때, 김맬 때와 삼삼을 때, 모여앉아 부를 때와 혼자 회상하며 부를 때 가락 자체가 저절로 조금씩 다르게 되는데 이러한 차이를 누구라도 경험으로 알고 있다는 것이다. 이와는 아주 다른 '엮음아라리'도 세 가지 유형이 있다(악보 참조).

을 구체적으로 노래해 온 경험이 워낙 풍부하다. 지역이 궁벽하고 생활이 밖으로 크게 열려 있지 않아서 지금도 〈아라리〉 가사가 만들어지고 있는 실정이다. 이래서 더욱 〈정선아라리〉가 주목되는 것이다. 정선에는 〈아라리〉에 얽힌 이야기와 장소·인물이 많다. 또한 정선은 동학·민란·의병전쟁에 모두 관계되어 그때마다 많은 희생자가 나왔으며 광산·산판·뗏목·술집 등이 번성하여 지방민의 체험이 아주 다양했다. 〈아라리〉에는 이런 내용들이 해학과 풍자를 통해 반영되어 있어서 한편 사회경제적 접근을 필요로 한다. 특히 지역성이 강한 노래 몇 편을 여기에 옮겨 본다.

> 아우라지 지장구 아제씨 배좀 건너주게[54]
> 싸릿골 올동박이 다 떨어지네
>
> 한치 뒷산에 곤드레 딱주기 나지미 맛만 하다면
> 고것만 뜯어먹어도 봄살아 나지
>
> 여랑 압실에 경치좋다고 딸주지를 말아요
> 사철치기 강낭밥에 빼골이 살짝 녹네
>
> 꼴두바우야 중석허가는 다달이 연년이 나는데
> 총각색시야 잠자리 허가는 왜아니 나나
>
> 천질아 만질아 망치품을 팔아서
> 갈보년들 홍초마 꼬리에 다쏟아 넣네
>
> 황새여울 된 꼬까리에 떼 내려가네
> 만지산에 전산옥이야 술상차려 놓아라

---

54) 아우라지—북면에 있으며 강물이 合水되는 곳. 지장구—장구 잘 치는 池씨 사공. 곤드레, 딱주기—산나물 이름. 나지미—'임'의 뜻, 일본말.

4. 일본 제국주의 침략과 〈아리랑〉의 위기

1) 〈아리랑〉의 현실인식

개화를 맞이하고 일본 제국주의의 침략을 당하기 시작하면서 〈아리랑〉은 그 기본적 성격이 더욱 확충되었다. 부분적으로 이러한 세태에 자신을 매몰시키는 경우가 없지는 않았지만 개화를 풍자하고 침략을 고발하는 내용이 〈아리랑〉의 주류를 이루어 갔다.

> 삼학산 밑에다 신작로 내고
> 자동차 바람에 다 놀아난다
>
> —〈춘천아리랑〉[55]

> 솔보둑이 쓸만한 거는 전봇대로 나가고
> 기집아새끼 씸직한 거는 기상으로 나간다
>
> —〈정선아라리〉

> 산골짝 큰애기 베짜는 소리
> 양복장이 하이카라 발맞춰 간다[56]

신작로 · 자동차 · 전봇대가 새로운 문명의 혜택이기에 앞서 민중의 생활 기반을 앗아가는 술책임을 인식한다. 여기에 발맞춰 늘어나는 것은 기생과 하이카라뿐이었다. 민중은 이러한 사태의 본질을 정확하게 깨닫는다. 그래서 이와 맞서고 견뎌낼 생활의 예지가 생겨나는 것이다.

> 석세배 도랑초마를 내 입었을 망정

---

55) 방종현 · 김사엽 · 최상수, 『朝鮮民謠集成』, 正音社, 1948, 258면.
56) 임동권, 『한국민요집』 Ⅰ, 282면.

네까짓 하이카라 건달은 내눈알루 돈다

—〈정선아라리〉

하이카라 건달은 개화의 바람꾼이거나 일제의 하수인이었다. 겉모양만 번지르했지 민족적 양심마저 팔아먹은 잡놈이었던 것이다. 그 실체를 알고 난 이상 부러워할 것도 두려워할 것도 없다. 자신이 어떠한 태도라야 하는지 분명히 깨닫게 되었다. 민중은 이렇게 자아를 확립해 가는 것이다. 그러나 때로는 참고 견뎌야 할 때도 있다.

> 아리랑 아리랑 아라리요
> 뺨맞은 거지야 분해마라
>   파리가 무서워 칼 뽑으면
>   벌레가 덤비면 무얼 뽑나
>
> 아리랑 아리랑 아라리요
> 동무야 설은 꿈 깨이어라
>   아리랑 고개로 붉은 해가
>   두 팔을 벌리고 날아 온다[57]

비록 뺨맞은 거지꼴이 된다고 하더라도 지금은 '칼'을 뽑을 때가 아니다. 모두가 '꿈을 깨고' 생활을 좀먹는 '벌레'가 어떤 속성인가를 확실히 알면, 두 팔을 벌리고 붉은 해를 맞으러 나서야 할 결정적인 날은 올 것이다. 그날을 위해 자신이 각성하고 서로를 깨우쳐 정신과 힘을 키워야 한다. 이것은 민중이 지혜로워야 함을 노래한 것이다. 민중은 그동안 여러 굽이의 역사의 고개를 맞이하였다. 그때마다 많은 희생을 치르고 좌절을 되씹어야 했다. 농민봉기가 그러했고 동학혁명이 그러했다. 거기에다 이번에는 더 한층 심각한 역사의 시련을 맞은 것이다. 강

---

57) 『한국민요집』 III, 414면.

력한 의병의 투쟁을 피로 물들이고 강토와 민족을 모두 빼앗아 없애려
는 침략자와 맞서게 되었다. 민중은 이와 같은 현실을 깨달으면서 "감
발을 하고서 주먹을 쥐고 용감하게도 넘어갈"(신아리랑) 마지막 고개를
가늠하고 있는 것이다.

2) 식민지 정책과 〈아리랑〉의 변조(變造) · 탄압

일제는 조선을 지배하게 되면서부터 식민지 통치의 기본목적을 ①
반일운동의 철저한 압살, ②민족경제 발전의 억제와 수탈 강화, ③조
선인의 민족문화 · 민족성의 말살, ④대륙 침략의 발판 구축에 두었다.
그 중에서도 민족문화 · 민족성의 말살정책은 그들이 가장 중시하던 정
책이었다.58) 그런데 이 시기 〈아리랑〉의 성격은 ①과 ③에서 모두 문제
시될 만큼 민족적인 성격으로 확충되었다. 민족의식의 한 매개로서 〈아
리랑〉은 성장하고 있었던 것이다.

일제는 일찍부터 교묘한 방법으로 민족의식과 민족문화를 말살하고
자 여러 가지 정책을 펴는데, 이러한 정책들이 결과적으로 노리는 효과
중의 하나가 〈아리랑〉의 탄압과 변조이다. 그 가운데서 ① '잡가(雜歌)'
류의 권장과 일본 유행가의 보급, ②총독부의 민요 조사와 일인(日人) ·
조선 문인에 의한 민요 연구, ③노래 금지 및 노래책 발매금지 등이
〈아리랑〉에 대한 직접 간접의 탄압과 변조 방식이다.

먼저 잡가의 보급 권장이 〈아리랑〉에 어떤 영향을 끼치는지 살펴보
자. "아우라지 본고장은 원산 절골인데 / 신구잡가 본고장은 경성 신마
찌라"(정선아라리)에서도 알 수 있듯이 잡가는 민요와 생성 여건 · 성격
등이 아주 다르다. 서울의 상가(商街)나 유흥가를 배경으로 하고, 기생이

---

58) 姜東鎭, 「文化主義의 기본성격」(『한국사회연구』 2, 한길사, 1984) 참조.

나 전문적 창자(唱者)가 전수하거나 책을 보고 익히며, 이름대로 잡다한 성격의 (가사·민요·판소리·시조 등을 따오거나 변조한) 일종의 유행가다. 잡가는 술집·창가(娼家) 등 유흥장이 전국적 규모로 확산 증가하고 기생과 함께 이른바 '갈보'들이 떼를 지어 늘어남으로 해서[59] 상업적 출판이 가능하게 되었다. 일제는 잡가집의 출판을 민족정신과 민족문화의 타락을 위해 적극적으로 권장하였다. 1914년부터 1922년 사이에도 14종의 이름을 달리하는 잡가집이 서울과 평양에서 출간되었으며 그 중에는 총독부의 지원 아래 7~8판씩 거듭 찍어낸 것도 있다고 한다.[60] 〈아리랑〉은 『증보신구잡가(增補新舊雜歌)』[61]에서부터 나온다.

> 전기차는 가자고 원고등을 트는데 / 정든 님 잡고서 낙루한다
> 용안예지 당대초는 / 정든님 공경으로 다나간다
> 인생 한몸 도라가면 / 움이 나나 싹시 나나 (현대 표기-필자)

13편이 하나같이 이런 내용이다. '정든님 타령' '허무한 인생' 등 유흥적·찰나적 노래들이다. 또 이 책 이후의 잡가집은 거의 같은 내용을 계속 싣고 있다. 흥미로운 일은 일본 사람 이름으로 펴낸 잡가집[62]에는 그나마 〈아리랑〉이 빠져 있다. 한편 서양사람 이름으로 낸 책[63]에는 〈아리랑〉의 악보와 함께 레코드 번호를 소개했는데 이 책은 1932년에 발행 금지 당한다. "싸호다 싸호다 아니되면 / 이 세상에다 불을 지르자"라는 노래가 〈아리랑〉 5편 가운데 끼여 있는데 이것이 빌미가 된 것 같다. 『현행일선잡가(現行日鮮雜歌)』[64]라는 책은 일본 잡가를 우리말로 음

---

59) 예컨대 『開闢』(1923년 12월 강원도 특집호, 71면)에는 「可驚할 春川 花柳界의 발전」이란 제목 아래, 일본의 震災와 水害 救濟를 위해 춘천의 妓生조합이 모금연주회를 할 만큼 화류계만 발전해서 걱정이라고 했다.

60) 影印本, 『韓國雜歌全集』(啓明文化社, 1984) 참조.

61) 盧益亨, 博文書館, 1915.

62) 福田正治郎, 『新訂增補新舊雜歌』, 京城, 1922.

63) 되제헨드포드, 『精選朝鮮歌謠集』, 조선가요연구사, 1931.

64) 朴承曄, 五星書館, 1916. 日鮮人懇親會 刊, 1923년에 낸 『日鮮雜歌』도 있음.

을 단 뒤에 다시 번역해 싣고, 우리 잡가 몇 가지를 일어로 번역했다. 일본 잡가의 번역에 이런 노래가 있다.

> 일본국에 없는 것 많다. 밖으로 적국이 없고 육해군에 빠진 것이 없고 군사에 두려운 빛 없고 관(官)의 인혜(仁惠)에 원수가 없고 아래에 불평한 의론이 없고 (…중략…) 그런 고로 안에 폭도(暴徒)의 적(賊)이 없고 아무것도 슬픈 일도 없으니 성세를 축수할 수밖에는 없다.65) (현대 표기-필자)

이것으로 책을 펴낸 의도와 노리는 바 목적을 분명하게 알 수 있다. 일본은 그야말로 낙원이라는 식의 교묘한 술책이다. 일제는 이러한 잡가를 널리 유포시켜 유흥적·찰나적 풍조와 친일적 분위기를 조장하고 〈아리랑〉을 이에 왜곡 포함시킴으로써 그 성격을 변조하려 하였다. 민족의 정신·문화·풍속을 모두 허물어뜨리고자 하였던 것이다.

다음으로 총독부의 민요 조사와 일본인·조선 문인들에 의한 민요연구는 〈아리랑〉을 어떻게 변조하고 있는지 살펴본다.

일제는 세 차례에 걸쳐 식민지 행정수단을 통해 민요를 조사 수집했다. 그것은 ① 1912년의 이요·이언조사(俚謠·俚諺及通俗的讀物等調査), ② 1933~35년의 민요 조사66) 및 1936년에 수집하여 1940년에 발간한 『조선의 향토오락(朝鮮の鄕土娛樂)』등이다. ①과 ②에서 〈아리랑〉의 경우를 검토해 보자.

①은 합방 1년 후에 식민지 통치를 위한 기초자료 조사로서 계획되었음이 분명하다. 군수나 보통학교(普通學校) 교장에게 공문으로 수집하였으니 구비전승 자료를 수집하는 방법 가운데서는 가장 나쁜 조사방법이었다. 대개가 잡가집에서 보았던 내용과 흡사하나 지역에서 불리던 〈아리랑〉 몇 편이 끼여 있다.

---

65) 제목은 「日本ノ國ノ無イ盡シ」임.
66) ①과 ②는 출판되지 않고 자료로 남아 있던 것을 임동권이 『한국민요집』 Ⅵ에서 소개하였다.

마고자 실갑에 양총 메고 / 북망산 마루 접전 가세 (경북)

고부백산(古阜白山) 접전시에 / 알뜰한 군병이 다죽었네 (경북)

이초 저초 삼초 끝에 패진군사 썩 나서
벙치 벗어 등짐하고 세 자락 군복 벗어 걸고
부러진 창대 잘잘 끌고 어하 퉁퉁 뫼야들자 (古阜)

어허야 농부들아 이 농사를 어서 지어
전세대동(田稅大同) 바친 후 부모 봉양하여보세 (求禮)

앞의 세 편이 모두 동학농민전쟁을 내용으로 하고 있어서 흥미롭다. 세 번째 것은 〈아리랑〉 양식을 제대로 갖추고 있지 못하지만 두 번째 노래와 함께 다른 자료집에서 볼 수 없는 내용이다. 노래 이름은 여러 가지로 표기되었다.[67] 농민들이 부르는 〈아리랑〉을 자세히 수집해서 보고한 것 같지는 않으나 그래도 다음에 검토할 ②의 경우와 같이 크게 변조되어 있지는 않았다.

②의 민요조사가 실시된 1930년대 중반은, 20년대의 이른바 '문화정치'라는 기만정책도 청산하고 일제가 바야흐로 식민지 파쇼체제를 강화하는 시기이다. 일시동인(一視同仁, 1910년대)이나 공존공영(共存共榮, 1920년대)의 기만적 술책이 아니라, 내선일체(內鮮一體)를 강조하는 황국신민화(皇國臣民化)정책으로써 민족성의 말살정책을 본격화하는 시기였다. 이때 이루어진 행정적 자료조사가 민중의 지하방송격인 〈아리랑〉을 제대로 드러내리라고 기대할 수는 없을 터이니 어떻게 그 변조를 강요하고 있는지 살펴볼 일이다. 먼저 노래 이름이 '아리랑'으로 통일되었고 양식도 〈아리랑〉과 같다. 그런데 노래의 내용은 잡가집에 흔히 나오는 것과도 다를 뿐 아니라 다른 자료에서 보게 되는 민요 〈아리랑〉과는 거

---

67) 이 자료의 노래 이름 표기는, 本文 2-(2) 「아리랑」의 생명력(주 32) 참조.

리가 멀다. 몇 편을 제외하면 모두가 유시(諭示)나 구호들에 가까워서 당
시 농민들이 당하고 있는 처지와 입장을 짐작하게 한다.

<blockquote>
무산자(無産者) 누구나 낙심마라 / 자력사생하면 그만이라
경친숭조(敬親崇祖) 우리 의무 / 절약저축 우리 의무
도지사의 유고문(諭告文)은 / 우리들의 살길 명시(明示)

—평남, 价川
</blockquote>

<blockquote>
아리랑 아리랑 아라리요 / 아리랑 농촌을 지켜가세
우리 가진 광이에 녹슨다면 / 농촌진흥은 고만일세

—충남, 永同
</blockquote>

<blockquote>
일하자 일하자 노래부르며 / 기쁘게 기쁘게 꿈같은 세상

—전남, 莞島
</blockquote>

<blockquote>
아리랑 고개다 퇴비사(堆肥舍)짓고 / 심사원 오기만 기다린다
개인적 행동을 하지말고 / 단체적 행동을 하여보세

—평북, 雲山
</blockquote>

이른 바 '경제갱생' '절약저축' '농촌진흥' '산미증식' '단결·질서'를
구호로 하여 일제 침략자들은 식민지 약탈에 광분하면서 굶주린 이 땅
의 농민에게 '꿈같은 세상'을 노래 부르도록 강요하고 있는 것이다.

일본인과 조선 문인의 민요 연구에서 〈아리랑〉은 어떻게 인식되는가.
우리 민요에 대하여 가장 많은 글을 쓴 일본인은 아마 다까하시(高橋亨)일
것이다. 그런데 그의 글 10여 편에서 〈아리랑〉에 대해 구체적으로 말한
부분은 발견되지 않는다. 1927년의 『조선민요의 연구(朝鮮民謠の研究)』(東
京)에 실린 최남선·이광수·이은상과 10여 명의 일본인의 글에서도 마찬
가지다. 대개가 조선 민요의 전반적인 문제를 다루었으니 그럴 법도 하다
고 하겠지만, 한편 이들에게는 〈아리랑〉과 같이 살아있는 근대요가 아니

라 정태적(靜態的)인 민요, 중세적 세계관과 정서를 가진 고전 민요에 관심
이 한정되었던 것 같다. 전 근대적인 생활 감정과 의식 세계를 특히 확대
해석하고자 하는 편견이 없다고 보기 어려울 것이다. 이 글의 앞부분에서
이미 소개한 〈애원성〉의 경우, 다카하시는 "독립군을 생각하는 조선민중
의 심경"을 노래한 가사를 자료에서 배제하고 있었다. 조선 문인들의 경
우도 크게 다르지 않았다. 아직 〈아리랑〉을 역사적인 창조물로 보기에는
이른 것이었을까. 아니면 이 시기 민요에 관심을 가진 조선 문인들은 대
부분 일제의 식민지 문화정책에 매몰되어 버렸던 것일까.
　　다만 일본에서 내는 『조선(朝鮮)』이란 잡지(1930년 5월)에 〈신아리랑〉
〈비상시 아리랑〉 등이 소개된 바 있다.[68]

나라가 있어야 집이 있고 / 집 있은 연후에 몸을 두네
내 몸을 아끼는 맘 미루어 / 나라와 가정을 사랑하자
　　아리랑 아리랑 아라리요 비상시 이때를 알아 있나

십구의 삼오와 삼육년은 / 평화냐 그 반대냐 갈림일세
세계에 비춰라 태양마음 / 평화의 깃발을 휘날리자
—〈비상시 아리랑〉

나를 버리고 가는 님은 / 십리도 못가서 발병났네
　　아리랑 아리랑 아라리요 아리랑고개로 넘어간다
풍년이 온다네 풍년이 와요 / 삼천리 강산에 풍년이 온다네
산천의 초목은 젊어가고 / 인간의 청춘은 늙어간다
청청 하늘엔 잔별도 많고 / 우리네 살림살이 말도 많다
—〈신아리랑〉

　〈비상시 아리랑〉이란, 제목이 이미 말해주듯이 조선총독부 수집민요

---

68) 임동권, 『한국민요집』 Ⅱ, 727면 참조.

②와 같은 성격이다. 군국주의 팽창과 식민지 파쇼 통치를 위해 우리 민족 모두를 '충효'라는 봉건적 윤리로 옭아매고, 제국주의 침략행위를 '동양평화' '세계평화'라는 기만적 구호로 미화시키려는 그들의 야욕이 그대로 반영된 것이다. 일제를 '태양마음'이라고 기리는 것이 '비상시'의 〈아리랑〉이 되어야 한다는 논리다. 이런 것이 〈아리랑〉이 아님은 말할 것도 없다. 〈아리랑〉을 말살하려는 조작 행위에 불과하다. 더욱 흥미 있는 일은 〈신아리랑〉의 왜곡이다. 〈비상시 아리랑〉이란 있지도 않은 것을 만들었지만, 〈신아리랑〉은 알다시피 이 시기 서울·경기 지방에 널리 불린 우리 노래다.

산천초목은 젊어 가고
인간의 청춘은 늙어간다

성황당 까마귀 깍깍 짖고
정든 님 병환은 날로 깊어

무산자 누구냐 탄식 마라
부귀와 빈천은 돌고 돈다

밭잃고 집잃은 동무들아
어데로 가야만 좋을까보나

아버지 어머니 어서 오소
북간도 벌판이 좋다드라

쓰라린 가슴을 움켜쥐고
백두산 고개로 넘어간다

감발을 하고서 백두산 넘어

북간도 벌판을 헤메인다

원수로다 원수로다
총갖은 포수가 원수로다[69]

　밭 잃고 집 잃은 동포들이 북간도 벌판을 헤매게 되는 것이 모두 총 가진 포수(일제)의 침탈 때문임을 서로가 상기시키는 노래다. 이러한 문맥 속에서, 청춘이 늙어가는 것과 정든 님 병환이 깊어가는 것은 단순한 한탄이 아니라 '의미'를 간직하게 된다. 해야 할 일, 구해야 할 님이 누구인가를 암시하는 기능을 가진다. 그러나 일제가 『조선』에다 소개한 〈신아리랑〉의 문맥 속에서 이러한 시어들은 모두 허무와 탄식의, 그야말로 정감적인 한(恨)의 정서에 머무르고 있을 뿐이다. 그래서 턱도 없이 '삼천리 강산에 풍년'을 타령하게 된다. 너무나 대조적인 노래로 조작해 놓았다. 〈비상시 아리랑〉과 함께 실은 〈신아리랑〉은 어쩌면 일제가 허용(?)하는 일종의 〈아리랑〉의 성격 범위를 말해주는 것이었는지도 모른다. 잡지 『삼천리(三千里)』에 실린 「아리랑 노래는 누가 지엇나」와 「구곡(九曲)에 사모치는 단장곡(斷腸曲)」이란 두 글[70]은 다 같이 〈아리랑〉 4수씩을 인용하고 있는데 그 내용이 모두 『조선』이란 일본 잡지의 〈신아리랑〉과 거의 일치하고 있으니 이런 짐작이 무리는 아닐 것이다.

　이와 같이 〈아리랑〉은 일본 제국주의에 의해 잡가적인 성격과 식민통치의 유시(諭示)적인 성격 범위 안으로 억압·변조당하고 있었던 것이다.

　다음으로 살펴볼 일은, 일제가 우리의 노래를 못 부르게 하고 출판을 금지시키는 정책으로써 〈아리랑〉을 탄압한 사실이다. 앞에서 잡가집의 출판 장려를 검토하면서 이미 확인되었듯이 일제는 퇴폐적인 풍조와 아울러 일제의 생활 양식, 노래들도 함께 들여와 보급시켰다. 한국 강점

---

69) 성경린·장사훈, 『조선의 민요』, 5면. 이 노래는 북간도에서도 널리 불려졌다. 독립군가곡집 『광복의 메아리』, 180면.

70) 앞의 글은 『三千里』 1930년 2월호, 뒤의 글은 1939년 8월호(朴相羲)에 각각 실림.

초기부터 술집·유곽을 만연시키고 가무와 매춘을 업으로 하는 창기(娼妓)의 수를 해마다 늘게 하여 전 민족을 타락시키고자 하였으며 서울의 친일 기생단 '대동권번(大同券番)'을 비롯하여, 평양·진주 등 전국의 대도시 역시 '권번'이라는 기생조합을 만들어 첩보정치와 문화통치의 촉수로 활용하였다. 이와 함께 일본으로부터 퇴폐적인 잡지·음반·영화를 대량으로 들여와 대중을 크게 좀먹게 만들었다. 이른바 연가(演歌)라고 부르는 일본의 가락이 20년대에는 이미 우리 사회에 크게 만연되었다.71) 특히 "농촌의 청년들은 그들 자신이 현대적 민요를 가지지 못하니만큼 음악도 가지지 못하였다. 다만 라디오의 보급에 의하여 음악에 친할 기회가 있는 동시에 축음기 보급에 의하여 도회문명의 말기(末期)를 상징하는 퇴폐적 속요가 농촌을 망치기 시작"72) 하였던 것이다. 식민침략·문화말살 정책의 전형적 술수였다.

이와 함께 일제는 민족의식이 담긴 창가나 민요를 철저히 금지시켰다. 예컨대 1915년 개성의 한영서원(韓英書院)에서, 당시 구전되던 「영웅의 모범(模範)」을 비롯하여 애국가·항일가 등 창가를 수집 발간하였다가, 일제 경찰에 적발되어 압수당하고 다만 그 경찰 문서 속에 몇 작품이 일역(日譯)되어 남아 있을 뿐이라는 사실은 이미 널리 알려진 일이다.73) 민요의 경우에도 「수심가」, 「창부타령」, 「노래가락」 등 잡가류의 유행 민요는 적극 장려하고 〈아리랑〉은 탄압하였다. 중국대륙에서 항일운동을 하던 김산(金山)은 1925년경의 〈아리랑〉의 형편을 이렇게 말했다.

요즈음에는 가사가 다른 노래가 거의 백여 곡이나 된다. 만주 벌판 어디서

---

71) 강동진, 「文化主義의 기본성격」 참조.
72) 崔榮翰, 「朝鮮民謠論」, 『東光』 1932년 5월호.
73) 宋敏鎬, 「日帝下의 韓國抵抗文學」(『일제하의 문화운동사』, 민중서관, 1970)에서 일찍이 밝혀진 일이다. 「영웅의 모범」은 특히 민족학교의 『항일민족 시집』(1971), 조동일의 「開化期의 憂國歌辭」(『개화기의 우국문학』, 신구문화사, 1974) 등에서 宋교수가 다시 國譯한 것을 소개한 바 있다.

나, 조선인 의용병이건 중국인이건 모두가 이 〈아리랑〉을 부르고 있다. 이 노래는 또한 일본에서도 널리 알려져 있다. 그 중에는 국내에서 금지되어 있는 가사도 상당히 많다. 일본인은 '위험한 노래'를 '위험한 사상'만큼이나 두려워한다. 1921년에 한 지식인이 죽음을 목전에 두고 '위험한' 가사를 하나 만들었다. 또한 어떤 딴 사람이 "아리랑 고개를 넘어간다"고 하는 또 다른 비밀혁명 가사를 하나 만들었다. 이 두 노래를 불렀다는 이유로 6개월 간이나 징역살이를 한 중학생이 상당히 많다. 나는 1925년에 서울에서 이런 곤욕을 치른 사람을 알고 있다.[74]

〈아리랑〉은 '위험한 사상'만큼 일제에게 '위험한 노래'였다. 〈아리랑〉에 새로운 가사들이 자꾸 만들어 불려지자 일제는 '아리랑'이란 말만 들어도 '사상'을 들고 나왔던 것이다. 현진건(玄鎭健)의 소설집 『조선(朝鮮)의 얼굴』에는 〈아리랑〉을 노래하는 「고향」이란 단편이 들어 있으며, 김동환(金東煥)의 『시가집(詩歌集)』에는 그의 창작민요 〈아리랑〉이 들어 있었다. 이 책들이 '치안(治安)'을 이유로 30년대 말기에 와서 '발행금지 처분[發禁]'을 당하는 것도[75] 이와 같은 '〈아리랑〉 탄압'과 무관하지 않을 것이다. 이밖에도 많은 동요·민요·창가집이 1912년경부터 출판금지 당하였다. 특히 30년대에 들어서 더욱 심하였다.[76] 그러나 〈아리랑〉의 경우, 이와 같은 금서처분(禁書處分)의 자료로서도 그 사정이 모두 설명되지는 않는다. 민요는 책으로 내지 않더라도 구전되기 때문에 금지했다는 자료와 사건이 구체적으로 남아 있기 어렵다. 가령 '위험한' 〈아리랑〉을 불렀을 때 그것은 대개 '풍속'이나 '치안' '사상' 문제에다 걸어 탄압하였던 것이다.

---

74) Kim San and Nym Wales, 앞의 책 참조.
75) 현진건의 『조선의 얼굴』(글벗집, 1926)은 1940년, 김동환의 『시가집』(三千里社, 1929)은 1939년에 각각 '治安'을 이유로 禁書처분 당함.
76) 「日帝下 禁書目錄」(『日帝下의 禁書 33卷』『신동아』 1977년 1월호 부록)에 따르면 『女工의 노래』, 『새 노래』 및 『歌謠集』, 『唱歌集』 등 20여 종이 이와 비슷한 이유로 각각 금서가 되어 있다.

5. 〈아리랑〉의 성격 발전

1) 민족예술운동으로의 확산

일본 제국주의의 민족문화·민족정신 말살정책에 의해 〈아리랑〉은 심각한 위기를 맞이하였다. 모든 수단과 방법을 동원하여 일제는 민족의 노래 〈아리랑〉을 변조, 탄압하였던 것이다. 그 결과 표면적으로는 〈아리랑〉이 탄식을 주로 하는 노래, 정감적인 한(恨)의 노래로 굳어지는 것 같았다. 그러나 탄압으로써 민족의 '잠재적인 노래'를 스러지게 하거나 민중의 '지하방송'을 아주 침묵하게 할 수는 없었다. 〈아리랑〉은 새로운 국면을 열어나가게 되었다. 그 일면이 민족예술운동으로서의 확산이며 또 한 면이 〈아리랑〉 자체의 항일 비판적·혁명적 성격의 발전이었다. 예술운동으로서의 '아리랑 운동'은 주로 예술 활동을 담당하는 식민지하의 비교적 양심적인 지식인들에 의해서 모색되었고, 〈아리랑〉 자체의 적극적 성격 발전은 빼앗기고 억압받는 민중과 항일투쟁에 나선 혁명운동자들에 의해 이루어졌다.

먼저 식민지 치하의 예술운동으로서의 아리랑 운동은 어떠하였는가. 그것은 〈아리랑〉 개작운동과 〈아리랑〉을 주제로 하는 장르 확산 운동으로 전개되었다.

〈아리랑〉 개작 운동은 일찍부터 추구되어 온 우리 민요의 개작 운동과 그 맥이 닿고 있다. 단재(丹齋)가 「천희당시화(天喜堂詩話)」에서 "만일 시계 혁명(詩界革命)자가 되고자 할진대 피(彼) 아리랑(阿羅郎)·영변동대(寧邊東臺) 등 국가계(國歌界)에 향하야 기(其) 완루(頑陋)를 개송(改誦)하고 신사상을 수입할지어다. 여차(如此)하여야 부녀가 개(皆) 오자(吾子)의 시를 독(讀)하며 아동이 개(皆) 오자의 시를 혁(革)하여 전국의 감정과 풍속이 비변(丕變)"[77]될 것이라고 한 주장에서 그 운동의 문화적 성격은 이미 드러나고 있는 것이다. 단재는 국문시가를 써야 한다는 주장뿐 아니라 〈아리랑〉 등의 민요에 신사상을 불어넣어서 민족의 감정과 풍속을 비변시켜야 한다고 보았다. 이 시기(1909년경)의 잡지나 신문들에 나오는 개작민요들이 썩 잘됨으로써 '국시운동'이 아주 성공적이었다고만 하기는 어렵겠지만 우리의 신문학, 특히 '항일 민족시' 계열의 시가작품에 일종의 영혼을 불어넣는 선구적 운동이 되었음은 알려진 일이다. 민요의 구조(舊調)를 신조(新調)로 바꾸어 개작하는 일이 이 운동의 창작수법의 한 특징이었음을 알 수 있다. 그러나 이러한 운동은 줄기차게 지속되지 못했던 것 같다. 민요의 개작에 관한 한 20년대 후기에 와서 몇몇 시인에 의해 다시 시도되었다. 이른바 민요시인이라고 불리는 몇 사람의 시풍(詩風)에서 민요조와 민요 개작이 나타나고 있었다. "최근 문단에서도 민요작가들이 〈아리랑〉같은 것을 시작(試作)하는 듯하다. 민요의 변천의 법칙적 형식에 의하여 리듬과 음향, 좋은 후렴 같은 것은 고요(古謠)의 것을 인용하고 알맹이만 작가의 창의에 의하여 현대인의 취향에 적합하게 작용(作謠)하는 것도 결코 무의미한 일은 아니라고 생각한다"78)는 말이 이때의 사정을 짐작케 한다. 그 한 예를 김동환(金東煥)에게서 들어보자.

김동환은 시조부흥을 반대하고 민요부흥을 주창하였다.

나는 일전(日前)에 함경도 지방을 여행하다가 길가에서 "바티 조흐면 신작로가 되구요 딸년이 입부면 청루(靑樓)에 팔린다 에헤야"하는 최근의 민요 1절을 처처(處處)에서 듣고 실로 금일의 다수(多數)한 사회 민중의 생활상을 그 짜른 구절과 눈물겨운 표현을 통하야 보여 줄 때에 벌서 민요부흥은 이론을 떠나서 실제화하고 있음을 새삼스럽게 늣기엇다.79)

---

77) 주) 31 참조. 근대문학 초기의 '國詩운동'과 그 의의에 대해서는 林熒澤의 「東國詩界革命과 그 歷史的 意義」(『韓國文學史의 視角』, 창작과비평사, 1984)가 자세히 다루었다.

78) 최영한, 「조선민요론」.

79) 김동환, 「朝鮮民謠의 特質과 其將來」, 『朝鮮之光』 82, 1929년 1월호.

라고 하면서 "신시(新詩)는 기교화하고 시조(時調)는 너무 고아화(高雅化)하고 한시(漢詩)는 난삽(難澁)을 극(極)하고 있을 때에 미덥즉한 것은 오직 야성적(野性的) 그대로의 표현과 내용을 가진 민요뿐"이므로 "조선민요의 문예운동은 그가 곧 우리들의 생활운동과 밀착한 관계를 가지고 있는 것임을 느낄 때에 더욱 민요의 발흥(勃興)에 전력을 다하여야 할 것"이라고 역설하였다.[80] 그의 민요에 대한 인식이 어느 만큼 발전적인가 하는 데는 문제가 있겠지만, 단순히 민요가 우리의 옛것이라는 정감적 호기심과 애착에 머물고 있는 것은 아닌 듯하다. 그러나 이러한 그의 주장이 뒷받침된 민요 개작의 실제는 아무래도 민요의 경우만큼 구체적 형상성과 공감을 전해주지 못하고 있다.

천리 천리 삼천리에
그립든 동무가 모와든다
　　아리랑 아리랑 아라리요
　　아리랑 고개를 어서 넘자
(…중략…)

서울 장안엔 술집도 만타
불평 품은이 노는게지
(이하 후렴 생략)

꼿치 안폇다 죽은 나물가
뿌리는 사랏네 꼿피겠지

약산 동대의 진달내 꼿도
한폭이 먼저 피면 따라피네

---

80) 위의 책.

삼각산 넘나드는 청제비 봐라
정성만 잇스면 어딀 못넘어

—〈아리랑 고개〉

　김동환이 『시가집(詩歌集)』에 발표한 개작민요 3편 중의 하나이다. 뿌리가 살아 있는 한 봄이 오면 꽃은 필 것이며, 한 포기가 먼저 피면 온 산의 진달래가 따라 필 것이라는 문맥에서 작자가 무엇을 말하려는지 그 의도는 짐작된다. 그러나 이러한 시인의 '의도'는 경험적 형상으로 구체화되지 않고 사변적으로 전달될 따름이다. 이렇게 설명적이어서는 민요가 가지는 총체적 경험으로서의 민중의 언어가 되기 어렵다. 사변적 합리성이 역사의 실제 경험(생활)을 충실히 표현할 수는 없다는 말을 새삼스러이 확인하게 된다. 서울에 술집이 많은 것은 불평 품은 이가 많은 까닭이라는 논리는 아무래도 '머리의 언어'이지 '몸의 언어'가 되지 못한다. 그래서 "아리랑 고개를 어서 넘자"고 한 적극적인 후렴도 그 효과를 반감시키고 말았다. 민중이 불러주는 〈아리랑〉이 되지 못하는 이유가 여기에 있을 것이다.[81]

　한편 아리랑 운동은 민요개작운동에만 머무르지 않고 여러 예술 영역으로 확산되었다. 문학에 있어서는 소설과도 연결되었고, 연극·영화에 있어서는 민족예술운동의 중심 테마가 되었다.

벗섬이나 나는 전토는 / 신작로가 되고요 ―
말마디나 하는 친구는 / 감옥소로 가고요 ―
담뱃대나 떠는 노인은 / 공동묘지 가고요 ―
인물이나 좋은 계집은 / 유곽으로 가고요 ―

---

81) 임동권의 『한국민요집』 Ⅲ, 425면에는 서울지방의 〈아리랑〉이라고 하여 바로 이 개작 〈아리랑〉이 실려 있다. 아마 누군가가 이 시가집의 것을 기억했다가 제공한 것으로 보인다. 다른 곳에서는 전혀 나타나지 않는다.

현진건(玄鎭健)의 단편소설 「고향(故鄉)」의 끝부분은 위의 〈아리랑〉으로 맺어 있다. 작중화자(作中話者)인 ‘나’와 주인공이라 할 ‘그’가 대구에서 서울까지 오는 기차에서 나눈 이야기가 모두이다. 현진건은 ‘그’라는 한 유랑농민의 과거와 현실의 빼앗긴 삶을 통해서 ‘조선의 얼굴’ 곧 일제 식민지 억압하의 민족의 형상을 파악한 것이다. 현진건은 「고향」이 실린 소설집의 제목까지 『조선의 얼굴』(1926)이라 했다. 그는 〈아리랑〉을 고향과 삶을 빼앗긴 농민의 ‘참말’로 보았으며 이를 조선의 얼굴, 민족의 형상으로 주제화하였다. 결국 이 소설집은 일제에 의해 금서(禁書)가 되었던 것이다.82)

나운규(羅雲奎)는 영화 〈아리랑〉(1926)으로 너무도 유명하다.83) 독립운동에 뛰어들고 옥고를 치른 그의 경력이 말해주듯이 나운규는 항일 저항의식에 투철했다. 그의 저항정신이 영화 〈아리랑〉으로 형상화됨으로써 〈아리랑〉은 한층 더 민족의 심금을 울리는 노래가 되면서 민족예술의 표상(表象)으로 자리잡았다. 〈아리랑〉은 그가 25살 때 고향 회령(會寧)에서 썼다. 대본뿐이 아니라 연출과 연기도 모두 자신이 해낸 무성(無聲)영화였다. 그는 주인공 ‘영진’을 미친 청년으로 설정함으로써 〈아리랑〉을 언제라도 부를 수 있게 하였고 영화의 장면과 장면을 미친 청년 영진이 부르는 〈아리랑〉을 통해 연결해 나갔다. 마지막에 가서는 제 정신을 회복하고 묶여가는 영진을 보내면서 온 마을사람들이 모두 〈아리랑〉을 부르도록 했다. 영화 속의 마을사람들뿐이 아니라 변사(辯士)를 따라 관중 모두가 〈아리랑〉에 참여하는 극적 효과를 거두었다. 남아 있는 변사 조월해(趙月海)의 레코드84)에는 〈아리랑〉이 여러 가지로 나오지는 않고 있어서 어떤 가사를 주로 불렀는지 정확히 알 수는 없지만 일제의 감시 속에서나마 때에 따라, 변사의 능력에 따라 여러 가사들을 활용하

---

82) 주) 75 참조.
83) 金源浩, 『羅雲奎 그 예술과 생애』, 白眉社, 1982 참조.
84) 金京鈺, 『黎明八十年』 4권, 創造社 1964 참조

였을 것으로 짐작된다. 나운규는 영화 〈아리랑〉을 통해서 민족예술운동
에 〈아리랑〉의 불길을 당긴 셈이다. 그는 또한 향토민요극 〈아리랑〉도
만들었다.

　박승희(朴勝喜)의 희곡 〈아리랑 고개〉(1929)는 토월회(土月會)에 의해 공
연되었다. 당시 『매일신보(每日申報)』의 연극평85)에 따르면, '길용'의 부
자(父子)가 쫓겨서 마을을 떠날 때 '봉희'와 동리 처녀들이 〈아리랑〉을
불러 그들을 송별함으로써 가는 사람, 남아 있는 사람, 관객 등 모두가
눈물과 비애에 잠기게 된다고 하였다. 〈아리랑〉의 내용도 이별과 비애
의 가사였다.

　　　　나를 버리고 가는 님은
　　　　십리도 못가서 발병 나네

　　　　청천 하늘엔 별도 많고
　　　　우리네 살림살이 말도 많다

　　　　서산에 지는 해는 지고 싶어 지고
　　　　나를 두고 가는 님은 가고 싶어 가나

　비탄조의 〈아리랑〉으로 끝맺는 일종의 신파극이었다. 영화 〈아리랑〉
이 나온 지 3년 뒤에 연극 〈아리랑고개〉는 또 한 번 감동과 충격의 마
당을 제공하였던 것이다. 연극사에서는 대체로 "감성적인 현실인식을
벗어나지 못한 작품"으로 지적되고86) 있지만 당시로서는 커다란 성과
이었음을 알 수 있다.

　이와 같이 〈아리랑〉이 여러 예술장르와 관련을 맺게 되면서 비로소

---

85) 『每日申報』, 1932년 1월 29일; 李杜鉉, 『한국신극사연구』(서울대 출판부, 1966)의
　　143면에서 재인용.
86) 柳敏榮, 『한국현대희곡사』, 弘盛社, 1982 참조.

이 노래는 민요를 향유해오던 민요 생활층의 범위를 넘어서서 크게 확산될 수 있었다. 그 결과 〈아리랑〉은 민족적 감정과 정서를 대변하는 예술운동의 중심 테마가 되었으며 동시에 비애와 감상주의적인 가사들, 연극 『아리랑고개』에서 불린 것과 같은 내용들이 유행됨으로써 한탄·탄식조의 무기력한 노래가 〈아리랑〉의 주된 성격인 양 일반에게 인식되기도 하였다. 물론 일제는 이러한 예술운동을 적극 방해하였다. 뿐만 아니라 '조선연극문화협회' 같은 반동적 친일단체를 조직하여 〈아리랑〉을 경희극화(輕喜劇化)하고, 연극경연대회를 열어 "국민에게 건전 명랑한 오락을 제공하여 직영봉공과 생산증강에 총력을 바치게"하며 "반도의 극예술을 새로운 방향과 이념으로" 발전시킨다는 허울 아래[87] 예술운동의 성격 자체를 변질시키고자 공작하였다.

2) 항일 해방투쟁으로서의 성격 발전

일제의 침략으로 인하여 우리 사회가 식민지 자본주의로 편입되는 과정에서 〈아리랑〉은 그 민족적 성격이 발전한다. 먼저 식민지 현실에 스스로 매몰되는 일면과 이에 대응하는 일면, 즉 현실인식에 있어서 갈등의 두 가지 모습이 나타난다. 다음으로 확인되는 점은 침략과 착취에 대한 생산층으로서의 각성 및 항일 비판의식의 성장, 그리고 적극적인 민족 혁명투쟁을 고취하는 노래로의 발전이다. 그러나 이러한 발전의 양상은 많은 노래 속에서 계기적·단계적으로 확인된다고 하기보다 뒤섞여 있는 가운데서 파악되는 몇 가지 특성이라고 하는 편이 옳을 것이다.

현실인식에 나타나는 갈등의 두 가지 모습은 〈아리랑〉에서 널리 보이는 점이다.

---

87) 이두현, 앞의 책, 278~280면 참조.

①삼베 질삼을 못한다고 날 가라면 가두야
　양권련 술아니 먹고는 나는 못살겠네

—〈정선아라리〉

　이웃집 서방님은 군도칼 차는데
　우리집 저 문딩이 정지칼 차네[88]

　시집살이를 할 마음은 도토리깍지로 하나요
　일본 동경 갈 마음은 연락선으로 하나라

—〈정선아라리〉

②삼대째 내려오던 놋그릇 대통
　양권련 바람에 도망을 간다

—〈아리랑세상〉[89]

　넓구 넓으네 마당신작로 백성이 닦다 말잖소
　하이칼래 상구야 머리는 맷날 공치사 맙시다

—〈정선아라리〉

　한짝다리를 달랑 들어서 부산 연락에 얹구요
　고향산천을 뒤돌아 보니는 눈물이 뱅뱅 돈다

—〈정선아라리〉

　①과 ②는 현실에 대한 시각과 삶의 자세에서 서로 대조적이다. ①이
"산차지 물차지는 총독부에 차지요 / 이내몸 차지는 누 차지가 되나"(정
선아라리)라는 탄식에서처럼 삶의 바탕을 빼앗긴 채 불안한 자신의 운명
을 현실 풍조에다 내맡기는 태도인 데 반해, ②는 현실 속에 던져진 자
신의 처지를 인식하려는 자세다. "양권련 연기에 집 떠나"가고, 하이칼

---

88) 김소운, 『조선구전민요집』, 322면.
89) 성경린·장사훈, 『조선의 민요』, 국제음악문화사, 1949, 7면.

라가 일제의 하수이며, 일본 동경이 낙원이 아니라는 사실을 깨닫게 되는 과정이 여러 면으로 노래되고 있는 것이다. ①의 노래들도 그것이 일제시대를 감상하게 하거나 그리워지게 하는 것이 아니라 기본적으로는 현실 속에 매몰되어버린 자신의 모습을 쓰라림 가운데서 발견하게 하는 갈등의 표현이다.

다음으로 많은 내용이 각성과 저항의 정신이다. 생산층으로서의 사회적 각성은 농민에게서 발견되고 비판과 저항은 도시를 비롯한 생활의 전부면에서 나타난다.

①노다가 죽어지는 것은 시내야 강물 고기요
　일하다가 죽어지는 건 우리야 농민 아닌가

―〈정선아리랑〉

　놀구먹는 일자신사도 우리 언설 들어요
　우리 농부 애태느니는 다 굶어 죽어

―〈정선아리랑〉

②목포야 유달산 새장구 소리
　고무공장 큰애기 발맞춰 간다

―〈진도아리랑〉[90]

　남자 인물이 잘난 것은 까막소로 가고
　여자 일색이 잘난 것은 기생으로 나간다

―〈정선아리랑〉

농민이 ①에서와 같이 각성함으로써 "못난 인물 잘나라고 화장품 공장이 생기고 / 없는 사람 고루 잘 살라고 협동조합이 생겼지"(정선아라리)라는 반어법적인 노래도 나온다. 모든 위선과 기만을 바로 보게 되어,

---

90) 임동권, 『한국민요집』 Ⅱ, 722면.

화장품 공장이 갈보를 양산하고 협동조합(일제 때의 어용조직을 말함)이 농민을 착취하는 것임을 확실하게 깨닫는다. ②에서는 일제의 침략전쟁을 위해 처녀들이 모두 공장으로 동원되는 세태를 비판하고, 훌륭한 청년, 꽃다운 처녀들이 하나같이 감옥이나 유곽으로 가게 되는 현실을 강렬하게 비판, 고발하였다. 〈본조(本調) 아리랑〉의 "말깨나 하는 놈 재판소 가고 / 일깨나 하는 놈 공동산 간다", "아깨나 낳을 년 갈보질 하고 / 목도깨나 메는 놈 부역을 간다"와 상통하는 것이다.

민중의 노래인 민요는 어떤 경우라도 철저히 항일적일 수밖에 없다. 일제의 식민지 통치는 요컨대 농민을 비롯한 광범위한 민중을 착취하는 것을 그 근간으로 하였기 때문에 본질적으로 민중과 일제는 철저히 원수가 될 수밖에 없었다. 여기에서 민중의 비판과 저항이 여러 가지 표현 형태로 나타나게 마련이다.[91] 〈아리랑〉이 이런 면에서 가장 활발했던 것은 물론이다. 그리고 〈아리랑〉은 적극적인 투쟁을 고취하면서 민족적 차원의 운동정신으로 확산되어 나갔다.

> 금도 싫고 은도 싫고 문전옥답 다 싫어
> 만주벌판 신경뜰을 우리 조선 주게
>
> —〈정선아리랑〉

이제 과거에 대한 미련과 회한에 젖어 있을 때가 아님을 민중은 깨닫는다. 만주로 시베리아로 독립군 양성을 위한 기지를 찾아 헤매던 수많은 독립투사들의 염원과 일치하는 노래이다.

> 삽교노 신마찌엔 게다짝 소리
> 상해나 홍구공원에 폭탄소리
>
> —〈삽교지방〉[92]

---

91) 근대민요의 이러한 특질은, 조동일의 「근대민요에 나타난 항일 비판정신」 참조.
92) 신경림, 「민요기행」 6, 『마당』 1984년 3월호.

윤봉길(尹奉吉) 의사가 홍구(虹口)공원에서 일왕(日王) 생일 경축식장에 폭탄을 투척했다는 쾌거의 소식을 듣고 삽교지방에서 부른 노래일 것이다. 국내에서 당면하고 있는 현실(삽교 거리의 게다짝 소리)도 투쟁하여 물리쳐야겠다는 적극적인 의지를 고취하는 내용이 그 속에 은밀하게 내재하고 있다. "감발을 하고서 백두산 넘어 / 북간도 벌판을 달려보세" 등 〈신아리랑〉을 만주에서 고쳐 부른 경우는 직접적인 표현이 강한 데 비해 앞의 노래는 국내의 여건에서 뜻을 은밀히 담는 암유적인 표현이 이루어지지 않을 수 없었을 것이다.

우리네 부모가 날 찾으시거던
광복군 갔다고 말 전해주소

광풍이 불어요 광풍이 불어요
삼천만 가슴에 광풍이 불어요

아리랑 고개서 북소리 둥둥 나더니
한양성 복판에 태극기 펄펄 날려요

이것은 〈광복군 아리랑〉[93)의 일부이다. 1940년대 본토 상륙작전을 앞두고 광복군은 감격의 승리를 확신하며 전투정신을 고양시키는 군가로서 〈밀양아리랑〉의 경쾌한 리듬을 따라 씩씩하게 이 노래를 불렀던 것이다.

여기에 새 자료 하나를 소개한다. 일제 침략시기 압록강 건너 만주로 시베리아로 탈출한 동포들이 즐겨 부른 노래이다. 여기에 소위 '나그네 의식' 따위는 없다. 쓰라린 투쟁의 길에 오른 민중들의, 거룩한 해방과 혁명을 기약하는 역사의식이 들어차 있을 뿐이다.

---

93) 독립군가 보존회, 『광복의 메아리』, 102면.

아리랑 아리랑 아라리요
아리랑 고개를 넘어간다
아리랑 고개는 열두구비
마지막 고개를 넘어간다

청천 하늘엔 잔별도 많고
우리네 가슴엔 수심도 많다
(후렴 생략)

아리랑 고개는 탄식의 고개
한번 가면 다시는 못오는 고개

이천만 동포야 지금 어디 있나
삼천리 강산만 살아 있네

압록강 건너는 유랑객이요
삼천리 강산도 잃었구나[94]

6. 맺음말

아리랑은 여러 가지 갈등을 자아화하면서 민중의식의 역사적 성장과 함께 전개·발전해 왔다. 그것이때로는 식민지 현실에 처한 민족적 위기의식의 자기 진단이기도 하고, 때로는 민중 스스로에 의한 민중 각성운동의 구체적 실상이기도 하다. 식민지 문화의식의 타성으로 인해 〈아리랑〉을 근대적 민중예술의 의미와 성격으로 이해하지 못했던 지난날

---

94) 이 노래는 주)1의 *Song of Ariran*에서 옮겼다.

의 시각들을 벗어나 이제 적극적이며 합당하게 해석하도록 노력해야
할 일이다. 〈아리랑〉은 그 자체로서 민중예술운동의 성격을 발전시켜오
고 있었기 때문이다.

해방 이후에도 새로운 〈아리랑〉은 만들어지고 있다. 민중의 생활 의
지와 민족의 염원이 담기는 노래가 각 곳에서 나오고 끊임없이 불린다.

> 논밭전지 쓸만한 거는 고속도로루 나갔고
> 시방시체 촌처녀는 식모살이루 나간다
>
> ─〈정선아리랑〉

> 만첩산중에 호랑나비는 말거미줄이 원수요
> 지금 젊으네 청년들은 삼팔선이 원수라
>
> ─〈정선아리랑〉

역시 분단현실과 오늘의 세태를 그대로 반영하는 노래들이다.

> 바람이 불라면 통일바람이 불고
> 풍년이 들라면 평화풍년이 들어라
>
> 지진이 날라면 동경대판에 나고
> 석유가 날라면 서산바다에 나거라
>
> 호랑이가 뛸라면 백두산까지 뛰고
> 봉황이 날라면 한라산까지 날아라[95]

재미있기는 하나 민요의 체험적 언어 특성과 거리가 있는 것 같다.
말 그대로 오늘날의 신민요다. 여기에 비해 다음 노래는 훨씬 더 생활
경험적인 표현이면서 간단하게 설명되지 않는 깊이가 있다. 논리로서의

---

95) 이 세 편은 역시 신경림, 「민요기행 6」에 소개된 서산지방의 신민요다. 제보자가 어
떤 가락으로 불렀는지는 모르나 〈아리랑〉임에 틀림없을 것이다.

깊이가 아니라 민중의 체험적 형상과 예지가 숨겨져 있다. 진실로 민족
의 '참말[眞言]'이라 하겠다.

> 사발그릇은 깨어지면 두세쪽이 나고요
> 삼팔선이 깨어지면 한 덩어리가 된다.[96]

---

96) 이 노래는 정선지방에서 널리 불리는 새로운 〈아라리〉다.

아리랑소리의 근원(根源)과
그 변천(變遷)에 관한 음악적 연구(研究)

이보형

1. 머리말

한동안 아리랑의 근원(根源)을 밝히고자 하는 많은 선행연구가 있었던 것으로 안다. 필자가 알고 있는 아리랑 연구서나 보고서에 보면 아리랑의 근원을 밝힌 지금까지 발표된 제 학설(諸學說)이 열거되고 있는데 대충 꼽아 봐도 아랑설(阿娘說), 알영설(閼英說), 아이롱설(我耳聾說), 아이롱설(啞而聾說), 아리랑설(我離娘說), 아랑위설(兒郎偉說), 아미일영설(俄美日說), 낙랑설(樂浪說), 알리오설, 아리령(嶺)설, 구음설(口音說, 후렴설), 아린설, 알설, 아리설, 아라리설, 메아리설 기타 등등 20여 종에 이르는 것 같다.[1]

그런데 아직도 아리랑의 근원문제를 풀고자 하는 글들이 더러 나오는 것을 보면 아리랑의 근원문제는 아직도 해결할 부문이 있는가 싶다. 이는 아리랑의 근원을 밝히는 작업이 그렇게 단순하지 않다는 것을 말하고 있는 것 같다. 만일 아리랑의 근원이 쉽게 밝혀지지 않는 것이 혹시 그 연구방법에 문제가 있었던 것이라면, 필자가 전공으로 하는 음악학적(音樂學的) 측면에서 아리랑의 근원문제를 푸는 데 공헌할 일이 없을까 생각한다.

위에 보인 여러 아리랑연구 논문들을 살펴보면 더러는 아리랑의 근원을 밝히는 방법론에 문제가 있었던 것 같다. 우선 〈아리랑〉의 근원에 대한 연구라 할 때, 마땅히 아리랑이라는 민요 자체의 근원에 대한 연구가 선행되어야 하지만 실제는 이것을 접어 두고 아리랑이라는 민요 이름의 어원(語源)에 대한 연구이거나, 아리랑 노랫말의 근원에 대한 연구이거나, 아리랑 곡조의 근원에 대한 연구에 매달리고 있다는 생각이 든다.

만일 민요의 이름의 어원을 캐는 데서 그 민요 자체의 근원을 캐고자 할 때에는, 반드시 그 민요의 이름이 민요 자체의 근원과 관계가 있다는 논증을 해야 할 것이다. 양자가 관계가 없는 것이라면 그 이름의 어원을 캐는 것이 그 민요 자체의 근원문제를 푸는 데 아무런 의미가 없기 때문이다. 사실 경우에 따라서는 민요의 제목이라는 것이 민요의 실체와 관계없이 자의적(恣意的)으로 메겨지는 예가 더러 있는 것을 볼 수 있다.

예를 들어 경기민요 천안삼거리(天安三巨里)를 그 이름을 두고 이 민요의 근원을 캐본다고 가상해 볼 수 있을 것이다. 이 민요의 실체는 본디 〈흥타령〉이다. 다만 첫 절의 노랫말이 우연히 "천안 삼거리 능수버들 / 제멋에 계워서 늘어졌네 / "하는 조선시대 여러 민요에서 두루 유행하던 노랫말을 골라 쓴 것에 지나지 않는다. 이렇게 보면 〈천안삼거리〉라는 민요 이름은 흥타령의 근원을 캐는 데 도움을 주지 않는다고 할

---

1) 임동권, 「아리랑의 起源에 대하여」, 『韓國民俗學』 제1집, 민속학회, 1969; 김연갑 편저, 〈아리랑〉, 현대문예사, 1986, 235~236면.

수 있다.2)

민요 이름으로 그 민요 자체의 근원을 캔다는 것이 무의미할 수도 있다는 것을 보여주는 예로 서도민요 난봉가를 들 수 있다. 난봉가는 옛날에 〈동풍가(東風歌)〉라 하였고, 근래에 〈난봉가〉라 하였고, 지금 이북에서는 〈정방산성가(定方山城歌)〉라 한다. 이는 당시에 여러 민요에 두루 유행하던 사설 가운데 첫절(節)을 어느 것으로 택하느냐에 따라 "슬슬이 동풍(東風)에 궂은 비 오고요" 하는 장절(章節)을 택하게 되면 동풍가라 이르는 것이고, "난봉이 났네 난봉이 났네 부자 집 도령이 난봉이 났네" 하는 장절을 택하게 되면 난봉가라 이르는 것이고 "定方山城 樹木이 鬱蒼" 하는 장절을 택하였으면 정방산성가라 이르는 것일 뿐이다. 이런 이름들이 이 민요의 근원과는 아무런 관련이 없다는 것은 자명한 일이다. 그런데도 이름에 집착한 나머지 난봉가는 '임을 만나기 어려운 심정을 노래'한 것으로 난봉가(難逢歌)라 이른 데서 비롯되었다고 하는 설이 나오는데 이것이 무의미하다는 것은 '난봉'이라는 노랫말이 나온 출처를 보면 곧 알 일이다.

그렇다고 아리랑의 이름에 대한 어의나 어원을 캐는 것이 아리랑의 근원을 캐는 데 무의미하다는 것이 아니다. 아리랑이라는 이름의 어의나 어원을 캐었으면 반드시 이것이 아리랑이라는 민요 자체의 근원과 관계가 있다는 것을 증명해야 한다는 것이다. 그렇지 않으면 이것이 천안삼거리나 난봉가의 경우처럼 무의미한 것이 아니라는 보장이 될 수 없다.

그럼 지금까지의 발표된 아리랑의 근원에 대한 연구 논문에서 그 아리랑의 어원과 민요 자체의 근원과 관련이 있다는 논증이 이루어지지 못하였다고 보는 이유는 무엇인가? 필자는 아리랑의 근원을 밝히려면 먼저 아리랑이라는 민요의 개념부터 설정해야 하는 것이고 다음에 그

---

2) 조선시대 고악보에는 「홍타령」으로 나온다.

런 개념에서 그 많은 아리랑 유형 가운데 어느 유형의 아리랑이 아리랑 소리의 근원이 되는지 밝히고 그 유형의 아리랑과 아리랑의 어원과 관련이 있다는 논증을 해야 한다고 보기 때문이다.

아리랑의 근원을 파헤치기에 앞서 아리랑이라는 민요 자체가 무엇인가 하는 실체부터 규명해야 할 것이다. 아리랑이라는 민요 자체는 아리랑 곡조만도 아니고 사설만도 아니고 이름만도 아니다. 그럼 아리랑의 개념을 어떻게 규정할 것인가? 필자는 본문에서 '아리랑 아라리 아라성' 하는 아리랑이라는 말이 들어가는 뒷소리를 갖추고 있는 민요를 가리키는 것이라고 아리랑의 개념을 규정하고자 한다. 그렇게 봤을 때 뒷소리가 다르게 된 긴아리나 자진아리나 어랑타령을 아리랑으로 보는 견해는 잘못이라 할 것이다.3) 어랑타령의 경우에 그 뒷소리의 '어랑'이라는 입타령이 나오지만 이것이 아리랑과 관련이 있는 것인지 고증되지 못하였고 곡조도 여느 아리랑과 관련이 있다는 증거가 없다. 그러고 보면 어랑타령으로 된 〈원산아리랑〉을 아리랑에 넣는다는 것은 재고해야 할 것이다.

앞에서 '아리랑이라는 말이 들어가는 뒷소리를 갖추고 있는 민요'라 하였는데 여기에서 '민요'라는 개념이 문제가 된다. 많은 경우에 민요의 개념을 규정하지 않고 민요를 논하고 있는 것이 민요연구방법에 문제가 된다. 필자는 본문에서 '민요'란 '민속문화(民俗文化) 행위(行爲)로 전승되는 가요(歌謠)'라고 민요의 개념을 규정짓고자 한다. 이렇게 볼 때 민요행위로 전승되지 못한 호사가(好事家)들이 지은 수많은 아리랑 사설을 아리랑이라 하는 것과 민속문화 행위로 전승되지 못하고 대중문화 행위로 그친 영암아리랑과 같은 대중가요를 아리랑이라 하는 것도 있을 수 없다고 보는 것이다. 이렇게 보면 김연갑의 〈아리랑〉에 보이는 많은 아리랑 사설 가운데에는 '아리랑이라는 민요'로 볼 수 없는 것들

---

3) 구사노(草野妙子), 『아리랑의 노래』, 日本 東京 : 白水社, 1984; 김연갑, 〈아리랑〉, 現代文藝社, 1986.

도 더러 있을 것이다.[4]

그런데 아리랑이라는 민요 자체가 유형이 많고 그 연행되는 민속문화 행위가 저마다 달라서 이것을 한가지로 규정짓기 어렵게 되었다. 그것은 다른 민요와 비교하여 보면 알 수 있다. 예로부터 우리 대표적인 민요로 음악인들은 육자배기, 수심가(愁心歌)를 꼽아 왔지만 근래에는 여기에 아리랑을 함께 꼽는 이도 있다. 그런데 아리랑은 육자배기나 수심가와 다른 몇 가지 특성을 지니고 있는 것을 알 수 있다.

육자배기와 수심가의 경우는 흔히 소리꾼이 스스로 즐기기 위하여 부르거나 항수자를 즐기기 위하여 불러주는 가창행위로 연행되므로 이 민요의 가창집단(歌唱集團)이나 그 전승문화(傳承文化) 유형(類型)이 쉽게 가려지는데 견주어, 아리랑의 경우는 소리꾼이 즐겨 부르는 경우도 있고, 농군들이 농사를 지으며 부르는 경우도 있고, 나무꾼들이 나무하며 부르기도 하고, 아낙네들이 나물 가며 부르기도 하여 가창집단을 한가지로 가려내기도 어렵고 전승문화 유형도 한가지로 가려내기 어렵게 되어 단순하지 않다는 것이다.

또 전라도 육자배기, 평안도 수심가 하듯이 육자배기와 수심가는 전승지역이 분명한데 견주어 아리랑은 강원도아리랑·진도아리랑·경기아리랑·밀양아리랑 등 지역에 따른 명칭도 많고 또 본조아리랑의 경우는 국내는 어디에서나 널리 퍼져 있을 뿐 아니라 해외에까지 널리 퍼져 있어 전승지역이 매우 복잡하게 되었다.

형태구조를 보면 육자배기는 긴육자배기와 자진육자배기로, 수심가는 평수심가와 엮음수심로 간단히 분류되는데 견주어 아리랑은 긴아리랑·자진아리랑·엮음아리랑 그 밖에 아리랑마다 형태도 달라서 매우 복잡하게 되었다는 것이다.

가락을 보면 대체로 민요는 저마다 고유의 선법적(旋法的) 토리를 지

---

4) 김연갑, 위의 책.

니고 있다. 육자배기의 경우에는 긴육자배기나 자진육자배기나 이른바 육자배기토리[南道調]로 되었고 수심가의 경우에도 평수심가나 엮음수심가나 이른바 수심가토리[西道調]로 되어 그 민요의 가락토리가 쉽게 가려지는데 견주어 아리랑의 경우는 강원도아리랑은 메나리토리, 본조아리랑은 경토리, 진도아리랑은 육자배기토리로 되어 저마다 여러 가지 토리로 되었다.

아리랑이 여느 민요와 달리 매우 복잡한 여러 가지 유형으로 되어 있는 아리랑군(群)이라 한다면 하위 범주의 아리랑도 저마다 근원문제를 달리하고 있을 것이다. 그러니 아리랑의 근원이 되는 아리랑이 어느 유형의 아리랑이냐 하는 것과 그 아리랑의 근원이 상위 범주의 아리랑군의 근원문제와 어떤 관련이 있느냐 하는 증거를 제시하는 것이 필요하다고 보는 것이다.

먼저 아리랑이라는 민요 자체의 근원을 밝히는 문제에서 아리랑이라는 민요이름의 근원문제를 제쳐두고 아리랑의 특성에 따라 유형을 가르고 그 유형마다 근원을 밝혀 모든 아리랑의 근원이 되는 아리랑을 규명하여야 할 것이다. 그리고 그 아리랑군의 근원이 되는 아리랑의 근원과 관련지어 아리랑의 이름의 어의나 어원을 살펴야 할 것이다.

지금까지 아리랑이라 할 때 그 수많은 유형을 총칭하는 상위 범주냐 아니면 그 많은 유형 가운데 어느 한 가지 유형을 가리키는 하위 범주냐 하는 변별이 되지 않은 경우가 많았다. 필자는 이를 변별하기 위하여 수많은 아리랑군을 총칭할 때에는 '아리랑소리'라 이르고 개개의 아리랑 유형을 가리킬 때에는 강원도아라리·밀양아리랑·진도아리랑 등과 같이 개별 명칭을 불러 양자를 변별하자는 것이다.

필자는 아리랑의 유형과 그 근원에 관한 견해를 이미 1986년 10월에 민학회(民學會)가 주관하는 '아리랑 말잔치'라는 세미나에서 발표한 바 있고 이 발표논문이 1987년 「아리랑에 관한 음악적 고찰」이라는 이름으로 '민학회(民學會)'에서 발간하는 회지(會誌) 『민학회보(民學會報)』 15

에 발표한 바 있다.[5] 그런데 이 회보(會報)가 전문적인 학술지가 아니고 동호인(同好人)들의 회지였기 때문에 이 회보에 논문이 실리면서 내용을 간단하고 평이하게 개고하였고 또 편집인들이 각주(脚註)와 악보(樂譜)를 삭제하여 버렸기 때문에 매우 불비한 상태로 발표되고 말았다.

이번 민요학회지에 발표되는 이 논문은 1986년에 이루어진 민학회(民學會) 세미나에서 발표되었던 원고를 토대로 정리한 것이다. 민학회보에 발표되었던 논문을 토대로 여기에서 빠졌던 부분을 복원하고 내용을 전문적인 학술지의 논문형식으로 복원한 것이다. 그러므로 발표되는 논지는 1986년을 시점으로 하는 것이고 동원되는 음악이론과 학술용어는 1997년을 시점으로 하는 것임을 말해두고자 하는 것이다.

2. 아리랑소리의 유형(類型)과 그 전승문화(傳承文化)

아리랑소리는 수많은 종류가 민요연구 문헌자료에 많이 보이고 유성기 음반을 비롯한 많은 종류의 음반 및 기타 음향자료에도 보인다. 이들 문헌자료와 음반자료에 나타난 아리랑 소리들을 전승지역(傳承地域)대로 추리고 가락의 특성, 사설의 특성, 전승문화(傳承文化)의 특성을 따져 그 근원(根源)이 되는 아리랑을 가리고자 한다.

---

5) 民學會, 『民學會報』 15, 1987, 3~12면.

1) 아리랑소리의 전승지역(傳承地域)과 유형(類型)

민요연구 문헌자료에 소개된 아리랑소리는 매우 많지만 우선 다음과 같은 문헌에 소개된 것을 추려 보아도 매우 많은 것을 볼 수 있다.

1930년 6월에 발간된 『조선』152호에 실린 김지연(金志淵)의 「조선 민요 아리랑」이라는 글에는, 신아리랑·별조아리랑·아리랑타령·원산아리랑·밀양아리랑·강원도아리랑·아리랑세상·서울아리랑·정선아리랑·영일아리랑·서산아리랑·하동아리랑·정읍아리랑·순창아리랑·공주아리랑·양양아리랑·창녕아리랑·구례아리랑·아리랑고개·남원아리랑 등 20여 종의 아리랑소리의 이름을 소개하였다.

1959년에 발간된 성경인(成慶麟)·장사훈(張師勛) 공저 「조선의 민요」[6]에는 본조아리랑·밀양아리랑·강원도아리랑·진도아리랑·긴아리랑·신아리랑·별조아리랑·아리랑세상과 같은 아리랑소리를 소개하고 있다.

1948년에 방종현(方鍾鉉)·김사엽(金思燁)·최상수(崔常壽) 공편 『조선민요집성』에는 춘천아리랑·강원도아리랑·상주아리랑·김천아리랑과 같은 아리랑소리를 소개하였다.

1961년에 간행된 임동권(任東權) 편 『한국민요집』[7]에는 서울아리랑·원산아리랑·강원도아리랑·정선아리랑·춘천아리랑·밀양아리랑·진도아리랑·신아리랑·본조아리랑·아리랑세상·긴아리랑·광복군아리랑·태평아리랑·아리랑타령과 같은 여러 아리랑이 소개되었다.

1970년에 발표한 김진균(金晋均) 박사의 논문에서는 원형아리랑·영천아리랑·밀양아리랑·함경도 단천아리랑·함경도 온성아리랑·서북아리랑·경기아리랑·강원도 고성아리랑·경상도 긴아리랑·진도아리랑·정선아리랑·긴아리랑·경상도아리랑·강원도아리랑 등 14종의 아리랑소리를 다루었다.

---

6) 成慶麟·張師勛, 『朝鮮의 民謠』, 國際音樂文化社, 1959.
7) 任東權, 『韓國民謠集』 Ⅳ, 集文堂, 1961.

1984년에 낸 구사노 교수의 「아리랑의 노래」에는 경기도아리랑·정
선아리랑·강원도아리랑·밀양아리랑·진도아리랑·긴아리랑·긴아
리·자진아리·해주아리랑을 다루었다.

김지연·방종현·임동권과 같은 저자의 사설연구 문헌에서는 곡조가
같더라도 제목이 다르거나, 전승지역이 다르거나 사설이 다르면 종류가
다른 아리랑소리로 보았고 성경린·김진균·구사노와 같은 저자의 음
악연구 문헌에서는 제목이나 전승지역이나 사설이 다르더라도 곡조가
같으면 같은 종류의 아리랑소리로 보았다.

본 논문은 아리랑소리의 음악적 연구논문이기 때문에 대체로 음악연
구 문헌에 나타나는 아리랑소리 분류방법을 따르는 것이지만 반드시 같
은 음악연구이기 때문에 음악연구자의 논지를 따른다는 것은 아니다.
위에 민요의 사설연구 문헌에 보이는 그 많은 아리랑소리가 실제로는
아래에서 밝힌 바와 같이 같은 종류의 아리랑을 두고 다르게 부르는 경
우가 많기 때문에 같은 것을 합쳐 이를 유형화하기 위함이다. 실제로는
같은 종류의 아리랑인데도 제목이 다르거나 전승지역이 약간 다르다거
나 사설이 좀 다르다고 하여 다르게 분류하게 되면 같은 민요가 수도 없
이 많은 종류의 하위 범주로 분류되는 혼란이 일게 되는 것이다. 범주가
같은 민요를 서로 다르게 분류하려면 그렇게 분류하는 기준을 세워야
할 것이다. 그런 기준이 없이 분류하게 되면 오히려 혼란만 주게 된다.

필자는 아리랑소리의 근원이 되는 아리랑을 가려내기 위하여 위 문
헌에 나타난 아리랑소리들을 전승지역대로 추리고 여기에서 곡조가 같
은 것들끼리는 비록 전승지역이 다르고 사설이 다르더라도 상위 범주
로 하나로 묶고 나서 상위 범주로 분류된 것을 다시 문화적 기능과 사
설에 따라 하위범주로 분류하고자 한다. 그리고 그 문화적 기능이 기층
민속문화행위로 연행되느냐 아니면 대중유행문화행위로 연행되느냐를
가릴 것이다. 아리랑소리의 근원은 넓은 지역에 고루 기층민속문화행위
로 연행 전승되는 아리랑이라고 보기 때문이다.

(1) 강원도지역 아리랑소리

위 문헌에 소개된 아리랑소리 가운데 강원도지역과 관련된 것은 강원도아리랑·춘천아리랑·정선아리랑·강원도 고성아리랑 등이 있다. 다른 문헌에는 원주아리랑·양양아리랑·통천아리랑·학산아라리·강릉아라리·인제아리랑 등이 보이지만, 인제아리랑·춘천아리랑·원주아리랑·통천아리랑 등이 강원도 긴아라리의 하위 범주에 들고 강원도아리랑·양양아리랑·학산리아라리·강릉아라리가 모두 강원도 자진아라리 하위범주에 들며 정선아리랑·강원도 엮음아리랑이 모두 강원도 엮음아라리의 하위 범주에 드는 것처럼 강원도 지역과 관련된 아리랑소리들은 결국 강원도 긴아라리·자진아라리·엮음아라리의 범주에 들고 있다. 그리고 엮음아라리는 긴아라리의 파생곡이다. 뒷소리에 아리랑이라는 입타령이 나오지 않지만 한오백년은 문헌에 보이는 경기도 아리랑세상의 사설을 따서 강원도 긴아라리의 곡조에 얹은 신민요로 보인다. 충청북도 음성아라성·안성 모심기아리랑·양평 모심기아리랑과 같은 것도 강원도 긴아라리에 속한다.

가. 강원도 자진아라리(강원도 아리랑)

강원도 자진아라리를 서울에서는 「강원도 아리랑」이라 이르고 있다. 문헌에 보이는 강원도아리랑·양양아리랑·학산리아라리·강릉아라리라 하는 것들이 모두 강원도 자진아라리의 하위범주에 드는 것들이다.

지금까지 강원도 자진아라리(강원도 아리랑)는 엇모리장단(8분의 10박자)으로 된 것으로 알려졌다. 그러나 강원도 자진아라리는 어느 것이나 3,2소박2박2대박2대대박자구조(엇모리 두 장단)[8]에 여느리듬형이 이루어지고 여느리듬형 둘이 집합되어 앞소리를 이루고, 여느리듬형 둘이 집합되어

---

8) 박자구조에 관한 것은 아래 문헌을 참고할 것. 이보형, 「리듬형의 形態構造 및 統辭構造와 그 變化」, 『民族音樂』 第19輯, 서울대 東洋音樂研究所, 1997.

뒷소리를 이루고 있다. 선법(旋法)토리는 메나리토리로 되었다. 뒷소리 선율(旋律)은 「/미—미/미—//라—라/라 도′///레′—도′/레′도′라// 미——/——/」로 되어 「미—라—도′—레′—도′—라—미」하고 선율형 (旋律型)은 산형(山型)으로 되었다(악보 1).

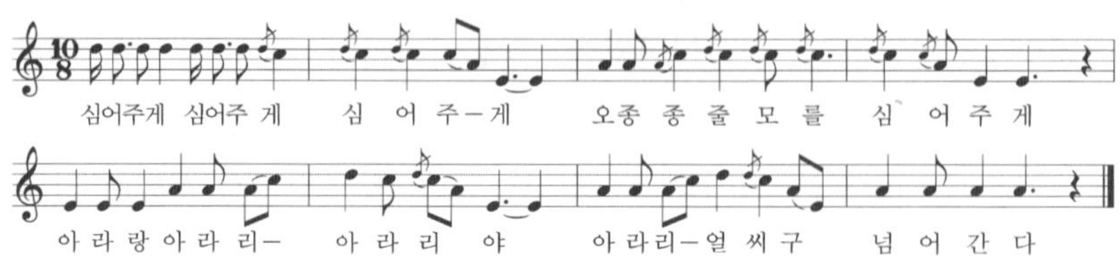

<악보1>　　　　　　　　　　강원도 자진 아라리

이 범주에 드는 아리랑소리에는 농요나 노동요로 불리어지는 것도 있고 즐기는 소리로 불리어지기도 한다.

학산아라리, 강릉아라리 하는 것처럼 강릉·명주·양양·고성·평창 등 영동지역에서는 농군들이 모심으며 강원도 자진아라리를 부르는 경우가 많다.

　　심어주게 심어주게 심어주게
　　오종종 줄모를 심어 주게
　　아리 아리 아리 아리 아라리야
　　아라리 얼씨구 넘어간다.

　　　　　　　　　　　　　　　—〈학산리 모심기 자진아라리〉

뒷소리는 일정하지 않으나 대체로 아래와 같은 것들이 많이 불리어진다.

　　아라리야 아라리야 아라리야
　　얼었다가 녹아지니 정월이라

아리 아리 아리 아리 아라리요
아라리고개로 넘어간다

아리 아리 쓰리 쓰리 아라리야
아리 아리 얼씨구 넘어간다

원주·횡성·양평·여주·음성 등지 나물타령의 경우와 같이 강원
도, 경기도 동부, 충청도 동북부 지역에서 아낙네들이 보나물 가며 자진
아라리를 부른다.

나물가세 나물가세 보나물 가세
우리야 삼동세 보나물 가세

모시대 참나물 우거진 골로
우리야 삼동세 보나물 가세

-〈양평 나물타령〉

원주·횡성·양평·음성·영동 등지 방아타령처럼 강원도·경기도
동부·충청도 동부지역에서 아낙네들이 방아타령으로 자진아라리를 부
른다.

덜크덩 덜크덩 찧는 방애
언제나 다 찧고 밤 마실 갈까

-〈중원 방아타령〉

강원도 자진아라리는 즐기는 소리로도 불리어졌고 드디어 소리꾼들
이 부르는 소리가 되었고 서울에는 〈강원도 아리랑〉으로 알려지게 되
었다. 서울에서 소리꾼들이 강원도아리랑을 즐겨 부르면서 유성기 음반
에도 많이 취입하게 되었다. 서울에서 불리어지는 강원도아리랑은 리듬

이나 선법이나 선율은 강원도 자진아라리와 비슷하나 시김새가 좀 다르게 변하였다. 유성기 음반으로 나온 것에는 이옥화, 이은주가 부른 것이 있다.

일제 때 나온 리갈 C198-B에서 이옥화(李玉花)가 부른 강원도 아리랑의 노랫말은 다음과 같다.

> 아리랑 아리랑 아라리요
> 아리랑 정자로 넘어간다
> 만나보세 만나보세 만나보세
> 아주까리 정자로 만나보세

―〈강원도 아리랑〉

이 음반에는 앞소리 다음에 반드시 뒷소리가 나오지 않고 앞소리만 계속되는 부분도 있고, 경상도 정자소리에서 흔히 볼 수 있듯이 안짝 밧짝으로 두 장절이 대구(對句)를 이루는 경우도 있다. 또 뒷소리의 노랫말도 한 가지로 붙박힌 것이 아니고 마루마다 여러 가지로 다르게 되어 있는 것을 볼 수 있다.

> 아리 아리 아리 아리 아라리요
> 아리 아리 얼씨구 노다 가세
>
> 아리 아리 아리 아리 아라리요
> 아리 아리 얼씨구 넘어간다
>
> 아리 아리 아리 아리 아라리요
> 얼마나 좋아서 내 품을까

해방 후에 나온 킹스타 K6656에서 이은주(李銀珠)가 부른 강원도 아리랑은 다음과 같은 노랫말로 되어 있다.

아리 아리 스리 스리 아라리요
아리 아리 고개로 넘어간다

만나보세 만나보세 만나보세
아주까리 산처로 만나보세

나. 강원도 긴아라리(엮지 않는 정선아리랑)

〈강원도 아리랑〉이라 이르는 아라리를 〈자진아라리〉라 하므로 그 상
대적인 아라리를 필자는 〈긴아라리〉라 불러서 서로 변별하고자 한다.

아래에서 살핀 바로는 강원도 지역에는 본디 긴아라리와 자진아라리
두 아리랑소리가 전승되던 것이나 서울에서 자진아라리를 〈강원도 아
리랑〉이라 이르고 긴아라리에서 파생된 엮음아라리를 〈정선아리랑〉이
라 이르고 긴아라리는 마땅한 이름으로 부르지 않기 때문에 자진아라
리와 엮음아라리는 널리 알려졌으나 긴아라리는 모르고 있는 이가 많
다. 그래서 서울에서는 엮지 않는 정선아리랑이라는 궁색한 말로 설명
해야 되는 경우가 많다. 그러나 강원도 본바닥에서는 엮음아라리보다
엮지 않는 아라리가 보편적일뿐 아니라 이 긴아라리가 정선뿐만 아니
라 강원도 전 지역과 그 인근지역에 두루 전승되고 있다.

위 문헌에 보이는 춘천아리랑·정선아리랑·원주아리랑·통천아리
랑·인제아리랑 등이 강원도 긴아라리의 하위 범주에 드는 것들이다.

강원도 긴아라리(엮지 않는 정선아리랑)는 세마치장단(8분의 9박자)으로 된
것으로 알려졌다. 3소박3박2대박2대대박자구조(세마치 네장단)에 여느리
듬형이 이루어지고 여느리듬형 둘이 집합되어 앞소리를 이루고 여느리
듬형 둘이 집합되어 뒷소리를 이루고 있다. 선법(旋法)토리는 메나리토
리로 되었다. 뒷소리 선율(旋律)은 「/ 미라미 / 미－－ / －－－ // 미라미 /
미－－ / －－－ /// 라－－ / 라도′－ / 레′도′－ // 라－－ // －－－ / 라도′
－ / 」로 되어 선율형(旋律型)은 「미－라－도′－레′－도′－라」하고 자진

아라리처럼 산형(山型)으로 되었다(악보2).

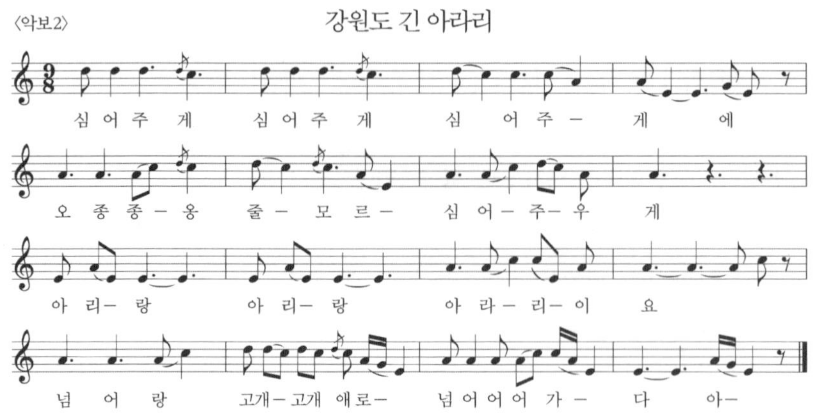

이 범주에 드는 아리랑소리에는 농요나 노동요로 불리어지는 것도 있고 즐기는 소리로 불리어지기도 한다.

원주아라리, 횡성아라리 하는 것처럼 원주·영월·평창·정선·양구·춘천·양평·여주·음성 등 강원도 영서지역과 경기도 동부, 충청도 동부 지역에서는 농군들이 모심으며 강원도 긴아라리를 부르는 경우가 많다.

    심어주게 심어주게 심어주게
    원앙에 줄모를 심어주게
    아리랑 아리랑 아라리요
    아리랑 고개로 넘어 간다.

                              ─〈횡성 모심기 긴아라리〉

    아라리야 아라리요
    아리랑 얼싸 아라송아
    이 논배미다 모를 심어

장 잎이 훨훨 나 영화로다

-〈음성 아라성〉9)

횡성 울어리처럼 강원도에서는 김매기에도 긴아라리를 부르는 경우
가 있다.
강원도 영서지역과 중원지역에서는 나무꾼들이 나무짐 지고 오면서
〈갈 꺾는 소리〉라 하여 긴아라리를 부른다.

보소 역군아 말들어 보자
절초에 떡갈 잎만 골라만 줍소사
아리랑 아리랑 아라리요
아리랑 고개로 나를 넘겨만 줍쇠사

이월 삼월 잔디잎은 새싹이 나고
소만만중 그 시기에는 떡갈잎만 피었네

-〈음성 갈 꺾는 소리〉10)

인제지역에서는 〈뗏목 아리랑〉이라 하여 벌목꾼들이 뗏목을 타고 재
목을 나르며 긴아라리를 부르기도 하였다.
강원도와 그 인근지역에서는 주민들이 즐기는 소리로 긴아라리를 많
이 불렀고 이것이 한 때 서울에 전하여 불리어졌으나 여기에서 경기도
긴아리랑이 생기고 또 강원도에서 긴아라리의 파생곡인 한오백년이 보
편화 되면서 서울에서는 한오백년으로 대체되고 말았다.

---

9) 충청북도 중원군 신이면 마수리의 〈모내기아라리〉, 『뿌리깊은나무 팔도소리-충청
　도 편』; 忠淸北道編, 「충북중원아라리」, 『韓國民俗綜合調査報告書』 7冊, 文化財管
　理局, 1977.
10) 上同.

다. 강원도 엮음아리랑(정선 아리랑)

강원도 엮음아라리를 서울에서는 〈정선아리랑〉이라 하여 널리 알려
졌지만 엮음아리랑이 반드시 정선에서만 불리어지는 것이 아니라 평창
을 비롯하여 강원도에 널리 불리어지던 것이다. 강원도 엮음아라리가
긴아라리에서 파생되었다는 것은 아래 장(章)에서 다시 다루고 있다.

엮음아라리 선율은 앞소리는 불규칙장단으로 되었고 뒷소리는 긴아
라리의 경우와 같다. 선법적 토리도 같다. 대개 긴아라리를 부른 끝에
불리어지는 것이나 흔히 불리어지는 것은 아니다. 엮음아라리 노랫말은
다음 장(章)에 엮지 않은 것과 엮는 것을 대비하여 기재하였다(악보3).

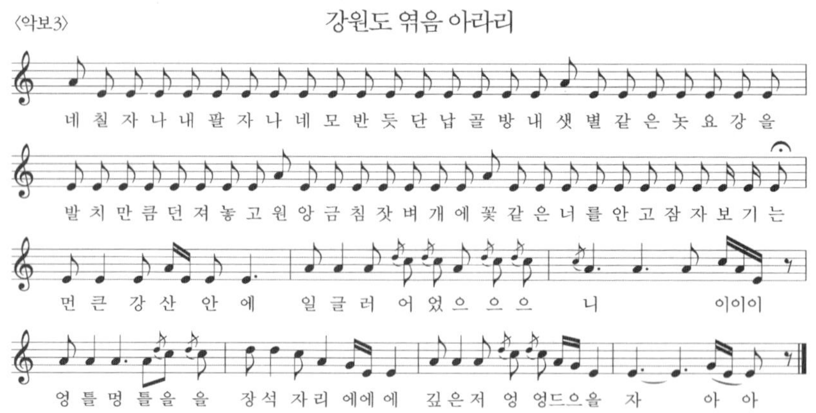

강원 엮음아라리는 서울에서 정선아리랑으로 알려졌고 경기소리 명
창들이 불러서 더욱 유명해졌다. 서울에서는 소리꾼들이 강원도 엮음아
라리의 시김새를 약간 서울식으로 고치고 사설도 새로 짓고 하여 정선
아리랑이라는 이름으로 새로운 소리로 발전시켰다. 해방 후에 나온 음
반 도미도 D1024에서 김옥심(金玉心)이 부른 정선아리랑이 유명한데 그
노랫말은 다음과 같다.

　　　　태산준령 험한 고개 칡넝쿨 얽흐러진 가시덤불 헤치고 시냇물 구비치는 골
　　　　짜기 휘돌아서 불원천리 허덕지덕 허우단심 그대를 찾아를 왔건만 보고도
　　　　본체만체 돈담부심
　　　　아리랑 아리랑 아라리요
　　　　아리랑 고개로 나를 넘겨만 주소

-〈서울 정선 아리랑〉

라. 기타

　강원도지역에 전승되는 아리랑과 관련된 것으로 한오백년이 있으나 이것은 긴아라리에서 파생한 신민요로 이에 대한 것은 다음 장(章)에서 다룬다.

(2) 경기지역 아리랑소리

　여주 아라리와 같이 경기지역에서 전승되더라도 강원도 긴아라리나 자진아라리와 관련된 것들은 강원도지역 아리랑소리에서 다루었다. 서울을 비롯한 경기도 지역에서 발생한 아리랑소리도 있다.

　위 문헌에서 소개된 아리랑소리 가운데 경기도지역과 관련된 아리랑에는 신아리랑·별조아리랑·아리랑타령·아리랑세상·서울아리랑·아리랑고개·본조아리랑·긴아리랑·원형아리랑·경기아리랑이 있다. 이것들은 이름이 서로 다르지만 같은 것끼리 간추리게 되면 아래에서 필자가 말하는 긴아리랑·자진아리랑·본조아리랑·아롱타령을 두고 이르는 것이다.

　아래에서 살폈듯이 아롱타령(해주아리랑)을 경기지역에서 발생한 것이라 한다면 경기지역과 관련된 아리랑은 긴아리랑·구조아리랑·아롱타령·본조아리랑 4종이 된다.

가. 긴아리랑

아래 장에서 살핀 대로 서울을 비롯하여 경기도에서 따로 아리랑소리가 없었던 것이고 강원도와 그 인근지역에 강원도 긴아라리·자진아라리·엮음아라리가 전승되었던 것 같다. 아래 장에서 밝혔듯이 경기지역에서 처음 생긴 것이 긴아리랑인 것으로 보인다. 처음 발생 시에는 그냥 〈아리랑〉이라 하였을 것이고 새로 빠른 아리랑이 생기면 이것과 변별하기 위하여 긴아리랑이라는 이름이 붙게 된 것으로 보인다.

경기지역에서 긴아리랑은 경기지역 다른 아리랑이 그렇듯이 소리꾼들이 부르는 것밖에 없다.

경기도 긴아리랑은 경기도에 전승되는 아리랑소리 가운데 가장 먼저 발생한 것으로 보인다. 이는 아래에서 살핀 대로 선율적 특성이 가장 강원도 긴아리랑과 같고 고음반에 맨 먼저 나오는 것으로 알 수 있다. 주로 조선 말기 당시로는 신민요라 할 수 있었던 것 같고 유성기 음반도 일제 초기에 많이 발매된 것 같다. 음반 폴리돌 19039-B에서 이영산홍(李暎山紅)이 부른 긴아리랑의 노랫말은 다음과 같다.

> 아리랑 아리랑 아라리로구나
> 아리랑 어얼수 아라리로구려
> 만경창파 거기 둥둥 뜬 배
> 게 잠깐 닻주어라 말 물어보자
>
> −〈경기도 긴아리랑〉

경기도 긴아리랑의 선율은 세마치장단으로 되었고 너무 느리기 때문에 약간씩 변주되어 자유리듬이 섞여 있다. 선법토리는 서도소리의 시김새가 짙은 경토리로 되어 있다. 루바토된 것을 간추리면 뒷소리 선율은 「/쏠라－－/쏠－－/－－－//솔라－－/쏠－－/－－－///솔라도′－/－－레′/미솔′미′레′//도′－－/－－라/솔－－/」하고 간추릴 수 있다. 선율선은 「쏠-라-도-레-미-쏠-미-레-도-라-쏠」로 산형(山型)으로 되었다(악보 4).

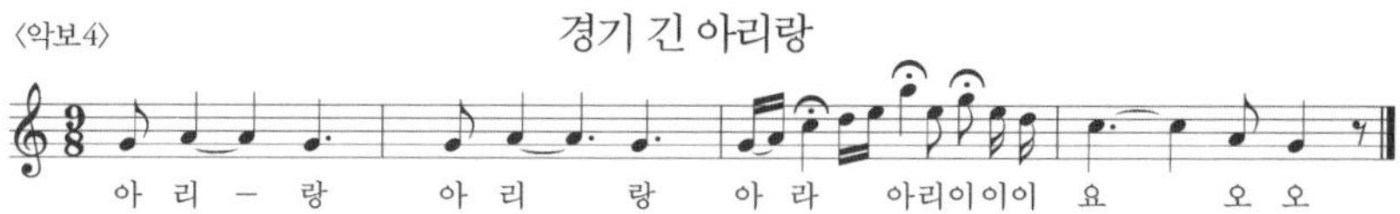

나. 구조아리랑(자진아리랑)

조선 말기에 긴아리랑에서 빠른 아리랑에 새로 생기게 되면서 기왕에 있던 경기 아리랑을 〈긴아리랑〉이라 불렀는데 그랬으면 당연히 새로 파생된 빠른 아리랑은 〈자진아리랑〉이라 일렀어야 하지만 당시에는 그냥 아리랑 또는 신조아리랑·신아리랑이라 일렀던 것 같다. 이렇게 되면서 그 뒤에 연이어 나오는 본조아리랑이나 아롱타령을 그냥 아리랑이라 이르거나 신조아리랑·신아리랑이라 일러 혼란을 가져 온 것 같다. 그래서 필자는 이것을 본조아리랑과 구별하기 위하여 구조아리랑 또는 경기 자진아리랑이라 이르기로 한다. 음반자료에는 본조아리랑이나 아롱타령이 나오기 전에는 이것을 신조아리랑이라 일렀기 때문에 음악을 듣고 가리기전에는 변별이 안 된다.

이것도 지금은 유성기 음반에만 남은 전승이 끊어진 민요이지만 당시에는 신민요였다. 일제 때 나온 폴리돌 1907-B에 김운선(金雲仙)이 「아리랑」이라는 이름으로 취입한 가야금병창이 이 아리랑이다. 그 노랫말이 다음과 같다.

아리랑 아리랑 아라리요
아리랑고개로 뱃노리 가자
나를 버리고 가시는 임은
십리도 못가서 발병이난다

－〈경기 구조 아리랑(자진아리랑)〉

이 아리랑의 선율의 장단은 2소박3박자 세마치장단으로 되었다. 여느리듬형은 2소박3박2대박2대대박자에 이루어진다. 여느리듬형 둘이 집합하여 앞소리를 이루고 둘이 집합하여 뒷소리를 이룬다. 선법토리는 경토리로 되었다. 선율은 「솔라 / 솔 - / - - // 솔라 / 솔 - / - - /// 도 - / 레 - / 미레 // 도 - / - 라 / 솔 - /」로 되어 있고 선율선은 「쏠 - 라 - 도 - 레 - 미 - 레 - 도 - 라 - 쏠」로 산형으로 되었다(악보 5).

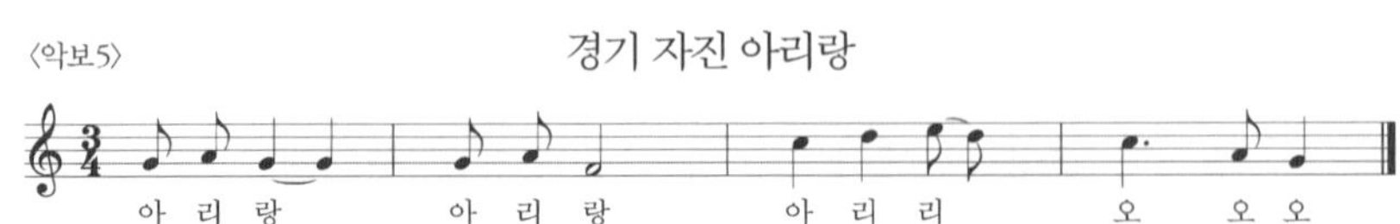

이 아리랑의 곡조는 1896년 2월에 『The Korean Repository』에서 H. B. Hulbert가 채보한 아리랑과 같은 것으로 봐서 조선조 말에 불리어졌다는 것을 알 수 있고 1926년에 나운규(羅雲奎)가 영화 아리랑을 만들 때 나왔다고 전해지는 아리랑보다는 적어도 30년 이상 먼저 생겼다고 할 수 있다.

이 아리랑은 경기 아리랑으로 적는 악보도 있고, 또 아르렁 타령으로 적는 것들이 일제 때 나온 악보에 보이는데 이것들의 노랫말은 다음과 같다.

> 문경시지 박달나무
> 홍두세 방밍이로 다 나간다
> 아리령 아리령 아라리요
> 아리령 씌여라 노다가세

일제 때 나온 오케 K1696-A에서 고복수가 부른 것은 곡조가 같으나 신아리랑이라 적혀 있는데, 이것은 노랫말이 아래와 같이 고쳐진 때문에 신아리랑이라 한 것으로 보인다.

아리랑 아리랑 아라리요
아리랑 고개로 넘어간다

본조아리랑을 신아리랑이라 적은 것이 있으니 서로 혼동되고 있다.

다. 아롱타령(해주아리랑)

아롱타령은 후렴이 '아롱 아롱'하기 때문에 아롱타령 또는 허랑타령
이라 하는데 일제 때 음반에는 아리랑 또는 신아리랑이라 하여 구조아
리랑(자진아리랑)이나 본조아리랑과 혼동이 될 수 있다. 이것은 김기수 채
보 민요 삼천리에 해주아리랑이라 하면서 지금은 해주아리랑이라 이르
는 이가 더러 있다. 다음 장에서 다루겠지만 이것은 이창배의 소견인지
는 알 수 없지만 근거가 없을 뿐 아니라 소리조도 경기소리조여서 이
아리랑을 경기도 소리로 다루고자 하는 것이다.
　이 아롱타령도 신민요이며 소리꾼들이 부르는 소리로 전승되다가 지
금은 거의 전승이 끊어졌다.
　이 아리랑도 한 때 유행하여 일제 때 유성기 음반에 더러 취입되었던
것을 볼 수 있다. 일제 때 나온 음반 리갈 C254에서 장일영홍(張一榮紅)
이 부른 것은 제목을 그냥 아리랑이라고 하여 본조아리랑이니 구조아
리랑과 혼동되고 있으나 노랫말과 곡조가 전혀 다르다.

아령 아령 아라리요
아리랑 얼시구 아라리야
아주가리 동백아 여지 마라
산골에 큰애기 잔병난다

－〈아리랑(아롱타령 · 해주아리랑)〉

이 아리랑의 선율은 3소박3박자 세마치장단으로 되었고 여느리듬형
은 3소박3박2대박2대대박자구조로에 이루어지고 여느리듬형 둘에 앞소

리, 둘에 뒷소리가 이루어진다. 선법토리는 경토리로 되어 있다. 선율은
「/솔――/솔――/―――//솔――/솔――/―――//솔――/솔―라/
솔――//도――/――레/도 레―/」로 되었고 선율선은 「쏠―라―쏠―
도―레―도―레」로 되어 다른 아리랑과 다르다(악보 6).

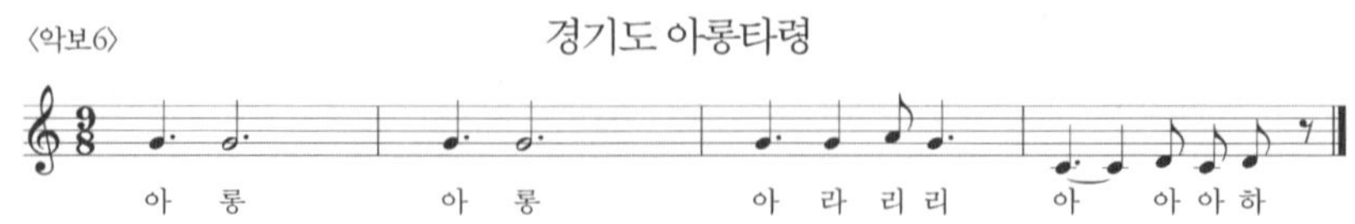

라. 본조아리랑(신조아리랑)

이 아리랑을 「본조아리랑」이라 일렀듯이 한때 모든 아리랑의 근원이
되는 것으로 잘못 인식되기도 하였지만 1926년 나운규(羅雲奎)가 영화
아리랑을 만들 때 영화음악으로 편곡된 것이라고 증언하는 이들이 많
아서[11] 지금은 아리랑소리 가운데 비교적 최근에 파생된 아리랑으로
꼽고 있다. 유성기 음반은 1926년 이후에 나오고 있다.

이것은 콜롬비아 레코드 C40251에 취입된 「아리랑고개」에서 볼 수
있는 것으로 나운규 아리랑 영화의 내용을 극으로 꾸며 변사가 공연하
고 가수가 부르는 이 아리랑이 덧붙여졌다. 그 노랫말은 다음과 같다.

> 아리랑 아리랑 아라리요
> 아리랑 고개로 넘어가네
> 청천 하날에 별도나 많고
> 이내 가삼에 수심도 많다
>
> ─〈아리랑(본조아리랑)〉

이 아리랑의 선율의 장단은 2소박3박자 세마치장단으로 되었고 여느

---

11) 황재경, 임석재 대담, 姜舞鶴, 『아리랑의 歷史的 考察』, 野實社, 1981, 15면.

리듬형은 2소박3박2대박2대대박으로 되었고 뒷소리는 여느리듬형 둘이 집합되었고 앞소리도에 둘이 지합되었다. 선법토리는 경토리(京調)로 되었고, 선율은 「/솔 −/− 라/솔−//도 −/− 레/도 레// /미 −/레 도/라 −//솔 −/− 라/솔 −/」로 되었고 선율형은 「쏠−라−도−레 −미−레−도−라−쏠」로 되어 산형으로 되었다.

(3) 경상도지역 아리랑소리

위 문헌에 나타나는 아리랑소리 가운데 경상도지역과 관련된 것들을 추리면 밀양아리랑·영일아리랑·하동아리랑·창녕아리랑·상주아리랑·김천아리랑·영천아리랑·경상도 긴아리랑·경상도 아리랑·부산아리랑·울릉도 아리랑·하동 사리랑 타령과 같은 아리랑소리를 들 수 있다.

그러나 여기에서 부산 아리랑이 본조아리랑, 영천아리랑이 강원도 자진아라리, 울릉도 아리랑이 남도 아리랑 곡조로 된 것처럼 기존의 아리랑 곡조에 사설을 얹은 것이거나 하동 사리랑가 같은 것도 곡조는 다르게 편곡된 것도 있지만 민요화되지 못하고 일시 유행하다가 전승이 끊어진 것이 대부분이다. 이 가운데 민요화되어 전승된 것은 오직 밀양아리랑이라 할 수 있다.

가. 밀양아리랑

한때 밀양아리랑이 아리랑의 근원이라는 설도 있었지만 아래에서 살핀 대로는 밀양아리랑도 아롱타령의 변주인 것으로 보인다. 그렇다면 일제 초기에 파생된 것으로 보인다. 1920년대 음반에서부터 밀양아리랑이 보인다. 진도아리랑과 함께 민요화된 대표적인 아리랑소리라 할 수 있다.

콜롬비아 C40226-B에서 박월정(朴月庭)·김인숙(金仁淑)이 부른 밀양아리랑의 노랫말은 다음과 같다.

아리 아리랑 아리 아리랑
아라리가 났네
아아리랑 어어 얼씨구
날 넹겨주소
정든 님 오시난데 인사를 못해
행주치마 입에 물고서 입만 뻥긋

−〈밀양아리랑〉

이 아리랑의 곡조는 3소박3박자 세마치장단으로 되었다. 선법적 토리는 반경(半京)토리로 된 것과 반(半)메나리토리로 된 것이 있다. 박월정이 부른 것이 반경(半京)토리로 되었다. 양자가 선율은 거의 같고 음구조만 약간 다르게 되었다. 반경토리로 된 것의 곡조는 「/라−솔/라−도/라−−//라−솔/라−도/라−−///라라−/솔라쏠/미−−/솔−라/미−−/」로 되어 있다. 선율형은 「라−쏠−라−도′−라′−쏠′−미′」로 되어 숙였다가 내고 질러내어 옥타브로 단층되어 있다. 그러나 「라′−쏠′−미′」로 처음부터 질러 내 하행형(下行型)으로 된 경우도 있는데 이것이 원형인 것 같다(악보 7).

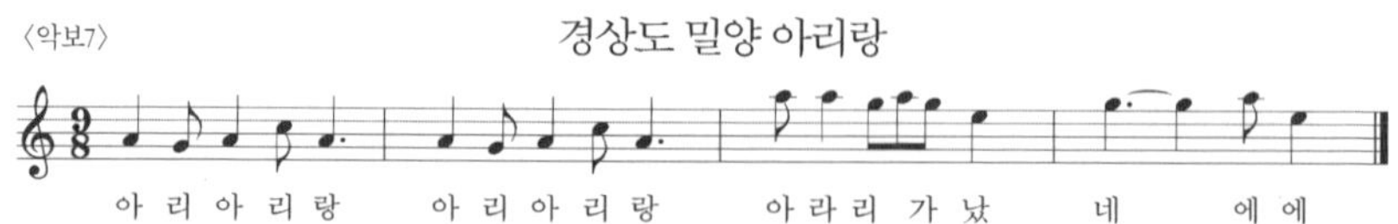

권농선(權弄仙)이 부른 리갈 C379의 아리랑은 박월정(朴月庭)이 부른 것과 비슷하나 맨 끝의 곡조가 「/도−−/도−−/미−−//라−−/라시−/미−−/라−−/」로 되어, 한때 유행하던 신민요풍의 종지형을

볼 수 있다.

콜롬비아 C40561에서 김갑자(金甲子)가 가야금병창으로 부른 아리랑
은 밀양아리랑이라 제목이 되었으나 선율이 육자배기토리로 되었고 곡
조는 남도아리랑이다.

> 아리랑 아리랑 아라리오
> 아리랑 고개로 넘어간다
> 문경새재는 웬 고갠지
> 구부 구부야 눈물이 나네

(4) 전라도지역 아리랑소리

문헌에 소개된 전라도 지역과 관련된 아리랑소리에는 정읍아리랑·
김제아리랑·순창아리랑·구례아리랑·진도아리랑과 같은 것들이 보
인다. 남원아리랑이 경기아리랑인 것이고 김제아리랑이 진도 아리랑인
것처럼 실제는 기존의 다른 아리랑들이다. 최근에 연천에 허랑소리가
소개되었으나 이는 경기도 아롱타령이다.

이 가운데 진도아리랑이 민요화되었다.

가. 진도아리랑

아래에서 밝혀진 대로 진도아리랑은 일제 때 편곡된 것이라 한다. 일
제 때 이미 많이 유행하여 유성기 음반에 더러 보인다.

빅타 kJ-1138에 취입된 신숙(愼淑) 오비취(吳翡翠)가 부른 진도아리랑의
노랫말은 다음과 같다.

> 아리 아리랑 스리 스리랑
> 아라리가 났네 에헤에헤

아리랑 응응응 아라리가 났네
문경새재는 웬 고갠지
구부야 구부구부 눈물이 난다

-〈진도아리랑〉

진도아리랑은 3소박3박자 세마치장단으로 되었다. 여느리듬형은 3소박3박2대박2대대박자에 이루어진다. 여느리듬형 둘에 앞소리를 메기고 둘에 뒷소리를 받는다. 선법적토리는 육자배기토리로 되었다. 뒷소리 선율은 「/미−라/미−라/라−−///미−라/미−라/라−−///라라−/라−시/시−−//라−−/−−−」로 되어 있고 이 선율형은 「/미−라−시−라−미」로 되어 산형으로 되었다(악보 8).

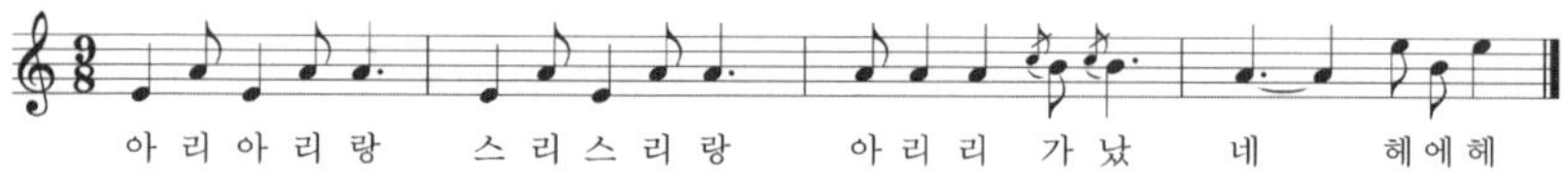

오케 K1728에서 김소희(金素姬)가 부른 것도 이와 같다.

해방 후에 나온 킹스타 K6660에서 성우향(成又香)·신유경(申惟京)이 부른 것도 이와 같으나 종지형 선율이 다르다. 일제 때 것은 「/라−도/도−시/라−−/미−−/」로 마치는데, 해방 후의 것은 「/라−시/시−라/미−−/라−−/라−−/」로 마치는 것이 다르다.

(5) 기타 지역 아리랑소리

함경도·서도·충청도·해외지역과 관련된 아리랑이 문헌에 더러 보인다.

원산아리랑, 함경도 단천아리랑, 함경도 온성아리랑, 성진 태평아리랑, 어랑타령과 같은 아리랑소리는 함경도지역과 관련된 것들이다. 원산아리랑은 어랑타령이다. 어랑타령은 신고산타령이라 이르는 신민요인데 뒷소리에 '어랑 어랑'이라는 입타령이 나온다 하여 이것을 아리랑소리에 집어넣기도 하지만 이것은 선율이나 입타령으로 봐서 아리랑소리와 별개의 소리로 봐야 할 것이다. 온성아리랑이나 단천아리랑은 음악적으로 봐서 본조아리랑을 편곡한 신민요라고 할 수 있고 이것이 민요화된 것 같지 않다.

서도지역과 관련된 것으로 긴아리·자진아리·서도아리랑·해주아리랑이 문헌에 보이는데 긴아리와 자진아리는 「아리」라는 비슷한 명칭만 가졌지 아리랑이라는 입타령이 붙는 뒷소리 사설도 없고 곡조나 사설이 전혀 다른 아리랑소리와 관련이 없는 것으로 봐서 아리랑소리에 넣을 수 없는 소리로 보인다. 서도아리랑이 있었다 하나 이것은 경기도 긴아리랑을 딴 것 같고 해주아리랑은 아래에서 살핀 바와 같이 해주와는 무관한 것으로 경기도 아롱타령을 그렇게 부르는 것이다.

서산아리랑, 공주아리랑과 같은 충청도와 관련된 아리랑소리가 보이는데 이것들은 경기아리랑 곡조인 것으로 보인다.

광복군아리랑이라는 아리랑이 있지만 별개의 곡조가 아니고 경기아리랑 곡조에 사설만 새로 얹은 것이다.

2) 전승문화(傳承文化)로 본 아리랑소리의 근원(根源)

앞에서 아리랑의 개념을 규정지으며 아리랑은 '아리랑, 아라리, 아라성'과 같은 아리랑이라는 입타령이 들어가는 뒷소리를 갖추고 있는 '민요'라 하였고 여기에서 민요라는 것은 "민속문화(民俗文化) 행위(行爲)로 전승되는 가요(歌謠)"라고 하였다. 위에서 살핀 많은 아리랑소리 가운데는 실제 민속문화 행위로 전승되지 못하고 대중문화 속에서 잠깐 유행하다가 사라진 것이고 보면 이것들이 민요라 할 수 있는가 하는 문제가 생기고 이런 것을 민요로 볼 수 없다면 이런 아리랑소리를 아리랑의 근원으로 볼 수는 없는 것이다.

그렇게 봤을 때 많은 아리랑 가운데 전승지역의 기층문화행위로 전승되는 아리랑소리는 강원도 자진아라리와 긴아라리밖에 없다고 할 수 있다. 서도 긴아리나 자진아리는 기층문화행위로 전승되는 민요이지만 이것이 아리랑소리로 꼽을 수 없다는 것은 앞에서 말한 바와 같다.

강원도 긴아라리와 자진아라리가 기층문화행위로 전승되는 것으로 봐서 이것들이 아리랑소리의 근원이라고 볼 수 있는데 이를 뒷받침하기 위하여 이들의 기층음악행위와 그리고 음악적 기층언어(基層言語)를 살피고자 한다.

강원도 긴아라리와 자진아라리가 기층문화행위로 전승되는 지역은 강원도, 경기도 동부, 충청도 동북부, 경상도 북부 지역으로 매우 광대한 지역에 이르고 있다. 그리고 이들 가락은 메나리토리로 되었고 선율은 경상도 정자소리와 같은 골격으로 되어 있기 때문에 이것과 관련시키면 경상도, 전라도 동북부까지 포함되는 매우 광대한 지역에 전승된다고 할 수 있다.

여기에서 메나리토리라는 것은 함경도, 강원도, 경상도 그리고 그 인접지역에 전승되는 노동요(勞動謠)·무가(巫歌)·생활음악언어(生活音樂言)와 같은 기층문화로 전승되는 노래의 음악언어를 가리킨다.12) 앞에서도 살펴 본 바와 같이 긴아라리와 자진아라리의 기층문화행위라는 것은 강원도·경기도·충청도 지역에서 모내기소리·김매기소리·나무꾼소리·뗏목소리·나물소리·방아소리로 전승된다는 근거를 두고 있다. 다른 아리랑소리가 소리꾼의 가창행위(歌唱行爲)로 전승되는 데 견주어 오직 강원도 긴아라리와 자진아라리만이 이런 기층문화행위로 전승되고 있기

---

12) 李輔亨, 「메나리토리의 音樂文化」, 『韓國文化人類學』 13, 韓國文化人類學會, 1980.

때문에 아리랑소리의 근원이 이런 소리에 있다는 것은 자명한 일이다.

필자는 이를 더욱 뒷받침하기 위하여 음악적 논거를 댈까 한다.

긴아라리는 앞에서 살핀 바와 같이 세마치장단(8분의 9박자)으로 된 것으로 알려졌다. 3소박3박2대박2대대박자구조(세마치 네 장단)에 여느리듬형이 이루어지고 여느리듬형 둘이 집합되어 앞소리를 이루고 여느리듬형 둘이 집합되어 뒷소리를 이루고 있다. 선법(旋法)토리는 메나리토리로 되었다. 뒷소리 선율(旋律)은 「/미라미/미——/―――//미라미/미——/―――///라——/라도′—/레′도′—//라———/라도′—/」로 되어 선율형(旋律型)은 「미—라—도′—레′—도′—라」하고 자진아라리처럼 산형(山型)으로 되었다(악보 2).

이런 음악적 특성은 경상도 지역에 전승되는 정자·등지덩지·모정자 등 여러 가지로 부르는 모찌기소리 모심기소리에서 볼 수 있는 바와 같이 매우 광대한 지역의 기층음악에 두루 볼 수 있는 것이다.

이 정자소리는 아라리와 같이 세마치장단에 메나리토리로 되어 있고 장절형식으로 선율도 비슷하게 되어 있으나, 아리랑이라는 입타령이 붙는 뒷소리가 딸리지 않는 점이 다르다.

정자소리는 한 마루가 세마치 8장단으로 되어 있다. 두 사람이 한 마루씩 주고받는 공연형식을 취하는데, 먼저 메기는 마루를 '안짝'이라 하고 뒤에 받는 마루를 '밧짝'이라 하는데, 반드시 밧짝은 안짝의 노랫말 내용의 대구가 되는 것으로 받게 되어 있다. 노랫말도 아라리와 같은 것이 많다.

    〈안짝〉 이논 배미다 모를 심어
    장잎이 나와도 정자로다
    〈딧짝〉 우리야 부모님 산소들에
    솔을 심어도 정자로다

—〈경북 영덕 모내기 정자소리〉[13]

---

13)『韓國民俗綜合調査報告書 4冊』慶北編, 文化財管理局, 1974.

아라리에서 앞소리와 뒷소리의 곡조가 정자에서 안짝과 밧짝의 곡조
와 같은 것을 볼 수 있다.

결국 아라리와 정자는 노랫말도 같고 공연형식도 같고 곡조도 같은
것으로 봐서 같은 뿌리를 갖는다고 하겠다. 따라서 아라리는 강원도·
경상도·경기도 동부·충청도 동부에 이르는 넓은 지역의 기층문화 음
악언어에 뿌리를 둔다는 것을 알 수 있고, 나아가서 아리랑의 근원도
여기에 있다고 하겠다.

강원도 자진아라리의 경우에도 강원도와 그 인근지역에서 모내기소
리·나무꾼소리·밭매기소리·방아소리·나물소리로 전승된다는 것은
앞에서 밝힌 바와 같다.

강원도 자진아라리(강원도 아리랑)는 엇모리장단(8분의 10박자)으로 된 것
으로 알려졌다. 그러나 강원도 자진아라리는 어느 것이나 3,2소박2박2
대박2대대박자구조(엇모리 두 장단)에 여느리듬형이 이루어지고 여느리듬
형 둘이 집합되어 앞소리를 이루고, 여느리듬형 둘이 집합되어 뒷소리
를 이루고 있다. 선법(旋法)토리는 메나리토리로 되었다. 뒷소리 선율(旋
律)은 「/미－미/미－//라－라/라도´///레´－도´/레´도´라//미－－/
－－/」로 되어 「미－라－도´－레´－도´－라－미」하고 선율형(旋律型)은
산형(山型)으로 되었다(악보 1).

이와 같은 곡조로 된 민요는 메나리토리권에 속하는 충청도·경상도
지역에도 기층문화로 불리어지는 민요에 더러 보인다.

충청도·경상도 지방에 전승되는 방아소리가 이와 같다.

    덜커덩 덜커덩 찧는 방아
    언제나 다 찧고 밤마실 갈가

    마실은 간다고 꽁새 말고
    안진뱅이 들이고 살림사소

날 대쳐 간다고 꽁꽁 말고
버브리 디리고 살림 사소

아롱아롱 아롱아롱 아롱아롱
아리랑 고개를 넘어가자

-〈경남 밀양 방아소리〉14)

이와 같이 강원도 자진아라리는 메나리토리 음악문화권의 기층음악에 깊은 뿌리를 내리고 있다고 하겠다.

그러나 경기도 긴아리랑, 자진아리랑(구조아리랑), 아롱타령(해주아리랑), 본조아리랑과 같은 음악문법으로 된 것들이 서울 인접 지역에서 기층문화로 전승되는 민요 가운데 알려진 것으로는 고양군의 상여소리·지경닫기소리·긴소리·방아타령·놀놀이·잦은방아타령·상사도야·잦은놀놀이·훨훨이·몸돌여와 음악에 보이지 않고 양평지방에 밭갈이노래·모심기노래·모내기단허리·지경닫기·논매기상소디야와 같은 음악에도 없다.

밀양지방에서 기층문화로 전승되는 민요에는 모심기정자·모찌기저루자·어산용·김매기소리·상여소리·망깨소리·칭칭이소리·베짜기소리·도리깨질소리·삼삼기소리 등이 있는데, 이 가운데 밀양아리랑과 같은 음악문법으로 된 것은 없다.

진도지역에서 기층문화로 전승되는 민요에는 모뜨는소리·모소리(상사소리)·절로소리·길꼬냉이·화중밭매는소리·상여소리·물레질소리·도리깨질소리·강강술래 등이 있는데 이런 음악문법과 진도아리랑과 같은 것은 없다. 다만 물레타령이나 산아지타령과 곡조가 비슷하다.

그러나 진도아리랑은 박종기 지은 것임이 다 알려진 사설이다. 진도아리랑은 일제 때 대금(大笒) 명인(名人) 박종기(朴鍾基)가 일본으로 축음

---

14) 『韓國의 民俗音樂』 慶南民謠編, 韓國精神文化研究院, 1984.

기 음반 취입을 하러 가는 배에서 남도 아리랑을 고쳐 편곡하여 취입하였다고 하는데[15] 그렇다면 진도아리랑과 곡조가 비슷한 물레타령이나 산아지타령이 본이 되었을 것으로 보인다.

3. 아리랑소리의 전파과정(傳播過程)과 음악적(音樂的) 변천(變遷)

한때 이른바 서울 본조아리랑이 모든 아리랑소리의 원형이라는 통설이 있었지만 앞에서 살펴본 바로는 이와 달리 아리랑소리의 근원은 강원도와 그 인근지역에서 농요로 전승되는 아라리라는 것이 분명하다. 그렇다면 모든 아리랑소리는 강원도와 그 인근지역에서 농요로 전승되는 아라리에서 파생되었거나 그 영향으로 발생했을 것이다.

여러 가지로 음악적 특성을 달리하는 아리랑소리들을 그 근원이 되는 강원도와 인근 지역에 농요로 전승되는 아라리와 음악적 특성을 서로 비교하여 보면 그 변천과정을 밝힐 수 있을 것이다.

1) 강원도 자진아라리와 긴아라리

강원도와 그 인근 지역에서 농요로 전승되는 아리랑 즉 강원도 아라리는 긴아라리(엮지 않는 정선 아리랑)와 자진아라리(강원도 아리랑)로 두 가지가 있다. 이 두 가지 아라리 가운데 어느 것이 고형(古形)인지 이를 밝히기는 매우 어렵다. 한 가지 민요 가운데 긴 유형과 자진 유형으로 분화되었을

---

15) 중요무형문화재 보유자 김소희, 김득수 대담 자료.

때 흔히 긴 유형을 고형으로 보지만 반드시 그런 것이라는 증거는 없다.

앞에서 살핀 대로 긴아라리의 음악적 특성은 3소박(小拍)3박자(拍子)로 된 세마치장단에 메나리토리로 되었다. 3소박3박2대박자구조(세마치 네 장단)로 여느리듬형이 이루어지고 앞소리는 여느리듬형이 둘, 뒷소리도 여느리듬형이 둘로 구성돼 있다. 자진아라리는 3,2혼소박4박자 장단에 메나리토리로 되었다. 3,2혼소박2박2대박자에 여느리듬형이 이루어지고 역시 앞소리 둘, 뒷소리 둘로 여느리듬형이 이루어진다. 고악보에 보면 우리 음악에 2박과 3박이 혼합된 혼박(混拍)으로 된 음악이 많은 것으로 봐서 그리고 동해안 무가에 2소박과 3소박이 혼합된 혼소박(混小拍)으로 된 것이 많은 것으로 미루어 보면 3,2혼소박(混小拍)으로 된 자진아라리 를 고형(古形)으로 볼 수도 있다.

아래에서 고증되는 것과 같이 아리랑소리의 본디 이름이 〈알아리〉이 고 '아리'가 농요나 노래를 뜻하는 것이라 한다면 자진아라리의 뒷소리 의 노랫말이 더욱 고형을 지니고 있다고 할 수 있다.

아리 아리 아리 아리 알아리야
알라리 얼씨구 넘어간다.

그러나 경상도 정자소리의 음악적 구조가 강원도 긴아라리와 같은 것을 보면 긴아라리가 보편적이라고 할 수 있다. 앞에서 말한 바와 같 이 경상도 정자소리와 강원도 긴아라리는 음악적으로 비슷한데 다만 긴아라리는 뒷소리가 딸리고 정자소리는 뒷소리가 딸리지 않은 차이라 할 수 있다. 본디 이 소리들은 다 같이 메나리토리권의 음악문화에서 나온 장절형식의 소리들이었던 것이 정자소리나 〈민아리〉는 뒷소리가 붙지 않았고 〈알아리〉는 아리·알아리·아라성, 아리랑이라는 입타령 이 붙는 뒷소리가 붙으면서 서로 분화되었다고 할 수 있다.

2) 긴아라리와 엮음아라리(정선아리랑)

강원도 정선 평창지방에서 긴아라리에 앞소리 사설을 촘촘히 엮는
양식이 파생되어 〈엮음아라리〉가 되었다고 할 수 있다. 엮음아라리가
긴아라리에서 파생되었다는 것을 뒷소리가 같고 엮는 사설의 원형이
긴아라리의 사설에 보이기 때문이다.

> 정선읍내 물레방아는 물살 안고 도는데
> 우리집의 서방님은 날 안고 돌 줄 왜 모르나
>
> ―〈긴아라리〉

> 정선읍내 물레방아 일삼삼 삼육십팔 마흔여덟살 스물네 개의 허풍산이 물살을
> 안고 사시장철 빙글빙글 도는데
> 우리집 서방님은 날 안고 돌 줄 왜 모르나
>
> ―〈엮음아라리〉

> 네 팔자나 내 팔자나 이불 담요 깔겠나
> 마틀마틀 장석자리에 깊은 정 들자
>
> ―〈긴아라리〉

> 네 팔자나 내 팔자나 네모 반듯한 왕골방에 샛별 같은 놋요강 발치만큼 던
> 져 놓고 원앙금침 잣벼개에 앵두 같은 젖을 빨며 잠자보기는 오초강산에 일
> 글렀으니
> 엉퉁멍퉁 장석자리에 깊은 정만 들자
>
> ―〈엮음아라리〉

서울에서는 엮음아라리를 〈정선아리랑〉이라 일렀기 때문에 정선지방
에는 엮음아라리만 있는 줄 알거나 본디 정선아라리인 긴아라리는 모
르고 한오백년으로 착각하는 이들도 있다.

강원도 엮음아리랑은 서울에 영향을 주어 서울 소리명창들이 새로 정선아리랑이라는 이름으로 사설과 곡을 짜서 지금도 성창하고 있는데 정선 본바닥 엮음아리랑과는 시김새도 다르고 곡조도 약간 다르게 되었다.

3) 긴아리랑과 아리랑세상과 한오백년

본디 아라리는 모심기 · 김매기 · 나무하기 · 나물뜯기와 같은 농군들이 농요나 채취요로 부르던 것이 그 가락이 서정성(抒情性)이 뛰어나기 때문에 스스로 즐기기 위하여 부르거나 또는 노는 자리에 남에게 들려주기 위하여 부르는 소리로 기능이 바뀌게 되면서 '아라리'라는 뒷소리보다 구음의 음운(音韻)이 흥겨운 '아리랑'으로 바뀐 것 같고 그러면서 아리랑은 서정요(抒情謠)로 크게 유행한 것 같다. 아라리가 이렇게 기능이 분화된 것은 전통사회에서 일찍부터 있었던 것 같고 정선지역에서 아리랑과 관련된 거칠현동(居七賢洞) 전설(傳說)이나 사화(士禍)의 낙향(落鄕)선비 전설이 생기게 된 것도 이와 같은 서정적인 아리랑의 기능이 분화된 뒤 일일 것이다.

일제 초기에 강원도지역에서 긴아리랑이 대중적으로 크게 유행하면서 뒷소리를 "아무렴 그렇지 그렇구 말구" 하는 말로 바꾸면서 〈한오백년〉이라는 민요가 파생된 것으로 보인다. 강원도 긴아리랑과 한오백년을 비교해 보면 곡조는 거의 같고 다만 뒷소리가 "아무렴 그렇지 그렇고 말고 / 한 오백년 사자는데 웬 성환가" 하는 노랫말의 차이가 있을 뿐이다.

긴아리랑에서 한오백년이라는 민요가 파생되는 과정에 중간단계로 〈아리랑세상〉이 있다는 의견은 일찍이 장사훈 박사가 낸 바 있다.16) 〈아리랑세상〉은 일제시대에 잠깐 유행하였던 경기도 본조아리랑의 파생 민요로

보인다. 아리랑세상의 그 사설을 장사훈 박사는 다음과 같이 적고 있다.[17]

발 아파서 못 신던 미투리 신
고무신 바람에 도망을 한다.
아무렴 그렇지 그렇구 말구
짚신 장사 김첨지 밥 굶는다.
아리랑 아리랑 아라리요
아리랑 구개로 도망을 간다.

주머니 지티건 구리돈 한 푼
아리랑 타령에 도망을 간다.
아무렴 그렇지 그렇구 말구
한오백년 사쟀더니 왜 도망을 했나

-〈아리랑세상〉

이 아리랑세상이라는 민요는 전승이 끊어졌지만 이를 일제 때 취입
한 음반이 남아 있어 경기 본조아리랑에서 어떻게 변화되어 아리랑세
상이 되었는지 그 변천과정을 알 수 있는 자료가 되고 있다(악보 9).

〈악보9〉　　　　　　　　　　　경기도 아리랑 세상

---

16) 장사훈, 『국악개요』, 정연사, 1961, 175면. 한오백년조 〈아리랑세상〉 또는 〈별조아리
　　랑〉에서 '아리랑 아리랑'하는 후렴만 떼어 버린 노래로 생각한다.
17) 위의 책, 152면 〈아리랑세상〉조

4) 강원도 긴아리랑과 경기도 긴아리랑

강원도 아라리 가운데 다른 지역에 절대적인 영향을 준 것은 강원도 긴아라리라고 볼 수 있다. 강원도 긴아리랑은 강원도 안에서 엮음아리랑·아리랑세상·한오백년과 같은 아리랑소리의 유형을 파생시켰을 뿐 아니라 이것이 경기도에서 경기도 긴아리랑을 낳으므로 해서 수많은 다른 지역 아리랑이 파생되는 계기가 된 것이라고 보기 때문이다.

경기도 긴아리랑이 본디 기층문화에서 발생한 민요가 아니라고 보는 것은 앞에서 살펴 본 바와 같이 경기 긴아리랑의 음악문화가 다른 경기 아리랑소리가 그렇듯이 경기도 기층문화와 관련이 없는 것으로 봐서 알 수 있는 것이다.

경기도 아리랑소리 가운데 경기도 긴아리랑을 강원도 아리랑의 파생 곡으로 보는 것은 다음 두 가지 이유에서이다.

첫째, 작고 경기소리꾼들이[18] 경기 아리랑소리 가운데 긴아리랑이 가장 오래된 아리랑이고 다른 아리랑이 신(新)아리랑이라 지목하고 있었다.[19]

둘째, 경기 긴아리랑은 여느리듬형이 너무 느리게 변조되어 변박자로 되었지만 이것을 간추리면 3소박3박2대박자구조로 되어 강원도 긴아리랑의 경우와 같지만 경기 구조아리랑과 본조아리랑은 2소박3박2대박자구조로 되어 강원도 긴아리랑과 다르게 되었다.

셋째, 강원도 긴아리랑과 경기 긴아리랑은 선율의 선법적인 토리는 달라도 선율형(旋律型) 골격을 보면 강원도 긴아리랑의 첫머리는 「라-미-라-미-라-도′-레′도′-라-미」로 되었고 경기 긴아리랑은 「쏠라-쏠-쏠라-쏠-쏠라-도′-레′미′-쏠′-미′-레′도′-라-쏠」로 되

---

18) 필자가 정득만 안비취와 같은 명창들에게서 확인함.
19) 일제 때 나온 유성기 音盤과 雜歌集에 구조아리랑과 본조아리랑은 新아리랑이라고 표기된 경우가 있다.

어 비슷하게 된 것을 볼 수 있다.

이것이 맞다면 강원도 긴아리랑이 조선 말기에 서울 음악문화에 충격을 주어 경기 긴아리랑으로 변용되었다고 할 수 있다. 그 계기를 흥선대원군의 경복궁 중건이라는 사회적 충격과 관련이 있을 것으로 본다. 경복궁 중수 시에 강원도 장정들이 대량으로 동원되어 뗏목으로 한강 하류로 재목을 운반하였을 것이다. 다른 때는 재목을 운반한 장정들이 다시 한강을 거슬러 돌아갔겠지만 경복궁 중수 시에는 동원된 강원도 장정들이 오랫동안 서울에 머물러 경복궁 중수 작업에 참여하게 되고 이때 강원도 장정들이 불렀던 강원도 긴아리랑이 서울 소리꾼들에게 자극을 주어 경기도 선법토리로 고쳐 부른 것이 경기 긴아리랑이 된 것으로 보인다.

경기도 긴아리랑이 세상에 알려질 무렵에 서울에서는 근대화물결이 일어 대중들의 정서는 걷잡을 수 없이 격정되어 있었고 이 아리랑에 당시의 정서가 반영되어 선율이 과장되고 선율선이 복잡하게 왜곡되고 박자가 불규칙하게 변동된 것 같다. 개화기에는 이 민요가 많이 성창(盛唱)되어 많은 유성기 음반에 취입되고 있으나 지금은 극히 드물게 불리어질 뿐이다.

5) 서울 긴아리랑과 신조(新調)아리랑

조선 말기에 서양과 일본의 음악문화가 들어오면서 청춘가·이풍진 세상과 같은 경쾌한 신민요가 생기었고 그런 영향으로 경기 긴아리랑에서 경쾌한 신민요조 아리랑이 생긴 것 같다. 이것을 긴아리랑과 변별하기 위하여 별조(別調)아리랑이라 일렀던 것 같으나 실제로는 이렇게 이르는 예는 극히 드물다. 이 아리랑이 발생 당시에는 새로 생긴 아리랑이기 때문에 신조(新調)아리랑이라 일렀고 본조아리랑, 아롱타령 등 새로 아리랑이 생기면서 이것들도 모두 신조(新調)아리랑이라 일러 서로 변별에 혼란이 오게 된다. 유성기 음반에도 신조아리랑이라 이른 것도 있다. 그래서 필자는 이 아리랑을 구조아리랑 또는 경기 자진아리랑이라 이른 것이다. 경기 긴아리랑의 대가 되는 것이 자진아리랑이다.

이 아리랑의 곡조는 1896년 2월에 『*The Korean Repository*』에서 H. B. Hulbert가 채보한 아리랑과 같은 것으로 봐서 조선조 말에 불리어졌다는 것을 알 수 있고, 1926년에 나운규(羅雲奎)가 영화 아리랑을 만들 때 나왔다고 전해지는 본조아리랑보다는 적어도 30년 이상 먼저 생겼다고 할 수 있다.

이 아리랑은 매우 느린 3소박3박2대박자구조로 된 경기 긴아리랑을 좀 빠른 2소박3박2대박자구조로 변화시킨 것이다(악보 5). 긴아리랑에 있는 전통적인 시김새를 많이 걸어내고 선율도 신민요조로 경쾌하여 당시에 많이 유행하였던 것 같다.

지금은 이 아리랑이 거의 불리어지지 않지만 이 아리랑이 아롱타령·남도아리랑·본조아리랑 등 많은 다른 아리랑의 모체가 되었다고 할 때, 매우 중요한 역사적 의미를 지니고 있다고 할 수 있다. 나운규가 영화 아리랑을 만들게 된 동기가 이 아리랑을 염두에 두었을 것으로 보인다. 왜냐하면 나운규가 영화 〈아리랑〉의 영화음악으로 편곡한 아리랑 즉 본조아리랑의 모곡이 이 아리랑으로 보이기 때문이다〈아래 참고〉.

이 경기도 자진아리랑이 생기면서 아리랑이 전국적으로 퍼지는 제1차 충격을 주어 여러 아리랑이 발생되는 제1차 동기가 되었을 것으로 보인다.

6) 신조(新調)아리랑과 별조(別調)아리랑(아롱타령 · 해주(海州)아리랑)

경기도 자진아리랑의 충격은 지금 〈해주아리랑〉으로 알려진 아롱타령이 발생케 하였던 것으로 보인다. 이 아롱타령이 언제 어떻게 해주아리랑이라는 별명을 얻게 되었는지 알 수 없다. 옛 유성기 음반에는 신제아리랑이라 하였고 이은관 등 소리명창들은 아롱타령이라 일렀다. 이 아리랑을 해주아리랑이라 이르는 데 대하여 정득만·안비취 등 고로 경기소리명창들은 그런 말을 들어 본 적이 없다고 하였던 것으로 봐서 보편적으로 통용되던 이름이 아니었던 것 같다. 근래에 김기수가 채보한 『민요삼천리(民謠三千里)』[20)에 해주아리랑이 처음 나오는 것으로 봐서 이창배나 김기수가 처음 해주아리랑이라 이른 데서 발단된 것으로 보인다.

위 『민요삼천리』에는 "해주아리랑은 황해도 해주(海州)에서 불리우는 아리랑의 한 가지이다"라고 하였으나 해주 출신 소리명창 양소운(봉산탈춤 기예능보유자)은 해주에서 그런 아리랑을 들어 본 적이 없다고 하였고 소리가 서도(西道)토리로 되지 않은 것으로 봐서 아롱타령을 해주아리랑이라 이른 것은 해주(海州)와 무관하게 작명된 것이라 잘못된 이름 같다.

장단은 경기 긴아리랑처럼 3소박3박2대박자이고 한배는 자진아리랑처럼 빨라서 경쾌한 느낌을 주고 리듬도 비슷한데 자진아리랑을 개성난 봉가나 경복궁타령처럼 소리를 들고 나가면 아롱타령 비슷하게 되는 것으로 봐서 이런 경기소리의 영향으로 생겨난 것이 분명하다.

옛 유성기 음반에 더러 보이는 것으로 봐서 한때 유행하였던 것 같고 지금은 아롱타령을 부르는 이가 거의 없지만 이것이 역사적으로 중요하다고 느끼는 것은 밀양아리랑이 이 아롱타령의 영향으로 발생한 것으로 보이기 때문이다.

---

20) 김기수, 『民謠三千里』, 성음사, 1968, 132~133면.

7) 경기 자진아리랑(아롱타령 · 해주아리랑)과 밀양아리랑

앞에서 살펴 본 바와 같이 밀양아리랑과 같은 음악언어로 된 민요가
밀양 지방 기층음악문화에 없는 것으로 봐서 밀양아리랑도 근래에 밖
에서 들어 온 아리랑의 영향으로 발생한 것 같다. 그렇다면 어떤 아리
랑의 영향으로 밀양아리랑이 생기었을까? 음악적으로 보면 여러 아리
랑소리 가운데 아롱타령이 가장 비슷한 것으로 봐서 아롱타령에서 밀
양아리랑이 발생한 것 같다.

아롱타령과 밀양아리랑을 비교하여 보면 리듬은 거의 비슷하고 선율도
부분적으로 일치하는 데가 있다. 밀양아리랑의 뒷소리를 지금은 숙여 내
지만 옛날에는 질러 내었는데 이것이 더욱 아롱타령에 가깝다.

8) 신조아리랑과 본조아리랑

지금 흔히 아리랑이라 이르면 본조아리랑이라 생각하게 되고 또 한
때는 본조아리랑이 모든 아리랑의 근원이 되는 것으로 착각했던 것 같
다. 장사훈 박사는 『국악개요』 본조아리랑숙(俟)에서 "지방에 따라서 파
생된 별조도 많다"고 하였고[21] 이창배도 『민요삼천리(民謠三千里)』 아리
랑조에서 "이 아리랑처럼 전국 어느 곳에나 멀리 널리 퍼지고 종류가
많은 소리도 드물 것이다"라고 하여[22] 이 아리랑에서 모든 아리랑이 파
생된 것처럼 말하고 있어 한때 많은 사람들이 그렇게 믿고 있었다.

그러나 이 아리랑이 1926년에 나운규(羅雲奎)가 영화 아리랑을 만들면
서 기왕에 있던 아리랑을 편곡하여 만들어진 것이라는 것은 "나운규가
영화 아리랑을 만들 때 바이올린 악사에게 기왕에 있던 아리랑을 편곡

---

21) 장사훈, 앞의 책, 150면.
22) 김기수, 『민요삼천리』, 1968, 18면.

하게 하여 이 아리랑을 만들었다”는 말을 필자는 황재경·임석재 등 고로들의 증언은 들은 바 있고 또 1926년 이전에 유성기 음반에 본조아리랑이 보이지 않고 있는 것으로 봐서 알 수 있다.

영화 아리랑의 영화음악으로 편곡하여 본조아리랑을 만들 때 원 소재가 되었던 아리랑이 어떤 것인지 알 수 없지만 음악구조로 봐서는 경기 자진아리랑이라는 것은 틀림이 없다. 이는 당시에 가장 많이 유행하던 아리랑이 경기 자진아리랑이고 음악적 구조로 봐서도 경기 자진아리랑과 본조아리랑은 약간의 리듬만 다를 뿐 거의 같기 때문이다.

영화 아리랑이 유명해지고 본조아리랑이 크게 인기를 끌면서 영화음악으로 변사들이 부르고 영화 내용을 유성기판으로 취입하여 발매하면서 본조아리랑 다시 아리랑 충격파를 형성하여 수많은 신제아리랑을 파생시키는 일이 벌어졌으니 일제 중기에 온성아리랑·삼아리랑·단천아리랑 등 수많은 아리랑이 폭발적으로 생기었던 것 같다. 또 본조아리랑은 국내는 물론이고 만주와 일본에까지 널리 불리어지고 이제는 한국민요의 대표적인 것으로 세계에 알려지는 계기가 된 것으로 보인다 (악보 15).

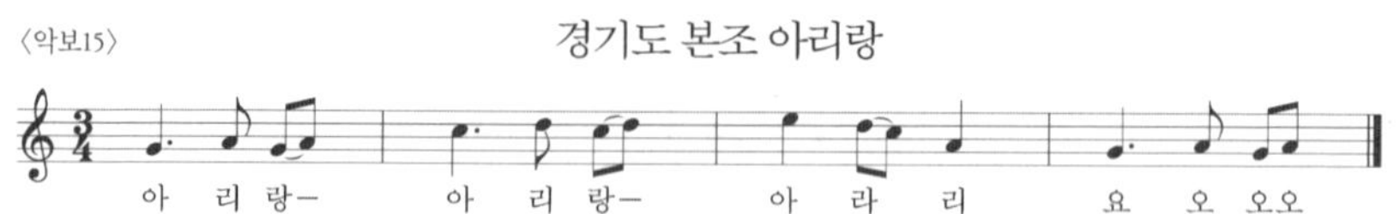

9) 구조아리랑과 남도아리랑

조선 말기에 구조아리랑이 널리 유행하자 각 지역에서는 그 고장 민요토리로 이것을 바꾸어 부른 것이 유행하였는데 세마치장단이나 굿거리장단에 메나리토리나 육자배기토리로 변용하여 부르는 것들이 한때 유행하였던 아리랑이며 이것들은 일테면 두루 남도아리랑이라 이를 수 있는 것들이다. 지금은 거의 전승이 끊어졌다. 이런 것 가운데 유성기판

에 남은 것은 김갑자(金甲子)가 부른 밀양아리랑이라는 이름으로 된 남
도아리랑을 들 수 있다. 김갑자가 유성기 음반에 부른 밀양아리랑은 실
제 밀양아리랑이 아니고 세마치장단에 육자배기토리로 된 남도아리랑
인 것이다. 남도아리랑은 지금 전승이 끊어졌으나 이것이 진도아리랑의
모체가 되어 역사적으로 주목되는 것이다.

10) 남도아리랑과 진도아리랑

아리랑이 크게 유행하면서 각지에 아리랑이 생기었고 일제 중엽에
남도아리랑에서 진도아리랑이 파생하였다 한다. 남도아리랑과 진도아
리랑은 곡조가 비슷하나 리듬이 다르다. 리듬은 오히려 전라도 물레타
령이나 산아지타령과 비슷하다(악보 17).

〈악보17〉　　　　　　　　　　　전라도 남도 아리랑

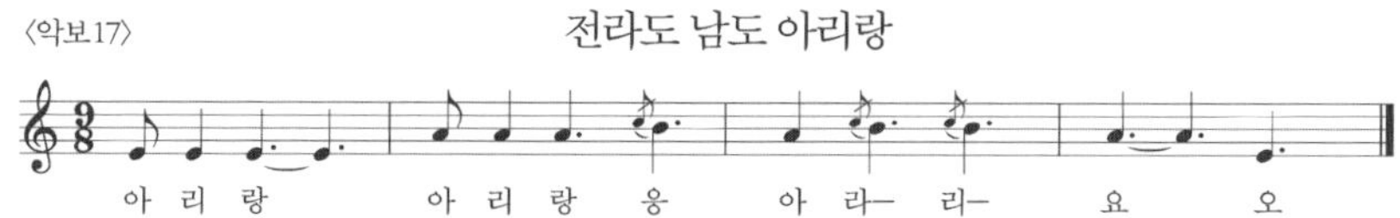

유성기판을 취입하러 일본에 가는 배에 金素姬 명창이 대금 명인 박
종기(朴鍾基)와 동행하여 탔는데 이 배에서 박종기가 남도아리랑을 소재
로 하여 편곡한 것이 진도아리랑의 시초이고 이것이 일본에서 최초로
취입된 것이 오케K1728 진도아리랑이라고 김소희는 증언하는 것을 필
자는 여러 차례 들은 바 있다. 이것은 김득수도 증언하고 있다.[23] 그렇
다면 박종기는 남도아리랑을 토대로 하여 진도아리랑과 곡조가 비슷한
전라도민요 물레타령이나 산아지타령을 본으로 하였을 것으로 보인다.

---

23) 중요무형문화재 보유자 김득수 대담자료.

11) 소결

  지금까지 살핀 것을 요약하면 강원도와 그 인근지역에서 농요로 전
승되는 자진아라리와 긴아라리가 소리꾼의 소리로 발전하면서 긴아라
리에서 엮음아라리와 아리랑세상이 파생되고 아리랑세상에서 한오백년
이 발생하였고, 한편 강원도 긴아리랑에서 경기도 긴아리랑이 파생되고
이것이 빨라져서 경기 자진아리랑이 생기고 경기 자진아리랑에서 아롱
타령·남도아리랑·본조아리랑이 파생되고 아롱타령에서 밀양아리랑
이 나왔고 남도아리랑에서 진도아리랑이 나왔으며 본조아리랑에서 성
천아리랑·온성아리랑·삼아리랑이 나왔다고 할 수 있다.

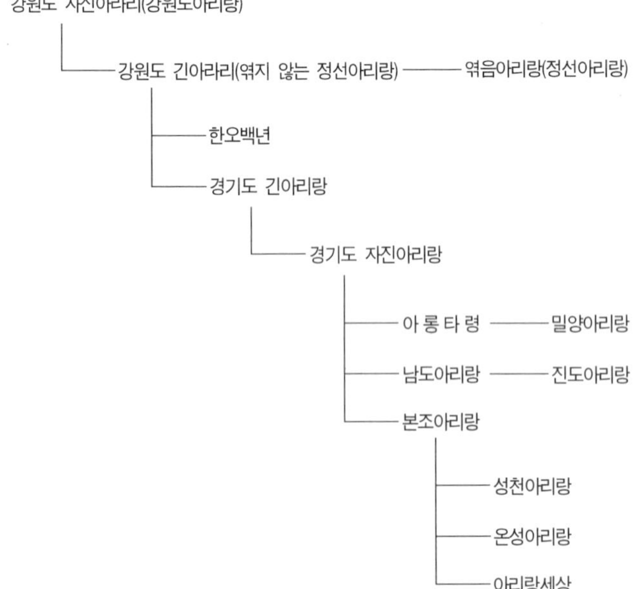

4. 아리랑의 어희(語義)에 대한 음악적(音樂的) 해석(解析)

앞에서 말한 바와 같이 음악적 측면에서는 아리랑소리의 근원을 규명하는 작업에서 민요의 이름인 아리랑의 어의(語義)나 어원(語源)에 관한 것은 관심 밖의 일이다. 앞에서 전승문화를 통하여 살핀 결과는 강원도지역에서 농요로 전승되는 아라리가 아리랑소리의 근원이라고 결론을 지었다. 그리고 강원도지역에 전승되는 아리랑의 곡조가 각 지역의 아리랑으로 전이되는 음악적 변용체계도 밝혀냈다. 음악적으로 봐서는 그 이상 할 일이 없는 것이다. 민요 이름의 어의나 어원에 대한 것은 음악적 영역(領域)의 밖이라고 보기 때문이다. 그런데도 아리랑소리의 근원이 강원도지역에 전승되는 농요로 불리어지는 아라리로 결론을 지은 음악적 입장에서 아리랑소리의 이름인 〈아리랑〉의 어의(語義)나 어원(語源)에 대한 해석을 한다면 어떻게 하겠느냐 하는 질문이 있을 수 있다.

음악적 측면으로 볼 때에는 아리랑이라는 말의 어의나 어원을 입타령 즉 구음(口音)으로 보는 장사훈(張師勛)·이창배(李昌培)·임동권(任東權)의 견해가 가장 설득력이 있는 것이다. 그러나 입타령(口音)으로 쓰이는 수많은 음 가운데 하필 아리랑이라는 말을 쓰느냐 하는 질문을 굳이 하게 된다면, 도움이 될지 모르나 아리랑이라는 이름의 어의와 어원에 대한 아래와 같은 음악적 측면의 견해를 제시할 의무를 느낀다.

앞에서 아리랑소리의 근원이 되는 아리랑은 강원도지역뿐만 아니라 충청북도 동북부와 경기도 동남부에 이르는 중원지역에서 농요로 전승되는 아라리이며 주로 모심기에 불리어지는 것이라 하였다. 아리랑소리의 이름이 이 소리의 뒷소리에서 나온 것인 만큼 이 소리의 이름 '아리랑' '아라리' '아라성' 가운데 어느 것을 근원으로 보느냐 하는 것을 강원도지역(강원도와 중원지역을 통틀어 '강원도지역'이라 이르고자 한다)에 농요로 전승되는 아라리의 뒷소리에서 찾아야 할 것이다.

　그런데 여기에서 ‘아리랑’이라는 말이 “아리랑 아리랑 아라리요”하고 반드시 ‘아라리’라는 말에 메기어 나타나는 것을 볼 수 있다.

　　　아리랑 아리랑 아라리요
　　　아리랑 고개로 넘어 간다.

　이는 ‘아리랑’이 ‘아라리’는 말을 메기는 수식어일 수도 있다는 생각이 든다. 그리고 보면 아리랑소리의 뒷소리에는 아리랑이라는 말이 없는 경우도 많다.

　　　아라리 아라리 아라리요
　　　아라리 고개로 넘어 간다.

　그렇다면 아라리가 원 명칭일 수도 있다. 실제로 강원도지역 농요로 불리어지는 아라리는 아리랑이라고 불리어지는 것보다 〈아라리〉로 불리어지는 경우가 많다. 그럼 ‘아리랑고개’로 상징되는 ‘고개’라는 말은 어찌하여 나왔는가 하는 의문이 생긴다. 그런데 ‘고개’라는 말 대신에 ‘얼씨구’라는 말로 된 것도 있다.

　　　아라리 아라리 아라리요
　　　아라리 얼씨구 넘어간다.

　이렇게 되면 ‘얼씨구 넘어간다’는 말은 추임새 “얼씨구 잘 넘어간다”라는 말에서 나온 것임을 바로 짐작하게 된다. 소리를 잘한다는 것을 “소리 잘 넘어간다”라는 말을 하는 것은 전통사회에서 상용어이다. 그리고 보면 “아라리 얼씨구 넘어간다”라는 말이 되풀이되다 보니 소리가 잘 넘어간다는 것을 고개를 넘어간다는 말로 구체화한 것이라 할 수 있다.

아라성이라는 말은 중원지역에서 쓰이는 것이다.

> 아라리야 아라리요
> 아리랑 얼싸 아라성아

아라성이라는 말을 쓰는 지역이 매우 드물 뿐 아니라 그 얼싸라는 말이 얼씨구라는 말이므로 "얼사 아라성아"라는 말은 "얼씨구 아라리 성아"라는 말로 보이는데 '성'이라는 것은 혹은 '송'이라 하기도 하는데 그냥 덧붙인 입타령일 것이다.

그럼 '아라리'라는 말은 무엇인가? 이에 대하여 아리랑의 '아라리' 기원설도 있지만 필자는 이 아라리설에는 동조하지 않는다. 이를 뒷받침할 아무런 근거를 댈 수가 없기 때문이다. 그래서 아라리라는 말을 다르게 해석하고자 한다.

여기에서 필자는 아라리와 함께 '아리'라는 말로 메기는 뒷소리에 주목한다.

> 아리 아리 아리 아라리요
> 아라리 얼씨구 넘어간다.

'아리'가 본디 원 명칭이고 아라리는 아리에 '알아리'하고 '알'이라는 말이 메긴 것이거나 아니면 '아'와 '리'와 사이에 '라'라는 군말을 끼어넣었다고 할 수 있지만 '아리'라는 말의 해석이 타당할 것으로 보고 이를 살피고자 한다.

아리랑소리 근원은 강원도지역의 농요로 전승되는 아라리이고 그 본디 명칭은 '아리'라 한다면 '아리'는 노래를 뜻할 수도 있다. '아리'라는 말이 실제 노래를 가리는 것이라는 것은 용강 조김매기소리에 긴아리와 자진아리가 있는 데서 알 수 있다. 긴아리는 늦은 속도의 '아리'라는 뜻이고 자진아리는 빠른 속도의 '아리'라는 뜻이니 '아리'라는 말은 분명 노래라는 말이나 소리라는 말일 것으로 잠작 된다.

실제 노래에는 긴아리, 자진아리 밖에도 알아리·울어리·얼어리·민아리·단어리·대어리·덩어리에서 볼 수 있듯이[24] '아리' 또는 '어리'라는 말이 많이 쓰이고 있다. 여기에서 '아리' 혹은 '어리'라는 말은 노래 혹은 소리라는 뜻으로 보인다. 그렇다면 이 말의 어원은 어디에 있는 것인가?

이것은 현대어 '울다'[鳴, 啼]라는 뜻의 고어(古語) '우다'라는 말에서 기원하는 것으로 생각된다. 우리말에 '새가 노래한다'는 말을 '새가 운다'고 하고 '노래 한자리 해 봐'하는 말을 시골에서는 '어디 한번 울어 봐'하는 말을 쓰기도 하였던 것처럼 '노래한다'는 말을 '울다'라는 말로 썼던 것을 알 수 있다. 일본어(日本語)로 노래라는 말을 '우다'라 하는데 이 말의 어원을 어떻게 보는지 알 수 없으나 우리 고어(古語) '우다'와 관계가 있는 것인지도 모른다. 그렇게 봤을 때 '우다'라는 말이 '울다' '울이' '우리' '어리' '아리'라는 말로 쓰는 것이 아닌가 싶다.

메아리라는 말이 '뫼의 아리' 즉 '산의 울림' '산의 소리' '산의 노래'라는 뜻이라고 한다면 더욱 적절한 예라 할 것이다.[25] 이렇게 해석하게 되면 벙어리나 옹아리라는 말도 해석이 가능할지 모른다. 그렇게 해석된다면 경기도 연천 나무하는 소리 울어리는 '울' 즉 숲의 '아리' 즉 숲의 노래일 것이다.[26] 동해안 굿의 푸너리는 푼어리 즉 성주푸리 제석푸

---

24) 울어리(우러리)−경기도 연천 나무하는 소리.
　　얼어리(어러리)−강원도 횡성 김매기소리.
　　민아리(미나리)−강원도 김매기 소리.
　　단어리(단허리)−중원지방 김매기 소리.
　　대어리(대허리)−중원지방 김매기 소리.
　　덩어리−경기도 평택, 안성, 용인 김매기 소리.
25) 뫼아리에 대하여 서정범 교수는 뫼소리 즉 산의 소리로 보았다(서정범, 『우리말의 뿌리』, 고려원, 1996, 384면). 서정범 교수 설대로 뫼아리에서 아리를 소리에 기원을 두는 것으로 보아도 긴아리, 자진아리의 해석은 변함이 없으나 그 많은 예가 왜 소리라 하지 않고 '어리' '아리'라 하였느냐 하는 증거를 댈 수가 없다.
26) 경기도 연천지방의 나무하는 소리를 '울어리'라 한다.

리처럼 푸는 '아리'라는 뜻이라 할 수 있다.[27]

그렇다면 아리랑소리의 아라리는 '알아리'가 맞는 것인가 '아라리'가 맞는 것인가? 아라리라는 말이 맞는다면 '라'가 군말로 봐서 굳이 그 뜻을 풀 필요도 없다. 그러나 '알아리'가 맞다면 그 말뜻을 풀 필요가 있다고 본다. '알아리'라는 말을 푸는 데 강원도 농요 〈미나리〉 또는 메나리를 '민아리'로 봤을 때 이것이 열쇠가 될 것 같다.

강원도지역(강원도 경기도 충청도 경상도) 김매기소리에는 미나리 혹은 메나리라 이르는 노래가 있다. 이 이름이 '아리'와 관련이 있다면 미나리는 '민아리'임에 틀림없다. 민아리란 무슨 뜻인가? 이는 '갖추지 못한 아리'라는 뜻일 것이다. 국악곡에 뒷풍류가 갖추어진 영산회상을 '가진 영산'이라 하고 갖추지 못한 영산회상을 '민영산'이라 이르는 데서 알 수 있다. 민아리가 갖추지 못한 '아리'라 한다면 무엇을 갖추지 못하였다는 것일까? 필자는 민아리가 뒷소리 즉 후렴을 갖추지 못하였다는 뜻으로 해석하고자 한다. 사실 다른 농요는 뒷소리를 갖추었지만 민아리는 뒷소리를 갖추지 못하였다.

민아리가 갖추지 못한 아리라는 뜻이라면 아리랑소리의 이름인 '알아리'는 무슨 뜻인가? 민아리의 뜻으로 미루어 갖추어진 '아리'라는 뜻일 것으로 보인다. 즉 뒷소리를 갖춘 아리라는 뜻일 것이다. 경상도 정자소리와 강원도 아라리는 곡조도 비슷하고 노랫말에도 같은 것이 많다. 다만 경상도 정자소리는 뒷소리를 갖추지 못한 민아리이고 강원도 아라리는 뒷소리를 갖춘 '알아리'인 것이다. 여기에서 '알'이라는 말은 아리랑 기원설에 '알'설(說)이 있기는 하지만 필자는 그렇게 복잡하게 생각하지 않고 무엇이 갖추어 꼭꼭 찬 것을 '알차다'하는 뜻으로 단순하게 보고 싶다. 그렇다면 알아리는 뒷소리를 갖춘 아리 즉 '알찬 아리'인 것이다. 그렇다면 어찌하여 "아리 아리 아라리요"할 것을 "아리랑

---

27) 동해안 별신굿에서 각 거리는 푸너리라는 가악반주와 춤으로 시작하는데 이것은 신이 굿청에 오는 길을 닦는 구실을 한다고 봐서 神路를 풀어주는 樂舞 즉 '아리'라 할 수 있다.

아리랑 알아리요” 하고 아리에 ‘랑’을 붙여 아리랑이라는 말로 불렀을까? 필자는 여기에서 비로소 장사훈·이창배·임동권의 구음설(口音說)을 다시 원용하고 싶다. “아리 아리 아리 아리 알아리요”하거나 “알아리야 알아리요” 하게 되면 구음으로 봐서 건조하다. 가야금 구음에 “청 홍 둥 당 동 징 땅”하는 것처럼 ‘아리’에 ‘랑’을 붙여 흥을 돋은 것으로 볼 수 있다. 아리에 랑자를 붙여 아리랑이라는 말은 이미 강원도에서 비롯되었지만 이 말이 서울에 전파되면서 이 말이 가야금 “당 동 징”하는 구음과 같이 정감에 넘치기 때문에 이 노래에 흥을 느끼는 것으로 보인다. 사실 아리랑이 그렇게 크게 번진 데는 아리랑이라는 말의 음운적(音韻的) 정감과 무관하지 않을 것이다.

거듭 말하거니와 민요 이름의 어의를 푸는 것은 음악학에서는 관심 대상이 아닐 뿐 아니라 영역 밖이라 할 수 있다. 그런데도 필자는 아리랑소리의 근원을 다루며 그 이름의 어의와 어원에 대한 음악학적 견해를 제시하는 분수에 넘치는 일을 한 것 같다. 이는 단지 음악학적 견해일 뿐이니 그냥 지나쳐도 좋을 것이다. 다만 민속학과 어문학을 전문으로 하는 석학들의 질정(叱正)을 바랄 뿐이다.

5. 맺음말

한때 수많은 아리랑소리의 근원이 본조아리랑으로 알려졌으나 가창행위에 나타난 전승문화적 특성이나 음악문법으로 봐서 강원도 긴아라리와 자진아라리가 아리랑소리의 근원이라는 것을 밝혔다. 이런 아라리소리가 조선 말기 경복궁 중수 시에 서울에 충격을 주어 경기도 긴아리랑을 파생되었고, 긴아리랑이 근대화 충격으로 경기도 자진아리랑을 파생시켰고 여기에서 2차 충격으로 아롱타령(해주아리랑) 남도아리랑이 파

생되었고, 남도아리랑에서 진도아리랑, 아롱타령에서 밀양아리랑이 파
생되었고 격동기의 소용돌이 속에 경기도 자진아리랑에서 본조아리랑이
파생되고 이것이 다시 수많은 아리랑을 낳는 3차 충격이 있었던 것 같다.
　결국 아리랑소리의 근원은 강원도 아라리에 있는 것이고 아리랑이라는
이름도 아라리에서 나온 것이고 아라리는 알아리라 할 수 있다. 여기에서
'아리'라는 것이 '우다'라는 고어에서 노래라는 말로 쓰이며 '우리' '어리'
'아리'가 되어 긴아리 자진아리 민아리 알아리 얼어리 울어리 같은 예에
서 볼 수 있듯이 노래라는 뜻으로 쓰이는 것으로 보인다는 음악학자의
사족을 달았으나 본 논문의 주제는 어디까지나 강원도 아라리가 문화행
위로 보나 기층음악 어법으로 보나 아리랑소리의 근원이라는 것이다.

형성기 대중가요의 전개와 아리랑의 존재양상

강등학

1. 서론

아리랑[1]은 향토민요로 출발하여 오늘에까지 시기별로 여러 궤적을 그리며 전개되어 온 노래이다. 그러므로 아리랑의 존재양상은 노래문화, 특히 대중가요의 사적 흐름 위에서 이해할 필요가 있다. 이러한 시각에서 이 글은 먼저 대중가요의 사적 전개를 검토한 뒤, 아리랑이 그러한 전체적 국면과 어떠한 관련을 가지며 존재하였는지 알아볼 것이

---

[1] 아리랑은 끊임없이 개신되고, 새로 창작되어 왔다. 이에 따라 아리랑이라는 이름의 노래도 아주 여러 장르에 걸쳐 다양하게 존재하고 있다. 그러므로 이제 아리랑이라는 말은 어떤 특정노래만을 가리키는 개념으로 한정하기 어렵게 되었다. 상황이 이러하기에 이 글에서의 아리랑도 제목에 아리랑이라는 말이 들어 있거나, 후렴에 아리랑이라는 말을 사용하고 있는 모든 노래를 총칭하는 개념으로 사용하고자 한다. 다만, 아리랑에 속하는 모든 노래를 총괄하는 뜻을 보다 분명히 하거나, 그냥 아리랑이라고 했을 때 혼동이 올 가능성이 있을 경우에는 '아리랑노래'라는 말을 쓰기로 하겠다.

다. 그런데 아리랑이 대중가요 전체국면에 끼친 영향이 1930년대에 가장 극대화되며, 또 이 시기는 19세기 중반 이후 우리 대중가요가 형성되어 마감되는 단계에 해당되는 때이기도 하다. 그러므로 문제를 보다 심도 있게 다루기 위해 여기서는 논의의 범주를 대중가요 형성기로 한정하도록 하겠다. 결국 대중가요 형성기와 아리랑이 이 글의 화두가 되는 셈인데, 여기에 하나 덧붙일 문제는 아리랑의 전개를 바라보는 또 다른 시각이다. 향토민요가 대중가요로 전개되는 상황은 전통사회의 민속문화가 오늘 우리의 문화로 전환되는 일반적 흐름 위에 놓여 있는 것이기도 하다. 그러므로 이러한 시각에서 아리랑이 갖는 의미에 관해서도 문제를 제기해보고자 한다.

지금까지 우리 대중가요의 형성과 관련된 논의는 이식론과 자생론의 서로 다른 시각 아래 이루어졌다. 이식론은 우리 대중가요가 서구음악의 이식과정을 통해 형성된 것으로 설명하려는 논리이며, 자생론은 조선 후기의 사회적 변화를 배경으로 기존의 노래를 대중가요로 설명하려는 논의이다. 전자에 대한 논의로는 김창남,[2] 이영미[3]의 작업이 있고, 후자에 대한 논의는 이노형,[4] 고미숙,[5] 박애경,[6] 강등학,[7] 강연진[8] 등의 작업이 있다. 초기의 연구가 이식론에 기울어 전개되었던 것과 달리, 이노형 이후 특히 국문학 전공자들을 중심으로 자생론에 대한 논의가 하나의 흐름을 형성하고 있는 것이 지금까지의 경향이다.

이식론은 우리 대중가요가 일제강점기 유행창가로부터 시작되었다고

---

2) 김창남, 「유행가의 성립과정과 그 문화적 성격」, 『노래』 제1호, 실천문학사, 1984.
3) 이영미, 『한국대중가요사』, 시공사, 1998.
4) 이노형, 『한국 대중가요의 연구』, 울산대 출판부, 1994.
5) 고미숙, 「대중가요의 선구, 20세기 초반 잡가 연구」, 『역사비평』 봄호, 역사비평사, 1994.
6) 박애경, 「유행가 형성과정 연구」, 『연세어문학』 제25호, 연세대 국문학과, 1993.
7) 강등학, 「19세기 이후 대중가요의 동향과 외래양식 이입의 문제」, 『인문과학』 제31집, 성균관대 인문과학연구소, 2001.
8) 강연진, 「한국 근대대중가요 형성과정 연구」, 이화여대 석사논문, 2002.

하며, 자생론은 19세기의 잡가, 또는 시조로부터 시작되었다고 하고 있다.9) 전자의 근거는 유행창가가 음반에 담겨져 발매된 노래라는 것이고, 후자의 근거는 해당 노래들이 대중가요의 양상을 보이고 있었다는 것이다. 그러므로 자생론이 이식론을 극복하기 위해서는 음반을 기준으로 삼고 있는 이식론자들의 대중가요 규정에 대응해야 하며, 또 창가와 트로트 등 새로운 노래양식의 유입에 대한 자생론자들의 논리를 개발해야 한다. 전자의 부당성이 논리적으로 극복되어야 대중가요 발생시점을 19세기로 끌어올릴 수 있고, 또 후자의 논리가 개발되어야 19세기와 20세기의 단절 없이 일관된 논리로 대중가요사를 기술할 수 있기 때문이다. 그러나 기존의 자생론들은 잡가의 대중가요적 성격을 드러내는 일에 관심을 두었을 뿐, 이식론에 대한 논리의 개발에는 적극적인 논의를 하지 않았다.

　이식론에 대한 논리적 대응은 필자의 선행논문에서 이루어졌다. 먼저 필자는 이식론이 내세우고 있는 대중가요 규정은 미국에서 대중가요의 기점으로 잡고 있는 시점이 음반문화가 생겨나기 전이라는 점을10) 지적하여 그 부당성을 설명했다. 또한 유행창가·트로트 등 외래양식의 유입문제는 20세기의 우리 대중가요가 그러한 양식의 노래로 전개되도록 미리 틀 잡혀 있었다는 논거를 마련하여 대중가요의 외래양식 유입을 우리 스스로의 내발적 전개문맥 위에서 설명하였다. 그것은 20세기 초 우리 대중가요는 통속민요가 주도하고 있었고, 통속민요의 부상을 통해 '장절형식의 짧은 서정의 노래'가 대중가요의 전개방향으로 흐름을 미리 형성하고 있었으며, 그러기에 대중가요의 외래양식 유입은 이미 예비된 방향에서 전개된 새로운 노래의 공급으로 보아야 한다는 말

---

9) 필자를 제외한 자생론들은 모두 우리 대중가요가 잡가로부터 시작되는 것으로 보고 있다. 이와 달리 필자는 19세기 중반에 시조가 대중가요로 자리하고 있음을 말했다(강등학, 앞의 글, 247~248면). 그러나 20세기 대중가요의 전개가 잡가에 의해 주도되고 있음은 필자 역시 나머지 자생론자들과 생각을 같이 하고 있다.
10) 강등학, 위의 글, 256면.

이다.[11] 요컨대 외래양식의 유입은 옛것이 진부해지면, 새것을 갈망하는 소비취향에 따른 새로운 노래의 공급일 뿐이며, 그것을 대중가요 시작의 의미로 해석하기 어렵다는 것이다.[12]

필자의 이같은 선행작업은 대중가요 연구의 선편을 잡은 이식론을 극복하면서 형성기 대중가요를 전체적으로 조망하는 일에 주력한 것이었다. 곧, 형성기 대중가요를 읽을 수 있는 기본적인 시각과 논리를 확보하기 위한 작업이었던 것이었다. 이제 필자는 선행작업을 바탕으로 형성기 대중가요의 보다 세부적인 국면을 드러내는 작업으로 나아가고자 한다. 형성기 대중가요의 세부적 국면이 파악되어야 이 시기 대중가요사도 보다 실증적으로 기술할 수 있기 때문이다. 필자가 이 글에서 형성기 대중가요사와 아리랑을 같이 읽어내려고 하는 의도도 바로 여기에 있다.

아리랑에 대한 학계의 연구는 상당한 양이 축적되어 있다. 이 중에 이 글의 관심사와 직접, 또는 간접으로 관여되는 영역의 것을 추려보면, 어원론적 논의, 의미론적 논의, 생태론적 논의, 통시적 논의 등으로 구분할 수 있다. 어원론적 논의는 아리랑의 어원적 의미를 알아보려는 연구로서[13] 노래 자체에 대해서는 적극적으로 관심을 갖지 않았다. 의미

---

11) 위의 논문, 259 · 262면.

12) 필자가 마련한 이식론에 대한 대응논리는 뒤에 강연진에 와서 되풀이하여 반복되고 있다(강연진, 앞의 논문) 그 역시 "민요계 잡가(통속민요-필자)가 지닌 강한 분절성이 단형의 서정양식으로 된 유행창가의 새로운 형식을 무리 없이 수용케 하는 형식적 친숙함을 제공"하였다고 하면서 "통절형식이 아니라 분절형식을 지향하는 일련의 흐름 속에 유행창가가 수용된 것이며, 이 흐름을 바탕으로 이후 유행잡가군이 생겨나고, 신민요, 트로트라는 정련된 단형의 서정양식이 대중가요사에 출현할 수 있었던 것"(92~93면)으로 보았다. 곧, 통속민요 양식에 주목하고, 외래양식의 유입이 "이미 우리 내부에 있던 것"(105면)으로 파악하며, 이식론을 극복하려 하였는데, 이같은 시각의 이식론 극복논리가 강연진 논문의 핵심적 틀거리이다. 그러나 강연진의 이러한 논리 전개에 필자의 선행작업은 언급되지 않았다.

13) 예를 들면 다음의 것이 있다. 원훈의, 「아리랑계어의 조어론적 고찰」, 『관동향토문화연구』 제1집, 춘천교대 관동향토문화연구소, 1977; 정동화, 「아리랑 어원고」, 『국어국문학』 제76집, 국어국문학회, 1977.

론적 논의는 아리랑의 성격과 노래의 문화적 의미를 파악해 보는 연구이며,14) 아리랑이 우리 민족을 대표하는 노래라는 점과 관련이 있는 부분에 논의가 거의 한정되어 있다. 생태론적 논의는 특정한 아리랑의 존재양상과 원리를 파악하려는 연구인데,15) 이러한 연구들의 관심 범주는 해당 노래를 넘어서지 않았다. 그리고 통시적 논의는 아리랑의 발생을 추적하고, 그것의 사적 추이를 파악해 보려는 연구인데,16) 이것들은 아리랑이 영화 아리랑에 힘입어 전국적으로 확산되기 이전의 상황을 기술하는 일에 작업이 치우쳐 있다.

이러한 가운데 아리랑의 전체적 판도를 분석적으로 접근하여 드러낸 연구가 이보형에 의해 이루어졌다. 그는 음악적 분석을 통해 여러 아리랑의 영향과 파생관계를 구체적으로 설명하여 전체 아리랑의 판도를 체계적으로 드러내면서, 향토민요 아리랑과 통속민요 아리랑도 구분해냈다. 이로써 그는 아리랑의 전개를 세부적으로 설명할 수 있는 논의의 기초를 제시하였을 뿐만 아니라, 아리랑의 논의에 향토민요와 통속민요라는 서로 다른 문화적 틀을 주목하도록 하는 새로운 문제의식을 불러일으켰다. 필자는 이보형의 이러한 성과에 힘입어 선행작업에서는 전체 아리랑의 판도를 전제로 하여 1차로 향토민요 아리랑의 국면을 검토한 바 있다.17) 여기서는 그 후속작업으로서 향토민요 아리랑이 통속민요로

---

14) 이에 대한 논의의 예는 다음을 들 수 있다. 김시업, 「근대민요 아리랑의 성격형성」, 『전환기의 동아시아 문학』, 창작과비평사, 1985; 김열규, 『아리랑－역사여, 겨레여, 소리여』, 조선일보사, 1987; 정우택, 「아리랑고개의 인식과정」, 『성대문학』 제27집, 성균관대 국문학과, 1990.

15) 이러한 논의의 예로는 다음을 들 수 있다. 강등학, 『정선아라리의 연구』, 집문당, 1988; 한양명, 「진도아리랑타령 연구」, 중앙대 석사논문, 1988; 김기현, 「밀양아리랑의 형성과정과 구조」, 『문학과언어』 제22집, 문학과언어연구회, 1991.

16) 김연갑, 『아리랑 그 맛, 멋, 그리고 －』, 집문당, 1988; 이보형, 「아리랑소리의 근원과 변천에 관한 음악적 연구」, 『한국민요학』 제5집, 한국민요학회, 1997; 김기현, 「〈아리랑〉요의 형성시기」, 『민요론집』 제6집, 민요학회, 2001; 이소라, 「아리랑과 그 출처에 대한 소고」, 『민요론집』 제6집, 민요학회, 2001.

17) 강등학, 「향토민요 아리랑의 존재양상과 장르적 동향」, 『소암권오성박사화갑기념 음악학논총』, 간행위원회, 2000.

전환하여 대중가요의 흐름 위에 어떻게 정착하는가를 주의 깊게 검토하고자 한다.

통속민요 아리랑, 또는 대중가요로서의 아리랑을 대중가요사의 맥락에서 검토한 작업은 아직 이루어지지 않았다.[18] 그러므로 이 작업이 아리랑과 형성기 대중가요사, 양자의 이해에 다소나마 보탬이 될 수 있기를 기대해 본다.

2. 형성기 대중가요의 전개양상

알려진 것처럼 조선 후기는 도시문화가 발달한 시기이다. 임진왜란과 병자호란으로 피폐해진 조선의 경제는 17세기 후반 이후 회복하기 시작했고, 때 맞춰 화폐경제가 활성화되면서 서울은 어느덧 상업도시로 탈바꿈하였다. 그리고 사회경제적 환경이 달라짐에 따라 조선 후기의 문화 역시 그 이전 시기와 달리 근대의 도시적 양상을 띠어 유흥과 여가의 문화적 취향과 수요가 사회전반으로 확산되어 갔다. 이러한 흐름이 지속되어 18세기를 거쳐 19세기에 이르는 동안 문화소비의 계층적 벽이 크게 약화되었고, 가면극처럼 상업적 목적으로 후원을 받거나 소설처럼 상품 자체로서 유통되는 문화들이 속속 등장하여 점차 그 비중이 증대되는 양상을 보여주고 있었다. 요컨대 다수에 의해 소비되고, 상업성의 물적 토대가 마련되면서 조선 후기의 문화는 점차 대중성을 확

---

18) 1910년대 잡가집에 실린 아리랑을 검토한 다음의 작업이 있다. 그러나 이 작업은 가사를 통해 잡가집 소재 아리랑의 성격을 파악하는 데 한정되어 있다. 정우택, 「잡가집 소재 아리랑에 대한 연구」, 『임하최진원박사정년기념논총―고전시가의 이념과 표상』, 논총간행위원회, 1991.

보하며 20세기에 접근하고 있었던 것이다.

노래문화 역시 조선 후기의 이러한 문화적 전개와 맥락을 같이 한다. 조선 후기로 접어들면서 그 동안 지배계층이 향수하던 노래문화의 소비에 중인들의 참여가 점차 늘어나더니, 19세기에 이르면 도시의 서민과 기층의 노래문화가 새롭게 부상하게 된다. 그리고 시간이 흐르면서 도시 서민의 노래들은 어느덧 대중가요로서의 면모를 갖추어 20세기로 그 흐름을 이어가게 되는 것이다. 그러므로 대중가요의 출발점이라는 점에서 19세기 노래문화의 동향은 매우 중요한 의미를 가지고 있다.

19세기 노래문화의 주된 범주는 가곡문화 · 좌창문화 · 입창문화이다.[19] 가곡문화는 가곡, 가사를 중심으로 한 노래 취향으로서 주로 가객과 기생들에 의해 공급되고 사대부를 포함하여 역관, 각사의 서리 등 중인출신 관리 및 시전상인들, 이른바 중간계층 이상의 존재들에 의해 향수되는 문화이다. 좌창문화는 시조 · 가사 · 긴잡가 등을 중심으로 한 노래 취향으로서 삼패기생과 사계축의 존재와 같은 반직업적 소리꾼들에 의해 공급되고 부를 축적하기 어려운 관청의 하급관리, 중소상인, 수공업자, 영농업자 등 도시서민들에 의해 향수되는 문화이다. 그리고 입창문화는 산타령, 통속민요를 중심으로 한 노래 취향으로서 사당패를 이어받은 붙박이 예인인 선소리패에 의해 공급되고 상업지역의 임노동자와 기층 서민들에 의해 향수되는 문화이다.[20]

19세기 도시공간에 공존한 3개 범주의 노래문화 가운데 가장 강한 탄력과 에너지를 가지고 있었던 것은 좌창문화이다. 좌창문화를 구성하

---

19) 이 글에 나오는 19세기 노래문화에 대한 내용은 아래의 논문에서 다룬 것을 일부 보완한 것이다. 강등학, 「19세기 이후 대중가요의 동향과 외래양식 이입의 문제」, 『인문과학』 제31집, 성균관대 인문과학연구소, 2001, 243~249면.

20) 권도희는 19세기 음악문화를 상류층의 음악, 소시민층의 음악, 하층민의 음악으로 구분하여 설명한 바 있다. 19세기 음악문화의 이 같은 구분은 각각 가곡문화, 좌창문화, 입창문화에 상응하는 것이다(권도희, 「19세기의 음악유통」, 『한국음악사학보』 제29집, 한국음악사학회, 2002, 83~92면).

는 노래 가운데 원래의 것은 시조와 가사이다. 시조는 가곡과 노랫말을 공유하는 노래이며, 가사는 가곡문화에서 향수되는 노래이다. 그러므로 좌창문화는 본래 가곡문화에 터를 두고 출발된 것임을 알 수 있다. 다시 말하면 가곡문화라는 상류사회의 풍류를 모방한 서민사회의 풍류로 좌창문화가 형성되었다는 것이다. 그런데 서민들의 문화감각과 취향은 상류사회보다 발랄하여 가사와 시조에 토대를 둔 새로운 노래를 만들어냄으로써 가곡문화와의 거리를 넓히며 서민적 색채를 보다 분명히 드러내게 되었다. 먼저 좌창문화의 소리꾼들은 가사에 템포를 달리하고, 또 일부는 기층음악적 요소를 가미하여 긴잡가를 형성하였고, 이보다 시기가 늦어지지만 사설시조를 변형하여 휘모리잡가를 만들어냈다. 모두 기존의 노래에 변화를 꾀하던 것이 아예 새로운 장르로 굳어져서 그들만의 레파토리로 자리잡게 된 경우이다.

좌창문화가 활성화되면서 가곡문화와의 거리가 멀어진 것과 달리, 입창문화와의 거리는 좁혀지는 양상을 보였다. 이를테면 좌창문화가 입창문화로부터 통속민요를 수용한 것이 이를 말함이다. 통속민요는 원래 사당패들이 이곳저곳을 다니면서 향토민요를 받아들여 다듬어낸 노래로 출발한 것으로 보이며, 뒤에 붙박이 예인으로 자리잡은 입창패들에 의해 그들의 정규종목 연주가 끝난 뒤에 청중들의 취향에 맞는 노래로 통속민요를 부르기 시작한 것으로 판단된다. 좌창문화의 통속민요 수용은 그것이 19세기 들어서 본격화된 신생문화로서 가지고 있던 탄력과 동력에 기인한다. 곧, 신생문화는 이미 유형화된 문화보다 처해진 국면에 환경적 영향을 크게 받으며 전개되는 것이기에, 좌창문화는 주변 노래문화로부터 성장의 자양을 지속적으로 흡수하여 레퍼토리를 다양화하며 스스로의 정체성을 마련해야 했던 것이다.[21] 통속민요의 수용뿐만 아니라, 긴

---

21) 가곡문화는 말할 것 없고, 입창문화도 사당패의 연예활동에 뿌리를 두고 있는 것이기에 모두 좌창문화보다 긴 역사를 가지고 있다. 좌창문화는 18세기 말이나 19세기 들어서 자리잡힌 것으로 판단된다.

잡가·휘모리잡가 등의 창출도 같은 맥락 위에서 이해해야 할 일이다.

좌창문화는 상층과 하층의 노래문화를 모두 수용할 수 있는 중간적 위치에 있었다. 앞에서 다룬 가곡문화 및 입창문화와의 교섭도 좌창문화가 중간적 위치에 있기 때문에 가능했던 것이다. 여기에 좌창문화는 신생문화로서의 탄력과 에너지를 갖추고 있었다고 했다. 이러한 여건으로 인해 좌창문화는 시간이 지날수록 보다 강한 탄력을 받으면서 그 저변을 넓혀갈 수 있었으며, 19세기 중반을 지나면서는 대중문화로서의 자리매김을 보다 분명하게 보일 수 있었다. 1863년에 출간된 『남훈태평가』는 이러한 사정을 이해할 수 있게 하는 표지이다. 이미 알려진 바와 같이 이 책은 방각본으로 상업적 목적을 가지고 출판되었다. 방각본 노래책의 출판이 가능했던 것은 당시 시조가 그만한 대중성을 확보하고 있었기 때문임은 물론이다. 이 책이 한글을 표기문자로 택한 것도 판매의 대상을 넓히려는 상업적 배려로 해석할 수 있는 일이지만, 다른 한편으로는 그렇게 해야 할 정도로 시조의 향수층이 폭넓게 존재했기 때문으로 이해해야 한다.

대중가요의 정의는 여러 모로 규정될 수 있겠지만, 그 핵심요소는 소비의 다수성과 이해의 용이성에 있다.[22] 여기에 하나 더 추가할 것은 대중전달의 유통매체 확보이다. 『남훈태평가』의 출간으로 시조는 대중가요로 규정될 수 있는 기본적인 요건을 모두 갖추었다고 할 수 있다. 19세기 중반의 시조는 이미 서민 다수가 소비하는 노래가 되어 버린 데다가, 대중에게 널리 유통시킬 수 있는 매체를 확보하고 있기 때문이다. 『남훈태평가』의 출판으로 시조가 대중가요로서의 요건을 갖추었다고 하는 생각은 미국 대중음악의 시작을 1880년대 틴팬앨리(Tin Pan Alley) 시대로 규정하는 시각과 동일하다. 미국 대중음악의 출발이 틴팬앨리 시대로부터라는 생각은 상당히 보편적으로 받아들여지고 있는데, 이 시기

---

22) 서우석, 『음악과 현상』, 문학과지성사, 1989, 83면.

노래의 유통매체는 인쇄된 악보였다. 틴팬앨리라는 명칭도 악보의 출판
사가 밀집되어 있던 길거리 이름을 가리키는 말이다.[23] 우리는 흔히 대
중가요의 전달매체를 음반으로 인식하고 있지만, 그 이전에 인쇄물이
이미 대중전달의 기능을 하고 있었다는 점에 주목해야 한다.

『남훈태평가』라는 출판물이 말해주고 있듯이 19세기 중반의 노래문
화에 있어서 가장 대중적 호응을 받았던 노래, 곧 주도 장르는 시조이
다.[24] 그러나 시간이 지나면서 보다 빠르고 자유분방한 정서를 지닌 노
래가 대중의 인기를 끌어 19세기 후반에 이르러서는 긴잡가, 통속민요,
산타령 들의 인기가 크게 부상하게 되었다. 요컨대 기층음악이거나, 그
러한 요소를 지닌 서민풍의 노래들이 부상된 것이다. 이러한 점은 19세
기의 몇몇 가집과 악보집들을 통해 이해할 수 있다. 예를 들면『남훈태
평가』에 긴잡가가 실려 있으며,『가야금보』에 흥타령이,『아양금보』에
놀양, 오돌또기, 방아타령 등이,『교방가요』에 산타령, 방아타령 등이
실려 있는데, 이것들 모두 상류사회에서 즐기는 정악이나 정가를 위한
책이다. 이러한 점을 감안하면, 상층의 풍류자리에도 좌창과 입창의 일
부가 진출한 것임을 알 수 있고, 당시에 이러한 노래들의 인기가 대단
한 것이었음을 짐작하게 한다.『매천야록』에 따르면, 고종과 민비도 궁
중에서 잡조(雜調)의 노래들을 즐겼으며, 특히 민비는 넓적다리를 치면
서 "그렇지, 그렇지"를 연발하였다고[25] 하니 당시 좌창과 입창의 노래
들은 이미 상하층을 막론하고 고르게 즐기는 대중가요로서 자리를 잡
고 있었다고 할 수 있다.

---

23) 위의 책, 82면; 노영해,「서양대중음악 유형성립의 사회적 배경과 그 음악적 속성」,
　　『음・악・학』, 민음사, 1988, 314~317면.
24) 강등학,「19세기 이후 대중가요의 동향과 외래양식 이입의 문제」,『인문과학』제31
　　집, 성균관대 인문과학연구소, 2001, 258면.
25) 李承旨最承, 月沙(廷龜)之後也. 久以假注書直闕中, 爲余言, 嘗夜闌聞有歌管, 隨
　　掖隷尋聲而往, 至一處殿閣, 晃郞如晝, 見兩殿便服散坐, 陛下帕首袒臂, 歌而鼓者數
　　十輩, 有唱雜調者曰 : "來路去路逢情歡, 死卽死兮難舍旃." 浮藝猥鄙, 聞者掩面. 而
　　明成后搏髀稱善曰 : "然哉然哉!"(『梅泉野錄』 卷1下).

19세기에 부상되기 시작한 서민풍의 노래들은 20세기에 들어서서 대중가요의 주도 장르로 자리하게 되었다. 당시에 잡가라고 불렸던 노래들이 그러한 것이다.26) 이러한 상황은 개화기 극장무대에서 판소리와 잡가의 공연이 시조·가곡·가사보다 월등하게 활발히 전개되었다는 사실을 통해 알 수 있으며, 또한 당시에 발매된 음반을 통해서도 드러난다. 우리 나라 최초의 상업음반은 1907년 미국 콜럼비아사에서 발매한 것이라고 하는데, 이 회사의 발매음반에 실린 노래는 모두 7곡이다. 이 중에 시절시조(時節詩調)와 황계사를 제외한 5곡이 긴잡가, 통속민요 등 잡가의 것이다. 그리고 1907년 이후 1910년 이전 사이에 발매된 것으로 보이는 미국 빅타사에서 제작한 음반에 모두 11곡이 실려 있는데, 그 내용은 판소리계의 것이 5곡, 통속민요가 4곡, 긴잡가가 1곡, 또 "육각거상(六樂擧觴)"이라는 노래가 1곡이다.27) 이로써 무대공연에서뿐만 아니라, 음반계에서도 잡가가 대중가요의 주류 장르로 부상되어 있음을 확인할 수 있다. 1910년대 나온 여러 잡가집에도 잡가 외에 가곡·가사·시조 등 다른 장르들이 포함되어 있지만, 역시 잡가의 하위장르들이 내용의 주류를 이루고 있다.

그런데 개화기 들어 대중가요의 주류로 부상한 잡가 중에서도 가장 크게 약진한 것은 통속민요이다. 1914년부터 1923년까지 발간된 15개

---

26) 잡가라는 말이 19세기에는 판소리·가사·긴잡가 등을 가리키는 것으로 쓰인 바 있지만, 1910년대부터 출판된 잡가집들은 기존의 전통가요를 모두 아울러 수용하고 있어서 20세기 들어서서 그 개념이 크게 확장되었음을 알 수 있다. 그런데 유성기 음반에서는 긴잡가·통속민요·산타령 등에 잡가라는 말을 붙였다. 시조나 가사·가곡 등은 원래의 장르명, 또는 곡명을 그대로 사용하였다. 그리고 1926년부터 방송된 라디오의 국악프로그램도 같은 양상을 보였다. 이러한 점은 『한국유성기음반총목록』(한국정신문화연구원 편, 민속원, 1998), 『일제강점기 JODOK방송 국악곡 목록』(한국정신문화연구원 편, 민속원, 1998)을 통해 확인할 수 있다. 이로써 보면 20세기 초에 잡가라는 말은 광의와 협의의 두 가지 범주로 쓰인 것을 알 수 있다. 곧, 광의의 잡가는 전통적인 성악곡 전부를 가리키며, 협의의 잡가는 시조, 가사를 제외한 좌창과 입창의 노래들을 가리킨다는 것이다.

27) 한국정신문화연구원 편, 『한국유성기음반총목록』, 민속원, 1998, 18~19면.

잡가집을 대상으로 작업한 통계에 따르면, 통속민요는 24.9%를 차지하고 있다.[28] 잡가집에 당시 향수되던 거의 모든 장르가 수용되어 있는 상황이기에 특정 장르가 거의 1/4을 차지하고 있음은 매우 큰 비중이 아닐 수 없다. 그런가하면 음반에서는 통속민요의 위상이 보다 분명하게 드러나 있다. 4권의 『유성기음반가사집』에 실린 잡가는 통속민요가 154편, 기타 잡가가 104편이었다.[29] 이것을 비율로 보면 통속민요가 59.7%이며, 나머지 잡가가 40.3%에 해당한다. 이러한 점은 당시 방송을 통해서도 드러난다. 곧, JODOK로 방송된 국악곡으로 가장 많은 것은 통속민요이며, 그 다음이 단가 및 판소리이다. 그리고 긴잡가, 가사 등이 그 뒤를 잇는다.[30] 그러므로 20세기에 진입하면서 통속민요가 대중가요 중에서도 가장 인기 있는 노래가 되어 있음을 알 수 있다.

20세기 초의 대중가요는 통속민요를 선두로 잡가의 하위장르들이 주류를 이루고 있는 가운데, 다른 한편으로 새로운 기류가 형성되고 있었다. 유행창가의 출현이 그것이다. 유행창가는 1910년대 신파극과 함께 생겨난 것으로 1920년대에는 잡가집에 수용될 정도로 빠르게 확산되었다. 1921년에 이상준이 펴낸 『조선속가』에는 청년경계가, 라팔절(喇叭節), 이별가, 장한몽가 등 4편의 유행창가가 산타령, 육자배기 등 여러 잡가들과 함께 실려 있다.[31] 그리고 1923년에 출간된 두 노래책은 책이름에도 잡가라는 말 대신 유행창가라는 말을 쓰고서 유행창가의 비중을 더욱 늘려 놓았다. 왕세창의 『20세기신구유행창가』와 강하형의 『남녀병창유행창가』가 그것인데, 이 두 책에는 각각 9편의 유행창가가 실려 있다.[32] 그러므로 유행창가가 1910년대를 거치는 동안 대중가요로서

---

28) 홍성애, 「통속민요의 성격과 전개양상 연구」, 강릉대 석사논문, 1999, 26면.
29) 위의 논문, 30면.
30) 『일제강점기 JODOK방송 국악곡 목록』(한국정신문화연구원편, 민속원, 1998)을 검토한 결과이다.
31) 이상준, 『조선속가』, 박문서관, 1921.
32) 왕세창, 『20세기 신구유행창가』, 세계서림, 1923; 강하형, 『남녀병창유행창가』, 태화서관, 1923.

의 기반을 잡고 1920년대에 들어서 그 비중이 날로 증대되고 있었음을 알 수 있다. 이처럼 유행창가가 대중들로부터 인기를 얻으면서 1925년에는 그 중 일부가 음반으로 발매되었다. 〈이풍진세월〉, 〈압록강절〉, 〈시드른방초〉, 〈장한몽가〉 등이 그 노래들인데, 이것들은 모두 일본 유행가를 번안한 노래이다.

유행창가는 19세기 이후 전개되어 온 우리 대중가요의 흐름에 새로운 국면을 형성하였다. 대중가요에 있어서 노래양식은 일종의 소모품에 해당한다.[33] 대중의 노래 취향이라는 것은 부담을 피하고 익숙한 것을 편하게 즐기려 하면서도, 또 다른 한편으로는 진부함으로부터 벗어나 새로운 자극을 기대하는 모순적 속성을 가지고 있다. 이때문에 대중가요의 공급은 소비자를 장악한 부류가 주류를 이루면서도 그러한 부류에 새것의 자극이 곁들여지고, 또 새로운 자극이 익숙해지면 그것이 주류로 부상하는 패턴이 지속되는 것이다. 요컨대 옛것과 새것의 대립국면이 반복적으로 전개되는 것이다. 유행창가의 등장으로 형성된 국면도 같은 맥락 위에 존재한다.

유행창가가 등장하면서 대립하게 된 노래는 잡가, 그 중에서도 통속민요이다. 그것은 통속민요가 1910년대 대중가요의 주도 장르이기 때문에도 그러하지만, 두 노래의 장르성에 공통점이 있기 때문이다. 통속민요는 장절형식의 짧은 서정가요인데, 유행창가 역시 다르지 않은 것이다. 통속민요는 기존의 노래이며, 유행창가는 새로 등장한 노래이다. 그러므로 1910년대 유행창가의 등장으로 조성된 대중가요의 국면은 일단 옛것과 새것의 대립이라고 할 수 있다. 그런데 유행창가는 번안가요로서 밖으로부터 이입된 양식이다. 그러므로 1910년대 조성된 통속민요와 유행창가의 대립은 우리의 전통양식과 외래양식의 대립이라는 또 다른 의미를 가지고 있다. 그 이전에 외래양식의 노래는 찬송가를 시작으로

---

33) 강등학, 「19세기 이후 대중가요의 동향과 외래양식 이입의 문제」, 『인문과학』 제31집, 성균관대 인문과학연구소, 2001, 262면.

계몽창가, 학교창가 등이 이미 들어와 있었지만, 이것들은 대중가요의 범주 밖에 존재하고 있었다. 그러므로 대중가요에 외래양식이 이입된 것은 유행창가가 처음이다. 그 동안 우리의 대중가요계에 옛것과 새것의 대립국면이 없었던 것은 아니지만,[34] 그것은 모두 자생장르끼리의 문제였다.

1910년대 형성된 통속민요와 유행창가의 대립국면은 1920년대 후반까지 지속된다. 이러한 가운데 1929년에는 외래양식의 창작가요가 등장한다. 외래양식의 창작가요로 처음 나온 것은 1929년 콜롬비아사의 4월 신보로 발매된 이정숙의 〈낙화유수〉(김서정 작사, 김영환 작곡)이며, 계속해서 1930년에 채규엽의 〈유랑인의 노래〉(채규엽 작사 · 작곡), 1931년에 강석연의 〈오동나무〉(이규송 작사, 강윤석 작곡) 등이 뒤를 이었다. 이러한 가운데 1932년에 이애리수의 〈황성의 적(황성엣터)〉(왕평 작사, 전수린 작곡)이 크게 히트를 치면서 외래양식이 우리 대중가요에 정착하게 된다. 그리고 외래양식의 이입과정에서 우리 대중가요는 창작가요의 시대를 열어갔던 것이다.

전통사회에서 노래를 부르는 예인은 전문성을 인정받고 활동하였지만, 노래를 만들어내는 영역은 독립되어 있지 못했다. 전통사회에서의 노래는 전승집단의 공유물일 뿐이어서 작자명과 함께 작품이 유통되는 일이 거의 없었다. 다만 사설은 작가성이 인정되어 작품의 유통에 작자명이 함께 하기도 했지만, 그것도 가곡과 시조, 그리고 가사의 사설 일부에 한정되어 있었으며, 악곡의 유통에 작자명이 기억되는 경우는 거의 없었다. 그러므로 창작가요의 등장으로 우리의 대중가요는 그 동안과 다른 새로운 국면으로 전환하게 되었다고 할 수 있다. 그것은 개인의 저작활동에 의해 노래가 상품으로 제작되고 공급되는 근대적 생산

---

34) 19세기 이래로 대중가요의 옛것과 새것의 대립국면은 이러하다. 19세기 중반에 시조가 주도장르로 자리하였고, 여기에 대하여 잡가의 여러 하위장르들이 대립하면서 부상하였다. 그리고 잡가의 하위장르들은 서로의 경쟁을 통해 처음에는 긴잡가가 주도장르의 위치를 점하였고, 이어서 통속민요가 긴잡가를 누르고 주도장르의 위치로 부상하였다.

구조가 마련되었기 때문이다.

1910년대 유행창가의 등장으로 촉발된 우리의 옛 양식과 외래의 새 양식간의 대립은 창작가요의 단계에 이르러 보다 본격적으로 전개된다. 창작가요는 초기에 〈낙화유수〉, 〈유랑인의 노래〉, 〈세 동무〉 등처럼 요나누끼 장음계를 쓰면서 창가풍의 분위기가 남아 있는 작품들이 나온 이후, 곧바로 〈황성의 적〉처럼 요나누끼 단음계를 주로 쓰는 트로트(유행가)로 장르지향을 보이면서 양식적으로 안정된 자리를 굳혔다. 그리고 신민요 역시 1931년에 〈오동나무〉, 1932년에 〈에라좋구나〉로 시작하여 1934년에 〈처녀총각〉과 〈노들강변〉이 크게 히트를 치면서 양식적으로 정착하게 되었다. 이로써 창작가요 단계 이후 대중가요의 판도는 통속민요·트로트·신민요의 3자 관계가 변수로 작용하게 되었다. 그런데 3자 가운데 트로트와 신민요는 새 양식이며, 통속민요는 재래의 옛 양식이다. 그러므로 창작가요 단계 이후의 대중가요 판도는 일단 트로트와 신민요가 새것으로서 옛것인 통속민요와 대립하고, 또 트로트와 신민요가 그들끼리 주도적 위치를 점하기 위해 경쟁하는 양상이 빚어졌다고 하겠다.

유행창가가 등장한 것은 1910년대이며, 창작가요가 등장한 것은 1929년이지만, 이것들에 대한 대중의 호응은 통속민요에 비해 월등하게 낮은 것이었다. 1910년대는 말할 것 없고, 1920년대 후반도 통속민요가 대중가요를 주도하는 장르로 자리하고 있었기 때문이다. 실제로 〈낙화유수〉가 나온 1929년에 발매된 유성기 음반을 보면 이러한 점이 잘 나타난다. 정신문화연구원이 펴낸 『유성기음반 총목록』에는 유행창가, 또는 창작가요로 1929년에 나온 음반은 2매에 지나지 않는데, 통속민요를 실은 음반은 15매 이상이 발견된다. 그러나 새 양식에 대한 통속민요의 우위 정도는 점차 낮아져, 1932년에는 그 위치가 역전되고 만다. 『유성기음반 총목록』의 음반 발매상황을 보면 이러하다. 1931년에는 통속민요가 새 양식으로 된 대중가요의 5배 이상 발매되었으나, 1932년에는 거꾸로 새 양식의 대중가요가 통속민요의 1.2배 이상 발매되었다.[35] 그리고 1933년부터는 통속민요의 음반발매가 더욱 크게 위축되어 새 양식의 노래음반이 통속민요 음반의 1.6배 이상이 발매되었고, 1934년에도 유사한 상황이 지속되어 새 양식의 노래음반이 통속민요의 1.5배 이상이 발매되었다. 그러나 이후 두 양식 간의 음반발매 실적 차이는 더욱 확대되어 새 양식 노래가 통속민요보다 1935년에는 2.9배, 1940년에는 3.3배, 그리고 1943년에는 4.7배 이상 발매되는 상황에 이르게 된다.

〈황성의 적〉이 히트를 쳐서 트로트 양식이 자리를 잡게 되는 해는 1932년이며, 〈처녀총각〉, 〈노들강변〉이 히트를 쳐 신민요 양식이 정착하게 된 해는 1934년이라고 했다. 그러므로 옛 양식과 새 양식의 대립 국면에 있어서 1933년까지 신민요의 역할은 크지 않았다. 따라서 1932년에 새 양식의 대중가요가 통속민요의 음반발매 실적을 능가한 것은 사실상 트로트에 의해서 이루어진 것이다. 그리고 신민요가 세력을 본격적으로 키워 간 1934년에도 사정은 다르지 않았다. 그러나 1935년부터 새 양식과 옛 양식의 음반발매 실적은 더욱 크게 벌어진고 만다. 1935년의 이같은 상황은 신민요의 신장과 관계가 있는 것으로 보인다. 그것은 그 전년도에 신민요가 크게 히트 치면서 나타난 일이기 때문이다. 그렇다면 1910년대부터 시작된 20세기 대중가요의 신구 양식대립은 1931년까지는 통속민요가 우위에 서고, 1932년부터 트로트가 통속민요를 누르고 우위에 섰고, 1934년부터 신민요가 크게 부상하면서 1935년부터는 통속민요가 더욱 급격하게 퇴조하는 양상을 보였음을 알 수 있다. 말하자면 신민요의 성장이 통속민요의 퇴조를 더욱 촉진한 것이다. 그 결과 1935년부터의 대중가요 판세는 트로트와 신민요, 양자가 대립

---

35) 배연형은 당시 음반발매의 전체적 양상을 조감하면서 1932년부터 대중가요(트로트·신민요—필자) 비율이 전통음악을 압도적으로 능가하는 양상을 보이기 시작하며, 1930년대 후반기에는 새로 발매되는 음반은 거의 대중가요로 채워지게 된다고 하였다. 배연형, 「한국 유성기음반 총목록 해제」, 『한국 유성기음반 총목록』(한국정신문화연구원 편), 민속원, 1998, 13면.

하는 새로운 국면으로 접어들게 된다.

트로트와 신민요를 축으로 한 대중가요의 판세는 해방 이후에도 한 동안 지속된다. 그러는 가운데 양자의 판도에 변화가 생겨 트로트는 계속 지속되고, 신민요는 퇴조하는 양상을 보이게 된다. 트로트는 변화를 수용하면서 시대에 적응하였지만, 신민요는 일제강점기에 형성된 장르 양상을 그대로 지속하며 시대의 적응에 실패하였기 때문으로 보인다.[36] 여기에 1950년대에는 미국의 대중가요가 유입되고, 이어서 1960년대에 이지리스닝이 들어옴으로써 이것들이 새로운 양식이 되고 트로트는 옛 양식으로서 다시 옛것과 새것의 대립국면이 조성되기에 이른다. 그 뒤 1970년대에는 청년문화가 형성되면서 대중가요도 세대간 대립국면이 형성되었고, 동시에 끊임없이 외국, 특히 미국의 대중음악 양식이 유입되어 기존의 옛것을 밀어내고 유행하다가 다시 퇴조하는 양상을 오늘까지도 지속하고 있다.

그러므로 우리의 대중가요의 전개도 기존의 것이 새것으로 대치되는 장르 부침사라고 할 수 있다. 그것은 대중가요의 노래양식이 일종의 소모품이어서, 기본적으로 대중가요라면 어느 곳에서고 같은 패턴을 보이기 때문이다. 다만, 그 패턴의 세부국면은 차이가 나기 마련인데, 우리의 경우 장르의 부침이 1920년대까지는 스스로의 내부 동력에 의해 전개되었고, 1930년대부터 오늘에까지는 외부 동력에 영향받고 있다고 정리할 수 있다.

---

36) 이영미, 앞의 책, 105면.

3. 아리랑의 존재양상

　아리랑은 많다. 2000년대 이후 대중가요만 보더라도 트로트·댄스·
락·힙합 등 여러 장르에 걸쳐 창작아리랑이 있다. 그러나 아리랑은 본
래 향토민요로 존재하던 것이다. 현재 향토민요 아리랑으로 알려진 노
래는 아라리, 자진아라리, 엮음아라리 등 세 가지뿐이다. 나머지 아리랑
은 모두 통속민요이거나 창작아리랑의 작품들이다.

　향토민요 아리랑은 본래 강원도를 중심으로 그 인근지역의 산간지대
에서 부르던 노래이다.[37] 산간에서 나무하고, 나물뜯는 등 임산물을 채
취하거나 밭에서 김을 매며, 또는 노래 자체를 즐기기 위해 노는 자리
에서 부르던 노래였던 것이다. 이러한 노래가 조선 후기에는 들노래로
진출하여 모심을 때 부르는 노래로 그 기능이 확장된다.[38] 수리시설의
미비로 금지해왔던 이앙법을 조선 후기에 와서 허용함으로써 〈모심는
소리〉의 수요가 일거에 전국의 이곳저곳에서 생겨나게 되었기 때문이
다. 이렇게 산간노래에서 들노래로 진출한 것은 향토민요 아리랑 중에

---

37) 향토민요 아리랑의 존재양상에 대하여는 다음의 글에서 상세히 다루었다. 강등학, 「향
　토민요 아리랑의 존재양상과 장르적 동향」, 『소암권오성박사화갑기념 음악학논총』, 간
　행위원회, 2000.
38) 이에 앞서 일부지역에 아라리가 논매는소리로 진출한 것으로 보인다. 그러나 현재
　아라리를 논매는소리로 부르는 곳은 경기도 이천군 대월면 일대(①)와 충북 제천시 봉
　양면 삼거리(②)로 한정되어 있다. 이밖에 강원도에서 논매는소리로 아라리가 보고된
　사례가 없지 않은데, 이러한 경우는 원래의 논매는소리가 따로 존재하기에 상황에 따
　라 일시적으로 가창유희요를 가져다 부른 사례이다. 예를 들어 논매는소리로 아라리
　가 보고된 강원도 강릉시 사천면 산대월리(③)와 횡성군 안홍면 성산리(④)의 경우 전
　자는 오독떼기가, 후자는 상사소리와 단허리소리가 정규적인 논매는소리이다. 그러므
　로 향토민요 아리랑이 들노래로 진출이 보편화되는 것은 조선 후기에 모심기의 확산
　과 더불어 이루어지는 것으로 보아야 한다.
　① 김순제, 『인천·경기지방의 일노래』, 경기은행, 1996, 92~96면.
　② MBC, 『한국민요대전 충청북도민요해설집』, 1995, 195면.
　③ 『강원의 민요』 Ⅱ, 강원도청, 2002, 101면.
　④ 박관수·이영식, 『안홍 사람들의 삶과 노래』, 횡성 안홍면사무소, 2000, 53면.

아라리와 자진아라리인데, 그러한 과정에서 일부에서 전과 다른 양상이 생겨나게 되었다. 없던 후렴이 생겨나고, 가창방식도 독창, 또는 윤창 외에 선후창이 나타난 것이다.[39) 나무하기, 나물뜯기와 같은 산골에서의 개별작업과 달리 논농사는 집단적인 공동작업이기에 다 함께 호흡을 맞추기 위해 노래도 그와 같이 변화될 필요가 있었던 것이다.

향토민요 아리랑이 본래 후렴이 없는 노래라는 것은 지금도 전승현장에서 후렴을 붙여 부르지 않는 것이 지배적인 양상이기에 쉽게 증명이 된다. 그렇다면 현재 〈모심는소리〉로 부르는 아라리나 자진아라리 후렴의 사설은 그것들이 들노래로 진출하면서 새롭게 생겨난 것일까? 결론부터 말하면 현재 향토민요 아리랑의 후렴으로 통하는 사설들은 원래 들노래 이전부터 존재하던 것이다. 다시 정리하면 향토민요 아리랑의 사설 중에는 '아리랑', 또는 '아라리' 등의 말이 들어가 있는 것들이 있었으며(이러한 사설을 아리랑어사설이라고 명명하여 범주화하고자 한다), 이러한 사설의 일부가 아리랑이 들노래로 불려지면서 후렴으로 정착하게 되었다는 말이다.

이러한 점을 이해하기 위해 먼저 아리랑어사설의 예를 들어 보이기로 하겠다.

    ① 아리랑 고개는 열두나고개 내가넘어 갈고개는 한고개뿐이라(강원민요2-181)[40)
    ② 아리랑 아리랑 아리랑이 아닌가 / 아리랑 고개로 얼른날좀 넘겨주(강원민요1-203)[41)
    ③ 아리랑 고개는 열두 고개 / 한고개도 아니넘어 눈물이나네(양양민요-189)[42)

---

39) 없던 후렴이 생겨난 경우는 강원도에도 있고, 인근지역에도 있는데, 강원도에서는 자진아라리에 그러한 현상이 나타났고, 인근지역에는 아라리에 그러한 현상이 나타났다.
40) '강원민요2'는『강원의 민요』Ⅱ(강원도, 2002)를 가리키며, 이어진 숫자는 면수이다. 이하 동일하다.
41) '강원민요1'은『강원의 민요』Ⅰ(강원도, 2001)을 가리키며, 이어진 숫자는 면수이다. 이하 동일하다.
42) '양양민요'는 다음의 책을 가키키며, 이어진 숫자는 면수이다. 이하 동일하다. 강등학·이영식,『양양군의 민요자료와 분석』, 민속원, 2002.

④ 아리랑 고개는 웬고갠지 / 넘어갈적 넘어올적 눈물만 나네(양양민요-361)

⑤ 아리랑 아리랑 앓지를 마라나 / 너앓는 속내는야 내가 안다(강원민요2-204)

⑥ 아리아리랑 스리스리랑 신배낭구 / 매디매디 꺾어두 꽃만핀다(양양민요-179)

⑦ 아리랑 아리랑 아라리가났네 / 날감자를 먹었는지 새끝이 알알하구나(강
   원민요1-1189)

⑧ 아리랑 아리랑 아라리가 아닌가 / 이놈의 청춘은 어데로 늙고나 가네(강
   원민요1-202)

⑨ 아리랑 아리랑 아라리로구나 / 얼었다가 녹으니 봄철이라(강원민요1-804)

⑩ 아리랑 아리랑 아라리요 / 아리랑 고개로 넘어를간다(강원민요2-181)

⑪ 아리랑 아리랑 아라리요 / 아리랑 고개고개로 나를넘겨 주소(강원민요2-661)

위의 아리랑어사설들은 물론 모두 후렴으로 쓰이지 않았다. 예를 들어 향토민요 아리랑의 후렴으로 흔히 출현하는 ⑩과 ⑪조차 일반 사설처럼 불린 것이다. 보다 구체적으로 말하면, ⑩은 창자가 후렴없이 연속해서 부른 사설 6편 가운데 4번째의 것이며, ⑪은 역시 연속해 부른 6편의 사설 가운데 5번째로 부른 것이다. 위의 예들은 아라리의 가창현장에 아리랑어사설들이 다양하게 존재하고 있음을 말해 주고 있다.

그런데 위의 아리랑어사설 중에는 다음과 같이 후렴으로 불리는 일도 있다. 다음은 아리랑어사설이지만, 창자가 사설 끝에 규칙적으로, 또는 자주 붙여 부름으로써 후렴으로 작용한 것임이 확인된 사례들을 뽑은 것이다.[43)

⑫ 아리랑 아리랑 아라리요 / 아리랑 고개고개로 날넘겨주게(강원민요1-938)

⑬ 아리랑 아리랑 아라리요 / 아리랑 고개로 넘어간다(강원민요1-1093)

⑭ 아리랑 고개는 열두나 고개 / 내가넘어 갈고개는야 한고개뿐이라(강원민요2-181)

---

43) 이미 언급한 것처럼 아라리는 후렴이 없는 노래이다. 그러나 근간에는 후렴이 붙어
   있는 다른 아리랑들의 영향으로 전해 온 관습과 달리 후렴을 붙여 부르려는 창자들이
   적지 않게 생겨나고 있다. 이러한 관계로 후렴을 규칙적으로 넣거나, 자주 붙여 부른
   자료들을 제법 만날 수 있게 되었다. 위의 자료에도 더러는 이러한 경향의 결과가 포
   함되어 있을 것으로 보인다.

⑮ 아린아리랑 스리스리랑 심에나나무는 / 매디매디야 꺾어두나 꽃만피네(강
원민요2-515)

⑯ 아리랑 쓰리쓰리랑 아라리요 / 얼었다가 다풀리니 또봄철이로구나(양양민
요-223)

⑫~⑯은 아리랑어사설들이 아라리의 후렴으로 전용되어 사용되고
있음을 보여주었다. 그리고 이를 통해 우리는 들노래로 불리는 향토민
요 아리랑의 후렴도 같은 방식을 통해 형성되었을 것임을 미루어 볼 수
있다. 보다 구체적으로 말하면 향토민요 아리랑이 들노래로 나아가면서
선후창으로 전환한 곳에서 기존의 아리랑어사설 중 하나를 가져다 후
렴으로 정착시켰다는 것이다.

이처럼 강원도를 중심으로 그 인근지역에 향토민요로 존재하던 아리
랑이 19세기 말에는 서울에도 나타난다. 황현의 『매천야록』은 1894년 2
월에 고종이 창덕궁으로 거처를 옮긴 뒤 동궁을 수선하는 토목공사를
하였다고 전하면서, 작업을 독려하기 위하여 밤마다 불을 밝히고 광대
들을 불러다가 신성염곡(新聲艶曲)을 연주하게 했는데, 그것을 일러 아리
랑타령이라 한다고 했다. 그리고 원임대신 민영주로 하여금 여러 광대
들을 거느리고 아리랑을 전담하게 하여 잘하고 못하는 바에 따라 금과
은으로 상을 주게 했다고 했다.44) 『매천야록』을 통해 우리는 다음과 같
이 두 가지 사실을 알 수 있다. 그 하나는 19세기 말에 아리랑이 통속민
요로 자리하고 있었다는 것이며, 다른 하나는 아리랑이 매우 인기 있는
노래였다는 것이다. 전자는 아리랑이 전문예능인들에 의해 연주되었다
는 점에서 그러하고, 후자는 노무자들을 위한 연주의 대표적인 노래가
아리랑타령이었다는 점에서 그러하다. 특히 아리랑을 경창하게 하여 상

---

44) 正月, 上晝寢夢光化門倒, 懼然驚悟. 大惡之, 以二月移於昌德宮, 卽繕東宮. 會南
警日急, 而土木之巧愈競焉. 每夜燃電燈, 召優伶奏新聲艶曲, 爲之阿里娜打令. 打令,
演曲之俗稱也. 閔泳柱以原任閣臣, 領衆優專管阿里娜. 評其巧拙, 頒尙方金銀賞之.
至大鳥圭介犯闕而止(『梅泉野錄』卷二).

을 주기까지 하였으니, 당시 아리랑이 대중에게 매우 넓게 향수되고 있었음을 알 수 있다.

19세기 말 아리랑에 대한 대중적 인기는 또 다른 기록을 통해서도 파악할 수 있다. 1894년 8월에 일본 도쿄 박문관에서 펴낸『신찬 조선회화』는 관립 한성고등학교 교장을 지낸 홍석현이 지은 조선어 회화책이다. 이 책의 내용은 주로 조선어의 단어와 회화로 채워져 있는데, 여기에 아리랑과 흥타령의 노래도 실려 있다.45) 1894년은『매천야록』의 아리랑 관계 기록과 같은 해이다. 그러므로『신찬 조선회화』의 기록 역시 당시 아리랑이 널리 확산되어 있었다는 점을 말해주고 있다. 조선어를 배울 일본인들에게 소개할 대표적인 노래로 꼽아야 할 만큼 아리랑의 저변이 넓게 자리하고 있었던 것이다. 1896년 Hulbert가『*The Korean Repository*』에 아리랑을 악보로 남기게 된 것 역시 이 노래가 그만큼 널리 호응되고 있었기 때문이다. 그는 이 노래를 언제 어디서고 들을 수 있다고 했다.46)

이처럼 아리랑이 19세기 말에 대중의 호응을 넓게 받는 노래로 자리잡고 있었다면, 그 연원은 어떻게 되는 것인가? 서울과 경기지역에 통속민요 아리랑이 형성된 것은 경복궁 중건 때일 것으로 보인다. 아리랑의 발생을 경복궁 중건 때로 보는 견해는 일찍부터 제기되어 온 바이다. 이를테면 김지연은 아리랑의 발생과 관련된 여러 설을 소개하면서, 경복궁 중건시에 팔도에서 부역꾼들이 징발되었는데, 그들을 위로하기 위

---

45)『新撰 朝鮮會話』는 허경진에 의해 다음의 글에 소개되었다. 이 책에 실려 있는 아리랑은 사설과 후렴이 실려 있는 자료로는 가장 오래된 것이다. 그러므로 이 책의 아리랑 자료는 매우 의미가 있다. 그런데 허경진은 책에 실려 있는 노래 자료 모두를 아리랑으로 처리했다. 그래서 "인천 제물포 모두 살기 좋아도 왜인 위세로 난 못살겠네 흥"이라는 사설에 근거하여 이른바 "19세기 인천에서 불려졌던 〈아리랑〉"에 대해 항일민요로서의 의미를 부여하고자 했다. 그러나 전체 사설 5편 가운데 처음 2수는 흥타령의 것이며, 나머지가 아리랑의 것이다. 그러므로 필자가 말하고자 하는 항일민요로서의 의의는 흥타령에 부여되어야 할 것이다(허경진,「19세기 인천에서 불려졌던 〈아리랑〉의 근대적 성격」,『동방학지』제115집, 연세대 국학연구원, 2002, 257~259면, 267~268면).

46)「가장 오래된 아리랑악보 발견」(조선일보, 1985.10.30) 재인용.

하여 연희를 벌였고, 이때 부역꾼들이 각 지방의 노래로 자신들의 심회를 풀어내는 가운데 아리랑이 불렸다는 견해도 제시하였다.[47] 그런가하면 이보형에 따르면, 경기지역 통속민요 아리랑은 경기 긴아리랑이 가장 오래된 것이며, 이 노래는 경복궁 중건 시에 강원도 아라리의 영향을 받아 서울 소리꾼들에 의해 만들어진 것이라고 하였다.[48]

현재 경기도에서 향토민요 아리랑이 확인되는 곳은 여주와 이천으로 거의 한정되어 있다.[49] 여주에서는 모심는소리로 부르고, 이천에서는 논매는소리로 부르는 아라리와 자진아라리가 그것이다. 그러므로 경기 긴아리랑이 서울, 또는 경기도의 자생적 노래라고 말하기는 어렵다. 여주와 이천은 각각 향토민요 아리랑의 밀집지인 강원도와 충청북도에 접해 있기 때문이다. 이러한 점에서 경기 긴아리랑이 서울 소리꾼들이 강원도 아라리를 본으로 삼아 만들어낸 것이라는 견해는 설득력이 있다. 경기 긴아리랑이 통속민요로 가장 오래된 것이라면, 그 바탕은 향토민요일 것이며, 또 아리랑은 많아도 향토민요 아리랑은 아라리·자진아라리·엮음아라리뿐인데, 그 중에 경기 긴아리랑에 가까운 것은 아라리뿐이기 때문이다. 상황이 이러하다면, 서울에서의 통속민요 아리랑의 발생은 경복궁 중건에 징발된 강원도 부역꾼들에 의해 불려진 아라리가 다른 지역의 부역꾼들에게 널리 호응 받았고, 이러한 호응에 자극받아 서울의 소리꾼들이 그것을 본으로 하여 새로운 아리랑을 만들어낸 데서 비롯된 것이라고 정리할 수 있겠다.

경기 긴아리랑이 통속민요 아리랑의 시대를 연 뒤, 그 인기에 힘입어 여러 아리랑들이 거듭 뒤를 이어 나왔다. 우선 경기 긴아리랑의 뒤를

---

47) 김지연, 「조선민요 아리랑—조선민요의 연구(2)」, 『조선』 제152호, 총독부, 41~42면.
48) 이보형, 「아리랑소리의 근원과 변천에 관한 음악적 연구」, 『한국민요학』 제5집, 한국민요학회, 1997, 110면.
49) 〈모심는소리〉로 부르는 아라리와 자진아라리의 분포는 다음의 논문에 지도와 함께 정리되어 있다. 강등학, 「〈모심는소리〉와 〈논매는소리〉의 전국적 판도 및 농요의 권역에 관한 연구」, 『한국민속학』 38, 한국민속학회, 2003.

이어 나온 것이 경기 자진아리랑이다. 경기 자진아리랑은 강원도 향토민요 자진아라리를 원형으로 삼아 변형을 가한 노래로 보인다.50) 그런데 이 노래의 인기는 19세기 말에는 이미 긴아리랑을 능가한 것으로 판단된다. 19세기말에 아리랑 자료로 기록된 사설과 후렴, 악보 등도 실은 모두 경기 자진아리랑의 것이다.51) 따라서 이미 말한 대로 19세기 말에 아리랑의 대중적 호응이 널리 있었고, 또 궁중 토목공사의 노무자를 위로하기 위한 연희의 대표적 노래로 꼽혔던 아리랑은 모두 경기 자진아리랑으로 보아야 한다. 그런데 Helbert는 자신이 채보한 아리랑, 곧 경기 자진아리랑이 이미 1883년에 대중적인 사랑을 받았다고 했다. 이것이 무엇에 근거한 것인지는 말하지 않았지만, 누구도 이보다 정확하게 말하기 어려울 것이라고 하는 말을 덧붙여 놓았다.52) 그렇다면 경기 자진아리랑의 대중적 호응이 경기 긴아리랑을 능가하기 시작한 것이 적어

---

50) 이보형은 경기 자진아리랑은 경기 긴아리랑으로부터 나온 것이라고 했다. 곧, "매우 느린 3소박3박2대박구조로 된 경기 긴아리랑을 좀 빠른 2소박3박2대박구조로" 변환시켜 경기 자진아리랑을 만들었다는 것이 그의 견해이다(이보형, 앞의 논문, 110~111면). 그러나 경기 자진아리랑은 강원도 자진아라리로를 본으로 삼아 파생된 것일 가능성도 많아 보인다. 이러한 생각을 하는 데는 강원도 자진아라리의 3·2혼소박구조가 2소박구조로 전환이 어렵지 않다는 점(실제로 이상준은 『조선속곡집』(257면)에서 강원도아리랑을 2소박3박2대박구조로 채보하였다), 두 노래의 속도가 서로 유사하며, 선율과 리듬의 진행도 유사한 대목이 있다는 점, 그리고 경기 자진아리랑의 후렴 전반부가 향토민요 아리랑의 것들과 동일하다는 점 등이 고려되었다. 경기 자진아리랑의 후렴에 관한 부분은 다음의 주)55를 참고하기 바란다.

51) Hulbert의 악보가 경기 자진아리랑의 것임은 이보형이 이미 말한 바 있고, 『신찬 조선회화』에 실린 아리랑이 경기 자진아리랑의 것이라는 것은 필자가 해당논문의 학술발표에 대한 토론을 통해 말한 바 있다. 『신찬 조선회화』의 아리랑이 경기 자진아리랑임은 그것의 후렴을 통해 알 수 있다. 당시 경기지역 아리랑은 긴아리랑과 자진아리랑의 2종인데, 자진아리랑은 "아라랑 아라랑 아라리요"처럼 제3마디를 "아라리요"로 마감하는데, 긴아리랑은 노래가 매우 느리기 때문에 "아르렁 아르렁 아라리로구나"처럼 제3마디를 "아라리로구나"로 길게 마감하는 특성이 있다. 그런데 "아리랑 아리랑 아라리요"하는 후렴의 전반부는 향토민요 아리랑에 두루 존재하고 있다. 앞의 주)54에서 경기 자진아리랑이 강원도 자진아라리로부터 나온 것이라는 근거의 하나로 후렴을 주목한 것은 이 때문이다.

52) 「가장 오래된 아리랑악보 발견」(조선일보, 1985.10.30) 재인용.

도 1880년대까지 소급될 가능성이 있다고 할 수 있다.

경기 자진아리랑이 널리 유행되면서 소리꾼들은 또 다른 아리랑을 만들어냈다. 새로운 아리랑을 만드는 일은 기존의 다른 아리랑을 가져다 손질하거나, 변화를 주는 방법을 주로 취했는데, 그 원천이 되는 노래는 향토민요 아리랑도 있고, 통속민요 아리랑도 있었다. 강원도아리랑·정선아리랑·해주아리랑·밀양아리랑·남도아리랑·진도아리랑·본조아리랑 등이 그러한 노래들이다. 이 중에 강원도아리랑은 강원도의 향토민요 자진아라리를, 그리고 정선아리랑은 역시 강원도의 향토민요 엮음아라리를 가져다 전문소리꾼들이 다듬어낸 것이다. 그리고 해주아리랑·남도아리랑·본조아리랑은 경기 자진아리랑을, 밀양아리랑은 해주아리랑을, 그리고 진도아리랑은 남도아리랑을 각각 모체로 삼아 변화를 가한 노래이다.53) 이밖에도 경성방송국 국악방송 프로그램에는 경(京)아리랑·영동아리랑·영남아리랑·금강산아리랑·함경도아리랑·경복궁아리랑 등 여러 아리랑이 보인다. 그리고 1930년 6월에 쓴 김지연의 글에는 23종의 아리랑이 소개되어 있는데, 이 중에 지명을 가진 것만도 16종에 이른다.54)

그런데 1910년대 잡가집에 보이는 아리랑은 경기 자진아리랑뿐이며55), 1920년대 잡가집에는 경기 자진아리랑과 강원도아리랑,56) 그리고 본조아리랑57)이 보인다. 그리고 유성기음반에도 1926년에 밀양아리랑(NK588), 1928년에 강원도아리랑(NK158-A)과 원산아리랑(NK509-B)이 보인다. 아리랑이 처음으로 유성기에 담겨 발매된 것은 1913년 일본축음기상회에서 내놓은 "경성아르렁타령(N6170)"이지만, 그 뒤 1926년에 밀양

---

53) 이보형, 앞의 논문.
54) 김지연, 앞의 글, 40면.
55) 다음의 책에 한정된 결과이다. 그리고 경기 자진아리랑 여부는 앞에서 말한 것처럼 후렴을 통해 파악하였다. 정재호편, 『한국잡가전집 1~4』. 계명문화사, 1984.
56) 이상준, 『조선속가』, 박문서관, 1921, 39면.
57) 이상준, 『조선속곡집』, 삼성사, 1929.

아리랑의 음반이 나올 때까지 또 다른 아리랑 음반은 아직 파악되지 못했다. 경성아르렁타령(경기긴아리랑)58)도 1913년 이후에는 1927년(Nt.B111)에 다시 음반으로 발매되었을 뿐이다. 그러므로 통속민요 아리랑이 많이 늘어나기 시작한 것은 1920년대부터라 할 수 있으며, 아리랑 음반이 다양하게 발매되기 시작한 것은 1926년부터임을 알 수 있다.

그런데 방송의 경우에는 통속민요 아리랑이 다양화되는 현상의 반영이 다소 늦어졌다. 『일제강점기 JODOK방송 국악곡 목록』을 보면 아리랑을 처음 방송한 것은 1927년 4월 16일 기악으로 내보낸 아리랑타령이며, 밀양아리랑이 처음으로 방송된 것은 1932년 3월 3일이다. 밀양아리랑이 나가기까지 아리랑이 41회 방송되었지만, 그것은 모두 경기 긴아리랑, 경기 자진아리랑, 또는 본조아리랑일 것으로 판단된다. 41회를 좌창, 또는 영화 아리랑의 주제가를 내보낸 뒤, 42회째에 가서 밀양아리랑을 시작으로 1932년에 3종, 1933년에 3종, 그 뒤 1937년까지 해마다 1종씩의 아리랑을 새로 내보냈다.59) 요컨대 1932년부터 방송에도 통속민요 아리랑의 다양화가 반영된 것이다.

1926년 이후 아리랑의 음반이 다양화되는 것은 나운규의 영화 아리랑과 함수관계를 가지고 있는 것으로 판단된다. 1925년까지 잡가집이나 음반을 통해 확인할 수 있는 통속민요 아리랑은 경기 긴아리랑, 경기 자진아리랑과 강원도아리랑뿐이다. 물론 공연이나 연희현장에서는 또다른 아리랑이 존재하고 있었을 개연성이 없지 않은 터이지만, 적어도

---

58) 뒤에 1929년 1월 이후 빅타음반(V49047-A)으로 "京卯卯打令(경아리랑타령)"이 발매되는데, 이것은 그 후렴으로 보아 경기 긴아리랑으로 판단된다. 따라서 1913년의 아리랑 음반(N6170)도 경기 긴아리랑으로 여겨진다.

59) 1932년 : 밀양아리랑(3월3일), 영동아리랑(3월19일), 영남아리랑(5월9일)
   1933년 : 금강산아리랑(1월11일), 강원도아리랑(5월13일), 경아리랑(7월13일)
   1934년 : 남도아리랑(11월8일)
   1935년 : 함경도아리랑(12월26일)
   1936년 : 경복궁아리랑(3월5일)
   1937년 : 진도아리랑(2월13일)
   이상 『일제강점기 JODK방송 국악곡 목록』에 따름.

출판물이나 음반에는 그러한 것이 반영되지 않았다. 그러던 것이 1926년부터 음반사들이 또 다른 아리랑들을 음반에 담아내는 일이 생긴 것은 영화 아리랑이 전국적으로 크게 유통되면서 그 주제가 아리랑도 함께 히트를 하게 되었고, 그 결과 아리랑에 대한 대중의 관심과 수요가 크게 창출되었기 때문이라고 보아야 할 것이다.[60]

영화 아리랑 이후 창출된 아리랑노래의 수요는 1931년에 발매된 음반 「아리랑집(集)」(C40156-B)을 통해 알 수 있다. 1931년 2월 22일자 동아일보에 "3월 신보"로 소개된 기사에 "반도천지(半島天地)는 아리랑으로 덥혓스니 고금(古今), 동서(東西), 남북(南北)의 아리랑의 ○○○ 이것이 아리랑집(集) 박월정(朴月庭) 김인숙(金仁淑) 양씨(兩氏)의 공연(共演)"[61]이라는 내용이 곁들여 있다. 영화 아리랑 이후 전국이 아리랑으로 뒤덮었다고 할 만큼 대중의 관심과 수요는 증폭되었고, 또 1930년을 넘어서면서 여러 아리랑을 모아 발매할 정도로 노래가 다양화되어 있음을 알 수 있다. 이에 음반사들은 아리랑에 대한 대중의 증폭된 관심을 놓치지 않고 기존의 통속민요 아리랑의 음반발매를 늘리는 한편, 새로운 아리랑노래를 만들어 공급을 늘려나갔다. 아리랑노래의 공급은 1933년부터 크게 확장되어 1936년까지 지속되었다. 그리고 방송 또한 1930년대부터 통속민요 아리랑의 송출횟수를 늘려가다가 1933년에 그 횟수를 보다 크게 늘린 뒤 1937년까지 대체로 그 정도를 유지하였다. 아리랑노래의 음반발매 실적과 방송 횟수는 다음의 표를 참고하기 바란다.

---

60) 이보형도 영화내용이 유성기판으로 취입하여 발매하면서 본조아리랑이 충격파를 형성하여 수많은 신제아리랑을 파생시켰다고 했다(이보형, 앞의 논문, 113면).
61) 『유성기음반 총목록』, 정신문화연구원, 148면.

〈표 1〉 일제강점기 유성기 음반에 담긴 아리랑노래의 연도별 곡수[62]

연도	곡수	연도	곡수	연도	곡수	연도	곡수	연도	곡수
1913	1	1928	3	1933	18	1937	4	1943	9
1921	1	1930	2	1934	18	1938	5	불명	6
1926	1	1931	6	1935	22	1939	4		
1927	1	1932	6	1936	18	1940	1		

〈표 2〉 경성방송국의 통속민요 아리랑 연도별 방송 횟수[63]

연도	횟수	연도	횟수	연도	횟수	연도	횟수	연도	횟수
1927	1	1931	17	1935	28	1939	12	1945	1
1928	2	1932	25	1936	40	1940	20		
1929	3	1933	49	1937	36	1941	16		
1930	12	1934	66	1938	20	1943	3		

　　검토한 대로 통속민요 아리랑은 경복궁 중건공사를 계기로 향토민요 아리랑인 강원도 아라리와 자진아라리를 바탕으로 경기 긴아리랑과 경기 자진아리랑이 만들어진 뒤, 1910년대까지 지속되다가, 1920년대부터 그 종류가 늘기 시작하였다. 그리고 1926년에 영화 아리랑이 성공을 거두어 그 주제가가 크게 유행되면서 새로운 아리랑의 공급이 보다 다양하게 이루어졌다. 또한 음반발매 실적과 방송횟수를 볼 때, 통속민요 아리랑의 공급과 소비는 1933년부터 1937년까지 가장 활발하게 전개되었음을 알 수 있다. 그런데 우리는 앞에서 1932년부터는 통속민요의 음반발매 실적이 트로트와 신민요 등 새 양식의 노래보다 줄어든다고 했다. 그리고 1934년은 처녀총각과 노들강변이 히트하여 신민요의 대중적 호응이 크

---

62) 『유성기음반 총목록』에서 뽑은 통계이다. 곡수는 재발매되거나, 기발매된 목록에 있는 것도 포함하였다. 그리고 여러 곡의 모음집이거나, 영화 아리랑 속에 포함된 것도 모두 각각 1곡으로 처리하였다.
63) 『일제강점기 JODK방송 국악곡 목록』에서 뽑은 통계이다.

게 일어나는 해이다. 그러므로 1930년대 이후 통속민요 아리랑의 전개는 당시 대중가요의 전반적 양상과 상반된 면을 보인다고 할 수 있다.

　그러나 통속민요 아리랑의 공급확대와 신민요의 성장은 서로 맞물리는 면이 있다. 영화 아리랑의 주제가, 곧 본조아리랑은 경기 자진아리랑을 편곡하여 영화음악으로 만든 것이다.[64] 그래서 본조아리랑은 그 동안 익숙해 있던 것과 '같으면서도 다른 맛'을 가진 노래가 되었다. 곧, 선율의 진행은 크게 다르지 않으면서 리듬이 새로운 느낌을 주는 노래가 된 것이다. 요컨대 본조아리랑은 전의 것과 '같으면서도 다른', 이중적 성격을 지닌 노래라고 할 수 있다. 본조아리랑이 이같은 양면성을 가지고 있기에, 그것의 유행은 한편으로는 대중들이 가지고 있던 경기 자진아리랑에 대한 익숙함을 재확인하면서 동시에 이미 젖어있는 감각을 새롭게 자극한 것으로 보인다. 본조아리랑의 이러한 양면성은 결국 통속민요에 대한 취향을 지속시키면서, 동시에 새로운 것에 대한 욕구를 증폭시키는 결과를 낳게 되었다고 할 수 있다. 정리하면, 본조아리랑을 통해 '익숙한 양식의 새로운 노래'에 대한 대중들의 수요가 창출된 것이다. 이렇게 보면, 1933년부터 두드러지는 아리랑의 공급확대와 1934년에 나타난 두 신민요의 히트는 둘 다 통속민요 소비층의 새로운 욕구에 의해 나타난 양상이라는 점에서 동일한 면이 있다고 하겠다.[65] 이러한 면에서 보면 결국 본조아리랑이 신민요의 유행을 만드는 바람을 일으킨 것이라고 할 수 있다.

---

64) 이보형, 앞의 논문, 112~113면.
65) 『삼천리』는 1936년 2월호에 당시 각 음반사의 음반발매를 주도했던 문예부장들이 그 해의 대중가요를 전망하는 글을 게재하였는데, 그들은 한결같이 최근에 신민요의 인기를 거론하면서 그러한 인기가 그 해에도 지속될 것으로 전망하였다. 그리고 신민요가 어떠한 노래인가에 대해 비슷한 언급들을 하였는데, 그 중에 콜롬비아사의 이하윤은 신민요를 "유행가도 아니고 민요도 아닌 그 중간식 비빔밥격"이라고 하면서, "재래의 조선소리를 얼마간 그냥 본떠다가 음조를 서양악보에다 맞춰서 부르는 것"이라고 하였다. 이것은 곧, 신민요가 익숙한 양식을 취하되, 변화를 갖고자 하는 대중의 욕구에 부응한 노래임을 말한 것이다.

아리랑의 공급을 확대하기 위해서는 필연적으로 새로운 아리랑을 만들어내야 했다. 기존 아리랑의 발매를 늘리는 것만으로는 물량확대에 한계도 있었지만, 그것만 가지고는 대중들의 새것에 대한 욕구를 충당하기 어려웠기 때문이다. 그러므로 아리랑의 공급확대는 노래의 종류를 다양화하는 것과 맞물려 전개되어야 했다. 새로운 아리랑노래 만들기는 이러한 필요성에 의해 이루어졌는데, 그 방법은 기존 아리랑을 개신하거나 새로운 것을 창작하는 것이었다. 기존 아리랑의 개신을 통해 통속민요 아리랑의 종류를 늘리는 한편, 창작 아리랑을 통해 기존 것에 의지해야 하는 한계를 넘어서서 노래의 공급을 무한히 늘려갈 수 있는 길을 열었던 것이다. 때마침 1929년부터 창작가요 음반이 발매되기 시작했으므로, 창작을 통한 아리랑노래의 공급은 자연스럽게 전개될 수 있었다.

아리랑노래의 창작은 신민요와 트로트, 두 장르를 통해 이루어졌다. 『유성기음반 총목록』에 신민요라는 말이 붙어 있는 아리랑노래는 11곡이며, 유행가라는 말이 붙어있는 아리랑노래는 모두 13곡이다. 그 중에 신민요라는 이름으로 가장 먼저 나온 아리랑노래는 「최신아리랑」(P19095)이며, 유행가라는 이름으로 가장 먼저 나온 아리랑노래는 「아리랑」(C40070)이다. 그러나 이 노래들은 작사자와 작곡자가 제시되어 있지 않아 그대로 창작 아리랑으로 인정하기 어렵다. 작사자와 작곡자가 모두 명시되어 있는 것으로는 신민요의 경우 「그리운 아리랑」(P19186)이 1935년에 신발매된 것으로 나타나고, 트로트(유행가)의 경우 「모던아리랑」(V49250)이 역시 1935년에 제시된 기존 발매음반 총목록에 나타난다. 그러므로 창작 아리랑은 1935년 이전에 이미 시작된 것이라고 할 수 있다. 안기영이 예술가곡으로 만든 아리랑노래 「그리운 강남」(C40177)이 1931년에 나온 점을 참고하면, 대중가요의 창작 아리랑노래가 나온 시기도 상당히 앞당겨질 것으로 예상된다.

그러나 현재로는 아리랑노래의 창작에 대하여 보다 정확한 실상을 파악하는 것이 쉽지 않은 형편이다. 신민요, 또는 유행가라고 이름한 아리랑노래들이 작사자와 작곡자가 명시되지 않은 것이 많을 뿐만 아니라, 실제로 노래나 가사를 확인할 수 있는 작품은 더욱 적기 때문이다. 이름은 신민요, 또는 유행가라고 붙어 있지만, 실제로는 기존 아리랑의 개신작인 경우도 있으며, 또 장르 이름을 붙이지 않은 노래 중에도 신민요, 또는 트로트(유행가)인 경우도 있는 형편이다. 이를테면 1932년에 나온 「목동아리랑」(P19035)은 신민요로 보이는데 작곡자와 작사자를 알 수 없고, 1943년에 나온 「아리랑만주」(T5020)는 트로트로 보이는데 장르 구분은 물론 창작자도 밝혀 있지 않다. 그러므로 창작 아리랑노래의 상황을 제대로 파악하기 위해서는 자료의 확충과 검증이 좀더 이루어진 뒤로 미룰 수밖에 없다.

　다만, 여기서 하나 파악할 수 있는 것은 아리랑노래의 공급이 개신작을 중심을 이루어졌다는 점이다. 일제강점기에 신민요, 또는 유행가라고 이름한 아리랑노래가 모두 24곡이 파악되었는데, 〈표 1〉을 보면 1935년 한 해에만 22곡의 아리랑노래가 발매되었다. 그러므로 창작 아리랑노래의 공급이 통속민요 아리랑의 공급에 크게 미치지 못하고 있음을 알 수 있다. 신민요, 또는 유행가라고 이름한 아리랑노래의 숫자가 자료의 검증을 통해 다소 유동성을 가질 수 있다고 하여도, 그 수가 통속민요 아리랑의 공급물량보다 적은 상황은 달라지기 어려울 것이다. 이것으로 보아 아리랑노래의 공급은 통속민요가 주도하였다고 할 수 있다. 그런데 아리랑노래의 공급이 활발하던 시기가 통속민요의 소비가 창작가요보다 위축된 시기이다. 이를테면 1935년에 트로트와 신민요의 음반발매는 통속민요의 2.9배에 달했다고 했는데, 이 해에 아리랑노래의 음반발매는 최고조에 올라와 있었다. 상황이 이러하다면, 통속민요의 대중가요 주도력이 1930년대 들어 상실되면서 아리랑을 통해 에너지를 마지막으로 분출한 것이라고 할 수 있다. 이러한 점에서 아리랑이 통속민요 전개의 대미를 장식한 노래라고 할 수 있다.

4. 결론

　향토민요 아리랑은 강원도와 그 인근지역에 분포하고 있는 아라리, 자진아라리, 엮음아라리뿐이다. 이것들은 본래 산간노래로서 전승되던 것인데, 조선 후기에 들노래로서 그 기능과 성격이 확장되었다. 그리고 경복궁 중건공사를 계기로 강원도의 아라리가 알려지면서 그 영향으로 경기 긴아리랑이 생기고, 또 이어서 강원도의 자진아라리의 영향을 받아 경기 자진아리랑이 거듭 생겨나 통속민요 아리랑의 시대를 열었다. 이러한 가운데 1926년 영화 아리랑의 상연을 계기로 통속민요 아리랑에 대한 인기가 치솟으며 스스로의 전개 동력을 확보하게 되었고, 이러한 분위기에 따라 아리랑노래의 공급이 확대되며, 동시에 신민요와 트로트로 창작되어 장르확장을 이루었다. 그러므로 아리랑은 향토민요에서 통속민요로 나아가면서 대중성을 확보하고, 다시 창작가요로 표현되면서 대중가요의 흐름을 따라 끊임없이 전개해왔다고 할 수 있다.

　아리랑의 이같은 전개는 우리 대중가요의 전개와 맞물려 있다. 우리의 대중가요는 19세기 중반에 그 국면을 뚜렷이 형성하였고, 시조가 최초의 주도 장르로 자리하였다. 그 뒤 대중가요는 긴잡가, 통속민요, 트로트와 신민요 등이 부침하면서 끊임없이 새로운 국면을 만들어냈다. 아리랑은 통속민요가 대중가요로 자리를 잡아가던 19세기 후반에 등장하여서 1926년 이후 강한 에너지를 일으키며 통속민요 국면의 대미를 이끌었다. 그리고 아리랑은 1920년대 후반에 형성된 강한 에너지를 바탕으로 창작가요의 국면에 진입하여 신민요를 형성하는 촉매로 작용하였고, 동시에 트로트에 진입하여 1930년대 대중가요의 전 영역을 관통하며 국면 전체에 간여하였다. 요컨대 아리랑은 1930년대 대중가요 전개의 가장 중요한 동력이었다고 하겠다.

　향토민요는 민속예술이다. 그러므로 향토민요 아리랑이 도시에 나와 대중성을 획득하여 대중가요로 전환하는 흐름은 민속의 문화적 전개의 시각에서도 바라볼 필요가 있다. 우리가 현재 알고 있는 민속은 거의가 전통사회의 생활 속에 존재하던 문화이다. 그런데 민속문화는 근대를 지향하거나 전통사회를 지나면서 점차 사라지거나, 아니면 현장으로부터 이탈되어 2차적으로 가공되는 과정을 거치는 일이 많았다. 연초 기복의식으로 걸어두던 복조리는 장식물로 전환하여 민속품점의 상품이 되어 있고, 공동체의식과 종교적 의식으로 치루었던 마을, 또는 지역의 례는 지방자치단체가 후원하는 전통축제로 자리하며 관광상품으로 자리하여 있다. 전통사회의 민속문화가 생활현장을 벗어나 끊임없이 여가문화로 재가공되어 온 것이다.66) 이것은 전통사회의 민속문화가 당대의 문화자원으로서 꾸준히 재활용되고 있는 현상을 말함이다.

향토민요 아리랑도 같은 궤적을 그리며 대중가요로 전환되었다. 통속민요로의 전환을 시작으로 일제강점기에는 신민요, 트로트로 전환되었다. 이러한 양상은 해방 이후에도 이어져서 아리랑은 오늘의 대중가요에 이르기까지 지속적으로 개신되고 창작되고 있다. 최근 몇 년의 경우 〈함께 아리랑〉(하춘화), 〈아리랑 너랑나랑〉(전인권), 〈아리랑〉(거리의시인들), 〈금강산아리랑〉(부반장) 등의 노래들이 각각 트로트·락·힙합·댄스 등으로 개신되거나 창작된 사례를 들 수 있는데, 실제로는 이보다 훨씬 많은 아리랑이 나와 있다. 2003년만 해도 조용필의 〈꿈의 아리랑〉을 비롯하여 6곡의 아리랑노래가 음반으로 발매되었다.

상황이 이러하기에 민속문화론적 시각에서 아리랑의 문화적 전개는 주목될 필요가 있다. 그것은 아리랑이 전통사회에서 우리 스스로의 내발적 힘으로 민속의 2차적 가공을 이루어 대중화시킨 사례라는 점에서 그러하고, 또한 문화자원으로서의 지속력이 가장 강한 사례라는 점에서도 그러하다. 문화가 민족의 정체성을 밝히는 측면을 넘어서 경제적 가

---

66) 이러한 생각은 다음의 글을 통해 다룬 바 있다. 강등학, 「한국의 민속정보화 양상과 문화적 의미」, 『일본민속학회 제54회 연회 연구발표회지』, 일본 쯔쿠바대, 2002.10.6.

치로 부상되어 있는 오늘의 상황에서 아리랑의 문화적 전개를 통해 그 동력을 읽어내며, 내재되어 있는 원리를 활용해야 할 필요성이 우리 앞에 놓여 있기 때문이다.

아리랑의 전개 동력은 민중과 민족이다. 향토민요 아리랑은 특정 기능에 얽매이지 않고 민중의 일상에 편재하였다. 그런가하면 향토민요 아리랑은 가창의 부담이 적어 속내를 드러내 말하기에 적절한 구조를 가지고 있다. 또한 강원도에서 향토민요 아리랑은 남녀가 모두 부르는 노래이기에 그 저변이 넓다. 요컨대 향토민요 아리랑은 지역사회에서 거의 모든 민중이 향유해온 일상적 표현도구였던 것이다.[67] 향토민요는 다양해도, 아라리와 자진아라리만큼 기능이 다양하고 가창이 용이하며, 저변이 넓은 노래는 그렇게 흔하지 않다. 그래서 향토민요 아리랑은 통속민요로 전환한 뒤에도 특히 기층의 호응을 크게 받았다. 경복궁 중건에 징발된 부역꾼들의 호응에 의해 통속민요 아리랑이 열렸고, 19세기 말에는 창덕궁에서 토목공사를 하는 노무자들을 위해 아리랑경창대회를 열었다. 그리고 선교사 Allen은 나귀를 끌고 가는 나무장수 소년들의 입을 통해 아리랑을 듣고,[68] 나운규 역시 철도공사 현장에서 노무자들이 부르는 아리랑을 들었다.[69] 통속민요 아리랑의 대중성은 특히 기층에 기반을 두고 있음을 의미한다. 그 뒤 영화 아리랑의 성공으로 아리랑에 '민족'이라는 이미지와 기호가 입혀졌다. 민중의 힘에다 민족의 힘이 보태지면서 아리랑의 동력은 보다 강한 에너지를 장착하게 된 것이다. 집약하면 아리랑의 동력은 민중의 힘과 민족의 힘인 것이다. 그러나 이러한 문제는 원고가 넘쳐 여기서 자세히 다루지 못했다.

---

67) 이러한 점을 아라리를 중심으로 다음을 통해 논의한 바 있는데, 자진아라리의 경우도 사정이 크게 다르지 않다. 강등학, 『정선아라리의 연구』, 집문당, 1988, 28~30면.
68) Horace N. Allen, 신복룡 역, 『조선견문기』, 평민사, 47면.
69) 『삼천리』, 1937.1, 402~403면.

아리랑 노래의 정전화 과정 연구

정우택

1. 머리말

언제부터인가 아리랑이 '한민족'의 정체성을 표상하는 대표적인 노래로 불리고 있다. '대-한민국'을 연호하며 아리랑을 부르고, 남·북한이 단일그룹으로 참가하는 국제행사에서는 국가(國歌) 대신 아리랑을 부른다. 해외 거주 '동포'들은 아리랑을 민족적 자아 정체성을 표상하는 정서적 상관물로 간직한다. 아리랑은 언제부터, 어떤 경로로, 왜, 민족적 정체성을 표상하는 대표적인 노래가 되었을까?

아리랑이 '민족의 노래'로 정착하는 과정은 그 근대적 성격의 확립과 불가분의 관계가 있다.[1] 이 논문은 아리랑의 수많은 노랫말 중에서 "나

---

1) 김시업, 「근대민요 아리랑의 성격형성」, 『전환기의 동아시아 문학』(임형택·최원식 편), 창작과비평사, 1985 참조.

를 버리고 가시는 님은 / 십리도 못 가서 발병난다 // 아리랑 아리랑 아라
리오 / 아리랑 고개로 넘어간다”가 민족을 표상하는 대표적 가사로 정전
화(正典化)하는 과정을 추적해보고자 한다. 이를 위해 향토민요 아리랑
과 통속민요 아리랑이 전승·전파되는 과정에서 위의 노랫말과 곡조와
후렴이 특화(特化)되는 양상을 살펴보고, 그것이 지닌 근대적 의미를 해
명하게 될 것이다. 아리랑의 정전화 과정에는 근대적인 매체의 출현과
대중의 형성이 중요한 조건이 되었다. 특히, 아리랑이 ‘민족’의 표상으
로 자리 잡게 되는 과정에는 영화 〈아리랑〉이 결정적인 역할을 하였다.
영화 〈아리랑〉과 주제가인 본조아리랑이 대중들의 공감을 얻고 민족의
고난을 대변하는 영화와 노래가 될 수 있었던 이유를 당대의 보편적인
사회현상이었던 ‘생이별’의 현실과 관련하여 살펴보게 될 것이다. 그리
고 후렴의 ‘아리랑고개’가 근대적 시간의식과 상징성을 바탕으로 민족
을 상상하는 표상 공간이 되는 양상도 살펴볼 것이다.

2. 본조아리랑의 형성

1) 아리랑 노래의 갈래와 본조아리랑의 형성

오늘날 한국에서 불리는 아리랑은 그 종류와 숫자가 매우 많다. 먼저
아리랑의 다양한 버전을 향토민요와 통속민요, 대중가요의 갈래로 분류
하고 그 발생과 존재양상을 살펴보겠다.[2]

---

2) 민요는 “전승지역의 기층문화 행위로 전승되는 소리”(이보형, 「아리랑소리의 근원과 그
   변천에 관한 음악적 연구」, 『한국민요학』 5, 한국민요학회, 1997, 84면)를 의미한다. 즉 특
   정지역에서 노동이나 생활과 함께 존재하며 전승되는 노래를 좁은 의미의 민요라고 하며

향토민요 아리랑은 강원도 산간지방에서 전승되던 아라리(엮지 않은 정선아라리)와 엮음아라리(정선 엮음아라리), 그리고 자진아라리(강원도아리랑)가 있다.

통속민요 아리랑은 경기긴아리랑, 경기자진아리랑이 대표적인데 소위 '잡가(雜歌)'화한 아리랑이다. 통속민요 아리랑은 경복궁 중수공사와 관련하여 생겨났다.[3] 경복궁 중수공사에 강원도 산간의 목재가 징발되었는데 이를 운반한 뗏목꾼들 중에서 공사판에 직접 동원되어 서울에 오랫동안 머무는 경우가 생겼다. 이들에 의해 강원도 산간의 향토민요 아라리가 서울로 전파되었고, 서울의 소리꾼들이 이를 경기도의 소리조로 세련되게 다듬어서 레퍼토리화 했을 것으로 추정하고 있다. 먼저 강원도 향토민요 아라리에 자극받아 경기긴아리랑이 만들어졌으며,[4] 경기긴아리랑에 이어서 경기자진아리랑[5]이 생겨나 주로 시정의 유흥가나 놀이판을 배경으로 크게 유행하였다. 이것이 잡가집 소재(所載) 아리랑(타령)이다.

향토민요처럼 여겨지는 밀양아리랑, 진도아리랑은 이보다 한참 뒤에 전문소리꾼에 의해 재창작된 통속민요이다. 밀양아리랑은 1910년대를

특히 '향토민요' '토속민요'라고 한다. 이 민요가 전문소리꾼들에게 채택되어 다듬어지고 세련되게 변형·고정되어 새롭게 레퍼토리화 한 것을 통속민요라고 할 수 있다. 레코드나 라디오 등의 대중 매체를 통해 유통되는 노래를 대중가요라고 한다면 통속민요도 대중가요의 범주에 속할 수 있다. 특히 민요를 바탕으로 개인이 작사 작곡한 민요풍의 노래가 레코드로 취입되어 유통되는 경우, 이를 신민요라고 불렀다. 향토민요·통속민요·대중가요·신민요의 용어와 개념은 강등학, 「향토민요 아리랑의 존재양상과 장르동향」(『소암권오성박사회갑기념음악학논총』, 2000)과 강등학, 「형성기 대중가요의 전개와 아리랑의 존재양상」(『한국음악사학보』 32, 한국음악사학회, 2004)을 참조하였다.

3) 아리랑의 발생을 경복궁중수공사와 관련짓는 我耳聾說, 我離娘說이나 제국주의 침략시기의 불안한 민심의 반영으로 추측하는 我日英說 등 조선 후기에 주목하는 견해가 많다(김태준, 「流行歌篇(1)」, 『조선일보』 1943.3.21).

4) "경기긴아리랑에는 도시화하는 서울의 격정된 정서가 반영되어 선율이 과장되고 선율선이 복잡하게 의곡되고 박자가 불규칙하게 변동된 것 같다"(이보형, 앞의 논문, 110면).

5) 이보형은 경기자진아리랑이 경기긴아리랑으로부터 나온 것이라고 하고(앞의 논문, 110~111면), 강등학은 경기자진아리랑이 강원도자진아라리를 본을 삼아 파생된 것이라고 추정하였다(앞의 논문, 2004, 24~25면).

전후하여 박남포[6] 주변의 음악인이 잡가 아리랑을 경상도 소리풍으로 변주시켜 화류계에 퍼뜨린 데서 유래한 것으로 추정하고 있다.[7] 진도아리랑은 1930년대에 대금 명인 박종기(朴鍾基)가 일본으로 음반을 취입하러 가다가 배에서 이전의 아리랑(경기자진아리랑→남도아리랑)을 참조하고 편곡해 만든 것이다.[8]

오늘날 '아리랑'을 대표하는 "나를 버리고 가시는 님은/십리도 못 가서 발병난다//아리랑 아리랑 아라리오/아리랑 고개로 넘어간다"는 경기도자진아리랑에서 파생된 **본조아리랑**이다. 이 본조아리랑은 경기자진아리랑을 기본삼아 서양악기를 사용하여 새롭게 편곡한 것으로, 나운규의 영화 〈아리랑〉(1926) 주제가로 만들어진 것이다. 영화 〈아리랑〉의 주제가 본조아리랑은, 나운규가 어린 시절에 고향 회령에서 남쪽으로부터 온 철도공사판 노동자들이 부르는 아리랑을 듣고 감명을 받아 서울에 와서 이 노래를 다시 듣고자 했으나 확인이 안 돼서 옛날 들었던 멜로디를 생각해내어 가사를 짓고 곡보는 단성사 음악대에 부탁하여 만들었다고 했다.[9] 이렇게 만들어진 아리랑은 무성영화 〈아리랑〉 속에서 바이올린 반주로 불렀다. 당시에 전통민요인 아리랑을 서양 악기로 연주하는 것이 조화롭지 않다는 비판이 제기되기도 하였다.

> 대학생이 四絃琴[바이올린—인용자]으로 級友인 狂人의 부르는 「아리랑」 노래를 맞추는 것도 좀 서툴렀거니와 (……) 아리랑 전편을 통해 이의 성공이 농촌을 배경으로 한 순박한 哀史에 있거니와 그 실패점도 역시 **농촌과 그곳에 들어온 도회 풍조와 조화가 못된 곳에** 있다.[10]

---

6) 박남포(1894~1933)는 전국적으로 알려진 밀양의 지주이자 풍류객이었다. 그는 작곡가 박시춘의 아버지이기도 하다.

7) 이용식, 「만들어진 전통」, 『동양음악』 27, 서울대 동양음악연구소, 2005, 149면. 밀양아리랑이 '작가와 연대를 알 수 없는 시절'에 근원했다는 지역 유지들의 주장과 이를 그대로 논리화하는 학자들의 행위를 이용식은 전통을 창조하는 과정으로 설명한다.

8) 이보형, 앞의 논문, 114면.

9) 「'아리랑' 등 자작 전부를 말함(나운규 대담)」, 『삼천리』, 1937.1, 136~137면.

비판의 요지는 영화 〈아리랑〉이 조선의 '순박한 향토적 서정'을 관철시키지 않고 도회적(서양적) 풍조가 끼어들어 경박하게 되고 말아 아쉽다는 것이다.

그러나 나운규는 영화나 주제가에서 '순박한 향토 서정'을 추구한 것이 아니었다. 영화 〈아리랑〉이 만들어질 당시는 일본 유행가를 번안한 〈장한몽가〉〈이 풍진세월〉〈시드른 방초〉 등이 음반으로 발매되어 대중의 인기를 끌고 있었다. 새로운 풍조에 자극받아 들뜨고 열광하는 대중과 이들의 정서를 대변하는 문화가 도래하고 있었다. 옛것과 새것이 대립·교체하는 와중에 나운규는 영화라는 근대적인 매체에 합당한 방식으로 주제가를 새롭게 만들어냈던 것이다.

실제로 본조아리랑이 서양 악곡에 맞추어 편곡됨으로써 지역분할적 선법토리의 영향을 적게 받게 되고, 이로 인해 지역과 계층을 넘어 전국적 보편성을 띠며 전파될 수 있었다. 민요는 전라도의 육자배기토리, 평안도의 수심가토리, 태백산맥 주변 지역의 메나리토리, 서울 경기의 경토리로 구분하는 지역 분할적 정체성을 유지하며 전승되어 왔다. 아리랑의 경우, 강원도아라리는 메나리토리, 경기긴아리랑·경기자진아리랑은 경토리로서 선율적 특징을 유지하며 이어져 왔다. 본조아리랑도 경기자진아리랑을 본으로 삼았기 때문에 경토리에 속하지만, 서양음악과의 관련 속에서 전파되는 과정에 경토리의 규정력이 희박해지고 혼잡해졌다. 또한 기존의 잡가들이 소리꾼의 전문성을 강조한 것과 달리, 본조아리랑은 그 생성에서부터 근대적 대중매체의 속성을 반영하여 단순하면서도 누구나 쉽게 부를 수 있는 대중의 노래로 정착되었다.

한편 본조아리랑의 실연(實演)에 서양음악적 요소가 결합함으로써 본조아리랑의 전파와 전승과정에서 제도 교육을 통해 창가라는 외래음악을 학습한 세대와도 친연성을 갖게 되었다. 이들은 1930년대 이후 새롭

---

10) 抱氷,「新映畵 '아리랑'을 보고」,『매일신보』, 1926.10.10; 김갑의 편저,『춘사나운규 전집』, 집문당, 2001, 132~133면.

게 부상한 대중과 대중문화의 핵심을 형성하였다. 이러한 연유로 수심
가나 육자배기 등 전통민요들이 1930년대 들어 대중적인 인기가 쇠락하
고 전문소리꾼들에 의해서만 전승되는 처지에 놓이게 되었을 때에도,
본조아리랑은 일반 유행가들과의 경쟁 속에서 살아남아 새로운 버전을
생성하며 유행가와 신민요에 활력을 주었다.

2) 영화 〈아리랑〉과 본조아리랑의 확산

영화 〈아리랑〉은 "살진 전답과 아름다운 산천, 무궁화 삼천리에 풍년
은 왔건만은, 한줄기 흘러오는 아리랑의 노래는 이 동리의 백성만 풀어
놓는 설움인가?"라는 변사의 멘트에 이어 여자 가수의 "아리랑 아리랑
아라리요/아리랑 고개로 넘어간다/청천 하늘엔 별도 많고/우리네 살
림살이 말도 많다"로 막을 연다.[11] 실제로 영화 〈아리랑〉의 히로인은
본조아리랑이었다. 영화 〈아리랑〉의 개봉일에 맞추어 신문에 실린 영화
광고문을 보자.

> 現代悲劇
> 雄大한 規模! 大膽한 撮影術!
> 朝鮮映畵史上의 新記錄! 堂堂 封切!
> 撮影 三個月間! 製作費用 一萬五千圓 突破
>
> 눈물의 아리랑, 우슴의 아리랑
> 막걸니 아리랑, 北丘의 아리랑
> 춤추며 아리랑 보내며 아리랑 써나며 아리랑
> ── 문전의 옥답은 다 어듸 가고 ──

---

11) 변사는 성동호, 노래는 강석연, 반주는 관현악이다. 김만수·최동현 편, 『일제강점기
유성기음반속의 극·영화』, 태학사, 1998, 59면.

보라! 이 눈물의 하소연! 一大 農村悲詩!
누구나 보아 둘 이 훌륭한 사진! 오너라! 보아라 (······)[12]

위의 광고문을 보면 영화의 내용에 대한 구체적인 소개 대신 '아리랑'을 반복하여 강조하고 있다. 영화사에서는 이 광고문을 팸플릿으로 만들어 배포하였는데 "문전의 옥답은 다 어듸 가고 / 동냥의 쪽박이 웬일인가"라는 대목이 문제가 되었다. 이 "팜플렛 〈아리랑〉 노래 중에 공안(公安)을 방해할 가사가 있"다는 이유로 선전지를 압수당하는 사건이 일어났던 것이다.[13] 토지로부터 이탈하는 당대 민중 현실에 주목한 나운규의 제작 의도를 추측하게 하는 대목이다. 이틀 후의 신문광고문에는 "문전의 옥답은 다 어듸가고 / 동냥의 쪽박이 웬일인가"라는 대목이 삭제되고 대신 "근사초일대만원(謹謝初日大滿員)"이라는 문구가 삽입되어 있다.[14]

노래 아리랑이 영화 〈아리랑〉의 창작 모티브가 되었고, 영화의 발단─전개─갈등─대단원에 배치되어 스토리를 이끌었다. 관객들은 아리랑 노래를 부르며 영화의 내용과 감동을 회고하고 기억하였다. 원래는 영화를 통해 주제가 본조아리랑이 만들어지고 유행하게 되었지만, 이후로는 주제가 아리랑의 유행이 역으로 영화의 흥행을 선도하게 되었다.

나운규는 영화 〈아리랑〉(1926.10)의 감독[15]·시나리오·주연을 맡아 하기 직전에 〈장한몽〉(1926.3)과 〈농중조(籠中鳥)〉(1926.6)에 출연하였는데, 그

---

12) 『조선일보』, 1926.10.1.
13) "昨 1일부터 시내 授恩洞 단성사에서 상영한 〈아리랑〉의 활동사진 광고 팜플렛 〈아리랑〉 노래 중에 公安을 방해할 가사가 있으므로 경찰 당국에서는 9월 30일 선전지 1만 매를 압수하였다더라", 「'아리랑' 宣傳紙 押守 내용이 불온」, 『매일신보』, 1926.10.3.
14) 『매일신보』, 1926.10.3.
15) 위 광고문(『조선일보』, 1926.10.1)에는 감독이 일본인 津守秀一로 표기되어 있다. 그런데 「조선영화감독고심담」(『조선영화』, 1936.11)에서 나운규는 〈아리랑〉을 자신이 감독했다고 주장했다. 이후 여러 사람이 나운규 감독설을 주장하지만 진실은 확인할 수 없다.

는 〈농중조〉를 통해 비로소 무명에서 벗어나 명성을 얻게 되었다. 〈장한몽〉과 〈농중조〉는 일본의 극영화를 번안한 작품16)이다. 두 영화의 번안 주제가가 먼저 레코드로 취입되어 크게 인기를 끌고, 그 여세를 몰아 한국에서도 이들 영화가 제작되었다는 공통점이 있다.17) 임화는 〈농중조〉를 "유행가 영화"라고 일컬었다.18) 이 영화들의 경험을 바탕으로 나운규는 노래가 극의 주제와 이야기를 주도하는 방식 내지 주제가와 영화가 짝을 이루어 상승효과를 높여 대중적인 인기를 얻고 흥행을 이끌어 간 형식에 주목하여, 동일한 방식을 취하되 그 내용은 획기적으로 다른 영화를 만들겠다는 기획 아래 〈아리랑〉을 제작하였던 것으로 보인다.19) 실제로 나운규는 일본에서 성공한 영화를 번안하는 손쉬운 방식을 택하지 않고 한국의 '전통민요' 아리랑에 주목하여 독창적인 영화를 만들어냈던 것이다. 앞서 살펴본 바, 주제가로서 본조아리랑을 서양음악과의 연관 속에서 편곡한 사실 등은 근대적 영화 언어에 대한 나운규의 자각이 당대 대중의 요구와 정서를 창조적으로 파악한 것이며, 이는 아리랑을 새롭게 발견하는 계기가 되었다. 나운규의 기획은 적중하여 영화 〈아리랑〉과 주제가 아리랑은 짝을 이루어 큰 인기를 얻었다.

16) 나운규는 〈가고노도리[籠中鳥]〉를 번안하는 시나리오 작업에 적극적으로 참여하였다(안종화, 『한국영화측면비사』; 김갑의, 『춘사나운규전집』, 집문당, 2001, 83면 재인용).
17) "1925년경 레코드 산업이 태동하던 시절, 시중에는 일본의 신파극을 모방하는 극단들의 공연이 성행하고, 일본유행가(일본 음계 미야꼬부시) 가락의 노래들이 우리말 가사로 번안되어 유행하기 시작했다. 우리 가요의 고전으로 알고 있는 노래 중에 〈장한몽〉, 〈허망가〉, 〈방랑자의 노래〉, 〈농중조〉, 〈시들은 방초〉, 〈물산장려가〉 등(1920년대 유행한 노래)이 모두 일본노래인데 그것도 엔카(演歌)풍의 노래인 것이다"(황문평, 『한국대중연예사』, 부루칸모로, 1989, 37면). 한국에서 〈장한몽〉과 〈농중조〉를 민요가수인 도월색과 김산월이 레코드로 취입한 것은 1925년이다(황문평, 위의 책, 384면 참조).
18) 임화, 「조선영화발달소사」, 『삼천리』, 1941.6; 김종욱 편, 『실록 한국영화총서』 상, 국학자료원, 2002, 75면. 김을한도 이 영화에서 주제가 부분을 평가했다. "전편을 통하여 카페에 안식(이규설)과 정삼(나운규)이가 술잔을 들고 노래를 부르는 장면은 가장 우수한 장면이라 하겠다"(김을한, 「〈농중조〉 조선키네마 작품─영화평」, 『동아일보』, 1926.6.27).
19) "〈籠中鳥〉는 흥행 상으로 크게 히트하여 큰 돈을 벌었는데, 이것을 보고 나운규는 고향에 돌아가 열심히 시나리오를 썼다. 이것이 〈아리랑〉의 대본이었다"(조용만, 『30년대의 문화예술인들』, 범양사출판부, 1978, 254면).

당시 나운규와 함께 활동했던 이경손은 "이 작품은 서울 장안을 설레게 했다. 〈아리랑〉이야말로 최초의 구극조(舊劇調)를 탈피한 첫 작품이었다. 이 작품의 또 한 가지 장점은 관객의 심정을 만족할 만큼 포착한 점이었다"[20]라며 영화 〈아리랑〉이 한국영화의 새 지평을 열고 예술성과 대중성 양면에서 모두 성공했다고 평가했다.

영화 〈아리랑〉의 여주인공이었던 신일선(영희 역)은 당시의 상황을 다음과 같이 회고하였다.

'아리랑'이 개봉되자 서울 장안의 화제는 모두 이 영화에 집중했고 관객은 문자 그대로 장사진을 이루었다. 영화관 앞에 기마 순사가 동원되기도 그때가 처음이었고, 관객이 밀린 단성사는 문짝이 부서지기까지 했다. 극장 안은 한 번 들어가면 나올 수 없게 초만원이었고 어린애를 데려온 관객은 꼼짝할 수가 없어 그 자리에서 오줌을 뉘어야 하는 등 큰 혼잡을 이뤘다. '아리랑'은 그 후에도 계속 인기를 끌어 전국 방방곡곡 안 간 곳이 없고 심지어 극장이 없는 시골에서는 假設劇場까지 지어 관객들을 웃기고 울렸던 것이다.[21]

"아리랑 아리랑 아라리요 아리랑 고개로 넘어간다. 나를 버리고 가시는 님은 십리도 못 가서 발병 난다." 우리 겨레의 민요요, 영화 '아리랑'의 주제가였던 이 노래는 영화 '아리랑' 이후로 八道江山에서 더 애창되었고 한 때는 조선총독부에서 禁唱令을 내리기까지 했었다.[22]

영화 〈아리랑〉은 1926년부터 1938년까지 서울에서만 19회에 걸쳐 재상영을 거듭했던 것으로 조사되고 있다.[23] 각 단체가 주최가 되어 영화 〈아리랑〉을 상영하기도 했다.[24] 영화와 함께 그 주제가인 본조아리랑도

---

20) 이경손, 「무성영화시대의 自傳(8)」, 『신동아』, 1964.12; 『춘사나운규전집』, 104면.
21) 申一仙, 「남기고 싶은 이야기들」; 김종욱 편저, 『춘사탄생100주년기념 춘사나운규 영화전작집』, 국학자료원, 2002, 587면.
22) 신일선, 위의 글, 591면.
23) 김갑의, 『춘사나운규전집』, 집문당, 2001, 139~141면.
24) 반도여자청년회 주최로 중앙청년회관에서 1928.4.3~4일까지 "조선영화계의 자랑인

"新流行! 怪流行!"25)이라고 할 만큼 놀랍게 전국적으로 지역과 신분, 세대와 남녀의 차이 같은 정치·사회·문화·지리적 격차를 무화시키며 전파·확산되었다. 이전의 잡가 아리랑이 시정(市井)의 유흥 공간에서 제한적으로 불려졌다면, 본조아리랑은 지리적·세대별·성별·계층별·문화적 차이를 넘어 전면적으로 전파되어갔다. 영화 〈아리랑〉과 본조아리랑은 국내를 넘어 일본에서도 큰 인기를 얻었다.26)

3. 아리랑의 정전화 과정과 의미

1) '생이별'의 비극적 전유

이 절(節)에서는 "나를 버리고 가시는 님은 / 십리도 못 가서 발병난다"가 아리랑의 대표적인 노랫말이 되는 과정과 그 의미를 살펴보고자

나운규 군의 〈아리랑〉을 상연케 되엇다"(『중외일보』, 1928.4.1). "본보(『조선중앙일보』－인용자) 흥남지국 주최 독자 위안 영화 상영－〈아리랑〉"(『조선중앙일보』, 1933.7.1). "야학 경비 얻고저 〈아리랑〉 영화회(부산)"(『동아일보』, 1934.5.19) 등.
25) "요새이는 『아리랑타령』이 엇지나 유행되는 지 밥 짓는 어멈도 아리랑 공부하는 남녀 학생도 아리랑 젓냄새나는 어린 아희도 아리랑을 부른다. (…중략…) 羅雲奎 君의 아리랑 영화가 여러 사람의 환영을 바드니 만큼 그 영향이 일반 가뎡이나 학교에 미치는 것이 또한 적지 안타"(「新流行! 怪流行－귀 아푼 아리랑 타령」, 『별건곤』, 1928.12, 151면).
26) 김종욱 편저, 『춘사나운규영화전작집』, 국학자료원, 2002.12, 585면. 李基世도 "그 당시에 名畵 '아리랑'으로 말미암아 전 조선의 방방곡곡에는 '아리랑' 가요가 들리었고 일본에까지 큰 센세이션을 조선 영화로서 비로소 일으키었다"(이기세 구술, 「우리들의 血汗 개척자들－조선영화의 生長史」, 『조선일보』, 1938.1.3; 김종욱 편저, 『실록한국영화총서』上, 109면 재인용). "여기(영화 〈아리랑〉－인용자)에 이용된 민요 '아리랑'이 동경, 대판 등지에서까지 레코드를 통하여 유명해졌으며 나운규 씨의 인기가 비등하였다"(白夜生, 「조선 영화 15년」, 『조선일보』, 1936.2.21~3.1; 김종욱 편저, 『실록한국영화총서』上, 102면 재인용).

한다. 이 노랫말은 영화 〈아리랑〉 주제가 첫 절을 차지하고 있다. 나운규는 영화 〈아리랑〉 주제가의 가사에 대해 "예전에 듣던 그 멜로디를 생각하여 내어서" 직접 짓고 곡보는 단성사 음악대에 부탁해서 만들었다고 술회하였다.27) 이후 본조아리랑의 노랫말은 나운규가 지은 것으로 알려져 왔다.

그런데 본조아리랑의 다른 노랫말은 나운규가 직접 짓거나 변형했을지라도 "나를 버리고 가시는 님은 / 십리도 못 가서 발병난다"는 노랫말은 이전의 통속민요 레퍼토리의 하나로 이미 존재하고 있었다. 1912년에 총독부가 조사한 『이요이언급통속적동물등조사(俚謠俚諺及通俗的讀物調査)』28)에는 다음과 같은 노랫말이 채록되어 있다.

· 간다고 간다고 간다더니 / 십리도 못하여 발병이 났네(총독부 조사—342)
· 나를 버리고 가시는 임은 / 십리도 못 가서 발병난다(총독부 조사—1125)

342번 노래는 〈난봉가〉로, 1125번 노래는 〈사랑가〉로서 채록되었다. 이 노래의 곡명으로 보아 위 노래는 유흥의 공간에서 흥을 북돋우는 기능을 했던 것임을 알 수 있다. 다음은 〈어르렁타령〉이라며 채록된 것이다.

어르렁고개다 집을 짓고 / 四方英雄만 기다린다 //
달도 밝고 별도 밝다 / 임의 생각이 절로 난다 //
날 바리고 가는 임은 / 十里를 못 가서 발병 나지(총독부 조사—364)

"어르렁 고개"에 놀이마당을 마련하고 "사방영웅"인 풍류객을 불러 모아 한바탕 놀아보자며 유흥을 부추기는 노래이다. 짐작컨대 이 노래의 후렴은 "아리랑 띄어라 노다가세"이거나 "아리랑 얼시구 아라리야"

---

27) 「'아리랑' 등 自作 전부를 말함」, 『삼천리』, 1937.1, 137면.
28) 비록 조사 동기와 방법 등에 문제가 많다고 하지만, 1910년대 조사된 구비문학 자료라는 점에서 가치가 있다. 이 자료는 임동권, 『한국민요집』(6)(집문당, 1981)에 수록된 것을 참고했으며, 노래의 고유번호는 임동권의 민요집에 의거했다.

일 것이다. "아르랑 아르랑 아라리요/아르랑 뜨여라 놀다 가게//놀다 가게 자다 가게/저 달이 지도록 놀다 놀다 가게"(총독부 조사—153)에서 "임"은 놀이판에서 만난 손님이다. 이 상황에서 "나를 바리고 가는 임은/십리도 못 가서 발병 나지"라고 하는 것은 이별의 슬픔을 표현한 것이라기보다는 놀이판에서의 수작을 표현한 것이다.

1930년대의 풍류마당에서도 "나를 버리고 가시는 님은/십리도 못 가서 발병난다"는 계속 구연되었다.

> 아리랑 아리랑 아라리요 아리랑고개로 봄노리 가자
> 나를 버리고 가시는 님은 十里도 못 가 발병이 난다
> 아리랑 아리랑 아라리요 아리랑고개로 봄노리 가자
>
> 사랑에 두자는 거 뉘가 냇요 청춘에 끝난 피 다 빠라낸다
> 아리랑 아리랑 아라리요 아리랑고개로 봄노리 가자
>
> 청초마 밋헤다 燒酒甁 차고 梧桐수풀로 任차저간다
> 아리랑 아리랑 아라리요 ·아리랑고개로 봄노리 가자
> ―金雲仙, 〈아리랑〉(가야금병창; 포리돌 19017-B)[29]

위의 아리랑은 "청춘의 끓는 피"가 분출하는 사랑과 향락의 봄놀이로 같이 갈 것을 노래한다. 아리랑고개는 한바탕 주연(酒宴)이 벌어지는 봄놀이 장소이다. 창자는 기생이기 십상이며, (봄)놀이의 흥을 돋우기 위해 "나를 버리고 가시는 님"을 상정하고 경고한다. 이 노래가 불리던 상황을 재연하면, "청초(淸楚)한 몸단장을 한 기생(妓生)이 매듸매듸 애조를 띤 아름다운 목소리로 '(……) 고개로 넘어―간다 (……) 나―를 바리고 가―는 님은 (……)' 뚱땅뚱땅 꺽어 넹기는 새장고의 소리에 맞춰서 부르는 그 아리랑의 노래 소리는 참으로 젊은 사람들의 가슴 속을 깁히 찌르는

---

29) 이보형·홍기원·배연형 편, 『유성기음반가사집』 1, 민속원, 1999, 433면.

데가 있다"30)라고 할 수 있다.

이와 같이 잡가 아리랑에서 "나를 버리고 가시는 님"이나 '이별'은 실제로 사랑하는 사람과 헤어지는 비극적인 상황이라기보다 유흥의 매개 역할을 하는 장치인 것이다. 즉, 술판머리에서 이별을 상정함으로써 '지금 여기'의 흥을 긴절하고 밀도 있게 하고, 만남과 수작의 의미를 극대화하는 것이다.

그런데 "나를 버리고 가는 임은 / 십리도 못 가서 발병난다"라는 노랫말이 영화 〈아리랑〉의 주제가로 채택되어 영화의 주제·내용과 접속함으로써 그 정조와 성격이 변화하였다. 영화 〈아리랑〉을 당대 현실과의 연관 속에서 수용한 대중들의 의식과 열망이 적층돼 감에 따라 노래 아리랑도 새로운 성격을 형성해 갔던 것이다.

본조아리랑이 만들어지고 퍼져나가던 1920년대 중반, 조선의 농촌은 대량적인 토지방출(土地放出) 사태에 직면해 있었다.31) 1920년대 들어 북간도로 이주한 조선인은 매년 30만 명이 넘었다.32) 이러한 대대적인 이산(離散)과 이주(移住), 유랑(流浪)의 원인은 대부분 붙여먹을 땅이 없거나 소작료 등 빚에 내몰렸기 때문이다. 영화 〈아리랑〉을 이끌어가는 갈등의 원인도 여기에 있었다.

영화 〈아리랑〉과 본조아리랑은 삶의 터전으로부터 쫓겨나 이산과 유랑, 이주가 대대적인 사회적 현상으로 일어나는 현실을 배경으로 만들어졌다. "보내며 아리랑 써나며 아리랑—— 문전의 옥답은 다 어듸 가고 / 동냥의 쪽박이 웬일인가—— 보라! 이 눈물의 하소연! 일대(一大) 농촌비시(農村悲詩)!"33)라는 영화 〈아리랑〉의 광고문안이 이 영화의 기획 및 창작 의도를 말해 준다. 영화 〈아리랑〉의 내용도 당시의 일반적인

---

30) 「아리랑의 슬픈 정조는 어듸로서 나왔는고」, 『삼천리』, 1935.8, 192면.
31) 현규환, 『한국유이민사』, 어문각, 1967, 154면. 1927년 3월 한 달 동안 원산을 경유한 流離同胞가 2만 명 이상에 달했다고 보도하고 있다(『동아일보』, 1927.4.14).
32) 1926년 35만 6천여 명(현규환, 앞의 책, 161면).
33) 『조선일보』, 1926.10.1.

현상이었던 빚에 내몰린 농촌 가족의 비극을 다루고 있다. 빚을 핑계로 성(性)을 요구하는 악덕 마름과 그를 죽이고 붙잡혀 가는 주인공, 그리고 주인공을 동정하는 마을 사람들이 축을 이루는 가운데 영희와 현구의 사랑이 비극성을 더한다.

영화의 마지막 부분, 주인공이 아리랑고개를 넘어가는 가운데 동네사람들이 눈물을 흘리며 부르는 아리랑 노래 "나를 버리고 가는 님은 / 십리도 못 가서 발병 난다 // 아리랑 아리랑 아라리요 / 아리랑 고개로 넘어간다"는 유흥의 소리판에서 불릴 때와는 사뭇 다른 정서와 분위기를 조성한다. 본조아리랑에서의 이별은 더 이상 놀이판의 흥을 고조시키기 위해 관습적으로 양식화된 이별이 아니다. 이때의 이별은 삶의 지평에서 빚어지는 절박한 생이별, 고통 속의 헤어짐으로 소통되었다. 민요와 같은 구비문학은 현장의 상황이 텍스트의 의미를 규정하는 요인이 된다. 같은 노랫말이라도 어떤 현장에서 불리느냐에 따라 의미가 달라지는 것이다.

박승희는 영화 〈아리랑〉을 재해석하여 연극 〈아리랑고개〉를 만들면서 이산의 아픔과 이별의 슬픔을 한층 더 극적으로 처리하였다. "수백 년을 두고 자자손손이 두더지 같이 파먹던 이 문전옥답을 버리고"34) 북간도로 떠나는 이야기를 중심으로, 길남이와 복례의 사랑과 이별을 중첩시킨 감상적 멜로드라마인 〈아리랑고개〉는 상연 당시 대중들의 열렬한 호응을 받았다.

> "아리랑 아리랑 아라리오 아리랑 고개로 넘어간다. 아리랑 고개는 웬 고개이기에 구비야 구비야 서름이러냐. 아리랑 고개는 어디에 있기에 볼 수도 잡을 수도 없느냐. 그렇다. 아리랑 고개는 삼천리 굽이굽이 눈물의 고개는 아리랑 고개 2천만 가슴마다 사무친 고개다."

---

34) 「아리랑 고개」(콜롬비아 레코드, 1931); 『일제강점기 유성기음반속의 극·영화』, 태학사, 1998, 267면.

이렇게 시작되는 연구생 沈影의 서시는 처음부터 관객을 흥분시켰고, 매일 폭발적인 열광 속에 막이 내리곤 했다.”[35]

“나를 버리고 가는 님”은, 영화 〈아리랑〉에서는 순사에게 붙잡혀 가는 영진이고, 연극 〈아리랑고개〉에서는 북간도로 가는 사랑하는 길남이와 그 식구들이다. 연극 〈아리랑고개〉에서 복례는 “나를 버리고 가는 님아. 십리도 못 가서 발병이 난다. 오, 길남아 길남아, 정말 갈 터이냐?”[36]라고 울부짖는다.

“나를 버리고 가는 님”인 영진(영화)이나 길남(연극)은 자신의 의지에 의해 떠나가는 것이 아니라 외부의 불가항력적 힘에 떠밀려 떠나간다. “가는 님”을 향해 “십리도 못 가서 발병난다”고 노래하는 ‘나’의 심정에는 타율적인 힘에 의해 이별의 상황에 맞닥뜨린 ‘나’의 운명에 대한 설움과 자기 연민, 그리고 떠나가는 님을 향한 안타까움과 원망이 뒤엉켜 있다. 피할 수 없는 운명으로 인해 이별해야 하는 ‘님’과 ‘나’ 사이에는, 만남과 일체에 대한 열망이 내재해 있다. 영화 〈아리랑〉과 연극 〈아리랑고개〉에 열광했던 대중들은 아리랑을 부르면서 그 노랫말에 스며든 ‘나’의 운명과 비통한 심정을 자기화하였다. ‘버려진 나’ 혹은 ‘떠난 나’의 처지를 보편성 속에서 필연으로 내면화하는 가운데, 대중들은 의식적·무의식적으로 민족을 상상하게 되는 것이다. 이처럼 근대와 함께 전면화한 생이별의 현실, 떠나온 고향에 대한 그리움 등의 시대적인 비극을 전유하면서 영화 〈아리랑〉과 본조아리랑에는 고난의 경험을 공유하는 ‘민족’의 이미지가 적층되어 갔다.

---

35) 유민영, 『한국연극운동사』, 태학사, 2001, 233면.
36) 『일제강점기 유성기음반속의 극·영화』, 268면.

2) '아리랑 고개'의 공간 표상

민요에서 후렴은 흥을 고조시켜 놀이성을 강화하고 구성원의 참여와
일체감을 형성하고 정서를 집약하여 표출하는 기능을 한다.[37) 아리랑
노래에서도 후렴은 매우 중요한 역할을 한다. 후렴에 '아리랑'이라는 어
사가 들어간 노래를 아리랑 노래의 범주에 포함시킬 수 있기 때문이
다.[38) 즉, 아리랑에서는 후렴이 노래의 장르적 귀속과 특성을 규정하고
있는 것이다.

본조아리랑이 만들어질 당시까지 아리랑 노래의 후렴은 다양하게 존
재하였다. 문헌자료를 중심으로 아리랑 노래의 후렴들을 도표로 나타내
면 아래와 같다.

〈1926년 이전 문헌 기록에 나타난 아리랑 노래의 후렴〉

번호	후렴	출전(년도)
1	アララン, アラ, ラン, ア-ラリオ, アララン, ア-ルソン, ア-ラリヤ 아라랑(란) 아라랑(란) 아라리오 아라랑(란) 알션(손) 아라리아(야)	『新撰 朝鮮會話』[39)(1894.8.27, 東京 博文館)
2	A-ra-rung a-ra-rung a-ra-ri-o A-ra-rung ol--sa pai ddi-o-ra[40)	『The Korean Repository』(1896.2, 서울) H. B. Hulbert가 채보
3	아르랑 아르랑 알알이오 아르랑 쳘쳘 비씌워라	『대한매일신보』(국문판)(1907.7.28) 『俚謠・俚諺及通俗的 讀物 等 調査』(1912) 266, 283
4	아리랑 아리랑 아라리오 아리랑 띄어라 노다가세	1910~1920년대 출판된 잡가집 20권 확인[41) 『俚謠・俚諺及通俗的 讀物 等 調査』(1912) 153
5	아리랑 아리랑 아라리오 아리랑 얼시구 아라리야	1910~1920년대 출판된 잡가집 20권 확인 『俚謠・俚諺及通俗的 讀物 等 調査』(1912) 63, 70, 347, 351, 679, 695, 992
6	아리랑 아리랑 아라리오 아리랑 얼시구 노다가세	『俚謠・俚諺及通俗的 讀物 等 調査』(1912) 266, 351, 394, 820
7	아리랑 아리랑 아라리오 아리랑 속에서 노다가세	『俚謠・俚諺及通俗的 讀物 等 調査』(1912) 638, 703, 1065

---

37) 강등학, 『한국민요의 현장과 장르론적 관심』, 집문당, 1996, 37면 참조.
38) 신고산타령 또는 어랑타령을 원산아리랑이라고 명명하기도 하는데, 후렴에 '아리랑'
　　이란 어사가 없기 때문에 아리랑의 유형에 포함시킬 수 없는 것이다.

| 8 | 아리렁 아리렁 아라리오
아리랑 고기로 넹겨넹겨주게 | 강원도아리랑타령
『朝鮮新舊雜歌』(1921)[42] |
| 9 | 아리랑 아리랑 아라리요
아리랑 고개로 넘어간다 | 영화 〈아리랑〉 주제가 '본조아리랑'(1926.10.1) |

현재 문헌상 가장 오래된 것으로 확인된, 1890년대에 채록된 아리랑의 후렴은 "아리랑 얼쑤 아라리야"나 "아리랑 얼싸 배 띄워라"로 되어 있다. 1912년 조선총독부가 각 도를 망라한 일선의 공무원 교사들을 동원하여 조사한 『이요(俚謠)·이언급(俚諺及) 통속적(通俗的) 독물(讀物) 등(等) 조사(調査)』 보고서에서 '아리랑'이라는 곡명을 밝혔거나 또는 '아리랑' 어사가 들어간 후렴을 가진 것을 찾아보니 30편 이상이 있었다. 후렴이 같은 노래를 묶어 본 것이다.[43]

1910~20년대 출간된 잡가집 소재 아리랑의 사설과 후렴은 고정되어 있는 편이며 아주 작은 변형이 있을 뿐이다. 13가지의 사설이 고정되어 있는데 12개 사설에는 "아리랑 아리랑 아라리요 / 아리랑 띄어라 노다가세"라는 후렴이 붙고, 오직 "⑪ 세월도 더 업도다 도라간 봄이 다시 온다"라는 사설에만 "아르랑 아르랑 아라리오 / 아르랑 얼시구 아라리야"라는 후렴이 붙어 있다.

아리랑 노래의 후렴은 일반적으로 앞부분은 "아리랑 아리랑 아라리

---

39) 洪錫鉉(1872~?)이 일본인을 위한 조선어 회화책으로 출판한 것이다. 허경진, 「19세기 인천에서 불려졌던 〈아리랑〉의 근대적 성격」(『동방학지』 115권, 연세대국학연구원, 2002, 259면)에서 재인용.

40) 「가장 오래된 아리랑 樂譜 발견」, 『조선일보』, 1985.10.30.

41) 정재호, 『한국속가전집』 1~6권, 다운샘, 2002.

42) 이상준, 『조선신구잡가』, 박문서관, 1921, 40면; 정재호, 『한국속가전집』 4권, 다운샘, 2002, 226면.

43) 이밖에도 "아리랑 아리랑 아라리요 / 阿郞 阿郞 阿郞이야"(총독부조사-531), "아르릉 아르릉 아라리가 났네 / 이전에 없든 새아라리 났네"(900), "아르랑 아르랑 아르랑이 났네헤 / 아르랑 징기여허라 노다 잠자다 가세"(1015), "아리아리랑 아리아리랑 아리랑이 났네의 / 아리랑 응 어-응 아르랑이 났네"(437), "아리랑 쳘쳘 배 밀어주게"(266, 283) 등과 같은 후렴도 불렀다. "아르릉 아르릉 아르릉 앓지마라 / 명년 삼월로 다시 보자 / 아르릉 속으로 배 나간다"(609)는 어느 것이 후렴이고 본사인지 구분하기 쉽지 않다.

오”로 일치하는데 뒷부분에서 차이를 드러낸다. 이 뒷부분은 대개 “아리랑 얼시구 아라리야”, “아리랑 얼쑤 배 띄워라”, “아리랑 얼시구 노다가세”, “아리랑 띄어라 노다가세”로 유형화된다. 이들 후렴에는 19세기 말 흥성하기 시작한 도시를 배경으로 분출하는 도시민들의 득의(得意)와 욕망, 에너지가 함축되어 있다. 실제로 아리랑을 포함하여 잡가집에 수록된 통속민요들은 유흥(遊興)의 공간이나 공연장에서 흥을 부추기며 즐겁게 하는 역할을 하였다. 잡가의 성격은 잡가집 표지(表紙)에 극명하게 나타나 있다. 잡가집 표지에는 대개 춤과 악기와 술상이 그려져 있다.

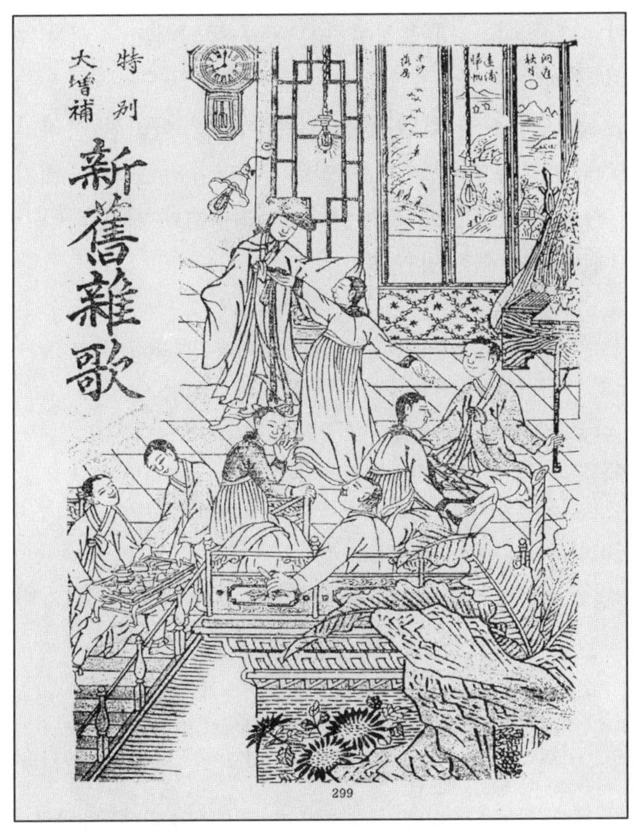

南宮楔 편, 『特別大增補 新舊雜歌』(唯一書館, 1916) 표지

이렇게 유흥의 공간에서 노래불릴 때 아리랑의 후렴은 놀이에 몰입하도록 유도하고 격정된 정서를 집약하여 지속시키는 기능을 한다. '얼시구'[44] '띠어라'는 추임새와 같은 구실을 하며 '노다 가세'에 집중된다.

'아리랑'의 어원을 '아리'에서 찾아야 한다는 주장이 제기된 이후,[45] '아리'는 노래 또는 소리일 것이라는 주장들이 설득력을 얻고 있다.[46] '랑'이란 입소리 혹은 악기의 소리로서 '아리'에 붙어 흥을 더 돋우는 구실을 하는 것이다. "아리랑 띠어라 노다가세" "아리랑 속에서 노다가게" "아리랑 얼시구 아라리야" 등은 '노래 속에서 놀아보세'라는 뜻과 상통한다. 이와 같이 통속민요 아리랑에서 후렴은 놀이를 강화하고 그곳에 모인 사람들이 노래에 참여하여 흥에 몰입하도록 하는 기능을 위해 배치된 것이다.

위의 표를 보면 오늘날 널리 불리는 "아리랑 아리랑 아라리오 / 아리랑 고개로 넘어간다"라는 후렴은 영화 〈아리랑〉(1926)의 주제가, 본조아리랑에서 처음 불린 것으로 확인된다. '아리랑고개'가 후렴이 아닌 본사에 쓰인 예는 이전에도 있었다.

- 어르렁고개다 집을 짓고 / 四方英雄만 기다린다(총독부 조사―364)
- 아라랑 아라랑 아라리오 / 아라랑 철철 배 밀어주게
  아라랑고개다 술막을 짓고 / 정든 임 오기를 고대 고대한다(총독부 조사―283)
- 아르랑고개에다가 정거장 짓고 / 님 오기만 고대 고대로다
  아르랑 아르랑 아라리요 / 아르랑 속에서 노다 가게(총독부 조사―1065)
- 아리랑고개다 정거장을 짓고 / 전기차나 오기를 기다린다
  아리랑 아리랑 아라리오 / 아리랑 띠어라 노다가세(잡가집 소재 아리랑)

---

44) '어리 어슈'(총독부 조사―679), '어헐사'(총독부 조사―820), '얼사'(헐버트 채록), '알션'(신찬조선회화) 등은 '얼시구'라는 추임새의 대체이거나 변종이다.

45) 김시업, 「근대민요 아리랑의 성격형성」, 『전환기의 동아시아문학』(임형택·최원식 편), 창작과비평사, 1985, 225면.

46) 이보형, 앞의 논문, 117~119면. 예를 들어 메아리는 '뫼아리' '산의 울림' '산의 소리' '산의 노래'라는 뜻이라 할 수 있고, 옹아리, 벙어리 모두 '아리' 즉 소리와 관련이 있다.

이런 잡가 아리랑의 가사에 나오는 '아리랑고개'는 풍악과 술과 노래와 춤이 있는 유흥의 장이며, 또는 유흥을 예비하는 설렘과 흥분이 존재하는 공간이다. 이때 '아리랑고개'는 후렴의 '아리랑 띄어라 노다가세'와 호응한다. 향토민요 아리랑엔 '아리랑고개'가 들어간 후렴이 발견되기도 하고 또 "아리랑 얼씨구 넘어간다"는 후렴이 있는 향토민요도 발견된다.[47]

본조아리랑의 후렴에 사용된 '아리랑고개'의 의미는 잡가 아리랑과 본조아리랑의 비교 속에서 좀더 분명하게 드러난다. 잡가 아리랑의 예를 보자.

- 나는 좋아 나는 좋아 / 정든 님 친구가 나는 좋아
  (후렴) 아르랑 아르랑 아라리오 / 아르랑 씌여라 노다가세
- 아리랑 고개다 정거장을 짓고 정든님 오기만 기다린다 (후렴)
- 친구가 남이엇만 / 어이 그리 유정한가 (후렴)
- 세월도 덧업도다 / 도라간 봄이 다시온다 (후렴)
- 인싱 흔몸 도라가면 / 움이 느느 싹시 나느 (후렴)[48]

이 노래의 지향은 바로 '지금 여기'에 집약된다. '지금 여기'의 놀이에 최선을 다하자는 메시지를 통해 흥을 극대화시키고 있다. 과거에 대한 미련이나 미래에 대한 기약 등은 놀이 공간에서 배제되어야 하고, 오직 '지금 여기'에서의 흥(興)만이 강조된다. "얼시구" "얼싸" "띄어라"는 '지금 여기'의 흥을 압축하여 지르는 소리인 것이다. 이런 성격을 '찰나적 향락주의'[49]라고 폄하하는 것은 잡가 아리랑의 장르적 속성을

---

47) 강릉·명주·양양·고성 등 영동지역에서 모심기 소리로 많이 부르는 강원도 자진아라리는 "심어주게 심어주게 심어주게 / 오종종 줄모를 심어주게 // 아리 아리 아리 아리 아라리야 / 아라리 얼씨구 넘어간다"로도 부른다. 이때 후렴 "아라리 얼씨구 넘어간다"는 노래를 다른 사람에게 넘기거나 노래를 바꾼다는 의미 또는 모를 심을 때 못줄을 넘긴다는 의미로 활용되었다. 후렴이 노동행위를 지시하는 기능을 하는 것이다.

48) 盧益亨 편, 『增補新舊雜歌』, 博文書館, 1915, 134~136면; 정재호 편, 『한국속가전집』 2권, 다운샘, 2002, 152~154면.

근대적 의식에 의해 자의적으로 파악한 관념이자 이데올로기일 뿐이다. 계몽적 지식인들도 잡가 아리랑(경기자진아리랑, 경기긴아리랑 등)을 "흉악한 음담패설",50) "말세(末世)의 소리"51) 등으로 규정하여 배척하고 개량해야 할 대상으로 지목하였다.

애국계몽기 이후 1920년대 국민문학파에 이르기까지 통속민요에 대한 비판과 가곡개량의 의지는 계속되었지만 성공을 거두지 못하였다. 그것은 가곡개량자들의 의식과 통속민요의 지향이 본질적으로 달랐기 때문이다. 잡가 아리랑의 의식(또는 미의식)이 '지금 여기'의 흥(興)에 집중하는 것과 달리, 가곡개량자들의 지향은 '지금 여기'가 아니라 미래의 어느 지점인 '거기'에 중심이 있다. 그들이 의식하는 가치인 '국민'이나 '국가'는 '지금 여기'에는 부재(不在)한다. 미래를 위해 현재를 끊임없이 유보하는 것, 그것은 근대의 시간이다. 이마무라 히토시는 "미래를 선취하면서 현재에 미래를 도래시킴으로써, 좁은 의미에서의 기획이나 계획을 세우고, 현재의 상태를 변혁, 극복하는 행동의 형식"을 '의지'라고 명명하며, 이는

---

49) 이마무라 토모에(今村螺炎)는 잡가 아리랑의 한 레퍼토리인 "인생 한 몸 돌아가면 / 움이 나나 싹이 나나"라는 사설에 대해 "인생은 두개나 세 개인 것은 아니다 / 이 몸은 단 하나 뿐 / 덧없는 꿈의 세상 중에 태어난 몸 / 그런 이 몸이 살아가는 생애의 쓸쓸함을 헤아린다 / 아리랑 아리랑 아라리요 / 아리랑 노래 속에 놀다가세"라고 번역·해석하였다. 그는 아리랑을 "체념과 찰나의 향락주의"라고 규정하고는 이것을 곧 조선의 민족성과 연결시켰다. 이런 관념은 "조선은 모든 점에서 정체된 나라이어서 창조력이 부족한 나라"라고 비약하기에 이른다(今村螺炎, 「朝鮮の民謠」, 市山盛雄 編, 『朝鮮民謠の研究』, 坂本書店, 東京, 1927, 89면).

50) 現今 我韓國內 所習歌謠는 無非病風傷情之亂雜 則 不可不 改革이 亦一急務라. 所謂 妓女唱夫 及 衢路兒童이 開口 則 所謂 歌曲이 都是 수심가, 난봉가, 알으랑, 홍타령 等類뿐이니 此何窮凶巨惡淫談悖說之成習也오. (……) 盖英雄闊達之詞와 壯士慷慨之歌는 古今이 何異리오만은 至今 此等 亡身亡家亡國之荒音은 宜有警吏之痛禁而置諸度外ᄒ니 亦何故也오 以外相觀之면 此未免蒼古之論이나 然이나 其實은 際此開明前進之時代ᄒ야 妨害志氣가 莫此爲甚也라(琴兮, 「歌曲改良의 意見」, 『대한매일신보』, 1908.4.10).

51) "(아리랑을 가리켜-인용자) 지금부터 30년 전에 어디서 왔는지 모르게 와서 전 지역에 퍼져 부르지 않는 사람이 없게 되었는데 그 음은 슬프고 원망하는 듯하고 그 뜻은 음란하며 가락은 여운이 없고 단촉하니 대개 말세의 소리이다"(崔永年, 『海東竹枝』, 1925).

근대에서만 나타나는 정신적 태도라고 규정한 바 있다.[52]

잡가 아리랑과 본조아리랑의 차이는 이러한 시간의식에서 확연하게 드러난다. 본조아리랑의 후렴에서 '아리랑 고개'는 "넘어간다"는 의지적 표현과 함께 현재를 뛰어넘어 미래를 도래시키는 근대적인 시간의식에 의해 구성된다.

나운규는 영화 〈아리랑〉의 기획의도를 다음과 같이 술회하였다.

> 이 한 편(영화 〈아리랑〉—인용자)에는 자랑할 만한 우리의 조선 情緒를 가득 담아 놓는 동시에 '동무들아, 결코 결코 실망하지 말자' 하는 것을 암시로라도 표현하려 애썼고, 또 한 가지는 '우리의 고유한 기상은 남성적이었다' 민족성이라 할까 할 그 집단의 정신은 義俠하였고 勇猛하였던 것이니 나는 그 覇氣를 영화 위에 살리려 하였던 것이외다. '아리랑 고개' 그는 우리의 희망의 고개라, 넘자, 넘자, 그 고개 어서 넘자 하는 일관한 정신을 거기 담자, 한 것이나 얼마나 표현되었는지 저는 부끄러울 뿐이외다.[53] (현대어 표기—인용자)

나운규는 당시 조선의 민족 정서를 퇴폐와 타율, 정체, 애상 등으로 규정하는 논의에 대항하여 '남성적 기상' '의협하고 용맹한 정신' 등을 맞세운다. 영화 〈아리랑〉에서 이러한 민족성과 집단의 정신, "조선 정서"가 응축되어 표현된 것이 바로 '아리랑 고개'이다. 나운규는 '아리랑 고개'를 '희망의 고개'라고 부르며 '그 고개 어서 넘자'라고 대중들을 독려하는 차원에서 자기 영화를 해석하고 있다.[54] 아리랑 고개의 이러한 상징은 당대의 사람들에게 충분한 공감을 얻고 있었다. "우리도 저 고개를 너머 님이 계신 조혼 곳으로 따라가야 한다고 부르는 것이다. 정말 우리는 따라갈 수 잇다. 그래서 녯날에는 슬픔의 고개, 실망의 고개뿐이든 것이 이제 이르런 깁붐의 고개, 희망의 고개로 변하여저 가는 것이다."[55]

---

52) 이마무라 히토시(今村仁司), 이수정 역, 『근대성의 구조』, 민음사, 1999, 76면.
53) 나운규, 「'아리랑'과 사회와 나」, 『삼천리』, 1930.7, 53면.
54) 나운규의 위와 같은 1930년도의 해석이 영화를 기획할 때 이미 의도했었던 생각인지, 아니면 영화가 대중들에게 수용된 결과 획득된 사후적 관점인지 확인할 필요가 있다.

아리랑고개는 '삼천리에 구비치고 이천만 가슴에 사무친 이별의 고
개, 눈물의 고개'가 되고 나아가 민족을 상상하는 표상공간이 되었다.
아리랑고개는 현재의 고난과 시련을 감당하며 미래로 향하는 열망의
공간으로 설정되어 갔다. 이렇듯 본조아리랑의 후렴은 "아리랑 고개를
넘어가"는 현재의 시간 속에 '고개 너머'라는 미래의 시간을 투사함으
로써 고난과 모순에 찬 '지금 여기'를 견디고 변혁할 수 있는 행위와 의
식의 가능성을 개척한 의미가 있다. 나아가 아리랑 고개를 넘는 행위는
지역과 계층, 계급, 개인의 차이를 넘어 **'우리의 희망'**을 확보하는 의미
도 있다. '아리랑 고개'는 나의 고난을 '우리의 희망'으로 대체하는 공
간이다. 즉 '아리랑고개'는 부재하는 개인적 · 집단적 가치를 기억 · 상
상하고 추구하는 시 · 공간으로 새롭게 발견된 것이다. 이러한 '아리랑
고개'의 상징성에 의거하여, 아리랑이 민족을 상상하고 표상할 수 있는
구조를 갖게 되었다.

3) '민족'의 표상으로서 아리랑

이상에서 아리랑의 노랫말과 후렴이 정전화되는 과정 및 그 근대적
의의를 살펴보았다. 이를 바탕으로 영화 〈아리랑〉과 주제가인 본조아리
랑이 대중적인 공감대와 집단적인 일체감을 형성하게 되고 '민족'의 표
상으로서 자리 잡게 되는 양상을 살펴보자.

원래 아리랑은 이별을 중심 제재로 하여 성립한 양식이다. 특정 지역
에서만 전승을 거듭하는 향토민요 아라리[56]와, 유흥을 환기하고 고조시
키는 기능성을 자기 속성으로 하던 잡가 아리랑의 경우는 각각 지역

---

55) 「아리랑노래는 누가 지엇나?」, 『삼천리』, 1931.2, 61면.
56) 향토민요 정선아라리에서 이별의 양상은 정우택, 「근대적 서정의 형성과 이별의 양
　　상」(『국제어문』 38집, 국제어문학회, 2006) 참조.

적·기능적 고정성으로 인해 제한적으로 전승·전파되어 왔다. 근대 사회에 들어오면서 다양한 형태의 생이별, 대대적인 이농·이산과 유랑이 발생하였다. 영화 〈아리랑〉은 이러한 생이별이 발생하게 된 현실을 바탕으로 대중들의 공감을 얻고 집단적인 일체감을 조성하였다. 그리고 영화 〈아리랑〉을 통해 경험된 본조아리랑은 영화를 관람한 사람들 사이에 동시적이고 집단적인 공감대를 만들어냈다. 이는 근대적인 대중매체로서 영화의 기능과 당시 변화하고 있던 대중들의 문화적 욕구가 결합한 결과였다. 1920년대는 영화라는 새로운 장르에 대한 대중들의 욕구가 폭발적으로 형성되기 시작했던 때였다. 당시 조선에서 상영되었던 초기 활동사진은 대부분 기록영화였거나 〈월하의 맹세〉(윤백남, 1923)처럼 우체국의 저축 장려극인데도 불구하고 엄청난 관객이 몰렸다.

영상으로 기록되어 재상영되는 영화 안의 사건들은 대중들의 감정과 의식 속에서 객관적이고 공적인 권위를 얻게 된다. "영화라는 매체를 통해 우리는 '기억작용의 객관화'를 체험한다. (……) 영화를 보는 수백만 관객들의 기억을 더욱 상세하고 정확하게 만들어 준 중요한 장치"57)이다. 영화를 '보는' 행위는 개인의 사연과 집단의 역사가 보편성 속에서 합치되는 경험을 만들어냈다. 대중들의 개별적이고 파편적인 삶과 기억은 영화를 함께 보며 눈물을 흘리는 정서적인 공감을 통해 그 개별성과 차이를 넘어 보편화되고 공적인 영역으로 전환되었다. 영화라는 매체가 특수하게 실현되는 방식, 즉 외부세계와 차단되어 동일한 시간과 공간 속에서 집단적으로 영화를 관람하는 행위는 공감의 강도를 증폭시키고 같이 보고 느낀다는 정서적 일체감을 강화시켰다.58)

본조아리랑의 가사 속에는 개인을 집단으로 호명하는 구조가 있다.

---

57) 스티븐 컨, 박성관 역, 『시간과 공간의 문화사 1880~1918』, 휴머니스트, 2004, 110면.
58) 이런 맥락에서 영화가 전체주의 국가에서 대중선동, 대중통합의 매체로 중요하게 주목받았다.

① 나를 버리고 가는 님은 / 십리도 못 가서 발병 나네.
② 靑天 하늘엔 별도 많고 / 우리네 살림사린 말도 많다.
③ 풍년이 온다네 풍년이 온다네 / 이 강산 삼천리에 풍년이 온다네
④ 산천초목은 젊어만 가고 / 인간에 청춘은 늙어 가네.
(후렴) 아리랑 아리랑 아라리요 / 아리랑 고개로 넘어간다.[59]

2절의 노랫말을 향토민요 정선아라리의 노랫말과 비교해 보면, 본조아리랑에서 아리랑 노래의 성격이 어떻게 변화되었는지를 분명하게 확인할 수 있다.

청천에 하늘에는 잔별도 많구요
요 내 가심 속에는 수심도 많구나"[60]

위 노래는 영화 〈아리랑〉 주제가 2절의 노랫말과 같은 유형의 향토민요 정선아라리이다. 이 유형의 노래는 정선아라리에서 20여 번의 빈도수를 보인다. 그런데 본조아리랑에 나타난 "우리네 살림살이"라는 가사가 활용된 경우는 한 편도 없다. 정선아라리의 "요 내 가심 속"(또는 "이 내 가슴 속")이라는 사적인 감정행위가 본조아리랑에서 "우리네 살림살이"라는 집단적인 삶의 경험으로 수렴되고 포괄되었음을 보여준다. 이러한 수렴과 포괄의 과정, 즉 개인적이고 개별적이었던 경험과 기억이 보편화되고 집단화되는 과정을 통해, 개인은 개인으로서의 특수성을 넘어 집단인 '우리'로 자기를 인식하게 된다. 이것은 영화 〈아리랑〉이 대중들에게 現示되는 방법과 동일하다. "요 내 가심 속의 수심"이 "우리네 살림살이"로 전환되는 지점에서 대중들은 개인의 사연과 집단의

---

59) 文一 편, 〈아리랑〉(映畵小說), 博文書館, 1929; 김종욱 편, 『실록 한국영화총서』 상, 국학자료원, 2002, 274~275면 재인용.
60) 김시업, 『정선의 아라리』, 성균관대 대동문화연구원, 2003, 455면, 2353번 노래. 이 책은 1982년부터 1987년까지 정선의 61개 노래판에서 조사한 7368수의 정선아라리를 채록하여 분류해 놓았다.

역사가 보편성 속에서 합치되는 경험을 한다. 영화 〈아리랑〉을 끌고 가는 줄거리도 다름 아닌 '말도 많은 우리네 살림살이'가 현실화된 것이다. 지주-소작 간의 계급 갈등과 빚을 담보로 강요되는 인신매매 요구, 그 갈등 속에서 피어나는 신세대의 연애, 이상을 꿈꾸다 좌절한 젊은이의 광태(狂態), 구인(拘引)과 이별 등이 영화를 통해 체험하는 "우리네 살림살이"다. '말도 많은 살림살이'를 서로 공유함으로써 개인들은 '우리'로 묶여갔던 것이다.

3절의 노랫말 "이 강산 삼천리"는 "우리네 살림살이"가 물질화되는 공간이다. "이 강산 삼천리"는 국토화(國土化) 하고 경우에 따라서는 민족으로까지 비약하게 된다. '나'는 '우리'로 호명되고, '우리'는 다시 "이 강산 삼천리"에 소속되는 것이다. 그리고 영화의 내용인 "말도 많은 우리네 살림살이"가 내가 속한 집단의 보편적 현실이 되어 영화를 보는 개인의 '가슴 속의 수심'으로 축적된다.

영화 〈아리랑〉의 마지막에서 제 정신이 돌아온 영진은 순사에게 끌려가면서 변사의 입을 빌어 이렇게 울부짖는다.

> 여러분이 우시는 걸 보면 나는 참으로 견딜 수 없습니다. 이 몸이 이 강산에 태어났기 때문에 미쳤으며 사람을 죽이었습니다. 여러분 그러면 내가 일상 불렀다는 그 노래를 부르며 나를 보내줍시오.[61]

영진이 겪는 고난이 "이 강산" 때문이라는 논리, 즉 개인의 고난과 민족의 연관성은 구체적으로 영진과 동리 사람들의 정서적 연대감으로 표현된다. "삼천리 이 강산에 태어났다는 그 우연한 사실 자체에 모든 죄를 돌리는 영진의 마지막 대사를 통해 민족이라는 공동체의 상상은 성공적인 종결로 마무리되는 셈이다"[62] 영화 안팎의 동리 사람과 관객은 이러한 감정적 동일화를 '울음'과 '노래'(아리랑)를 통해 체험하게 된

---

61) 김만수·최동현 편, 앞의 책, 61면.
62) 김영찬, 「나운규 〈아리랑〉의 영화적 근대성」, 『한국문학이론과 비평』 30집, 2006, 196면.

다. 영화 속에서 영진을 보내며 동네사람들이 아리랑을 부르며 울 때, 영화 밖의 관객들도 함께 아리랑을 부르며(또는 마음속으로 따라 부르며) 눈물짓는다.[63] 영화 속의 동네사람들과 영화 밖의 관객들이 같은 곡조에 맞추어 같은 노래를 부르는 것은 "상상의 공동체가 메아리치며 물리적으로 실현되는 기회를 제공한다."[64] 이러한 집단적인 체험과 정서적인 공감대, 그리고 노랫말의 상징적 의미를 바탕으로 본조아리랑은 당대에 불리던 잡가 아리랑이나 유행가요와 구별되는 '민족의 노래'로서 그 성격을 획득하게 되었다.

4. 아리랑의 재생산

영화 〈아리랑〉의 대중적 성공을 바탕으로 본조아리랑은 국내의 삼천리 방방곡곡에서 유행하고, 동경과 대판에서 레코드에 취입되고, 중국·만주·미주 지역까지 퍼져나갔다. 이러한 본조아리랑의 대유행에 자극받아 다양한 아리랑 버전이 생겨났다. 각 지역의 이름을 붙인 아리랑 노래가 소개되고, 또 새롭게 창작된 아리랑이 선보이기도 했다.

본조아리랑이 대중들 속에서 아리랑 노래의 정전으로 급속히 자리잡게 되면서, 문화예술계 전반과 지식인들 사이에서 본조아리랑을 재생산하기 위한 많은 시도들이 나타났다.

---

63) "살인범으로 순사에게 잡혀가게 되어 아리랑고개에서 이별하는 장면에 이르렀을 때는 모친은 흐느껴 우시는 것이었다. 누구 어머니도, 누구 고모도, 누구 이모도 다들 훌쩍이는 것이었다. 그 후로도 모친은 종종 〈아리랑〉 영화 이야기를 하시는 것을 보았는데 모친이 우시던 장면의 이야기를 하실 때는 별달리 흥겨워하시는 것을 보았다"(안동수, 「영화유감」, 『영화예술』 1호, 1939.11; 『춘사나운규전집』, 134면).
64) 베네딕트 앤더슨, 윤형숙 역, 『상상의 공동체』, 나남출판, 2002, 188면.

아리랑은 노래, 映畵. 연극. 舞踊, 땐쓰曲. 무엇에든지 그 勢力을 펴게 되엿다. 노래는 金蓮實 孃이 朝鮮서 몬저 불넛다.[65] 영화는 羅雲奎 씨가 主演 製作한 것이다. 연극은 朴承喜 씨가 著作 演出하엿다. 무용은 裵龜子 女史가 案舞 발표하엿다. 땐쓰곡은 시에론 레코-드에서 編曲 吹込하엿다. 新아리랑은 筆者가 作詞 李애리스 孃이 불넛다.[66]

한국 최초로 '신무용' 창작 춤을 제시한 배구자(裵龜子)는 1928년 4월 창작품 〈아리랑〉을 발표하였다.[67] 그녀는 조선민요를 무용화한 동기에 대해 "일본(日本)의 등간정강(藤間靜江)이가 고유의 일본무용(日本舞踊)에다가 서양(西洋)땐스를 가미하여 새로운 춤을 지어내지 않았어요. 그 모양으로 저도 조선 춤에다가 양식(洋式)을 조곰 끼어 넣어서 빛 있던 그 조선예술을 시대적으로 부흥시키고 십답니다. 그렇지 않으면야 불이야 불이야 춤공부가 무에입니까"[68]라고 밝혔다. 전국 각지에서 초청이 답지하여 배구자와 배구자예술연구소 일행은 1929년 9월부터 1930년 후반까지 전국 순회 공연을 펼치고 일본 공연까지 성공리에 마쳤다.[69] 그녀는 1931년에 나운규와 영화 〈십년〉 작업을 함께 하기도 했다.

박승희(朴勝喜)의 토월회 창작 연극 〈아리랑고개〉(1929)는 대중적 인기를 끌고 대히트한 작품으로 유명하다. "조선극장에서 조선의 대중적 민요로 유명한 〈아리랑〉을 무대극으로 각색하여 (11월) 22일부터 상연하리라는데 조선에서 민요가 무대극으로 각색 상연되기는 금번이 처음되는 일"[70]이라고 했다. 1929년 12월 5일부터 이틀 동안, 조선극장에서 무용,

---

65) 김연실이 레코드 취입한 것보다 최동원이 한 달 앞선다. 채동원(채규엽), 〈아리랑(유행가)〉, (콜럼비아 40070A, 1930년 2월 발매), 김연실, 〈아리랑〉(빅타 49071, 1930, 3월 발매).
66) 이서구, 「조선의 유행가」, 『삼천리』, 1932.10, 85면.
67) 「裵龜子 孃의 音樂舞踊會」, 『동아일보』, 1928.4.21.
68) 「배구자의 무용전당, 신당리 문화촌의 무용연구소 방문기」, 『삼천리』, 1929.9, 44면.
69) 평양·진남포(1929.10.5 전후 3일), 인천(1929.10.25~26), 대구(1929.11.8~10), 서울 단성사(1929.11.15~22), 수원(1929.12.1~2), 청주(1929.12.5~6), 부산(1930.1.11~12), 공주(1930.2.13) 공연을 마치고 1930년 3월부터 반 년 동안 일본 공연에 올라 대성공을 거두었다.
70) 『중외일보』, 1929.11.22.

극, 영화의 밤을 개최하는데, 토월회의 〈아리랑고개〉가 상연되고, 최승희가 춤을 추었다.[71] 〈아리랑고개〉는 토지에서 유리되어 이산과 유랑을 거듭해야 하는 당대의 민중 현실을 소재로 삼으면서도 거기에 남녀간의 애정문제를 중첩시키고 또 결말 부분을 감상적으로 고양시킨 점에서 대중들의 관심을 크게 끌었다. 연극 〈아리랑고개〉에 대중들이 열광하자, 토월회는 〈아리랑고개〉를 가지고 지방 순회공연을 가졌다.[72]

아리랑을 제재로 창작된 무용과 연극 등의 지방 공연을 통해 아리랑은 더욱 널리 전파되었으며, 나아가 아리랑에 새로운 의미를 부여하고 재창조하는 계기를 마련해 주었다. 〈아리랑〉을 본 대중들 스스로 〈아리랑〉을 꾸며 공연하는 일도 생겨났다. 김시중(金時中)이라는 젊은이는 중앙고보 시절 서울 조선극장에서 박승희의 〈아리랑고개〉를 보고 그 다음 해인 1930년 수원군 양감면(楊甘面)으로 낙향해서 사상계몽운동을 펼치는 한편, 〈부형모매(父兄母妹) 위안(慰安)의 밤〉 프로그램 안에 마을 소년들을 모아 '소인극(素人劇)'[73] 〈아리랑〉을 기획·공연하였다. "아리랑, 아리랑 고개를 넘어서 북간도로 떠나가는" 내용을 담은 이 공연은 인근의 몇 십리 마을까지 소문이 돌고 200명 이상이 모여드는 대성황을 이루었다고 한다.[74] 이렇듯 전문적 공연물 〈아리랑고개〉를 본 관객이 이를 삶의 현장에서 아마추어적으로 재생산해내는 방식은 획기적이다.

한편, 본조아리랑의 대대적인 전파와 인기는 새로운 양식의 근대적 대중가요를 만드는데 결정적인 역할을 하였다. 그것이 신민요인데, 신민요는 "작사자와 작곡가가 민요 등의 전통가요에서 그 형식을 차용하여 대중가요로 창작한 노래"[75]를 말한다. 1930년대 대중가요의 판도는

---

71) 『동아일보』, 1929.12.4.
72) "그동안 南鮮地方을 순회 공연 중이든 土月會에서는 25일까지 대구 공연을 마치고 27일 밤부터 이틀 동안은 수원에서 공연케 되엿다는데 (……)"(『중외일보』, 1930.2.26).
73) 소인극을 아마추어라는 뜻으로 이해했다고 한다.
74) 「근현대사증언자료－金時中」, 『수원 근·현대사증언자료집』 Ⅰ, 수원시, 2001.2, 46~55면. 金時中은 1912년 수원군 양감면 사창리 출생으로 1927년 중앙고보 입학, 1930년 중앙고보 3학년 중퇴. 남로당 수원군당 부위원장을 지냈다.

통속민요·신민요·트로트 3자가 상호 경쟁하며 전개되었다. 통속민요가 신민요를 창조하는 동력이 되었는데 그중에서도 아리랑의 유행이 결정적인 동기를 제공한 것으로 보인다. 신민요라는 곡종명을 달고 처음으로 등장한 〈방아 찧는 색시의 노래〉(1931년, 김수경 작사, 홍난파 작곡)와 이어 나온 가곡 〈그리운 강남〉(1931년, 김석송 작사, 안기영 작곡) 등은 모두 아리랑을 바탕으로 창작한 노래인 것이다. 〈방아 찧는 색시의 노래〉의 후렴은, 앞의 "아리랑 아리랑 아라리요"는 같고 뒤 부분 "햅쌀은 찧어서 무엇 하나" "석탄만 파면은 무엇 하나" 등으로 변주되었다. 〈그리운 강산〉은 후렴이 "아리랑 아리랑 아라리오 / 아리랑 강남을 어서 가세"로 통일되어 있다. 〈아리랑〉, 〈긴아리랑〉, 〈밀양아리랑〉, 〈아리랑낭낭〉, 〈할미꽃아리랑〉, 〈아리랑삼천리〉, 〈아리랑의 꿈〉, 〈아리랑만주〉 등 일제 때 유성기 음반에 담긴 아리랑 노래의 총수는 126곡이나 된다.76) 〈방아 찧는 색시의 노래〉나 〈그리운 강남〉처럼 후렴을 아리랑으로 한 노래까지 합치면 대중음악에서 아리랑의 자장(磁場)은 넓고 강력했다고 해야 할 것이다. 아리랑 노래 중에는 "사상관계의 치안방해" 혐의로 압수당하고 레코드 발매 금지 당하는 일도 자주 있었다.77)

  점차 아리랑은 예술 장르를 넘어 문화계 전반에 영향력을 미치는 문화적 아이콘이 되었다. '아리랑 카페'(1932), '아리랑 뽀이스', '아리랑 상회' 등과 같이 '아리랑'은 대중들을 상대로 한 마케팅에도 활용되었다. 이렇듯 아리랑은 지역·계층·성별·장르 등을 넘어 확산되면서 대중들에게 향유되었다.

---

75) 장유정, 『오빠는 풍각쟁이야』, 민음사, 2006, 106면.
76) 중복 발매된 목록을 모두 포함한 것이다. 강등학(2004), 앞의 논문, 28면 〈표 1〉 참고.
77) "「빅터」 취입의 조선 「레코드」 신민요 변조 「아리랑」 유행가와 「한양의 四季」는 11일 치안방해의 혐의로 발매금지 당하였다"(『동아일보』, 1933.9.13). 『조선출판경찰월보』에 의하면 "불허가 차압 및 삭제" 처분을 받은 것 중 아리랑과 관련된 것이 여럿 있는데, 명목은 "계급의식 고취" "농촌의 비참한 생활상" "풍속금지" 등이다.

5. 맺음말

아리랑이 '민족의 노래'로 정착하는 과정은 그 근대적 성격의 확립과 밀접한 관계가 있다. 영화 〈아리랑〉(1926)의 주제가였던 본조아리랑이 정전화 되는 과정에는 아리랑의 음악적 특성 및 가사와 후렴의 근대적 의미와 기능, 대중의 형성과 매체의 출현, 생이별과 같은 시대 현실 등이 복합적으로 작용하였다.

먼저 아리랑의 갈래와 전승·전파 양상을 정리하고 그를 바탕으로 본조아리랑이 만들어지게 된 과정을 살펴보았다. 본조아리랑의 곡조는 경기자진아리랑을 이어받으면서 바이올린과 서양 악곡을 바탕으로 편곡된 것이다. 나운규는 외래음악을 참조하여, 단순하면서도 쉽게 따라 부를 수 있는 곡조를 만들어냈다.

본조아리랑을 대표하는 "나를 버리고 가시는 님은 / 십리도 못 가서 발병난다"라는 노랫말의 의미도 변하였다. 이 노랫말은, 잡가 아리랑에서는 유흥의 공간에서 가정(假定)된 이별을 환기시킴으로써 만남과 흥을 강화하는 뜻으로 불렸지만, 영화 〈아리랑〉의 내용과 결합하면서 민족의 보편적인 비극인 '생이별'의 현실과 그에 따른 비통한 심정을 표현하고 있다. 본조아리랑이 만들어질 당시까지 아리랑 노래의 후렴은 다양하게 존재하였다. "아리랑 아리랑 아라리오 / 아리랑 고개로 넘어간다"라는 후렴은 본조아리랑에서 처음 불린 것으로 추정된다. '아리랑 고개'가 후렴이 아닌 본사에 쓰인 예는 이전에도 있었는데, 잡가 아리랑에서 '아리랑고개'는 풍악과 술과 노래와 춤이 있는 유흥의 공간을 뜻했다. 이와 달리 본조아리랑의 후렴에서 '아리랑 고개'는 "넘어간다"는 의지적 표현과 함께 현재를 뛰어넘어 미래를 도래시키는 근대적인 시간의식에 의해 구성된다. 이러한 '아리랑고개'의 상징성에 의거하여, 아리랑이 민족을 상상하고 표상할 수 있는 구조를 갖게 되었다.

영화 〈아리랑〉을 통해 경험된 본조아리랑은 영화를 관람한 사람들 사이에 동시적이고 집단적인 공감대를 만들어냈다. 이것은 개인적이고 개별적인 경험과 기억이 집단적인 삶의 경험으로 수렴되고 포괄되는 과정이었다. 영화 안팎의 동네 사람들과 관객들은 '울음'과 '노래'(아리랑)를 통해 감정적 동일화를 체험하였다. 이러한 집단적인 체험과 정서적인 공감대, 그리고 노랫말의 상징적 의미를 바탕으로 본조아리랑은 당대에 불리던 잡가 아리랑이나 유행가요와 구별되는 '민족의 노래'로서 그 성격을 획득하게 되었다.

영화 〈아리랑〉의 흥행을 바탕으로 그 주제가인 본조아리랑은 전국적으로 퍼져나갔으며 동경과 대판에서도 레코드를 통해 널리 알려졌다. 이러한 대중성을 바탕으로 아리랑은 연극·무용·가요 등의 대중예술로 재생산되었으며, 나아가 예술장르를 넘어 문화계 전반에 영향을 주는 문화적 아이콘이 되었다.

이 논문에서는, 민족이 국가나 제도, 계몽에 의해 구성되는 경로와 별도로, 대대적인 토지방출(土地放出)사태에 따른 '생이별'의 전면화, 차별과 소외 등 고난의 경험을 공유하면서 민중들이 '민족'을 자발적으로 열망함으로써 그 '부재'의 현실을 넘어서고자 했던 맥락도 살펴볼 수 있었다.

민족의 소리 〈아리랑〉의 창출
'민요' 개념의 도입에서 '향토민요'의 분화까지

임경화

1. 머리말

〈아리랑〉이 '민족의 소리'로 수용된 경위에 대해서 생각해 보고자 한다. 본고의 문제의식은, 〈아리랑〉을 '민족의 소리'로 받아들이는 것의 옳고 그름보다, 오히려 그러한 인식을 성립시킨 사상이나 상상의 내실과 관련이 있다.

〈아리랑〉은 좌절이나 恨이 서린 노래이면서도 민중의 비판과 저항의 노래이며, 식민지 시기에는 민족의 저항과 극복 의지를 실은 노래로 거듭 났다는 것은, 오늘날 일반적으로 논해지고 있는 견해일 것이다. 그리고 이러한 인식을 널리 보급시킨 인물로, 사람들은 1926년 10월에 개봉된 〈아리랑〉이라는 영화를 만든 나운규(羅雲奎, 1902~1937)를 들 것이다.[1] 영화 〈아리랑〉은, 알려진 바와 같이, 민족정신을 형상화한 민족영화이며

전국적인 규모로 상영되어 범계층적인 인기를 누렸던 작품이었다. 그 주
제가인 〈아리랑〉은 무성영화 〈아리랑〉의 주제 자체를 역동적으로 표상
하는 기능을 했다. 특히 제1절 가사인 "아리랑 아리랑 아라리요 아리랑
고개로 넘어간다 / 나를 버리고 가는 님은 십리도 못가서 발병나네"가 세
계 도처로 흩어진 예전의 성원들이 동일한 민족임을 확인하는 자리에서
끊임없이 가창되고 있는 것을 보더라도, '민족의 소리'로서의 〈아리랑〉
의 성립사에 있어서 이 영화가 가지는 의미를 짐작하고도 남음이 있다.
실제로 나운규도 자신의 영화 〈아리랑〉에 대해 다음과 같이 평하고 있다.

> 이 한 篇에는 자랑할 만한 우리의 朝鮮 情緒를 가득 담어 놋는 동시에 「동
> 무들아 決코 決코 失望하지 말자」하는 것을 暗示로라도 表現하려 애섯고 쏘
> 한 가지는 「우리의 固有한 氣象은 男性的이엇다.(」—필자) 民族性이라 할가
> 할 그 集團의 精神은 義俠하엿고 勇猛하엿든 것이니 나는 그 覇氣를 映畵
> 우에 살니려 하엿든 것이외다. 『아리랑고개』 그는 우리의 希望의 고개라 넘자
> 넘자 그 고개 어서 넘자 하는 一貫한 精神을 거기 담자 할 것이나 얼마나 表
> 現되엇는지 저는 붓그러울 쑨이외다.2) (강조는 필자. 이하 같음)

나운규는 영화 〈아리랑〉에서, '조선(朝鮮) 정서(情緒)'를 담는 동시에
민족의 극복 의지를 암시하고 '의협(義俠)', '용맹(勇猛)', '패기(覇氣)'로 표
상되는 남성성이 분출하는 민족성을 살리려 했다고 쓰고 있다. 개봉 당
시 "一大農村悲詩"로 선전된 이 영화에, 나운규는 실은 이만큼의 민족
적인 비전을 기대했던 것이며, 그 형상화의 핵심에 주제가 〈아리랑〉이
기능했다고 일단은 파악할 수 있다. 그런데, 〈아리랑〉이라는 노래 자체

---

1) 〈아리랑〉의 정전화 과정을 밝히려는 최근의 선행연구들에서 확인할 수 있다. 김기
   현, 「〈아리랑〉 노래의 형성과 전개」, 『退溪學과 韓國文化』 35-1, 慶北大學校 退溪研
   究所, 2004; 이용식, 「만들어진 전통—일제 강점기 기간 〈아리랑〉의 근대화, 민족화,
   유행화 과정」, 『동양음악』 27, 2005; 鄭雨澤, 「아리랑 노래의 정전화 과정 연구」, 『大
   東文化研究』 57, 2007 등.
2) 羅雲奎, 「〈아리랑〉과 社會와 나」, 『三千里』 7, 1930.

만을 떼어낼 경우, 거의 동시에 발표된 다른 기사에서는 전혀 상반된 견해가 피력되어 있다. 당시 경성제대 법문학부 학생이었던 김재철(金在喆, 1907~1933)이 『조선일보(朝鮮日報)』에 투고한 다음 글이 그것이다.

> 아리랑타령 發生 初에는 적어도 時代에 對한 民衆의 反感의 노래이엿고 또 어대까지든지 動的 氣分이 잇든 아리랑이 오늘에 와서는 本來의 意味와 氣分을 차저보기가 어려울 만큼 惡化하여 絶望의 노래가 되엿고 한숨의 노래가 되엿스니 한심한 일이다. (…중략…) 발생부터 反感的이며 生動的인 아리랑은 그 뒤에 가엽게도 絶望의 노래로 惡化하야 버리고 말엇다. 現今에 와서는
>   A 靑天 하늘엔 별도 만코 요내 가슴엔 愁心도 만타
>   B 시내 江邊엔 물도 만코 요내 시집사리 말도 만타
>   等 ――히 枚擧할 수가 업스며 그 뿐만 아니라 遊興的이요 現實放蕩의 노래가 되엿다.[3]

김재철은 경복궁 중건기(1860년대 후반)에 체제비판의 노래로 발생한 근대의 민요인 〈아리랑〉이 근 70년 사이에 '절망(絶望)의 노래', '현실방탕(現實放蕩)의 노래'가 되었다고 주장하고 있다. 그리고 〈아리랑〉이 타락하게 된 원인으로, 대부분이 절망적인 내용을 담고 있는 종래의 민요가 〈아리랑〉과 부정적으로 매개된 것, 화류계로부터의 악영향 등의 두 가지를 들고 있다. 즉, 김재철은 비슷한 시기에 나운규가 제시한 것만큼의 민족적인 전망을 민요 〈아리랑〉에서는 발견하지 못했던 것이다. 그렇다기보다 그는 민요를 통해 민족의 밝은 운명을 꿈꿀 수가 없었다. 그에게 있어 민요는 화류계의 '타락한' 소리와 저류하는 개념이었던 것이다. 그런데, 여기에서 중요한 것은 김재철과 같은 〈아리랑〉에 대한 부정적인 견해가 당시의 담론 공간에서 결코 예외적인 것이 아니라는 사실이다. 실은 이러한 통속적인 이미지는 민요가, 아니 〈아리랑〉이 민족의 소리로 갱생하기 위해 떨쳐버려야 했던 '장애'였다.[4] 통속적인 이미

---

3) 金在喆, 「民謠〈아리랑〉에對하야」 (1)~(4), 『朝鮮日報』, 1930년 7월 11일~16일자.

지에 흐려진 〈아리랑〉의 저편에서 유유히 흐르는 민족적인 것을 발견했을 때, 우리는 바로 그 시점에서 민족의 소리로서의 〈아리랑〉 탄생의 첫울음소리를 들어야 할 것이다.

〈아리랑〉이 민족의 소리로 거듭나기 위해서는 민요, 그 중에서도 특히 향토(토속)민요에 대한 가치가 추호의 의심 없이 폭넓게 공유되는 것이 무엇보다도 필요하다. 그것은 어떻게 준비되었을까.

2. 형성기의 〈아리랑〉

나운규는 영화 〈아리랑〉의 주제가 〈아리랑〉을, 자신이 어린 시절 들었던 〈아리랑〉 노래의 멜로디를 살린 곡에 가사를 지어서 만들었다고 진술한 바 있다.

> 나는 국경 회령(國境會寧)이 내 고향인 것만치 내가 어린 소학생 때에 청진(淸津)서 회령(會寧)까지 철도가 노키 시작하였는데 그때 남쪽에서 오는 로동자들이 철로길뚝을 닥그면서 「아리랑 아리랑」하고 구슬픈 노래를 불르드군요. 그것이 어쩐지 가슴에 충동을 주어서 길가다가도 그 노래 들리면 거름을 멈추고 한참 들었서요. 그러고는 애연하고 아름답게 넘어가는 그 멜로디를 혼자 웨어 보앗답니다. 그리다가 서울 올라와서 나는 이 〈아리랑〉 노래를 찾었지요. 그때는 민요(民謠)로는 겨우 강원도아리랑(江原道)이 간혹 들릴 뿐으로 도모

---

4) 예를 들면, 1983년에 高銀을 중심으로 결성된 '아리랑기행단', '모임아리랑' 등의 후신으로 1994년에 재창립된 사단법인 한민족아리랑연합회의 상임이사이자, 30여 년간 아리랑을 연구하며 알려지지 않은 많은 기록을 발굴해 온 김연갑은, 1988년의 시점에서 "〈아리랑〉이 '속된 소리'로 푸대접을 받기는 해방 직후까지 이어진다"고 하며, "이젠 〈아리랑〉이 제대로 평가받을 때가" 왔다고 주장했다(『아리랑—그 맛, 멋 그리고 …』, 집문당, 1988).

지 찾어들을 길 없더군요. 기생들도 별로 아는 이 없고 名唱들도 즐겨 부르지
않고─그래서 내가 예전에 들든 그 멜로디를 생각하여내어서 가사(歌詞)를 짓
고 곡보는 단성사(團成社) 음악대에 부탁하여 맨들었지요.5)

공전의 히트를 기록한 영화 〈아리랑〉에 못지않게 전국적으로 유행한
주제가 〈아리랑〉에 대해서는 당초부터 작사·작곡자 불명의 민요의 일
종으로 보는 경향이 있었다.6) 나운규는 위의 글에서 이러한 견해를 불
식시키듯, 자신이 기존의 〈아리랑〉 노래에 기초하여 곡을 쓰고 가사를
만들었으며, 그것을 악보화한 것은 단성사의 음악대였다고 주장했다.
또한, 그가 주제가를 만들 당시에는 서울에서 민요가 거의 유행하지 않
았다는 상황을 전하는 강조부분에서는, 주제가 제작에 있어서의 그의
독창성을 강조하려는 의도를 읽어낼 수 있다. 나운규가 서울 땅에 첫발
을 디딘 것은 중동학교에 입학한 1920년 봄의 일이었으므로,7) 그의 증
언에 따르면, 민족의 독립의식이 분출한 3·1운동 이후부터 영화 〈아리
랑〉이 나오는 1926년 무렵까지는 서울에서조차도 민요 〈아리랑〉을 좀
처럼 들을 수 없었던 것이 된다.
　하지만 같은 시기의 다른 자료를 참조하는 한, 그의 증언을 사실에 입
각한 것으로 수용하기는 어렵다. 〈아리랑〉에 한정하더라도, 예를 들면
20년대 초두에 '조선민요'의 수집과 연구에 가장 정열적으로 몰두한 이
시카와 요시카즈(石川義一, 1887~1962)는, 1921년의 시점에서 조선(朝鮮) 속
곡(俗曲)으로 〈유산가(遊山歌)〉〈수심가(愁心歌)〉〈육자(六字)박이〉〈산염불
(山念佛)〉〈아리랑가(歌)〉 등을 들며 "조선 속곡은 지금도 왕성하게 불리
고 있다. 조선 고유의 극장이나 기생뿐만 아니라, 누구나가 부르고 있"다
고 기술하고 있다. 특히 〈아리랑가(歌)〉에 대해서는 "조선 각 지방에서 불

---

5) 무서명, 「(百萬讀者 가진 大芸術家들)名優 羅雲奎 氏 〈아리랑〉 等 自作 全部를 말
　함」,『三千里』 9-1, 1937.
6) 무서명, 「아리랑노래는 누가 지엇나?」,『三千里』 12, 1931, 61면.
7) 조희문,『나운규』(위대한 한국인 4), 한길사, 1997.

리는데, 각 지방에 따라 박자와 가사에는 다소의 차이가 있다”고 소개하고 있다.8) 그뿐 아니라, 1910년대부터 상업적인 목적으로 활발하게 간행되었던 잡가집의 거의 대부분에는 〈아리랑〉이 실려 있다. 잡가집은 가객이나 기생 등의 직업적 가창자들이 당시 경성이나 평양을 중심으로 한 도시의 대중공연장에서 불렀던 노래들을 채록한 가사 모음집으로, 20년대에 들면서 출판이 눈에 띄게 줄어들며 퇴조기를 맞게 된다. 따라서 위의 나운규의 주장이 얼마간의 사실을 반영하고 있다면, 그것은 민요가 아니라 잡가의 급격한 퇴조와 관계가 있을 것으로 보이는데, 그에 대해서는 3절에서 논하기로 한다.

그런데, 나운규의 주장을 별도로 하면, 사실 〈아리랑〉은 문헌기록에 등장할 때부터 일정한 지역을 벗어나 전국적으로 널리 유행한 노래로 출발한다. 〈아리랑〉에 관한 초기의 기록 중에 유명한 예로, 〈아리랑〉을 처음으로 서양식 기보법으로 기록했다고 하는 헐버트(Homer B. Hulbert, 1863~1949)는 “평균적인 한국인에게 이 노래(A-ra-rŭng)는 그들의 음식에 있어서의 쌀과 같은 위치를 음악에서 점하고 있다. 그 외의 것은 단지 부속물에 지나지 않는다. 우리는 그것을 언제 어디서나 들을 수 있다”고 전했다.9) 비슷한 시기에 일본의 일간지 『우편보지신문(郵便報知新聞)』(1894년 5월 31일자)에도 「조선의 유행요(朝鮮の流行謠)」라는 제목 아래 〈아리랑〉 가사를 싣고 “이 노래는 처음 세상에 나왔을 때는 부르는 것이 금지되었으나, 지금은 산간의 나무꾼도 포구의 어부도 부르게 되었다”고 소개하고 있다.10)

---

8) 石川義一, 「朝鮮俗曲」, 『朝鮮』 79, 1921.

9) Homer B. Hulbert, "The Korean Vocal Music", *The Korean Repository*, Feb. 1896.

10) 아울러, 『郵便報知新聞』에 소개된 〈아리랑〉의 가사는 약간 변형된 형태로, 1894년에 일본에서 간행된 洪奭鉉, 『新撰朝鮮會話』(博文館, 1894)에 게재되었으며, 가사 중의 일부가 1909년에 편찬된 童謠研究會 편, 『諸國童謠大全』(春陽堂, 1909)에 轉載되었다. 『諸國童謠大全』에는 그 외에도 李尙俊 편, 『朝鮮雜歌集』(新舊書林, 1916)에 보이는 〈으리렁타령〉의 가사의 일부도 실려 있다. 따라서 다음의 가사를 담고 있는 것이 한일합방 이전까지 일본에 소개된 대표적인 〈아리랑〉이었다고 할 수 있다. 임경화 편, 『근대 한국과 일본의 민요 창출』, 소명출판, 2005 참조.

한편, 이 시기에 한국 사람들이 쓴 기록에도 〈아리랑〉의 광범위한 유행에 대한 언급이 보이는데, 당시의 지식인들에게 그러한 현상과 그 중심에 있는 〈아리랑〉이라는 노래 자체는, 〈판소리〉를 비롯한 많은 민속 예능과 마찬가지로, 대개의 경우 비난의 대상으로 받아들여졌다. 그 중 초기의 기록으로 자주 거론되는 것은, 황현(黃炫, 1855~1910)이 고종 등극 후부터 한일합방까지의 역사를 편년체로 기록한 비사(秘史)인 『매천야록(梅泉野錄)』 권지이(卷之二)에 실린 고종 31년(1894)의 기사이다.

> 正月 上晝寢 夢光化門倒 慄然驚悟 大惡之. 以二月移御昌德宮. 卽繕東宮 會南警日急 而土木之巧愈競焉. 每夜燃電燈 召優伶奏新聲艷曲 謂之阿里娘打令 打令演曲之俗稱也 閔泳柱以原任閣臣 領衆優 專管阿里娘 評其巧拙 頒尙方金銀賞之 至大鳥圭介犯闕而止.

『매천야록(梅泉野錄)』에는 동학농민전쟁이 발발한 1894년 이후의 기록이 풍부한데, 1894년은 망국의 전조를 확인하는 시점으로 기술되어 있다. 위의 기사에서 주상(主上)이 광화문이 무너지는 꿈을 꾼 정월의 기사와 그로 인한 무리한 궁궐 보수공사와 그 와중에 궁궐에서 유행한 〈아리랑타령(阿里娘打令)〉이라는 '신성(新聲) 염곡(艷曲)'들은 모두 망국을 예조(豫兆)하는 표상으로서 나열되어 있다. 황현의 이와 같은 〈아리랑〉에 대한 부정적인 평가는, 실은 이 시대에 결코 예외적인 것이 아니다. 구한말에 보이는

『郵便報知新聞』의 예	『新撰朝鮮會話』의 예	『諸國童謠大全』의 예
아라랑 아라랑 아라리요 아라랑 아얼송 아라리야 산도 실코 물도 싫은데 누구를 바라고 나 여기 왔나	아라랑 아라 아라리요 아라랑 알성 아라리야 산도 싫고 물도 싫은데 누구를 바라고 여기 왔나 아라랑 아라라 아라리오 아라랑 알성 아라리야	아라랑 아라랑 아라리오 아리랑 아라아랑 알성 아라리야 저게 가는 저 마누라이 날 오라구 손만진다 총각 말 말으시 길이 바빠 활기쳤지 cf. 『朝鮮雜歌集』의 〈ᄋ리렁타령〉 저긔가는져마누라 나를오라고 손질ᄒ다 너오라고손짓횟ᄂ 너길이밧바셔 활기쳣지 아리렁아리렁 아라리오 아리렁씌여라노다가게

〈아리랑〉과 관련된 대부분의 기록은 『매천야록(梅泉野錄)』과 유사한 이해 위에 서 있었다. 유명한 예를 들면 다음과 같다.

> ① 「俚謠足觀世道」, 『皇城新聞』, 1901년 11월 13일자 「論說」란
> 近所謂六字拍阿里廊之○謠가 實非八音諧無奪倫之舊調어늘 男女競唱ㅎ고 上下咸湊ㅎ야 至於流觴之筵과 燕會之席에 小鼓冬冬에 不覺手舞而足踏ㅎ고 哀音嫋ㄷ에 徒增心壞而懷傷ㅎ니 此是古樂歟아 今樂歟아 何其悅者衆而行者多也오
>
> ② 「歌曲改良의意見」, 『대한매일신보』, 1908년 4월 10일자 「奇書」란
> (……) 現今我韓國內所習歌謠는 無非病風傷性之亂雜則不可不改革이 亦一急務라. 所謂妓女唱夫及衢路兒童이 開口則所謂歌曲이 都是 수심가난봉가 알으랑흥타령等類쑨이니 此何窮凶巨惡洭談悖說之成習也오 彼等愚賤之尋常行之를 不足掛齒라ㅎ면 豈可曰道之以善之有也리오 (……) 盖英雄闊達之詞와 壯士慷慨之歌는 古今이 何異리오만은 至若此等亡身亡家亡國之荒音은 宜有警吏之痛禁而置諸度外ㅎ니 亦何故也오 以外相觀之면 此未免蒼古之論이나 然이나 其實은 際此開明進展之時代ㅎ야 妨害志氣가 莫此爲甚也라.

①에서는 〈육자박(六字拍)〉·〈아리랑(阿里廊)〉을 '팔음(八音)'을 흩트리고 '탈윤(奪倫)'하는 신풍의 가요라 하여, 연회를 중심으로 한 그 광범위한 유행을 개탄하고 있다. ②에서는 〈수심가〉·〈난봉가〉·〈알으랑〉·〈흥타령〉 등이 "開明進展"의 국가적 사명을 망각한 "亡身亡家亡國之荒音"으로까지 폄하되어 개양(改良)의 대상으로 간주되었다. "東國詩界革命"을 주장하며 "東語東國文으로 組織한 東國詩"로서의 〈아리랑〉에 일정한 가치를 인정한 신채호의 「천희당시화(天喜堂詩話)」에서조차도 "吾子가 萬一詩界革命者가 되고져 홀진디 彼阿羅郎. 寧邊東臺等國歌界에 向ㅎ야 其頑陋를 改革ㅎ고 新思想을 輸入홀지어다 如此ㅎ여야 婦女가 皆吾子의 詩를 讀ㅎ며 兒童이 皆吾子의 詩를 誦ㅎ야 全國의 感情과 風俗이 丕變되야 吾子가 詩界革命家始祖가 되려니와"11)라고 하여, 그 내용을 개혁하여 신사상을 주입하지 않는 한, 그대로의 상태로

는 시계(詩界)의 혁명을 이끌어낼 만한 것이 못됨을 명확히 하고 있다. 위와 같은 논의는 당시 『대한매일신보』를 중심으로 활발히 전개되었던 유행가요 〈담바고타령〉·〈아르랑타령〉·〈흥타령〉 등의 개작(改作) 작업과 연결되는 인식이기도 했다.

이와 같은 〈아리랑〉에 대한 부정적인 평가는 1900년대의 한국의 신문, 잡지 등에 널리 공유된 인식이었다. 그러므로 당시에 유행했다는, 현실을 비판하고 모순에 항거하는 민중의식이 담긴 〈아리랑〉의 예들12) 은 이 시기의 지식인들에게는 전혀 주목받지 못했으며, 그것을 지금처 럼 〈아리랑〉의 '기본적 성격'13)으로 받아들일 만한 인식의 토대도 아직 마련되지 않았다고 보아야 할 것이다.14) 이러한 〈아리랑〉의 성격규정은

---

11) 신채호, 「天喜堂詩話」, 『대한매일신보』, 1909년 11월 21일자.
12) 한일합방 전에 유행한 근대의 모순에 대한 민중의 비판정신이 담겨 있는 〈아리랑〉 이 주목을 받은 것은, ① 20년대～30년대 초반과 ② 해방 이후 40년대 후반이다. 구체 적인 예를 몇 가지 들면 다음과 같다.
　　① 1920～30년대 초반
　　　㉮ C.S.C생, 「多恨多淚한 慶北의 民謠－'새벽 길삼 지기는 년, 사발옷만 입더란 다'」, 『開闢』 36, 1923.
　　　• 할미셩 쭉대기 진을 치고 / 倭 兵丁 오기만 기다린다(이것은 丙申年(1896년) 義 兵 째에 난 소리)
　　　㉯ K.C.C, 「아리랑과 世態」, 『朝鮮語文』 2, 1931.
　　　• 古阜 白山 接戰할때에 / 알뜰한 軍兵들이 다죽엇네
　　　• 李氏의 四寸이 되지말고 / 閔가의 八寸이 되려무나
　　② 1940년대 후반
　　　㉮ 고정옥, 『朝鮮民謠研究』, 首善社, 1949.
　　　• 개남아 개남아 진개남아 / 數많은 軍士를 어대두고 / 全州야 金애는 유시했노(111)
　　　• 奉準아 奉準아 全奉準아 / 양에야 양철을 짊어지고 / 놀미 갱갱이 敗陣했네(112)
13) 金時鄴, 「近代民謠 아리랑의 성격형성」, 『전환기 동아시아문학』, 창작과비평사, 1985.
14) 당시에 발표된 글 중에서 『大韓學會月報』 제5호(1908.6)에 실린 崔鳴煥의 「我農歌(俗 所謂아르렁탈영)」가 〈아리랑〉을 긍정적으로 평가한 거의 유일한 예로 주목을 받고 있다 (http://arirang.culturecontent.com/). 崔鳴煥은 外人과 國人이 신성한 이 노래를 이해하지 못하고 유행하는 變調를 비관적으로 곡해한 것을 비판하며, 〈我農歌〉의 본의를 농경을 숭상하는 太白民族의 富强을 豫期한 노래로 파악했다. 후술하듯이, 민간에서 불리는 노래에서 민족성이나 국민성의 정화를 읽어내고 있는 점, 노래를 유행가(변조)와 원형으 로 분리해서 파악하고 있는 점에서 明治期의 민요 논의의 영향을 엿볼 수 있는 초기의 예로 주목된다. 하지만, '민요'라는 용어는 아직 사용되고 있지 않다.

당시 조선인들의 일반적 평가와는 상당한 거리가 있다.

3. 잡가에서 민요로

그런데, 〈아리랑〉은 국가의 운명을 목숨을 걸고 고민했던 구한말의 많은 지식인들의 우려에도 불구하고, 한일합방을 전후하여 잡가에 편입되어[15] 도시의 대중공연장에서 전문 가객이나 기생들의 단골 레퍼토리로 여전히 인기를 누리게 된다. 1910년대에 집중적으로 간행된 거의 대부분의 잡가집에는 〈아리랑〉이 실려 있다.『한국 속가 전집』(정재호 편, 2002)에 따르면, 1914년부터 1918년까지 발행된 13편의 잡가집 중 12편에 〈아리랑〉이 집중적으로 선곡되어 있는데, 이 예들의 대부분은 13절로 구성된 거의 동일한 가사를 가지고 있으며, 후렴도 "아르랑아르랑아라리요 아르랑씌여라 노다가세"로 고정되어 있다. 그 중 이상준(李尙俊, 1884~1948)이 편찬한『조선잡가집(朝鮮雜歌集)』(신구서림(新舊書林), 1916)의 〈으리렁타령〉만이 가사의 내용이 다르고 길이가 다소 짧은 10절로 구성되어 있는데, 헐버트가 채록한 〈아리랑〉의 가사나 1909년에 일본에서 편찬된『제국동요대전(諸國童謠大全)』에 소개된 것(각주 10 참조)과 동일한 가사를 담고 있어, 이 〈으리렁타령〉이 기존의 〈아리랑〉의 형태를 담고 있는 것일 가능성이 크다. 이상준은 이 곡에 대해서 긴아리랑타령보다 곡조가 조금 빠른 것이라고 설명하고 있어, 잡가집의 〈아리랑〉, 즉 긴아

---

15) 위의 주) 10에서 든『諸國童謠大全』(1909)에는 〈권주가〉 이외에 '雜歌'라는 제목 아래 〈육자배기〉·〈난봉가〉·〈아리랑타령〉이 소개되어 있다. 정재호 편,『한국 속가 전집 (일)~(육)』(다운샘, 2002)에서 〈아리랑〉을 담은 최초의 잡가집인 池松旭 편,『新舊時行雜歌』(新舊書林, 1914)보다 5년 앞선 예가 된다.

리랑타령이 기존의 〈아리랑〉에서 곡조나 가사 등의 에센스를 추출하여 12가사나 12잡가 등의 향유층인 도시 대중의 입맛에 맞도록 길고 느리게 재구성하여 퍼뜨려졌던 것임을 추측할 수 있다.

그러던 것이 1918년 이후가 되면, 나운규의 영화 〈아리랑〉이 나오는 1926년까지는 총 6편의 잡가집 중 단 2편에 〈아리랑〉이 보일 뿐이다. 이상준에 의해서 편찬된 『조선신구잡가(朝鮮新舊雜歌, 죠션쇽가)』(박문서관(博文書館), 1921)와 강희영(姜羲永)의 『무쌍유행신구잡가(無雙流行新舊雜歌)』(영창서관(永昌書館), 1925)가 그것이다. 요컨대, 이 시기는 연회장이나 가집 등의 형태로 소비되었던 〈아리랑〉이 전기녹음반의 등장으로 인해 본격화되는 기술복제시대로 이행하는 협곡에 해당하는 시기라 할 수 있다. 특히 이상준의 『조선신구잡가(朝鮮新舊雜歌, 죠션쇽가)』는 영화주제가 〈아리랑〉으로 이어지는 과도기적인 체재를 취하고 있다. 여기에는 앞의 『조선잡가집(朝鮮雜歌集)』의 〈으리렁타령〉을 더욱 간략화하여 5절로 한 것이 채록되어 있다. 조선정악전습소 조선악부 출신으로 경성에서 창가교사로 생애를 보낸 이상준이 편찬한 잡가집은 동종의 잡가집과 달리 당시의 유행창가의 영향을 받아 절을 나누어 가사를 표기한다거나, 특히 『조선신구잡가(朝鮮新舊雜歌)』에는 〈청년경계가(철도창가)〉·〈라팔절〉·〈장한몽가〉와 같은 일본으로부터 유입된 유행가의 번안물이 종래의 잡가집의 레퍼토리와 나란히 실려 있다. 이것들은 서양음악의 요소가 첨가된 새로운 악곡이었는데, 레코드화에 따라 그 유행이 촉진되었다. 『조선신구잡가(朝鮮新舊雜歌)』에는 기존의 잡가의 악곡을 간략화한 예가 적지 않은데, 이것은 창가나 당시에 유입된 일본의 유행가의 영향에 의한 것으로 보인다. 〈아리랑타령〉이 간략해진 것도 그 일환이라 할 수 있겠다. 한편, 강희영의 예는 종래의 잡가집의 체제를 답습하여 긴아리랑타령이 실려 있다.

그런데, 이 두 가집에서 특기할 만한 것은, 여기에서 처음으로 〈강원도아리랑타령〉이 소개되었다는 점이다. 강원도의 아리랑에 관해서는,

한글지로서 민요수집 예를 처음으로 소개한 『개벽(開闢)』에도 1923년에 〈춘천(春川)아리랑〉이 실려 있는 등,16) 1920년대 이후부터 잡가 〈아리랑〉의 퇴조라는 상황과 정반대로 강원도 아리랑은 주목을 받기 시작했다. 그러므로 2절에서 든 나운규의 글에서 "그때는 **민요**(民謠)로는 겨우 강원도(江原道)아리랑이 간혹 들릴 뿐", "기생들도 名唱들도 즐겨 부르지 않"았다는 부분은, 20년대에 두드러진 잡가 〈아리랑〉의 퇴조 속에서 새로이 소개된 〈강원도아리랑〉의 유행을 전하는 내용으로 읽을 수 있다. 아울러 '잡가'가 '민요'로 바뀌어 있는 부분도 본고의 앞으로의 논증 과정을 위해 기억해 둘 부분이다.

　20년대 후반부터 본격적으로 발매된 유성기 음반이나 라디오 방송의 개시 등과 같은 근대적인 대중매체의 유행은, 잡가의 새로운 도약을 가능케 한 측면도 있었지만, 점차 일본 유행가의 조선에서의 정착을 활성화했으며, 잡가의 명창들이 일본 음악과의 지속적인 교섭의 담당자들이기도 한 상황은, 잡가의 쇠퇴나 재편에 더욱더 박차를 가했을 것이다. 이와 같은 잡가의 퇴조 속에서 〈아리랑〉이 침체의 위기를 극복하고 급부상하는 데는, 알려진 바와 같이 역시 나운규의 영화 〈아리랑〉의 출현이 계기가 되었다. 주제가 〈아리랑〉은 곡조에 있어서는 헐버트와 이상준이 소개한 〈아리랑〉과 친연성을 가지지만, 당시 영화의 주제가 제작 방식에 따라 양악에 맞추어 편곡되었으며, 영상 속에서는 바이올린으로 연주되고 있었다.17) 가사는 수 종의 잡가에 보이는 사설이 조합된 형태

---

16) 무기명, 「이쌀의 民謠와 童謠」, 『開闢』 42, 1923. 아울러, 〈정선아리랑〉이 처음으로 소개된 것은, 알려진 바와 같이 金志淵, 「朝鮮民謠 아리랑—朝鮮民謠의 硏究(二)」(『朝鮮』 14-6, 1930)이다.

17) 鄭雨澤, 앞의 글, 292면. 아울러 당시의 바이올린은 演歌의 반주악기로서 없어서는 안 되는 것이었다. 바이올린과 演歌의 조합은 일본에서 1910년대 후반에 널리 보급되었는데(소위 '바이올린 演歌'), 고학생 차림으로 바이올린을 손에 들고 신파극장 등에서 〈장한몽가〉 등을 부르며 활약하는 演歌師의 모습은 당시의 조선에서도 눈에 익은 광경이었을 것이다. 당시에 녹음된 유성기음반에서 바이올린 반주를 동반한 〈방아타령〉·〈개성난봉가〉 등의 잡가 예가 보이는 것도, 위와 같은 일본 유행가의 연주형태에 영향을 받은 것으로 보인다. 添田知道, 『演歌師の生活』(生活史叢書 14), 雄山閣出版, 1967 참조

를 취하고 있다.[18] 영화 〈아리랑〉의 전국적인 유행은 이렇게 새롭게 재구성된 〈아리랑〉이 전국적으로 퍼지며 그 대중적인 인기를 공고히 하는 결정적인 역할을 했다고 할 수 있다. 또한 영화 〈아리랑〉이 근대의 민족의 포괄적인 시련과 그 극복의 의지와 희망을 주제화한 것이라는 나운규의 주장을 근거로 삼는다면, 영화의 폭발적 인기가 그때까지의 〈아리랑〉에 대한 부정적인 이미지를 역전시키는 것으로도 작용했을 것으로 보인다. 예를 들면, 30년대에 가장 적극적으로 조선의 민요를 다룬 『삼천리(三千里)』의 1931년 2월호에는 "우리의 감정을 잘 대표한 노래"인 〈아리랑〉의 값을 새로이 발견해야 한다고 하며 "넷날에는 슬픔의 고개 실망의 고개쭌이든 것이 이제 이르런 **깁붐의 고개 히망의 고개**로 변하여저 가는 것이다. (……) 새 시대의 鼓手가 나서서 이 노래에 조흔 가사와 곡조를 너허 부르게 되는 데서 우리는 〈아리랑〉의 效用價値를 부정하지 못하리라"[19]는 기사가 실려 있다.[20] 또한, 영화의 인기에 힘입어 〈아리랑〉 노래의 기원이나 어원 연구를 중심으로 한 학문적인 관심이 일기 시작하였다. 지금도 유명한, '아리랑'의 어원을 멀리 삼국시대

---

18) 제1절 가사 "나를 버리고 가시는 님은 십리도 못가서 발병 나네"는 〈愁心歌〉·〈사랑가〉 등의 구전 가사와 유사하며, 제2절 "청천 하늘에 별도 많고 우리네 살림살이 말도 많다"는 〈긴수심가〉 등에서 선례를 찾을 수 있다. 제3절 "풍년이 온다네 풍년이 온다네 이 강산 삼천리에 풍년이 온다네"는 20년대에 새로이 개작되어 유행한 〈풍년가〉에서 취해진 것이다. 후렴은 〈강원도아리랑타령〉의 "아리렁 아리렁 아라리오 아리랑고기로 넹겨넹겨주게"의 변형이다. 김연갑, 「영화 주제가 〈아리랑〉의 형성배경과 의의」, 『비블리오필리』 14, 2006 참고.

19) 무기명, 「아리랑노래는 누가 지엇나?」, 『三千里』 12, 1931, 61면.

20) 식민지조선의 일본인 소년과 조선의 소녀 사이의 이룰 수 없는 사랑을 그린 湯淺克衛의 소설 「간난이(カンナニ)」(初出은 『文學評論』 1935년 4월호)에도 "아리랑 아리랑 아라리요 / 아리랑 고개를 넘어간다 / 전답은 자동차 길 되고 / 딸은 갈보로 팔려간다"고 하는 아리랑의 가사가 소개되어 있다. 초출본의 마지막 장면은 일본인 친구들한테서 잦은 괴롭힘을 당하고 있던 둘이 가출을 해서 풍년제 소리가 들리는 고개 너머로 가려고 하다가 좌절하는 신이다. "고개 너머에는 말이야, 즐거운 삶이 있잖아" "아, 괴롭히지 않는 곳에 가고 싶다. 류(龍)창이랑 둘이서만 언제나 놀 수 있는 곳에 가고 싶어" 라는 대사에서도 알 수 있듯이, 여기에 나오는 고개는 미래에 대한 희망이나 결합의 상징으로 기능하고 있어, 영화 〈아리랑〉의 모티프가 바탕에 깔려 있다고 할 수 있겠다.

의 신라에서 찾거나[21] 고려가요 〈청산별곡(靑山別曲)〉의 후렴과 관련시키는 설,[22] 또는 근대로 내려와서 대원군의 경복궁 수축과 관련한 "民衆의 反感의 노래"로 파악하거나,[23] 외세의 국권침탈에 대한 조선 민중들의 경고를 담았다는 我日英의 訛音설[24]이 제시된 것도 이때이다. 또한 당시 유행한 민중의 저항의식을 담은 가사가 주목받기도 했다.[25]

이와 같이 〈아리랑〉의 역사를 시간을 거슬러 추구하며 거기에 담긴 민중의 비판의식이나 민족의 저항의지를 읽어내려고 하는 위의 담론들은, 확실히 영화 〈아리랑〉의 전국적인 대히트를 원동력으로 탄생했다고 현상적으로는 볼 수 있다. 하지만, 대중문화를 수준이 낮고 평범한 다수가 좋아하는 것으로 바라보는 지금의 시선들을 통해서도 알 수 있듯이, 대중적 인기가 반드시 민족의 소리의 탄생을 보장하는 것은 아니다. 그에 따라 본고에서 〈아리랑〉의 가치를 역전시킨 내재적인 동인으로 주목하고자 하는 것은, 이 시대의 〈아리랑〉을 둘러싼 담론들이 〈아리랑〉을 더 이상 '잡가'로 다루지 않았으며, 한결같이 '민요'라는 이름으로 파악하고 있다는 점이다. 필자의 조사에 의하면, 〈아리랑〉이 '민요'라

---

21) 金志淵의 앞의 글이나 金在喆, 「民謠 〈아리랑〉에 對하야 (1)~(2)」(『朝鮮日報』, 1930년 7월 11일~12일)에 보이는 '閼英설' 등이 그것이다. 단, 〈아리랑〉의 기원을 삼국시대까지 끌어올린 최초의 주장은 李光洙, 「民謠小考(一)」(『朝鮮文壇』 3, 1924)이다.

22) 天台山(김태준), 「朝鮮歌謠槪說(七二)—流行歌篇 (2)」, 『朝鮮日報』, 1934년 3월 27일자.

23) 金東煥, 「朝鮮民謠의 特質과 其將來」, 『朝鮮之光』 1929년 1월호; 金志淵, 앞의 글; 金在喆, 앞의 글; 위의 글 등.

24) 金素雲 편, 『諺文 朝鮮口傳民謠集』(第一書房, 1933)의 2135번 노래의 左注에 "古老"의 구전으로 소개된 글.

25) ① 金東煥, 앞의 글, 75면.
   • 바티조흐면 신장로가되구요 / 딸년이입부면 靑樓에팔년다
② 金素雲 편, 『諺文 朝鮮口傳民謠集』, 第一書房, 1933.
   • 洛東江七百里 공굴노코 / 하이카라잡놈이 손찔한다(1218)
   • 양복복장 외국모자 개화장집고 / 촌갈보호리기 망마젓네(1221)
   • 말째나하는놈 裁判所가고 / 일째나하는놈 共同山가고
    아아째나노을년은 갈보질가고 / 목도째나멜놈은 일분가고
    新作路가상다리 아까시야木은 / 自動車바람에 춤을춘다(1229)
   • 문전의 옥답을 다팔아먹고 / 거러지생활이 웬일이냐(2010)

불리기 시작한 것은 1920년대 이후부터이다.[26] 그 이전에는 〈아리랑〉은 그냥 '잡가' · '타령' · '가요' · '가곡' 등으로 불렸을 뿐 '민요'는 아니었다. 이것은 단순한 장르명의 전환을 의미하는 것만은 아니다. 여기에서 각각의 개념이 환기하는 인식 내지 어감의 질적 차이에 주의하지 않으면 안 된다. 즉 '잡가'의 '잡(雜)'이라는 말은 '정(正)'이나 '순(純)'에 대응하는 것으로, 노래문화의 계층차를 전제로 한 '주변적' · '부정적' 인식으로 연결되기 쉬운 데에 비하여, '민요'의 '민(民)'은 '민중'을 기반으로 하면서도 '국민'이나 '민족'을 환기할 수 있는 일원적 개념을 지향한다. 실제로 위에서 든 담론들이 〈아리랑〉의 소유자를 '민족'이나 '민중'으로 상정하고 있는 것을 보아도 〈아리랑〉이 '민요'로 파악된 것은 그것이 '민족의 소리'로 탄생하기 위한 필수조건이라는 것을 알 수 있다.

그런데, 실은 '민요'라는 용어 자체도 널리 쓰이기 시작한 것은 1920년대 이후이다.[27] 이미 시나다 요시카즈(品田悅一)가 지적하고 있듯이, '민요'라는 개념은, 일본에서 명치 후기(1890년대 후반)부터 도쿄대학을 중심으로 일어난 국민문학운동의 와중에 마땅히 도래할 국민 전체의 시가 · 음악을 대성시키기 위한 기초 자료라는 특별한 가치를 부여받으면서 서구(folk song 내지 Volkslied)로부터 이식된 말이다. '민요'는 동종의 유사

---

26) 〈아리랑〉을 민요로 파악한 초출 예는 이상준의 『朝鮮新舊雜歌』(博文書館, 1921)로 볼 수 있다. 이상준은 「머리의 말」에서 "俗歌라 홈은 何國에 何民種을 勿論ᄒ고 各其 傳來ᄒ야 唱ᄒ는 者이며 (……) 其曲調를 言ᄒ면 各其國民性에 投合ᄒ는 者이며 詞說은 自然이 民謠임으로 淫失훈 者 一多ᄒ"다고 하여, 처음으로 '잡가=속가=민요'를 국민성과 관련된 것으로 간주하는 인식을 제시하였다. 하지만 같은 시기에 "只今 우리 朝鮮에 流行하는 俗謠를 들어보면 十에 五六은 입으로 참아 외우지 못할 만한 淫亂한 것이 만"다고 하여 〈아르렁 打令〉 · 〈興打令〉 · 〈愁心歌〉 등을 들어 그 유행이 가정과 사회와 민족성에 미칠 악영향을 경계하는 글도 보이는데(「天地玄黃」, 『開闢』 17, 1921), 여기에는 "風俗이 善良할 째에는 歌謠가 善良하고 風俗이 淫亂할 째에는 歌謠가 淫亂하야지는 法"이라고 하여 중국의 전통적인 가요관이 여전히 작용하고 있음을 알 수 있다. 〈아리랑〉이 민족의 노래로 태어나는 데는 중국의 예악사상에 기초한 이와 같은 가요관이 부정되지 않으면 안 되지만 그것이 쉬운 일이 아니었음은, 〈아리랑〉의 정전화를 둘러싼 우여곡절을 통해서도 알 수 있다.
27) 임경화 외, 앞의 책, 159~177면.

어(俗謠, 俚謠 등)에 비해 일원적인 국민 내지 민족의식을 환기시킨다는 유효성도 거들어 그 정착이 급속히 이루어졌으며,[28] 1920년대를 전후하여 식민지 조선에도 도입되었다. 물론 조선에 그때까지 '민요'라는 말이 전혀 사용되지 않았던 것은 아니다. 하지만 그것은 시정의 자료나 교화의 대상으로서의 '피치자층의 가요'를 의미하는 중국의 정교주의적 시관이 투영된 용어였다. 본래 유교적 통치이념에 규제된 전 근대의 계급사회를 배경으로 하는 '민요'라는 말에 내부의 분열이나 대립을 초월하는 개념으로서의 국민 내지 민족을 함의하는 요소는 있을 수도 없다. 그러한 전 근대적 시관에 입각하여 대한제국 말기에 "亡國之荒音"으로 간주되거나 교화·개량의 대상으로 다루어졌던 〈아리랑〉은, 그러나 '민요' 개념의 도입과 함께 그 평가를 일신하여, 있는 그대로의 상태로 대표적인 민족의 노래로 추앙받기에 이른 것이다. 과거의 전통 속에서 민족정신을 발견하는 통시적 가치와 현재와 미래의 민족문학을 꽃피우는 재료로서의 공시적 가치로 이루어진 '민요'의 개념을 체계적으로 도입한 것은 주요한·이광수·최남선 등의 일본유학파인데, 그 중 이광수는 1924년에 발표한 「민요소고(民謠小考)(一)」에서 민요의 대표 예로서의 〈아리랑〉의 가치를 구체적으로 논한다.

이광수는 우선 "민요는 그것을 부르는 민족의 공동적 작품"이며, "민요에 나타난 리즘과 사상은 그 민요를 부르는 민족의 특색을 드러낸 것이니, 그럼으로 그 민족의 문학은 민요(전설도 포함하야)에 긔초하지 아니치 못할" 것이라고 도래할 민족문학의 기초로서의 민요의 가치를 강조한다. 그리고 구체적으로 〈놀령〉과 〈아르랑타령〉 등을 예시하고, 그 후렴이 뜻이 없는 소리라는 것을 들어 "우리 민요는 퍽 옛날(아마 삼국적)부터 그 곡조와 후렴을 간신히 유지하면서 내용을 변해가며 오늘까지 나려"왔는데, 그 이유는 "그 백성이 조와하는 리즘의 근본적 특징은 변하

---

28) 品田悦一, 「民謠の發明 ― 明治後期における國民文學運動にそくして」, 『万葉集研究』 21, 塙書房, 1997(위의 책에 역문 수록).

지 안키 째문"이라고 하여, 〈아리랑〉의 연원을 삼국시대까지 끌어올렸
다.29) 이로써 〈아리랑〉은 조선민족의 심연에 뿌리를 내리면서 찬란한
민족문학을 열매 맺는 민족의 소리로의 가치가 준비된 것이다. 영화
〈아리랑〉의 주제가 〈아리랑〉의 극적인 유행이 민족정신과 맺어질 가능
성은 이와 같은 가치의 전환을 기반으로 하고 있다고 보아야 한다.

　그러므로, 본고의 관점에서 민족의 소리로서의 〈아리랑〉 탄생에 있어
서 나운규의 영화와 그 주제가 〈아리랑〉이 다한 역할을 다시 정하면,
민요의 개념 도입으로 인한 잡가 〈아리랑〉의 재평가라는 배경 속에서
새로이 발견된 민요 〈아리랑〉의 가치를, 새로운 매체를 이용하여 극대
화하였다는 것이겠다.

4. 〈아리랑〉의 대중성을 둘러싼 동상이몽

　하지만, 민요 개념의 도입과 함께 〈아리랑〉이 민요로서 발견되고 그
가치가 영화라는 매체를 통해 극적으로 전파되었다는 현상이 〈아리랑〉
자체에 대한 부정적인 평가를 완전히 불식시키지는 못한 것으로 보인
다. 이것은 개념 도입에 있어서의 문제점과 깊이 관련되어 있었다. 즉
민요 개념의 유입으로 인하여, 조선의 민요가 조선민족에게 있어 지고
의 가치를 지닌 것이라는 인식은 널리 공유되어 그 채집·연구가 활발
히 진행되었지만, 정작 민요의 구체상에 대해서 초기의 민요론자들―주
요한·이광수·최남선이나 일본인 민요연구가 이시카와 요시카즈(石川
義一, 1887~1962) 등은 대부분 그 예를 잡가에서 찾았고, 그 속에서 〈아리

---

29) 李光洙, 「民謠小考(一)」, 『朝鮮文壇』 3, 1924.

랑〉도 민요의 목록에 추가되었다. 하지만 지금은 당연하게 여기는 '농촌에서 불렀던 전통적인 노래'라는 향토성=지방색을 강조한 민요의 개념은, 당시에는 그다지 주목받지 못했다. 오히려 대개의 민요론자들은 민요를 막연히 '민중의 생활감정을 솔직하게 표박한, 민족성을 담은 전통적인 노래' 정도로 이해하고 있었다. 여기에는 클락 소렌슨이 지적했듯이, 조선이 일본제국에 의해 마련된 종족적 분업 체계 속에서 일본에 농업생산물을 공급하고 일본의 공산품을 소비하는 농업후배지로 배치되는 식민지적 근대의 상황 아래, 민족을 일괄적으로 재상상하는 과정에서 농촌지역만이 조선의 종족적인 공간이 되었고, 농민만이 민중의 근간이자 한민족의 정체성과 특권적으로 관계를 맺은 자연적 집단으로서 1920년대 이후에 담론적 실천으로 구성되었던 것30)이 관여하고 있다. 영화 〈아리랑〉이 공개되고 3년 뒤에 발간된 노블라이제이션인 『영화소설(映畵小說) 아리랑』의 「머리말」에서도 영화를 "가장 우리 조선(朝鮮)의 색채(色彩)가 잇고 짜라서 빈약(貧弱)한 농촌(農村)의 그 무엇을 자아내"31)었다고 소개하고 있듯이, 농촌이 강조되는 것도 어디까지나 조선의 표상으로서 였으며, 조선적인 것이 재현되는 공간으로서의 농촌이었던 것이다. 그렇기 때문에 지역성보다는 대중성 혹은 통속성을 생명으로 하는 잡가 속에서 민요의 실체를 찾은 것은 자연스러운 현상이었을 것이다.

하지만 이와 같은 민요에 대한 애매한 개념 규정은 민요에 대한 부정적인 인식을 증폭시켰다. 제1절에서 인용한 김재철의 글에서 보이는 민요에 대한 절망도 이 흐름에 선 것이며, 김사엽도 "相當히 敎養이 잇는 사람 가운데서 民謠를 너무 通俗的이고 低級하다고 하야 턱업시 排斥

---

30) Clark Sorensen, "National Identity and the Creation of the Category 'Peasant' in Colonial Korea", in *Colonial Modernity in Korea*, ed. Gi-Wook Shin and Michael Robinson, Cambridge : Harvard University Asia Center, 1999.
31) 文一 編, 『映畵小說 아리랑』, 博文書館, 1929.

하는 어리석은 짓을 敢行한다"고 하여, 이러한 인식이 지식인층에 팽배해 있음을 개탄했다.[32] 더욱이 민요의 가치를 발견한 논자들 중에서도 〈아리랑〉에 대해서는, 그 민요로서의 가치는 인정하면서도 〈아리랑〉 자체는 부정적으로 바라보는 양가성을 취하는 경우가 적지 않았다. 예를 들면, 식민지시대 '한국민요' 수집의 최대의 성과인 『언문조선구전민요집(諺文朝鮮口傳民謠集)』(제일서방(第一書房), 1933)을 편찬한 김소운이 일본의 잡지에 발표한 글에서도 이러한 의식이 잘 드러나 있다. 김소운은 아리랑이 "모두가 생각하는 것만큼 품위 있는 것이 아니며, 가사 따위도 몹시 비속한 것이 많다. 그야말로 풍기괴란으로 금지되지는 않을까 조마조마할 정도이지만, 말하자면 육자배기에 이어 농촌의 노래로서는 애착을 가질 만하다"[33]고 쓰고 있다. 김소운은 민요를 "농촌의 노래"로 보고 "巷間의 俗歌"와 구별해야 한다고 했는데,[34] 〈아리랑〉에 관해서는 농촌의 노래, 즉 민요로 파악하고 그 가치를 평가하면서도 가사의 비속함을 인정하지 않을 수 없었다. 더욱이 조선민속학의 확립을 내걸며 1932년에 결성된 조선민속학회는 그 기관지인 『조선민속(朝鮮民俗)』의 「창간사(創刊辭)」에서 "시네물 소리와 낫닭의 소리를 伴奏로 부르든 純樸한 民謠는 自動車 바람에 사라지고 말앗고, 草童의 〈산영화〉는 俗謠 〈아리랑〉으로 變하였다"[35]고 하여, 〈아리랑〉을 속요로 규정하고 고유의 민속자료인 민요를 소멸의 위기로 몰아넣는 근대화의 산물로 보았다. 그러니 〈아리랑〉을 '민요'로 보지 않거나 '민요'개념을 공유하지 않은 논자 중에 영화

---

32) 김사엽, 「新民謠의 再認識—아울러 日本民謠運動의 昨今」, 『朝鮮日報』, 1935년 12월 11일자. 安基永 「朝鮮民謠와 그 樂譜化」(『東光』 21, 1931)에서도 "이 조선내암새 나는 노래들을 조선사람들이, 그 中에서도 더구나 점잔코 有識하다는 이들이 눈쌀을 찡그리고 천대하게 되엇"다고 언급하고 있다.

33) 김교환, 「朝鮮の農民歌謠」, 『地上樂園』 2-1, 大地舍, 1927. 아울러 金素雲, 「朝鮮民謠의 律調—アリラングの音樂的形態」(『民俗芸術』, 1929년 2월호)에도 유사한 기술이 보인다.

34) 金素雲, 『諺文朝鮮口傳民謠集』(第一書店, 1933)의 「序」(1931년 8월에 집필).

35) 「創刊辭」, 『朝鮮民俗』 1, 1933.

의 대히트에 힘입은 〈아리랑〉의 이상할 정도의 유행을 유행가의 그것과 동일시하여, 학교나 가정에 대한 악영향을 경계해야 한다는 주장이 제기된 것도 이상한 일이 아니다.36)

하지만, 조선적인 것이기에 민중적이며 농촌으로 표상되고 토착적이며 그렇기 때문에 대중성과 통속성을 갖는다는 민요담론은, 민요를 일시적으로 유행하다 사라지고 마는 유행가와 준별하는 것이었으며, 그로 인해 식민지체제하의 민족의 저항이라는 담론으로 회수되기 쉬웠다.37) 1930년대의 민요담론을 이끈 잡지 『삼천리(三千里)』를 주재한 김동환도 "조선民謠(타령 등) 속에는 現代人으로 可히 입에 담지 못할 쏘 담아서는 안 되는 劣惡한 方面이 잇는 仝時에 民衆의 意思를 鼓舞하고 쏘 教鍊식히는 갑가는 貴重한 一面이 잇다"38)고 하듯이, 민요에는 민중의 의식을 고취시키는 측면이 있음이 인식되었다. 각종 신문에 산견하는 한글보급의 일환으로 야학에서 〈아리랑〉이 가르쳐졌던 예39)도 그러한

---

36) 「新流行! 怪流行!」, 『別乾坤』 17, 1928.

37) 예를 들어 趙吉榮은, 현대사상이 유행성을 떠나 역사를 추동하는 힘으로 작용하기 위해서는 대중성을 갖추어야 한다고 강조하며, 그 비유로 유행가와 〈아리랑〉의 차이를 언급하며, "數百年前붙어 今日까지 우리들의 입에서 떨어지지 안코 男女老少를 不拘하고 불으고 있는 저 우리들의 〈아리랑〉 노래는 그 內容은 變調的으로 되였다고 할지언정 우리들의 生活感情을 表現하고 우리들의 感動的 情緒를 露出식히기 따문에 今日까지 大衆의 사랑을 밧고 있는 것"이라고 하였다(「現代思潮의 大衆性과 流行性」, 『批判』 1937년 8·9월호, 批判社).

38) 파인(김동환), 「民謠鑑賞」, 『三千里』 4, 1930.

39) 조선일보사는 1929년부터 방학중에 귀향하는 청소년들을 활용하여 농촌계몽을 위한 문자보급운동을 전개했는데, 1931년 8월 14일자부터 9월 8일자까지의 『조선일보』에는 「第三回 文字普及班 動向」이라는 표제로 문자보급운동에 참가한 학생들의 체험기가 실려 있다. 제3회 문자보급반에서는 1931년 7월에 개정판이 나온 『한글원본』이 배포되었던 것으로 보이는데, 이 개정판에는 〈문자보급가〉 공모에서 가작으로 당선된 박봉준(朴鳳俊)의 〈아리랑〉 개사가가 실려 있었다(원본은 발견되지 않다가 『朝鮮日報』, 2008년 10월 14일자에 「조선일보, 1930년대 아리랑으로 한글보급」이란 표제 아래 김연갑에 의해 공개되었다). 이 체험기 중에는 새로이 소개된 〈아리랑〉에 관한 보고들도 있었는데, 培材高普의 尹基永은 "流行하는 아리랑의 歌詞는 물러가고" "우리나 강산에 방방곡곡부터 아는 게 힘이라 배워야 사네"라는 "한글原本에 실린 참아리랑"이 아이들에 의해 힘차게 불렀다는 것을 소개하고 있다(8월 25일자). 또한 普成

민요의 기능이 활용된 것으로 볼 수 있겠다. 이러한 개사가를 통한 움직임에 대해서는 식민당국인 조선총독부에서도 민감하게 반응했음은, 야학에서 불온한 내용의 〈아리랑〉을 가르쳤다고 하여 체포되었다거나[40] 검열에 의하여 '계급의식 고취'나 '농촌의 비참한 생활상', '풍속 금지' 등의 치안 방해의 혐의로 신민요 〈아리랑〉의 가사가 삭제되거나 레코드가 발매금지 처분을 당하는 등, 종래에 〈아리랑〉에 대한 탄압상으로 제시되었던 적지 않은 예에서 알 수 있다.[41] 그리고 이러한 탄압의 흔적들은 해방 이후에 〈아리랑〉이 민족의 노래로서의 가치를 공고히 하는 데에 필수불가결한 조건이 되었다.

그런데 한편으로 〈아리랑〉의 이와 같은 대중적인 흡인력은 식민지정책의 추진에 있어서도 그 활용가치가 인정되었다. 총독부 관료이자 민요 연구가였던 시미즈 효조(淸水兵三)도 "아리랑 중에는 시대에 대한 반감이나 怨情을 읊은 것이나 극히 비속하고 천하며 억지로 劣情을 도발하는 것도 있으나, 민중가로서 또는 노동가로서 장차 선전용 노래로서 이만큼 민간에 철저한 것은 달리 없다"[42]고 언급한 바 있듯이, 〈아리랑〉은 식민통치와 민중교화에도 다양하게 활용되었던 흔적이 보인다. '선전용 노래'로는 총독부의 기관지인 『조선(朝鮮)』에 〈아리랑〉을 소개했던 김지연(金志淵)이 이것을 단행본으로 묶으면서 책 첫머리에 삽입한 친일적인 내용의 〈비상시(非常時)아리랑〉이 유명하다.[43] 그런가 하면 당시 위생행정과 그와 관련된 다양한 계몽사업을 관장했던 경찰서에서 아리랑 곡조를 활용한 〈종두선전가(種痘宣傳歌)〉를 유포하기도 했다.[44] 당시 총독부의 농촌 조직화 정책으로 시행된 '모범부락'사업에서는 천연두와 같은 급성전염병이 억제되어 식민지에서의 신체가 관리되었는

專門의 李義一의 보고에도 "우리나강산 방방곡곡 새살림소리가 넘처나네 에이헤 에해야 우렁차다 글소경 없새란 소리높다"가 "洞里를 흔드는 듯이 四方에서 부르게" 되었다는 기술이 보인다(8월 27일자, 9월 13일자).

40) 「아리랑 가리켜주다가 징역을 해」, 『朝鮮日報』, 1931년 5월 10일자.

41) 식민지권력에 의한 〈아리랑〉 탄압의 예를 구체적으로 들면 다음과 같다.

출전	제목	내용
『每日申報』 (1926.10.1)	아리랑 宣傳紙 押收, 內容이 不穩	영화 〈아리랑〉 개봉 전날 주제가가 공안방해 이유로 선전지 압수당해 "문전의 옥답은 다 어디로 가고 동냥의 쪽박이 왠 말인가" 삭제처분
『朝鮮出版警察月報』 제19호	『朝鮮週報』 제51호 삭제기사(1930.3.17)	"신아리랑곡(계급의식의 풍자)"
『精選朝鮮歌謠集』(朝鮮歌謠硏究社, 1931)		당시 콜롬비아레코드사 경성지사장이었던 듸-·제-·핸드 포-드가 편찬한 가요집에 실린 〈아리랑〉의 5절 가사 "싸호다 싸호다 아니되면 이세상에다 불을 질으자"가 삭제처분
『朝鮮日報』 (1931.5.10)	아리랑 가리켜주다 가 징역을 해	야학에서 불온한 내용의 〈아리랑〉 가르치다 체포
『朝鮮出版警察月報』 제55호	『休息場』 제2호 추가 불허가(1933.3.6)	아리랑 아리랑 아라리요 / 아리랑고개를 넘어간다 똑똑한 아들은 감옥에 가고 / 어여쁜 딸은 신마치 간다
『朝鮮中央日報』 (1933.6.24)	蓄音機소리판 六種六萬枚押收, 『레코드』取締規則의 實施로, 警務當局取締嚴重	1933년 6월 15일부터 내무성보다 먼저 조선에 실시된 레코드 취체규칙에 걸려 경무국 도서과에 압수된 6종류에 시에론에서 취입한 〈아리랑〉(51A, 1932년, 유행민요, 蔡奎燁 편곡, 李明眞·高坂幸子 노래)이 포함됨. 이유는 풍속괴란, 공안방해 등. 총독부 도서과장은 6종류 대부분이 哀調가 많다고 하여 계속적인 압수방침 천명.
『東亞日報』 (1933.9.13) / 『朝鮮日報』 (1933.9.14)	소리板 受難時代, 〈아리랑〉 等 四種押收, 取締規則制定以後 二千枚處分. 全部가 思想問題關係/길맥힌 아리랑고개 한양의 봄도 벙어리로	9월 11일에 "「빅터-」취입의 조선 「레코드」, 신민요변조 〈아리랑〉"(49204A, 李孤帆作, 李愛利秀)이 치안방해로 발매금지 처분.
『三千里』 (1936.4)	「엇더한 『레코-드』가 禁止를 當하나」 수록 "禁止된 레코-드 一覽表"	1933년 6월부터 1935년말까지 총독부취체에서 금지처분을 받은 음반 중 〈아리랑〉관련 곡은 3종. 위의 2종 이외에 1933년 6월 13일 치안방해로 금지된 〈아리랑〉(콜롬비아400070A, 유행가, 1930년, 蔡東園 노래)이 있다. 이에 대해 본지는 가사는 아무렇지도 않지만 노래로 불렀을 때 "넘우나 懷古的이요, 哀傷的인 点이 잇섯음으로" 금지되었다고 평하고 있다.
『朝鮮出版警察月報』 제123호	『最新流行桔梗打鈴唱歌』 중 〈新아리랑〉 삭제(1938.11.7)	삭제이유는 "전체를 통해 계급의식 포장되어 불온당" 1. 아리랑 아리랑 아라리요 아리랑 고개를 넘어간다 전답은 무너져 길이 되고 집은 무너져 정차장이 된다 2. 전답을 잃고 집을 잃은 친구여 어디에 가면 좋을까 3. 아버지여 어머니여 빨리 오시라 북간도 평야는 좋다더라 4. 지친 등에 보따리를 지고 아리랑 고개를 넘어간다

42) 清水兵三, 「朝鮮の鄕土と民謠」, 『朝鮮民謠の硏究』, 坂本書店, 1927, 133면.

43) 김지연, 『朝鮮民謠아리랑』, 文海書館 1935. 〈非常時아리랑〉은 김지연 자신이 작사한 것으로 보이는데, 어느 정도 유포되었는지는 확인되지 않는다. 가사는 다음과 같다.
나라가 잇서야 집이잇고 / 집잇은 연후에 몸을두네

데,45) 그 계몽의 일환으로 〈아리랑〉이 활용되었던 것이다. 또한 영화 〈아리랑〉은 강제 징용 등으로 일본에 건너가 열악한 노동환경 아래 착취당하고 있던 조선인 노동자들의 노동의욕 고취를 위해 이용되기도 했는데, 이때 〈아리랑〉도 함께 불렸던 것으로 보인다.46) 혹은 조선적인 것의 상징으로서의 〈아리랑〉은, 잡가의 담당층이었던 기생이나 세시풍속의 이미지와도 결부되어 '내지(內地)'로부터의 관광객 유치에 활용되어,47) 조선에 대한 오리엔탈리즘적 욕망을 채우는 것으로서 기능하기도 했다. 〈아리랑〉 레코드는 조선을 방문하는 관광객들에게 특산물과 함께 선물용으로도 팔렸다고 한다.48) 이런 점에서 식민지 시기밑의 〈아리랑〉은, 검열을 통해 민족의식, 계급의식 고취나 체제비판적인 성격이 주의 깊게 소거되고 그것의 대중성이 갖는 정치적 성격이 후퇴하거나 표면에 드러나지 않게 되면, 피식민인은 물론이거니와 식민 주체에서도 의미가 부여되고 활용될 수 있었던 텍스트로 존재했음을 알 수 있다. 김려실은 영화 〈아리랑〉이 항일영화인가 아닌가에 대한 논란에 대해, 주로 『영화소설(映畫小說) 아리랑』을 자세히 분석함으로써 영화 자체는 검열을 피하기 위하여 의도적으로 애매하게 만들어졌으며, 즉흥적 관람 형태와 변사의 가변적 해설이라는 무성영화의 특성이 영화 〈아리랑〉을

내몸을 앳기는 맘미루어 / 나라와 가정을 사랑하자
一九의 三五와 三六年은 / 平和냐 그반대냐 갈림일세
世界에 빗춰라 太陽마음 / 平和의 기빨을 휘날리자
후렴)아리랑 아리랑 아라리요 / 非常時 이째를 아라잇나

44) 「〈아리랑〉曲調로 된 種痘宣傳歌 伊川署가 謄寫配付」, 『每日申報』, 1930년 2월 23일자. 가사는 "호열자 염병엔 예방주사 / 마마 홍역엔 우두넛키 / 천하에 일색인 양귀비도 / 마마 한번에 곰보된다."

45) 松本武祝, 「植民地朝鮮における衛生・医療制度の改編と朝鮮人社會の反應」, 『歷史學研究』 834, 2007.

46) 宮塚利雄, 『アリランの誕生―歌に刻まれた朝鮮民族の魂―』, 創知社, 1995, 119~129면. 宮塚는 1942년에 北海道의 주요 광산에서 전개된 "半島礦員慰問映畫會"에서 〈아리랑〉과 〈심청전〉이 상영되었던 사실을 소개하고 있다.

47) 임경화, 앞의 책, 194면.

48) 宮塚利雄, 앞의 책, 77면.

중층적인 해석이 가능한 텍스트로 만들었다고 분석했다.[49] 영화 〈아리랑〉의 이와 같은 성격은 그 주제가인 민요 〈아리랑〉에도 해당하는 것이었다. 실제로 영화든 4절로 이루어진 주제가든 총독부에 의해서 금지처분을 당한 적은 없기 때문이다. 한편 향유자들의 의도를 더욱더 명확히 한 가사가 유행했음은 위의 예들을 통해서 알 수 있는데, 식민권력의 탄압이 미쳤던 것은 이러한 경우에 집중되어 있었다.

그런데 라디오나 레코드를 통해 널리 보급된 민요 〈아리랑〉은, 이와 같은 가사와 선율구조의 유연성으로 인하여, 식민지조선의 경계를 넘어 '내지(內地)'의 가장 유명한 작곡가·작사가·편곡자 등에 의해서 왕성히 개작되어, 마침내 제국일본에서 가장 유명한 유행가 중의 하나가 되었다.[50] 민요 〈아리랑〉이 현해탄을 넘어 '내지(內地)'로 파급되어, 이미 1931년에 처음으로 일본에서 레코딩된 고바야시 치요코(小林千代子)의 〈아리랑(アリラン)〉(문말의 표 1-1 참조)을 필두로 한 다양한 가요곡뿐만 아니라, 〈아리랑 블루스(アリランブルース)〉(표 1-26)나 〈아리랑 고우타(アリラン小唄)〉(표1-10·20) 등과 같은 퓨전음악까지 파생시켰던 사실이 소개되어 왔다.[51] 또한 그 가사가 주로 연인들의 이별이나 향수, 세기말적인 우수를 담고 있고, 이 경향은 패전 후의 일본에서 〈아리랑〉이 다시금 유행했을 때에도 예외는 아니었다. 그 때문에 이미 유행 당초부터 조선의 대표적인 민요를 차용하면서 그 전통이나 정서에 주의를 기울이지 않았다는 비판이 김소운에 의해서 제기된 바 있었다.[52] 그리고 해방후가

---

49) 김려실, 「상상된 민족영화 〈아리랑〉」, 『사이間SAI』 1, 2006.

50) E. Taylor Atkins, "The Dual Career of "Arirang" : The Korean Resistance Anthem That Became a Japanese Pop Hit", *The Journal of Asian Studies* 66(3), 2007. 문말의 〈표 1〉에 따르면, 1931년부터 패전시까지 일본에서 발매된 〈아리랑〉 관련 일본반은 33종에 이른다.

51) 朴燦鎬, 『韓國歌謠史 1895~1945』, 晶文社, 1987; 宮塚利雄, 앞의 책 등. 그 외에도 "朝鮮의 民謠 아리랑을 쨔쓰化하야 特別吹込을 한" 〈쨋쓰曲아리랑〉(시에론 50, 표 1-33의 〈アリラン〉)이 있다(이보형 외 편, 『유성기음반 가사집 2』, 민속원, 1994). 또한 이와 같은 퓨전화는 패전 후가 되면 더욱 진전되어 〈아리랑 룸바(アリラン・ルンバ)〉(표 2-10)나 〈아리랑 맘보(アリラン・マンボ)〉(표 2-14) 등도 유행하였다.

52) 金素雲, 「ありらん峠」, 『東京朝日新聞』, 1931년 7월 23일자.

되면, 민요 〈아리랑〉에 체현된 민족성을 왜곡시키기 위해서 식민권력이 퇴폐적이고 저질적인 유행가 〈아리랑〉을 증식시켰다고 주장되었다.[53] 하지만 테일러 엣킨즈가 비판하듯이, 이 시기의 〈아리랑〉을 민족의 저항과 극복의 의지를 담은 노래로만 파악하는 것은, 〈아리랑〉이 가지는 다의적인 융통성—식민권력의 억압에 노출되었던 민족저항적 성격의 〈아리랑〉은 물론이고 제국일본을 통해서 공명했던 문화 표현으로서의 〈아리랑〉까지 존재했던 사실을 은폐하는 것이기도 하다. 뿐만 아니라, 오히려 식민지기에 '문화'의 정체성을 둘러싼 식민 주체와 피식민 주체 사이의 정치역학의 복잡함이나 식민권력의 문화적 헤게모니와 맺어진 유행가와 같은 도시문화와 그로 인해 촉진되는 대자적(對自的) 농촌문화 의 다양한 관계성을 무시하는 견해라고 하지 않을 수 없다.

5. 순화되는 민족의 소리

그런데 해방 이후 한국에서는, 식민정책의 추진을 목적으로 〈아리랑〉 이 활용되었던 사실이나 제국일본을 풍미했던 유행가로서 다양한 버전 을 낳았던 사실은 망각되고, 그때까지 검열로 인해 문자로 정착되지 못 하고 구전되었던 항일민요가 재발견되거나,[54] 1946년에는 민족적 저항 의 상징으로 알려진 조선의 혁명가 김산(金山, 1905~1938)의 일대기를 그

---

53) 金時鄴, 앞의 글. 하지만, 설령 명목상으로 기능했을지라도 총독부에서도 풍속괴란 등의 이유로 퇴폐적이거나 애조를 띤 가요는 취체의 대상이 되고 있었다. 나아가 '퇴 폐적'인 가요를 부정하려는 이른바 '가요정화'의 주장은, 이상적인 가요를 어떻게 보 느냐에 대한 극단적인 차이는 있었지만, 조선총독부나 해방 후의 독재정부, 민중가요 운동 진영에 모두 보이는 현상이었다고 할 수 있다.
54) 성경린 · 장사훈, 『조선의 민요』, 국제음악문화사, 1949; 고정옥, 앞의 책 등.

린 『아리랑*Song of Ariran*』이 최초로 번역 소개되었다.[55] 한국전쟁의 혼란기가 종식된 1957년에 항일영화로서의 측면을 더욱더 강조해서 다시 만들어진 〈아리랑〉이 히트하는 등,[56] 〈아리랑〉의 민족의 노래로서의 성격이 더욱더 돌출되어 간다. 하지만, 그럼에도 불구하고 여전히 〈아리랑〉의 통속적인 이미지는 불식되지 않은 상태였다. 해방 이후 그때까지의 민요연구를 총정리했다고 하는 고정옥(高貞玉)도 〈아리랑〉을 근대 시민계급과 노동자·농민의 생활상이 여실히 반영된 "근대요"라고 규정하고, 봉건체제에 저항하거나 개화의 시대상을 비판하는 예와 함께 "황금만능사상, 세기말적 에로티시즘"을 담은 노래도 소개하고 있다.[57] 더욱이 국가의 여러 기관이나 제도가 실천해 온 정전화 작업에서 중요한 요소인 학교 교과과정에서의 텍스트 사용 양상을 보면, 의무교육기관인 초등교육의 『음악』 교과서에서 〈아리랑〉이 다루어지기 시작한 것은 제2차 교육과정(1963~1974) 5학년용인데, 실려 있는 가사도 영화 주제가 〈아리랑〉의 3절 가사와 거의 유사한 "우리 마을에 풍년이 왔네 삼천리 강산에 풍년이 왔네" 뿐이었다. 1절 가사가 텍스트로 사용되기 시작한 것은 제4차 교육과정(1981~1987) 4학년용부터이다.[58] 〈아리랑〉의 가사가 남녀 간의 이별을 연상시키는 내용을 담고 있기 때문에, 그것이 환기시키는 상징성과 그 해석의 역사, 즉 식민권력의 착취로 인하여 정든 고향을 떠나서 이산할 수밖에 없는 민족의 아픔의 상징으로서의 남녀의 이별이라는 의미를 공유하지 못하는 타자이거나 국민화의 과정에 놓여 있는 아동의 경우에 생기는 다른 해석의 여지를 피하기 위해서일 것이다.

---

55) 월간지 『新天地』(1-9·11, 2-1~6·8~10, 3-1)에 1946년부터 48년에 걸쳐서 「(外國語로 發表된 朝鮮人의 著書!) 아리랑－朝鮮人反抗者의 一代記」라는 제목으로 辛在敦에 의해 번역되었는데, 도중에 끝나 완성을 보지 못했다.
56) 김려실, 앞의 글, 255~257면.
57) 고정옥, 앞의 책.
58) 제3차 교육과정(1974~1981) 6학년용 『음악』 교과서에는 〈밀양아리랑〉이 실려 있는데, 향락적인 색채가 짙은 원가사는 "보러가세 보러가세 보러가세 / 떠오르는 둥근달님 보러가세 / 구경가세 구경가세 구경가세 / 산비탈에 곱게 핀 꽃 구경가세"로 바뀌어 있다.

하지만, 민족의 저항과 극복의 의지를 담은 노래로서의 〈아리랑〉에 대한 해석이 안정성을 확보한 후에도 민족의 소리로서의 부적절함을 외치는 목소리는 여전히 존재했다. 예를 들면 1989년 북경아시안게임에서의 단일팀 구성을 위한 남북체육회담(3월 9일)에서 〈아리랑〉이 단가(團歌)로 정해지고, 같은 달에 방북한 문익환 목사가 김일성 주석과 〈아리랑〉에 대해 논의했을 때, 당시 문 목사는 "아리랑은 통일이 되어도 불러야 할텐데 '나를 버리고 가시는 임은 십리도 못가서 발병 난다'가 좀 어울리지 않지 않습니까?"라고 했고, 이에 대해 김주석은 "예, 서로 연구해야지요"라고 대답했다고 한다.59) 민요를 '통속민요', '향토민요', '창작민요' 등으로 구분하지 않는 북한에서는 민요의 정전화에 대한 통속성의 침식을 사회주의리얼리즘에 입각하여 개작함으로써 극복하고자 해 왔다. 즉 〈아리랑〉은 사회주의혁명이나 주체사상을 체현한 개작이라는 새 가지를 뻗고 새 잎사귀를 펴고 새 열매를 맺는 뿌리에 해당하는 것으로서 규정되었고, 열매를 많이 맺을수록 뿌리가 더욱더 견고해지는 방식으로 그 정전화(순화)가 추진되었던 것이다.

반면 한국에서는 근대요로서의 〈아리랑〉의 근원을 과거로 끌어올려 그 뿌리를 내리게 하는 방식으로 정전화가 모색되었다고 할 수 있다. 거기에는 60년대 이후에 본격화된 민속에 대한 관심과 그 일환으로 광범위하게 전개된 지방에서의 농요(노동요) 채집이 있었다. 그것은 기존의 민요와 구별하여 '향토민요' 혹은 '토속민요'로 불리게 되었고, 도시에서 전문가창자들에 의해 유행한 민요, 즉 '통속민요'의 기원으로 자리매김 되었다. 그 과정에서 아직도 농업 노동과 밀착해서 현장에서 불리고 있던 강원도의 민요가 '향토민요'의 실체로서 주목을 받았으며, 〈아리랑〉은 그 중심에 있었다. 강원도의 〈아리랑〉은 모든 〈아리랑〉의 기원으로 추측되었는데, 이러한 민속학적인 가설을 음악학적으로 보강한 것이

---

59) 김연갑, 『북한아리랑연구』, 청송, 2002, 19~20면.

이보형이었다. 그는 그때까지 행해진 가사나 어원 연구가 아닌 멜로디나 리듬을 중심으로 한 음악적 특성의 비교를 통해 〈아리랑〉의 근원을 찾으려고 시도하여, 강원도와 그 인근지역에서 농요로 전승된 아라리에 도달했다.[60] 그 후 많은 논자들은 이보형의 주장에 근거해서 〈아리랑〉을 '통속아리랑'과 '향토아리랑'으로 구분하여 '향토아리랑'을 '통속아리랑'의 근원에 두고 논의를 전개해 왔다. 이렇게 음악학적인 지원을 받으면서 '통속아리랑'의 근원에는 기층문화에 연원을 두고 오랫동안 구승되어 온 '향토아리랑'이 자리잡게 되었던 것이다. 하지만, 리듬과 멜로디에서 유사성을 가지는 〈강원도 긴아리랑〉과 〈경기도 긴아리랑〉의 선후관계를 밝히기 위해서 이보형이 제시한 논거는, 〈경기도 긴아리랑〉이 〈강원도 긴아리랑〉과 달리 기층문화와 관련이 없다는 것이었다. 즉 〈강원도 아리랑〉이 〈아리랑〉의 근원이라는 근거는, 음악적 특성에 있었다기보다는 강원도의 〈아리랑〉이 근대이후에도 기층문화 속에서 노동요로 향수되고 있다는 문화사적인 해석에 있었다. 하지만 그것은 문명의 혜택을 받지 못하는 대신에 도시의 유흥문화로부터의 오염에도 그다지 노출되지 않았던 산간벽지에 〈아리랑〉 소리의 근원이 있다는 민속학적인 신념의 동어반복에 지나지 않는다고 할 수 있다.

　강원도에서는 지금도 매년 〈아리랑〉에 관련된 축제가 열리고 〈아리랑〉의 근원지라는 이름으로 관광산업이 전개되고 있다. 하지만 민족의 원향으로서의 촌락공동체를 상정하고 근대화의 물결에 오염되지 않고 연면히 이어지는 순수한 공동체의 노래를 상상하는 것 자체가 관념에 지나지 않는 것은 아닐까. 거기에는 '원형'에 대한 관심만이 존재할 뿐, 촌락의 차원을 능가하는 자본주의 시스템과 그로 인해 난개발된 광산이나 목재 산업의 맥박, 매스 미디어의 압도적인 물결 속에서 강원도의 민요가 처한 근대의 변화상은 거의 배제되어 있다. 그리고 무엇보다도

---

60) Po-Hyŏng Yi, "Musical Study on Arirang", *Korea Journal* 28(7), 1998; 李輔亨, 「아리랑소리의 根源과 그 變遷에 관한 音樂的 研究」, 한국민요학회, 1997.

구전성을 핵심으로 하는 민요라는 것은 기본적으로 경계를 넘어서 교류하고 변용되는 것이기도 하다는 것에 대한 인식이 결여되어 있다. 이러한 함정은 각각의 지역에서의 다양한 변용과정이나 가창자의 주체적인 창조성을 무시하는 결과를 배태하기 쉽다. 실제로 〈강원도아리랑〉이 주목을 받은 것은 1920년대 이후이고, 식민지기에 가장 체계적으로 행해진 민요수집의 예인 1912년 총독부의 「이요(俚謠)·이언급통속적독물등조사(俚諺及通俗的讀物等調査)」나 1933년 간행된 김소운의 『언문조선구전민요집(諺文朝鮮口傳民謠集)』에서 강원도의 지역성을 발견하기는 가사의 차원에서는 어렵다. 그러므로 〈아리랑〉의 기원을 따져 계보를 만들고자 하는 것은 원리상으로는 가능할지 몰라도 60년대 이후의 채집 자료를 실체로 간주하는 것은 불가능하며 다분히 노래문화의 현장과는 유리된 이데올로기의 투사에 지나지 않을 것이다.[61]

6. 정리

〈아리랑〉은 근대의 시발기에 형성됨과 동시에, 주로 지식인들로부터 부정적인 평가를 받아 왔다. 그런데 1920년대를 기점으로 그 가치는 격상하여 '민족의 소리'로서의 체계를 갖춘다. 기존의 연구는 〈아리랑〉의 가치를 전환시킨 계기를, 항일을 주제로 한 영화 〈아리랑〉의 범계층적

---

61) 덧붙여, 남한과는 다른 방식으로 〈아리랑〉의 정전화가 진전된 북한에서는, 하나의 〈아리랑〉에서 여러 가지 변종들이 생겼다는 인식은 강조하고 있지만, 그 〈아리랑〉의 원형은 어디까지나 영화 주제가 〈아리랑〉이지, 강원도의 〈아리랑〉에서 찾고 있지는 않다. 〈아리랑〉이 '민족의 소리'라는 점에는 남북한이 의견을 같이 하면서도, 그 원형에 대한 이해에는 차이가 있는 것이다. 이것은 앞에서도 언급했듯이, 민요 개념에 대한 인식의 차이에서 기인하는 것으로 보이는데, 민요의 공시성과 통시성의 어느 쪽을 중시하느냐에 따라 그 원형도 달라지는 것이다. 김연갑(2002), 앞의 책 참고

향수에서 찾고 있고, 그러한 가치가 해방 후 더욱더 공고해졌다고 보고 있다. 하지만, 본고에 따르면 〈아리랑〉이 민족의 소리로 수용되는 데에는 일본으로부터의 '민요' 개념 도입이 필수적이었다. 그러나 그 후에도 〈아리랑〉이 확고한 신뢰를 얻은 것은 아니었고, '민요'의 가치를 공유한 지식인들 사이에서조차 〈아리랑〉에 대한 인식은 일정하지 않았다. 그것이 해방 후 면모를 쇄신하여 부정적인 인식을 잠정적으로 종식시키고, 더욱더 민족의 소리로 순화되는 과정을 거쳐 오늘에 이른다. 그 과정은, 〈아리랑〉이 근대 이후에 형성된 '통속아리랑'과 근대 이전부터 존재한 '향토아리랑'으로 세분되었으며, 그 중에서 특히 '향토아리랑'의 가치를 강조함으로써 민요로서의 〈아리랑〉이 민족의 고향인 향토를 진원지로 하고 있음을 드러냈다.

즉, 〈아리랑〉이 '민족의 소리'로서 어떻게 창출되고 쇄신되어 갔는지의 경위를 정리하면, 창출에 있어서 중요한 것은 '민요'개념의 도입이며, 쇄신에 있어서 중요한 것은, 민요가 향토(토속)민요와 그것의 근대적인 변용으로서의 통속민요로 세분화된 것이다. 그리하여 남북 단일을 외치거나 세계 도처에 흩어진 예전의 성원들을 민족이라는 이름으로 하다로 묶을 때 불리는 통속민요 〈아리랑〉의 연원에는, 운명공동체로서의 한민족의 공유 재산으로 연면히 이어져 내려온 향토민요 〈아리랑〉이 자리하게 되었다.

하지만 그것은 〈아리랑〉에 대한 다양한 해석의 가능성을 제한하는 것으로 작용해 왔다고 하지 않을 수 없다. 〈아리랑〉 텍스트를 열어가는 것, 그것은 〈아리랑〉이 걸어온 역사를 풍화시키는 것은 결코 아닐 터이다. 그러한 역사의 기억을 수용하면서 〈아리랑〉을 보편성과 지역성이 중층하는 텍스트로 다시 규정하는 것은 우리 앞에 놓인 미완의 과제인 것이다.

〈표 1〉 식민지기 〈아리랑〉 관련 일본반

	타이틀	음반번호	발행년월	작사	작곡편곡	가수연주	장르, 반주 등	출전
1	アリラン	ビクター51819B	1931.7	西條八十	文芸部編	金色仮面(小林千代子)	マスクドOrch	①, ②
2	アリラン節	アサヒ2625A	1927〜31			阿部秀子		①
3	アリランの唄	コロムビア27066A	1932.9	佐藤惣之助	古賀政男編	淡谷のり子, 長谷川一郎	朝鮮民謠, 明治大學マンドリンOrch	①, ②
4	アリラン	ポリドール1215A	1932.10	植田國境子		(京城本券)笑太郎		①
5	アリランの唄	テイチク5141A	1932.10	歌島花水	文芸部編	横田良一	テイチク室内樂団	①
6	新アリランの唄	ポリドール1339A	1933.5	藤田まさと	紙恭輔編	金龍煥	朝鮮民謠より	①
7	アリランの唄	テイチク5290A	1933.2			宝塚キネマスター		①
8	新アリランの唄	テイチク5290B	1933.2			横田良一		①
9	アリランの唄	ニットー6036	1933.5			朴景嬉	朝鮮民謠, N.O.樂団	②
10	アリラン小唄	ニットー6283B	1934.1	服部龍太郎	篠原正雄編	東海林太郎		①
11	新アリランの唄	タイヘイ4605A	1934.6	木下潤	文芸部編	結城浩, タイヘイ少女Cho	タイヘイ・セレナーダース	①, ②
12	アリランの唄	タイヘイ5112B	1934.12	文芸部	服部良一編	横田良一	朝鮮民謠, キリンで再發賣(K20061)	①, ②
13	アリラン節	ルモンド3077A	1935			島津一郎		①
14	アリラン節	アサヒ5979A	30〜35.4			島津一郎		①
15	アリラン夜曲	ビクター53373A	1935.4	坂村眞民	鈴木靜一	渡辺はま子	ビクターOrch	①, ②
16	アリラン越えて	リーガル67234A	1935.9	松村又一	原野爲二編	山野美和子	朝鮮民謠	①, ②
17	アリラン夜曲	コロムビア28837B	1936.5	西條八十	江口夜詩	松平晃		①
18	アリランの唄	テイチク50344B	1936.7	島田磐也	杉田良造編	岡蘭子		①
19	アリラン新曲	テイチク50482A	1936.9	島原邦人	レイモンド服部	岡島貴代子	テイチクサロンOrch	①, ②
20	アリラン小唄	コロムビア29073B	1936.11	鈴木かほる	服部逸郎	京城百太郎		①
21	アリラン	ビクター53892A	1937.1				流行歌謠集其の二(三)	①
22	アリラン夜曲	コロムビア29262A	1937.4	高橋掬太郎	服部良一	赤坂百太郎		①
23	アリラン悲歌	タイヘイ21273B	1937.8	野村俊夫	杉田良造編	水島早苗		①
24	アリランの唄	コロムビア29801A	1938.7		天地芳雄	菊丸	朝鮮民謠, 洋樂器・尺八	①, ②
25	月のアリラン	ポリドールP5063A	1940.11	矢島寵兒	若葉茂男, 倉若晴生編	小林千代子		①
26	アリラン・ブルース	コロムビア100001A	1940.4	西條八十	服部良一	高峰三枝子		①
27	アリラン娘	ビクターA4114A	1940.10	若杉雄三郎	東辰三, 三宅幹夫編	林東馬	台詞金安羅	①

	타이틀	음반번호	발행년월	작사	작곡편곡	가수연주	장르, 반주 등	출전
28	アリラン物語	ビクターA4114B	1940.10	若杉雄三郎	服部正	金安羅		①
29	アリラン月夜	テイチクT3184B	1941.8	島田磐也	陸奥明	菅原都々子		①
30	アリランの歌	テイチクT3456B	1943.10			美ち奴, 服部富子	解説泉詩郎民謠傑作集	①
31	アリラン	コロムビア100641	1943.2		服部良一編		コロムビアOrch	②
32	アリランの歌	ホーオーP226A	1932〜			高阪幸子	朝鮮民謠, ホーオーOrch	②
33	アリラン	ホーオーP226B				巴里ムーランルージュ樂員		②

〈표 2〉 1945〜1955의 〈아리랑〉 관련 일본반

	타이틀	음반번호	발행년월	작사	작곡편곡	가수연주	장르, 반주 등	출전
1	アリラン越えて	ビクターV40351A	1950.3	井田誠一	多忠修編	野崎整子	外國曲	①
2	アリランの唄	コロムビアA744A	1950.4	野村俊夫	レイモンド服部編	南薫・南郁子		①
3	アリラン	テイチクC3119	1950.12	大高ひさを		菅原都々子	テイチクOrch	①, ②
4	アリラン悲歌	キングC631A	1951.1	宮本旅人	上原げんと	津村謙	キングOrch	①, ②
5	アリランの唄	コロムビアA1228B	1951.10		レイモンド服部	グレース雨宮	朝鮮民謠	①, ②
6	アリラン・ビギン	ビクターA5006B	1951.10			クラーク・ジョンストン		①
7	アリラン峠	キングC749B	1951.11	東條壽三郎	池久地政信	三條町子	キングOrch	①, ②
8	アリラン月夜	タイヘイH10196B	1952.1	飛鳥井芳朗	大倉八郎, 飯田景応編	櫻井稔		①
9	アリラン月夜	タイヘイH10212A	1952.2		大倉八郎	浜田元治とブルー・セレナーダス	輕音樂	①
10	アリラン・ルンバ	ビクターV40797A	1952.5	村雨まさを	服部良一	服部富子		①
11	アリラン哀歌	テイチクC3430A	1953.2	島田芳文	陸奥明	菅原都々子	テイチクOrch	①, ②
12	戀のアリラン乙女	キングC900A	1953.3	鈴木政輝	細川潤一	双見眞沙子		①
13	アリラン月夜	テイチクC3462B	1953.5	宮川哲夫	陸奥明	菅原都々子		①
14	アリラン・マンボ	ビクターV41303	1954.12	井田誠一	宮城秀雄編	宮城まり子	朝鮮民謠, ビクターOrch	①, ②
15	アリラン子守唄	コロムビアA2232B	1955.4	榎本壽	レイモンド服部	永田とよこ		①, ②

コロムビア＝日本コロムビア, ビクター＝日本ビクター, ポリドール＝日本ポリドール, テイチク＝帝國蓄音器商會, タイヘイ＝太平蓄音器, リーガル＝リーガルレコード, ルモンド＝ルモンドレコード, ホーオー＝ニッポンレコード, キング＝キングレコード, アサヒ＝アサヒ蓄音器商會

* 출전
① 福田俊二・加藤正義 編, 『昭和流行歌總覽』, 柘植書房, 1994.
② 昭和館 監修, 『ＳＰレコード60,000曲總目錄』, アテネ書房, 2003.